32 Jahre lang hat Gerhard Roth an seinen beiden Romanzyklen ›Die Archive des Schweigens‹ und ›Orkus‹ gearbeitet – ein Kosmos des Denkens und Schreibens, ein Solitär in der deutschsprachigen Literatur. Der Band ›Orkus‹ ist der Schlussstein dieser monumentalen Arbeit: ein einzigartiges Buch der Erinnerung, in dem das Leben des Autors mit dem seiner Figuren auf faszinierende Weise verschmilzt.
Gerhard Roth erzählt: vom Landleben in der Steiermark und seinen Expeditionen durch die Museen, Theater, Archive und Caféhäuser von Wien. Von Begegnungen mit Persönlichkeiten wie Elias Canetti, Thomas Bernhard und Bruno Kreisky, aber auch mit den schizophrenen Künstlern von Gugging. Von seinem ersten Manuskript und Büchern, die uns sagen, dass wir nicht allein sind. In all dem erzählt Roth von der immerwährenden Suche des Menschen nach dem Paradies – und der Entdeckung der Hölle auf Erden.

Gerhard Roth, 1942 in Graz geboren, lebt als freier Schriftsteller in Wien und der Südsteiermark. Er veröffentlichte zahlreiche Romane, Erzählungen, Essays und Theaterstücke, darunter den 1991 abgeschlossenen siebenbändigen Zyklus ›Die Archive des Schweigens‹. Anschließend erschienen die Bände des ›Orkus‹-Zyklus: die Romane ›Der See‹, ›Der Plan‹, ›Der Berg‹, ›Der Strom‹ und ›Das Labyrinth‹, die literarischen Essays über Wien ›Die Stadt‹ sowie die beiden Erinnerungsbände ›Das Alphabet der Zeit‹ und ›Orkus – Reise zu den Toten‹. Für sein Werk wurde Gerhard Roth mit zahlreichen Literaturpreisen ausgezeichnet.

Weitere Informationen, auch zu E-Book-Ausgaben, finden Sie bei www.fischerverlage.de

Gerhard Roth

Orkus
Reise zu den Toten

Fischer Taschenbuch Verlag

Veröffentlicht im Fischer Taschenbuch Verlag,
einem Unternehmen der S. Fischer Verlag GmbH,
Frankfurt am Main, Juni 2012

© S. Fischer Verlag, Frankfurt am Main 2011
© 2011 by Gerhard Roth
Satz: pagina GmbH, Tübingen
Druck und Bindung: CPI – Clausen & Bosse, Leck
Printed in Germany
ISBN 978-3-596-18303-6

»Jetzt steigen zu der düstern Welt wir nieder«,
Begann zu mir ganz totenbleich der Dichter,
»Ich selber geh' voraus, du wirst mir folgen!«
Und ich, der seiner Farbe inne worden,
Sprach: »Wie komm ich hinab, wenn du erschauderst,
Der du mich sonst ermutigt, wenn ich zagte?«
Und er zu mir: »Es malt die Angst der Seelen
Dort unten wohl mir des Erbarmens Züge
Aufs Angesicht, wo Furcht du glaubst zu lesen.
Wohlan denn; fort! Uns treibt des Weges Länge!«

Dante, Die Göttliche Komödie
Die Hölle, Vierter Gesang

»Sonst wollte ich zeigen, wie sich an das Ende der Anfang knüpft, wie nämlich der Eros mit dem Tode in einem geheimen Zusammenhange steht, vermöge dessen der Orkus (…) also nicht nur der Nehmende, sondern auch der Gebende und der Tod das große Réservoir des Lebens ist. Daher also, daher, aus dem Orkus, kommt alles, und dort ist schon jedes gewesen, das jetzt Leben hat …«

Arthur Schopenhauer,
Aphorismen zur Lebensweisheit

Prolog

*

Ich war dreißig Jahre alt, als ich entdeckte, dass mein Leben eintönig und flach geworden war. Es wies nicht mehr die Dichte, den Schrecken, die Verzweiflung auf wie in meinen früheren Jahren, die ich fast vergessen hatte: In meiner Erinnerung bestanden sie aus düsteren Wolkenbildern, Blutflecken auf zerfleddertem Ver-

---

* Eben noch hatte eine Papierschnitzelmaschine weiße und schwarze Flocken aus Buchstaben in mein Gehirn geschneit, die sich zu seltsamen Erinnerungsbildern zusammenfügten, als habe sie ein magischer Wirbelwind geordnet. Plötzlich aber hatten sich die Partikel wieder in ein Geflimmer verwandelt, das einem schnell zurückspulenden Film glich, den ich jedoch auf der Leinwand meiner Vorstellungskraft nicht entziffern konnte, da ich durch die Geschwindigkeit, mit der er rückwärts ablief, nur »hell-dunkel« und »Bewegung« zu unterscheiden vermochte: Wolken von Licht- und Schattenplankton, von Elektronen, mikroskopischen Bildchen, die im Zeitraffer abgespielt wurden und die allmählich von mir als Erythrozyten, Zellen und Synapsen erkannt wurden, als Muskelfasern, Hautschuppen, Kapillaren, welche langsam Farbe annahmen und jetzt in Zeitlupe vor meinen Augen erschienen und schließlich ganz zum Stillstand kamen … Ich saß als Medizinstudent vor dem Mikroskop und starrte im histologischen Praktikum – das Lehrbuch vor mir aufgeschlagen – auf das Präparat (graue Gehirnzellen) und prägte mir ihre Form ein …

bandsmull, aus Mauern, von denen Verputz abbröckelt, Fischschuppen, Kanälen voll Scheiße, Hühnerfedern, Tintenklecksen, gelben Bleistiften, entzündetem Zahnfleisch, Stille nach der Angst, erfundenen Ameisen, rostiger Luft, blühenden Briefmarken, aus bleichen Spermien, Erbrochenem, den Träumen von Embryos, gehäkelten Hakenkreuzen, den Rillen von Schellacks, aus von Adern durchzogenen Augäpfeln, aus obszönen Heiligenbildchen, vergifteten Buchstaben, der Sprache von Molekülen, der Urzeit der Farben, Waschbecken voller Ziffern, aus Mosaiken aufgespießter Insekten, orthopädischen Schuheinlagen, zerrissenen Fotografien, verstreuten Kinderliedern, Landkarten des Nonsens, dem Vaterunser der Küchenkredenz, aus verwesenden Kanarienvögeln, glucksenden Flaschenbürsten, Knochenpulver, Amok laufenden Eisverkäufern, Betten aus Gusseisen, der Einsamkeit des Hinterhauses, unerwarteten Geistesblitzen, künstlichen Würmern, aus der Moral der Tyrannen, kränkelnden Tagen und tanzenden Buchstaben, aus nächtlichen Gewässern, sprechenden Teppichen, dem Zischen des Bügeleisens, aus Reisen in den Handlinien, aus finsterem Zorn und schwebenden Walen, aus Sporen, Papierflugzeugen und Gemüsegärten, aus Dreier-Zigaretten und pfeifenden Zügen, aus schmutzigen Kragen, aus Katzen, aus Vegetariern, den Giftspinnen der Lügen, Gebissen in Trinkgläsern, aus Schweißflecken, Verstopfung, Provinzpolitikern, hölzernen Aborten, Requisiten der Eitelkeit, Gaunern, klatschenden Ehepaaren, Fieberblasen, Kapiteln der Gemeinheit und abstrakten Gemälden von Gefühlen, aus Qualen, Salz und Altären, Monstranzen, Pfingstrosen und Wundsalben, kalligraphischen Schulheften, Schachfiguren, Ellipsen, hektischen Trickfilmen, Wassergras, kindlichen Märtyrern, Echos von Stimmen, fröhlichen Gliederschmerzen, aus Küssen, die nach Seeigeln schmeckten, spitzen Kieselsteinen, schlaflosen Spiegeln, aus monotonen Würfelspielen, aus Schlachthöfen der Armut, aus stummen Telegrammen und einer endlosen Flut unzusammenhängender Bilder, Sätze, Geräusche und Gerüche.

Mein Gehirn war zu einer Müllhalde der Erinnerungen geworden, die sich transformierten, miteinander verbanden oder in Luft auflösten. Manchmal zogen Gerüche über die versickernde Welt, es roch nach dem Kampfer der Schulhefte, dem Weihrauch der Blätter, dem Naphthalin von Vogelkot, dem Persil der Kuckucksuhren, es roch nach saurem Fisch, sobald der Donauwalzer im Radio spielte, nach Tod beim Flug der Vögel, nach Bensdorpschokolade am 1. Mai, nach Malz im Frühling, es roch nach Notenschlüsseln in den Schulferien, und es stank nach nassen Hunden am Morgen, nach verbrannter Milch während der Beichte und nach Mäusekot am Geburtstag, es roch nach Bilderbüchern, als Omi starb, nach Karies beim »Mensch ärgere dich nicht!«-Spiel, nach Schaukelpferden in der Schule, nach Straßenbahn, wenn wir die Zeitung aufschlugen, und nach Kork, sobald wir das Haus betraten.

Aber die Buchstaben, die nach Jod rochen, die Vokale, Konsonanten, die Verben und Substantive, die Adjektive und Pronomen hatten sich verflüchtigt, die Sätze, Beistriche, Ruf- und Fragezeichen, die Strichpunkte und Doppelpunkte waren ebenso verschwunden wie Mutters Nähmaschine, die Teller mit der Buchstabensuppe, die Urinflecken mitsamt den Unterhosen, das

Stethoskop meines Vaters, die Vogelmotive mit der Blumenvase, der Asthmainhalator, der Gugelhupf und die sozialdemokratische »Neue Zeit«. Meine Erinnerung an die Kindheit war wie eine Litfaßsäule, die von den bunten Schnipseln abgerissener Plakate übersät ist und wie im Traum in der Luft schwebt, umspült von Gerüchen. Aber da war noch etwas, das ich aus der Vergangenheit kannte und das den Zerfallsprozess überdauert hatte: meine Neugierde auf das Unglück.

Über das Unglück

Solange ich denken kann, zog mich das Unglück an – der Tod, der Selbstmord, das Verbrechen, der Hass, der Wahnsinn. Was diese Eigenschaft betrifft, bin ich nie erwachsen geworden, denn ich gebe noch immer meiner Neugierde nach und erschrecke dabei wie eh und je, ohne dass ich davon lassen kann. Im Unglück sehe ich das eigentliche Leben. Ich durchforschte schon in meiner Jugend die Biographien von Malern und Dichtern, Komponisten und Philosophen nach Unglücksfällen, las später bereits aus Gewohnheit zuerst die Abschnitte über deren Krankheiten und Tod, und je mehr sie gelitten hatten, desto wahrhaftiger erschienen mir nachträglich ihre Existenz und ihre Kunst. Ich hielt das Leben für eine Irrfahrt in den Schmerz, an den Rand des Todes und des Wahnsinns.* In den Romanen und Erzählungen, die ich als Student las, suchte ich die Re-

---

* Heute betrachte ich diese Biographien, die ich damals gelesen habe, wie die Identitätsausweise aus meiner Universitätszeit – das Studienbuch, die zerfledderte Straßenbahnmonatskarte, den abgelaufenen und überstempelten Pass – oder wie Gegenstände aus meiner Schreibtischlade, die die Zeit überdauert haben: den alten Haustorschlüssel, die Pelikanfüllfeder, die Schwarzweißfotografien meiner Familie, den gläsernen Briefbeschwerer, das rote Schweizer Messer. Mein Ich, das ich damals war, ist hingegen verschwunden.

bellion, das Aufbegehren – die in meinem eigenen Leben fehlten –, überhaupt alles Fehlende: Beischlaf und Unabhängigkeit, Spiritualität und urbane Abenteuerlichkeit, mit einem Wort die Intensität der Daseinserfahrung. Ich war auch auf der Suche nach Einsamkeit und Leiden und einem anderen Blick auf die Welt, nach der Auflösung gewohnter Zusammenhänge und dem Fremden – und vor allem nach meiner eigenen Sprache.

Bald schon bekam ich die zweibändige, in grobes gelbes Leinen gebundene Ausgabe der Briefe von Vincent van Gogh in die Hände und fasste bei der Lektüre den Entschluss, unabhängig von meinem Alltag ein zweites Leben zu führen. Nach außen würde ich unauffällig bleiben, aber mein wahres Ich würde ich im Geheimen, in meinen Gedanken ausleben, auf der Suche nach dem Wahn, die zugleich auch eine Suche nach dem verlorenen Paradies ist. Van Gogh, begriff ich erst später, beschrieb und malte nicht, was der Wahn ihm eingab, sondern seine Suche nach dem Paradies, die ihn in die Umnachtung führte. Was ich in den Briefen las, war mir unbekannt, aber nicht fremd – jeder Satz, jede Beobachtung erschien mir im Gegenteil wie eine Bestätigung dessen, was ich nicht gewusst, aber geahnt hatte.* Van Gogh, erschien es mir damals, hatte das Unglück gesucht, oder es hatte ihn gefunden, weil er es

---

* Während ich dies festhalte, kapituliere ich vor dem alten Problem der Linearität des Schreibens gegenüber der Gleichzeitigkeit, aus der die Wirklichkeit besteht, und dem zeitlichen Chaos in meinem Kopf, das die wunderbare Anarchie des Gesprächs hervorbringt.

begehrt hatte, um auf der Erde das Paradiesische zu entdecken und mehr und mehr vom Leben zu spüren – so viel er nur ertragen konnte. Wer phantasiert in seiner Kindheit und Jugend nicht dramatische Wendungen herbei, in denen das Unglück zu Glück wird? Wer begeistert sich nicht daran, wenn seine Verzweiflung zu Hass wird? Selbst das eigene Sterben vermittelt in der Vorstellung eine – wenn auch verzerrte – Intensität von Lebenserfahrung, die der monotone Alltag verweigert.

Viele Jahre später sah ich im Ägyptischen Museum in Kairo auf einen Sarg, auf dessen Bodenbrettern ein Wegeplan für die verstorbene Seele gemalt war, der ihr zur Orientierung im Jenseits dienen sollte, ein buntes, naives Gemälde, das meinen jugendlichen Gedanken ähnelte wie die Zeichnungen und Gemälde, die Wörter und Sätze in van Goghs Briefen.

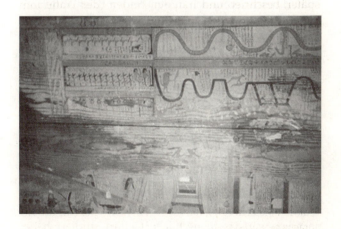

Die gelbe Farbe

Van Gogh ist ein Künstler, der den Zauber des Alltäglichen zum Vorschein bringt. Noch im Gewöhnlichsten macht er einen Funken der Schöpfung sichtbar. Gerade dort, begriff ich, wo man zur Erklärung seiner Bilder den Wahn zu Hilfe nahm: in der Darstellung des Sternenhimmels, der Felder, der Zypressen, ja sogar der Möbel in einem Zimmer. Vor allem aber mit der Farbe Gelb brachte er das verborgene Leben der Atome und Moleküle in den Dingen und Pflanzen zum Vorschein, die innere, für das Auge unsichtbare Bewegung im Festen, seine pulsierende Struktur, seine fortlaufende Veränderung in der Zeit. Van Goghs Bilder sind wie stehende Fische in durchsichtigem Gewässer oder mit offenen Augen träumende Menschen. Damals dachte ich, dass nur ein Wahnsinniger, ein Selbstmörder, ein Verfolgter die Welt so sehen und verstehen könne. Ich wünschte mir, wenn ich in den beiden Briefbänden las und die Abbildungen betrachtete, dass die Wände meines Zimmers atmeten und ihre Farbe mit jedem Luftholen veränderten oder dass sich die Anatomie von Mensch, Tier und Pflanze und die physiologischen Abläufe in ihrem Inneren vor meinen Augen entfalteten und ich die unsichtbare Wirklichkeit zusammen mit der sichtbaren erkennen könnte. Ich stellte mir eine eigene irrationale Welt vor, keine phantastische, sondern eine, die ihre Geheimnisse offenbarte. Nach meiner Rigorosumsprüfung in Physik dachte ich an den »Eddington'schen Tisch«, der für den Wissenschaftler aus beweglichen Molekülen und Atomen bestand. Und nachdem ich das menschliche Gehirn studiert hatte, versuchte ich – wenn ich mit jemandem sprach – mir den Denkprozess in allen Einzelheiten vorzustellen, und ich grübelte darüber nach, wie sich meine Erinnerungen veränderten oder aus meinem Gedächtnis verschwanden, als seien sie fotografische Bilder, die dem Sonnenlicht ausgesetzt, oder Tonbänder, die mit einem Magneten in Berührung gekommen waren. Doch ging es mir nicht um wissenschaftliches Verständnis, sondern um eine poetische Zusammenschau verschiedener Sichtweisen, die den Dingen und Lebewesen erst ihre Geheimnisse und Einzigartigkeit verlieh. Es waren Ahnungen, keine Gewissheiten, mit denen ich mich beschäftigte. Van Goghs Bildern wohnte etwas Religiöses inne, sie schienen zu beweisen, dass die Schöpfung etwas Heiliges war, das sich dem Verstand nicht offenbarte. Er unterschied nicht zwischen Wichtigem und Nebensächlichem, nicht zwischen Schönem und Hässlichem, sondern vermittelte die Magie, die dem Nebensächlichen, dem Unauffälligen, dem Banalen innewohnt. Das traf mich, wie man sagt, mitten ins Herz und weckte etwas in mir, das ich schon gewusst, aber noch nicht gedacht hatte. Das Flimmern der Welt war mir zwar schon durch die Bilder der Impressionisten bekannt gewesen – vor allem durch Monet –, aber niemand hat es so existentiell und gleichzeitig rätselhaft gemalt wie van Gogh. Besonders faszinierten mich seine Aufenthalte in den Irrenhäusern von Auvers und Saint-Rémy, und ich empfand eine geheime Sehnsucht nach dem Wahn und der Gedankenfreiheit der Irren, von der ich bald schon wusste, dass es sie nicht gab und dass die Originalität, die mir auffiel, das Ergebnis innerer Zwänge war. Auch wenn ich mit den Jahren mehr und mehr Einblick in das Leben von Geisteskranken gewann, so gab und gibt es doch immer noch Momente der vorbehaltlosen Bewunderung, auch wenn ich sie mir nicht mehr eingestehen mag. Diese romantische Vorstellung war und ist der Antrieb für mein nie nachlassendes Interesse an ihnen, und es war mir oft, als würde ich einen tiefen Blick in das eigene Unbewusste werfen und nicht in das von sogenannten Narren. Das Unbewusste der Patienten, denke ich mir, hat durch einen krankhaften Prozess die Oberhand über ihr Bewusstsein gewonnen, so dass sie mit offenen Augen traumwandeln wie die von van Gogh Portraitierten oder er selbst auf seinen Bildern. Wenn ich glaubte, einen Blick in das Unbewusste zu werfen, hatte ich auch das Gefühl, im nächsten Moment Gedanken lesen zu können – ein weiterer durchaus lächerlicher Irrtum, den ich nur festhalte, um Einblick in meine eigenen Gedanken zu geben. So wie man in Gesellschaft einer Hauskatze oder eines Hundes, der sein Dasein mit einem teilt, immer wieder das Gefühl hat, diese würden sogleich zu sprechen anfangen, so nahe wähnte ich mich auch dem Zeitpunkt, endlich die Gedanken von Menschen lesen zu können. Natürlich war es ein Glaube, den mir mein Verstand verbat, doch gab es Augenblicke, in denen ich schon vorher wusste, was mir ein Mensch später sagen würde oder wie sich eine Situation weiterentwickelte. Das nahm ich immer mit einem Gefühl der Irritation wahr.

Ich war fest davon überzeugt, dass die Dinge – wie in van Goghs Bildern – lebten, aber ich erfuhr die Bestätigung meiner These nur in Ansätzen. Selbstverständlich hielt ich mich nicht für verrückt, ich vermutete allerdings, dass die meisten Menschen diese Eigenschaft besaßen, aber unterdrückten, weil sie Angst davor hatten. Erst während meiner Erkrankung an Depressionen im Alter von fünfzig Jahren erfuhr ich die lang gesuchte und erahnte Welt selbst und das Grauen, das damit verbunden ist. Ich lag ausgestreckt auf meinem Bett – jeder noch so unbedeutende Gedanke kostete mich Mühe und erschöpfte mich. In meinem Zustand der Trostlosigkeit und bald auch der Hoffnungslosigkeit erschien mir alles leer und sinnlos. Aber die Falten meiner Decke, bildete ich mir ein, die Maserung des Parkettbodens, das Muster der Tapeten, meine Fingernägel hatten plötzlich eine Bedeutung, die ich vergeblich zu enträtseln suchte. Der Gedanke, dass diese Dinge auch anders sein könnten, als sie offensichtlich waren, bestürzte mich damals, denn er war mit dem Verlust der Selbstverständlichkeit verbunden. Die gesuchte Bedeutung bezog ich allerdings nicht auf mich, sondern ich erfuhr, dass es Zusammenhänge gab, die ich nicht begriff, und bildete mir ein, dass mich die Dingwelt deshalb verhöhnte. Durch das angelehnte Fenster drang ein aufdringlicher Küchengeruch in das Zimmer und verband sich mit dem Schuh, den ich zwischen zwei Sesselbeinen erblickte, der Spiegelung des Raums in der weißen Kugellampe über meinem Kopf, einem Stapel Bücher auf dem Tisch, von denen ich nur die Rücken sah, verband sich mit dem Gasheizkörper, dem Titelblatt des Magazins »Der Spiegel«, das mir vorkam wie eine Nachricht der Außenwelt, und einigen Seiten meines Manuskriptes, an dem ich gearbeitet hatte und von dem ein Schriftwirbel ausging, der gleich darauf in sich zusammenbrach – ein Massengrab der Wörter und

Sätze, wie ich dachte. Ich bewegte meinen Kopf nicht und glotzte immer nur die gleichen Dinge an, die sich nicht veränderten, aber etwas bedeuteten, das mir lange verschlossen blieb, bis ich begriff, dass sie mein Ende verkündeten. Es war eine nüchterne Erkenntnis, ohne Schrecken, ohne Gefühle – ich würde zu einem Ding werden, wenn ich es nicht schon war. Und wirklich war mein Kopf so müde, dass ich meinen Körper nicht mehr spürte, obwohl ich meine Beine, den Brustkorb unter dem Hemd und meine Hände sah, die aber nicht zu mir gehörten. Ich dachte an Selbstmord, nicht um die Qual zu beenden, sondern weil es das Naheliegende war. Ich verwarf aber jede Methode, die mir einfiel, weil sie mit Anstrengung verbunden war, vermutlich auch, weil ich nicht den Mut aufbrachte, es zu tun. Van Gogh hatte in einem solchen Augenblick zur Pistole gegriffen, nehme ich an, aber ich bin nicht davon überzeugt, dass er den Tod suchte, sondern dass er – neben seinen existentiellen Problemen, die ihm ausweglos erschienen – vielleicht verwirrt war über die Zusammenhänge der Dinge, die er beim Malen entdeckt hatte, erschrocken und voller Zweifel über das, was er auf der Leinwand vor sich sah, über die Offenbarungen seines Unbewussten, das er nicht kannte, obwohl er sich ihm anvertraut hatte. Er hatte, vermutete ich, sich in den Kopf geschossen wie ein Kind, das mit einer Pistole spielt und neugierig ist, was geschieht, wenn es abdrückt. Zumindest aber, dachte ich weiter, war ebenso viel Neugierde und eine Form von Spiel dabei gewesen wie der dringliche Wunsch zu sterben. Die Sucht, das wahre Leben zu spüren, das verlorene Paradies zu entdecken, hatte ihn immer auswegloser in das Elend geführt. Aber wie stand es mit mir selbst? Ich spürte ja keine Verzweiflung, nur Kraftlosigkeit. Wie mein Körper zu einem Ding geworden war, war auch mein Denken langsam abgestorben und dinghafter geworden, dem Augenblick verhaftet, als sei ich ein Nussknacker aus Holz. Ich lag jetzt wirklich wie ein Ding in einer Spielzeuglade. Später verstand ich, wie so oft in meinem Leben, dass die Märchenwelt nur eine schlafende, vergessene Welt ist, die allmählich durch die Wissenschaft bestätigt wird: In der Mathematik und Physik, den Forschungen der Psychiatrie, der Pharmakologie und Biologie erwacht diese Märchenwelt und gewinnt eine neue Bedeutung, auch wenn die Begriffe, mit denen man sie beschreibt, andere geworden sind.

Ich hörte damals aber keine Tiere sprechen, sondern war in ein Objekt verwandelt und musste die banale Last der Sinnlosigkeit erfahren. Als ich wieder zu mir kam, nach Wochen und Monaten, in denen ich alles nur als Mühe empfunden hatte, selbst die geringsten und alltäglichsten Handgriffe, zweifelte ich daran, ob das, was ich erlebt hatte, überhaupt Wirklichkeit gewesen war. Andererseits war ich nicht mehr der, der ich vorher gewesen war, denn das Wissen um den Abgrund, der sich hinter meinem Rücken aufgetan hatte und in den ich fast gestürzt war, ließ mich von da an mitunter auch in Momenten der Freude die Bewegungslosigkeit und Einsamkeit spüren, denen ich ausgesetzt gewesen war. Nur zögernd konnte ich mich dazu entschließen, meine Erlebnisse als etwas zu betrachten, das zu meinem Leben gehörte, und sie schließlich als Daseinserfahrung aufzufassen, die ich nachträglich nicht missen wollte.

Das Leben in einer Luftblase

Ich beschreibe, fällt mir auf, nicht meine Suche nach dem Wahn, sondern meine lebenslange Kindheit, meine lebenslange Angst, meine zweite und unsichtbare Existenz, neben der sichtbaren. Das Lesen vor allem, aber auch das Kino, die Musik, Oper und Schauspiel beschäftigten mich ebenso wie mein Dasein in der sogenannten Wirklichkeit. Ich spaltete mich auf, lebte manchmal beide Ichs zugleich, das äußere und das innere, die Fassade und das, wie ich mir sagte, Eigentliche, das Ich und das Ich selbst – alles in allem nichts Ungewöhnliches. Das Ich in meinem Kopf lebte wie in einer Luftblase unter der Eisdecke eines dunklen Flusses. Der Sauerstoff war begrenzt, und es würde nur eine Frage der Zeit sein, bis auch ich zu Eis werden würde. Viel zu spät erkannte ich, dass es das größte Verhängnis ist, Erwartungen zu erfüllen und gleichzeitig zu hoffen, dass man seinem Schicksal entkommt.

Unsichtbare Reisen

Ich wollte vor allem die Zeit ausschalten, sie aus meinem Gedächtnis verbannen oder wenigstens sie zertrümmern, sie in die entgegengesetzte Richtung abspulen oder sie stillstehen lassen. Das gelang mir am besten beim Schreiben. Ich verwendete dafür ein fest gebundenes schwarzes Heft mit der Aufschrift »Abrechnungsbuch«, dessen Seiten wie ein Vokabelheft in drei Spalten unterteilt waren, die von roten Längsstrichen gebildet wurden. Es gehörte eigentlich meiner Mutter, aber sie hatte keine Verwendung dafür gehabt. Die Kolonnen waren für Soll, Haben und den Saldo vorgesehen, und ich dachte sofort: »Saldo mortale«, tödlicher Saldo, denn mir graut vor allem, was mit Buchhaltung zusammenhängt. Die Ähnlichkeit mit einem Vokabelheft und die Vorstellung einer Abrechnung, bei der es um jede Zahl ging, suggerierten mir, dass es auch beim Schreiben um jedes Wort ging, und ich wusste inzwischen, dass die Wörter ein Eigenleben führen. Ich fing beispielsweise mit dem Wort »GELB« an, weil mein Blick gerade auf die zweibändige Ausgabe der Briefe Vincent van Goghs fiel, und suchte dann nach einem Wort, das mit GELB in keinem Zusammenhang stand, wie STUNDE, und anschließend noch etwas, das von STUNDE unabhängig war, wie ADJEKTIVE: »Die gelbe Stunde der Adjektive.« Oder ich schrieb einfach Wörter auf, die mir durch den Kopf gingen: Schuhe, Aster, Migräne, Hund, Februar, Stalin, Münze, Kirschen, Suizid, Hochzeit, Urin, Parabel, Sarg, Landkarte, Melanzani, Nephritis, Hitze, Tapete, Buchstabe. Aus diesen Wörtern versuchte ich dann einen Text zu machen. Oft waren es auch nur Bezeichnungen von Gegenständen, die ich gerade im Zimmer oder durch das Fenster sah: Schirm, Fahrrad, Hut, Bett, Fotoapparat, Messer, Vorhang, Hamsun, Hunger. Doch beschreibe ich damit die Höhepunkte meines damaligen Alltags, nicht die langen Perioden der sogenannten Normalität, die ich erst jetzt, im Alter, zu schätzen gelernt habe, damals aber als Qual empfand. Einzig die Sexualität interessierte mich am Erwachsenenleben, alles andere war mir gleichgültig oder zuwider. Ich war nur ein unbedeutender, winziger Fisch in einem riesigen Schwarm, dessen Bewegung ich angestrengt mitmachte und der sich bemühte, sich nichts anmerken zu lassen, ja, den Eindruck erweckte, zu denen zu gehören, die die Richtung vorgaben. Ich wurde zu einem raffinierten und ebenso verlogenen Täuscher meiner Umwelt, einem Schauspieler des Alltags und wusste schließlich selbst nicht mehr, wann ich jemandem etwas vorgaukelte und wann ich bei mir selbst war. Schließlich wurden sogar meine Rolle ich selbst und ich selbst meine Rolle. Bruchlos integrierte ich beide Welten, meine Kopfwelt und meine Alltagswelt, in einen Bewusstseinsstrom, der zumeist ein Bewusstlosigkeitsstrom war oder eine ebenso elende wie vollkommen vorgeführte Schmierenkomödie. Ich war der, den ich gerade darstellte, und stellte gerade den dar, der ich war, ohne es aber wirklich zu sein. Meine Verlogenheit war so vollkommen, dass ich sie nicht mehr als Verlogenheit wahrnahm. Nur wenn ich vom Alltag verletzt wurde, wenn ich seelischen Schmerz oder Scham empfand, spürte ich, welche Kunstfigur ich war und dass ich Marionettenspieler und Marionette in einem war. Das bedeutet aber nicht, dass ich nicht glücklich sein konnte oder ohne Freude war, ich begreife erst jetzt, dass mein ganzes Leben und vermutlich auch das von anderen Menschen voller Widersprüche ist und dass in Widersprüchen zu leben ein möglicher Ausweg aus Bedrängnis ist. Mein zweites Leben hielt ich so geheim, dass ich es vor mir selbst verbarg, und oft genug war es mit Schuldgefühlen verbunden, weil ich mich verpflichtet glaubte, mein Medizinstudium abzuschließen und Geld zu verdienen. Ich schwankte zwischen Selbstverachtung und Selbstüberschätzung, weil ich nicht mehr wusste, was ich eigentlich wirklich wollte. In solchen Momenten der Unsicherheit und eines Gefühls der Ausweglosigkeit las ich am intensivsten. Ich stürzte mich kopflos in die zweite Welt, die voller geistiger Abenteuer war. Ich entdeckte damals, glaube ich, T. S. Eliots »The Waste Land«, Ezra Pounds »Pisaner Cantos« und beschäftigte mich mit James Joyce' »Ulysses«. Die Werke dieser Autoren erschlossen sich mir sofort und vollständig über das Nichtverstehen, und ich musste erhebliche Mühe aufwenden, um ausdrücken zu können, was ich von den Büchern begriffen und in ihnen entdeckt hätte, ähnlich einem Musikliebhaber, der nichts von Kompositionslehre versteht, der nicht einmal Noten lesen kann, dem sich aber trotzdem eine Symphonie, ein Streichquartett, eine Oper erschließen. Ich suchte begierig nach weiteren Büchern, die ich mit meinem Denken nur schwer dechiffrieren konnte, so kam ich auf die »Göttliche Komödie« Dantes, die »Ilias« und die »Odyssee« Homers, auf Mallarmé, Laurence Sternes »Tristram Shandy« und später auf Konrad Bayers »Der sechste Sinn«, H. C. Artmanns »ein lilienweißer brief aus lincolnshire« und Oswald Wieners »die verbesserung von mitteleuropa«.

Der weiße Tod

Das Buch, das ich jedoch seit meiner Kindheit las und verstand und das mir trotzdem immer ein Rätsel blieb, das ich besser und besser verstand und dessen Rätselhaftigkeit zugleich wuchs, war Herman Melvilles »Moby Dick«. An viele Bücher, die ich gelesen habe, habe ich nur noch eine bruchstückhafte Erinnerung. Bücher verblassen mit der Zeit im Kopf, es bleiben nur noch Fragmente erhalten: eine einzelne Szene, eine sprachliche Wendung, eine Beschreibung. Weniges prägte sich mir so tief ein, dass es Teil meines eigenen Lebens wurde: Malcolm Lowrys »Unter dem Vulkan«, Joseph Conrads »Herz der Finsternis«, Louis-Ferdinand Célines »Reise ans Ende der Nacht«, Günter Grass' »Die Blechtrommel«, Gustave Flauberts Reisetagebücher, William Shakespeares »Hamlet«, »König Lear« und »Sturm«, Robert Musils »Der Mann ohne Eigenschaften« und Thomas Bernhards »Frost«, vor allem aber, wie gesagt, Herman Melvilles »Moby Dick«, die Jagd des von Rache besessenen Kapitäns Ahab auf den weißen Wal, der ihn zum Krüppel gemacht hat. Melville verwandelte Wirklichkeit in Literatur und lotete zugleich mit einer Abenteuer- und Seegeschichte das Unbewusste und die sprachlichen Möglichkeiten des Schreibens aus. Er schöpfte aus vielen Quellen, die dann in seinem Werk zu einem bewegten Meer zusammenflossen, und er brachte eigene Erfahrungen mit, fuhr er doch selbst als Matrose mehrfach auf Walfängern. 1840, als 21-Jähriger, desertierte er auf den Marquesas in Polynesien von der »Acushnet« und verfasste darüber sein erstes und erfolgreichstes Buch »Typee – der Mann, der unter Kannibalen lebte« und später die ebenfalls erfolgreiche Fortsetzung »Omoo«. In Arrowhead, als Nachbar des von ihm verehrten Nathaniel Hawthorne, schrieb er den 1851 erschienenen Roman »Moby Dick«. Er griff dabei, wie Tim Severin in »Der weiße Gott der Meere« festhält, auf den Erlebnisbericht des Ersten Maats der

»Essex«, Owen Chase, zurück, der den Untergang des Walfängers im November 1820 schildert. Tausend Meilen vor der Küste von Chile hatte die Mannschaft versucht, einen Wal zu harpunieren, der jedoch das Schiff angriff und so schwer beschädigte, dass die zwanzig Mann Besatzung sich in drei Rettungsbooten in Sicherheit bringen mussten. Auf der abenteuerlichen Fahrt, die fünfzehn Mann das Leben kostete, kam es auch zu einem Fall von Kannibalismus, den Owen Chase in seinem Buch ausführlich schildert. 1842, an Bord der »Lima«, erzählte dessen 16-jähriger Sohn die Geschichte Herman Melville und gab ihm das Buch seines Vaters. 1810 war der weiße Wal vor der südchilenischen Insel Mocha zum ersten Mal gesehen worden und hatte deshalb den Namen »Mocha Dick« erhalten. Er griff im Lauf der folgenden Jahre zwei amerikanische und ein russisches Walfängerschiff an, die es auf ihn abgesehen hatten, und versenkte vor der japanischen Küste drei weitere Walfänger, außerdem zerbiss er mehrere Fangboote. Erst 1859 harpunierte ein schwedischer Walfänger vor Brasilien den berüchtigten »Mocha Dick«, er hatte ein Gewicht von hundert Tonnen und eine Länge von dreißig Metern. Sein Maul war acht Meter groß, und in seinem Rücken steckten neunzehn Harpunen. Die Farbe Weiß verlieh dem Seeungeheuer eine mythische Aura. Melville war sich dessen bewusst: Im Kapitel 42, das die Überschrift »Das Weiß des Wals« hat und das ich immer wieder gelesen habe, schreibt er: »Ist es so, dass das Weiß durch seine Unbestimmtheit die herzlose Leere und unermessliche Weite des Weltalls andeutet und uns so den Gedanken an Vernichtung wie einen Dolch in den Rücken stößt, wenn wir in die weißen Tiefen der Milchstraße blicken? Oder ist es so, dass das Weiß seinem Wesen nach nicht so sehr eine Farbe ist als vielmehr die sichtbare Abwesenheit von Farbe und zugleich die Summe aller Farben, dass deshalb eine weite Schneelandschaft dem Auge eine so öde Leere bietet, die doch voller Bedeutung ist – eine farblose Allfarbe der Gottlosigkeit, vor der wir zurückschrecken? Und wenn wir jene andere Theorie der Naturwissenschaftler bedenken, dass alle anderen Farben dieser Erde – alles stattliche oder anmutige Gepränge, die lieblichen Tönungen der Wolken und Wälder bei Sonnenuntergang fürwahr und der güldene Samt der Schmetterlinge und die Schmetterlingswangen junger Mädchen –, dass alles das nur arglistige Täuschungen sind, die den Dingen nicht wirklich innewohnen, sondern ihnen bloß von außen aufgetragen sind, so dass die ganze vergötterte Natur sich in Wahrheit anmalt wie die Hure, deren verlockende Reize nur das Leichenhaus in ihr verdecken; und wenn wir noch weiter gehen und bedenken, dass das geheimnisvolle Kosmetikum, das alle ihre Farben erzeugt – das große Prinzip des Lichts –, selbst für immer weiß und farblos bleibt, und, so es ohne Medium auf die Materie einwirkte, alles, ja sogar Tulpen und Rosen, mit seiner eigenen, leeren Blässe überzöge –, wenn wir das alles erwägen, so liegt das gichtbrüchige Universum vor uns wie ein Aussätziger, und wie ein mutwillig Reisender in Lappland, der sich weigert, farbige und färbende Augengläser zu tragen, so starrt sich der elendig Ungläubige blind, da er den Blick nicht vom endlosen weißen Leichentuche wenden kann, das alles, was er ringsum sieht, verhüllt. Und für all dies war der Albinowal das Symbol!«

Kannte, fragte ich mich, Melville Edgar Allan Poes »Arthur Gordon Pym«, der 1844 erschien? Die phantastische Reise des Titelhelden endet bekanntlich mit den chaotischen Tagebuchaufzeichnungen einer Fahrt in die Antarktis, zuletzt mit einem Boot auf dem Meer in dunkler Nacht: »Die Finsternis war immer dichter geworden«, schließt Poe, »und nur der Widerschein des Wassers auf dem weißen Riesenvorhang belebte flirrend die Meeresnacht. Viele ungeheure und gespenstisch bleiche Vögel flogen jetzt unablässig aus jenem Schleier hervor, und während sie sich den Blicken entzogen, schrillte noch ihr ewiges Teke-li! in unseren Ohren ... Und jetzt rasten wir den Umarmungen des Wassersturzes entgegen, dort hin, wo sich eine Spalte auftat, um uns zu empfangen. Aber in diesem Augenblick erhob sich mitten in unserem Wege eine verhüllte, menschliche Gestalt, doch weit gewaltiger in allen Maßen als die Kinder der Erde. Und ihre Haut war von weißer Farbe, von der Farbe des leuchtendsten, blendendsten ewigen Schnees ---.«

Herman Melville dekonstruierte wie Laurence Sterne den Roman, er griff auf die Bibel, auf Homers »Odyssee« und Vergils »Aeneis«, Miltons »Das verlorene Paradies« und Thomas Hobbes' »Leviathan« zurück (sogar auf den lächerlichen Schwulst von Cornelius Mathews Roman über prähistorische Einwohner, die ein Mastodon bis an die Meeresküste verfolgen). Er schuf einen literarischen Turm zu Babel aus verschiedenen Stilformen: etymologischen Erklärungen, einer naturwissenschaftlichen Abhandlung über Walkunde (Cetologie), Monologen, Gleichnissen, Prophezeiungen, Orakeln, Chroniken, Predigten, einem Chor der Seeleute und so weiter, und es gelang ihm, durch scheinbare Willkürlichkeit der Mittel eine ungeheure, eine kosmische Geschichte zu erzählen. Nur die Namensgebungen in seinem Roman weisen auf die universalen Zusammenhänge hin, die er in der Erzählung selbst aber penibel versteckte. Das Walfängerschiff, das zuletzt untergeht, heißt *Pequod*, nach einem von den Puritanern ausgerotteten Indianerstamm. Kapitän Ahab ist nach einer Figur aus dem Alten Testament benannt, dem König, der 850 v. Chr. Israel regierte und die phönizische Priesterin Isebel zur Frau nahm. Er ließ eigens für sie, da sie den Gott Baal anbetete, einen Tempel bauen, worauf der Prophet Elias das Land mit drei Jahren Dürre bestrafte. Ahab war ein Mörder, und er raubte Nabots Weinberg. Wie von Elias prophezeit, kam er bei einer Schlacht ums Leben, und Hunde leckten sein Blut vom Kampfwagen.

Ismael heißt der Erzähler im Roman, wie der Sohn Abrahams und der Magd Hagar Urbild des Ausgestoßenen, »ein Mensch wie ein Wildesel, seine Hand gegen alle, alle gegen ihn«. Als Sara, Abrahams Frau, später Isaak, den Stammvater der Israeliten, zur Welt bringt, überredet sie ihren Mann, Ismael mit Hagar in die Wüste zu schicken, wo sie aber von Gott gerettet werden. Mit Abraham errichtet Ismael später die Kaaba und wird Stammvater der zwölf Stämme der Araber. In »Moby Dick« ist Ismael ohne Vorgeschichte und Verbindung zu anderen Menschen. Sein späterer Freund, der polynesische Harpunier Quiqueg, ist eine Anspielung auf James Fenimore Coopers »Lederstrumpf«, dessen Hauptfigur Natty Bumppo mit dem Mohikaner Chingachgook befreundet ist, und der weiße Wal findet im biblischen »Leviathan« sein Gegenstück. Die Harpuniere wiederum stammen aus verschiedenen Teilen der Erde: Tashtego ist Indianer, Daggoo Afrikaner, Fedallah ein Parse und Feueranbeter, dessen 6-köpfige Mannschaft aus Malaien besteht, während die Steuermänner Starbuck, Stubb und Flask Weiße sind.

Melville befürchtete deshalb auch, dass sein Buch als »monströse Fabel betrachtet werden könnte oder – noch schlimmer und abscheulicher – als eine scheußliche und unerträgliche Allegorie«. Doch neigte er selbst zum Grübeln und vertiefte sich in metaphysische Fragen. D. H. Lawrence befand, »Moby Dick« sei eines der seltsamsten und erstaunlichsten Bücher der Welt. »Natürlich ist es ein Symbol – wofür? Ich bezweifle, dass Melville es gewusst hat«, schrieb er. Albert Camus meinte: »Das Kind wie der Weise finden darin, was sie brauchen.« Und Joseph Conrad, der wie Melville selbst Jahre auf See verbracht hatte, fand darin »keine einzige echte Zeile aus dem Seemannsleben«. Während William Faulkner und C. G. Jung es für das größte Buch der amerikanischen Literatur hielten, bemerkte der deutsche Übersetzer Friedhelm Rathjen, der Roman sei die literarische Wirrnis schlechthin. »Moby Dick« erschien zuerst in Amerika mit Hunderten Druckfehlern, war ein Misserfolg und wurde eingestampft. Melville starb als Zöllner 1891 im Alter von 72 Jahren. Sein Buch war bis zu seiner Wiederentdeckung 1920 vergessen. Alles, was man bei seinem Erscheinen kritisierte, macht heute seine ungebrochene Modernität aus. Es handelt von Angst, Hass, Gewalt und Einsamkeit, von Gefahr und Tod. »Das Böse ist die chronische Krankheit des Universums«, meinte Melville.

Das Abc der Welt
Marquis de Sade, Pier Paolo Pasolini

Ich las, wie andere Menschen wandern, Berge besteigen, sich in fremden Städten verirren oder von Kontinent zu Kontinent fliegen. Ich war abwechselnd ein Wanderer, ein Reisender und ein Flüchtling in einer fremden Welt. Mit wachsendem Unbehagen lernte ich »Justine«, »Juliette« und vor allem »Die 120 Tage von Sodom« des Marquis de Sade kennen, die alles, was ich an Grausamkeiten gelesen hatte oder mir ausdenken konnte, übertrafen. Und doch verließ mich dabei nie das Gefühl, tief in das Menschengehirn hineinzusehen. Ich erfuhr aus den Texten die menschliche Lust am Schänden, am Malträtieren, am Morden, am Erniedrigen, am Quälen, am Unterdrücken, und ich dachte an Hinrichtungen, Verbrennungen auf Scheiterhaufen, an Schlachtfelder, Konzentrationslager, an verwestes Fleisch, Bordelle, Kinderprostitution, an Erstickende, Schreiende, an Panik, an Folterkammern und Vergewaltigungen. Ich wusste, dass ich mich in das Universum des Bösen begeben hatte, und doch erweiterte es mein Denken. Nackte Menschen verwandelten sich in Fleisch, und die Geschlechtsteile hatten die Bedeutung von Götterstatuen angenommen, die angebetet oder geschändet wurden. Ich dachte an die Bilder von Hieronymus Bosch, die mir jetzt wie poetische Albträume vorkamen, an die Radierungen Goyas und die Höllenbilder Pieter Brueghel d. Ä., an George Grosz und Alfred Kubin. Mir war, als träumte ich die Orgien Caligulas und die Morde, die Gilles de Rais an Kindern verübte. Bis heute stößt mich die Lektüre ab, doch zugleich weiß ich, dass es die Begegnung mit der verborgenen, der anderen Seite im Menschen ist. Ich roch den unverwechselbaren Gestank von vergossenem Blut. Als ich Pasolinis Verfilmung »Salò oder die 120 Tage von Sodom« sah, fiel es mir schwer, das Dargestellte zu ertragen, obwohl ich den Ablauf der Ereignisse kannte.* Alle Schrecknisse sind in meinem Gedächtnis geblieben, dennoch oder vielleicht gerade darum wurde der Film für mich zusammen mit de Sades Büchern zu einem Schlüssel für die Macht der Triebe und gab mir zuletzt den Hinweis, auch mir selbst zu misstrauen.

Albert Camus

Was de Sade für die Unheimlichkeit des Menschen ist, ist Albert Camus für dessen Einsamkeit. In seinen Büchern ging es Camus um diese Einsamkeit, die er weder heroisierte noch romantisierte, sondern normalisierte. Auf diese Weise machte er sie wiedererkennbar. Ich sah mich beim Lesen als Schatten Meursaults in »Der Fremde«. Seine Existenz ist alltäglich, seine Unbeteiligtheit großartig. Schon der Anfang des Buches geht vom Eigentlichen aus: »Heute ist Mama gestorben.« Der Satz umfasst den Tod eines geliebten Menschen und den eigenen. Ich las das Buch wie eine Begegnung mit dem Tod, und ich verstand die Einsamkeit Meur-

---

* Pasolini selbst hatte zu seinem Film gesagt: »Die Mächtigen sind immer Sadisten, und wer Macht erdulden muss, dessen Körper wird zur Sache, zur Ware.«

saults als meine eigene, ja, ich begriff sie erst durch Camus' Roman. Und ich entdeckte gleichzeitig, dass die Selbstverständlichkeit, mit der ich sie hinnahm, verhindert hatte, dass ich sie erkannte. Diese Entdeckung war mit der Erkenntnis verbunden, dass ich ein eigenes Leben führte, auch wenn es mir nicht so erschien. Jede Art Leben, begriff ich, war ein einsames Leben, und es war die Einsamkeit der Existenz, die Meursault zum Mörder werden ließ und die Hauptfigur des Romans »Die Pest«, Dr. Bernard Rieux, zum anonymen Helden des Alltags. Neben der Einsamkeit entdeckte ich beim Lesen auch die Macht des Banalen, die dahinter versteckten Fallen und Intrigen, Lügen und Wahrheiten, Tragödien und Dramen, Verbrechen und Leidenschaften. Camus' Romane sind bis aufs äußerste verknappte, durch die Reduktion der Sprache durchsichtig-klare Kunststücke, sie gleichen geordneten Werkzeugkästen und Ärztetaschen, Gesetzbüchern oder Chroniken. Ich habe nie aufgehört, sie zu lesen.

Georg Büchner

Büchner hatte Medizin studiert und war Arzt gewesen, Dozent für vergleichende Anatomie in Zürich. Außerdem beruhte seine Arbeit auf biographischem Material, dem Leben des Soldaten »Woyzeck« und des Dichters des Sturm und Drang, Lenz, und überdies befassten sich sowohl die Erzählung »Lenz« als auch das Drama »Woyzeck« mit dem Wahn. Ich fand darin allerdings weniger die Schrecknisse des Wahns als dessen Großartigkeit, zudem betörte mich die Sprache des jungen Büchner, die mit Shakespeare verwandt und ihm gleichwertig ist. Ihr Rhythmus hat etwas von der Lakonik der tickenden Uhr, ist jedoch nicht mechanisch, sondern ähnelt mehr dem Atem: Es ist ein gehetzter Atem, ein erregter, der aus einem Bett in einem Krankenzimmer zu hören ist und uns an fiebrige Phantasien denken lässt, an saugende Abflusslöcher, an verstörende Stimmen, die man zu hören vermeint, an Selbstgespräche des Dichters. Der Wahn verhindert die Möglichkeit, zu verstehen und verstanden zu werden, er bildet ein Labyrinth aus Missverständnissen und Täuschungen, Einbildungen und Unwissenheit, falschen Vorstellungen und jähen Ängsten. Diese lassen eine neue Wirklichkeit entstehen, die den geistig Erkrankten seinen Ängsten und der Verzweiflung ausliefert, abkapselt von Zusammenhängen, nach denen er panisch sucht. In das düstere Schreckenskabinett der Bedrohungen und absurden Fehlschlüsse, der Visionen und zugleich Beschränktheit des Wahns kann ihm niemand folgen, der sich nicht entschlossen hat, sich zu verirren. Büchner, der Hellsichtige, ließ sich darauf ein und erlernte die fremde Sprache des Irrsinns, wie er dessen verzerrte Sicht auf die Dinge sichtbar machte. Seine Szenen und seine Prosa sind dicht und atonal wie die Quartette Schönbergs, die mikromusikalischen Stücke Weberns und die Oper »Woyzeck« Alban Bergs. Ich stand in Zürich an Büchners Grab, neben der Straße, auf der Autos fuhren und Fußgänger mit Regenschirmen vorübereilten. Es liegt unter einem alten Laubbaum und ist von einem Eisenzaun umgeben; der Friedhof sind die Häuser, Villen, Wiesen und Bäume ringsum. Unter der Erde sind Hunderte, Tausende Wörter und Sätze, Gedanken und Ideen begraben, die nie geschrieben und gesprochen wurden, denn die Sprache des Todes ist das Schweigen.

Franz Kafka, Robert Walser

Die Sätze Kafkas zerfallen wundersam in ihre einzelnen Wörter – schlägt man ein Buch auf, ist ein Gesumm und Geschabe zu hören. Wie kleine Bauklötzchen sind die Wörter nach einem bestimmten Muster angeordnet. Es war mir beim Lesen allmählich, als betrachtete ich aufgespießte schwarze Insekten in Schmitt-Kästen, Tausende und Abertausende, und in meinem Kopf erwachten sie zum Leben und scharrten und kratzten darin herum, begatteten sich, legten Eier, begannen mit rasenden Flügelschlägen aufzufliegen und tasteten sich mit ihren schwerelosen Fühlern in mein Denken hinein, wo sie meine Vorstellungskraft in Gang setzten. Der Landvermesser K. und »Das Schloß« gewannen ebenso wie »Der Prozeß« ein Eigenleben in meiner Kopfwelt, ich kannte die K.s aus meiner Kindheit, als ich wie jeder und jede selbst einer gewesen war, und aus den Jahren der Erfolglosigkeit, als ich wie alle Erfolglosen gegen verschlossene Türen rannte. Ich spürte auch den Wahn, der sich zwischen den Wörtern, zwischen jedem Buchstaben, jedem Beistrich und jedem Punkt verbarg. Doch sind es keine Albträume, die Kafka daraus entstehen lässt, sondern Untersuchungen über die Krankheit der Welt in Form von Fallbeschreibungen, Berichten, Protokollen, Akten. In der Erzählung »In der Strafkolonie« führt Kafka vor, wie Gewalt in der Anonymität bizarre Ausmaße annimmt, wenn das Opfer zum Objekt geworden ist und der Täter sich zum Werkzeug einer diktatorischen Macht degradiert hat. Er zeigt die Aussichtslosigkeit des Opfers genauso wie die Identifikation des Täters mit seinem Tun, und er öffnet den Blick auf die Mechanik, die dadurch entsteht – das Uhrwerk der Folter. Das Ungeheure, das Unheimliche und Grausame des Quälens beschreibt Kafka sachlich wie ein physikalisches Experiment oder eine wissenschaftliche Studie. Die seltsamste und zugleich alltäglichste Wahnbeschreibung fand ich in »Die Verwandlung«. Kafka greift darin auf das Märchen zurück – die Verwandlung eines Menschen in ein Tier –, beschreibt diese aber in Form eines Tatsachenberichts. Gregor Samsas Metamorphose, seine Mutation in ein Ungeziefer, hinterlässt eine schleimig-silbrige Schneckenspur im Gehirn des Lesers und untergräbt dort mit jeder weiteren Seite die Logik, bis man sie wie in Trance nicht mehr vermisst.

Robert Walser, Kafkas literarischer Vorfahre und Bruder im Geiste, schreibt hingegen nicht Märchen, die Wirklichkeit werden, sondern stellt die Wirklichkeit als kryptisches Märchen dar. Als wäre ein Mäusebuchhalter Mensch geworden, aber sein Zeitempfinden wie seine Wahrnehmung nagetierlich geblieben. Nur langsam, kaum merklich bewegen sich seine Figuren in diesem Mäuse-Universum, und alles wird größer beschrieben und aufgefasst, als es für den Leser ist. Dadurch entdeckt Walser auch das Kleine und Kleinste, das für ihn Erbauung oder Hindernis ist, je nachdem. Walser ist ständig bedroht, diese Bedrohung ist für ihn aber nichts

Besonderes, weshalb er ihr keine Zeile widmet. Sie gehört zu seinem Leben, er lebt mit ihr, ohne ein Wort über sie zu verlieren. Er weiß, dass es Fallen gibt, die zuschnappen können, Feinde, die ihn verschlingen wollen, Gift, das ihn töten soll, doch nimmt er es mit der Gelassenheit eines Fußgängers im Straßenverkehr hin. Darüber Sätze zu bilden käme ihm banal vor. Die »Spaziergänge mit Robert Walser« las ich, als meine Mutter sich nach einem Schlaganfall im Grazer Feldhof, der heutigen Sigmund-Freud-Klinik, befand. Sie starb dort in der Geronto-Psychiatrie, in tiefer Verzweiflung über den Verlust ihrer Sprache. Oft schob ich sie mit dem Rollstuhl durch das Gelände der Anstalt bis zu den Feldern, hinter denen der »rote Blitz«, die Graz-Köflacher-Eisenbahn mit tönender Sirene vorbeifuhr. Ich las Carl Seeligs Buch über den armen Dichter, wie ein Kind Walt-Disney-Trickfilme anschaut, zugleich überglücklich und den Tränen nah, auf jeder Seite zwischen beiden Extremen schwankend und voller Begeisterung für den kleinen, komplizierten Mann, der von einem fremden Stern zu uns gekommen war. Für mich lebte Walser in diesem Büchlein fort wie für ein Kind vielleicht eine Figur aus einem Aufklapp-Bilderbuch – er war mir »zum Greifen nah«.

Adalbert Stifter

Ich habe Stifters »Nachsommer« nicht gelesen, wie man sonst ein Buch liest. Ich habe es, wenn es mir gerade einfiel, aufgeblättert und mich kürzer oder länger den hypnotischen Beschreibungen überlassen, die wie Drogenbilder vor meinem inneren Auge Gestalt annahmen: Kleider, Möbelstücke, Landschaften, Himmelsstimmungen, Gärten, Pflanzen, alles zeigt sich wie zum ersten Mal, als habe ein Blinder plötzlich das Augenlicht erlangt und könne kein Ende finden mit seiner Bewunderung für das Wahrgenommene. Es hat den Anschein, als wolle Stifter nicht wahrhaben, dass das Paradies verschwunden, verloren ist, und als wolle er es mit jedem Detail heraufbeschwören, denn nur in der vollkommenen Beschreibung des Details, hat es den Anschein, könne es sich, wenn auch nur für einen Augenblick, offenbaren. Stifter umgibt alles, was er festhält, mit der Aura der Einzigartigkeit und Unwiederholbarkeit, das verleiht seiner Literatur etwas Spirituelles. Sein Problem ist jedoch die Zeit, er will sie zum Stillstand bringen, denn wer das Paradies will, muss auch die Ewigkeit finden, die es wiederum nur im Tod gibt.

Selbstbeschreibung

Wenn ich an die Schriftsteller denke, die ich aufgezählt habe, so ergibt sich eine merkwürdige Nähe zu Wahn und Tod. Marquis de Sade saß den Großteil seines Lebens im Gefängnis und starb im Irrenhaus Charenton, Albert Camus kam mit 47 Jahren bei einem Autounfall ums Leben, Georg Büchner starb mit 24 Jahren, Franz Kafka mit 41 an Kehlkopftuberkulose, Robert Walser in einer Anstalt für Geisteskranke, Stifter schnitt sich die

Kehle durch. Oft genug kam ich erst über die Lebensumstände eines Dichters zu seinem Werk, wie zu »Zeno Cosini« und Italo Svevo, über den ich von einem Freund erfuhr, dass er Sekretär von James Joyce gewesen und, wie Camus, bei einem Autounfall ums Leben gekommen war. Als ob ich der Überzeugung gewesen wäre, dass nur Unglückliche die Bücher schreiben, die mich so verändern konnten, dass ich selbst für die Dauer des Lesevorgangs zu einer literarischen Figur wurde: Hölderlin, Kleist, Trakl, Celan, Rimbaud, Villon, Baudelaire, Wilde, Mandelstam, Joseph Roth, Anna Achmatowa, Lermontow, Gogol oder William Burroughs. Ich ließ mich vom Buchstabenmeer so weit hinaustragen, dass ich kein Land mehr sah, und ich hasste die Heimkehr wie ein Junkie, der aus seinen pharmazeutischen Träumen erwacht. August Strindberg beispielsweise zog mich wegen seiner Absichten und Forschungen an, wegen seiner paranoiden Existenz, seinen grandiosen Versuchen zu malen, den Himmel zu fotografieren und nicht zuletzt wegen seiner autobiographischen Schriften, die vom Verfolgungswahn bestimmt sind. Allerdings lernte ich durch seinen »Totentanz« und das »Fräulein Julie« auch die schöpferische Kraft des Hasses kennen, die Ästhetik des Negativen, die später Louis-Ferdinand Céline in seiner Prosa so virtuos beherrschte.

Ich entdeckte »Die Welt als Labyrinth« von Gustav René Hocke, eine betörende Geschichte des Manierismus, und lernte neue Kontinente kennen voller Rätsel und Sinnestäuschungen, eine zweite Wirklichkeit aus Konvex- und Konkavspiegeln, Traumbildern und Imagination. Ich studierte Maurice Nadeaus »Geschichte des Surrealismus« halb ungläubig, wie ich als Jugendlicher »Gullivers Reisen« gelesen hatte, in der Überzeugung, dass »oben« und »unten«, »groß« und »klein« aufgehört hatten zu existieren. Meine sexuellen Phantasien erregten sich an Henry Millers »Wendekreis des Krebses«, »Wendekreis des Steinbocks« und »Stille Tage in Clichy«, Wahn und Tod fand ich nicht in seiner Biographie, sondern nur in seinen Büchern, in der atemlosen Schilderung anarchistischen Lebens. Ich studierte das Lehrbuch der Psychiatrie von Bleuler und fahndete in Lange-Eichbaums »Genie, Irrsinn und Ruhm« nach dem Unglück großer Künstler, die ich insgeheim darum beneidete.

Hans und Otto Gross
(Eine Zwischenbemerkung)

An einem heißen Sommertag kaufte ich die zweibändige Ausgabe von Hans Gross' »Handbuch für Untersuchungsrichter« im Antiquariat Wildner in der Grazer Stempfergasse. Gross selbst war Untersuchungsrichter, Richter und zuletzt Professor in Graz gewesen und Begründer der »Kriminologie«, die sozusagen das Denken von Sherlock Holmes mit naturwissenschaftlichen Methoden verband. Ich erfuhr auch, dass der Wissenschaftler einen Sohn, Otto, gehabt hatte, der ein bedeutender Psychiater gewesen war, dessen radikale Meinungen und Erkenntnisse in der Öffentlichkeit unterdrückt worden waren. Er war deshalb mit seinem Vater in Konflikt geraten. Hans Gross veranlasste sogar, dass sein

Sohn Otto wegen dessen anarchistischer Umtriebe in Berlin von drei deutschen Polizeibeamten festgenommen, nach Österreich gebracht und in die Irrenanstalt Tulln eingeliefert wurde. Beide, Hans und Otto Gross, waren mit Sigmund Freud und Franz Kafka bekannt gewesen. Der Vater hatte Erkenntnisse der Psychiatrie in seine von ihm begründete Wissenschaft eingeführt und Anfang des 20. Jahrhunderts ein Buch mit dem Titel »Criminalpsychologie« veröffentlicht, eine Lehre, die stark vom Zeitgeist geprägt war, weshalb sie nach einem fulminanten Siegeszug um die halbe Welt allmählich in Verruf geriet. Hans Gross war auch Universitätsprofessor in Prag gewesen, wo Franz Kafka im fünften, sechsten und siebenten Semester seines Studiums der Rechtswissenschaften sechzehn Wochenstunden in den Sparten Strafrecht, Strafprozess und Rechtsphilosophie bei ihm belegt hatte. Fast augenblicklich, als ich davon hörte, veränderten sich in mir der Roman »Der Prozeß« und die Erzählungen »In der Strafkolonie« und »Vor dem Gesetz« – ich verstand jetzt, woher sie kamen und was Kafka dazu angeregt haben konnte. Gross selbst hatte ja Strafkolonien für Rückfalltäter gefordert. Allmählich begann ich, in dem Grazer Kriminologen einen rechthaberischen Dämon, der andere zugrunde gerichtet hatte, zu sehen, einen Patriarchen. Mich irritierte besonders das Apodiktische, das ich bald als einen Grundzug der Väter- und Großvätergeneration ausmachte. Heute noch ist es das Apodiktische, das in mir das Gefühl zu ersticken hervorruft und das ich in allen Ideologien und Religionen finde. Ich glaube, deshalb nie ausreichend zum Schüler oder zum Untertan geeignet gewesen zu sein. Otto Gross, der

Sohn und Psychiater, hatte Franz Kafka hingegen auf einer längeren Eisenbahnfahrt kennengelernt und den Dichter mit seiner Monomanie und endlosem Gerede verwirrt, wie Kafka selbst festhält. Trotzdem planten sie gemeinsam die Herausgabe einer Zeitschrift mit dem Titel »Blätter zur Bekämpfung des Machtwillens«. Angeblich war Otto Gross ein Schüler von Sigmund Freud, und er wurde auch in einer Blitzanalyse von C.G. Jung behandelt. Otto war morphiumsüchtig gewesen und deshalb wiederholt zu Entziehungskuren in Anstalten eingeliefert worden. Er hatte eine offene Ehe geführt und zahllose Frauenbekanntschaften gemacht, las ich, darunter auch die der beiden Richthofen-Schwestern (von denen eine, Frieda, später D.H. Lawrence heiratete) sowie der Schwester des Satirikers Anton Kuh. Otto und seine Frau hatten die unehelichen Kinder aus ihren Liebschaften als eheliche angenommen. Wegen seines Lebenswandels und seiner Behandlungsmethoden wurde er von seinen Kollegen jedoch angefeindet, so begünstigte er bei zwei Patientinnen, die auch seine Geliebten gewesen waren, deren Selbstmord, einer von ihnen stellte er sogar das Gift zur Verfügung. Mit seiner Lebensweise wollte er nach eigener Aussage die patriarchalische Gesellschaft verstören, und er veranstaltete in der damals berühmten Kommune von Ascona, wo er eine Schule für Anarchisten hatte gründen wollen, Orgien. Folgerichtig hatte ihn auch sein Vater wegen anarchistischer Umtriebe verhaften lassen können. Otto Gross starb 1920 im Alter von 43 Jahren in Berlin, nachdem man ihn halb erfroren und fast verhungert in einem Hauseingang gefunden hatte. Seine Schriftstellerfreunde, die Dadaisten Franz Jung und Raoul Hausmann, der Expressionist Karl Otten sowie Franz Werfel, der über ihn den Roman »Barbara oder die Frömmigkeit« verfasste, sahen in ihm einen Zeit- und Gesinnungsgenossen, der besessen davon gewesen war, die Verlogenheit der bürgerlichen Werte zu bekämpfen. Ich dachte oft an Hans und Otto Gross, in meiner Vorstellung aber ging mit der Zeit die seelische Krankheit des Sohnes auf den Vater über. Ich stellte mir immer mehr einen verrückten Untersuchungsrichter und despotischen Psychiater vor. Beide beschäftigten sich ja mit einer ähnlichen Materie, Hans auf Seiten der Justiz, der Rechtsordnung, und Otto auf Seiten des einzelnen Individuums. Otto hatte das Dilemma seines Berufs begriffen, dass nämlich auch die psychiatrische Heilmethode auf ein Normalisieren hinauslief, auf ein der Gesellschaft angepasstes Leben, als sei diese zeitlos und nicht in Frage zu stellen. Gerade dagegen aber hatte er sein Leben lang aufbegehrt, und daran war er auch zerbrochen.

Das Kriminalmuseum

Ein Freund, der Jusstudent Sonnenberg, vermittelte mich eines Tages an den Assistenten des Kriminologischen Instituts der Universität Graz, der mir die von Gross begonnene Lehrmittelsammlung, welche inzwischen museale Ausmaße angenommen hatte, zeigen sollte. Dr. Bachhiesl war ein mittelgroßer Mann, mit einer Trachtenjoppe bekleidet und einer Brille auf der Nase. Die Lehrmittelsammlung befand sich in einem

Nebengebäude der Universität, im sogenannten Meerscheinschlössl, bevor sie in einem Trakt der gegenüberliegenden Kinderklinik untergebracht wurde, wo ich sie in Begleitung von Sonnenberg und Dr. Bachhiesl gesehen habe – die Umstände waren jedoch unerfreulich. Dr. Bachhiesl erklärte uns nämlich, dass wir uns in der sogenannten Kinderpathologie befänden, umgeben von herausgeschnittenen Organen, die hier in Glasbehältern aufbewahrt würden, ein Umstand, der allein schon bedrückend war. (Wir bekamen allerdings nichts davon zu Gesicht.) Die großen, dunkelbraunen Holzschränke des Kriminalmuseums waren geschlossen, nur die Vitrinen in der Mitte gaben den Blick frei auf die Überbleibsel vergangener Verbrechen. Zwei der mit schwarzen Buchstaben auf weißen Schildchen beschrifteten Schränke waren den Schusswaffen – Gewehren und Pistolen – gewidmet, ein anderer mit Hunderten Apothekerfläschchen und Herbarien den Giften, ein weiterer Gipsabdrücken von Fußspuren. Dr. Bachhiesl zog sich zurück, und Sonnenberg, mit Dr. Bachhiesl befreundet, öffnete die verglasten Türen der Vitrinen und hielt in rasendem Tempo einen Vortrag, dem ich nur zum Teil folgen konnte. Zu jedem der zahllosen Objekte wusste er eine Geschichte, die er in aller Ausführlichkeit, doch in enervierender Hektik erzählte, zu jedem der zahlreichen Spazierstöcke, jeder Feile, jedem Messer, jeder gezinkten Spielkarte, jeder gefälschten Banknote. Er zeigte mir den schwarzen Tatortkoffer des Untersuchungsrichters Hans Gross, den dieser zur Spurensicherung mit sich führte und in dem alle Geräte griffbereit in Fächern geordnet waren: Lupe, Zirkel, Kompass, Schnur, eine kombinierte Zange mit Hammer, Hacke und Schraubenzieher, ferner Pinsel, Bleistift, Briefpapier, Umschläge, Amtssiegel, Messband und sogar eine kleine Blechdose mit Bonbons für Kinder, deren Aussagen benötigt wurden, eine Zündholzschachtel, ein Stück Seife sowie Kerzen und ein Kreuz, um Zeugen an Ort und Stelle zu vereidigen. Des Weiteren eine Feder, ein Fläschchen Nigrosin* zur Erzeugung von schwarzer Tinte, Pauspapier, Pausleinwand, ein Fläschchen Gips, ein Fläschchen Öl und eine kleine zusammenlegbare Taschenlaterne. Außerdem Klebstoff, eine Handbürste und verschiedene Chemikalien, verkorkte Fläschchen, zwei Glasröhrchen, eine Eprouvette mit einem Totenkopf und der Aufschrift »Sublimat-Gift«, Medikamente und sogar einen Schrittzähler. Ich erinnere mich auch an mehrere Stäbe und Dosen, habe aber vergessen, wozu sie gut waren. Verwirrt von der Vielfalt der Objekte, muss ich wohl, wie immer in solchen Fällen, abwesend gewirkt haben, und Sonnenberg, ein aufmerksamer Beobachter, holte aus einer Lade eine mit Schreibmaschine verfasste Liste heraus und las sie mir vor. Ich besitze diese Liste heute noch, da Sonnenberg sie mir übergab und ich sie in den ersten Band des »Handbuchs für Untersuchungsrichter« gesteckt habe, wo ich sie erst nach Jahren wiederfand. Außerdem lag noch eine Seite mit sechs Schwarzweißfotografien der Sammlung dabei, die zusammengenommen einen improvisierten Führer durch das damalige »Kriminalmuseum« ergaben. Auf der Liste sind die 31 Punkte festgehalten, nach denen Gross die Aufstellung der Lehrmittelsammlung vornehmen wollte. Ei-

---

* wasserlösliches Anilin

ner seiner Nachfolger, Ernst Seelig, ließ in der Zeit des Nationalsozialismus die Sammlung nach geänderten Gesichtspunkten ordnen, nach Ende des Zweiten Weltkriegs wurde sie dann provisorisch im Meerscheinschlössl und in der Kinderklinik untergebracht, und wie alle Provisorien hält in Österreich eine »vorläufige Lösung« bekanntlich mehrere Jahrzehnte lang.

Gross' Lehrmittelsammlung begann, las mir Sonnenberg vor, mit der Forensischen Medizin, die zertrümmerte Knochen, das zugehörige Tatwerkzeug, präparierte Hautstücke mit Strangulierungsmerkmalen, Einschussöffnungen und anderes mehr umfasste. Es folgten als Zweites Präparate von Blut, Eiter und Samen sowie Menschenhaare im Vergleich zu Tierhaaren. Als Drittes, las Sonnenberg, kamen Giftstoffe hinzu und hierauf »Instrumente, mit denen eine Körperverletzung zugefügt wurde«, daneben Projektile, die an Tatorten sichergestellt worden waren, mit der Beschreibung ihrer Wirkung auf das Opfer sowie der verwendeten Waffe. Beispielsweise »Rundkugel, Spitzkugel, Geschoss mit Treibspiegel, Patronen mit Randzündung beziehungsweise mit Stift- oder Zentralzündung und Schrot«, ereiferte sich Sonnenberg. Als Sechstes, fuhr er fort, Blutspuren, dazu Muster von Tüchern, Stoffen, Papieren, Tapeten, Holzarten und Steinsorten, die mit Ochsenblut bespritzt wurden, um zu zeigen, wie verschieden Blutspuren auf den jeweiligen Untergründen aussehen können. Außerdem eine Sammlung von Spuren unterschiedlicher Substanzen die Blut vortäuschen konnten, wie Rost, Kautabak, rote Tinte oder gewisse Schimmelpilze. Punkt sieben betraf, so Sonnenberg, Blutspuren, die von Mauern, Steinen und Holz abgenommen und konserviert worden waren, acht: Fußspuren in Gips, Lehm, Wachs, Zement oder sogar Brotkrumen. Außerdem Papillarlinien von Fingern. Unter Punkt zehn, fasste Sonnenberg zusammen, waren »sonstige Spuren« aufgezählt, zum Beispiel ein Stück Holz, das von einer Gewehrkugel gestreift worden war, Glasscherben von durch Schrotschüsse zertrümmerten Scheiben oder durch verschiedene Waffen beschädigte Kleidungsstücke. Hierauf Spielkarten, markiert oder gefälscht, gezinkte Würfel und sonstige Requisiten von Falschspielern sowie Falsifikate von Urkunden, Siegeln, Stempeln, Maßen und Gewichten samt den Apparaten, mit denen sie hergestellt worden waren, dazu Werkzeuge von Einbrechern wie der Dietrich, für den Taschendiebstahl oder von Wilderern und als spezieller Punkt »unechte Kunstgegenstände, Antiquitäten und derlei Fälschungen«. Sonnenberg machte eine kurze Pause, kratzte sich am Kopf und las dann schnell und leise, wie für sich selbst. Ein anderes Kapitel wiederum betraf »Brandlegungsapparate und das dazugehörige Werkzeug«, das folgende »Mittel für Sprengungen und Explosionen« und ein eigenes »Fotografien von Verbrechen mit möglichst genauen Angaben« und »Handschriften von Verbrechern, Querulanteneingaben und sonstige gerichtliche Eingaben von Narren« sowie »Chiffrenunterschriften« (was immer das sein mochte). Punkt zwanzig betraf Lokalaufnahmen von wichtigen Tatorten und »Kopien von besonders guten und mustergültigen Aufnahmen im Zuge von Lokalaugenscheinen«, es folgten »Restaurierungen von zerrissenem, aufgeweichtem, vergilbtem oder verkohltem Papier mit Angabe der dabei verwendeten Methoden«. Punkt dreiundzwanzig beinhaltete Waffen verschiedenster Art als Demonstrationsobjekte, vierundzwanzig: Gaunersprache, fünfundzwanzig: »sogenannte Gaunerzinken – Verständigungszeichen der Gauner, die an Wegkreuzungen, Kapellen oder Scheunen zu finden« waren, während Punkt sechsundzwanzig sich mit Dingen des Aberglaubens befasste, da, wie es heißt, »nur durch sie in vielen Fällen Art und Weise seiner Verübung aufgeklärt werden können«. Unter siebenundzwanzig waren »bei Zigeunern beschlagnahmte Gegenstände« zusammengefasst: »Diebswerkzeuge« oder »Apparate zum Wahrsagen etc.«. Nummer achtundzwanzig war »Verstellungskünsten und ihren Vorrichtungen« gewidmet, worunter »falsche Bärte, Arme, Bartfärbemittel etc.« verstanden wurden. Als Nächstes »Gefängniszeugnisse zum Zwecke gegenseitiger Verständigung in den Untersuchungen. Geheimschriften und bei Fluchtversuchen verwendetes Werkzeug. Als dreißigsten und vorletzten Punkt beinhaltete die Sammlung »Tätowierungen aufgefundener Leichen«, als einunddreißigsten »Vergleichsobjekte, die nicht direkt mit einer Strafsache zusammenhängen, sondern entweder anderweitig entstanden sind oder speziell hierfür erzeugt wurden«, und zur Sicherheit existierte auch noch ein »Pseudopunkt zweiunddreißig« unter dem Begriff »Varia hier nirgends eingeteilter Gegenstände«. Ich saß eine Weile mit der Liste, die mir Sonnenberg übergeben hatte, in einem knarrenden Thonetstuhl, ging dann schweigend im großen Raum herum und betrachtete die Gegenstände, bis Sonnenberg mich nach einem Seufzer fragte, ob wir fortfahren könnten. Voller Eifer führte er mich zu weiteren Vitrinen und Kästen, und wir hätten uns wohl in den Hunderten, ja Tausenden Einzelheiten verzettelt, wenn Sonnenberg sich nicht selbst von den Ausstellungsstücken immer wieder mit der Bemerkung losgerissen hätte, er habe zu Mittag eine Verabredung. Zugleich erlag er aber schon der Faszination des nächsten Ausstellungsstücks, von dem er nicht nur die Geschichte genau kannte, sondern über das er auch eine Fülle von Einzelheiten wusste. Er sprach mit mir ausführlich über »Kriminalbiologie« und die acht Typen der Kriminellen, die der »spätere Nationalsozialist« Ernst Seelig erkannt zu haben glaubte: »Arbeitsscheue Berufsverbrecher«, zitierte Sonnenberg aus einem Buch, das zusammen mit anderen auf dem Schreibtisch stand, »deren Charakteristikum eine asoziale Lebensform« sei, »arbeitsscheue Kleinkriminelle, wie Landstreicher und Dirnen«, sodann »Vermögensverbrecher aus geringer Widerstandskraft«, wie »diebische Dienstnehmer, Defraudanten, unredliche Beamten und weiters: Verbrecher aus Angriffssucht, unter anderem bäuerliche Wirtshausraufer, Krakeeler und Messerstecher«. Die vierte Gruppe umfasste »Verbrecher aus sexueller Unbeherrschtheit« und »Notzüchter, Blutschänder, Pädophile und Exhibitionisten«, die fünfte »Krisenverbrecher«, wie zum Beispiel »Mörder der schwangeren Geliebten« oder aus einer »Pubertätskrise« heraus, »Verbrecher aus Hörigkeit«, sowie »Rezeptfälscher und Vermögensverbrecher aus Rauschgiftsucht«. Der sechste Typ des unse(e)ligen Dr. Seelig umfasste »primitivreaktive Verbrecher, wie zum Beispiel blindwütige Rächer oder Pyromane«. Als siebenten nannte er »Überzeugungsverbrecher«, wie »politische Attentäter« oder »religiöse Sektierer«, und als letzten Typ den »Verbrecher aus Mangel an Gemeinschaftsdisziplin«, worunter er »Übertreter von Kriegsvorschriften, Wirtschaftssaboteure«, aber auch »Verkehrssünder« und »leichtsinnige Raucher« zählte.

Sonnenberg klappte das Buch zu und wies mich noch einmal darauf hin, dass diese Aufstellung »unwissenschaftlich und weltanschaulich motiviert« gewesen sei, und betonte, dass jede Gesellschaft ihre eigene Ansicht von Verbrechen entwickele und dass daraus wiederum Rückschlüsse auf die Gesellschaft möglich seien.

Ich sah währenddessen alte Mikroskope, einen fotografischen Apparat mit zwei Linsen zur Herstellung von Stereobildern, Lupen und zuletzt Alben und Einzelstücke von »pornographischen Schwarzweißaufnahmen«. (Die meisten stammten noch aus der Zeit der Monarchie um 1900, und sie fielen mir immer wieder ein, als ich die »Mutzenbacher«-Geschichten von Felix Salten las.) Herren und Damen vergnügten sich auf Sofas und in Betten. Es gab große Mengen von Nacktaufnahmen junger Frauen, aber auch Paare, die es in verschiedenen Stellungen miteinander trieben. Am häufigsten waren Fotografien von Prostituierten mit gespreizten Schenkeln und auch in anderen Posen, bei denen mich Sonnenberg darauf hinwies, dass die Belichtungszeit für ein Bild zehn Minuten betragen habe, während der sich »die Modelle«, wie er sagte, nicht hätten bewegen dürfen. So betrachtet strahlten die Fotografien etwas Artistisches, Zirkushaftes aus, sie ließen mich an Gummimenschen denken, an Schlangenfrauen, die ihre Körperteile verrenkten und ineinander verwickelten, wobei diese hier besonders darauf achteten, dass die Geschlechtsteile nicht verdeckt waren. Zumeist boten sich die Paare anfangs bekleidet dar: Dienstmädchen und junger Herr, unschuldiges Mädel und Kavalier, Nonne und Mönch – Höhepunkt war immer das männliche, erigierte Glied in der weiblichen Scheide. Der Akt wurde aus der Sicht von vorne und hinten präsentiert, mit Vorliebe aber saß die Frau auf dem Schoß des Mannes, den Penis halb in der Vagina und die Gesichter entweder verträumt oder lachend. Auch der orale Verkehr war ein gängiges Motiv sowie der Geschlechtsverkehr eines Mannes mit zwei Frauen, und auf einigen Bildern war ein gut ausgestatteter Afrikaner mit einer Partnerin zu sehen, außerdem lesbische Akte und zuletzt ein Pseudoringkampf zweier nackter Männer mit interessanten Hebefiguren, die ihnen vermutlich einiges an Anstrengung abverlangt hatten.

Die andere Seite

Ich dachte beim Anblick der alten pornographischen Aufnahmen an die Welt des Marcel Proust und seine Suche nach der verlorenen Zeit, in der es alles Verbotene gab, aber wie durch ein fein gehäkeltes Tuch des Scheins verdeckt und nur voyeuristischen Blicken durch die allerwinzigsten Öffnungen des Musters zugänglich. Gerade diese Verborgenheit, hinter der nur lüsterne Seufzer und lange Pausen der Stille zu hören waren, steigerte die Begierde, das Versteckte zu sehen, und regte die Phantasie an, die wiederum durch die pornographischen Aufnahmen gleichsam ihre Bestätigung als wahre Wirklichkeit erhielt. Die Welt war, besagten die pornographischen Bilder, genau das, was verboten war, sich auszumalen. Gab es einen Grund, dieses tabuisierte Terrain nicht selbst zu betreten? Auch ich verspürte ja den Wunsch, es zu tun, meine ganze Kindheit und Jugend, mein ganzes Leben lang, denn meine Neugierde wird gerade durch das Verbotene, Unterdrückte, Verschwiegene angeregt. Prousts Stil ist ebenso kompliziert und labyrinthisch wie die Gesellschaft, die den Schein als das wahre Sein lebte und das Sein als Sünde betrachtete. Aber Proust bestand auf der Entdeckung des verbotenen Lebens, weil er das Mirakel seiner homosexuellen Veranlagung ergründen wollte – und damit auch die Wirklichkeit hinter dem kunstvollen Schein. Was er erfuhr, drückte er wiederum in der Sprache des Scheins aus, so als stünde hinter der angeblich wahren Wirklichkeit eine andere wahre Wirklichkeit und dahinter eine weitere und eine weitere – mit einem Wort, als sei alles nur Schein. Proust ver- und entzauberte die Wirklichkeit durch seine eminente Schreibkunst, durch den Gestus des Zauberers, der alles enthüllt und zugleich verkehrt, so dass beim Lesen zuletzt nicht mehr entscheidbar ist, ob wir einem grandiosen Zauberkunststück beiwohnen, bei dem wir mitverzaubert werden, oder eine fotografisch genaue Darstellung einer Epoche vor Augen haben, die der Magier aus seinem Kopf zu Papier gebracht hat. Keiner verstand es so virtuos, Schein und Sein zu vermengen, die Widersprüchlichkeiten zu entblößen und zuletzt aufzuheben, wie der französische Dichter, an den ich nicht nur beim Anblick der pornographischen Fotografien dachte, sondern auch, als ich die Bilder des Fotografen Jacques-

Henri Lartigue sah, dessen Vater – selbst Amateurfotograf – dem Siebenjährigen 1901 die erste Kamera schenkte. Es war, wie man weiß, eine massive 13 × 18, auf einem hölzernen Stativ. Lartigue schrieb über sie: »Sie war aus gewachstem Holz mit einem Objektivbalg aus graugrünem Tuch, das in Ziehharmonika-Falten gelegt war ... Ich kletterte auf einen Stuhl, versteckte meinen Kopf unter dem schwarzen Tuch, nahm den Objektivdeckel ab, stellte die Brennweite ein, zählte, befahl allen, still zu stehen, schloss die Blende wieder, und da war das Bild.« Es war ein magischer Akt und Lartigue ein ebenso virtuoser Magier wie Proust ... Ein Kinderportrait im Schlafzimmer zeigt verwischt den Cousin Dede im weißen Nachthemd und mit kurzgeschorenem Haar vor seinem Bett (unter dem ein Nachttopf steht). Fast hat es den Anschein, als schwebe er auf dem orientalischen Teppich – die okkulte Fotografie eines Gespenstes, eine Traumerscheinung ... Im Garten wirft eine Frau mit Schürze – die Amme des Fotografen – einen großen Ball in die Luft. Hoch oben, vor einem Gebüsch, schwebt er am Bildrand, wie ein kleiner Planet ... Ein Herr in Sonntagskleidung lässt ein Hündchen aus seinem Arm über einen Bach springen – er wird als fliegender Hund in Erinnerung bleiben ... Vier Kinder – eines in Knickerbockern – mit Faschingsmasken und falschen Bärten vor einer Mauer: als würden sie gerade »auf der Suche nach der verlorenen Zeit« spielen ... Das Mädchen mit gerüschtem, spitzem Sonnenhut, weißem, weitem Kleid und Badeschuhen am Meeresufer, mit einem schwarzen, großen Hund – im Hintergrund ein Mann mit aufgekrempelten Hosen, Jackett und weißem Hut, in der Hand einen Kescher am Stiel, mit dem er

Krabben oder kleine Fische fangen will, Algenhaufen, es herrscht Ebbe. Die Szene könnte von Proust beschrieben worden sein. Und dazu die langen Kleider, riesige Damenhüte, Melonen, Handschuhe, Pelzjacken, Kappen, Muffs, Zylinder, Schals, Kragen, Bärte, Westen, weiße Schuhe, Anzüge, Panamahüte und Spazierstöcke der Belle Epoque, auferstanden wie die Zeit, die Proust wiederfand. Lartigue hält jedoch nur die äußere Wirklichkeit, die Wirklichkeit des Scheins fest, die von Proust so eindringlich beschriebenen Kulissen und Statisten in seinem Werk: Drachenflieger und Flugmaschinen, einen Rennschlitten mit Rädern, Limousinen, Rennmotorräder und Rennautos – alles ist in Bewegung: Es gibt Purzelbäume zu sehen, Eisläufer auf zugefrorenen Teichen, eine vom Fahrrad stürzende junge Dame, Weitspringer und Radfahrer. Lartigue nennt die Personen in den Bildunterschriften meist beim Namen und hält auch die Orte der Aufnahmen fest, denn sie sind Abschnitte eines fotografischen Tagebuchs, Bild für Bild, Kapitel für Kapitel: die Tigerkatze, die im Garten nach dem Ball springt, sie sieht aus wie ein »Zwetschgenkrampus«, eine Figur aus Dörrpflaumen, die den Kindern am Nikolaustag in Österreich geschenkt wird … ein Mädchen, das von einer Mauer springt, mit gebauschtem Kleid – das Bild ist verwackelt, der Kopf nur bis zu den Augenbrauen zu sehen. (Ich glaube immer einen Luftzug zu spüren, wenn ich die Fotografie betrachte …) Onkel und Cousin: der Onkel dick, schnurrbärtig, wie ein Restaurantbesitzer im schwarzen Anzug, der Sohn in kurzen Hosen, Stutzen und hohen Schuhen hockt auf den Knien seines Vaters. Im ersten Augenblick dachte ich an einen Bauchredner mit einer Kinderpuppe und gleich darauf an ein seltsames siamesisches Zwillingspaar, das verschieden schnell gealtert war … Die Cousine, die Treppe »hinunterfliegend«, als habe für einen Moment die Schwerkraft ausgesetzt … Ein Mann (unscharf), tollkühn über vier Stühle springend … Die Rückenansicht einer Dame mit schwarzem Sonnenschirm, langem, gefaltetem, gerafftem Seidenkleid, Handschuhen, Hut, Pelz und einem halb in das Bild gerückten Hündchen, die bald nach rechts ins Nichts verschwinden und den unscharf aufgenommenen Reiter im Hintergrund allein im Bild lassen werden … Oder ein Mädchen auf einem Pony mit dem eine Melone tragenden Reitlehrer, der ihr eine Bewegung vormacht, welche das Mädchen nachmachen soll, wie man Wörter einer fremden Sprache in der Schule wiederholt ... Damen, die im Gleichschritt promenieren mit riesigen Schleifen und Federn auf großen Hüten (andere Hüte sind mit einem Schleier ausgestattet, der das Gesicht verdeckt und zugleich Unnahbarkeit suggerieren und Neugierde erwecken soll) ... Die Hochzeit eines kleinen, alten, ordensbestückten und bebrillten Grafen mit einer jungen, verschleierten, wenig reizvollen Braut, wie eine Szene aus einem Groucho-Marx-Film ... Jungfrauen mit Hüten bei der Erstkommunion ... Eine stehende Straßenbahn mit Passagieren in Nizza, die an ein gestrandetes Schiff denken lässt ... Tanzende im Freien ... Eine Rutschbahn im Vergnügungspark mit einem abspringenden Kind, das für immer mit ausgestreckten Beinen in der Luft sitzt ... Oder die berühmte Schauspielerin auf der Bühne – alles in Bewegung, fliegend, laufend, springend, lachend, sprechend und wie hypnotisiert vom mächtigen Geist der Zeit.

Fotografien von Verbrechen, Tatortfotografien, Arthur Conan Doyle, Jürgen Thorwald

Auch die Tatortfotografien im Kriminalmuseum bilden die Zeit ab, nur dass das Verbrechen im Vordergrund steht. Je älter die Bilddokumente werden, desto augenfälliger sind die Kleider, Uniformen und Tatwerkzeuge. Sie verlieren allmählich die Schauerlichkeit, die ihnen innewohnt, und an ihre Stelle tritt der Eindruck von Sinn- und Hilflosigkeit und offener Brutalität. Sie sind –

im Vergleich zu Lartigues Welt – statisch, die Bewegungen sind eingefroren, als blickten wir in ein Reich des Stillstandes. Ich schaute zu Sonnenberg hin, der jetzt im zweiten, knackenden Thonetstuhl saß und seinerseits mich beobachtete.

»Was denkst du?«, fragte er mich. Ich sagte es ihm, und er antwortete, man befinde sich wie im Schachspiel immer nur auf einer Seite, der weißen oder der schwarzen; die weißen Figuren seien zu Beginn stets einen Zug voraus. Der unbeteiligte Beobachter könne dem Spiel von außen folgen, und oft erschließe sich die komplizierte Abfolge der Züge erst im Nachhinein, bei der Analyse der Aufzeichnungen. Er spiele häufig gegen sich selbst, um sich in einen imaginären Gegner einzufühlen. Das falle ihm leicht, verwirre ihn aber mitunter.

Sonnenberg war ungefähr gleich groß wie ich, zumeist nachdenklich, introvertiert, oft aber depressiv, und er besaß vor allem großartige kombinatorische Gaben. Er löste die schwierigsten Schachprobleme. Aus Neugierde, wie er behauptete, hatte er Rechtswissenschaften inskribiert, aber er ließ sich bei seinem Studium Zeit. Er rückte mit dem Stuhl zu mir hin, und wir betrachteten gemeinsam schweigend die Schwarzweißfotografien von Opfern: eines Kindes, das sich beim Spiel erhängt hatte, und eines schnauzbärtigen Selbstmörders, der noch am Strick baumelte. Es gab, wie mir Sonnenberg zeigte, eine eigene Kartei mit der Bezeichnung »Fotografien von Verbrechern« und eine weitere, die mit »Tatortfotografien« beschriftet war. Wir betrachteten zuerst die Fotografien mit den Portraits von Verbrechern und lasen da und dort einen Ausschnitt aus den dazugehörigen Beschreibungen, denen noch eine Schriftprobe der Betreffenden beigefügt war. Die Menschen auf den alten Bildern waren so bekleidet, wie sie verhaftet worden waren: ein Heiratsschwindler mit Anzug, Blume im Knopfloch, eine Melone auf dem Kopf; ein Totschläger mit Trachtenhut und bäuerlicher Arbeitsschürze neben einem Gendarmen; ein Raubmörder mit zerzaustem Haar, in ärmlicher Straßenkleidung oder ein vogelgesichtiger Dieb mit Kappe – alles in allem eine Typologie der »Unterwelt« – im Gegensatz zu den Fotografien von Lartigue, der die »Oberwelt« dargestellt hatte. Wir sprachen bald über die Kriminalgeschichten mit Sherlock Holmes, denn die gesamte Lehrmittelsammlung war in seinem Denken vom Schöpfer der Figur, Arthur Conan Doyle, beeinflusst. Nino Erné, las ich zu Hause, schrieb in einem Vorwort, dass der Schriftsteller die britischen Polizeimethoden seiner Zeit revolutioniert habe. Mehrmals habe er unschuldig Verurteilte durch seine Geistesschärfe gerettet. »Auf ihn geht die Verwendung von Gipsmörtel zur Sicherung von Spuren zurück, die chemische Untersuchung des Staubes auf Kleidungsstücken ... Die Unterscheidung verschiedener Tabaksorten aufgrund zurückgebliebener Asche ... Die Pariser ›Sûreté Générale‹ und das indische Polizeiministerium zollten Conan Doyle ihren Dank, in der chinesischen und ägyptischen Polizei las man seine Werke als Lehrbücher. W. J. Burns, der aus der Schule Pinkertons stammte und dann später selbst das größte Detektivunternehmen der Welt leitete, hat erklärt, Conan Doyle habe sich als der schärfste analytische Verstand des Jahrhunderts erwiesen. Und J. E. Hoover, Chef des FBI, gab gerne zu, dass das ›Federal Bureau of Investigation‹ Conan Doyles Methoden vollständig übernommen hat.« Ich hatte längst »Der Hund von Baskerville«, die »Studie in Scharlachrot«, »Der blaue Karfunkel«, »Das gefleckte Band« und »Die Blutbuchen« gelesen. Es war die Zeit als Mittelschüler gewesen, in der ich auch Werke von Jules Verne, Charles Dickens und Robert Louis Stevenson kennengelernt hatte. Ein unbekannter Kontinent tat sich damals vor mir auf, und ich bewegte mich in ihm mit Hilfe meiner Vorstellungskraft. Die Lesezeit war für mich von einer kaum zu wiederholenden Intensität gewesen, da die Literatur mir die Religion ersetzte. Ich glaubte an sie wie andere an das Evangelium. Erfundene Gestalten wie Dr. Watson, Oliver Twist oder der Pirat Silver lebten für mich wie Petrus, Paulus oder Judas für andere. Oft blickte ich von meinem Bett aus – denn ich las mit Vorliebe liegend – durch das Fenster auf die Straße, auf die Häuser, auf die Bäume, und ich kam mir vor wie jemand, der in der Gegenwart nur wie im Exil lebt, der in den Alltag verbannt ist, zur Strafe für ein Verbrechen, das er nicht begangen hat oder von dem er nichts weiß. Ich erlebte die christliche Transsubstantiation, die Kommunion, in der heiligen Messe des Lesens, im Aufnehmen von Wörtern, Sätzen und Gedanken. Schon bei Conan Doyle, bei der Lektüre seiner Bücher, hatte ich in zwei Wirklichkeiten gelebt, und im Grazer Kriminalmuseum, das für die Öffentlichkeit über Jahrzehnte nicht zugänglich war, wiederholte sich dieses Phänomen. Jeder »Fall«, jedes Beweisstück schien mir wie Erfindung und Realität zugleich. Die Fotografien der Verbrecher waren daher sowohl Dokumente als auch Illustrationen eines Romans, den ich in unzusammenhängenden Szenen im Kopf erfand.

Im Laufe der Jahre entwickelte sich die Technik der Täterfotografie weiter, es wurden zwei Bilder statt einem angefertigt – en face und im Profil –, und die Gesichter sahen darauf jetzt anders aus: Sie waren nicht mehr »verkleidet«, sondern »nackt«, ich bildete mir ein, Erschöpfung, Gleichgültigkeit, Verzweiflung, Angst und Resignation in den Zügen und Blicken zu erkennen. Den stärksten Eindruck hatte mir nach dem ersten Besuch der Lehrmittelsammlung die darauffolgende Lektüre von Jürgen Thorwalds »Das Jahrhundert der Detektive« gemacht. Ich fand in den Bänden alles, was mir im Kriminalmuseum fehlte, denn die beschriebenen Fälle stammten nicht nur aus Österreich, sondern aus ganz Europa und Amerika. Ich hatte von Thorwald schon »Das Jahrhundert der Chirurgen« und »Das Weltreich der Chirurgen« gelesen, Geschenke meines Vaters, der alles unternommen hatte, dass ich, wie er, Arzt würde. Nun nahm er mein Interesse an der Kriminalistik als gutes Zeichen – wenn ich schon nicht Chirurg werden würde, so vielleicht wenigstens Gerichtsmediziner. Er hegte zwar eine Abneigung gegen alles Forensische wie, nebenbei gesagt, auch Psychiatrische, da ihn die Vorstellung, nur mit Toten und dem Tod oder nur mit Wahnsinnigen und dem Wahnsinn zu tun zu haben, abstieß, aber schließlich war auch die Gerichtsmedizin Wissenschaft, und die Wissenschaft war für ihn das, was für mich die Literatur war.

Je mehr ich mich mit Verbrechen beschäftigte, desto mehr verloren diese alles Romantische, alles Sherlock-Holmes-hafte, und umso mehr sah ich das Triviale und Banale in ihnen manifestiert, das Alltägliche, das durch eine Verrückung entgleist war. Aber auch die Abhängigkeit der Justiz von der jeweiligen Gesellschaftsordnung wurde mir bewusst, das Sadistische, das nicht nur mit dem Verbrechen, sondern auch mit der Justiz verbunden ist. Je länger ich über die Todesstrafe nachdachte und je mehr ich über Verhöre, Folter, über Kopfabschlagen, Verbrennen, Vergiften und Erschießen erfuhr, desto öfter kam mir der Film »Der Nürnberger Prozess« in Erinnerung, den ich als 15- oder 16-Jähriger gesehen hatte und in dem mir der Nationalsozialismus als eine Idee erschien, die den Mechanismus der Justiz in Gang gesetzt und gleichzeitig die Suche nach Gerechtigkeit ausgeschaltet hatte. Dieser hatte sinnentleert einem politischen System gedient und sich megalomanisch bis zum Größenwahn verselbständigt und vergrößert. Ich begann, den Keim des Nationalsozialismus im Verbrechen zu erkennen und in der Möglichkeit, die Justiz zum Instrument von Verbrechen zu machen. In der Untersuchung einzelner Kriminalfälle hoffte ich, eine Erklärung für oder wenigstens einen Hinweis auf die Eigenschaft der Menschen zu finden, eine Uniform anzuziehen, zu töten, die Uniform auszuziehen und auf dieselbe Weise weiterzuleben wie vorher.

Tatbestandsmappen

Sonnenberg zeigte mir – es war längst Nachmittag geworden, und er hatte seine Verabredung auf einen anderen Termin verschoben – auch eine Sammlung sogenannter »Tatbestandsmappen«, die er einem Kasten entnahm. Es waren schmale querformatige Hefte wie

Fotoalben, die durch eine Aktenschnur zusammengehalten wurden und von der »Erhebungsabteilung des Landes-Gendarmeriekommandos für Steiermark« verfasst worden waren. Im linken oberen Eck war das Aktenzeichen vermerkt, der kalligraphische Titelschriftzug gab Auskunft über den Inhalt: »Die von J. K. in der Zeit von 2.1.1949 bis 12.8.1950 verübten Verbrechen«, hieß es da, oder: »Raubmord an P. R. am 1.10.1949 zwischen 22:30 Uhr und 22:45 Uhr auf der Bundesstraße Feldbach, kurz vor Fladnitz« und: »Die drei Raubüberfälle zwischen Fladnitz und Rohr am 11.6.1950 zwischen 22:00 Uhr und 23:00 Uhr«.

Sonnenberg legte die Hefte auf den Tisch und schichtete sie vor mir um. Ich fand alle großen Verbrechen und Morde darin, die meine Phantasie in der Kindheit beschäftigt hatten. Es waren vor allem die angeführten Gewalttaten in der Umgebung des Ortes Fladnitz gewesen, und die Mörder waren der Bevölkerung unter der Sammelbezeichnung »Die Fladnitzer« im Gedächtnis geblieben. Ich las die in Maschinenschrift abgefasste »Rekonstruktion«, in der eine Anzahl auf den folgenden Seiten eingeklebter Schwarzweißfotografien und Skizzen des Tatortes beschrieben wurden. Dabei waren die Bilder der Reihe nach als Bild 1, Bild 2, Bild 3 und so fort bezeichnet. Die auf braunes Papier aufgeklebten Fotografien zeigten die Täter beim Lokalaugenschein. Außerdem waren die Tatortfotos – mit den Opfern, die aus verschiedenen Winkeln und Entfernungen aufgenommen worden waren – eingeklebt sowie genaue »Tatortskizzen«, »Übersichtsskizzen« und »Detailskizzen« unter Angabe des Maßstabes. Bei den »Fladnitzern« gab es sogar eine mit Bleistift gezeichnete Landkarte und den dazugehörigen stark vergrößerten Ausschnitt. Die Fotografien waren sorgfältig mit weißer Farbe umrandet, überhaupt fiel mir die große Genauigkeit auf, die tadellose Form, mit der die Hefte hergestellt worden waren, als handelte es sich um Schulaufgaben für einen strengen Lehrer. Es gab zahlreiche Aufnahmen von Einzelheiten und Gegenständen, die beim jeweiligen Verbrechen eine Rolle gespielt hatten, den Tatorten, auf denen schwarze Schildchen mit weißen Zahlen für die späteren Bilderklärungen aufgestellt waren, Wunden von Ermordeten, Gesichtern von Erschlagenen: ein Mann inmitten einer großen Blutlache, dem der Kopf mit einem Beil gespalten worden war, das noch in seiner Stirn steckte, oder der Leichnam einer Mörderin, die Selbstmord begangen hatte – ausgestreckt auf Eisenbahnschienen, der Kopf fein säuberlich abgetrennt.

Sonnenberg verfügte damals bereits über ein erstaunliches Wissen, was Details der Verbrechen betraf. Er konnte jede meiner Fragen beantworten, denn er hatte die meisten Akten, die zu den Tatortberichten gehörten und von Dr. Bachhiesl, wie ich erfuhr, ausgeforscht worden waren, studiert und sogar die Legenden unter den Skizzen gelesen, weshalb er mich in einem fort mit Informationen überhäufte. Ich vertiefte mich bis zum Abend in die Tatort- und Verbrechensdarstellungen, die Rekonstruktionsskizzen, Beschreibungen und juridischen Protokolle, Kommentare und Urteile. Alles erschien mir grell, schief, schreiend, pathetisch, hässlich, brutal, stumpf und töricht und rief in mir ein Gemisch aus Schauder und Ablehnung hervor. Dr. Bachhiesl hatte überdies Anklageschriften und Sachverständigen-

Gutachten den Akten beigelegt, in denen die Delikte und Verbrechen amtlich festgehalten waren. Allerdings waren manche Gerichtsakten nur unvollständig erhalten und schlecht gegliedert gewesen, weshalb Dr. Bachhiesl und andere Mitarbeiter sie neu abgefasst und mit Arbeitstiteln versehen hatten: »Brief eines zum Tode Verurteilten«, »Drei mit einem Schuss«, »Der Reichtum der Neuen Welt«, »Gefährliche Volksmedizin«, »Der Musterschüler« oder »Ein schwarzer Witwer«.

Über die Finsternis

1. Der Koffer

Die Schwarzweißfotografie zeigte den Ermordeten, wie er aufgefunden worden war. Der Mann, von dem man hätte annehmen können, er sei ein Afrikaner, war in eine Holzkiste gepresst. Das Gesicht war schwarz, die Zunge steif und breit, wie eine Schuhsohle aus dem offenen Mund ragend, die Lippen waren dick, die Augen quollen hervor. Um den Hals des »Afrikaners« war ein Strick geschlungen. Er hatte die Haltung eines Embryos, allerdings waren seine Hände unter den Knien zusammengeschnürt und weiß. Die Nadelstreifhose war an beiden Beinen bis zu den Knien hinaufgeschoben, darunter kamen Stricke und weiße Unterhosen zum Vorschein, die Stricke waren neben den Hosenträgern auch auf den weißen Hemdsärmeln zu sehen. Zwei weitere Dinge waren auffallend: die dunklen Flecken auf dem Hemd (Blut? Körperflüssigkeit infolge Verwesung?) und das Loch in der rechten Socke, durch das man ein Stück der großen Zehe sah. Im Übrigen schien der kauernde Körper auf einem gestreiften Polster zu hocken, und sein Haar quoll aus der Kiste, seitlich über den Rand hinaus. Auf der Tatortfotografie schien der Mann zu sitzen, tatsächlich war das Bild aber von oben aufgenommen, und der Körper lag mit seitlich vorgeneigtem Kopf auf dem Rücken. »Starker Verwesungsgeruch schlug der Besitzerin des Hauses Josefigasse 27 in Graz, der Branntweinhändlerin Franziska Ziehensack, im August 1942 entgegen, als sie nach einer Woche Abwesenheit heimkehrte. Sie öffnete sämtliche Fenster und durchsuchte vergeblich das Gasthaus im Parterre nach Fleischresten«, begann der dazugehörige Bericht, der mit Ingeborg Gartler unterzeichnet war. »Als sie auf ihrer weiteren Suche nach der Ursache des Gestanks das Mansardenzimmer im zweiten Stock betrat, das sie an den 19-jährigen Friseurgehilfen Johann Front und dessen 21-jährigen Berufskollegen Paul Zbogar vermietet hatte, schwirrten ihr Tausende Fliegen entgegen – mitten im Raum stand in einer größeren, vertrockneten Blutlache ein Holzkoffer, 100 × 53 × 53 cm groß, bedeckt mit Bettwäsche, von dem der widerliche Geruch ausging. Die Mordkommission fand darin den mit einer Rebschnur zusammengeschnürten, mit einem Stoffstreifen erdrosselten und bereits in starker Verwesung befindlichen Körper des Johann Front. Das Gesicht des Ermordeten war aufgedunsen, die Zunge stark aus dem Mund hervorgetreten. Seine Habseligkeiten und Wertgegenstände fehlten.«

Die Tat hatte sich in der Nacht vom 15. auf den 16. August 1942 ereignet, eine Nachbarin hatte um 22.00 Uhr, wie sie später aussagte, Lärm aus dem Zimmer des Ermordeten gehört; dessen Mitbewohner Zbogar habe ihr, gab sie weiter an, auf ihr Klopfen an der Wohnungstür und ihre Frage, was geschehen sei, jedoch geantwortet, Front sei »alkoholisiert«, er habe einen »Rausch«.

Zbogar, homosexuell, und sein ebenfalls homosexueller 21-jähriger Freund Koren, beide »Strichjungen«, hatten, so ergaben die weiteren Ermittlungen, beschlossen, Johann Front zu ermorden und zu berauben. Zbogar hatte Front um sein Einverständnis gebeten, ihn mit dem Freund, der kein festes Zuhause hatte, gemeinsam in einem Bett übernachten zu lassen, worauf Front nach anfänglichem Zögern zugestimmt hatte. Das aber sei Front zum Verhängnis geworden, denn nachdem sie das Licht gelöscht hatten, hätten die beiden ihn trotz heftigster Gegenwehr erwürgt und den Leichnam »in besagtem Holzkoffer« versteckt. Anschließend hatte sich Koren rasiert und mit mehreren Unterhosen und Hemden des Opfers sowie dessen Schuhen und neuem Anzug bekleidet. Koren, ergaben die polizeilichen Nachforschungen, war die treibende Kraft hinter dem Verbrechen gewesen, er lebte von Gelegenheitsarbeiten, Diebstahl und Erpressung jener Männer, denen er sexuelle Dienste geleistet hatte. Von seiner Kindheit wird im Akt nur erwähnt, dass er vernachlässigt worden war und schlechte Schulnoten gehabt hatte. Zbogar hingegen hatte sich als Friseur durch Fleiß ausgezeichnet und seinen Zimmerkollegen Front nie bestohlen, obwohl er dazu schon früher Gelegenheit gehabt hätte. Er gab an, sich mit dem Ermordeten »gut vertragen« zu haben. Das Raubgut, geht aus dem Akt hervor, »bestand aus einem Barbetrag von 150 Reichsmark, einem hellgrauen, kleinkarierten Anzug mit hellen Streifen, Größe 44, einem graublauen Sakko mit hellen Streifen, einem hellen Seidenballonmantel mit Gürtel, einem hellbraunen Hut mit weißer Schnur, einem Paar brauner, neuer Haferlschuhe, grün eingefasst, Nr. 42, einem blauen, gestrickten Pullover und einer ebensolchen Weste, fünf verschiedenen Herrenhemden, zwei weißen kurzen und drei weißen langen Unterhosen sowie mehreren verschiedenen Socken und Taschentüchern. Ferner einem Fotoapparat (nähere Bezeichnung nicht bekannt), einer goldenen Damenuhr mit Chromgliederarmband, einer verchromten Herrenuhr mit Lederarmband, einem goldenen Siegelring und einem braunen Imitationskoffer, Größe 80 × 40 cm.«

Die deutsche Gestapo nahm die beiden Gesuchten in der Nähe von München fest, versäumte es aber, im Fahndungsblatt nachzusehen, in welchem die beiden jungen Männer schon wegen Mordes ausgeschrieben waren, und inhaftierte sie einen Monat lang nur wegen »Arbeitsvertragsbruches«. Nach der Entlassung wurden Zbogar und Koren, die gefälschte Dokumente bei sich hatten, am 21.10.1942 in Innsbruck verhaftet. Ein Sondergericht bei der Staatsanwaltschaft Graz verhängte über die Angeklagten die Todesstrafe. Das Urteil wurde am 24.11.1942 um 13.00 Uhr vollstreckt.

2. Blutbefleckte Kleider

Juli 1937, Vorau, Steiermark. Der 27-jährige Grundbesitzersohn Johann Dachs wollte die 32-jährige Juliana Frauenthaler, die schon ein Kind von ihm hatte, für das er nur gelegentlich Alimente zahlte, »aus der Welt schaffen«, weil sie wieder von ihm schwanger war. Er lockte Juliana in den Wald, wurde aber von Schwammerlsuchern daran gehindert, seinen Plan auszuführen. Am 1. August, einem Sonntag, traf er die Frau, nachdem er zuvor die Messe in der Dorfkirche besucht hatte, neuerlich – fest entschlossen, sein Vorhaben diesmal in die Tat umzusetzen. Er hatte nämlich ein Verhältnis mit der 20-jährigen Maria Faustmann begonnen und sah für seine Zukunft »keinen anderen Ausweg«, wie er später zu Protokoll gab. Juliana Frauenthaler machte ihm bei der Begegnung heftige Vorwürfe, da sie inzwischen von seiner neuen Liebschaft Kenntnis erlangt hatte und ihre Rivalin jünger und hübscher war als sie selbst. Aus den Akten geht detailliert hervor, wie Juliana Frauenthaler bekleidet war, sie trug schwarze Halbschuhe, braune Baumwollsocken, eine dunkelblaue Schürze, ein weißes Leinenhemd mit den Initialen ihres Namens, ein blaues, rot-gelb geblümtes Kleid und einen grau-rot karierten Steirerjanker mit Edelweiß-Blechknöpfen und grünem Kragen. Dachs bestritt, ein Verhältnis mit Maria Faustmann zu haben, und schlug einen schmalen Weg ein, auf dem sie nur hintereinandergehen konnten. Nach einigen Schritten gab er aus seinem Revolver, den er in der Jacke bei sich trug, fünf Schüsse auf den Hinterkopf und Nacken der Frau ab. Trotz ihrer schweren Verletzung konnte sie fliehen, wurde aber von Dachs eingeholt und kam zu Fall. In Panik geraten, schleifte dieser sein Opfer über den »mit dornigen Pflanzen« bewachsenen Waldboden, schlang der noch atmenden Frau den Kälberstrick, den er für diesen Zweck mitgenommen hatte, um den Hals und hängte sie an einer Birke auf.

Die Leiche wurde zwei Tage später gefunden. Die gerichtsmedizinische Obduktion ergab, dass Juliana Frauenthaler mit einem 46 cm großen Kind männlichen Geschlechts schwanger war. Da bekannt war, dass Dachs ihr Geliebter gewesen war, wurde eine Hausdurchsuchung bei ihm vorgenommen, bei der sein blutbeflecktes Hemd, dessen Manschetten abgerissen waren, und die ebenfalls blutige Weste sowie ein blutiges Taschentuch gefunden wurden. Bei der Verhaftung habe Dachs die verräterischen Manschetten zwar noch in der Tasche gehabt, hält der ebenfalls mit Ingeborg Gartler gezeichnete Akt fest, er habe diese aber »bei der ersten Gelegenheit in den Gendarmerie-Abort geworfen«, wo sie gefunden worden seien. Der Kommandant hätte »trotz der Beschmutzung« die Manschetten untersucht und festgestellt, dass ein Knopf daran gefehlt habe. »Er war«, so der Bericht, »im Haar der Leiche hängengeblieben, als Dachs seinem Opfer den Strick über den Hals gezogen hat.« Eine der beiden dem Akt beigelegten Fotografien zeigte Johann Dachs mit schwarzem Trachtenhut und breitem grünen Band, schnurrbärtig und klein. Seine Gesichtszüge drücken Bestürzung, Angst und Ergebenheit in sein Schicksal aus, die Hände sind mit einer Eisenkette gefesselt, er trägt ein abgewetztes Sakko und eine Arbeitsschürze, die bis unter die Knie reicht. Der Gendarm neben ihm lächelt zaghaft, vermutlich, weil er es automatisch tut, wenn er fotografiert wird, aber sich diesmal nicht sicher ist, ob es angebracht ist. Er trägt die graue Uniform, Stiefel und die hohe Kappe mit Kordel, die Handschuhe hält er in der Linken. Im Halfter, das am Gürtel befestigt ist, ist die Dienstpistole sichtbar. Die zweite Schwarzweißfotografie zeigt die Leiche Juliana Frauenthalers am Tatort, der Strick ist am Ast befestigt und um ihren Hals geschlungen, der Kopf zur Seite gedreht und halb vom Gebüsch verdeckt, das Gesicht aufgedunsen, das Kleid hoch hinaufgeschoben, so dass man die Beine sieht. Die Oberschenkel sind nackt, da die Strümpfe bis zu den Knien heruntergerollt sind, die Füße in den Schuhen abgewinkelt. Dachs wurde des »Meuchelmordes für schuldig befunden« und am 9. August 1937 hingerichtet. »Der Verurteilte hat die Stunden bis zur Hinrichtung vollkommen ruhig verbracht«, hält der Akt fest. »Er ließ sich aus einem Gasthaus ein reichliches Mittagessen, bestehend aus Nockerlsuppe, Schweinsbraten mit gerösteten Kartoffeln und Endiviensalat bringen, das er mit gutem Appetit verzehrte. Dazu trank er ein Glas Wein.«

3. Der tote Knabe

»Am 23. November 1913, ungefähr 8:00 Uhr morgens, wurde am Rechen des Werkskanals der Sensenwerk-Aktien-Gesellschaft in Kindberg eine vollständig bekleidete Knabenleiche aufgefunden. Die gerichtsärztliche Obduktion ergab, dass das Kind – anscheinend sechs Jahre alt und männlichen Geschlechts – körperlich gut entwickelt war, dass der Körper des Kindes keinerlei Verletzungen aufwies, dass der Knabe im lebenden Zustand ins Wasser kam und darin ertrunken ist und dass die Leiche ungefähr zehn Stunden im Wasser gelegen haben dürfte.« So begann die von Dr. Bachhiesl bearbeitete Anklageschrift des Grazer Landesgerichts für Strafsachen. Sie enthielt zwei Schwarzweißfotografien, die eine war mit »Der tote Knabe« beschriftet, die andere mit »Der Tatort«. Der kleine Josef lag, nachdem man ihn geborgen hatte, mit halbgeöffneten Augen auf einem hohen, gemusterten Polster. Er war mit einer dicken Lodenjacke bekleidet, der Kopf geschoren, über dem Bauch die Fingerchen ineinander verschränkt. Der Gesichtsausdruck des dicklichen Buben war zugleich fragend und abwesend. Die Tatortfotografie zeigte eine Holzbrücke mit Geländer über der trübe spiegelnden Oberfläche des Werkskanals mit zwei wacheschiebenden behelmten Gendarmen der k.u.k. Monarchie. Im Hintergrund waren Häuser von Kindberg und eine zweite Holzbrücke zu erkennen, rechts davon ein weißes Speichergebäude mit Schrägdach, vermutlich zum Sensenwerk gehörig. Die Äste der Bäume am Ufer des Werkskanals waren kahl. Das Foto wies drei strichlierte Linien auf, die in Pfeile mündeten und von zwei Seiten auf die von den Gendarmen bewachte Brücke zeigten. Sie markierten den Ort, an dem das Verbrechen geschehen war.

Der Tathergang ist rasch erzählt. Am 22. November 1913, hält der Akt fest, sei Anna Bachhofer mit ihrem sechsjährigen Sohn Josef von Baden bei Wien, wo sie Wohn- und Arbeitsplatz gehabt habe, nach Kindberg in der Steiermark gefahren, um einen geeigneten Ort für den geplanten Mord an ihrem Sohn zu suchen. Sie habe sich schließlich für die Brücke über den Werkskanal des Sensenwerkes entschieden. »In der Mitte der Brücke nahm sie von dem Knaben, der klagte, dass er sich in der Finsternis fürchte – mit einem Kusse Abschied«, ist im Akt zu lesen, »schob ihn, das Gesicht des Knaben von ihr abgewandt, unter dem Brückengeländer durch und ließ ihn – mit den Füßen voraus – ins Wasser gleiten, in dem der Knabe mit einem leisen Schrei sofort ertrank. Anna Bachhofer hörte noch ein leises Plätschern im Wasser, sah noch einige zuckende Bewegungen der Arme und Hände ihres Kindes – und begab sich nach dem Bahnhof Kindberg, wo sie im Wartesaal den Stationsarbeiter Clement Fladel frug, wann der nächste Zug nach Baden abgehe.« Die Aussagen von Fladel und anderer Zeugen hätten die Gendarmerie auf die Spur dieser Frau geführt, die behauptete, sie habe ihr Kind ertränkt, da sie verzweifelt über ihre wirtschaftliche Notlage gewesen sei, fährt der Akt fort. Die Nachforschungen hätten ergeben, dass sie eine »miserable, ihren Mann laufend betrügende Ehefrau gewesen« sei, die ihren Gatten »letztendlich in den Freitod getrieben« habe. In ihrer »Lebens- und Genusssucht« habe sie ständig versucht, Geld aufzutreiben, um es gleich wieder an ihre Liebhaber zu verschenken. Drei ihrer vier Kinder habe die »Rabenmutter« freudig in die Obhut fremder Leute gegeben, und in dem letzten ihr verbleibenden Sohn, Josef, hätte sie nicht viel mehr gesehen als ein Hindernis bei der von ihr angestrebten Eheschließung mit einem viel jüngeren Mann, von der sie sich eine Verbesserung ihrer Lebensumstände erwartet habe. »Bestimmend«, fasste die Anklageschrift zusammen, »für den Beschluss der Anna Bachhofer, sich des Kindes Josef zu entledigen, war der Widerwille gegen ihr armselig ausgestattetes Heim und das sie drückende Bewusstsein, dass sie sich nichts vergönnen könne, und wohl auch der Trieb zum Manne und ihre Heiratslust.«

4. Wie ein Film von Luis Buñuel
Ein mit Andrea Nessmann gezeichneter Bericht schilderte einen Fall, der sich in der Anstalt des Städtischen Armenhauses in Graz zugetragen hatte. Darin wurde

festgehalten, dass am 15. März 1928 die Polizei die Nachricht erhalten habe, dass der Pfarrer Egon Jaklitsch in seiner Wohnung ermordet worden sei. »Die Beamten fanden Jaklitsch an einer um den Hals geschlossenen Kette aufgehängt, welche am Türstock an einem Haken befestigt gewesen ist«, vermerkt der Akt. Höchst merkwürdig sei die Aufmachung des Pfarrers gewesen. Er habe ein Damenkleid, ein Paar Ohrringe und einen Nasenring getragen. Die Ermittlungen der Polizei brachten eine überraschende Wendung. Jeden Nachmittag zwischen 13.00 Uhr und 15.30 Uhr habe Jaklitsch sich in seiner Wohnung eingesperrt, um seine, wie er betont habe, ›Siesta zu halten‹, damit er für die Morgenmesse um 5.00 Uhr ausgeschlafen sei. Dabei habe er offenbar ein Zimmer aufgesucht, das er sonst als Dunkelkammer verwendet und aus diesem Grund sogar das Schlüsselloch der Tür zugeklebt und das Fenster mit schwarzem Karton verdunkelt habe. Außerdem habe Jaklitsch in der ›Siesta‹ regelmäßig den Telefonhörer abgenommen und neben den Apparat gelegt. »Zu ihrer Überraschung fanden die Beamten bei der Durchsuchung der Wohnung ein Album mit Schwarzweißfotografien, die den Pfarrer bei sexuellen Praktiken zeigten, die dieser mittels Selbstauslöser angefertigt hatte.« Daraus ging hervor, dass er die »verschiedensten Frauenkleidungsstücke angezogen«, sich »an der erwähnten Kette aufgehängt und in einem gegenüber angebrachten Spiegel betrachtet und fotografiert« habe. Währenddessen habe »er sich Befriedigung verschafft«. Das Album war erhalten geblieben. Auf den Bildern war Jaklitsch als Frau mit Perücke, Topfhut, Perlenkette, weißer Bluse, im Samtkleid mit weißem Kragen, mit Armreifen, Ehering und einem Fuchspelz über dem Arm verkleidet. Man sah das Kabel des Selbstauslösers und einen kleinen, rätselhaften Beutel aus einer Tasche hängen. Er war ein hübsches Fräulein, nur die Hände waren zu groß und wirkten plump. Wie lange hatte er sich vor dem Spiegel geschminkt, in größter Stille und Einsamkeit? Von seiner Verwandlung muss er selbst fasziniert gewesen sein, denn er begegnete sich zugleich als Mann und Frau. Einige Fotografien stellten ihn auch nackt von hinten in Damenstrümpfen und Stöckelschuhen und in anderen obszönen Posen dar, wobei er es aber vermieden hatte, seinen Penis zu zeigen. Es habe sich herausgestellt, dass der Pfarrer, als er die »feminine Seite in sich ausgelebt habe«, verunglückt sei. Der Akt gab ferner Auskunft über weitere Fundstücke in seiner Wohnung. Es handelte sich um Frauensteckkämme, Haarnadeln, verschiedene Damentoiletteartikel, Perlenketten, Ohrgehänge, einige Präservative, darunter »eines gebraucht und hierauf wieder zusammengerollt«, 18 Büstenhalter, 37 Damenkleider, einen Kimonomantel, 7 »Putzschürzerl«, 12 Mieder, einige Damenunterröcke und Damenunterhemden, ein Spitzennachthäubchen, Perücken, ein Paar »künstliche Mammae«, eine Schachtel mit Monatsbinden und zwei Monatsbindengürtel, einen Gummiballon mit Spritze, Bücher über »die Schönheitspflege der Damen«, ein Buch des Psychiaters Krafft-Ebing mit dem Titel »Psychopathia sexualis« – und Ähnliches mehr.

5. Der abgehackte Finger

»Am 15. Juni 1915, zirka 12:30 Uhr«, war aus der Abschrift eines Aktes des Gerichts beim k. u. k. Militärkommando Graz ersichtlich, »kam der zum k.k. Infanterie-Regiment 97 eingezogene Landsturmmann Christian Rijavitz hilferufend aus seiner Ubikation in Unter-Krapping, wohin er sich allein zurückgezogen hatte, heraus und zeigte seine rechte Hand, an welcher der Zeigefinger, vom Mittelgliede ab, weggehackt war. Es fanden sich in der Ubikation des Angeklagten auf einem Holzklotz eine Hacke und die Hälfte des ersten Zeigefinger-Gliedes und daneben im Stroh die zweite Hälfte des ersten Zeigefinger-Gliedes und die erste Hälfte des Zeigefinger-Mittelgliedes, jedes Stück quer abgeschlagen vor.« Der Angeklagte, der als schwächlich gebauter und unterernährter 17-jähriger Bursche beschrieben wurde und der im Schiffsbau in Triest beschäftigt gewesen war, sei im Oktober 1914 wegen »Schwäche« für untauglich erklärt, doch bei der Nachmusterung im Mai 1915 dabehalten worden und am 5. Juni 1915 nach Unter-Krapping eingerückt, wo es ihm ganz gut gefallen habe, nur hätte er Heimweh nach dem Elternhause gehabt, wie aus dem Protokoll hervorgehe. Rijavitz habe auf Befragung nach der Ursache des Unfalls angegeben, dass er ein Stück Holz mit der Hacke zugespitzt hätte, um es als Stütze für ein anzubringendes Wandbrett zu benutzen. Hierbei sei plötzlich durch einen Fehlschlag der Hacke ein Stück seines Zeigefingers abgetrennt worden, worauf ihm in Folge des heftigen Schmerzes schwarz vor Augen geworden sei und er kurz das Bewusstsein verloren habe. In diesen Momenten müsse er, wie er angab, mechanisch weitergeschlagen haben, so dass er sich noch zwei Stücke des Fingers abhackte. Der Aussage des Angeklagten, hieß es weiter, könne »in den wesentlichen Punkten« kein Glaube beigemessen werden.

Schritt für Schritt widerlegte die Anklage sodann die Ausführungen von Christian Rijavitz und schloss, dass das Zerstückeln des Fingers in drei Trennteile »laut Sachverständigen zweifellos dafür spreche, dass das Endstück offenbar durch Zurückzucken, dann ebenso das Mittelstück und endlich das letzte Stück nacheinander folgend abgetrennt wurden«. Aufgrund der Beweise nahm das Standgericht es als erwiesen an, dass der Angeklagte »sich absichtlich seines Zeigefingers entledigt habe, um sich zum Militärdienste untauglich zu machen und dadurch seine Entlassung zu bewirken, wobei das Motiv, sei es nur Unlust zum Dienste, Feigheit oder Sehnsucht nach der Heimat, nicht weiter in Betracht komme. Rijavitz wurde nach Verhängung der Todesstrafe am 28. Juni 1913 standrechtlich erschossen. Die Hacke und die Knochenreste der drei abgetrennten Stücke des Zeigefingers wurden als Beweisstücke zusammen mit den Akten gerichtlich verwahrt.

6. Richtig und falsch

Auf dem Gebiet der ehemaligen Monarchie herrschte 1918 ein währungspolitisches Chaos. Die neu entstandenen Nationalstaaten hatten eigene Währungen eingeführt, mit denen die Bevölkerung nicht vertraut war, darüber hinaus kursierten große Mengen an alten Kronennoten, die von den Nachfolgestaaten abgestempelt oder mit Marken versehen worden waren, um sie als gültige Währung zu kennzeichnen.

In der kriminologischen Lehrmittelsammlung gab es ein Kommodenfach, in dem sortiertes Falschgeld aufbewahrt wurde, vor allem Dinar-Banknoten und gefälschte »Marken« und außerdem mit Gültigkeitsstempeln versehene österreichisch-ungarische Geldscheine, die »in betrügerischer Absicht« in Umlauf gebracht worden waren.

Am 20. September 1920 wurde in der Polizeidirektion Graz Anzeige erstattet, dass Unbekannte dem Architekten Ninaus »verdächtige 20-Dinar-Noten« zum Kauf angeboten hätten, geht aus den Gerichtsakten hervor. Schon am nächsten Tag sei der mehrfach vorbestrafte Friedrich Seydel, der den Polizeibeamten wegen seines plötzlich aufwendigen Lebensstils – unter anderem »hatte er sich einen Kraftwagen angeschafft« – schon länger verdächtig war, verhaftet. Am darauffolgenden Tag habe sich Seydels Komplize Heinrich Kontzer der Polizei gestellt. Die gerichtlichen Untersuchungen, ist dem Akt zu entnehmen, deckten einen großen Geldfälscherring auf, in dessen Zentrum ein gewisser Josef Agath stand, der in der Sackstraße 16 eine Druckerei besaß. Sachverständige hätten festgestellt, dass die Dinar-Scheine sowie Gültigkeits-Marken von Agath hergestellt worden seien. »Der für die Marken benutzte Gravurstein wurde im Garten des Geldfälschers vergraben entdeckt«, hält der Akt fest. Zwar seien Seydel und Kontzer geständig gewesen, Agath jedoch habe die Aussage verweigert. Zwischen dem 15. und dem 17. Jänner, geht aus den Aufzeichnungen weiter hervor, seien die gesamten Gerichtsakten, »diese Angelegenheit betreffend«, aus den Räumen des Untersuchungsgerichts verschwunden. Die Nachforschungen seien ohne Ergebnis geblieben, allerdings habe der Verdacht bestanden, dass Justizbeamte bestochen worden seien, den Akt zu beseitigen. Alle in den Fall verwickelten Angeklagten hatten nach dem Diebstahl der Akten ihr

Geständnis widerrufen. Die Rekonstruktion der Unterlagen sei nur zum Teil möglich gewesen. Schließlich sei es gelungen, den verdächtigen Heinrich Kontzer zu überreden, bei seiner Aussage zu bleiben, allerdings sei eine Untersuchung betreffs seiner Zurechnungsfähigkeit durch den Gerichtspsychiater angebracht gewesen, da er zu »exzessiven Handlungen« geneigt habe. Schon am 24. 1. 1921 hätte sich Kontzer im Grazer Operncafé »splitternackt ausgezogen und eine Ansprache an das Publikum gehalten«, weshalb er an die Nervenklinik überstellt worden sei. Das psychiatrische Gutachten habe »dementia praecox« festgestellt. Trotzdem kam es, geht aus dem Akt weiter hervor, 1925 zum Prozess gegen Agath und Seydel, der mit einem »Freispruch mangels an Beweisen« geendet habe.

7. Drei junge Frauen

Am 24. Jänner 1906 wurde von einem zehnjährigen Schulbuben in einer oberhalb einer Böschung gelegenen verschneiten Mulde die Leiche einer Frau entdeckt, bei der es sich, wie sich herausstellte, um die 27-jährige Marie Mayr aus Wien handelte. So beginnt der Akt, der von einem Verbrechen handelt, das sich in der Nähe von Mürzzuschlag ereignet hat. Aus dem umständlichen, in Amtsdeutsch abgefassten Bericht geht hervor, dass Marie am Vortag mit ihren beiden Freundinnen, der 17-jährigen Elisabeth Zeller und ihrer 26-jährigen Schwester Friederike mit »dem Eisenbahnzug« von Wien über Mürzzuschlag nach Kapellen, am Eingang des Raxgrabens, gefahren war. Die beiden Schwestern hatten den Ausflug bereits in der Absicht unternommen, Marie Mayr zu ermorden und sich dann ihrer Habe zu bemächtigen. Zuvor hatte sich die jüngere der beiden Schwestern, Elisabeth Zeller, schon einem Arzt hingegeben um den Preis einer Flasche Morphium, mit der sie den Mord hatte begehen wollen. Wie geplant, bot sie auf der Zugfahrt Marie Mayr Salzfische als Imbiss an und eine Flasche mit Morphium im Wein. Aber die Freundin schlug zuerst den Fisch und dann den Wein aus. Da der Versuch, sie ums Leben zu bringen, also fehlgeschlagen war, stiegen alle drei in Kapellen aus und nächtigten in einem Gasthaus. Am nächsten Tag unternahmen sie einen Spaziergang in den verschneiten Raxgraben. In einem entlegenen Hohlweg rissen die Schwestern Zeller ihre Freundin zu Boden und erdrosselten sie mit einer Würgeschlinge. Um ihren Tod zu beschleunigen, schnitten sie ihr auch die Kehle durch. Nachdem sie den Leichnam in eine Mulde geworfen hatten, machten sie sich zum Bahnhof auf, fuhren mit dem nächsten Zug nach Wien zurück und raubten dort die Wohnung des Opfers aus. Sie fanden zwar das gesamte »Sparkassendepot«, konnten die darauf verwahrten 8000 Kronen jedoch nicht abheben, da sie das Losungswort nicht kannten. Um »etwaigen Nachforschungen zu entgehen«, wechselten sie unter dem Namen der Ermordeten mehrmals ihren Wohnsitz und überlegten angestrengt, wie das Losungswort lauten könnte.

Die Vorgeschichte der beiden, penibel im Akt dargestellt, war bedrückend. Sie waren 1901 von ihrem Heimatort Neuberg, in der Nähe von Mürzzuschlag, nach Wien gezogen. Da sie aus ärmlichen Verhältnissen stammten, drohte die Jüngere, Elisabeth, in die Prostitution abzugleiten, während ihre ältere Schwester eine schlechtbezahlte Stelle als Zimmermädchen in einem

Hotel gefunden hatte, mit der es ihr gerade gelang, sie beide über Wasser zu halten. »Friederike, die ältere, lernte bald darauf den vorgeblichen Opernsänger Josef Prohaska kennen, der ihr immer wieder von einer fulminanten Karriere in St. Petersburg vorschwärmte«, es fehle ihm, beteuerte er, nur das für die Reise dorthin notwendige Kapital. Friederike war entschlossen, alles daranzusetzen, den Mann, der sich und ihr eine glänzende Zukunft versprach, festzuhalten, weshalb sie von da an nur noch daran dachte, wie sie das Geld für die Reise nach Russland aufbringen könne. Gemeinsam mit ihrem Freund hatte sie bereits ein Darlehen aufgenommen, das sie aber nicht zurückzahlen konnten. Um diese Zeit verkehrte ihre jüngere Schwester Elisabeth schon täglich in ihrem Stammcafé, wo sie Marie Mayr, »eine verschlossene und einsame Frau, die von ihren Eltern ein kleines Vermögen geerbt hatte«, kennenlernte und diese mit ihrer Schwester Friederike bekannt machte. Rasch reifte in Friederike der Entschluss, »sich das ihr fehlende Geld von der neugewonnenen Freundin zu beschaffen, wenn es sein müsse auch mit Gewalt«. Sie gab ihre Stelle als Zimmermädchen im Hotel auf, verlobte sich mit ihrem Freund, weihte ihre jüngere Schwester in ihre Pläne ein und überredete Marie Mayr zu dem Ausflug in die Steiermark.

Gleich nach dem Auffinden der Leiche war von der Gendarmerie eine Liste der beim Opfer gefundenen Kleidungsstücke und Gegenstände weitergegeben worden. »Daraufhin«, so der Akt, »meldete sich eine ehemalige Wohnungsinhaberin der Ermordeten, die die Tote identifizierte und die Ermittler auf die richtige Spur führte.« Es waren drei Schwarzweißfotografien von der Auffindung der Leiche erhalten, auf der ersten ist der zehnjährige Knabe, der die Ermordete fand, vor der Böschung im verschneiten Wald zu sehen. Er trägt einen Trachtenhut auf dem Kopf und in der einen Hand ein Paar Schier, in der anderen einen langen Stock. Der Fundort ist mit dem Buchstaben a) bezeichnet. Ein weiteres Bild zeigt die Gerichtskommission vor der Mulde, und in der rechten unteren Ecke ist eine große 3 über das Weiß des Schnees gemalt. Der Akt ist unvollständig, und die Seite mit dem Urteil fehlt.

Unentdeckte Verbrechen

In den sieben Kriminalfällen, die ich in den Gerichtsakten nachlas, stand das Verbrechen im Vordergrund. Polizei, Mörder und Opfer, Reaktion der Umwelt, das Leben der Beteiligten waren in den Akten jeweils Teile eines Ganzen, dessen Mittelpunkt die Ungeheuerlichkeit des Verbrechens bildete. Der Versuch, es festzuhalten, aufzuklären und darüber ein Urteil zu fällen, lief wie ein mechanisches Spielwerk ab, das die Figuren antreibt, immer die gleichen Bewegungen zu wiederholen: ein tanzendes Paar, ein hämmernder Schmied, ein trinkender Wirt – nur, dass es um Mörder ging, um Betrüger, Polizeibeamte und Juristen. Die Relikte der Verbrechen im Kriminalmuseum, die Schusswaffen, die Giftfläschchen, die Schlingen, die Messer und die blutbefleckten Beweisstücke gaben den Blick frei auf das nun zum Stillstand gekommene Räderwerk, auf die Rädchen, Federn, Schräubchen, die die Figuren in Bewegung versetzt hatten, sie demonstrierten gleichgültig und lakonisch die Mechanik des Unglücks und des Bösen. Edgar Allan Poe hat aus dem Verbrechen ein verschlungenes Rätsel gemacht, bei dem nur er den Ariadnefaden fand, und außerdem entdeckte er in »Das schlagende Herz« den Selbstverrat als eine Art Hemmung des Uhrwerks. Arthur Conan Doyle, der die Gebrauchsanweisung Edgar Allan Poes aus »Der Goldkäfer« oder »Der Doppelmord in der Rue Morgue« verstanden hatte, spezialisierte sich auf die Herstellung von Ariadnefäden, Fjodor Dostojewskij hingegen nahm in »Verbrechen und Strafe« selbst die Rolle des Mörders an und machte so das Bewusstsein eines Täters sichtbar. Doch erst Raymond Chandlers und Dashiell Hammetts Romane und Erzählungen betteten Mord und Totschlag in den Alltag ein und nahmen ihnen die Aura des Außergewöhnlichen, indem sie die Schrecken, die Gefahr und die Mühe der Aufklärung durch einen einzelnen Menschen im Kampf gegen das Böse in den Vordergrund stellten. Patricia Highsmith schließlich wandte sich der banalen Seite des Verbrechens zu, den banalen Tatumständen, den banalen Gedanken von Tätern und Opfern, den banalen Mechanismen der Aufklärung. Daraus ergab sich eine authentische Atmosphäre des Nebensächlichen, in der das Verbrechen etwas Zufälliges wird. Und schlussendlich fand ich in Truman Capotes »Kaltblütig« einen Tatsachen-Kriminalroman, der so nahe am Verbrechen und Alltag war und aus verschiedensten Perspektiven Einblick in die Ermordung der Clutter-Familie durch die beiden Täter Perry Smith und Richard Dick Hickock bot und auch noch der geringsten Nebenfigur ein eigenes Leben zugestand, dass ich zum ersten Mal meinte, den Ablauf eines Verbrechens in seiner gesamten Unbegreiflichkeit nachvollziehen zu können, ohne es dadurch allerdings wirklich zu verstehen. Denn ich glaube, dass man nicht einmal Verbrechen, die man selbst begeht, verstehen kann, da einem nachträglich alles unbegreiflich und banal oder selbstverständlich erscheint. Mich hat daher der Mord, den Albert Camus' Held Meursault in »Der Fremde« begeht, am meisten beschäftigt: das grundlose, das spontane Verbrechen, das sich wie ein normaler Handgriff ereignet. Das Zufällige, das einen Plan reifen lässt, der Zufall, der Opfer und Täter vereint, die Zufälle, die bei der Aufklärung eine Rolle spielen. Und vor allem unaufgeklärte Verbrechen, die Existenz des in die Normalität verschwundenen Täters. Dabei denke ich nicht an besonders raffinierte Kriminalfälle, sondern an alle Taten, die unentdeckt bleiben oder keine Anhaltspunkte auf Täter liefern. Was mich am meisten langweilt und meinen ständigen Widerspruch hervorruft, ist die Psychologisierung von Täter und Tat – wenn also der Leierkasten der Psychologie in Bewegung gesetzt wird – die alles in einem breiigen Verständnis erstickt, bis jeglicher Funke Wahrheit eine Täuschung und die Wirklichkeit zu einer Fälschung geworden ist.

Tod einer Klavierlehrerin

Mein Freund Sonnenberg überredete mich nach meinem Besuch der kriminologischen Lehrmittelsammlung in der Kinderklinik, einer Gerichtsverhandlung beizuwohnen. Ich fuhr mit ihm einige Tage später in die Conrad-von-Hötzendorf-Straße, und wir nahmen in einem der düsteren Gerichtssäle Platz. Wir waren frühzeitig gekommen, denn der Mord, um den es ging, hatte ziemliches Aufsehen erregt, so dass zahlreiche Zuschauer erwartet wurden. Angeklagt waren der 16-jährige Karl O'Neill, der, wie die Zeitungen schrieben, kurz vor der Tat die Zahntechnikerlehre auf seinem dritten Lehrplatz abgebrochen hatte, und sein ehemaliger Arbeitskollege, der 17-jährige, stellungslose Theodor Recheis – beide waren geständig. Sie hatten sich unter falschem Namen bei der Klavierlehrerin Violetta Moser als Schüler angemeldet, wobei O'Neill angegeben hatte, Zahntechniker, Recheis hingegen, Kriminalbeamter zu sein. Am selben Tag noch hatten sie die erste Klavierstunde genommen und mit selbstgebastelten »Totschlägern« die arglose Frau erschlagen, ihr überdies mit einem Tafelmesser aus ihrem Besitz mehrere Stiche beigebracht und schließlich die Kehle durchgeschnitten. Sodann hatten sie ihre Schmuckkassette gesucht und aufgebrochen. Auch ihr Portemonnaie hatten sie an sich genommen. Schließlich hatten sie im Grazer Augarten die Wohnungsschlüssel des Opfers, das leere Portemonnaie und die Totschläger in die Mur geworfen – eine der Tatwaffen war später von einem Angler gefunden worden. Schon in der ersten Nacht, die auf den Mord gefolgt war, waren die Täter verhaftet worden, da sie beim Verlassen des Hauses, in dem Violetta Moser gewohnt hatte, gesehen worden waren und die Ermordete die Gewohnheit gehabt hatte, die Namen ihrer Schüler aufzuschreiben. Zwar hatten die beiden falsche Namen genannt, O'Neill hatte jedoch den Fehler begangen, der Klavierlehrerin seinen tatsächlichen Beruf zu nennen. Bei der Überprüfung von Grazer Zahnärzten war man sodann auf die beiden Namen gestoßen. Als die Polizei die Wohnung O'Neills betrat, waren er und sein Freund gerade dabei gewesen, den Schmuck ihres Opfers mit Holzkohle einzuschmelzen. Ein Motiv für ihre Tat hatten sie keines angeben können.

Über ihr Leben war wenig bekannt. Es war in den Zeitungen nur zu lesen gewesen, dass O'Neill bei seiner Großmutter gewohnt hatte, seine Mutter – vor einem Jahr verstorben – hatte nach dem Krieg einen englischen Soldaten geheiratet, war aber von diesem bald darauf geschieden worden. Eine Zeitlang hatte sie von Geheimprostitution gelebt und war schwanger geworden, den Namen des Vaters hatte sie jedoch nicht angeben können. Recheis wiederum hatte in der Wohnung seiner Mutter gelebt, sein Vater war im Krieg gefallen.

Bei den Polizeiverhören hatte O'Neill versucht, die gesamte Schuld auf Recheis abzuwälzen, Recheis aber hatte alles bestritten. Als die Polizisten die beiden Burschen zur Anklagebank führten, war ich erstaunt, denn sie sahen nicht aus wie Menschen, die ein Verbrechen begangen hatten, im Gegenteil, sie machten den Eindruck von Musterknaben. Beide trugen dunkle Anzüge, weiße Hemden und Krawatten. Recheis war mittelgroß und schmächtig, hatte braunes, gescheiteltes Haar und war so blass, dass es den Eindruck erweckte, als sei er soeben aus dem Krankenhaus entlassen worden. O'Neill, der Jüngere, überragte Recheis um einen Kopf. Seine widerspenstigen blonden Haare waren nach hinten gekämmt und seine Bewegungen unsicher. Beide bemühten sich, bei der Befragung hochdeutsch zu sprechen. Recheis machte einen selbstbewussten Eindruck, während O'Neill niedergeschlagen wirkte. Die erste Zeugin, an die ich mich erinnere, war ein 15-jähriges Mädchen, Anna Holzer, mit einem S-Fehler. Sie lispelte und flüsterte vor dem Richter so leise, dass ich nur ab und zu verstand, was sie sagte. Auch die Aufforderung des Staatsanwalts, lauter zu sprechen, änderte nichts. Sonnenberg hatte ihre Aussage besser verstanden, und in einer Verhandlungspause erfuhr ich von ihm, dass die Zeugin am 24. April um 3.00 Uhr nachmittags das »Sparherdzimmer« ihrer Klavierlehrerin im zweiten Stock des Hauses Stempfergasse 27 aufgesperrt habe, um dort, wie gewöhnlich, auf dem Klavier zu üben. Erschrocken habe sie festgestellt, dass das Zimmer durchwühlt gewesen sei. Die Kommodenladen seien herausgezogen, der Schrank sei offen und der Boden übersät gewesen mit Hausrat, Papieren, Speiseresten, ausgeschüttetem Maisgries und Zigarettenstummeln sowie blutverschmierter Wäsche. Und inmitten des Durcheinanders habe in einer riesigen, zum Teil eingetrockneten, zum Teil noch flüssigen Blutlache die Leiche ihrer Klavierlehrerin, Violetta Moser, gelegen. Der Anklage war zu entnehmen gewesen, dass die sofort herbeigerufene Mordkommission den gewaltsamen Tod der Frau festgestellt habe.

Das Schädeldach des Opfers sei mit einem stumpfen Gegenstand zertrümmert worden, trug sodann der gerichtsmedizinische Sachverständige vor, und außerdem habe der Leichnam »in der Herzgegend« zwölf Messerstiche aufgewiesen. Es sei ein Tafelmesser mit Silbergriff sichergestellt worden, mit welchem der Klavierlehrerin die Verletzungen zugefügt worden seien. »Die spitze Klinge«, so der Gerichtsmediziner, »war bis zum Griff blutbefleckt.« Bald sei auch die Schmuckschatulle gefunden worden, »offen und leer«, ergänzte der Staatsanwalt.

Das Chaos, das die beiden, Recheis und O'Neill, hinterlassen hatten, musste beträchtlich gewesen sein. Der Richter erging sich in endlosen Schilderungen, sprach von zertrümmerten Stühlen, aufgeschnittenen Matratzen, einer leergeräumten Kredenz und einem umgeworfenen Bücherregal. Auf dem Boden hatten sich große Haufen von Gegenständen befunden, so dass man nicht einmal mehr den Teppich sehen konnte.

Die Befragung der Angeklagten durch Richter und Staatsanwalt ließ Ratlosigkeit zurück. Nein, sie hatten den Mord nicht begangen, um zu rauben. Weshalb dann? – Schweigen. Ob sie die Ermordete vorher gekannt hätten? – Nein. Ob es die Lust zu töten gewesen sei, die sie zur Tat veranlasst habe? – Nein. Die Gier, etwas zu erleben? – Nein. Der psychologische Gutachter bezeichnete die beiden als Menschen, die ihre kriminelle Phantasie so lange gesteigert hätten, bis sie keinen Unterschied mehr zwischen Phantasie und Wirklichkeit sahen (der Staatsanwalt sprach von »Zerstörungslust«). Beiden wurde Kreativität zugebilligt – was immer das bedeuten sollte – sowie »handwerkliche Begabung«, die sie allerdings »zur Herstellung von Gegenständen für ihr kriminelles Treiben« genutzt hätten. So habe Recheis schon im Alter von fünfzehn Jahren Dietriche angefertigt, weil er, wie er angab, »Freude am Öffnen von komplizierten Schlössern« gehabt habe. In den Zimmern von O'Neill und Recheis wurden weitere

Totschläger aus Kautschukballons gefunden, die mit geschmolzenem Blei gefüllt und an Stielen aus Spanischem Rohr befestigt waren, ferner Ledermasken, um bei Überfällen nicht erkannt zu werden. Ein ehemaliger Mitschüler, der im Gegensatz zu Recheis und O'Neill verwahrlost aussah, gab an, dass O'Neill mit seinem Flobertgewehr und Recheis mit seinem sechsschüssigen Trommelrevolver in einer Wohnung Schießübungen auf eine Goethe-Büste veranstaltet hätten. Zum Beweis wurde die stark beschädigte Büste auf den Richtertisch gestellt. Recheis und O'Neill gaben zu, dass sie immer mit ihren Totschlägern, Revolvern und Ledermasken, die sie in einer Aktentasche verstauten, ausgingen, »damit die Sachen bei einer Hausdurchsuchung nicht gefunden« würden.

Auf die Klavierlehrerin Violetta Moser waren sie gekommen, weil ein Freund, der bei der Frau bereits einmal eingebrochen hatte, damit geprahlt habe, wie leicht das gewesen sei. Daher hätten sie sich entschlossen, es auch selbst zu versuchen. Nach ihrer Anmeldung unter falschem Namen habe sich O'Neill an das Klavier gesetzt, während Recheis die Katze von Violetta Moser gestreichelt habe. Nach Beendigung der Stunde habe Recheis der Klavierlehrerin vorgeschlagen, ihr als Gegengeschäft eine Zahnbrücke zu machen und dazu gleich einen Abdruck zu nehmen. Die gutgläubige Frau stimmte offenbar zu, denn die beiden gaben an, dass sie sich daraufhin in Erwartung der Behandlung mit offenem Mund in den Sessel gesetzt habe, und Recheis ergänzte, dass erst dieser Anblick ihn auf den Gedanken gebracht habe, sie zu töten. Von da an gingen die Schilderungen auseinander. Während O'Neill behauptete, Recheis habe Violetta Moser allein ermordet, bestand Recheis darauf, dass sie beide es getan hätten. O'Neill entgegnete auf Befragung des Richters, er fühle sich nur schuldig, dass er nicht um Hilfe gerufen habe – jedenfalls sei er an der Ermordung nicht beteiligt gewesen. Auf die neuerliche Frage des Richters, weshalb sie die Klavierlehrerin ermordet hätten, behauptete Recheis, es sei wegen des offenen Mundes gewesen, weil die Frau alles so willig mitgemacht habe ... Sie habe sofort nach seiner Anweisung die Augen geschlossen und den Mund geöffnet, obwohl er weder das für einen Zahnabdruck notwendige Werkzeug noch das betreffende Material bei sich gehabt hätte. Da habe er den Totschläger aus der Tasche genommen und O'Neill den zweiten gereicht, und sie hätten damit auf Violetta Moser eingeschlagen. Sodann habe er selbst mit dem »Buttermesser«, das er auf dem Tisch entdeckt habe, der Stöhnenden mehrere Stiche – er wisse nicht, warum – in die Brust zugefügt. Er habe das Messer dann O'Neill gereicht, der »Frau Moser« sofort die Kehle durchgeschnitten habe, »damit das Röcheln aufhört«, wie dieser gesagt habe. Das Röcheln sei das Unangenehmste gewesen, das Blut hingegen, das vom Kopf, aus der Kehle und der Brust auf den Boden geronnen sei, hätten sie zuerst gar nicht wahrgenommen. Erst als sie auf dem Sofa Platz genommen und eine Zigarette geraucht hätten, sei ihnen bewusst geworden, was geschehen sei. O'Neill hingegen behauptete, Recheis habe ihm, als die Klavierlehrerin mit offenem Mund und geschlossenen Augen auf ihrem Stuhl gesessen sei, eine Grimasse geschnitten und dann mit dem Totschläger, den er aus der Tasche genommen habe, auf ihren

Kopf eingeschlagen. Zugleich sei die Katze erschrocken unter dem Sofa verschwunden. Alles habe sich so schnell abgespielt, dass er zuerst gar nicht »realisiert habe«, was vor sich gegangen sei. Der Kopf der Frau sei nach hinten gefallen, der Mund weit aufgerissen gewesen, und sie habe entsetzlich geröchelt. Recheis habe daraufhin nach dem Buttermesser gegriffen und es ihr mehrmals und heftig in die Brust gestoßen und sie dabei immer wieder angeschrien: »Heast auf! Heast auf!« Da das Röcheln aber nicht verstummt sei, habe er ihr die Kehle durchgeschnitten, das Messer auf den Boden geworfen und »Jetzt host es!« ausgerufen. Sodann habe er sich zu ihm auf das Sofa fallen lassen und eine Zigarette verlangt. Recheis wurde daraufhin von seinem Verteidiger befragt, ob dies so stimme. Er bestätigte den Hergang, nur habe, wie gesagt, O'Neill selbst gemacht, was er ihm jetzt in die Schuhe schiebe.

Sie hätten dann etwa eine halbe Stunde auf dem Sofa gewartet und schweigend geraucht, fuhr Recheis stockend fort. Es sei ganz still in der Wohnung gewesen, nur das Blut, das zu Boden getropft sei, habe ein Geräusch gemacht.

Auf die Frage seines Anwalts, woran er gedacht habe, antwortete Recheis: »An nichts.«

Später wollte der Richter auch von O'Neill wissen, was er empfunden und sich gedacht habe, als sie auf dem Sofa stumm geraucht hätten.

»Nichts«, antwortete auch O'Neill. »Ich habe nichts empfunden.« Irgendwie sei ihm gewesen, als ob das, was geschehen war, nicht wahr sei. Recheis sei plötzlich aufgesprungen und habe angefangen, die Einrichtung zu demolieren. Er, O'Neill, habe mitgemacht, weil es »befreiend« auf ihn gewirkt habe, den Raum durcheinanderzubringen. Sie hätten nichts gesucht und auch nicht die Absicht gehabt, etwas zu finden. Das Zerstören sei wie im Rausch über sie gekommen, bestätigte Recheis bei seiner Befragung durch den Richter die Aussagen O'Neills. Allerdings betonte er, O'Neill sei der Aktivere gewesen, er habe sich abreagieren müssen für das, was er getan habe, und dabei die Kontrolle über sich verloren. »Wenn ihm die Katze in die Finger gekommen wäre, hätte er ihr sicher den Garaus gemacht«, sagte er triumphierend und drehte sich zu O'Neill um, der auf den Boden starrte. Plötzlich sei der Leichnam der Klavierlehrerin, fuhr er fort, vom Stuhl auf den Boden gefallen, er wisse nicht, ob O'Neill oder er selbst ihn berührt habe, jedenfalls sei die Tote jetzt blutig und mit aufgerissenen Augen dagelegen. Das habe ihn wütend gemacht, und er habe einige Gegenstände – Notenhefte, das Metronom, eine Vase, Bücher – nach ihr geworfen, um sie nicht mehr zu sehen. O'Neill habe inzwischen die Schmuckkassette gefunden gehabt und auf das Sofa geleert. Schließlich hätten sie eine Flasche Rotwein, die unter dem Waschbecken abgestellt gewesen sei, geöffnet und ausgetrunken. Bevor sie das Haus verlassen hätten, habe er selbst das Portemonnaie »entdeckt«, nachdem er die Handtasche durchsucht hatte. Er habe das Geld an sich genommen, doch im Augenblick, als er es eingesteckt hatte, habe er gewusst, dass er einen schweren Fehler begehe. Es sei ihm der Gedanke durch den Kopf geschossen, dass die Tat – wenn sie sich nicht den Schmuck und das Geld in die Taschen steckten – vielleicht nur in seiner Einbildung geschehen sei. Daher habe er O'Neill überreden wollen, die Wertsachen und Banknoten zurückzulassen, aber O'Neill habe schon die Tür zum Gang geöffnet und ihm bedeutet, leise zu sein. Auch später, nachdem sie gefasst worden seien, habe er sich Vorwürfe gemacht, nicht auf sein Gewissen gehört zu haben, obwohl er wisse, dass das alles Unsinn sei. – Noch am Abend wurden Recheis zu fünfzehn Jahren schweren Kerkers und O'Neill zu vierzehn Jahren sowie beide zu Dunkelhaft am jeweils 23.4. jeden Jahres, dem Mordtag, verurteilt.

Sonnenbergs Sicht

»Hass ist der Schlüssel zu den meisten Verbrechen«, sagte Sonnenberg. Er meine nicht den persönlichen Hass, sondern den »mitmenschlichen«, den alltäglichen, den Hass auf das Glück, die Begabung, den Besitz und die Schönheit anderer, kurz den Hass, der Menschen miteinander verbünde und voneinander trenne, der in Bewunderung umschlage oder in Gewalt. Man finde ihn bei Paaren, in der Familie, der Schule, am Arbeitsplatz, man höre ihn aus jedem Gespräch heraus, in politischen Zirkeln wie auf Sportplätzen, unter Gläubigen wie unter Ungläubigen, unter Alten wie unter Jungen und sogar Kindern, unter Frauen und Männern, unter Kranken und Gesunden, unter Ärzten und Notaren, Gärtnern und Dachdeckern, Lehrern und Beamten, Architekten und Chemikern, Künstlern und Journalisten ... Selbstverständlich werde der Hass nur unter bestimmten Umständen sichtbar, denn der Mensch sei in seinen Gedanken das phantastischste Chamäleon, das in der Natur existiere. Sein gesamtes Denken drehe sich nur um die Wünsche, die er sich erfüllen wolle, sein gesamter Hass um die Wünsche, die ihm verwehrt blieben. Und da sein Denken von der Strategie des Überlebens geprägt sei, wisse er aus Erfahrung, dass er warten müsse, bis sich eine Gelegenheit biete, die es ihm ermögliche, einen Vorteil für sich herauszuschlagen. Das Gehirn tarne das Denken, es sei in einem fort mit der Umfärbung seiner wahren Ansichten und Meinungen befasst, es sei ein Meister der Halbwahrheiten, Umschreibungen, Ablenkungen, der Lügen. Zu lügen falle dem Menschen leichter, als die Wahrheit zu sagen. Die Fähigkeit zur vollendeten Gedankenmimikry, die die eigenen Ansichten blitzschnell in ihr Gegenteil verkehre, sei der Grund, weshalb der Mensch allen anderen Lebewesen überlegen sei. Es gebe für ihn nur selten Momente der Wahrheit, es gehe ihm, wie gesagt, um die Befriedigung seiner Wünsche oder zumindest ums Überleben. Eine Existenz, die der Liebe gewidmet sei, sei eine illusorische Existenz, denn die Liebe betäube entweder das Denken und mache die Betreffenden zu Narren, oder sie sei ein aufwendiger Willensakt, der nur über stetige Bewusstheit zu erreichen sei, während der Hass augenblicklich und in jeder Situation präsent sei. Die Menschen fänden für das abscheulichste Verbrechen, sofern sie es nur selbst begangen hätten, leicht eine Erklärung, hingegen verurteilten sie das kleinste Vergehen eines anderen, auch wenn es ihnen persönlich keinen Schaden zufüge, mitleidslos. Es sei eine Lüge, die Menschen als gut zu bezeichnen, Güte sei ein Geschenk, das man zuerst sich selbst mache, eine irrationale Wohltat, für die man sich im Geheimen Glück als Belohnung erhoffe. Man stelle sich nur vor, Güte würde genauso bestraft wie Hass – rasch wäre sie aus dem menschlichen Leben verschwunden, während der Hass, auch wenn er unter Todesstrafe stehe, nicht auszurotten sei. Um den Hass auszurotten, müsse man zuerst die Menschheit ausrotten …

Er glaube nicht an Gerechtigkeit, sagte Sonnenberg nach einer Pause, in der wir die Treppen des Landesgerichts hinunterstiegen, die irdische Gerechtigkeit passe sich der jeweiligen Gesellschaft und ihren Ansichten an und sei von Furcht und Hass bestimmt oder zumindest von Hilflosigkeit, die einen Ausweg suche … Eine himmlische Gerechtigkeit hingegen, würde es sie geben, würden wir nicht verstehen, denn wir verstünden ja auch das Universum nicht, wie es entstanden sei, was es zusammenhalte … Wir verstünden weder Naturkatastrophen noch das Unglück, das uns ereile. Wir hätten kein Wort dafür, da wir die Beweggründe, die dahinterstünden, nur als Zufall, als etwas Blindes begreifen, besser gesagt, nicht begreifen würden. Wenn jemand seine Ruhe haben wolle, so strebe er mit anderen Worten nur an, dem Hass der anderen zu entkommen, den unerbittlichen Alltagsnachstellungen, die das Leben so biete … Man wünsche, auch den Verbündeten im Hass zu entkommen und seinen eigenen Hass durch den Stillstand der Zeit zu bannen, doch jede kleinste Veränderung sei Nahrung für den Hass, für die stille Wut, die sich über Jahre und Jahrzehnte in den Menschen aufstaue, bis sie eines Tages zum Ausbruch komme.

Ich war noch jung und hatte diese Gedanken noch

nie gehört. Alles wehrte sich in mir dagegen, doch ich argwöhnte, dass ich mich dabei nur selbst belog und Sonnenberg recht behalten würde.

Aus dem fötalen Leben

Unter den Briefen und Papieren, die Sonnenberg später als Untersuchungsrichter in Wien verfasste – schon von seiner seelischen Krankheit verwirrt –, befinden sich auch zwei Tagebücher. Sonnenberg gibt im ersten seiner Überzeugung Ausdruck, dass er sich an sein Leben als Fötus im Mutterbauch erinnern könne, und beginnt so:

Eingehüllt in die Fruchtblase, konnte ich eines Tages – begünstigt durch besondere Lichtverhältnisse – plötzlich mein Spiegelbild sehen. Der Anblick meines Gesichts rief in mir Denken hervor. Ich erwachte aus dem Traumlosen. Euphorisch schwebte ich über ein grelles Teppichmuster. Ich erkannte anfangs nicht, dass ich es selbst war, den ich sah, sondern vermeinte, einen Fremden wahrzunehmen, und wunderte mich über dessen Aussehen. Sein Auge war insektenhaft, der Körper durchsichtig, die kleinen verzweigten Äderchen pulsierten, ich erkannte den goldenen Flaum seiner Augenbrauen, das schimmernde Weiß seines Skeletts. Über seinem Kopf hing der Dottersack wie ein Mond, erinnerte ich mich später, als ich schon wusste, was »Mond« bedeutet. Bei jeder Bewegung der Fruchtblase, des gläsernen Zelts, flimmerten kleine Gewebeteilchen wie Schneeflocken vorbei. Das Wesen, das ich gespiegelt sah, die Sternengestalt, der Greis, war ich selbst, und wenn ich – sage ich mir heute – das Flimmern der Gewebeteilchen hätte deuten können, hätte ich – eingehüllt in der glockigen Plazenta – mein Schicksal schon vor meiner Geburt erfahren. Weshalb faltete ich die Hände? Regnete es Gebetbücher? Mein Kopf war größer als mein gelb schimmernder Körper. Ich hörte Töne, silbern-kupfernen Klang.* Ich dachte: ›Erdströme‹, ohne zu wissen, was das bedeutet. Daneben blubberte und gurrte es aus dem Darm meiner Mutter, und das Rauschen ihrer Blutgefäße suggerierte mir, dass ich nicht allein war. In meinem Mund wechselten süßer und salziger Geschmack. Ich nahm die Schwerelosigkeit als etwas Selbstverständliches hin wie später die Schwerkraft – als spiele sich das Leben aller in Schwerelosigkeit ab. Heiter berechnete ich das Volumen der Plazenta. (Dabei lehnte ich mich behelfsmäßig an das Modell einer Kugel an, $4/3 \times \pi \times r^3$.) Betrachtete ich den Teil der Plazenta, über dem ich schwebte, konnte ich glauben, in einer Bienen-Kugeldistel zu Hause zu sein – ich verfärbte mich rosa. ›Ratten! Ratten!‹, schrie meine Mutter. Ich verspürte keine Angst, da ich als Embryo, wie ich jetzt wusste, selbst Alge, Sonnentierchen, Regenwurm, Made, Seepferdchen, Dorsch oder Vögelchen und eben auch eine Ratte gewesen war. Rasch verfärbte ich mich gelb.

Zumeist waren die Lichtverhältnisse schlecht gewesen, und ich schlief die längste Zeit über, Tag und

---

* Als Erwachsener erfuhr ich, dass es die Sonate für zwei Klaviere in D-Dur, Köchelverzeichnis 448 von Mozart war.

Nacht, wie ich heute weiß. Doch träumte ich, angeregt durch die Geräusche, die ich hörte, von langen Frühstücken, Hyazinthen, Augentropfen, Staub, Zwillingen, Grammophonen, Heiligenfiguren, schwarzen Kähnen, Treppenhäusern, Schreibmaschinen, von Schmerzen, Daktyloskopie, Willkommensfeiern, der Desoxyribonukleinsäure und James Frazers Buch ›Der goldene Zweig‹. Meine Mutter spielte draußen Tarock. Geschwätz. ›Was kostet der Stuhl?‹ Das Schnurren der Katze. Das Rascheln der Zeitung. Aus Langeweile las ich meine Fingerabdrücke. ›Erster April!‹, ›Verzeihung! Verzeihung! – Verzeih' mir!‹ Pissgeräusche. Furzen. Der gepresste Atem bei der Darmentleerung, Wasserspülung. ›Schnee im Mai. Kannst Du Dich daran erinnern, dass Du jemals –.‹ ›Schach!‹, ›Flieder!‹, ›Versalzen, das Wiener Schnitzel!‹ ›Oh, Blut! Ich hab' mir mit dem Messer in den Daumen geschnitten. Wo ist das Wundpflaster.‹ – Ich verfärbte mich rot. Nachts hörte ich Regen gegen die Glasscheibe trommeln. ›Ich habe als Kind einmal Tollkirschen gegessen.‹ ›Thonetstühle.‹ Sie sagte, sie knie vor dem Altar aus Marmor und bete zu den goldenen Türchen, hinter denen die Monstranz verborgen ist. Ich habe Ohren. Schluchzen. Pfingstlicht fährt durch meinen Kopf, gleißend. Verderben. Ich verfärbe mich weiß.

Aus dem mortalen Leben Sonnenbergs

Im zweiten Tagebuch werden Sonnenbergs Zeilen chaotisch. Auf einer Reise nach Florenz muss er den Verstand verloren haben. Seine Sprache zerbricht. Leere

Seiten. Das Weiß des Papiers. Ich bemühe mich, dieses Weiß zu lesen, eine Analogie dafür in meinem Kopf zu entdecken. Dabei fällt mir die Geschichte unserer Freundschaft ein, eine sich verflüchtigende Erinnerung wie Rauch – und doch ist sie in meine Knochen eingeschrieben, ähnlich Fossilien in Gestein. Das zweite Tagebuch Sonnenbergs – aus der Anstalt – wurde mir aber erst später zugesandt, ein Dokument der Verwirrung, aber auch dichterischer Ausdruck des Wahns.

11. November
(ich bin Sprache, Wörter, Sätze)
Bis zum Horizont die Gebirgslandschaft aus Morphium und Aspirin. Salbei-, Dill-, Majorangerüche. In der Anstaltskirche duftet es nach Kampfer (Transsubstantiation der Wirklichkeit in Sprache). Die chinesische Mauer aus Paragraphen, an der ich zerschellte. Dr. Oregano blickte aus dem Fenster, nachdem er gewissenhaft meinen After untersucht hatte. »In allen Büchern fehlt die Seite 13«, sagt die Assistentin. Ihr weißer Mantel ist geschmückt mit einem Muster aus Blaubeeren. Wie ein Bergknappe führt er ein das große Rohr – späht. Wie weit ist es bis zum Paradies? »Ihr Kopf macht mir Sorgen«, und lächelt. In der Apotheke Schachteln. Der Gehilfe sucht Affengelb, Schneebraun, Himmelsrosa, Windgrün, Milchschwarz, Asphaltblau, Krokodilrot. Die Farben rinnen aus den Regalen, ein Strom ergießt sich über die Wände. »Drei Kotlöffel täglich gegen Entropie und Hühnerohren und regelmäßige Spaziergänge!« – »Bitte, vergessen Sie die Lichtnelke nicht!«

12. November, Kunsthistorisches Museum

Straßenbahn No 7. In den Kurven purzeln Parabeln, Ellipsen, Vokale, Konsonanten, Quartette, Sonaten und Stethoskope durcheinander. Tote Winkel huschen auf Asphalt. Verbrechen, Lust, Natur, Gott. Die Rahmen sind aus Feuerwerkskörpern. Wohin geht die Reise? Nilpferdjagd? Gewürze? Lepidoptera? Bitte gegenüber! Unsichtbar folgt mir Dr. Arcimboldo. Bakterienschwärme. Die Bazillen falten Notenblätter und signieren mit Velázquez. Aus meinen Nasenlöchern wuchern Zyklamen, Tempotaschentücher flattern durch den Saal, wiegen sich in der Luft. Das Museum dreht sich um seine Achse wie ein Ringelspiel. Schon eilen Aufseher auf Holzprothesen herbei, klipp, klapp. Blinde Köche verlagern Gemälde, die erkrankt sind. Um ihr Mitleid auszudrücken, fallen Mottenschwärme über die Tapeten her. Da der Marmorboden konkav wird, wölbt sich das Fensterglas konvex. Die Algebra der Logik verwandelt den Hasen in eine Madonna. Brueghel, Rembrandt, Giorgione. Der erste Zauberer trägt einen Hut aus Banknoten. Der zweite trommelt auf Fell, seinen Mantel zieren güldene Broschen, der dritte verbrennt die Metamorphosen des Ovid. Trink Bellini und verspeise Carpaccio! In der Cafeteria. Sie sagt: »Die Realität ist viel komplizierter als ein Globus.« In spitzen Röckchen und Stresemann-Anzügen servieren Tote blutigen Kuchen. Der Hund, der unerkannt durch die Säle hechelt, hört auf den Namen »Vergangenheit«. Rubens: »Weiß, Schwarz und Rot bilden die chromatische Tonleiter, auf der Tintoretto heimlich die Susanna im Bade beobachtet.« Meine Notizen in Ehren, aber … Ich stelle mir vor … Das gesamte Gebäude ist James Ensor, dem Einzigen, gewidmet. Durch die Fenster sieht man Ostende, gute Nacht Deutschland ... Der Hahn im Flur hat nichts zu bedeuten. Eine neue Farbe: ENSOR ... der ensorfarbene Hahn. Gerade als er in den Saal gelangt, beginnen sich die Gemälde zu bewegen. Eine Stimme liest aus den Upanischaden: »Kapitel I: Die Initialen unter dem Himmeljoch«. Man überbringt dem Parkettenleger das gewünschte Tarotspiel, in dem er sich als Kaiser Maximilian I., gemalt von Dürer, entdeckt. Die gespenstische Mumie erwacht und zeichnet eine Kaulquappe in Gestalt Fra Angelicos. Zwei Aufseher bewerfen sich mit Teebeuteln, während Fälscher »Die verkehrte Welt« von Steen kopieren. Kreischen, Schreien, Geheul erfüllt die Säle, die von ungeheuren Menschenmassen gestürmt werden. Angst vor dem Fegefeuer? – Ich finde keine Telefonnummer. Regen auf die Infantin Margarita Teresa, kinematographische Effekte, Wirbelsturm, Blitz, Wolken. Die Gestalten auf den Bildern spannen Regenschirme auf. Pupillen, Iris, Glaskörper, Linse, Netzhaut, Nervus opticus, die verkehrten Bilder im Kopf, der Umwandlungsprozess, die Himmelsstimmung auf den Bildern, die Imkerei der Lichtmoleküle durch das Cerebrum ... Blattwerk. Das Vergessen wird in Betrieb gesetzt. Gestalten in den Moden ihrer Epoche: Pluderhosen, Spitzen, Seide, Federn, Leder ... Tizian »Der Bravo«, das Opfer den Lorbeerkranz im Haar, der Bravo den Dolch hinter dem Rücken ..., Geertgen tot Sint Jans »Das Schicksal der irdischen Überreste Johannes des Täufers«, Hugo van der Goes' »Beweinung Christi unter dem Kreuz«, Cranach d.Ä. »Judith mit dem Haupt des Holofernes«, Pieter Brueghel d.Ä. »Turmbau zu Babel«. Panoptikum des menschlichen Elends. Schwarze

Verwesung. Wahnsinn der Farben. Die Restauratorin mit der Krokodilmaske deutet die Schrift der Craqueluren, das Netz der feinen Sprünge im Bild. Lavaströme der Zeit, dialogische Verschiebungen, Austrocknungen, Zerfall. »Aus der Finsternis der Menschheit«, ist am Eingang in Geheimschrift zu lesen. Langsam erkaltet die Sonne. Der Tod tappt blind mit armdicken Tentakeln. Gedankenfluten in den Köpfen. Myriaden von Synapsen wie Myriaden Nadeln von Nähmaschinen. Farben zerplatzen wie Glühbirnen in meinem Kopf. Immer die gleichen Wörter, wie blinkende Reklamebotschaften: »Geh! Geh! Geh! Genug!« Auf der Suche nach Helligkeit, nach Anregung, nach Stillleben, Portraits, Akten, Landschaften, begraben unter dem Müll der Gleichgültigkeit. Eine Dame mit Spazierstock zeigt ihren Darmwürmern Raffaels »Madonna im Grünen«. Ihre Organe versinken daraufhin in Andacht. »Der Jüngling vor weißem Vorhang« ist plötzlich ein Spiegelbild. Indes musizieren die Farben das Quintett Nr. 4 von Paolo Veronese. Schmerzen in der Wirbelsäule. Leere pflanzt sich ohne Unterlass in der Materie fort. Ich winke nach dem nächsten Taxi, auf das Parmegianinos »Selbstbildnis im Konvexspiegel« gemalt ist.

13. November, Naturhistorisches Museum
Der Apothekentempel von Wien. Meteoritenstein, Schädelsalz, Herbarien, Ichthyologen, Tausendfüßer sowie zwei ausgestopfte Krähen. Die Reime der Natur stammeln die Dreifaltigkeit des Todes. In den Gesteinen Zeitkristalle, Zeitmoleküle, Zeitsedimente. Arien der Schwerkraft als stummes Echo. Die Mumienwelt feiert den 111 111 111 111 111. Geburtstag. Atemstille.

Mineralogie und Freimaurerei. Ein Essay über die Hautmuster der Reptilien, die Musik der Protozoen, die Schrift der Kastanienblätter, die Grammatik der Schneehuhnsprache. Das Gebäude ein viereckiger Nautilusbau, labyrinthisch wie Jules Vernes Gehirnwindungen. »Ursprünglich waren die Räume voller Spinnen, dann Mäuseplagen, Papageienseuchen, Schneckeninfektionen, Heuschreckenwahn, Wurmbrände.« Aus den Panzern von Karettschildkröten ist Kammermusik von György Ligeti zu hören. Unterwassergemälde an den Wänden. Die Räume wimmeln von Integralrechnungen, stummen Aufsehern, anatomischen Präparaten, von ausgestopften Echsen und Walen. Ich lese Kindheit: Muscheln, Strand, Seesterne, bestickte Kaseln, Bischofsstäbe, Leukämie, Expeditionen, »Die Weltumsegelung der Novara«. »Orientieren Sie sich an der Karte: rechts das Pleistozän, links das Purgatorio.« Ich las »Die Reise eines Naturforschers« nach der Blinddarmoperation. In einem Fläschchen der Appendix von Gregor Mendel. Der braune Glanz der Vitrinen, Honigduft, getrocknete Hyazinthen, Orchideen, Wasserrosen, Kamillen, das Archiv unter dem Dach, exotische Pflanzen und Tiere, wie von Goethe gemalt, Biographien von Fischen und Salamandern im Stil von Monographien über verstorbene Komponisten. Die Übelkeit kam unerwartet, ich sitze auf einem Stuhl vor dem Schädelschrank. »Sammeln Sie Schrumpfköpfe?« Gelbe Fischleichen in Alkohol, ausgebleichte Eidechsen, ein Fahrrad aus Knochen. Dazu Anweisungen über den Lautsprecher. Ich habe mein Alter vergessen. Vorbei an den Vitrinen mit ausgestopften Affen; hypnotische Glasaugen. Die Schädelvermesser trafen sich auf der

Nazi-Stiege im ersten Stock, sammelten Käfer, Frösche, Krokodile, Antilopen, Giraffen, Sonnentierchen, Quallen, Tagebücher, Landkarten, den »Völkischen Beobachter«, Amethyste, Bergkristalle, Weißdorn, Moose und den armen Soliman mit fünf Afrikanern: »Verbrannten in den Wirren der 48er-Revolution.« Die kleine, hässliche Venus als Märtyrerin im Schrein, für 10 Cent ein »Gegrüßet seist du Maria«. Stirb und werde. Professor Regenpfeifer hält Vorträge über Korallenriffe und macht Nachtführungen. Er hält den Porphyr zwischen den Fingern, schweift ab in Wüsten und Vulkane und zur Einsamkeit der Photonen.

14. November, Uhrenmuseum

Im Inneren ist es März. Die Uhren ticken »Anna Blume«. Es geht um Konkrete Poesie, Wörter, Satzzeichen, Fieberthermometer, Mechanik und Keplers Gesetze. Die Welt dreht sich um die Finsternis. Glimmende Wortgalaxien in der Spieluhr des Universums. In drei Stockwerken Aufseher und Krankenschwestern. Einmal verlor eine Schulklasse die Orientierung und verirrte sich in den Gängen, verschwand in den Gletscherspalten der Zeit. Flötentöne aus einem Automaten in Gestalt eines Einhorns, Zifferblätter aus Email, rittersporenblau, südpolweiß, tiefseegrün, winterschwarz, herzjesurot. »Sekunden sind die Dornen des Lebensstrauchs, und Zeit ist Materie«, sagt der Banker und wirft Kleingeld in die automatische Orgel. Betrachtet die Menschen aus dem Guckloch des Irrenhauses wie seltsames Getier.

»Hier, an der Quelle, am Ursprung der Kreisförmigkeit gedenken die Apparaturen des archimedischen

Prinzips«, so die Anstaltsleiterin, Frau Dr. Farn, auf der Suche nach dem verlorenen Wacholderbaum. Sprosst Stunde aus Blattwerk? »Trinken Sie eine Tasse Tee, bevor Sie zu Staub werden.« Schwindelgefühle. Jedes Haar ein Wort im Luftmeer des Schweigens. Die Leichen im Pendeluhrkasten. »Berühren verboten. Das Uhrwerk löst einen Elektroschock aus«, in gotischer Schrift auf der Eintrittskarte. Spitzwegs Kakteen und Ebner-Eschenbachs Aphorismen. In der nächsten Etage Zwielicht: Heideggers Reich, Wahnsprache, Verbandsmull, Masken aus Fischhaut, Milch auf dem Fußboden. Musik für das Limbische System, Klaviertasten, Archäologie. Kurt Schwitters verkündet den Sinn der Sinnlosigkeit, Trümmer, Scherben und Äther, Gedächtnisschwalben, Fäulnis, Moder und Sulfur. TICK-TACK – bis zur Apokalypse. Die Uhr erzieht mit ihren Zeigern. Die Zeit prügelt lautlos. Ich sehe mein Gesicht im Glas gespiegelt, in zwei Teile zerrissen. Der Schachautomat: Stundenlang grübelte ich über seinen Zügen, bis die Unwirklichkeit »Sperrstunde« verkündete. Das Leben in leeren Zigarettenschachteln geschmuggelt. Heidnische Kulte, Leviathan-Verehrung. Die Wirbelsäule schmerzt, das Sprunggelenk; ich werde alt.

15. / 16. November

Spaziergänge. Ein Hemdengeschäft, ein Hutsalon, die Koscherschlächterei; Geruch nach Kaffee, buntes Spielzeug. Beim Schach tauchen Bilder auf. Unbedeutendes, Vergessenes. Warum denke ich an Auslagen voller Brillen? Warum an Buchstaben von Geschäftsschildern? »Du lebst auf dem Land, wo ich zugrunde gehen würde«, und weiter: »Ich bin ein Stadtmensch.«

Er brauche Reklamewände, Kinos, Reisebüros, Kunstausstellungen, Parks, Kleidergeschäfte, Taxis, Galerien, Opernhäuser, das Theater, U-Bahn-Schächte, Restaurants, Gespräche. Er sei kein Kalligraph: Stenographie! Morsealphabet! Die Tierhandlung nebenan, der Eissalon, Antiquitätenläden, Imbissstuben, Zeitungskioske, Papiergeschäfte, Kalender, Füllfedern, Druckbleistifte, Tinte. In der Konditorei Schokolade mit Cognac. Starre wie aus einem Aquarium, Menschen in Ballkleidung auf dem Gehsteig. Im Antiquariat die seltene Ausgabe von Newtons »Mechanik«, ein Lehrbuch der Augenheilkunde, die Geschichte der Physik. Kapitel über Anatomie, Blindheit, Schachbücher mit abgedruckten Meisterpartien in der Formelsprache. Gedankenlesen. Schicksale entwerfen wie Gott. Alfred Wegeners »Grönlandfahrt«, Richard Francis Burtons »Pilgerfahrt nach Medina und Mekka«, James Cooks »Entdeckungsfahrten im Pacific«, Roald Amundsens »Die Nordwest-Passage« und »The legacy of Scott and Shackleton«. Tags darauf die Universitätsbibliothek. Isaak Babels »Geschichten aus Odessa«. Herr X hat seine Brille vergessen, sie bleibt verschwunden. Schwarze Tafeln mit Kreide beschrieben. Trias und Jura. Großvaters Grab. Eine gelbe Plastikente und Kindergeschrei. Tote Gedanken, tote Handwurzelknochen wie Kieselsteine. »Eine Frage ...« »Danke.« Gießkannen, Kinderzeichnungen, der Pfarrer und das Versehbesteck. Überall Tod: in den Auslagen aufgegebener Geschäfte, im Gemäuer, in der Luft. Laufmaschen, Schweißfüße, eine Münze auf dem Trottoir. Wolkenlicht. Der Schuhsalon neben dem Briefmarkengeschäft, Schulschluss, Geschrei von Kindern wie Gackern von Hühnern. (Es gibt drei Arten des Sehens: visio corporalis, visio spiritualis, visio intellectualis – Augustinus.) Und? »Meine Blutkörperchen: eingeschlossen in den Adern wie ich im All ...« »Einen Fahrschein nach Schönbrunn, bitte.« Das kaiserliche Luftschloss. Ein Märchen mit Millionen Toten. Millionen Zimmer. Seligsprechung. Endlose Zimmerfluchten. Künstliche Paradiese, Kinderhochzeiten, Seraphim und Cherubim, bestickte Kleider, Joseph Haydn und Grillparzer, der kollabierte Japaner im chinesischen Rundkabinett. »Husten!«, ruft der Arzt aus dem Bergl-Zimmer, das aus Ozonmolekülen gebaut ist. Wie ein Leporello: das Karussellzimmer, das kaiserliche Schlafzimmer mit dem Soldatenbett, das Marie-Antoinette-Zimmer des geköpften Mädchens. Coupés, Galawagen, der Phaeton des Königs von Rom. Die zerbrochene Scheibe im Palmenhaus. Winter: Leichenbeschau in der Kapuzinergruft, zur Abwechslung Prunksärge, Sarkophage, ein Doppelsarkophag, Grotten, Tropfsteine aus Knochen, Kardinäle im Dämmerlicht, Jagdhornbläser, die Ermordeten als Staubwolken auf den Schlachtfeldern, Habsburgs vergessene Tote. Das Gemurmel in den Caféhäusern übertönt jede Unterhaltung. Karl Kraus, verkleidet als Ober, läuft Schlittschuh am Lueger-Ring. Unter blühenden Kastanienbäumen erschießt sich die Zeit.

17. November
Naschmarkt, Notizbuch: Fußballfans mit bunten Schals, Korallenriffe aus Obst und Gemüse, Fleischtöne, Orangentöne, Nusstöne, Honigtöne von der Spieluhr der Marktstände. Taubenscheiße, Fäulnis, Ingwer, chinesisches Geschirr, Gewürze. Woher kommst du? –

Der Polizist in Zivilkleidung fahndet nach Taschendieben. Kaskaden von Eiern und Tomaten. Kleine Bächlein mäandern auf dem Asphalt. Tod und Verklärung. Geschlachtete Störche und Frösche, tote Kaninchen, gerupfte Hühner, Lammkeulen. Ein Kind mit vorstehendem Gebiss liegt da, Schaum vor dem Mund, den Karo-König im Haar. Im Laptop die Nachricht vom geschiedenen Vater. »Lesen Sie sie!« Der Polizist zeigt mit dem Stab auf die Reihen großer und immer kleinerer Buchstaben der Sehtafel, während die alte Türkin hinter den Brillengläsern schielt. Der Gehilfe des Fischhändlers findet einen Knopf im Darm eines Karpfens. Von einem Ertrunkenen? Die Döner-Kebab-Bude aus Pappe fängt Feuer. Schaufenster voller Schachteln. Die Mechanik der Polizeieinsätze. »Koks?«, »Hasch?«, »Halleluja?«, »Nix Deutsch?«, »Du sagen, woher du …«. Um die Ecke entblößt ein Asylant sein Glied für einen Euro, Foto fünf Euro. Das Dreirad auf dem Trottoir. Ein alter Wärter aus dem Schönbrunner Zoo im Reitersitz auf einem Hydranten. Trinkt Bier aus der Flasche. Der Gestank von reifem Käse, Blut, Frittieröl und Naphthalin. Gezackte Muster, Zähne, Haut, Obstschalen, Leukoplast, ein verlorener Handschuh. Der tätowierte Gemüsehändler. Ein junger Mann im Gewürzladen, versunken im Koran, im Kopf Spiritualität, Ausländer. Über den Dächern ein Hubschrauber. Dem Bestatter wird schwarz vor Augen, als er die Pistole kauft. Melancholie und Verlassenheit. Läutet ein Glöcklein? Für Sekunden ist auf dem Himmel SALBEI zu lesen. Der Mann mit dem Handy am Ohr, unter dem anderen Arm einen Regenschirm. Am Flohmarkt dahinter fordert der Polizist den Sandler auf, ihm seine Zunge und

Zähne zu zeigen. Ein Kanarienvogel, ein Tintenfass, ein Skalpell, Karl Mays »Der sterbende Kaiser«, Strindbergs »Das Blaue Buch, Band II«, alte Fotografien: Der Unbekannte in Wehrmachtsuniform, Söhnchen auf dem Schaukelpferd, Oma am Waschbrett, Gruppenbilder. Hässliche Menschen und Möbel. Erleichterung über den Untergang dieser Welt: Hüte, Frisuren, Kleider aus dem Kabinett der Mode. Meine Erinnerungen – hässlich. Ekelgefühle ... Auf anderen Tischen mundgeblasene Gläser, Silberbesteck. Ein Buch von Jean-Henri Fabre, König der Nachtfalter, unter dem Ramsch tödlich verunglückter Publikationen, Stößen alter Zeitungen. Nichts Abstoßenderes als vergilbtes Papier, Geruch nach zerstampften Insekten. Ethnologie des eigenen Denkens.

18. November
Ich bin Strindberg. Der Wahn als Lebensentwurf. Wahnverlust = Identitätsverlust, Angst davor. Strindbergs Gemälde: Ausschnitte aus der mikroskopischen Welt, mikroskopische Offenbarungen. »Das Blaue Buch.« Gelber Einband, muffiger Geruch. Ablehnung und Inspiration. Spaziergang. Was bedeuten die Handbewegungen der Passanten? Ihre Mienen? Ich bin kein Dolmetscher der Beiläufigkeit. Das Mäandern der Lebensläufe. Phosphoreszierende Niedertracht, nebensächliche Gemeinheit. Habe vergessen, meine Medizin zu nehmen. Suche ein Beisl auf – verschmutzte Toiletten, schlucke die Tabletten, trinke Wasser aus der offenen Hand. Auf der Straße Schwindelgefühle, Halbmond am Taghimmel. Akademietheater. Der Raum hinter der Bühne offen, Kulissenarbeiter verladen

Baumstämme in das dunkle Innere. Auf dem Programmzettel: »Menschen ohne Haut« von August Strindberg. Lese mich selbst aus dem Zusammenspiel der Tarotkarten, den Münzenbildern des I Ging, Aufschlagen des Tao te King – der Zufall, Meister des Schicksals. In der Auslage des CD-Geschäfts spielen Nietzsche und Richard Wagner Schach. Die Krähen am Himmel komponieren indes die Steinhof-Symphonie. Erster Schnee. Notenblätter. »Es kommt mir so vor, als wandelte ich im Schlaf; als vermischten sich Leben und Dichtung.« Und: »Mich dünkt, ich gehe nicht mehr auf der Erde, schwebe vielmehr schwerelos in einer Atmosphäre nicht aus Luft, sondern aus Dunkelheit«, so Strindberg. »Fällt Licht in dieses Dunkel, werde ich zerschmettert. Eigentümlich ist, dass ich mich in einem häufig wiederkehrenden, nächtlichen Traum fliegen fühle, schwerelos, und es ganz natürlich finde, wie auch alle Begriffe von recht, unrecht, wahr, unwahr bei mir ausgelöscht sind und alles, was geschieht, wie ungewöhnlich es auch sei, mir so erscheint, wie es sein soll« – an Axel Lundegård 1887. An Jonas Lie: »Ich glaube, der Weltbrand steht bevor. Wir werden alle in einem großen Ofen, den wir selbst entzünden, vergehen.« Mit der Bahn nach Grein. Sitze als Strindberg im leeren Zuschauerraum des kleinen Theaters (wie das Modell eines Staatstheaters und jahrhundertealt). Stelle mir Strindbergs »Totentanz« auf der verlassenen Bühne vor. Der Gemeindebedienstete, den ich bestochen habe, das Theater für mich aufzusperren, hält beflissen einen Vortrag, winzig und emsig wie ein Zwerg. Stelle mir weiter vor, als Schauspieler aufzutreten und mit dem Ende des »Totentanzes« zu verschwinden ... Eine Figur in der gedruckten Ausgabe des Dramas zu sein. Aus Buchstaben, Wörtern, Sätzen zu bestehen, in andere Sprachen übersetzt zu sein, hundertfach, tausendfach vervielfältigt. Eingeschlossen in einem dunklen Buch wie in einen Sarg. Dann: von Fremden gelesen, gesprochen, dargestellt, in Sprachen, die ich bin, ohne sie zu verstehen. In Gehirne zu gelangen, dem Synapsenschnürboden ausgeliefert, den grauen Zellen und Nervenfasern ... Mit dem Bus nach Saxen. Der Weg nach Klam durch die Schlucht. »Swedenborgs Beschreibung der Hölle«, so Strindbergs Tagebuchaufzeichnungen, »gleicht aufs Haar: Klam. Hölle ist unter Berg, Hügel, Tälern, Ebenen mit Höhlen. Schlossteller, Grotten (Schlucht).« Er notiert sich weitere Einzelheiten: die Mühle, die Hammerschmiede, den Wagenschuppen, das Sägewerk. Tagebucheintragung vom 9. September 1896: »Nebel. Ich ging zum Schluchtweg, der von zwei Hunden bewacht wurde. Es hing ein Horn mit Schmiere an der Tür des Schuppens. Daneben stand ein Besen. Dann weiter ein Schweinestall ähnlich einem Kolumbarium (lies Dante).« Die Skizze des Stalls. Sechs Türen. »6 = Unglückszahl.« Aber die Hölle war in ihm selbst, wie sie auch in mir ist. Schreibt »Inferno«. An der Donau entlang. Überschwemmung im letzten Sommer. Das Licht auf dem Wasser – Strindbergs Wahn, Gold zu machen. »Kochte Eiweiß, Wasser und Eisenvitriol samt Zusatz von Ammoniak, bekam das schönste Gold, das ich je gehabt habe.« (17. Oktober / Saxen). Seelischer Mord an Frieda Uhl. Antisemitische Ausfälle. Lanz von Liebenfels und der Rassenwahn. Alles, womit er in Kontakt kommt, elektrisiert ihn: Pflanzen, Wolken, Minerale, Chemie, Frauen, Kinder, Bauern,

Dichtung, Religion. Tesla-Ströme im Kopf. Malt Bilder wie Ausschnitte aus Gemälden William Turners. Himmelsstimmungen. 1894: »Golgatha, Dornach«, schwarze Farbwolken, windgepeitscht, drei kaum wahrnehmbare kalte Tupfen wie Gischt. »Alpenlandschaft I«, Gebirge aus grauem Wasser, Wolken. »Die grüne Insel« – im Wasser gespiegelte Pflanzen und Bäume in Auflösung, Transformation der Form in Farbe, gelb. »Überschwemmung an der Donau«, Gebüsch im Hochwasser. Explosion einer Farbgranate, gelb, weiß, rosa, grün. »Wunderland«: okkulte Lichterscheinung, elektroplasmatische Effekte: Erde, Pflanzen, ein weißer, wolkenförmiger Fleck, als brodle etwas darunter … Schreibt »Der Zufall im künstlerischen Schaffen«: »In meinen freien Stunden male ich. Eine vage Idee beherrscht mich. Ich habe ein schattiges Waldinneres vor, von dem aus man das Meer im Sonnenuntergang sieht. Also los: mit dem Messer, das ich zu diesem Zweck benutze – ich besitze keinen Pinsel! –, verteile ich die Farben auf der Pappe, und dort mische ich sie in der Absicht, eine ungefähre Zeichnung zu erhalten. Das Loch in der Mitte der Leinwand stellt den Meereshorizont dar; jetzt entfaltet sich das Waldinnere, die Baumkronen, das Astwerk, in einer Gruppe von Farben, 14, 15, bunt durcheinander, aber immer harmonisch. Die Leinwand ist bedeckt; ich trete zurück und schaue! Verflucht! Ich sehe keine Spur von Meer; das beleuchtete Loch zeigt eine unendliche Perspektive von rosa und bläulichem Licht, in dem nebelhafte Wesen mit Wolkenschleppen schweben. Der Wald ist zu einer dunklen, unterirdischen Höhle geworden, von Buschwerk versperrt; und der Vordergrund – mal sehen, was da ist – Felsen, bedeckt mit Flechten, die es nicht gibt – und dort rechts hat das Meer die Farben zu stark geglättet, so dass sie Reflexen auf einer Wasserfläche gleichen – sieh mal an! Ein Teich. Stimmt! Und hier, über dem Wasser, ein weißrosa Fleck, dessen Ursprung und Bedeutung ich mir nicht erklären kann. Einen Augenblick! – eine Rose! Das Messer arbeitet zwei Sekunden, und der Teich ist von Rosen, Rosen, so viel Rosen umrahmt! Ein Tupfer hier und da mit dem Finger, der die widerstrebenden Farben vereint, die rohen Töne verschmilzt und verscheucht, verfeinert, sie verdunsten lässt, und das Bild ist fertig!« Strindberg: »Die Spektralanalyse«, »Der Himmel und das Auge«, »Das Seufzen der Steine«, »Der Totenkopfschwärmer«, »Der Versuch in rationalem Mystizismus«, »Wo sind die Nerven der Pflanzen?«, »Die Geheimnisse der Blumen«, »Über die direkte Farbfotografie«, »Über die Lichtwirkung bei der Fotografie«. Er konstruierte eine Kamera, in der Linse und Blende durch eine Pappscheibe mit Loch ersetzt worden waren. Fotografierte Himmelskörper – »meine neue Celestographie« –, Kristallisationsprozesse, meteorologische Phänomene. »Ich bin zu meinen Kristallaggregaten zurückgekehrt, die ich durch direktes Kopieren von der Glasscheibe, auf der die Kristallisation stattfindet, photographiere. Und diese Aggregate (Frostblumen) haben Perspektiven für mich in die tiefsten Verstecke der Natur aufgetan, so dass ich nur staune …« Vor allem Selbstportraits. »Ich bin 100 Ichs.« Ich bin Sprache, Wörter, Sätze. Mystische Wolken, unscharfe Blumensträuße wie aus einem Urnebel, doch in Dornach 1894: die »Celestographien«. Nächtliche Sternenhimmel, schwarz, gelb und blau. Die Milchstraße –

vages Sternenbild wie fotografierter Rostbelag auf Eisen. Eisblumen, weiß auf braun, gehäkelte Deckchen, Erdteile aus dem Weltall gesehen, Faltungen von Gebirgen, Entstehung von durchsichtigen Inseln.

Das »Blaue Buch« in der Tasche, rieche an der alten Ausgabe. Es gibt sogar ein Strindberg-Museum: einstöckiges Haus, nachgemalte Strindberg-Bilder, Strindbergs Klavier – ein anderes altes auf den vermuteten Platz gestellt, alles wie Treibgut vergangener Zeiten. Zerfall. Die Donau breit, langsam, braune kalte Lava. In der Dunkelheit der Nacht zurückgefahren.

19. November

Die Bösendorfer Klavierfabrik. Flächenmäßiger Heiligenschein auf schwarzem Lack. »Was man die Iris nennt, in Wirklichkeit ist's eine Wolke; bläulich, rötlich und gelblich-grün erscheint sie dem Auge« (Xenophanes). Geographie der Noten. Ich atme Schubert, Schönberg, Berg, Webern, Ligeti. Jetzt keine Musik mehr – Selbstgespräche. Klaviertasten und Schachfelder, Notenschrift und Diagramme, Kammermusik auf dem Schachbrett, Gedankenzüge in der Musik. Die Ausstellungshalle = der Hinterraum eines Beerdigungsinstituts. In den schwarzen Flügeln der Todesengel, die Asche von Verstorbenen. Krähenfriedhof. Schönberg erfand das Periodische System der Noten. Die Wertigkeit der Töne. Analyse der Bausteine, aus denen Musik besteht, chemische Reaktion der Klänge. Mit Klaviersaiten gefesselte Seraphim. Der Geschäftsführer parliert mit seinem Hund auf Russisch. Erste Schneeflocken. Das Herz gefüllt mit Staubgefäßen, Nektar. Asche zu Asche. Die Büsten von Dichtern summen in der Stille. Der Geschäftsführer öffnet den Deckel und untersucht das Gebiss der Klaviertasten. Schnitt. Blutlachen vertrocknen auf dem spiegelnden Boden. Man vermeint auf dem Kopf zu gehen. »Die Symptome der Sehkrankheit: Schwindelgefühle bei optischen Wahrnehmungen«, diagnostiziert der Augenarzt. »Denken Sie an die Gehörschnecke«, der Ohrenarzt ist außer sich. »Denken Sie an die Sonntagsmesse im Innenohr. Hören ist wie mit dem Heiligen Geist fliegen!« Der Geschäftsführer blickt durch den Feldstecher auf meine Halluzinationen. Gelber Löwenzahn wächst aus seinem Knopfloch. »Erzherzog Siegellack« – er verbeugt sich tief und reicht mir die Schrotflinte. Nach kurzer Pause fährt er fort, den Notenschlüssel zu suchen. Eine Porzellanvase voll Melancholie. »Das archäologische Museum des Paradieses ist geschlossen.« Warteschlangen bis zum Horizont. »Angeblich schmilzt der Luster an der Decke, sobald das Metronom tausend Schläge gemacht hat.« Nach langem und vergeblichem Suchen: Der Geschäftsführer setzt sich an das Piano. Eine Briefbombe explodiert. Aale huschen über die Wände und bilden ein bewegtes Muster. Das Feuer auf den Vorhängen wird mit Milch gelöscht. Die Bösendorfer Flügel nehmen die Form von Weihwasserkesseln an und spielen: »Kuckuck, Kuckuck, ruft's aus dem Wald.« Plötzlich duftet die Luft nach Veilchen. Schwerer Glockenklang: Eine chinesische Delegation bestellt sechzig Klaviere. Der Wind treibt Libellen und Matchboxautos in den Raum, worauf die chinesische Delegation die Prunkstücke mit Wasserrosen bemalt. Ruhelos gehe ich zwischen den Flügeln auf und ab, wo bleibt die Perkussion? Der Geschäftsführer streift die Hosen ab, um die

Lakritzen aus den Socken zu holen. Einer der Chinesen intoniert die »Hymne an den Zwirn«. Die Pianistin zielt mit dem Gewehr auf den Reliquienschrein aus Pappe. Sofort geht das Kinderklavier in Flammen auf. Der nächste Schuss verwandelt das Feuer in eine weiße Taube. Ein weiterer die Taube in eine Zigarette. Der nächste ... »Taube und Stumme«, schloss der Geschäftsführer, »dürfen die Ausstellungshalle bei Androhung der Todesstrafe nicht betreten.« Kurz darauf schlüpft er in den Mantel, um mich zusammen mit Josip Stalin in die Anstalt zu bringen.

20. November

Krankenzimmer. Aquarell, Pinsel und Tusche auf Papier. Schönbergs Selbstportrait, 36,8 × 29,9 cm, circa 1908, und »Denken«, Öl auf Pappe, 1910, blasse Farben, Innenschau, »Narrenkastl«, evtl. Meditation. Zerrissene Papierdrachen auf dem Dachboden. Als ich die ersten Kirschen pflückte, dachte ich an die Ewigkeit. Reste von Träumen. Fragmente von Erinnerungen. Mein Kopf, »die Kathedrale des erotischen Elends«. Verliebt – verloren (Energieformel der Liebe). Karin. Nackt auf dem Stuhl, die Beine gespreizt, die Scham mit den Fingern geöffnet. Erblickte das Mysterium. Der Rosenkranz Deiner Schamlippen, die Tastperle Clitoris ... Die Dornenkrone deiner Schamhaare. Menstruation in nomine ... Alles auf immer in meinem Kopf. Dein nackter Rücken. Der Singsang deiner Stimme, das Erblassen der Iris. Gezuckerte Erdbeeren, Vanilleeis, Kindheit. Sah die Nachbarin zwischen Gebüschen pissen; wie sie ihre Scham mit einem Blatt abwischte ... die weißen Brüste junger Mädchen ... Überall heimliche Spione, die mir auf der

Spur sind ... Hast du? ... Hast du am Ende? Warum hast du ...? Warum warst du ...? Wo bist du dann ...? Selbst zum Spion in der Erwachsenenwelt mutiert. Die Erregung beim heimlichen Beobachten ... Ordinäre Wörter, verbotene Ausdrücke, deren Bedeutung man nur ahnt ... Viele Jahre später: Hamburg – die »Endstation«. 5 Stufen hinunter ... Die Prostituierte hält mich für einen Tierarzt ... »Hotel Baltic«, 12 Stiegen hinauf. Der begehbare Schrank. Gucklöcher im Tapetenmuster. Atemlos die Bewegungen der Geschlechtsteile verfolgt ... Die nackten, hässlichen Körper von Männern in mittleren Jahren ... Menschen, wie sie sind ... Das nächste Zimmer, der nächste Schrank ... Gesichter, Hände, Arschbacken ... Manchmal Gesprächsfetzen, zumeist nur Keuchen, Stöhnen ... Die Stunde der Wahrheit nur eine andere Form der Lüge.

23. November
 Seit einigen Tagen im Augustinerlesesaal der Nationalbibliothek. Reiseberichte der Ida Pfeiffer, Hofstetters Neuseeland-Schilderungen, Darwins Weltumsegelung mit der »Beagle« und Scherzers »Reise der österreichischen Fregatte Novara um die Erde«. Der Kupferstich des Raddampfers »Simón Bolívar«, Dschungel, exotische Vögel. Kaiser Franz Joseph auf der Cheopspyramide, der Stadtplan von Shanghai 1850, Schildkrötenpanzer, chinesische Schriftzeichen, ein Theodolith ... Erdmagnetismus. »Die schlafende Seeschlange passierte uns um 1 Uhr 36. Fregattvögel. Um 5 Uhr 01 St. Elmsfeuer im Kreuztopp, abends Wetterleuchten ... Nachts eine Seeschwalbe gefangen – registriere im Geiste Deklinations- und Inklinationswerte. Träume von Maoris

und Eukalyptusbäumen ... Kaisers Geburtstag im Taifun. Ethnographische und anthropologische Untersuchungen. An Land gegangen, um mich mit Chinintabletten vollzustopfen.« Hunderttausend Schmetterlinge. Der Lepidopterologe Nabokov versieht jeden mit einem Buchstaben und ordnet die Schwärme zu Manuskripten. Heiße Quellen in Neuseeland, ausbrechende Vulkane. Der Bootsmann Ceregognia stirbt im Jänner 1859 in Auckland, der Zeichner Selleny verliert den Verstand und wird unter Deck verwahrt, wo er Phantasielandschaften entwirft, Phantasie-Inseln erfindet, Phantasielandkarten zeichnet und einen phantastischen Reisebericht verfasst. Allmählich sieht Kapitän Scherzer das, was Selleny beschreibt und zeichnet, während Selleny jetzt das beschreibt, was Scherzer sehen müsste. Sind die Huidu-Tänzerinnen Chimären? Ist die Riesenechse am Strand der Insel St. Paul Einbildung? Kann der Quastenflosser sprechen? Hat die Quallenarmada das Schiff angegriffen? Haben die Eingeborenen Brillen aus Calcitlinsen? Wer entdeckte in der Nautilusmuschel eine Vogelspinne? Fand der Navigator, wie er behauptet, im Gehirn des Schnabeltiers einen Heiligenschein? Kann der Condylura cristata (z.dt. Sternmull) mit seiner Nase lesen? Haben die Blattschneiderameisen den Sarg mit dem Bootsmann aufgefressen? Werden die Blauen Seescheiden (Rhopalaea crassa) an Land zu Papageien? Kann der Ochsenfrosch die Geschichte der Galápagos-Inseln erzählen? Heißt der Häuptling Vasco da Gama? Sind die Wolken die Flügel eines Rochen? Befindet sich im Erdinneren eine Milchstraße aus Feuerglut? Regnet es Würmer? Haben Termiten die Billardkugel verspeist? Wird auf dem Friedhof der Korallen das »Ozean unser« gebetet? Hat die Mannschaft irrtümlich das Kambrium anstelle von Camembert verzehrt? Ist die Buckelfliege (Megaselia scalaris) ein Mittel gegen Halluzinationen? Hat der Erste Offizier eine Mütze aus Heuschrecken? Ist der Axolotl des Nachts Pfarrer? Werden die Tierpräparatoren die Riesenmolche töten? Hat der Schiffskoch die Metamorphose eines Insekts durchgemacht? Kann der Stammbaum des Elefantenvogels zu einem Schiffsmast verarbeitet werden? Ist der Dodo tatsächlich der Großvater von James Cook? Stammt das Pfauengeschrei von Fliegenden Fischen? Haben Finken die Blindenschrift erfunden? Sind Gürteltiere die Bluthunde der Jäger? Wird das Gift der Eingeborenen Goldminen anzeigen, indem es sich verfärbt?

»Ich bin Selleny«, lese ich, »unter dem Deck der Novara. Ich treibe im Meer der Sprache. Eine Evolutionstheorie entsteht in meinem Kopf, nur aus Sprache. Der Löffelstör flüstert mir die Geheimnisse der Silben ins Ohr, das Testament der Konsonanten, die Biographie der Vokale, die Partitur der Subjekte, den Geschmack der Prädikate, die Gerüche der Adjektive ... Stille. Der Augustinerlesesaal ist ein Herbarium aus Milliarden Wörtern, ein Archiv destillierter Gedankenpräparate, eine Welt außerhalb der Welt und zugleich die Welt selbst. Bücher mutieren in den Regalen zu ausgestopften Paradiesvögeln, die Paradiesvögel zu Maulwürfen, die Maulwürfe zu Seelilien, die Seelilien zum Penfield Homunculus* – hat Selleny den Homunculus erfun-

---

* mit riesigen Händen, großem Gesicht und Teilen, die beim Kauen und Sprechen die Kieferbewegungen steuern – ein

den? Scherzer? Ist Selleny der Homunculus selbst? Scherzer? Die Mannschaft der Novara hat 700 Blattfetzenfische gefangen und hält sie für Seetang. Pelikanaale wie Eichhörnchen. In der Straße von Gibraltar ertrinken chilenische Alpakas. Wiremu Toetoe Tumohe und Te Hemara Rerehau Paraone, zwei Maoris, beherrschen die Kunst des Buchdrucks. Die geologischen Untersuchungen fördern ein Uhrwerk aus Feuersteinen zutage. »Die Schiffsglocke ertönt, das schmale Brett, auf dem der Tote in seiner Hängematte ruht, wird ans Fallreep gebracht und dieses mit einem Ruck geneigt. Gleichzeitig übergeben sich die 327 Mitglieder der Schiffsbesatzung.« Auf Wunsch von Häuptling Toetoe wird die Polygamie eingeführt. Herrliche Atolle versinken im weißen Taifun (»Hatschi Bratschis Luftballon«, Franz Karl Ginzkey). Die Irritation des Gleichgewichtsorgans im Innenohr lässt die Matrosen »Austria« mit »Asturia« verwechseln, weshalb sie glauben, Spanier zu sein. Baldrian und Morphium schläfern die Riesengleitflieger ein, so dass man sie in Netzen fangen kann. Als die Korvette »Friedrich« auf Dschunken trifft, wird der Steuermann durch die aufgemalten Augen hypnotisiert. In den Friseurläden wird chinesisch unterrichtet. Die Schrift läuft von oben nach unten, und die Zeilen beginnen rechts. Dr. Lobscheid malt 40 000 Zeichen, die jedes ein anderes Wort benennen, auf eine Schlangenhaut. Kanton-Englisch: »Eine Eigentümlichkeit dieser Verständigung ist es, englische Wörter, die mit einem stummen ›e‹ enden, mit einem ›i‹ unhörbar auszuspre-

Zwerg mit einem Kopf und Händen wie von Elephantiasis befallen.

chen, beispielsweise, timi, housi, pieci.« Die Skelette in den Glasschränken sind Beispiele für einzelne Buchstaben. Ohne Unterbrechung werden Tier- und Menschenskelette, Insekten und Pflanzen präpariert, um hinter das Geheimnis der Vokabeln zu kommen. Niemand glaubt an die Zukunft. »Kommt eine Kundschaft, die Auskunft über ihr Schicksal erhalten will, so lässt der Wahrsager einen kleinen Vogel über ein Schachbrett laufen, auf dessen mit Reiskörnern belegten Feldern alberne Sprüche stehen. Dort, wo die Felder leergefressen sind, finden sich die Antworten.« In den Apotheken kaufen die Matrosen Vogelnester, getrocknete rotgefleckte Eidechsen, frische Spitzen des Hirschhorns, Schildpatt, Hundefleisch, Tierknochen, Präparate aus Teilen des menschlichen Körpers, Walfischzähne, Austernschalen, Schlangenhaut, Haifischmagen und -flossen, Sehnen von Rehen und Büffeln, getrocknete Seidenwürmer sowie deren Larven und Exkremente, Raspelspäne von Bambus, Bärengalle, Präparate aus menschlichen Exkrementen, Raspelspäne von Rhinoceros- und Antilopenkörpern, Kaninchenkot, Tintenfischbein, getrockneten Firnis, getrocknete Blutegel und Erdwürmer, roten Marmor, Elfenbeinabfälle, Präparate von Kröten, Petrefakte, altes Kupfergeld, Schneewasser, Ammenmilch, Ginsengwurzeln etc. An Bord sortieren die Wissenschaftler die Präparate, woraus sich ein Lehrbuch für Schiffsköche ergibt. Ehe man Vogelnester pflückt, wird eine Katze in den Fluss geworfen. An den Mauern des östlichen Tores werden die Schädel hingerichteter Verbrecher aufgehängt. Der Vorderkopf des Buchverkäufers ist glattgeschoren und hat rückwärts einen Zopf, der bis an die Ferse reicht. Der Schiffskoch verschwindet in den Gärten des Kaisers. Selleny berichtet von unterirdischen Gängen und Zickzackbrücken. Scherzer hingegen notiert, was die in einem Käfig gefangene Grille – auch bei Sturm oder eingesperrt in einem Schrank – zum Besten gibt. Der Minister lässt zum Abschied Schwalbennester, Kibitzeier und gedämpfte Frösche servieren, gebratene Seidenwürmer, Trepang, Seegras, halb ausgebrütete Küchlein, Reis und Gemüse. Selleny glaubt sich im Lesesaal der Nationalbibliothek und weigert sich, die Bücher zu verspeisen, worauf Scherzer, der die Bücher als Pekingenten identifiziert hat, vor den Augen Sellenys Seite für Seite mit der Gabel aufspießt, zum Mund führt und hinunterschlingt. In den Augen Sellenys verzehrt er weiter ein chinesisches Wörterbuch, ein Werk über chinesische Medizin und einen Sittenroman mit pornographischen Passagen, das »Kin Pin Meh«, und als Nachspeise zwei Bände mit japanischen Haikus und Tankas. Kurz darauf verwandelt sich Sellenys Kopf in einen Globus. Als wandelnde Erdkugel erfreut er sich großer Beliebtheit. Das Gelbfieber wütet unter den Schiffsratten. Selleny, der sich von Scherzers vermeintlichem Appetit anstecken ließ, isst nach anfänglichem Widerwillen seinerseits nun das Verzeichnis verschiedener Lebensmittel und Vorräte, die Buchhaltung (Vorspeise), das meteorologische Tagebuch (erste Hauptspeise), Scherzers Aufzeichnungen (zweite Hauptspeise), das Krankenbuch (Beilage), die Bemannungsstandbuchführung (Beilage), einen Brief Alexander von Humboldts an Scherzer (Nachspeise) sowie zahlreiche eigene Zeichnungen, darunter so unersetzliche wie »Die Fregatte Novara in chinesischen Gewässern«, »Bootsmann Ceregogna«, »Eingeborenenfrau aus Wallongong«, »Landschaft mit heißen Quellen in Neuseeland«. Auf der erhaltenen Skizze »Querschnitt durch die Fregatte Novara« beschriftet er die einzelnen Räume und Einrichtungen falsch. In das Kohlendepot versetzt er die Schlafkajüte des Commodore, in das Depot für Farben und Öl die Kabinen der Naturforscher, in das Kugeldepot die Pumpenkammer oder das Bordspital in die Offiziersmesse. Scherzer wertete das weniger als Zeichen der Verwirrung als des Widerstandes. Infolge des weiteren Konsums von bedrucktem Papier bildeten sich auf Sellenys Haut Ausschläge in Form von Buchstaben, schließlich lässt der Kapitän ihn heimlich köpfen und stellt den so gewonnenen Globus in der Bibliothek auf, den Körper lässt er in das Bücherregal legen. Doch fallen allmählich die Länder, die Städte, die Flüsse, die Gebirgszüge und die Meere vom Globus ab, und zurück bleibt nur ein roter Gummiballon. Auch die Buchstaben und das Papier verwittern im Bücherregal, was von Selleny bleibt, ist schließlich ein Haufen schwarzer Buchstaben auf dem Teppich und ein Stapel Zeichnungen, die in der Nationalbibliothek verwahrt werden.

gez. Sonnenberg, 2. Offizier.

Nachruf

Ich habe Sonnenbergs Aufzeichnungen vor die Nachricht gestellt, die mich wie ein Schuss traf. Dr. Feilacher rief mich an, dass Sonnenberg in Klosterneuburg überfahren worden sei. Es war der 29. November, zehn Minuten vor vier. Ich bestellte ein Taxi und lief die Treppen hinunter. Die ganze Zeit über dachte ich, ich hätte den Vorfall nur erfunden oder bildete ihn mir ein. Vor dem Haus stand Professor Keyserling mit seinem weißen Bart. Er erinnerte mich an den »lieben Gott«, ich meine, wie ich ihn mir als Kind vorstellte. Es schneite. Unterwegs war mir jeder Mensch, den ich aus dem Wagenfenster sah, irgendwie bekannt. Die Polizei untersuchte noch immer die Unfallstelle. Ich ließ anhalten und sah die Umrisse von Sonnenbergs Körper, die mit Kreide auf den Asphalt gezeichnet waren. Als ich einen der Polizisten fragte, wo der Verunglückte hingebracht worden sei, antwortete er mir: »In die Anstalt.« Es schneite weiter.

Im Gasthaus gegenüber saß der Fahrer des Wagens, der in den Unfall verwickelt war, und wiederholte vor einem anderen Polizisten, dass der Mann ihm plötzlich vor die Räder gelaufen sei.

In der Anstalt war es still, ich begegnete niemandem. Ich klopfte an die Tür von Dr. Feilacher, und eine Krankenschwester öffnete. Der Herr Doktor sei auf Station, sie sei jedoch von allem unterrichtet. Ob ich Sonnenberg sehen wolle? Ich bin dann alleine in das Kellerzimmer gegangen.

Sonnenberg lag bekleidet auf einem Krankenbett. Ich hatte zuerst den Eindruck, dass er schlief. Als ich mich bückte, bemerkte ich den schmalen Spalt unter seinen geschlossenen Lidern, durch den man das Weiß der Augäpfel erkennen konnte. Plötzlich bildete ich mir ein, dass er mir ähnlich sah. Er hatte sich vermutlich das Genick gebrochen, denn ich entdeckte keine Verletzung. Ich weiß nicht, weshalb, aber ich griff in seine Jackentasche und fand neben einem Notizbuch ein kleines Magnetschach, das ich an mich nahm. Auf dem Nachttisch brannte eine elektrische Kerze. Ich setzte mich auf einen Stuhl und schlug das Notizbuch auf. Die Seiten waren leer. Im Kellerfenster wirbelten Schneeflocken. An einer Wand hing ein Kreuz mit Palmzweigen – kein Bild, nichts. Eine kleine, verhutzelte Putzfrau trat ein, bekreuzigte sich, betete stumm und bewegte dabei die Lippen. Sie beachtete mich nicht, aber bevor sie ging, nickte sie mir kaum wahrnehmbar zu. Der Hals des Toten war abgemagert, seine Hände erschlafft, wie Tierleichen. Ich blickte auf die Uhr. Sie war stehengeblieben, ich hatte vergessen, sie vor dem Schlafengehen aufzuziehen.

Bald darauf kam Dr. Feilacher. Die Rettungsfahrer seien der Meinung gewesen, Sonnenberg lebe noch, und da einer der Passanten den Verunglückten kannte und als Patienten der Anstalt Gugging identifizierte, habe man ihn in das »Haus der Künstler« gebracht. Als er eingeliefert worden sei, sei er aber schon tot gewesen. Dr. Feilacher war, während er sprach, stehen geblieben. Er war mittelgroß, hatte braunes schulterlanges Haar, einen Bart und schaute mir fest in die Augen. Das war mir – zusammen mit dem Wissen, dass er Irrenarzt war – unangenehm. Seit seinem Zusammenbruch vor vierzehn Jahren habe Sonnenberg die Anstalt nur noch zur Kontrolle aufgesucht, fuhr Dr. Feilacher fort. In letzter Zeit habe er jedoch über Kopfschmerzen und Irritationen geklagt, deshalb habe er ihn vorübergehend wieder aufgenommen, vor allem, um ihn zu beobachten und die Medikamente umzustellen. Sonnenberg habe besonders unter Unruhe gelitten, Tag und Nacht habe er keinen Schlaf gefunden und sei herumgewandert in den umliegenden Wäldern, aber auch in Klosterneuburg und Wien. Ich nickte. Eine Zeitlang schwiegen wir, während Dr. Feilacher mir weiter fest in die Augen blickte. Ich wollte nicht, dass er meine geheimsten Gedanken erriet, und sagte, dass ich noch nie einen solchen Schneefall erlebt hätte. Dann ging Dr. Feilacher wieder. Mir fiel nachträglich auf, dass er, wenn er von seinem Patienten sprach, das Wort »Klient« verwendet hatte. Unvermutet kam Dr. Feilacher wieder zurück und übergab mir einen Florenz-Reiseführer, Dantes »Göttliche Komödie« und Vasaris »Lebensläufe der berühmtesten Maler, Bildhauer und Architekten«, alles Bücher, die Sonnenberg gehört hatten. Ob ich mit den Klienten zu Abend essen wolle?

In seinem Arbeitszimmer, an dessen Wänden Bilder von Patienten hingen, wurden Tee, Mineralwasser und ein Stück Gugelhupf serviert. Ich verzehrte die Mahlzeit ohne Appetit. Eigentlich wollte ich nur nicht alleine sein. Einmal sagte Dr. Feilacher: »Er las nur seine Reisebücher oder Biographien, zuletzt eine über Ludwig Wittgenstein und zuvor über Heidegger. Er verachtete Heidegger, hielt ihn bestenfalls für verrückt. Wenn er von ihm sprach, fügte er immer ›der Narr‹ oder ›der alte Nazi‹ hinzu. ›Heidegger, der Narr‹. Oder ›Heidegger, der alte Nazi‹. Sonst redete er kaum mit mir.«

Ich fühlte mich nach der kleinen Mahlzeit, obwohl sie mir nicht geschmeckt hatte, gestärkt. Die Krankenschwester fragte mich, ob ich noch etwas wünsche, ich sagte nein und ging wieder in das Kellerzimmer hinunter. Ich nahm den Florenz-Reiseführer heraus, Dantes

»Göttliche Komödie« und Vasaris »Lebensläufe« und las die Abschnitte über Giotto, Masaccio, Michelangelo Buonarotti und Leonardo da Vinci, die zum Teil mit Bleistift unterstrichen und mit Anmerkungen in Form von abgekürzten Worten versehen waren. Während ich las, hatte ich den Eindruck, mit Sonnenberg Kontakt aufzunehmen, genauer gesagt, das Gedruckte mit ihm zu teilen (so merkwürdig das klingt). Schließlich holte ich das kleine Magnetschach heraus und legte es auf das Bett. Dabei dachte ich an die Partien, die ich gegen ihn gespielt und verloren hatte. Nach etwa einer Stunde erschienen die beiden Sargträger. Beide trugen graue Mäntel und Wollmützen und hatten Schnauzbärte. Sie stellten den Sarg neben das Bett und hoben Sonnenberg an den Armen und Beinen hoch, während der Kopf nach hinten fiel. Dann legten sie den Leichnam in den Sarg und schlossen den Deckel.

Die Schneeflocken stachen wie winzige, kalte Nadeln. Es roch nach Fluss im Winter. Automatisch blickte ich auf meine stehengebliebene Armbanduhr. Dunkelheit. Statt hinunter zur Straße zu gehen und ein Taxi anzurufen, nahm ich den Weg in den Wald, den ich noch nie betreten hatte. Auf den Bäumen saßen Krähenschwärme, mehrere hundert, vielleicht tausend Krähen.

Ich war erst wenige Schritte gegangen, als ich Dr. Feilacher rufen hörte. Er trat dicht an mich heran, und wir hüllten unsere Köpfe immer wieder mit unseren Atemwolken ein. Sonnenberg habe in den letzten Jahren mehrmals davon gesprochen, dass Franz Lindner (der geheimnisvolle schweigende Patient in der Anstalt) nicht verrückt gewesen sei, sagte Dr. Feilacher.

»Wissen Sie mehr darüber?«, fragte ich.

Dr. Feilacher zog einen Packen Krankenberichte aus einer Tasche, die er in der Hand gehalten hatte. »Damit hat Sonnenberg sich zuletzt beschäftigt«, sagte er.

Die Schneeflocken zergingen auf dem Packen, und Dr. Feilacher wischte rasch die Tropfen ab.

Ich sagte nichts.

»Wollen Sie die Krankenberichte haben? Sie haben Lindner ja gekannt.«

Ich schüttelte den Kopf. »Lindner ist tot«, sagte ich.

»Schade«, sagte Dr. Feilacher und steckte die Akten wieder ein.

Er grüßte und machte kehrt.

Die Krähen auf den Bäumen hatten die ganze Zeit über keinen Laut von sich gegeben.

Ich ging den schmalen Weg in die Dunkelheit hinein und spürte plötzlich, wie müde ich war. Im Graben war es noch kälter, dunkler und nasser. Einmal wäre ich fast gestürzt, und von einem Ast fiel mir nasser Schnee auf den Rücken. Ich marschierte, ich weiß nicht wie lange. An den Hängen Holzstöße zwischen den Baumstämmen. Endlich erreichte ich die Ebene, überquerte eine schmale Brücke und sah ein Bauernhaus. Von dort aus konnte ich die Scheinwerfer von Autos erkennen, die weiter oben auf der Straße vorbeifuhren …

Ein Mann mit einem Hund kam mir in der Dunkelheit entgegen, der Hund winselte schon von weitem. Der Mann hielt ihn an der Leine fest und befahl ihm laut, ruhig zu sein. Wir grüßten uns nicht, aber der Hund begann sofort, als er auf meiner Höhe war, zu bellen. Es klang bedrohlich in der Finsternis.

Auf der Straße rief ich eine Taxivermittlung an, aber

ich konnte nicht genau angeben, wo ich war. Daher marschierte ich in Richtung Klosterneuburg.

In Kierling las mich ein Bus an einer Haltestelle auf und brachte mich zurück nach Wien.

Am nächsten Morgen, als ich in den verschneiten Hof blickte und dort die Krähen sah, dachte ich an Sonnenbergs toten Körper und seine Seele. Aber ich stellte sie mir nicht als Vogel vor oder als Teil der Natur, ich dachte vielmehr an seine Beschreibung von Sellenys Leiche und der schwarzen Buchstaben, die zuhauf auf einem Teppich lagen, und an das Kartenspiel Lindners, mit dem er sich die ganze Zeit beschäftigt hatte, wie ich wusste. Ich rief Dr. Feilacher an, erreichte ihn aber nicht.

Auf dem Zentralfriedhof, eine Woche später, war es eisig kalt. Wieder Krähen, sie flogen in Schwärmen auf und krächzten. Wir waren zu sechst, außer den vier Männern der Bestattung. Um 11.00 Uhr wurde der Sarg in die Erde hinuntergelassen. Kein Priester, niemand hielt eine Rede. Die vier Männer traten zurück, und der Totengräber begann sofort, die Grube zuzuschaufeln. Bei jedem Haufen Erde, der polternd auf den Sarg fiel, stellte ich mir vor, dass Sonnenberg mit der Faust gegen den Sargdeckel klopfte, um mich auf die Krankenakte Lindners hinzuweisen.

Sonnenberg und ich

Im Augustinerlesesaal der Nationalbibliothek, inmitten von Bücherwänden und vor einem langen Tisch mit Leselampen, fällt mir ein, wie ich als Kind in Graz über die Eisenbahngleise gelaufen war und Sonnenberg es mir nachgemacht hatte ... Wir besuchten zusammen die Volksschule, er stach durch seine schöne Aussprache hervor. Sein Vater war Anwalt, ein magerer Mann mit Brille und schütterem Haar, der es immer eilig hatte. Zumeist trug er einen Hut. War wohl Nazi gewesen, nach allem, was ich hörte. Die Mutter, eine dicke, fröhliche Frau, redete in einem fort und vergaß dabei alles andere. Sie war Friseurin und schnitt ihrem Mann und ihrem Sohn die Haare, manchmal auch mir. Der Garten hinter dem Haus war durch hohe Fliederbüsche von der Welt wie abgeschieden. Sonnenberg liebte es, sich vorzustellen, wir seien auf einer Insel und entdeckten, dass sie von Eingeborenen bewohnt war. Er wollte Robinson Crusoe sein. Er hatte braunes Haar und eine zarte Haut, die von der Sonne rasch gerötet wurde. Ich sehe ihn mit seinem bleichen Körper vor mir, wie er in der Badehose auf die Bäume kletterte und von dort nach Schiffen ausschaute. Ich übernahm die Rolle Freitags. Als Robinson besserte er eifrig meine Dialektausdrücke aus, oder er brachte etwas aus der Küche in den Garten. Einmal wollte er, dass ich eine tote Maus verspeiste, damit unser Spiel echter würde. Ich war der Einzige, mit dem er spielte. Er war anderen gegenüber misstrauisch, sein Argwohn fiel mir schon damals auf. Auch war er wenig begeisterungsfähig. Sein Vater hielt sich einen Schäferhund, Inka. Obwohl ich den Eindruck hatte, dass Sonnenberg keine Beziehung zu Tieren hatte, hatte er auch als Erwachsener einen schwarzen Mischling, den er Schwiff rief und mit dem er sprach. Er bildete sich ein, der Hund würde ihn zumindest so weit verstehen, wie er selbst die Lautäußerungen des Hundes deuten konnte. Trotzdem war ihre Beziehung problematisch. Es grenzte an ein Wunder, dass er Schwiff überhaupt hatte, denn es ekelte ihn eigentlich vor Hunden, und außerdem misstraute er ihrer Friedfertigkeit. Angeblich hatte er das Tier von seiner Frau übernommen, sie hatte es gegen seinen Willen angeschafft und beide kurz darauf verlassen. In der Hoffnung, bald jemanden zu finden, der sich des Hundes erbarmte, behielt er ihn bei sich. Ich dachte oft, der Hund sei jetzt sein Freitag. Eines Tages war das Tier verendet. Sonnenberg verlor kein Wort darüber.

Er war eigentlich von Kindheit an ein Eigenbrötler, nur fiel mir das damals nicht auf. Ich bewunderte ihn wegen seines Auftretens, das ihn von den anderen unterschied. Er hatte Stil, und diesen Stil stilisierte er zum Spleen, bis er im Alter von fünfzehn Jahren zum ersten Mal verrückt wurde, allerdings erholte er sich wieder davon. Wir wohnten damals am Geidorfgürtel, nahe der Universität, wo er mich hin und wieder zu Hause besuchte. In meiner Erinnerung begriff ich damals zum ersten Mal, wie krank er war. Wir hatten am Abend Schach gespielt, und er hatte zuerst mit mir seinen Spaß gehabt, dann meinen Bruder Paul und meinen Vater besiegt. Als mein jüngerer Bruder mit unserer Mutter vom Kino nach Hause kam, wendete sich das Blatt, denn für Helmut war Sonnenberg der ideale Partner: Beide liebten es, auf Angriff zu spielen, zu kombinieren und den Gegner in eine Falle zu locken, und verachteten den Rückzug und das Warten auf einen Fehler des anderen. Erst gegen Mitternacht konnten sie sich voneinander lösen, als Sonnenberg endlich begriff, dass er an seine Grenzen gestoßen war. Nachdem er seine Eltern benachrichtigt hatte, schlief er, weil es schon so spät war, auf der Couch im »kleinen Zimmer« hinter der Küche, in dem wir zu Mittag aßen, Karten und Schach spielten und mein Vater den ersten Fernsehapparat aufstellte.

Irgendwann, es war noch dunkel, schlüpfte er eiskalt und zitternd zu mir ins Bett. Er gab nur Laute von sich. Ich knipste die kleine Lampe auf dem Nachtkästchen an. »Was hast du?«, fragte ich erschrocken, dabei registrierte ich, dass er mich anstarrte, ohne mich zu sehen. Seine Augen waren zwar auf mich gerichtet, aber er blickte nach innen. Ich hatte schon epileptische Anfälle erlebt, da unsere Nachbarin, Frau Hofer, daran litt, aber bei Sonnenberg handelte es sich um etwas anderes. Er musste etwas sehen und hören, das ich nicht wahrnahm, denn er fing mit jemandem zu streiten an und wiederholte mehrmals: »Verschwinde!« Dann lallte er und fuchtelte mit den Händen in der Luft herum, bis ich aus meinem Bett sprang und meinen Vater holte. Inzwischen waren auch meine Brüder und Mutter wach geworden, und wir standen ratlos und verwirrt um Sonnenberg herum. Mein Vater holte inzwischen die Arzttasche, verabreichte Sonnenberg eine Injektion und brachte ihn ins Krankenhaus, wo man die Diagnose »Jugendliches Irresein« stellte. Doch Sonnenberg erholte sich rasch und sprach selbst nur noch von einer Nervenkrise, der er zum Opfer gefallen sei – er habe sich zuerst in der Schule und dann beim langen Schachspiel überanstrengt. Von da an aber fielen mir Eigenarten an ihm auf, die ich bislang übersehen hatte, oder sie waren erst jetzt, nach seiner »Nervenkrise«, seinem »Anfall« sichtbar geworden. Wenn ich ihn etwas fragte, stellte er mir sofort eine Gegenfrage. »Warum willst du das wissen?« »Warum fragst du?« »Wieso?« Hatte er außer uns, außer mir Freunde? Bekannte? Eine Freundin? Hatte er einen Feind? – Er kam aus einer Art Leere, wenn wir uns trafen – immer öfter nur zufällig –, und er verschwand wieder in diese Leere.

Seine Schulleistungen schwankten zwar, aber er schaffte die Matura und sogar das Studium der Rechtswissenschaften. Er spielte mit Helmut weiterhin Schach, wenn auch seltener, denn es war unendlich kompliziert, eine Verabredung mit ihm zu treffen. Er hatte nie Zeit und zog ein Telefongespräch einer Verabredung vor. Mitunter redete er dann zwei oder drei Stunden über alles Mögliche. Ich verheimlichte ihm dann alles, von dem ich wusste, dass er ihm verständnislos gegenüberstehen würde. Das betraf vor allem Fragen nach der Liebe und der Sexualität. Am meisten öffnete er sich, wenn wir uns über unsere gemeinsame Kindheit unterhielten, doch mehr und mehr verwechselte er mich mit sich selbst, behauptete, dass er Dinge gesagt, getan, erlebt habe, die ich ihm erzählt hatte, und war ganz erstaunt, wenn ich ihn auf seine Irrtümer hinwies. Doch war sein Gedächtnis in anderen Fragen phänomenal: Er kannte die Werkverzeichnisse der Komponisten, die er liebte, wie Anton Bruckner, Franz Schubert oder Johannes Brahms auswendig und sagte sie wie ein Automat auf. Auch hatte er im stillen Wettbewerb mit meinem Bruder Helmut mehr und mehr Schachpartien, die er aus Büchern nachspielte, im Kopf und konnte sie als Fertigteile bei seinen Spielen einsetzen. Äußerlich wurde er mir zu meinem Unbehagen immer ähnlicher: Wir hatten fast die gleiche Körpergröße und das gleiche Gewicht, und wir ähnelten einander auch in manch anderen Punkten. Beide lasen wir leidenschaftlich gern Berichte von Entdeckungsreisen, wobei die Initiative für meine Bücherwahl zumeist von ihm ausging.

Der Buchhändler

Sonnenbergs Buchhändler und Antiquar, der gegenüber dem Oeverseegymnasium im Keller sein Geschäft hatte, hieß Schmidt-Dengler. Schmidt-Dengler, Onkel des gleichnamigen Universitätsprofessors für Germanistik in Wien – einem ebenso schlagfertigen und geistreichen wie emsigen Wissenschaftler, mit dem ich gegen Ende seines Lebens einige außergewöhnliche Gespräche gehabt hatte –, Schmidt-Dengler, der Antiquar also, war eher klein, gedrungen und hatte einen auffallend großen Kopf, der ihm das Aussehen eines Kindes verlieh. Seine Fingernägel waren immer weiß gebürstet. Er trug eine goldgefasste Brille, oft einen dunkelgrauen Flanellanzug und eine dunkelblaue Baskenmütze, war intelligent, streitlustig, launisch, argwöhnisch und zugleich ein begeisterungsfähiger Leser, der, einmal in Schwung geraten, gerne über Stefan George oder Thomas Bernhards »Frost« dozierte. Der Literaturprofessor, der Neffe, sah ihm nicht nur in vielem ähnlich, sondern war es ihm auch in manchem, so dass ich mitunter an einen Doppelgänger dachte. Erst Jahrzehnte später fiel mir auf, dass Sonnenberg und ich für die beiden Schmidt-Denglers ebenfalls ein Doppelgängerpaar waren. Sonnenberg war mit dem Antiquar recht vertraut, und der sonst so misstrauische Mann ließ ihn unbeaufsichtigt oft mehrere Stunden nach Büchern suchen, obwohl er, wie er stets beklagte, regelmäßig bestohlen wurde, vor allem von Schülern der Oberstufe des gegenüberliegenden Gymnasiums. Das Bücherstehlen war für sie ein Sport, für den Antiquar aber allmählich zu einer Existenzfrage geworden. Er zerbrach fast daran, wähnte sich von jedem bestohlen und entwickelte eine argusäugige Art, mit seinen Kunden zu reden. Tatsächlich wurde er zweimal niedergeschlagen, wobei jedes Mal die Tageseinnahmen geraubt wurden. Mir gegenüber überwand er sein Misstrauen schon bald, er sprach gerne über Lyrik und hielt mich offenbar für »entwicklungsfähig«, wie er Sonnenberg sagte. Eines Tages kam er auf James George Frazers »The Golden Bough«, »Der goldene Zweig«, zu sprechen und belehrte mich, dass dieses ethnologische Werk ganz und gar unersetzlich für meine geistige Entwicklung sei. Neugierig geworden, bat ich ihn, mir ein Exemplar zu beschaffen, ein schwieriges Unterfangen, denn für das Buch wurden von den Händlern – so sie es überhaupt besaßen – enorm überhöhte Summen verlangt. In Frazers zwölfbändiger Untersuchung früher magischer Praktiken und ihrer mythologischen und religionsgeschichtlichen Hintergründe begibt man sich, stellte ich später fest, in das düstere Reich des Unbewussten, der Alpträume und des Aberglaubens. Frazer selbst nannte sein Werk »eine Studie über Magie und Religion«, und da der Buchhändler Schmidt-Dengler offenbar ein Kenner der Religionswissenschaften war, begann er unverzüglich, über einzelne Kapitel wie »Die Verspeisung des Gottes«, »Die Übertragung von Unheil« und »Menschliche Sündenböcke im klassischen

Altertum« zu referieren. Wir standen währenddessen in dem mir groß erscheinenden Kellerraum, umgeben von Büchern in Regalen und auf Tischen, und der Antiquar war nicht weniger eloquent als später das Buch. In kurzer Zeit verschaffte er mir ein Exemplar, eine von Frazer selbst gekürzte Ausgabe des Gesamtwerks, die 1928 ins Deutsche übersetzt worden war. Ich las das Buch, noch bevor es Sonnenberg in die Hände bekam, eine Anthologie des Unheimlichen, der Gewalt und des Wahns. Die Menschheit erschien mir darin irrsinnig und mörderisch. Sie hatte ihre Ängste, ihre Grausamkeit und Verrücktheit in Götter und Dämonen projiziert, die wiederum Abbilder des Unbewussten waren. Ich las »Die zauberische Beherrschung des Regens«, »Zauberer als Könige« und »Fleischgewordene menschliche Götter«, ungläubig, und doch als Bestätigung meines Argwohns. In dem Kapitel »Die Gefahren der Seele« wurde »die Seele als Schatten und als Widerschein« abgehandelt, und unter dem Titel »Verbotene Handlungen« erfuhr ich von den verschiedenen »Tabus« bei den sogenannten »primitiven Völkern«. Ich lernte die magisch-religiösen Bräuche und Handlungen im alten Japan, in Neuguinea, Polynesien, Westafrika, Südamerika, Nordaustralien und Asien kennen. Die ganze Zeit über, während ich das Buch las, vermutete ich, dass alles, was darin geschrieben stand, nach wie vor existierte, wenn auch als Geheimnis und ohne Wissen derer, die es mit sich trugen. Seite um Seite beschrieb Frazer Morde, wie die Häutung eines Menschen bei lebendigem Leib, das Herausreißen des Herzens aus der Brust, eine Steinigung, eine Ertränkung und andere religiöse Menschenopferungen, aber auch mir unsinnig erscheinende Gebote und Verbote und albtraumhafte Todesrituale. Wie auf einem Boot mit Glasboden konnte ich hinunter in den Entstehungsort der Märchen blicken und noch tiefer in mein eigenes Unbewusstes. Diese Reise wiederholte und vertiefte sich bald darauf für mich auf poetische Weise, als ich Dantes »Göttliche Komödie« mit halbem Verstehen las, denn mein Exemplar wies nur wenige, allgemeine Kommentare auf. Ich lieh inzwischen Sonnenberg Frazers Buch, das ihn in eine Krise stürzte, weshalb er die Lektüre mit der Bemerkung abbrach, sie verursache ihm nur schlechte Träume. Wochenlang gelang es mir und meinem Bruder hierauf nicht, Kontakt mit ihm aufzunehmen. Als ich ihn wiedersah, war ich perplex. Wegen der Medikamente, die er einnahm, waren ihm die Schläfenhaare ausgefallen, und er hatte sich in einem Anfall von Verzweiflung eine Glatze rasiert und sich dabei – absichtlich oder unabsichtlich – Schnittwunden zugefügt. Aber auch diese Krise überwand er allein und ohne zu klagen. Das Antiquariat in der Oeveseegasse mied er damals eine Zeitlang, bis die Zeitungen eines Tages vom ersten Überfall auf Schmidt-Dengler in seiner Buchhandlung berichteten. Zu meiner Überraschung rief Sonnenberg mich an und schlug mir vor, Schmidt-Dengler gemeinsam einen Besuch abzustatten.* Mir war aber nicht wohl bei der Vorstellung,

---

* Ich versuchte damals unter dem Eindruck von Frazers »Der goldene Zweig« etwas zu schreiben, das das Unbewusste in meinem Kopf zum Vorschein bringen sollte. Angeregt durch das Kapitel »Das Töten des göttlichen Tieres«, Paragraph 1 »Das Töten des heiligen Bussards«, wollte ich mich den Prozessen in meinem Kopf stellen, die die Lektüre ausgelöst hatte. Erst zwanzig Jahre später gelang es mir – ich lebte in die-

den Buchhändler wiederzusehen, denn es hatte inzwischen durch meine Einfalt in geschäftlichen Dingen einen unangenehmen Zwischenfall gegeben. Während ich noch »Der goldene Zweig« gelesen hatte, hatte ich schon angefangen, mit Freunden und Studienkollegen darüber zu reden, und eines Tages sprach mich ein Assistent der Philosophischen Fakultät an, ob ich das Werk tatsächlich besäße. Ich bestätigte es. Der junge Mann bot mir, ohne zu wissen, was ich selbst für das antiquarische Buch bezahlt hatte, das Dreifache meines Kaufpreises an, und da ich – wie immer – in Geldnot war, willigte ich in den Handel ein. Schon als ich es aus der Hand gab, bereute ich es. Bei meinem nächsten Besuch im Antiquariat hatte ich die Geschichte dem Buchhändler gestanden, auch in der Hoffnung, er könne mir noch einmal eine Ausgabe besorgen. Schmidt-Dengler war jedoch außer sich gewesen. Ich sei nicht besser als die anderen, hatte er mir vorgehalten. Wenn er es gewollt habe, hätte er das Buch selbst wesentlich teurer »an den Mann bringen können«. Da er sich nicht beruhigt hatte, war ich schließlich gegangen. Wie sollte ich ihm jetzt gegenübertreten? Aber weil ich den Fehler, den ich begangen hatte, längst bereute und mir ein gutes Einvernehmen wünschte, sagte ich Sonnenberg zu, ihn zu begleiten. Unterwegs gestand ich ihm, was vorgefallen war, und mein Freund, der stets zurückhaltend mit seiner Meinung war, schüttelte den bemützten Kopf und fragte mich erstaunt, weshalb ich das getan hätte? Ob ich Geld brauchte? Ich sagte, es sei aus Torheit gesche-

sem Winter weitgehend alleine in einem verschneiten Haus auf dem Land –, das Projekt zu verwirklichen.

hen. Daraufhin antwortete Sonnenberg, dann würde Schmidt-Dengler dies auch spüren und mir nichts nachtragen. Er blieb stehen und fragte mich, ob er mir Geld borgen dürfe. Er sah blass aus und hatte Ringe unter den Augen, da er inzwischen an Schlaflosigkeit litt und noch immer regelmäßig Medikamente nahm, um nicht die Nächte zu durchwachen. In den schlaflosen Stunden schrieb er Gedichte, hatte ich von meinem Bruder Helmut erfahren, mit spirituellem Hintergrund und einem übersteigerten Ich, schwelgerisch und mitunter pathetisch, ganz gegen seine vom Verstand bestimmte Rede. Wie bei der Ausarbeitung seiner Vorlesungsmitschriften hatte Sonnenberg auch seine lyrischen Arbeiten mit verschiedenen Farbstiften geschrieben, hatte mir Helmut weiter erzählt, und dass er begonnen habe, sich mit dem Jüngsten Gericht zu beschäftigen, seiner Darstellung auf Gemälden und in der Literatur.

Zumeist stand Schmidt-Dengler in seinem Geschäft vor einem Regal, hinter einem Tisch oder neben der Kassa – diesmal jedoch saß er auf einem Stuhl, ein großes, blutiges Pflaster auf der Stirn und darunter ein blaues Auge. Ohne unseren Gruß zu erwidern, fragte er uns, was wir wollten.

»Wieso?«, fragte Sonnenberg zurück.

Ob wir nicht sähen, dass er verletzt sei?

»Doch«, erwiderte Sonnenberg.

»Ich habe heute geschlossen«, sagte Schmidt-Dengler schroff.

»Die Tür zum Geschäft war offen«, gab Sonnenberg zurück.

Schmidt-Dengler nahm ein Buch in seine dicklichen,

sauber gewaschenen Finger mit den gepflegten Nägeln und begann darin zu lesen (es war Robert Musils »Der Mann ohne Eigenschaften«).

Sonnenberg stellte sich vor ein Regal und studierte die Titel auf den Buchrücken, und ich sagte dem Buchhändler in dem Augenblick, als wir allein waren, dass es mir leidtue, den »Goldenen Zweig« verkauft zu haben.

Er blickte kurz auf, dann legte er den Roman zur Seite, erhob sich ächzend und stellte sich hinter die Kassa. Ich schaute ihn noch immer wortlos an, als er plötzlich amüsiert und in ironischem Tonfall sagte, dass Sonnenberg und ich uns ähnlich sähen.

Ich wusste nicht, ob er nicht einfach nur seinem Sarkasmus freien Lauf ließ, zuckte mit den Achseln und ging zum Regal mit den abenteuerlichen Reiseberichten, vor dem auch Sonnenberg stand. Er hatte sich bereits zwei Exemplare ausgesucht.

Als er bezahlte, wollte Sonnenberg vom Buchhändler wissen, wie sich der Überfall ereignet habe.

»Das habe ich schon der Polizei gesagt«, gab Schmidt-Dengler zur Antwort.

Sonnenberg nickte, legte das Geld auf den Tisch und wollte gehen. Plötzlich schien Schmidt-Dengler seine Meinung geändert zu haben. Vielleicht wollte er nicht, dass wir gehen und er allein in seinem Kellerladen zurückblieb, aus Angst, die Täter könnten wiederkommen – jedenfalls begann er ohne Übergang zu erzählen, dass er allein in seinem Geschäft gewesen sei und gerade im zweiten Raum Ordnung gemacht hatte, als er jemanden habe eintreten hören. Da es »verdächtig still«, wie er sagte, gewesen sei, habe er nachgesehen. Der

Raum sei jedoch leer gewesen. Im nächsten Augenblick habe ihn ein Schlag am Kopf getroffen, und er habe das Bewusstsein verloren. Als er zu sich gekommen sei, habe er sich auf dem Boden liegend wiedergefunden. »Es war mir«, fuhr Schmidt-Dengler fort, »als blickte ich in einen Trichter aus Büchern hinauf, der sich über meinem Kopf im Kreis drehte. Ich wollte mich erheben, da spürte ich, dass ich blutete ... mein Kopf ... Ich kroch zum Telefon, um meine Putzfrau anzurufen, die mich in die Ambulanz brachte. Meine Wunde an der Stirn wurde genäht, und ich blieb die Nacht über im Krankenhaus.«

Er nahm ein Taschentuch heraus und schnäuzte sich. Mehrmals beklagte er sich dann, dass die Polizei ihn nicht ernst nehme.

»Jemand aus dem Gymnasium war es, das weiß ich mit Sicherheit.«

Aus seiner Kassa waren 3200 Schilling geraubt worden, die Einnahmen der letzten zwei Wochen. Die Täter wurden nie gefasst.

Der Kopf des Untersuchungsrichters

Ich begleitete Sonnenberg an diesem Nachmittag nach Hause, und ich erinnere mich an seine große Sammlung von Büchern über Entdeckungsreisen. Ich fand Ausgaben von Emil Holubs »Sieben Jahre in Südafrika«, Alexander von Humboldts »Amerikanische Reise« und »Reise durchs Baltikum«, Otto von Kotzebues »Zu Eisbergen und Palmenstränden«, »Die Eroberung des Inkareiches durch Pizarro und andere Conquistadoren«, Ibn Battutas »Reisen ans Ende der Welt«, René Cailliés »Reise nach Timbuktu«, Rudolf von Habsburgs »Zu Tempeln und Pyramiden« und Sven Hedins »Durch Asiens Wüsten«. Ich zog den illustrierten Band Antonio Pigafettas »Mit Magellan um die Erde« heraus, blätterte, las, schaute John Lloyd Stephens »Die Entdeckung der alten Mayastätten« an und Caspar Schmalkaldens »Mit Kompass und Kanonen. Abenteuerliche Reisen nach Brasilien und Fernost«. Inzwischen erzählte mir Sonnenberg von seinen Leseabenteuern, und er redete sich in seiner Begeisterung, wie immer in solchen Fällen, in einen Wirbel hinein. Seine anfängliche Zurückhaltung verwandelte sich bald in einen Redeschwall, eine Redesturzflut, die alles hinwegschwemmte und mich verstummen ließ. Er sprach von Schmetterlingswolken, von »Baumkronen, die in die Luft flogen, weil sie aus Vogelschwärmen bestanden«, von »Pfaden aus den Rücken von Krokodilen, die durch Sumpfgewässer« führten und »fleischfressenden Pflanzen, die Affen verschlangen«. Bald wusste ich nicht mehr, was daran Phantasie war und was den Tatsachen entsprach.

In Wirklichkeit reiste Sonnenberg wenig. Als Untersuchungsrichter unternahm er Erkundungsreisen an den Neusiedler-See, und einmal war er nach Italien gefahren. Seine Reisen, die er täglich unternahm, führten ihn in die Köpfe von Verhafteten, Verbrechern, Verdächtigen und auch Unschuldigen. Und natürlich und vor allem in den eigenen Kopf, in sein eigenes Gehirn, das er wieder und wieder erforschte und seit seiner Kindheit misstrauisch observierte. Das Misstrauen gegen sich selbst war vermutlich die Ursache, dass er sich in andere Menschen, die Verdächtigen, hineinversetzen konnte. Er zermürbte sie nicht mit Ironie oder psychologischen Tricks, sondern mit Logik und Intuition, mit seinen Vorträgen und Belehrungen, zu denen er sich entgegen seinen Vorsätzen immer wieder hinreißen ließ. Er log nicht, doch konnte er lange schweigend nachdenken und dabei sein Gegenüber vergessen, was den Eindruck hervorrief, dass er über unendlich viel Zeit verfügte. Außerdem spielte er niemandem etwas vor, man spürte, dass er aufrichtig war. Ab und zu rauchte er eine Zigarette. Wenn ihm nicht danach war zu telefonieren, hob er den Hörer nicht ab und ließ es läuten. War ihm klargeworden, weshalb ein Untersuchungshäftling schwieg und was er verbergen wollte, leistete er sich ein Lächeln und wies ihn fast schüchtern auf Ermittlungsergebnisse hin und die Schlussfolgerungen, die er daraus zog. Allerdings neigte er zu Verschwörungstheorien und schoss mit seinen brillanten Gedanken dann übers Ziel hinaus. Manchmal erweckte er auch den Eindruck eines Besserwissers, ohne aber einer zu sein. Er steigerte sich nämlich regelmäßig in seine Vorstellungswelt hinein und lotete sie bis in den letzten Winkel aus. Wieder auf dem Boden, hatte er längst alle Varianten im Kopf, wenn andere erst damit begannen, sich ein Bild zu machen.

Zuerst starb seine Mutter, dann sein Vater. Sonnenberg, der bis dahin in ihrem Haus gewohnt hatte, blieb in seinem Zimmer wie vorher und ließ alles unverändert. Der Garten verwilderte langsam, Staub ließ sich auf die Bibliothek nieder, und Sonnenberg saß dort an langen einsamen Wochenenden und schrieb seine Gedanken in ein Heft. Niemand im Büro wusste, was er tat, und er selbst schwieg darüber. Man rätselte über sein Privatleben, die Ursachen seiner Einsamkeit und Zurückgezogenheit, die nur von Schachabenden im Caféhaus unterbrochen wurden, zu denen er sich vorwiegend mit meinem Bruder Helmut traf, der am besten über ihn Bescheid wusste und von dem ich das meiste über ihn erfahren habe. Anfangs hatten sie im Schachclub gegen andere Vereine gespielt, Helmut am ersten, Sonnenberg am zweiten Brett. Einmal waren sie sogar zu einem Wettkampf nach Prag gefahren, aber gleich nach der Ankunft hatte Sonnenberg sich entschlossen, wieder zurückzufahren. Ein zweites Spiel gegen eine Münchner Mannschaft endete ähnlich. Nachdem er sein Zimmer im Hotel, das ihm in jeder Hinsicht missfiel, besichtigt hatte, nahm er, ohne darüber ein Wort zu verlieren, ein Taxi und fuhr zurück zum Bahnhof. Seither wurde er bei Meisterschaftsspielen nicht mehr berücksichtigt. An einem Tag im Mai nominierte der Verband Helmut und ihn für ein Simultanspiel gegen den russischen Schachgroßmeister Averbach. Helmut remisierte, und zu seiner Verwunderung lud ihn der berühmte Mann über seinen Sekretär anschließend zu einem Spiel in das Café Promenade ein, denn die ungewöhnliche Spielweise Helmuts hatte ihn neugierig gemacht. Dort, vor einer immer größer werdenden Menge von Kiebitzen, schlug Helmut in Anwesenheit Sonnenbergs den russischen Schachgroßmeister fünf Mal, bis Averbach aufsprang, ihm die Hand schüttelte und verschwand. Seit diesem Vorfall spielte Sonnenberg nie mehr mit meinem Bruder, den er von nun an nur noch bewunderte.

Bei den Mitarbeitern im Landesgericht genoss Sonnenberg großes Vertrauen und hohes Ansehen, obwohl er als eigenartig bekannt war. Seine Unbeeinflussbarkeit, die anfangs Kopfschütteln hervorgerufen hatte, beeindruckte schließlich auch jene, die Vorbehalte gegen ihn gehabt hatten. Eine Geschichte habe ich erst nach seinem Tod über ihn erfahren. Zwei Tage nachdem seine herzkranke Mutter in das Krankenhaus eingeliefert worden war, in dem sie schließlich verstarb, wurde auch Sonnenberg mit den gleichen Symptomen in ein anderes Hospital gebracht, wo die Ärzte jedoch nach zweiwöchiger Untersuchung nichts finden konnten. Nur die Symptome – Rhythmusstörungen, Tachykardie, Atemnot – waren nachweisbar gewesen.

Die Auflösung der Buchhandlung

Als Schmidt-Dengler zum zweiten Mal überfallen und ausgeraubt worden war, rief mich Sonnenberg wieder an, damit wir ihm erneut gemeinsam einen Besuch abstatteten. Diesmal trug der Buchhändler einen Kopfverband unter der Baskenmütze, und ein Finger seiner rechten Hand war geschient. Ich hatte ihn noch nie so aufgelöst gesehen. Nichts von seiner Strenge war übriggeblieben, seine grauen Augen hinter der Goldbrille suchten unruhig den Raum ab, fixierten die Tür und wanderten weiter. Er reagierte kaum auf unsere Fragen. Erst nach einer Stunde, als er sich etwas beruhigt hatte, war er zu einer Auskunft fähig. Diesmal hatten ihn die Täter niedergeschlagen, ohne dass er vorher auch nur verdächtige Geräusche bemerkt hatte. Die Handkassa war verschwunden. Wir blieben bis zum Geschäftsschluss bei ihm und setzten ihn in ein Taxi. Als es mit ihm um die Ecke bog, ahnte ich nicht, dass ich ihn nie mehr wiedersehen würde. Einige Tage später waren die kleinen Schaukästen, die die fehlenden Auslagen ersetzten, leer und mit Eisengittern versperrt. Die Tür war abgeschlossen, und innerhalb weniger Wochen war das Geschäft aufgelöst. Als ich es, in der Hoffnung, den Buchhändler anzutreffen, zum letzten Mal aufsuchte, konnte ich gerade noch einen Blick in die jetzt leeren Räume werfen, die für mich die Verbindungsgänge zur anderen, der Lesewelt, gewesen waren.

In dieser Nacht träumte ich, selbst auf dem Boden von Schmidt-Denglers ehemaligem Geschäft zu liegen und um mich kreisende Bücher zu sehen, eine Büchergalaxie, die mit mir ins All zu fliegen schien, gleich darauf aber über mir zusammenstürzte und mich unter Regalen und Folianten begrub.

Die Archipele des Wahns

Einige Tage darauf entdeckte ich in der Universitätsbibliothek Hans Prinzhorns »Bildnerei der Geisteskranken«. Ich kannte das Elend psychisch Kranker aus persönlichen Begegnungen und Erfahrungen, denn sie waren damals noch nicht so lückenlos vom Alltag der Normalen ausgeschlossen wie heute, und in nicht wenigen Familien, wie auch in meiner, gab es einen näher oder entfernt Verwandten, der an einem geistigen Gebrechen litt. Nun aber sah ich – wenn auch nicht zum ersten Mal – die ganze Pracht künstlerischer Arbeiten von Geisteskranken. Zu meiner Überraschung war diesmal nichts Fremdes für mich darunter, im Gegenteil, ich erfuhr mit wachsendem Erstaunen, dass ich – je mehr ich mich den Bildern auslieferte – mir selbst umso näher kam. Ich bildete mir damals ein, die Innenwelt des Wahns kennenzulernen, ohne sogleich zu begreifen, dass ich zugleich Blicke in das Unbewusste warf.

Dreißig Jahre nach der ersten Begegnung mit Prinzhorns Werk schrieb ich für die Neuausgabe im Wiener Springer Verlag ein Vorwort, in dem ich den Einfluss seiner »Bildnerei der Geisteskranken« auf die Entwicklung der Kunst untersuchte und Alfred Kubin zitierte, der über den Maler und Patienten Franz Pohl gemeint hatte: »Unzweifelhaft eine geniale Begabung, eine außerordentliche Kraft der Erfindung in Farbe und Ton … unerhörte Farbsymphonien … phantastisch-visionäre Dinge – ganz fabelhaft wird es uns aber zu Mute, sobald diese Gemälde an den besten Leistungen großer Künstler gemessen werden können. Ich entsinne mich besonders des Würgengels. Man fasst sich an den Kopf, dass dies ein Irrer gemacht haben soll, diese höchste Ökonomie der Farbe! … Und nicht mehr lassen mich die Dinge los.«

Franz Pohl

Prinzhorn schildert in seinem Buch das Leben Franz Pohls als ein von Verfolgungsängsten geplagtes. Schon mit sechzehn Jahren hatte er Stimmen gehört. Er lernte an der Kunstgewerbeschule in München und Karlsruhe und war hierauf vier Jahre als Lehrer in einer Gewerbeschule angestellt. In dieser Zeit besuchte er die Weltausstellung in Chicago. 1897 wurde er wegen seines »höchst absonderlichen Verhaltens« von der Schule entlassen. Er sei intelligent und gut veranlagt gewesen, hieß es, aber so überheblich und unverträglich, dass er sich mit jedermann verfeindete. In Chicago war er in Spiritistenkreise geraten und hatte sich in »deren Manier« vieles aufgeschrieben. »Unter den Visionen, von denen andere erfuhren«, so Prinzhorn, »waren z.B. zwei Köpfe, die ihm in die Augen schauten, oder ein Frauenkopf, der sich eng mit ihm verband und in ihm aufging.« Nach seiner Entlassung lebte Franz Pohl in Hamburg, ohne zu arbeiten. Er besuchte aber abwechselnd Theater und Bordelle. Seine sexuellen Bedürfnisse waren immer schon stark gewesen, er hatte sich bereits in Karlsruhe mit Lues infiziert und angeblich auch mit Gonorrhoe. Im darauffolgenden Winter nahm sein Verfolgungswahn rasch zu. »Er bezog auf sich«, schrieb Prinzhorn, »was er im Theater hörte, verstand auf der Trambahn, wenn der Schaffner ›Fertig!‹ rief: ›Er ist verrückt!‹. Von allen Seiten vermeinte er Schimpfworte zu hören, er fühlte sich bedroht und belauscht, weshalb er seine Wohnung wechselte. Schließlich schwamm er im Januar in einem Anfall von Angst durch einen Kanal. Es folgte sein erster Anstaltsaufenthalt.« Nach einigen Tagen wurde er entlassen und fuhr mit der Bahn nach Hause, wobei er dem Zugführer die Zunge herausstreckte, »weil dieser es ihm auch so gemacht habe«. Im selben Jahr wird er in eine Schweizer Anstalt aufgenommen und von dort nach Heidelberg überstellt.

In der Anstalt kommt sein Verfolgungswahn offenbar voll zum Ausbruch, er bezieht Ärzte, Wärter und Patienten mit ein. Er halluziniert, was den Gehör- und den Geschmackssinn betrifft, isst wenig aus Giftfurcht. Andererseits »fügt er sich in den Aufenthalt«, benimmt sich »geordnet«, zeichnet, schreibt Briefe, die immer unverständlicher werden. Auch seine Sprache ist verwirrt. Im Jahr 1900 diagnostiziert Prinzhorn – so die Krankengeschichte – bei Pohl »schizophrenen Endzustand«. Im Traum, klagt Pohl, übten Personen Druck auf seinen Kopf aus. Die Träume sind von diesen Personen abhängig. Mehr gibt Pohl nicht mehr von sich preis. Er ist »ein kleines Männchen mit relativ großem Kopf, schwarzem Haar und Bart und dunklen, leuchtenden Augen«, bewegt sich »äußerst manieriert«, spricht langsam und geziert, »ohne dass man viel verstehen könnte«. Doch ist er freundlich. Schon 1903 findet man »kaum noch sinnvolle Satzstücke« in seinen Notizen, die er auf seine Zeichnungen und vor allem auf die Rückseiten der Blätter schreibt. In den 22 Jahren, die er in der Anstalt verbringt – Prinzhorns Bericht endet mit dem Jahr 1920 –, sei er immer tiefer »in seinen Autismus hinein geglitten«. Die ganze Zeit über, in der ihn die anderen Insassen necken, schreibt, zeichnet und musiziert er. Ein Gedicht lautet:

Feen, fegen
meiden neigen sich im Reigen
sehen drehen weiden neiden sich
gehen stehen reiten schreiten um Alles
wehenden Höhen entklommen
scheidenden Leiden herkommen

Weihgeschmückte irdische Leiber wähnen
tückische windige findige Weiberträhnen
tanzenden Reigen summend Geheul
zitternder Gräser schmachtender Düfte
steigen umschlossen den paarenden Trieben
In uns empor ein Odem des Lieben.

1920 sei eine Unterhaltung mit ihm nicht mehr möglich gewesen. Er habe Besuche misstrauisch »mit seinen lebhaften Mausaugen« betrachtet. Außerdem habe er alles unternommen, damit Fremde nicht seine Bilder zu Gesicht bekämen, sei zum Fenster gelaufen und habe Zeichen hinaus gemacht, den Besucher eifrig vor einem eintretenden Arzt gewarnt oder den Packen der Bilder, der in Zeitungspapier eingewickelt und mit Schnüren zusammengebunden war, nicht gefunden, lange an den Knoten herumgefummelt oder die Blätter mit dem Rücken zum Besucher endlos umsortiert. »Im ständigen Kampf mit solchen Schrullen gelang es zwar noch, einige Blätter zu sehen, aber ohne dass ein Gespräch in Gang gekommen wäre.« Lobte der Besucher dann diese Blätter, antwortete Pohl: »Ja, das ist ganz gut.« Oder: »Es sollte mehr Rot hinein.« In der Beschreibung der Bilder Pohls analysiert Prinzhorn dann auch den »Würgengel«. Er fand, »dass in ihm alles gipfelt, was an wertvollen, steigenden Impulsen in der schizophrenen Seelenverfassung gefunden wurde. In seinem funkelnden Strahlenkranze bricht der Engel von oben herein, den linken Arm mit langem Griff vorstreckend, in der Rechten das Schwert fast bedächtig quer vor seinem Gesicht haltend. Zwischen den Händen steht sein linker Fuß auf der Kehle eines Menschen, der mit der

Rechten sich zum Halse fährt, während die Linke den Herabdringenden abzuwehren trachtet. Die Beine des Überfallenen schlagen am rechten Bildrand in die Höhe, und zwar verdreht, von hinten gesehen. Das Gewirr der Glieder auf dem engen Bildraume ist bei aller grauenhaften Drastik auch kompositorisch gemeistert, ja, die Art, wie die Dynamik aller Bewegungsimpulse ebenso weit geordnet wird, dass man eine klare Übersicht gewinnt, ohne das Gefühl der gewaltigen Spannung zu verlieren, hat etwas schlechthin Grandioses. Und diesem hohen Niveau entspricht die Farbe: Wie die ganze Skala aufgeboten wird, um in schreiendem Rot, Grün, Blau dem Vorgang Genüge zu leisten – und diese grellen Kontraste doch gebunden werden durch gelbgrüne Halbtöne, die nach den Rändern zu dunkler werden –, das zeigt dieselbe Tendenz wie die Spannung der Formen und dieselbe souveräne Meisterschaft. Angesichts dieses Werkes von Grünewald und Dürer zu reden, ist gewiss keine Blasphemie ... Die überzeugende Gewalt des Grauens aus den halluzinatorischen Bildern beherrscht den ganzen Eindruck ... Was ist hier schizophren? ... Wenn dieser Würgengel nur schizophrenem Weltgefühl entspringen konnte, so ist kein kultivierter Mensch mehr imstande, schizophrene Veränderungen lediglich als Entartung durch Krankheit aufzufassen.«

Dieser letzte Satz bestimmte mein weiteres Denken über Geisteskranke und verstärkte meinen Wunsch, selbst Psychiater zu werden. Aber zugleich wusste ich, dass es einen noch größeren Wunsch gab – einen Wunsch, der stärker war als alles andere: selbst Künstler, Schriftsteller zu sein.

Zahlreiche Maler hatten sich schon lange vor Prinzhorns Buch mit den nicht rationalen Vorgängen des menschlichen Denkens, dem Wahn, der Vision und dem Traum, auseinandergesetzt: Hieronymus Bosch, Pieter

Brueghel d. Ä., Francisco Goya, William Blake und Johann Heinrich Füssli, Giovanni Battista Piranesi oder Odilon Redon und James Ensor – doch Prinzhorns Sammlung zeigte die Urmaterie, aus der diese Kunst in den Köpfen der Maler entstanden war. Manche Künstler verloren auf der Suche nach der inneren Wirklichkeit selbst den Verstand, wie Richard Dadd, der seinen Vater erstach und nach einer wüsten Flucht in einer Heilanstalt starb, oder die beiden Maler der Strindberg-Generation: Carl Fredrik Hill und Ernst Josephson. Hill verschwand 1879 mit 29 Jahren bis 1883 hinter Hospitalmauern, die restlichen 28 Jahre seines Lebens wurde er, der als wahnsinnig galt, privat gepflegt. Josephson wurde 1888 eingeliefert und befand sich die letzten fünfzehn Jahre in privater Pflege. Nach der heutigen Terminologie waren sie schizophren. Van Gogh und Edvard Munch gelten trotz ihrer Anstaltsaufenthalte hingegen nicht als »geisteskranke Künstler«, auch nicht James Ensor, der an »schweren psychischen Störungen« litt. Der Schweizer Adolf Wölfli (fünfzehn Jahre später geboren als Josephson und Hill) war für mich wohl der eindrucksvollste »Anstaltskünstler«. Er schuf sein gesamtes Werk im Irrenhaus Waldau bei Bern bis zu seinem Tod im Jahr 1930. Ich erwarb noch bei Schmidt-Dengler ein Exemplar von Walter Morgenthalers bahnbrechender Wölfli-Monographie, die ein Jahr vor Prinzhorns »Bildnerei der Geisteskranken« unter dem Titel »Ein Geisteskranker als Künstler« erschienen war. Bekam ich durch Prinzhorns Werk die visionären Werke von Künstlern aus Irrenanstalten erstmals zu Gesicht, so lernte ich sie durch Morgenthalers Monographie zu verstehen. Morgenthaler war es aber auch, der den

Dichter Robert Walser 1929 »kurz entschlossen und zeitknapp, wie eben ein überlasteter Psychiater«, schreibt Elka Spoerri, »in die Anstalt Waldau einwies«.

Adolf Wölfli

Adolf Wölfli wird am 29. Februar 1864 als jüngstes von sieben Kindern in Bowil im Emmental, Kanton Bern, geboren. Die Familie lebt in Armut, die Verhältnisse sind zerrüttet. Der Vater, von Beruf Steinhauer, ein Alkoholiker und Krimineller, stirbt später an Trunksucht. Häufig wechselt die Familie die Unterkunft. Als die Mutter 1873 stirbt, wird Adolf als »Verdingbub« bei verschiedenen Bauern in Schangnau untergebracht. Er wird misshandelt und missbraucht, überdies verwehrt man ihm häufig den Schulbesuch. Der Heranwachsende arbeitet als Knecht und »Handlanger«. Als Achtzehnjähriger verliebt er sich heftig in die Tochter eines benachbarten Landwirts, der aber nicht dulden will, dass diese mit einem Knecht verkehrt. Mit neunzehn Jahren besucht Wölfli dann die einjährige Industrierekrutenschule in Luzern. Hierauf geht er verschiedenen Beschäftigungen nach. 1890, mit 26 Jahren, wird er, nachdem er sich als Totengräber und Speditionsarbeiter versucht hat, wegen zweier Notzuchtsversuche an Minderjährigen zu zwei Jahren Haft verurteilt, die er im Zuchthaus St. Johannsen im Kanton Bern absitzt. Dort muss er wieder Misshandlungen über sich ergehen lassen. Nach seiner Entlassung vereinsamt er durch sein sprunghaftes Verhalten zunehmend. 1895 wird er erneut wegen eines Notzuchtversuchs an einer Minderjährigen inhaftiert und nachdem seine Unzurechnungsfähigkeit festgestellt ist, in die Irrenanstalt Waldau bei Bern eingewiesen, wo er bis zu seinem Tod verbleibt. Nach vier Jahren in der Anstalt beginnt er sich allmählich künstlerisch zu betätigen, aber erst aus dem Jahr 1904 sind Zeichnungen erhalten. Von 1908 bis 1912 widmet er sich seiner phantastischen, megalomanischen Autobiographie »Von der Wiege bis zum Graab. Oder, Durch arbeiten und schwitzen, leiden und Drangsal, bettend zum Fluch. Mannigfalltige Reisen, Abenteuer, Un=glücks=Fälle, Jagten, und sonstige Erlebnisse eines verirrten, auf dem gantzen Erdball herum. Oder, Ein Diener Gotes, ohne Kopf, ist ärmer als der ärmste Tropf«. Sie umfasst dreitausend Seiten und ist mit großformatigen Zeichnungen zum Text ausgestattet. Von 1912 bis 1916 setzt er die Autobiographie mit der Niederschrift der »Geographischen und Allgebräischen Hefte« fort, in denen er wieder auf dreitausend Seiten die Entstehung der »Skt.=Adolf=Riesen=Schöpfung« schildert. Die von Adolf Wölfli zuvor bereisten Gebiete sollen aufgekauft, mit einem neuen Namen versehen und schließlich in Städte verwandelt werden. Hierauf wird das Weltall bereist und ebenfalls in Besitz genommen. Begleitet wird der Text durch Musik- und Zahlenbilder. 1916 fertigt Wölfli Zeichnungen an, die er an Interessierte verschenkt und verkauft, und signiert sie mit »Skt. Adolf II.«. 1917 bis 1922 arbeitet er an den »Heften mit Liedern und Tänzen«, die siebentausend Seiten umfassen, Collagen und Musikaufzeichnungen in »Solmisation«, bei der Töne in Hexachorden (Sechstonreihen) geordnet »und mit den Solmisationssilben«

do, re, mi, fa, so, la und si benannt werden. Außerdem nimmt er Auftragsarbeiten (wie das Bemalen eines Schranks für die Anstalt Waldau) an, als – wie er sagt – »Brotkunst«. 1924 bis 1928 widmet Wölfli sich den »Allbumm-Heften mit Tänzen und Märschen«, in denen er mit Kompositionen aus Wortfolgen und musikalischen Elementen seine Welt besingt. Das Werk umfasst fünftausend Seiten. 1928 bis 1930 verfasst er auf über achttausend Seiten den »Trauer=Marsch«, in dem er seine Weltschöpfung noch einmal konzentriert in Form von Schlüsselbegriffen und -bildern darstellt.

Am 6. November 1930 stirbt er an Magenkrebs.

Sein Werk umfasst insgesamt 45 Bücher mit 24 806 Seiten und 3257 Illustrationen in Form von Zeichnungen und Collagen, des Weiteren sechzehn Schulhefte und 23 Textseiten.

Außerdem: 266 Einblattzeichnungen – davon 43 Bleistiftzeichnungen und 223 farbige – sowie vier Zeichenblöcke.

Wölflis Werk ist quasi ein in Geheimsprache abgefasster mythologischer Bericht eines »Schamanen«, der in der jenseitigen Welt zu Hause ist. In der Anstalt Waldau »fängt er an, massenhaft zu halluzinieren«, so der Psychiater Morgenthaler in seiner Künstlermonographie, »und es kommt zu schweren Gewalttaten, so dass er zweimal auf die ›Zellenabteilung‹ versetzt werden muss«. Er hört Stimmen, behauptet, er werde zu Tode gehetzt und müsse bald sterben, auch ist er »oft sexuell erregt und gereizt«. Dann wieder liegt er wochenlang untätig im Bett, gepeinigt von Schwermut. Plötzlich ist er davon überzeugt, ein anderer Kranker habe ein Mädchen missbraucht, packt ihn und schlägt ihn in großer Erregung zu Boden. Er geht auch auf die Wärter mit einer Bank los, droht, sie totzuschlagen, und verletzt einen von ihnen mit Fußtritten. Nach Wölflis Verlegung auf die »halb ruhige Abteilung« stößt er Drohungen aus »und ist gleich mit der Faust bereit«. Wieder und wieder schlägt er andere Patienten, weshalb er neuerlich auf die »Zellenabteilung« verlegt wird, wo er sodann zwanzig Jahre verbleibt. Im Garten allerdings gibt er »immer kritikloser« seinen Halluzinationen nach und prügelt »ganz tierisch die, welche am meisten Lärm machen«. Auch beschwert er sich, dass die Wärter ihn »die ganze Nacht« verhöhnten, und spricht von »kaltmachen«. Er schlägt einen alten Mann blutig, einen anderen stößt er von der Bank herunter, »dass er den Oberschenkel bricht«. Die Misshandlung von Mitpatienten nimmt kein Ende, seitenweise berichtet Morgenthaler von Tobsuchtsanfällen, Drohungen, Schimpfereien und schweren Gewalttaten Wölflis. Wölfli »zerstört in seinem Furor, was er kann, zerbricht das Essgeschirr, versucht die Wärter zu beschmutzen, zerreißt Bett und Wäsche so, dass er wochenlang ohne Hemd bleiben muss«. Er schließt sich andererseits immer mehr von der Außenwelt ab und bleibt freiwillig in der Zelle. Dann haut er »seinen Nachtstuhl zusammen«, zertrümmert die Zellentür, »stürzt auf den Korridor und zerschlägt dort ein Fensterkreuz mit allen Scheiben«. In einem der vielen Erregungszustände reißt er das Klappfenster in seiner Zelle herunter und zertrümmert es, »schneeweiß im Gesicht« und sinnlos vor sich hin schimpfend, »bis endlich das Toben in heftiges Weinen ausging«. Abermals wirft er einen Knaben zu Boden, »dass dieser einen Oberschenkelbruch davon trägt«.

Wenn andere streiten, stürzt er sich wütend auf sie und »schlägt dann blindlings drauf los«. Im Herbst 1907 beißt er einem Kranken »ein großes Stück der Oberlippe ab«, dann wieder hält der Krankenbericht lang anhaltende Schwermut fest. Nur ganz allmählich, im Laufe von drei Jahrzehnten, lassen Halluzinationen, Tobsuchtsanfälle und Depressionen nach, ohne jemals ganz zu verschwinden. Zumeist ruhig ist er hingegen, »sobald er sein Zeichenmaterial und seinen Kautabak« bekommt. Jeden Montagmorgen erhält er einen neuen Bleistift und zwei große Bogen unbedrucktes Zeitungspapier. »Den Bleistift«, so Morgenthaler, »hat er oft schon nach zwei Tagen aufgebraucht, er muss sich dann mit Restchen behelfen, die er sich aufgespart hat oder die er da und dort zusammenbettelt. Oft schreibt er mit fünf bis sieben Millimeter langen Restchen, oft sogar mit abgebrochenen Spitzen, die er geschickt mit den Fingernägeln führt. Auch Pack- und andere Papiere sammelt er bei Wärtern und Kranken seiner Umgebung sorgfältig, da ihm sonst das Papier bei weitem nicht reichen würde bis zum nächsten Sonntagabend. Zu Weihnachten erhält er eine Schachtel Farbstifte, die er in höchstens zwei bis drei Wochen verbraucht; außerdem erhält er das Jahr durch von Leuten, die sich für seine Kunst interessieren, noch dann und wann Zeichenmaterial. Meist zeichnet er, solange er Farbstifte hat, während er, wenn er nur seinen gewöhnlichen Bleistift hat, an seiner Biographie schreibt oder Gedichte macht oder komponiert. Ist er aber gerade im Zuge zu schreiben und der Bleistift ist aufgebraucht«, schreibt er mit Farbstift weiter. In den seltenen Pausen schaut er sich in der Anstaltsbibliothek illustrierte Zeitschriften an, meist alte Jahrgänge von »Ueber Land und Meer«. Aus manchen schneidet er Bilder heraus, die ihm besonders gefallen, und klebt sie in seine Werke ein. Auch ein alter Atlas dient als Quelle. Auf diese Weise eignet er sich geographische und historische Begriffe an, während die Mehrzahl der Fremdwörter, die er benutzt, Wortneubildungen und die geographischen Begriffe »meist imaginär« sind. In seinem Werk lassen sich auch zahlreiche Belege von Bibelstellen, Klassikerzitaten und Volksliedern finden. Alle seine geographischen Arbeiten bezeichnet er als »Portraits« oder »Kupferstiche«, ganz gleich, was auf ihnen dargestellt ist. Er denkt, schreibt Morgenthaler, »mit dem Stift«, die Gedanken kommen ihm durch das, was er soeben schreibt und zeichnet: »… vom ganzen großen Strom der Phantasie, der beständig hervorquillt, werden einzelne Bilder in Worten oder Formen, aber auch einzelne Worte, Zahlen oder Zahlenreihen festgehalten.« Und natürlich in Noten. »Wölflis Blätter«, hält Berno Odo Polzer in »(Musik sagt er.)« fest, »sind immer alles zugleich: Musik und Bild, Bild und Schrift und Musik – *Musikbildertexte*.« Von sich selbst behauptete Wölfli, er sei ein Meister der »Geographie, Räthsel und Poesie, Allgebra od'r Musik und Bilder=Fabrikattiohn«, eine ebenso knappe wie exakte Beschreibung seiner Intentionen und seines Werkes, denn »schwachsinnig«, wie diagnostisch ausgewiesen, war er nur in seinem äußeren Leben, nicht aber in seinen künstlerischen Arbeiten. Folgerichtig stellt Polzer fest, dass seine Hinterlassenschaft in Form von Notationen und Solmisationen eigentlich ein Fall für die Kryptographie sei. Und er weist nach, dass die Polkas, Märsche, Mazurkas und Lieder, die Wölfli in seine Bilder und

Schilderungen integrierte, auf klaren Überlegungen beruhten, die in den Gesangbüchern für die Primarschule des Kantons Bern enthalten waren, welche Wölfli im Unterricht kennenlernte. Möglicherweise sah er in seiner Musik ein Abwehrmittel gegen die Halluzinationen des Gehörs, von denen er ständig heimgesucht wurde. Der Krankenbericht notiert außerdem mehrmals, dass Wölfli viel sang und auf einer selbstgemachten Trompete aus zusammengerolltem Papier spielte. Die endlosen Zinseszinsrechnungen in Wölflis Werk sind ebenfalls nicht das Ergebnis eines sinnlosen Hinschreibens von Zahlenketten, sondern, wie Alfred Stohl in seinem Essay »Der Allgebratohr: Materialien zu einer Zahlensystematik im Werke Adolf Wölflis, nebst einer ersten, knappen Erläuterung des ›grossen Zinseszins‹, von 1912 (errechnet 1911)« nachweist, auf Rechenoperationen zurückzuführen. »Er ist der ungekrönte König aller Kopf-, Schnell- und Kunst-Rechner. Sein Zahlensystem hat Charme und Witz, ist bis ins kleinste Detail intelligent geplant und ausgetüftelt, folgt logischen Sachzwängen.« Charakteristisch für Wölflis künstlerisches Werk sind schließlich seine Illustrationen, auch sie bilden mit der Erzählung eine Einheit. Das Formenvokabular besteht aus »Glöggli« (Glöckchen), die mit einem Stern in der Mitte, mit Karo-Schraffuren, mit schraubenähnlichen und zentralen Linien als Wollknäuel oder Wirbelrosette dargestellt sein können, aus dem »Dampferschrauben-Ring«, dem »Ornamentband mit Kegelkugeln«, dem »Musikfässli-Motiv«, verschiedenen »Schnecken« und »Vögeli-Ornamenten«, verschiedenen Darstellungen des Brillenmotivs, des »gefiederten Auges« und aus »stilisierten Gesichtern« (wie ja jedes Motiv in Wölflis zeichnerischem Werk stilisiert ist – ein stenographisches Kürzel der Wirklichkeit). Nicht zuletzt sind diese im Laufe der Zeit sich wandelnden »Gesichter« Selbstkarikaturen, einmal mit, einmal ohne Bart, mit Haaren und ohne Haare, mit buschigen Augenbrauen, die schließlich ausufernd wuchern und das Aussehen von Zorros schwarzer Maske annehmen, und außerdem mit Haargefieder und sogar Kreuzen auf dem Kopf, der wiederum allmählich einer Hand ähnelt.

Seine Autobiographie »Von der Wiege bis zum Graab ...«, der Beginn seines erzählerischen Werks, geht bereits auf der zweiten Seite in eine imaginäre Weltreise über und spielt in den Jahren 1862 bis 1867, der, wie Wölfli festhält, »schönen Zeit« vor der Trennung von seiner Mutter. Daniel Baumann fasst in »Adolf Wölfli (1864 – 1930)« den Inhalt zusammen: Der Held der Geschichte ist das Kind »Doufi« (Diminutif von Adolf), das von Basel mit der »Schweizer Jäger = und Naturvorscher=Reise=Gesellschaft« nach New York auswandert, auf der Suche nach einer besseren »Heimath«. Von dort aus geht die Reise weiter auf die Insel St. Helena, nach Spanien und Wien, Grönland, China, Australien, Amerika, Kanada, Mexiko, Nordamerika, Grönland und zurück in den Kanton Bern, von dort wieder nach Frankreich, Spanien, Italien, »Klein=Asien«, China, Australien, wieder Spanien, Italien, Monaco, Andorra und Russland. Die besuchten Gegenden werden intensiv bejagt, euphorisch im Namen von Fortschritt und Forschung inventarisiert und in Besitz genommen. Schreckliche Katastrophen ereignen sich immer wieder, tödliche Unfälle, zahlreiche »Todesstürze« Adolfs, der entweder im letzten Augenblick gerettet oder wieder zum Leben erweckt wird. Die Reise endet mit einer Reihe von Testamenten, in denen Wölfli das angekaufte Vermögen seinem »wirklichen Neffen« Rudolf vererbt. Außerdem gibt er ihm den Rat, »die Reisen und die Erforschung der Erde mit Hilfe des Buches ›Von der Wiege bis zum Graab ...‹« fortzusetzen. Auf über 750 farbigen Zeichnungen sind Landkarten, Gebäude, Ereignisse, »lachende«, »fliegende« oder »sprechende« Pflanzen, Tiere – vor allem Schlangen und Affen – sowie Portraits der »Schweizer Jäger = und Nathurvorscher=Reise=Gesellschaft« dargestellt, zusammen mit den Ordnungstabellen, Zahlen und musikalischen Kompositionen ein riesenhafter, undurchdringlicher Dschungel aus Gedanken, Einfällen, Phantasien, Alpträumen, Halluzinationen – insgesamt eine Reise in das Unbewusste, seine paradiesischen Gefilde und seine Abgründe. Wölfli ist der Kolumbus seines inneren Kontinents und zugleich Kartograph, Wissenschaftler, Zeichner, Kapitän und Berichterstatter in einem. Die stetig anwachsenden Manuskriptseiten schlichtet er in seiner kleinen Einzelzelle an der Wand auf, seine Autobiographie bildet zuletzt einen zwei Meter hohen Stapel.

Der darauffolgende Band »Geographische und Allgebräische Hefte« spielt in der Zukunft, aber so, als wäre sie bereits Gegenwart, und er beschreibt die Entstehung der »Skt.=Adolf=Riesen=Schöpfung«. Mit Hilfe seines gigantischen Vermögens kauft Wölfli den gesamten Erdball auf, organisiert ihn neu und urbanisiert ihn durch Eisenbahnen, Brücken, Fabriken, Elektrizitätswerke, Hotels, Hochschulen, Spitäler, Theater, Konzerthallen, Banken, Kioske und Konditoreien »flächendeckend«, zuletzt gibt er, wie Daniel Baumann schreibt, seinem Besitz durch konsequente Umbenennung eine neue Geschichte. Wölflis Heimatort Schangnau wird zu »Skt.=Adolf=Heim«, die Schweiz zu »Skt.=Adolf=Wald«, der Ozean zu »Skt.=Adolf=Ozean« und Afrika zu »Skt.=Adolf=Süd«. Es ist naheliegend, an dieser Stelle an die Machtphantasien eines anderen Adolf zu denken, der die Weltherrschaft anstrebte und zu dem Wölfli im Vergleich wie ein alttestamentarischer Prophet erscheint, dem sich die Zukunft in einer visuellen Halluzination zeigt, genauer als bunter Slapstickfilm, in dem das Grauen und die Kriegstoten in Zahlenkolonnen sichtbar werden. Ohne Zweifel hätte der diabolische Adolf seinen Propheten Skt.=Adolf ermorden und seine Schriften und Zeichnungen vernichten lassen, wäre er ihm, wie man sagt, »in die Hände gefallen«. In seiner Autobiographie verlässt »Skt.=Adolf II. die Erde und begibt sich auf eine Reise in den Kosmos, der, wie zuvor die Erde, sogleich ausgemessen, inventarisiert und umbenannt wird«, wie Baumann weiter schreibt. »Da die herkömmlichen Zahlen den gigantischen Dimensionen der ›Skt.=Adolf=Riesen=Schöpfung‹ nicht mehr gerecht werden, erweitert Wölfli das Zahlensystem um mehrere Einheiten ... Auf die Quadrilliarde folgen jetzt Regonif, Suniff, Jeratif, Unitif, Vidoniss, Weratif, Hylotif, Ysantteron, Zernantt, Agoniff usw. Neue höchste Zahl wird Zohrn.« Mit seinen Zinseszinsrechnungen wird das Vermögen bis in das Jahr 2000 berechnet, »die Tabellen werden zu Zahlenbildern, die zusammen mit den groß angelegten Notenbildern Macht, Weite und Schönheit der Wölflischen Weltschöpfung versinnbildlichen. Die Entstehung der ›Skt.=Adolf=Riesen=Schöpfung‹ gipfelt am 23. Juli 1916 in Wölflis Selbsternennung zu Skt.=Adolf III.«, so Baumann, »von nun an wird Wölfli Texte und Zeichnungen mit diesem Namen unterzeichnen.«

Das folgende Werk »Hefte mit Liedern und Tänzen« ist eine Zelebrierung der Wölfli'schen Weltschöpfung, es enthält musikalische Kompositionen, »die in Tänzen organisiert sind«. Jeder Tanz wiederum »umfasst Polkas, Mazurkas usw., die auf eine komplizierte Weise ineinander verschachtelt sind. Die verschiedenen Folgen ertönen gleichzeitig«, setzt Baumann fort, »und schaffen einen riesigen, flächendeckenden Lied- und Tanzteppich, auf dem Wölfli, sich wie ein Derwisch um sich selbst drehend, seine eigene Schöpfung feiert.« Dazu kommen die aus Zeitungen und Magazinen herausgeschnittenen Abbildungen, die wichtige Motive illustrieren: »Familie, Frauen, Mädchen, Idylle, technischer Fortschritt, Naturgewalt, Heldentum, Schönheit, Luxus, Reichtum, Erotik und Exotik.«

Die »Allbumm=Hefte mit Liedern und Märchen« bestehen aus sich wiederholenden Schlüsselwörtern, aufsteigenden Zahlenreihen und musikalischen Kompositionen. Die Schlüsselwörter, die bis zu tausendmal wiederholt werden, nehmen auf die in den vorhergehenden Heften beschriebenen Erlebnisse Bezug. Das letzte Werk »Trauer=Marsch« beschreibt Wölfli selbst so: »Ich arbeite schon vile Jahre, an einem sehr schönen und starken Trauer=Marsch, Deer, insgesamt, 8850, jeh, schöne Marsch=Lieder bekomt. 7,150 Lieder Dafohn, sind schon gemacht. Dazwischen kommen jeh, Partiienweise, zahlreiche, geographische Beschreibungen, sohgenanntte, Manual: Sowie zahlreiche, schöne Gedichte, Rähtsel, Humoresken und Juxe: Reise=Geschichten, Jäger=Geschichten und Kriegs=Geschichten; Sowie eine gantz respektable Anzahl, schöne Bilder. Das gantze Werk, wenn's einmal fertig ist, hat den tadellohsen Wärt von 55,000 Fr.« Über tausend Collagen aus Illustrierten zeigen das gesamte Panorama der »Skt.= Adolf=Riesen=Schöpfung«, über der man, wenn man sich nur lange genug in ihr aufhielte, wohl den Verstand verlieren würde.

Ich habe nie auch nur annähernd das gesamte Wölflische Werk – das alle künstlerischen Ausdrucksformen, die literarische, die zeichnerische und die musikalische sowie die wissenschaftliche der Mathematik, miteinander in Beziehung setzt – gelesen oder gesehen. Ich musste mich mit Ausschnitten, Partikeln des schwer überschaubaren Riesenwerks begnügen – Katalogen, Monographien und anderen Publikationen sowie Ausstellungen – und versuchen, aus diesen unvollständigen Teilen ein Ganzes zu bilden. Ich sehe in Wölflis Werk eine Art Milchstraße, die wie eine leuchtende Theaterkulisse über mir schwebt und sich mir nur in Details offenbart, von denen man auf das Ganze schließen kann. Es ist Wölflis Kopfwelt, die er quasi als Riesenkarikatur, als kakophonisches Fresko an die Decke einer fiktiven Kuppel gemalt hat: Vision und Albtraum, Wunschvorstellung und Phantasmagorie aus Minderwertigkeitsgefühlen, Größenwahn, Angst und Todesfurcht. Ein irrsinniger Schöpfer hat, scheint es mir, ein Paralleluniversum erfunden, das zugleich logisch und irrational ist. In Wölflis Kopf ist das Unbewusste wie Wasser durch das Leck in ein Schiff eingedrungen, hat ihn überflutet und hinunter auf den Grund des Gedankenmeeres gezogen. Dort träumt er spiegelkabinetthaft verzerrt eine Menschheitsgeschichte, in der er selbst der Hauptakteur ist. Meine erste Reaktion auf seine Bilder ist jedoch Heiterkeit: Etwas Maschinelles, etwas, das rattert, das stampft, das den Takt schlägt, kommt mir in den Sinn, etwas, das mit den Mustern von Löchern zu tun hat, die im Pappstreifen eines Orchestrions den Walzen und Nadeln, den Hebeln und Eisenteilen Befehle geben, sich in Bewegung zu setzen und eine artifizielle Musik zu erzeugen, die grell, jahrmarkthaft und volkstümlich ist. So stelle ich mir denn auch Wölflis Gehirn während des Schaffensprozesses vor: ein von seinem Unbewussten mittels Bildschriftnotenstreifens bespielter Automat, der die codierten Nachrichten seismographisch aufzeichnet. Aus den Ergebnissen wird, ungeachtet aller Dechiffrierungen, abseits aller Kryptologie, eine quasi plattgedrückte, eindimensionale Welt erkennbar: Blumen, Schnecken, Vögel, Spielzeugdörfer, Mensch-ärgere-dich-nicht-Figuren und, wie erwähnt, sorgfältig gezeichnete Gesichter von Strichmännchen mit federähnlichen Haaren und Kreuzen auf dem Kopf. Sie sehen aus wie Wut- und Angstkönige in einem geisteskrank gewordenen Päckchen Spielkarten. Sind es die Stimmen, die ihn Tag und Nacht quälen? – Und das unentwegte Fortschreiben und Fortzeichnen, was bedeutet es? Den Versuch der Selbstheilung? Eine Art

Selbstmord in effigie? Ich denke auch an eine riesige Häkelfabrik, in der Tausende und Abertausende Spitzen in allen Farben entstehen, die das Weltmuster abbilden, mit kleinen, wie verloren wirkenden menschlichen Figuren. Doch ist es kein gewöhnlicher Faden, der verarbeitet wird, sondern feiner Zwirn aus Eis, und die hergestellten Muster zergehen im Augenblick ihrer Entstehung. Adolf Wölfli, der im Zustand geistiger Umnachtung einen Blick in die Fabrikhallen werfen durfte, zeichnet diese Muster aus dem Gedächtnis nach. Es sind mystische Gebilde, Mandalas ähnlich, wie sie seit jeher tibetanischen Lamas zur Meditation dienen, erfundene Stadtpläne mit erfundenen Tier- und Menschenfiguren, geometrisch zentrierte Bilder von großem Reichtum. Wie gelang es Wölfli, den Geist der Mystik zu erfassen? Selbst zu altägyptischen Totenbüchern besteht Verwandtschaft. Ist das Spirituelle ein Teil des Unbewussten? Zugegeben, das sind Gedanken, die mit dem Elend, das Wölfli widerfuhr und das, nebenbei gesagt, er auch selbst bewirkte, nur am Rande zu tun haben.

Für mich aber rückte diese Offenbarung des Unbewussten in den Mittelpunkt meines Interesses. Wölfli war in erster Linie wohl ein geisteskranker Gefangener. Zugleich aber war er auch ein Diktator, der über das phantastische Nebelreich der Phantasie, das er wie ein Gott verwaltete, herrschte. Dieser seltsame Mystiker wusste um den Wert seiner Schöpfungen und gab später selbst immer wieder Auskunft zu seinen farbigen Bildern, wie dem 1913 gezeichneten »Sturz«, den Morgenthaler mit folgenden Worten beschreibt: »Die senkrechte Sturzbahn ist bezeichnet durch Noten. Der Kopf des gestürzten Autors mit reicher Haartracht, einem Kranz und Vögelchen drin ist ganz unten. Die Sturzbahn ist umgeben von zwei Spiralen, in deren Mitte Uhren sind. Die obere und untere Umrandung bilden sogenannte ›Bundthacken‹, wie sie der Zimmermann braucht (oben zwei, unten einer).« Auf der Rückseite der Zeichnung schrieb Wölfli selbst: »Räthsel, No 1 Adolf Wölfli.? Ja was!! Was het De Das wied'r z'bidütta. E d's Heiland-Donne'r-Wätt'r! Üsa Doufi ist z'Toot g'heit, All'rdings: Vom Zohrn-Kulm i d'r nena, Südlicha Riisa-Schöpfung. Und zwaahr Fall-Linie, Exakt: 3,136,000 Stund. Nicht weniger als 154 Tage lang, bin ich dort alles in einem fort stehts gefallen und, schon am 3. Tage in der Luft erstikt, verhungert und verdurstet und, Heute bin ich schon wied'r Lebendig. Nun: Jah. Soh etwas, nennt man einen Sturz. Hochachtend zeichnet, Doufi.«

Sein Werk ist tatsächlich ein schier endloser Sturz, ein unaufhörliches Aufprallen auf die harte Wirklichkeit, ein fortgesetztes Aufsteigen in die Sphären der Phantasiewelt, von wo aus unvermeidlich der nächste Absturz erfolgt. Wölfli legt dabei gewaltige Strecken zurück, sowohl wenn er stürzt als auch beim Flug in den Kosmos, es sind Hunderttausende und Aberhunderttausende Kilometer, und während dieser surrealen Reisen erlebt Wölfli seine unermesslichen Abenteuer.

Vom ersten Augenblick an hat mich sein Werk angeregt, selbst die Grenzen und die Grenzenlosigkeit des Schreibens zu erfahren und das Leben als einen endlos langen Sturz zu begreifen.

Eine Kindergeschichte

Ich habe mir aus Begeisterung für die Romane von Jules Verne, die ich in meiner Kindheit und Jugend gelesen habe, damals vorgestellt, als winziges Blutkörperchen eine Reise durch den menschlichen Körper zu machen. Ich fand mich zuerst in den sich entfaltenden und wieder zusammenziehenden Lungenflügeln, die heftig pulsierten, einmal innen sozusagen in den Kraterhöhlen, dann außen, als würde ich auf einem blauroten, bewegten Meer dahingleiten. Ich fasste die Lungenflügel als gasspeiende Vulkane im Ozean auf, die blutrote Lava ausstießen und dabei Geräusche von sich gaben wie ein Erstickender (bei einem Kind stellte ich mir zwei sich leise aufblasende und wieder zu kleinen Knollen werdende Fliegenpilzschirmchen vor). Halb besinnungslos glitt ich durch das Aderngeflecht, als ob ich Plankton in einem dunklen Gewässer wäre, das zu einer Fontäne aufgepumpt wurde und wieder in sich zusammensank. Das Herz passierte ich mit so großer Geschwindigkeit, dass ich keine Einzelheit von seinem geheimnisvollen Innenleben wahrnahm. Ich wollte auch nichts über die Sünde und die Leidenschaften wissen, die angeblich dort verborgen waren. Als ich das Gehirn erreichte, fand ich mich in einem weißgefleckten Gebirge wieder, das mich an die Kalkalpen erinnerte, die auch im Sommer zum Teil von Schnee bedeckt sind. Tropfsteinhöhlen mit Stalagmiten und Stalaktiten von unbeschreiblicher Schönheit öffneten sich, in denen die merkwürdigsten Bilder an den Felswänden zu sehen waren, manchmal auch mehrere zugleich, die übereinander projiziert waren. Gesprächsfetzen, mit Musik vermischt, waren zu hören. Ich wandelte durch den unermesslich großen Erinnerungsspeicher, in dem ich auf einer Art materieloser Kinoleinwand jetzt ein halbes Dutzend Träume, meist in Schwarzweiß und dreidimensional, mitverfolgte. Obwohl die Geschehnisse nicht mich selbst betrafen, empfand ich Schrecken und Unbehagen, denn ich begegnete fremden Menschen, und es war mir, als könne ich, solange ich mich im Erinnerungsspeicher aufhielt, durch Wände sehen und gehen und als sei ich an den unerklärlichen Ereignissen beteiligt, ja, sogar ein Bestandteil der mir unverständlichen Handlung. Ich irrte durch verschiedene Räume, Nebenräume, Kabinette, Musikzimmer, Galerien, Kinosäle, Katakomben, Kirchenschiffe, Schnürböden, Keller, Dachböden, Toiletten, Kammern und Salons, fand Zeitungsarchive, illuminierte Handschriften, Bibliotheken und mit Fresken bemalte Gänge, in denen mir unentwegt durchsichtige Menschen entgegenkamen, die miteinander im Streit lagen, mich stumm anblickten, sich liebten, Karten mischten, in der Schule saßen usw., ohne ersichtlichen Zusammenhang und zwingenden Grund. Schließlich sah ich durch die gläsernen Kugeln der Augen hinaus auf eine Welt voller Grimassen und Wände, Möbel und Kleidungsstücke, Straßenbahnen, Autos und Fahrräder wie durch das Periskop eines Unterseebootes. In den Gehörknöchelchen war ich dem Dröhnen, Fauchen, Zischen, Trommeln, Schreien, Kreischen, Blöken, Brummen, Rattern, dem Rasseln, Krachen und Bellen ausgeliefert, so dass ich kurz das Bewusstsein verlor und erst in der Mundhöhle zu mir kam. Ich befand mich dort auf einem schwimmenden Teppich aus Fleisch, über und neben mir blauweiße,

malmende Eisblöcke von geometrischer Form, glatt
und hart, und über mir eine rote Decke.

Der Verdauungstrakt war der schauerlichste Teil der
Reise. Nach einem sanften Sturz landete ich in einem
dunklen Silo zwischen Speiseresten, Schleim, Kakao,
Himbeersirup und ekliger Säure und wurde mit diesen
in die stinkenden Schläuche der Gedärme gespült –
kleine Tunnels aus Fleisch, die sich wie Riesenraupen
bewegten und mich zuletzt aus dem Körper hinausschleuderten,
worauf ich mich in einem Haufen Kot
wiederfand. Der andere Weg hinaus war nur wenig angenehmer:
in fauchenden Venen wie in den Schächten
einer Rohrpost zu den Gefäßen in den Nieren, wogenden
Sonnenblumenfeldern vergleichbar, die mich in
stinkenden Urin beförderten, mit dem ich in die heiße
Therme der Blase gelangte. Ich lernte auf diese Weise
Penis und Vagina kennen – enttäuschende Erfahrungen,
weil der Aufenthalt in den Abflusskanälen dunkel,
voller Gestank, jedoch denkbar kurz war.

Eine pathologische Sektion

Ich war um 9.00 Uhr in der Pathologie. In weißen
Schränken sind dort zahlreiche in Alkohol konservierte
Präparate zur Schau gestellt. Ich bin den Gang hinauf-
und hinuntergegangen und habe einen Blick auf die
Embryos und Fehlgeburten geworfen, auf die zerstörten
Eingeweide, Sinnesorgane und Gehirne, in denen
Krankheit und Tod sich eingenistet hatten. Aus dieser
Perspektive lag die ganze Welt im Sterben. Es dauerte

eine halbe Stunde, bis wir versammelt waren: Paul Eck studierte wie ich Medizin, Jenner war mir unbekannt. Ich erfuhr, noch immer umgeben von Präparaten, kunstvollen Gefäßbäumchen, die ein Dozent schon vor Jahrzehnten angefertigt hatte, dass Feldt Germanistik und Jenner Rechtswissenschaft studierte. Eck und Jenner waren auch gleich in ein Gespräch über einen bestimmten Professor und seine Eigenheiten verwickelt. Feldt kannte ich von irgendwoher, ich wusste nur nicht von wo.

Die Fehlgeburten in den zylindrischen Glasgefäßen sahen am schrecklichsten aus. Eine hatte die Nabelschnur um den Hals gewickelt, einer anderen fehlten die Arme, und eine weitere sah aus wie ein Menschenfrosch. Eine Putzfrau wischte den Boden auf, der wie ein Schachbrett gemustert war. Wir taten so, als ob wir das Abseitige des Ortes, an dem wir uns aufhielten, nicht bemerkten, als seien wir Schlimmeres gewohnt. Zur Ablenkung wurde dummes Zeug geredet. Der Kollege Ascher, wissenschaftliche Hilfskraft am Pathologischen Institut, führte uns in den Seziersaal mit vier Eisentischen und Platten aus Aluminium. An einem der Tische wurde gerade seziert, ein Mann lag mit einem Holzkeil unter dem Kopf ausgestreckt da, sein Bauch war geöffnet, und die Eingeweide, die sich bereits in Schüsseln und Tassen befanden, wurden jetzt gewaschen und gewogen. Der Geruch war abscheulich.

Ich betrachtete den Leichnam genauer. Sein Gesicht war aufgedunsen und ließ mich an einen Betrunkenen denken, der schlief. Der Körper bewegte sich ruckartig unter den Handgriffen des Pathologen, diese Bewegungen verliehen der Untersuchung etwas Gewaltsames und Schauerliches. Gerade in diesem Augenblick fiel mir ein, wie oft ich mir als Kind und Jugendlicher eine Reise durch den Körper vorgestellt und wie sehr der Anblick des eigenen Inneren selbst die scheußlichsten Phantasien in den Schatten gestellt hatte. Hier aber war noch etwas anders: Diese Menschen hatten bis vor 24 Stunden noch gelebt.

Feldt und Jenner vermieden es, in die Richtung des Leichnams zu schauen, und da sie offenbar auch nicht hören wollten, was vor sich ging – die unvermeidlichen Geräusche, die Aussagen der Pathologen –, unterhielten sie sich laut mit Ascher über ein Ballonunglück, das sich am Wochenende ereignet und zwei Todesopfer gefordert hatte, welche in das Gerichtsmedizinische Institut gebracht worden waren. Jenner drehte in einem fort einen Kugelschreiber zwischen den Fingern, der ihm schließlich zu Boden fiel. Der Saaldiener brachte gerade eine mit einem Leintuch zugedeckte Leiche herein, er bückte sich, hob den Stift auf und reichte ihn dem Jusstudenten. Zusammen mit Ascher entfernte er dann das Leintuch und hieß uns, an der Wand Aufstellung zu nehmen. Ascher sprach nur wenig. Er wartete, bis der Dozent, ein fleischiger Mann mittleren Alters mit Oberlippenbart und Halbglatze, erschien, begrüßte ihn respektvoll und stellte ihn uns vor. Die nackte Leiche war eine 61-jährige korpulente Frau mit blondgefärbten Haaren und einem schmerzvoll verzogenen Gesicht, als ob sie schlecht träumte. Die Züge waren derb, Kinn und Nase scharf geschnitten, die Augäpfel unter den Lidern traten deutlich hervor, vermutlich kam sie vom Land, dachte ich. Die Hände und Fingernägel sahen jedoch nicht abgearbeitet aus, und der Dozent gab nebenbei bekannt, es handle sich um die Frau eines Tierarztes. Am großen Zeh war die Identifikationsmarke befestigt, aber wir konnten sie von unserem Platz aus nicht entziffern.

Ascher und der Dozent trugen Gummihandschuhe, weiße Kittel und Gummischürzen. Der Dozent machte mit dem Skalpell einen U-förmigen Schnitt in den Rumpf und schlug die Fleischlappen zurück. In diesem Augenblick verließ Jenner den Saal. Wir erfuhren später, dass er zum Taxistandplatz vor dem Krankenhaus gelaufen und nach Hause gefahren war. Tatsächlich war der Anblick schrecklich. Der Oberkörper war jetzt hautlos, ein Teil des Muskelfleischs bedeckte noch die Rippen, der andere Teil lag – als hätte ein sadistischer Mörder seinen Spaß an schockierenden Szenen – auf dem Gesicht der Frau und verdeckte es zur Gänze, so dass nur noch einige Locken des blonden Haares auf den Seiten zu sehen waren. Inzwischen hatte der Dozent schon den Unterleib geöffnet. Die Darmschlingen quollen heraus und verstärkten noch den Eindruck von Gewalt und Verbrechen. Ohne zu zögern, hatte sich der Dozent darangemacht, die Rippen mit der Knochensäge zu durchtrennen und das Brustbein zu entfernen, während Ascher die Eingeweide entnahm und getrennt von den anderen Organen in einer Schüssel aufbewahrte, »damit diese nicht«, wie er sagte, »mit den Fäkalien kontaminiert werden«. Die Geräusche bei der Sektion unterstrichen die Entsetzlichkeit des Geschehens. Mir war nicht übel, trotzdem dachte ich die ganze Zeit über die Widernatürlichkeit des Vorgangs nach. Herz, Lunge, Luftröhre und Bronchien waren rasch freigelegt. Nachdem Ascher die beiden Fleischlappen wieder zurückgelegt hatte, sahen wir das Gesicht der Frau, das unverändert war, sodann schweifte mein Blick auf ihr nacktes, fast nicht mehr behaartes Geschlechtsteil. Ascher hatte inzwischen die Organe des Oberkörpers in weitere metallene Schüsseln gelegt und entfernte gerade die Milz, die Leber, die Bauchspeicheldrüse, den Magen und schließlich auch die Nieren, die Blase und die Sexualorgane. Feldt, bemerkte ich jetzt, stand unbewegt da und starrte abwechselnd auf die Organe, die Leiche, Ascher und den Dozenten, man sah ihm an, dass ihm die Sektion zusetzte. Eck machte einen neugierigen Eindruck, er hatte ein Notizbuch in den Händen und einen Stift und schrieb etwas auf, aber vielleicht war das nur seine Methode, mit dem Grauen, das sich vor ihm ausbreitete, fertig zu werden. Feldt seufzte ab und zu und veränderte fortlaufend seine Körperhaltung – einmal lehnte er sich an die weißgefliese Wand, dann drückte er sein Kreuz durch oder wippte kurz auf den Fersen, er kratzte sich am Kopf, suchte etwas in den Taschen und fand es nicht. Eck und ich bemühten uns hingegen, einen gleichgültigen Eindruck zu erwecken, doch auch mir ging der Vorgang unter die Haut. Alle Organe wurden von Ascher fortlaufend gewogen, gewaschen und vom Dozenten untersucht, es sah aus, als bereiteten zwei Fleischergehilfen ihre Ware auf, um sie in die Auslage zu stellen. Während der Dozent sich daranmachte, das Herz zu sezieren, führte Ascher aus, dass die Frau infolge eines Schlaganfalls gestorben sei. Die wichtigste Diagnose betreffe daher das Gehirn. Feldt nickte, Eck und ich sagten nichts. Der Dozent wechselte das Skalpell, beugte sich über das Herz und unterbrach das Schweigen mit der Feststellung, dass die Frau an Bluthochdruck gelitten habe. Außerdem sei an den Lungen zu erkennen, dass sie stark geraucht habe. »Und vermutlich auch stark getrunken!«, setzte der Dozent fort und wies auf die vergrößerte Leber. In der Provinz gebe es nicht viele Vergnügen für einen »älteren Menschen«, fügte er hinzu, während er sich den Nieren zuwandte. Eck und ich traten näher heran, um alles besser zu sehen. Der Dozent arbeitete jetzt an einem Aluminiumtischchen, dessen Platte ein Lochmuster aufwies, und schrieb die Befunde mit einem Bleistift auf ein Stück Papier, das von Blut und Körpersäften befleckt war. Er hatte vergessen, den Wasserhahn zuzudrehen, das Wasser rann daher in einem dünnen Strahl unhörbar in das Waschbecken. Feldt lehnte jetzt mit einer Schulter an der Wand und schien abwesend zu sein. Einmal schaute er seine Schuhspitzen an, dann warf er einen verlegenen Blick zu uns herüber, richtete sich auf, streckte sich durch und kratzte sich wieder am Kopf.

Nachdem der Dozent das Herz seziert hatte, verließ er uns kurz, um auf dem Gang eine Zigarette zu rauchen, während Ascher ein Formular ausfüllte. Am Nebentisch lachten die Pathologen auf, dann war es wieder still, wir hörten nur die Geräusche der Instrumente, wenn sie auf die Aluminiumplatte gelegt wurden. Als der Dozent zurückkam, hatte er es plötzlich eilig. Ascher zeigte mit einer Handbewegung, dass wir zurücktreten sollten, gleichzeitig machte der Pathologe einen Schnitt hinter dem Scheitel des Schädels, von Ohr zu Ohr, so dass er die Kopfhaut nach vorne ziehen konnte. Dann forderte er Ascher auf, mit der Knochensäge die Schädeldecke abzutrennen, um das Gehirn freizulegen. Es war der grausigste Teil der Sektion. Das Gesicht der Toten war diesmal bedeckt von der roten Kopfhaut, und der Schädel ruckte, während Ascher sägte, hin und her. Als er das Knochenstück abnahm, wurde das Gehirn sichtbar. Ich dachte an die Gehirnsektion in der Anatomie, an der ich früher schon teilgenommen hatte, doch war es hier etwas anderes, es hatte etwas Verbotenes an sich, etwas Verbrecherisches. Zugleich beruhigte ich mich, indem ich mir sagte, dass wir uns in einer anderen Welt aufhielten, der Welt der Abnormität, der Krankheit und des Todes, der Hilflosigkeit und des Irrsinns, und dass diese Welt meine Normalität war, die Welt, in der ich meinen Beruf ausübte. Oft war mir die Normalität der anderen zuwider gewesen, ich hasste sie geradezu, denn ich befürchtete, eines Tages von ihr verschlungen zu werden, jetzt aber schien sie mir wie eine schöne Kindheit.

Durch das Fenster sah ich Bäume, Blätter, Sonnenlicht, ein Stück blauen Himmels, und wenn ich einen Schritt nach vorne machte, die Straße. Ich sah Menschen gehen und in Autos vorbeifahren. Sie dachten vielleicht an Streit und Konkurrenz, eine schwierige oder unangenehme Arbeit, sie hatten Geld nötig, waren verzweifelt und niedergeschlagen. Das erschien mir im Augenblick jedoch besser, als im pathologischen Seziersaal zu stehen und einen menschlichen Körper in seine Einzelteile zu zerlegen. Das Gehirn der Frau – ich stand jetzt so, dass ich in den aufgesägten Schädel hineinblickte – lag nahe vor mir. Ich hätte es mit der Hand berühren können. Wie schon bei der anatomischen Gehirnsektion dachte ich an das Leben, das in ihm gespeichert gewesen war, bis es erlosch.

Der Dozent hatte jetzt Arterien, Sehnerven und Rückenmark durchtrennt, so dass Ascher das Gehirn herausnehmen und in einen verchromten Behälter legen, waschen und wiegen konnte, bevor der Pathologe sich wieder darüber hermachte. Während er begann, es zu sezieren, legte Ascher saugfähiges Material in die Bauchhöhle, um sie auszufüllen und Flüssigkeit aufzusaugen. Er nähte den Körper vom Schambein bis zum Hals mit chirurgischem Garn zu, zog sorgfältig die Haut über den Kopf und hob gemeinsam mit einem Gehilfen den Leichnam vom Obduktionstisch auf eine fahrbare Trage. Die Frau war in den wenigen Minuten dieser Vorgänge zu einem ausgestopften Präparat, einem Ding geworden, und ich empfand für einen Atemzug lang Scham.

Menschenfiguren

Schon bald, nachdem ich die Bekanntschaft von Ascher gemacht hatte, aber auch von anderen Menschen, zu denen sich eine freundschaftliche Beziehung ergab, fing ich an, mir Aufzeichnungen über die Begegnungen mit ihnen zu machen, und nahm mir vor, eines Tages über sie zu schreiben. Tatsächlich entwickelten sich aus den Menschen, die ich getroffen hatte, später literarische Figuren, die ich miteinander in Beziehung setzte oder die es in meinen Gedanken von selbst taten. Dadurch entstanden neue Zusammenhänge. Es ging mir jetzt nicht mehr um die wortgetreue Wiedergabe von Aufzeichnungen oder die genaue Wiedergabe von Tatsachen, nicht mehr um Chronologie oder darum, ob verschiedene Menschen im wirklichen Leben zueinander in Beziehung getreten waren, und wenn ja, wie. Vielmehr entstand eine neue Logik, die Logik meiner literarischen Absichten, nach denen ihr Schicksal auf dem Papier verlief. Alles, was ich über sie schrieb, war wahr, aber ich veränderte Zeit und Umstände, ich vergrößerte und verkleinerte Ereignisse, ließ manche weg und fügte erfundene hinzu. Ich war dabei den zu Figuren gewordenen Freunden ebenso ausgeliefert wie sie mir. Ich trenne übrigens die beiden Wirklichkeiten, die Wirklichkeit der Literatur und die Wirklichkeit des Lebens nicht, auch wenn ich sie, wenn ich will, auseinanderhalten kann, denn ich möchte nicht auf die Erhellungen und Verdunkelungen verzichten, auf die Spiegelungen und Widerspiegelungen, auf Imagination und innere Wahrheit – und vor allem nicht auf das Spiel mit den Möglichkeiten, die den wirklichen Ereignissen als geheime Chiffren innewohnen.

Hass

Ascher war ein Einzelkind gewesen. Sein Vater, ein Apotheker, hatte sich nicht für Politik interessiert, wie Ascher sagte. Er sei kein Nazi gewesen, habe das Regime sogar abgelehnt, seine eigene Machtlosigkeit jedoch begriffen. Was hätte er tun sollen? Er sei im Zweiten Weltkrieg Hauptmann in Russland gewesen, in Kriegsgefangenschaft geraten und 1946 heimgekehrt. Seine Mutter, erfuhr ich, spielte Klavier, sie hatte mit

Ascher ausgedehnte Wanderungen unternommen und ihn ermuntert, ein Herbarium anzulegen, später habe er Käfer und Schmetterlinge gesammelt und auf Anregung seines Vaters mit dem Mikroskopieren begonnen. Als ich ihn zum ersten Mal besuchte, zeigte er mir die Apotheke »Zum Barmherzigen Bruder«, die aussah wie vor hundert Jahren. Seine Mutter hatte sie nach dem Tod ihres Mannes verkauft und mit dem Geld eine Wohnung in Wien erstanden, in der sie den Winter über gelebt hatte. Sie war, kurz bevor ich Ascher kennenlernte, gestorben.

Eigentlich hatte Ascher Histologe werden wollen, aber am Institut war keine Stelle frei gewesen, und daher hatte er sich entschieden, sich zum Facharzt für Chirurgie ausbilden zu lassen. Er war mittelgroß, sportlich, trug gerne Jeans mit Sakkos und Rollkragenpullovern oder T-Shirts. Ich kann mich nicht erinnern, mit ihm je über Politik gesprochen zu haben, obwohl er durchblicken ließ, dass er mit den Sozialdemokraten sympathisierte, genauer gesagt »mit den kleinen Leuten«, wie er sich ausdrückte. Ich wusste nie, was in ihm vorging, er sprach nicht über sich und wechselte rasch das Thema, wenn die Rede auf ihn kam. Auch über Religion wollte er nicht reden. Er sei Agnostiker, behauptete er, er könne keine Entscheidung darüber treffen, ob es einen Gott gebe oder nicht, dazu reiche sein Verstand nicht aus. Er las die Vorsokratiker, Kierkegaard, Montaigne, Schopenhauer, Nietzsche und Cioran, aber auch Bertrand Russell. Die meisten Bücher, sagte er, hielten aber dem Leben nicht stand. Wenn man auf sich angewiesen sei, müsse man selbständig denken. Die Literatur irritiere ihn, da sie ihn davon ablenke, seinen eigenen Alltag als etwas Außergewöhnliches zu erfahren, wie er sagte. Für ihn war jeder Tag etwas Neues, Besonderes. Über sein Studium des menschlichen Körpers, den er kennenlernte wie ein Entomologe ein Insekt, »erschloss sich ihm die Kompliziertheit des Geistes«. Vor dem Hintergrund des Sterbens bekam für ihn jeder Mensch etwas Außerordentliches. Er achtete die Verschiedenheit der Menschen und ihre Gleichheit vor dem Tode. Sein Privatleben verheimlichte er mir zur Gänze. Man sah ihn nie ausgehen, aber er hatte Umgang mit Studentinnen, mit denen er am Wochenende Ausflüge unternahm und die er dann zu sich einlud. Ich gab es bald auf, ihn danach zu fragen. Seine anatomischen Kenntnisse waren übrigens herausragend.

Als seine Anstellung als wissenschaftliche Hilfskraft an der Pathologie nicht verlängert wurde, wechselte er vorerst zur Gerichtsmedizin. Seither war er verändert. Er wurde eigensinnig und noch verschlossener. Nie erzählte er von seiner Arbeit, auf meine Fragen nach seinem Befinden antwortete er lapidar: »Es geht.« Und auf die nach seiner Arbeit: »Wie immer.« Eine melancholische Seite hatte sich in ihm entwickelt, die er wohl selbst bemerkte und der er nachspürte. Ich überraschte ihn einmal, als er Robert Burtons »Anatomie der Melancholie« in englischer Sprache las. Er tue das, wehrte er ab, um in Übung zu bleiben, er beabsichtige nämlich, eines Tages in Amerika zu arbeiten. Ich erinnere mich, dass ich ihn daraufhin in ein Gespräch über Depressionen verwickelte, in dem er behauptete, Burtons Buch sei für ihn vor allem medizinhistorisch interessant. Er lachte dann darüber und meinte, Burton passe gut zu ihm, sie beide wüssten, dass das Unglück die Menschen bestimme. »Das Unglück und die Angst«, fügte er nach einer Pause hinzu, und ich ergänzte, um mich wichtig zu machen und weil mir Sonnenbergs Ansichten nicht aus dem Kopf gegangen waren: »Und der Hass.« Er blickte auf seinen Schreibtisch, wo ein Schmitt-Kasten mit Insekten stand, die, wie er mir gesagt hatte, bei der Verwesung eine Rolle spielten und deshalb für die Gerichtsmedizin von Interesse seien (die Rolle der Insekten bei der Verwesung wurde in der Forensik erst viele Jahre später beachtet), und entgegnete mir, der Hass sei eine Folge des Unglücks. Ich widersprach ihm. Der Hass, sagte ich und versetzte mich dabei in Sonnenberg hinein, sei eine Eigenschaft des Menschen, die keine Gründe brauche. Er entstehe durch das bloße Zusammenleben ebenso wie durch die Einsamkeit. Es gebe unendlich viele Gründe zu hassen, eigentlich sei alles und jedes eine mögliche Ursache dafür. Das glaube er nicht, widersprach Ascher mir heftig. Jetzt war ich aber bereits selbst von dem überzeugt, was ich gesagt hatte. Ohne dass ich es wollte, hatte ich mir Sonnenbergs Ansichten ganz zu eigen gemacht, und ich sprach wie jemand, den man zum Glauben bekehrt hat. Meine Aussagen kamen mir, als ich sie aus meinem eigenen Mund hörte, vor, als betrete ich Neuland, eine Empfindung, die ich in meiner Jugend häufig hatte, wenn ich mit meiner Auffassung von etwas auf Widerstand stieß und glaubte, im Recht zu sein. Die Sätze flogen mir dann nur so zu, ich spürte sie als Energie, als eine Kraft, die mich mit Selbstvertrauen erfüllte und drängte, den dünnen Faden meiner Argumentation weiterzuspinnen, bis mein Gesprächspartner schwieg oder bis ich bemerkte, dass ich mich verrannt hatte. Es vergehe kein Tag, sagte ich, an dem ein Mensch nicht hasse, keine Stunde, der Hass werde nur noch übertroffen von der Gleichgültigkeit. »Hör' doch Menschen zu, die unter sich sind – sie machen sich über andere lustig, klagen über den Hass, der ihnen entgegengebracht wird, verschweigen aber den eigenen. Sie sind den eigenen Hass so gewöhnt, dass sie ihn nicht mehr wahrnehmen.« Ich steigerte mich weiter in meine Rede hinein, bis ich bemerkte, dass Ascher, ein hilfsbereiter Mensch, wie vor den Kopf gestoßen war. Vor allem wollte er nicht, dass ich auch ihn unter die Hassenden einreihte. Ich hätte wirklich wenig Gründe dafür gehabt, denn er unterstützte mich bei meinem Studium, wann immer ich ihn darum bat. Er erklärte mir die Anatomie der Sinnesorgane, der Nerven und des Gehirns, er fragte mich organische und anorganische Chemie ab, er führte mich in die Physiologie ein, und vor allem redete er stundenlang mit mir über Histologie und zeigte mir Präparate, die er irgendwo aufgetrieben hatte, vielleicht hatte er sie aus der Pathologie entlehnt. Ich hätte mich also besser erklären müssen, doch ich wollte jetzt keinen Rückzieher machen.

Ascher legte eine Schallplatte mit einem Querschnitt durch die »Matthäuspassion« von Bach auf, und wir saßen bis zum Schluss schweigend beisammen. Mir fielen Erlebnisse ein, bei denen ich den Hass anderer zu spüren bekommen hatte: in der Schule, beim Sport, unter fremden Menschen. Als die Schallplatte zu Ende war, sagte Ascher, er müsse jetzt wieder in die Gerichtsmedizin gehen, und wir redeten nicht mehr darüber. Ich war mir jedoch sicher – das gehörte zu meinem damaligen Denken –, dass ihn das Leben zu meinen Ansichten bekehren würde.

Er heiratete später die Tochter eines Möbelhändlers und hatte ein Kind mit ihr. Ich habe unsere Gespräche wie auch das Gespräch mit Sonnenberg über den Hass nie vergessen. Ascher sollte übrigens eine eigene Dimension des Hasses zu spüren bekommen, als er nach einem Kunstfehler – ausgerechnet er! – aufs Land floh und dort ein Fremder war. Damals habe ich zahlreiche Briefe mit ihm gewechselt, in denen seine Verzweiflung zum Vorschein kam, ohne dass er begonnen hätte zu hassen oder auch nur das Misstrauen und den Hass zu spüren, die ihm entgegenschlugen.

Die diebische Elster

Ich bereitete mich auf eine Abtestur bei den Chemischen Übungen vor, die mir zuwider waren. Am Nachmittag suchte ich das Grazer Margarethenbad auf. In der Umkleidekabine begegnete ich wieder dem jungen Mann, den ich bei der Sektion in der Pathologie gesehen hatte, ohne dass wir dort ein Wort miteinander gewechselt hätten. Und plötzlich fiel mir ein, dass er mir in der Buchhandlung Schmidt-Dengler das erste Mal aufgefallen war. Er hatte dort bei meinem letzten Besuch die ganze Zeit über gelesen. Ich war neugierig geworden und hatte versucht, herauszufinden, um welches Buch es sich handelte, bis ich endlich entdeckt hatte, dass es eine Ausgabe der Apokryphen gewesen war – Berichte und Evangelien, die nicht in die Bibel aufgenommen worden waren. Dass er bei der Sektion hatte anwesend sein dürfen, hatte er der Bekanntschaft mit dem Dozenten zu verdanken, denn sein Vater war Schiffs- und Militärarzt und zuletzt Internist im Krankenhaus der Kreuzschwestern gewesen.

Konrad Feldt wohnte noch bei seinen Eltern in einem Altbau im ersten Bezirk, nicht weit entfernt vom Fluss, der Mur. Am selben Tag, als ich ihn im Margarethenbad ansprach, lud er mich ein, ihn nach Hause zu begleiten. Vor allem die Bibliothek ist mir in Erinnerung geblieben. Während ich bei meinen weiteren Besuchen den Vater kaum sah, und wenn, dann zog er sich bald zurück, war seine Mutter, eine lebhafte und bestimmende Frau, zumeist anwesend und verwickelte mich gerne in Gespräche über die Zukunft. Sie war Professorin für Mathematik und Darstellende Geometrie im Kepler-Realgymnasium. Mit Vorliebe las sie Science-Fiction-Romane, über die sie sich andererseits lustig machte, deren Inhalt sie aber detailgenau nacherzählte, bis mir schwindlig wurde. Sie erzählte auch die Kinofilme nach, die sie gerade gesehen hatte, und war begeistert, wenn wir uns darüber austauschen konnten. Eine andere Leidenschaft war das Vorlesen von Zeitungsartikeln, in denen sie ihre Meinung bestätigt fand oder die sie, wenn sie ihrer Überzeugung widersprachen, kritisierte. Die Wohnung war nicht immer aufgeräumt und das Kochen nicht ihre Leidenschaft, sie brachte zumeist etwas Kaltes mit: Schinken, Salami, Käse, Semmeln. Sie verstand sehr viel von Renaissance-Malerei, der Bauhaus-Architektur und Wittgenstein, für den sie mich begeisterte. Überall entdeckte sie Geheimnisse oder Übersehenes. Im Speisezimmer hing ein Ölportrait von Joseph Kerzl, dem Leibarzt Kaiser Franz Josephs und Onkel seines Vaters. Die väterliche Linie der Familie lebte nach wie vor in Wien, die mütterliche kam aus Graz, größtenteils Lehrer und Mittelschulprofessoren, zumeist für naturwissenschaftliche Fächer. Als Konrads Vater seine spätere Frau beim Schifahren kennenlernte, ließ er sich nach Graz versetzen. Er behielt jedoch seine Wohnung in der Döblinger Hauptstraße, und der gemeinsame Sohn Konrad verbrachte dort einen Teil seiner Kindheit bei der Großmutter. Als er zur Schule ging, gewöhnte es sich seine Mutter an, einen Großteil der Ferien mit ihm in Wien zu verleben, und zu Weihnachten und über das Neujahr hielt sich die gesamte Familie in der Döblinger Hauptstraße auf. Für Konrad bestand die Wohnung hauptsächlich aus der Bibliothek, die sich über zwei Räume erstreckte, und er fühlte sich in ihr zu Hause wie in der verwinkelten ehemaligen Hauptstadt der Monarchie. Auch als Student nutzte er jede Gelegenheit, dort einige Tage im Monat zu verbringen.

Feldt litt an Asthma, und ich erinnere mich an dramatische Anfälle, die nicht selten auftraten, wenn er sich überfordert fühlte. Noch im Margarethenbad, wo ich ihn angesprochen hatte, hatte er mir von seiner geplanten Dissertation über die Nationalbibliothek in Wien berichtet, für die er immer wieder in die Hauptstadt fuhr, ja, ich hatte den Eindruck, dass Wien für ihn in erster Linie aus der Nationalbibliothek bestand.

Feldt war, wie seine Eltern und Vorfahren, ein entschiedener Gegner der Nazis, einer der wenigen in meinem Alter, die darüber sprachen und einen festen Standpunkt einnahmen. Sonst aber galt sein Interesse, wie auch meines, nur Büchern und Bibliotheken und dazu noch alten Landkarten, vor allem Portolanen aus dem 16. und 17. Jahrhundert, über die er einen dicken Band in der Bibliothek seines Großvaters gefunden hatte: Er zeigte vorwiegend Karten japanischer und asiatischer Häfen und war von Jesuiten angefertigt worden, die sie mit Pflanzen und Tieren oder Landschaftsbildern der jeweiligen Region geschmückt hatten. Ich ließ mich von Konrad anregen, Laotses »Tao te King«, das »I Ging« und eine Biographie über Lewis Carroll zu lesen.

Trotz seines Asthmas hatte er Erfolg bei Studentinnen. Er zog sie mit seiner mitunter selbstironischen Sprechweise an und war jederzeit zu Abenteuern bereit, außerdem war er, wenn es darauf ankam, äußerst schlagfertig, obwohl er sich beklagte, dass er, »um mit Jack London zu sprechen, nicht das Talent der schnellen Antwort« besitze, ein Mangel, den ich schon an mir festgestellt hatte und den wiederum er bei mir nicht zu erkennen glaubte. Er kam auf die obskursten Ideen, forderte mich bei einem Maturaball auf, ein Mädchen für ihn auszusuchen, das er dann ansprechen musste, und umgekehrt. Ich staunte über die Selbstsicherheit, mit der Konrad auftrat, und über die Erfolge, die er erzielte, während ich mich schwertat und mich die Aufgaben, die er mir stellte, einschüchterten. Dafür gelang es mir, ihm ein Mädchen auszuspannen, was ihn jedoch nicht kränkte. Tamara war die Tochter eines persischen Teppichhändlers und einer Österreicherin, dunkelhaarig, attraktiv und selbstbewusst. Sie war genau der Typ, auf den Konrad flog, aber bei ihr zog das Gemisch aus Sanft- und Übermut nicht; sie ging mit mir ins Theater und in die Oper und wurde meine Freundin, bis der Vater ihr den Umgang mit mir verbot. Es war ein Schlag für mich, von dem ich mich nur langsam erholte. Konrad weigerte sich jedoch, mit mir darüber auch nur ein Wort zu verlieren, die ganze Geschichte war Luft für ihn.

Ab und zu streiften wir zusammen in der Innenstadt von Buchladen zu Buchladen. Gleich beim ersten Mal stahl Konrad ein Taschenbuch, John Steinbecks »Jenseits von Eden«. Ich hatte es nicht einmal bemerkt. Das nächste Mal war es Ernest Hemingways »In einem anderen Land«, diesmal hatte ich ihn dabei beobachtet und gesehen, wie er es in der Manteltasche verschwinden ließ. Auf der Straße fragte ich ihn, weshalb er stehle, und er antwortete ruhig, er stehle nicht. Da er sich nicht alle Bücher, die er lesen wolle, leisten könne, sei er aus Notwehr dazu gezwungen, sie sich auf diese Weise zu beschaffen. Erst allmählich begriff ich, dass er es ernst damit meinte. Er glaubte, aufgrund seiner Leidenschaft stehe ihm der Besitz der Bücher, die er begehrte, zu, und er bezahle dafür mit der Gefahr, in die er sich begebe, und der Schande, wenn er des Diebstahls überführt würde. Ich antwortete ihm, es sei gefährlich, er könne angezeigt werden, aber er war davon überzeugt, dass man ihn nicht entdecken würde, denn er hielt sein Vorgehen »in Anbetracht der Umstände«, wie er sagte, für richtig. Als er in meiner Begleitung eine Ausgabe von Heinrich Heines Gedichten mitgehen ließ, stellte ich ihn auf dem Weg zur Universität zur Rede und sagte, ich würde nie mehr mit ihm eine Buchhandlung betreten, wenn er nicht aufhörte. Er versprach Besserung, doch stahl er auch Füllfedern und Drehbleistifte, wenn er sich unbeobachtet glaubte, und einmal ein silbernes Feuerzeug, das ein Assistent der Germanistik in der Institutsbibliothek, zu der Feldt Zugang hatte, liegengelassen hatte. Als Konrad mir davon erzählte, drängte ich ihn, es zurückzugeben. Schließlich schickte er es unter einem falschen Namen wieder an das Institut. Mir entwendete er nie etwas, kein Buch und auch keine Füllfeder. In einem längeren Gespräch gestand er mir jedoch, dass er den Buchhändler Schmidt-Dengler mehrmals bestohlen habe, unter anderem hatte er Rilkes »Malte Laurids Brigge« und die »Duineser Elegien« an sich gebracht, Hesses »Steppenwolf«, Huizingas »Homo ludens« und Kungfutses »Gespräche«. Zu Hause zeigte er mir dann eine Ausgabe von Herodots »Historien«, und als ich darin blätterte, drängte er mich, sie als Geschenk anzunehmen. Ich las jedoch auf der Innenseite des Deckels die Preisbezeichnung und erkannte sofort die Schrift Schmidt-Denglers. Obwohl Konrad beteuerte, er habe das Buch gekauft, glaubte ich ihm nicht.

Feldt war nicht religiös, obwohl er eine Vorliebe für Bücher hatte, in denen es um Tod, Jenseits und Religion ging. Er ging allerdings nicht am Sonntag in die Kirche, weil ihm, wie er betonte, die Musik zu laut sei. Tatsächlich hörte er nie Musik. Er mied Konzerte und Opernaufführungen und tanzte auch nicht auf Bällen, die er nur besuchte, um Bekanntschaften zu machen. Die religiösen Bücher las er in aller Stille und sprach sich dann nach der Lektüre gegen sie aus. Immer wieder sah ich ihn aber über Büchern sitzen, die sich mit dem Buddhismus befassten. Er lehnte jedoch auch den Buddhismus ab, denn er hielt es für fatal zu glauben, einem Menschen gehe es schlecht, weil er in seinem Vorleben Böses getan habe. Damit geschehe jedem recht, wenn es ihm gerade schlechtgehe, rief er aus. Wozu dann noch jemandem helfen? Doch begeisterte er sich für die Auffassungen des Zen-Buddhismus und dessen Rätselfragen, die Koans, die er gerne zitierte, wie: »Das ist eine lebende Gans in einer Flasche. Wie kann man die Gans entfernen, ohne sie zu verletzen oder das Glas zu zerbrechen?« Oder: »Wenn jemand beide Hände zusammenschlägt, entsteht ein Ton. Horch auf den Ton der einen Hand!« – Er fand darin Ähnlichkeiten mit dem Weltbild jenes Buches, das er am häufigsten erwähnte: Lewis Carrolls »Alice im Wunderland«. Ich denke, er sehnte sich danach, sein Leben in einem Wunderland zu verbringen. Die Wirklichkeit sei die schlechteste Erfindung, weil in ihr alles zugrunde gehen müsse, spottete er. Sie sei überdies eine einzige Täuschung. Daisetz Teitaro Suzuki, ein Erleuchteter des Zen-Buddhismus, habe festgehalten, dass das logisch-wissenschaftliche Denken ein Irrweg sei. Er holte einen abgegriffenen Band aus einem Regal und las: »Während die wissenschaftliche Methode darin besteht, den Gegenstand zu töten, den Leichnam zu sezieren und so zu versuchen, den ursprünglichen, lebendigen Leichnam wiederherzustellen, was in Wirklichkeit unmöglich ist, nimmt das ZEN das Leben so, wie es gelebt wird, anstatt es in Stücke zu zerhacken und zu versuchen, es mit Hilfe des Verstandes wieder zum Leben zu erwecken oder in Gedanken die zerbrochenen Stücke zusammenzuleimen.« Deshalb würden die zen-buddhistischen Lehrer ihre Rätselfragen auch absichtlich so formulieren, dass man sie nicht mit der Logik des sogenannten normalen Denkens auflösen könne, sondern nur, wenn man bis zur geistigen Erschöpfung nachdenke. Dadurch allein könne man zur plötzlichen Erkenntnis ihres »Sinns« kommen. Angeblich, sagte Feldt, gebe es 1700 solcher Koans, von denen er zwanzig oder dreißig kannte und folgendes am meisten schätzte: »Jemand hängt über einem Abgrund«, zitierte er, »indem er sich mit den Zähnen an einem Ast festgebissen hat, weil seine Hände voll sind. Da lehnt sich ein Freund über den Abgrund und fragt: ›Was ist Zen? Welche Antwort würdest du geben?‹« »Alles Existierende«, setzte er fort, »lebt von seinem Wesen her in einer kommunizierenden Einheit«, denn alles Existierende sei von seinem Wesen her Geist. Ziel aller Meditation, des Lebens überhaupt, so Feldt, sei die Erleuchtung »Ken-shō« oder »Satori«. »Ken« bedeute auf japanisch »sehen, schauen« und ›shō‹ bezeichne die »Natur«, das »Wesen«. Die Erleuchtung könne einem jederzeit und überall kommen. Während der Arbeit, wenn man ein Blatt zu Boden fallen sehe, beim Betrachten einer Fliege oder wenn man betrunken sei. Man wisse dann: Alles sei Gott, und es gebe keinen Gott. Der Zen-Buddhismus wolle nicht erkennen, sondern schauen. Er wolle nicht wissen, sondern den Sinn erfassen, und lehne jede Erklärung ab, der methodische oder logische Abläufe zugrunde lägen. Auch lehne er metaphysische Spekulationen ab, da es auf spontane Einsicht ankomme, die man weder durch Askese noch Meditation erzwingen könne. Wer es trotzdem versuche, handle wie einer, der »einen Ziegelstein blank reibt, damit er ein Spiegel werde«.

Feldt begeisterte sich später für Schopenhauer und zitierte häufig aus den »Aphorismen zur Lebensweisheit«. Es machte ihm auch Spaß, wenn es die Situation ergab, das I-Ging, das er in der Übertragung von Richard Wilhelm besaß, zu befragen und für die Anwesenden zu deuten oder Tarotkarten aufzuschlagen, mit denen er verblüffende Aussagen erzielte. War es Geltungsbedürfnis? Glaubte er wirklich daran? Feldt war selbst eine Sphinx, ein lebendes Rätsel, er probierte vieles aus und hatte sein Vergnügen daran, andere in die Irre zu führen, bis sie nicht mehr weiterwussten. Aber ich sah ihn auch in äußerster Hilflosigkeit mit zitternden Händen den Asthma-Inhalator betätigen. Er war dabei nicht ängstlich, ich hatte manchmal sogar den irrationalen Gedanken, es sei der Weg seines Unbewussten zum Satori.

Meinetwegen begann er die »Göttliche Komödie« zu lesen, und obwohl er darüber wenig sprach, bemerkte ich doch, dass die Reise in das Jenseits, die Höllen-Fegefeuer- und Himmelfahrt, ihn fortan beschäftigte. Vielleicht war das Buch für ihn ein geheimer Reiseführer in unbekannte Regionen? – Vielleicht beeinflusste es sogar sein Leben, als er eines Tages – er war inzwischen nach Wien gezogen und Beamter in der Nationalbibliothek geworden – spurlos verschwand.

Jenseitsreisen im Diesseits

An der »Göttlichen Komödie« fasziniert mich vor allem die Hölle, das »Inferno«. Ich versuchte zwar öfter, das Fegefeuer, das »Purgatorio«, und das »Paradiso« zu lesen, aber ich scheiterte vor allem am »Paradiso«, während ich das »Inferno« wieder und wieder gelesen habe. Ich bewundere Dantes Schöpfung einer neuen Sprache, die es ihm ermöglichte, Unsichtbares sichtbar zu machen. Die »Göttliche Komödie« spielt nur im Kopf Dantes, selbst wenn historische Gestalten auftreten – sie stellt eine imaginierte Welt dar, die auch in der Phantasie des Lesers intensive Bilder entfaltet und einer Expedition in das Unbewusste gleichkommt. Sie ist nichts weniger als eine wahre Erfindung. Noch heute besitze ich den Zettel, auf dem ich nach der ersten Lektüre eine Zusammenfassung schrieb.*

* Dante beschreibt die Hölle als einen Trichter, der an ein antikes Amphitheater erinnert. Der Trichter hat sich beim Sturz Luzifers aus dem Kristallhimmel in den Mittelpunkt der Erde gebildet. Gleichzeitig wurde der Läuterungsberg auf der südlichen Erdhalbkugel aus dem Weltmeer herausgetrieben. Der Höllentrichter, über dem sich die Erde wieder geschlossen hat, besteht aus neun konzentrischen Terrassen, die steil zueinander abstürzen, den Kreisen. Am obersten Teil befindet sich die Vorhölle, die von den Seelen der »Feigherzigen« bevölkert ist. Sie müssen nackt hinter einer Fahne herlaufen, auf der Flucht vor Wespen und Mücken, die sie blutig stechen. Es ist die Strafe dafür, dass sie »ohne Schand' und ohne Lob« gelebt haben. Darunter fließt der Fluss Acheron, der Fluss der »Freudlosigkeit«, hinter dem sich der Limbus, der erste Höllenkreis, erstreckt. Dort halten sich die Ungetauften auf. Im zweiten Höllenkreis, an dessen Eingang der Totenrichter Minos seines Amtes waltet, ziehen – in einem ewigen Wirbelsturm – die Seelen, die sich »der Fleischeslust« hingegeben haben, umher. Im dritten Kreis begegnet Dante den von Cerberus, dem Höllenhund, gepeinigten und zerfleischten Schlemmern, die bei Schnee und Regen im Schlamm liegen, während im vierten Höllenkreis Geizige und Verschwender sich gegenseitig ihre Schuld vorhalten und schwere Lasten schleppen müssen. Der fünfte Höllenkreis besteht aus dem stinkenden Sumpf des

Styx, darin die Zornigen, Neidischen, Hochmütigen und Verdrossenen schmachten. Im sechsten Höllenkreis leiden die Ketzer und die Trägen in glühenden Steinsärgen. Der siebente ist in drei Ringe unterteilt. Im ersten büßen in einem kochenden Blutsee und von Kentauren bedroht die Frevler »wider den Nächsten«. Im zweiten Ring halten sich die Selbstmörder, die Frevler wider sich selbst und die »tollen Vergeuder« auf. Die Selbstmörder sind in Bäume verwandelt worden und werden von Harpyen gequält, die Vergeuder indessen von einer Meute rasender Hunde. Der dritte Ring wird von den Gotteslästerern, den Sodomiten und Wucherern bevölkert, auf die ein ewiger Flammenregen fällt. Die Gotteslästerer müssen auf glühendem Sand liegen, während die Sodomiten rastlos darüber hinwegwandern.

Der achte Höllenkreis, in den Dante und Vergil auf dem Rücken des Drachen Geryon segeln, trägt die Bezeichnung »Malebolge«, »Graben«, und ist wiederum in zehn »Bolgen« eingeteilt, darin sind die Betrüger, die Kuppler und Verführer gefangen, die von Teufeln vorwärtsgepeitscht werden, waten die Schmeichler und Dirnen im Kot, werden jene, welche sich der Simonie, des Handels mit Sakramenten und anderen geistlichen Dingen schuldig gemacht haben, mit dem Kopf nach unten in Röhren gesteckt und mit Feuer gepeinigt, wandeln Wahrsager und Zauberer mit verdrehten Köpfen, leiden all jene, die öffentliche Ämter verschachert haben, in siedendem Pech, müssen Heuchler vergoldete Kutten aus Blei tragen und falsche Ratgeber ein Flammenkleid, werden Diebe, die sich gegenseitig die Gestalt stehlen, in Schlangen verwandelt und umgekehrt, werden Zwietrachtstifter mit dem Schwert verstümmelt und Fälscher und Falschmünzer mit ekelerregenden Krankheiten bestraft.

Im neunten Höllenkreis stecken die Verräter im Eis, im ersten der vier Teile, der »Cainia« (nach Kain), die Verräter an den eigenen Verwandten, im zweiten, der »Antenora« (nach dem Verräter Trojas, Antenor), die Verräter am Vaterland, im dritten, der »Tolemäa-Grube« (nach dem Verrat des ägyptischen Königs Ptolemäus an Pompejus), die Verräter an Gastfreunden und im vierten, der »Giudecca« (die »Judenhölle«), die Verräter an den Wohltätern.

Dantes Reise durch das Inferno, Purgatorio und Paradiso ist eine ausschweifende Irrfahrt, die zahlreiche Maler zu phantastischen Illustrationen inspiriert hat. Botticelli hat mit feinem Strich filigrane Zeichnungen zu den Gesängen hergestellt, eine durchsichtige, geisterhafte Jenseitswelt, die nur in Umrissen zu erkennen ist. William Blake entwarf eine glühende Fieberwelt, Gustave Doré nahm in seinen Radierungen den Film vorweg. Baccio Baldini wiederum stellte Dantes Phantasiewelt in realistischen Kupferstichen dar, und nicht wenige Buchmaler, wie Giovanni di Paolo aus Siena, schufen märchenhafte Miniaturen. Robert Rauschenberg versetzte mit Kombinationszeichnungen die »Göttliche Komödie« in das 20. Jahrhundert und erzeugte eine kunstvolle Zeitung, die am Verblassen ist wie die Erinnerung oder als verdauten und speiten sich die Nachrichten selbst in einem fort aus. Wenn ich an Illustrationen der »Göttlichen Komödie« und Dante denke, fällt mir immer das Gemälde von Domenico di Michelino aus dem 15. Jahrhundert ein, »Dante Alighieri erleuchtet mit der ›Göttlichen Komödie‹ seine Heimatstadt Florenz«, das sich im linken Seitenschiff des Florentiner Doms befindet. Im Vordergrund hält der Dichter mit Lorbeerkranz und einem roten Kleid die aufgeschlagene »Commedia« in der einen Hand, mit der anderen weist er auf die Höllendarstellung im Hintergrund, in dem sich auch der Läuterungsberg erhebt und darüber die zehn Himmelssphären. Rechts von ihm sieht man die Stadt Florenz mit geschlossenen Stadttoren als Zeichen dafür, dass Dante aus seiner Geburtsstadt verbannt war.

Meine Innenbilder aber haben zunächst nichts mit

den Bildern der Maler zu tun, es sind Erinnerungen an die Kindheit, meine eigenen kindlichen Vorstellungen vor allem von der Hölle. In naiver Weise gleichen sie den angsteinflößenden Bildern der großen Meister, sie waren – auch was das Fegefeuer und den Himmel betrifft – keine überraschenden oder verblüffenden Visionen, sondern nur fein ausgearbeitete Darstellungen aus dem Repertoire des katholischen Glaubens, die ich mühsam im Laufe der Jahre in meinem Kopf abgearbeitet habe, aber deren albtraumhafte Bedrohlichkeit ich wohl nicht vergessen werde.

Diesseitsreisen ins Jenseits

Jakob Morawa, der als Journalist das Pseudonym Viktor Gartner angenommen hatte, wurde erst unter diesem Namen bekannt und stellte sich später nur noch so vor. Seine Mutter, eine Verkäuferin, brachte ihn im Hinterzimmer eines Lebensmittelgeschäftes in Eisenerz plötzlich und ohne Komplikationen zur Welt. Sein Vater war Schulwart und verschwieg seine Verstrickungen in den Nationalsozialismus, für den er aus Überzeugung in den Krieg gezogen war. Er kehrte 1944 ohne sein linkes Bein zurück. Da er es sein Leben lang nicht wahrhaben wollte, dass er sich geirrt hatte, aber darüber schweigen musste, verfiel er dem Alkohol. Seine ersten Jahre verbrachte Viktor am Fuße des Erzberges und schaute oft stundenlang zu, wenn Sprengungen vorgenommen wurden, große Staubwolken aus den Terrassen aufstoben und der Schutt und das Erz in

Hunte verladen und zu den Förderbändern geschafft wurden. Der Berg sah damals schon aus wie eine Stufenpyramide und ließ mich, seit ich die »Göttliche Komödie« gelesen hatte, an den Läuterungsberg denken. Tatsächlich lebte Viktor zwischen Himmel und Hölle. Seine Mutter liebte und sein trunksüchtiger Vater schlug ihn. In seiner Schulzeit besuchte Viktor häufig die Kirche, sehr zum Missfallen seines Vaters, der alles Katholische verachtete (wie er im Grunde seines Herzens auch sich selbst verachtete). Viktor war auf der Suche nach einer anderen Welt. Bei einem Sprengunfall am Erzberg, der ein halbes Dutzend Menschen das Leben gekostet hatte, sah er zum ersten Mal Leichen, als er sich wie der halbe Ort an den Schauplatz der Katastrophe begeben hatte. Er konnte das Ereignis wochenlang nicht vergessen, und er war entsetzt gewesen über die Hilflosigkeit der Erwachsenen. Sein erster Berufswunsch war Kriminalpolizist, denn kurz nach dem Unglück hatten drei Raubmorde in der Umgebung Aufsehen erregt. Die Landschaft war tief verschneit gewesen, als man innerhalb weniger Wochen in drei Häusern die alleinstehenden Besitzer erschlagen und ausgeraubt aufgefunden hatte. Viktor durfte während dieser Zeit mit den Eltern im Ehebett schlafen, er hatte nämlich gesehen, wie der dritte Ermordete – ein Pensionist, der in der Nachbarschaft gewohnt hatte – mit dem Sarg aus dem Haus getragen und mit dem Leichenwagen weggebracht worden war. Die Gendarmen hatten sich mehrere Tage am Tatort aufgehalten und auch Gartners Eltern befragt, seine Mutter hatte sogar Tee für sie gekocht. Der Schnee war mehr als einen halben Meter hoch gewesen und hatte die Straßen und Gassen in einen winterlichen Irrgarten verwandelt. Darin hatten sich die uniformierten Beamten unheimlich ausgenommen, weil manchmal einer von ihnen plötzlich hinter einem hohen Schneehaufen auftauchte und alle sich ohne Beine vorwärtszubewegen schienen. Das hatte Viktor beschäftigt. Am nächsten Tag war in einem Polizeifahrzeug ein Kommissar aus Graz erschienen und hatte drei arbeitslose Jugendliche der Raubmorde überführt, zwei Brüder und deren Freund, die vorher von ihren Eltern durch Alibis gedeckt worden waren. Viktor hatte die beiden nur vom Sehen gekannt, aber seine Eltern wussten Genaueres und sprachen tagelang darüber. Was Gartner erschreckt hatte, war der Umstand, dass sich die Morde in seiner unmittelbaren Umgebung ereignet hatten, und er nahm sie als Bestätigung, dass die Gewalt und das Grauen überall waren.

Mit neun Jahren entdeckte er das Kino. Seine Eltern hatten ihn zu einem Charlie-Chaplin-Film, »The Kid«, eingeladen, der unter dem Titel »Der Vagabund und das Kind« lief, und von da an war Viktor dem Kino verfallen. Bevor er das Kino betrat, hatte er noch den Wunsch verspürt, kehrtzumachen und davonzulaufen, denn »Vagabund« wurde allgemein als Schimpfwort verwendet, und er dachte sofort an die drei jugendlichen Mörder. Im Laufe des Films erfuhr er aber, dass es auch gute Vagabunden gab, erst später begriff er, dass die Bezeichnung – wie auch das Wort »Zigeuner« – die romantische Verklärung von etwas war, das verachtet wurde. Er sah in dem kleinen Kino in Eisenerz, das nur ein verdunkelter Raum mit Stühlen war und in dem seine Mutter nebenbei als Kassiererin arbeitete, ein buntes Durcheinander von Heimat- und

Schlager-, Slapstick-, Ausstattungs-, Liebes-, Kriegs- und Kriminalfilmen, Komödien und Melodramen, alles, was das Programm an den Wochenenden – denn nur dann gab es Vorstellungen – eben bot. Erst allmählich vermochte Viktor zwischen guten und schlechten Filmen zu unterscheiden, und über den Pfarrer, zu dem er – ohne selbst besonders religiös zu sein – ein nahes Verhältnis hatte, kam er mit gemalten Bildern in Verbindung, denn der Geistliche besaß nicht nur Bücher mit Schwarzweißabbildungen von biblischen Szenen und Heiligen, sondern auch einen Band mit Werken der Impressionisten, in dem farbige Reproduktionen enthalten waren. Diese faszinierten Viktor vom ersten Augenblick an, besonders Manet, Degas und Toulouse-Lautrec: Sie zeigten ihm, was er insgeheim glaubte zu versäumen. Er ging inzwischen in das Leobner Gymnasium, denn seine Mutter hatte das Kino, in dem sie neben ihrer Tätigkeit als Verkäuferin gearbeitet hatte, geerbt. Das hatte einen nicht enden wollenden Streit zwischen seinem Vater und seiner Mutter ausgelöst, denn sein Vater beschuldigte sie, mit dem ehemaligen Besitzer, einem Witwer, ein Verhältnis gehabt zu haben, was sie jedoch energisch bestritt.

Mit sechzehn Jahren reiste Viktor ohne Erlaubnis das erste Mal per Autostopp nach Graz und nach Wien. Einer seiner Freunde besaß ein Zweimannzelt und ein Fahrrad, und als auch Viktor ein altes Fahrrad geschenkt bekam, begleitete er diesen zum Wörthersee und nach Italien, bis ans Meer.

Viktor war ein guter Schüler, jedoch einseitig begabt für Sprachen, Musik und Zeichnen. Nach einem kurzen Studium der Kunstgeschichte trat er in die Redaktion der sozialdemokratischen Zeitung »Neue Zeit« ein und fing mit kurzen Filmbesprechungen an. Da er begierig war, sein Wissen über Malerei, Fotografie und Literatur zu erweitern, und der Leiter des Kulturressorts ihn mochte, durfte er nach einiger Zeit auch über Ausstellungen und Bücher Kurzkritiken schreiben, die meiste Zeit jedoch wurde er für Regionales eingesetzt: das Portrait eines Landespolitikers, ein Bericht über eine Hochwasserkatastrophe und hin und wieder eine Reportage über Verbrechen und Gerichtsverhandlungen.

Später tilgte Gartner, wie gesagt, seinen Namen Jakob Morawa vollständig und korrigierte auch seine gesamte Kindheit und einen Teil seiner Jugend. Er gab sich als geborenen Wiener aus, behauptete, seine Mutter habe kurzfristig das Apollokino besessen und dass er beim »Express«, einer inzwischen eingestellten Tageszeitung, begonnen habe, Filmkritiken zu schreiben. Er hatte einen Hang zur Selbststilisierung und die Gewohnheit, aus einer Mücke einen Elefanten zu machen, weshalb ihn manche als Angeber und sogar als Lügner bezeichneten. Doch Viktor war ein exzellenter Journalist. Bei seiner Arbeit hielt er sich pedantisch an Fakten, selbst wenn ihm sein Gefühl oft etwas anderes sagte. Er versuchte dann, seine Meinung zumindest andeutungsweise in seinen Artikeln unterzubringen.

Als ich ihn kennenlernte, war er bereits ein Jahr angestellt und noch immer »Einspringer«. Er war mit Konrad Feldt bekannt und hatte mir geraten, da ich schon mit 21 Jahren geheiratet und zwei Kinder hatte, es als freier Mitarbeiter bei der »Neuen Zeit« zu versuchen. Von da an verfasste ich vorwiegend für den Lokalteil kleine Berichte, auf die ich dennoch ein wenig stolz war, als ich sie gedruckt und mit meinem Namen versehen in der Zeitung sah.

Gartner begann damals, allein längere Reisen zu unternehmen. Er war für uns geheimnisvoll, da er uns von Erfahrungen und Eindrücken aus New York, Istanbul oder der Sahara berichtete, bei denen wir oft nicht unterscheiden konnten, was erfunden war und was wahr, denn seine gedruckten Reiseberichte lasen sich anders als die, welche wir gehört hatten. Ich mochte Viktors Geschichten, selbst wenn sie oft von den Einfällen bestimmt waren, die ihm beim Erzählen gekommen waren. Feldt riet ihm, Bücher zu schreiben, aber wir vermuteten, dass er sich vor der zu erwartenden Kritik fürchtete, denn er, der selbst ein scharfer Kritiker war, verkraftete die Kritik anderer nur schlecht. Er vermutete dahinter weit hergeholte Verschwörungen, arglistige Feinde, die ihm aus Neid eines auswischen wollten und seinen Ruf beschädigten. Er beklagte sich regelmäßig über »Denunziationen« und »Denunzianten«, die er seinerseits heftig attackierte, auch wenn er keine Beweise für seine Beschuldigungen hatte, aber in klaren Momenten wusste er, dass es der Einfluss seines Vaters war, dem er in seiner Kindheit und Jugend ausgesetzt gewesen war. Gartner war nicht wirklich ein schöpferischer Geist, das irritierte und kränkte ihn im Geheimen, seine Stärke lag vielmehr in der Analyse, im Scharfsinn, mit dem er auf jeden Mangel, jeden Fehler in einem Kunstwerk hinwies. Immer fand er einen Angriffspunkt, die Schwachstelle, das Unvollkommene, als ob er sich in einem fort bestätigen müsste, allerdings hatte er meistens recht. Er war in der Lage, bei einem politischen Gespräch herauszuhören, was unter

Floskeln oder in Nebensätzen versteckt war, und er hatte ein feines Gespür dafür, wie Dinge sich entwickelten. Manches »wusste« er schon Monate bevor es eintrat. Auch schrieb er bemerkenswert gut und nicht zuletzt wegen seiner Belesenheit treffsicher. Ich hatte nie die Gelegenheit oder vielleicht sogar das Vergnügen, zusammen mit ihm eine Reise zu machen. Zu gerne hätte ich mich dort herumgetrieben, wo er Zeuge der unwahrscheinlichsten Ereignisse geworden war, eines Erdbebens, eines Zugunglücks, eines Lawinenabgangs oder eines Brandes. Hatte er das alles wirklich erlebt? Oder war er nur beim Erzählen der Schriftsteller, der er im Grunde seines Herzens sein wollte? Ich nahm mir vor, ihn zu überreden, mich mitzunehmen, aber er war jedes Mal schon abgereist, bevor ich ihn noch fragen konnte. Gerade diese Eigenschaft, etwas »auf eigene Faust zu unternehmen«, zu verschwinden, niemanden zu brauchen, ein zweites, geheimes Leben zu führen, schätzte ich an ihm am meisten. Ich besitze noch das Schulheft, in dem ich alle Filme, die wir zusammen sahen, mit einer kurzen Anmerkung eintrug. Auf die besten war ich durch Viktor, den ich damals noch Jakob nannte, aufmerksam geworden, und der wichtigste, der herausragendste, entnehme ich meinen Notizen, muss wohl Michelangelo Antonionis »Blow up« für mich gewesen sein, der nach der Erzählung »La babas del Diablo« von Julio Cortázar gedreht worden war. David Hemmings hatte darin den Fotografen Thomas gespielt, Vanessa Redgrave die rätselhafte Jane.

Einen Tag und eine Nacht begleitet der Film den Voyeur Thomas, einen getriebenen und hemmungslosen

Hell- und Schwarzseher, auf der Jagd nach Motiven und Bildtrophäen. Heimlich lichtet dieser in der Nacht Obdachlose ab, und berufsbedingt fotografiert er am Tag darauf junge Mädchen für eine Modezeitschrift. Seine Augen haben mehr Macht über ihn als sein Gehirn, respektlos befriedigt er seine Gier nach einzigartigen Bildern. In einem nächtlichen, windigen Park entdeckt er durch Zufall ein Paar, das sich selbstvergessen und spielerisch liebkost. Er versteckt sich hinter einem Baum und beginnt, es ohne Skrupel heimlich zu fotografieren. Dabei wird er von der attraktiven Jane entdeckt, die ihn auffordert, den Film herauszugeben. Thomas lehnt ab, zieht sich in seine Dunkelkammer zurück und stellt von den Abzügen Vergrößerungen her, um noch das kleinste Detail aufzuspüren. Das Vergrößern, das »Blow up«, ist aber zugleich auch der erste Schritt zur Auflösung der Bilder, denn je größer die Abzüge und Ausschnitte werden, desto mehr lösen sie sich auf, bis sie unentzifferbar werden. Thomas entdeckt auf der letztmöglichen Vergrößerung eine Hand mit einer Pistole, die aus einem Buch ragt, und nimmt an, dass es sich bei dem Liebesgeplänkel um einen Mordversuch gehandelt hat. Darüber hinaus entdeckt er auf dem Bild, versteckt im Gebüsch, die Fragmente eines Körpers – eine Leiche? Er sucht noch einmal den Park auf und findet tatsächlich einen toten Mann. Jane erwartet ihn in seinem Atelier, und er stellt sie zur Rede, jedoch ohne Ergebnis. In dieser Nacht feiert er eine kleine Orgie, und am nächsten Morgen sind die Fotografien und Filme gestohlen, und auch die Leiche im Park ist, wie er feststellen muss, verschwunden. Thomas begegnet dort nur einigen jungen Pantomimen, die vorgeben, ohne Ball und Schläger auf dem unbenutzten Sandplatz Tennis zu spielen. Gebannt folgt er dem imaginären Spiel und wirft sogar den unsichtbaren Ball, als er über den Drahtzaun fliegt, zurück auf den Platz. Und unauffällig verschwindet zuletzt auch er selbst.

Der erste Film, den Gartner und ich zusammen sahen, war Ingmar Bergmans »Das Schweigen«, der in einer einfachen Geschichte die Kommunikationslosigkeit von Menschen zeigt, das Schweigen aus Scham, Krankheit, Einsamkeit und Hass. Der Film widmet sich ganz diesem Schweigen, das von Ingmar Bergman als eine sinnlose Qual vorgeführt wird, von der man jedoch nie erfährt, auf welche Weise sie entstanden ist und wodurch sie in Gang gehalten wird. Sie ist einfach da und setzt sich fort. Später deutete ich den Film als Allegorie auf das Schweigen in Österreich, in dem ich als Kind und Jugendlicher aufgewachsen war.

Alfred Hitchcocks »Die Vögel« zeigte für mich die Unheimlichkeit der Natur und erinnerte mich insofern an »Moby-Dick«, den weißen Wal in Herman Melvilles Roman, und an dessen Verfilmung durch John Huston. War »Moby-Dick« ein mystisches Abenteuer, so waren »Die Vögel« eine Reise in die Albtraumwelt und ihre wahnhafte Logik. Viktor war nach dem Film verstört. Ich übersah damals, wie gefährdet er war und wie nahe ihm, der sich im Geheimen ja von allen verfolgt fühlte, die paranoide Vision ging.

Doch der Film, der ihn am meisten beeindruckte, war »Andrej Rubljow« von Andrej Tarkowskij. Auch ich sah von da an alle Filme Tarkowskijs und las seine Tagebücher, vor allem aber »Die versiegelte Zeit«. Der russische Regisseur versetzte mich in eine spirituelle Welt, die ich viele Jahre vergeblich gesucht hatte. Ich lernte die Langsamkeit als ein dem Wahn verwandtes Stilmittel kennen, wie es die Beschleunigung für die Slapstick-Verrücktheit ist. In der Langsamkeit entdeckte ich durch Tarkowskij auch ihre Verwandtschaft mit der Mystik. Wenn Kunstwerke in mir eine Sehnsucht nach dem Spirituellen und den Glauben an die Schöpfung genährt haben, so waren es Tarkowskijs Filme, seine Bücher und sein Leben. Tarkowskijs »Andrej Rubljow« handelt von dem berühmten russischen Ikonenmaler aus dem 14. Jahrhundert. Er beginnt mit dem Versuch eines russischen Bauern, in den Himmel zu fahren. Der zusammengeflickte Heißluftballon, den er benutzt, hebt sich, steigt langsam am Kirchengemäuer hoch und schwebt eine kurze Strecke über eine verlassene Winterlandschaft. Man hört nur das Knarren der Seile am Tragekorb und das Pfeifen des Windes, als plötzlich der Flug in einen Sturz übergeht. Nach dem Prolog zeigt Tarkowskij ein Panoptikum der russischen Geschichte, zuerst das Leben des Künstlers und dann den Stellenwert der Kunst in einer Welt des Schreckens. Hat Rubljow, der Malermönch, anfangs an einen tieferen Sinn geglaubt, an die Liebesfähigkeit der Menschen, so wird er in den Tartarensturm, der das Land überzieht, hineingezogen und tötet schließlich aus Notwehr selbst. Seine Verzweiflung darüber lässt ihn den Glauben an seine religiöse Kunst verlieren. Erst als er erlebt, wie ein junger Mann eine Glocke gießt und damit anderen Menschen Freude bereitet, beginnt er zu verstehen, dass auch er um seine Kunst kämpfen muss. Die nicht lineare Erzählweise des Films, die überlangen

Einstellungen, die spürbare Verzweiflung Rubljows, der »den Menschen mit seiner Kunst nicht erschrecken will«, und vor allem die stumme Religiosität, die sich aus den Bildern der Handlung und der Sprache ergibt und selbst im Grauen weiter aus ihnen entsteht, vermittelten mir eine andere Betrachtungsweise auf alles Dargestellte – auf den Menschen, der von Tarkowskij mit Staunen beobachtet wird, auf die Landschaft, die abstrakt und bizarr wirkt, und auf die gesprochenen Worte, die aus einer unbekannten Sprache zu stammen scheinen und deren Bedeutung man allmählich durch das Miterleben des Films zu verstehen lernt. Überhaupt gelingt es Tarkowskij dank seiner künstlerischen Energie, im Diesseits zu bleiben und zugleich ins Jenseits zu reisen, ohne dort jemals anzukommen. »Andrej Rubljow« war der letzte Film, den ich zusammen mit Gartner sah, denn er begann bald darauf, ernsthaft über alles, was mit Kino zusammenhing, zu schreiben. Er sagte mir, er wolle von jetzt an allein ins Kino gehen, um nicht gestört zu werden, vielleicht aber auch, um nicht durch meine Anwesenheit in unvermeidliche Gespräche nach dem Kinobesuch verwickelt zu werden.

Aus meinem Heft geht hervor, dass wir gemeinsam 27 Filme gesehen haben: Federico Fellinis »8½« und »Amarcord«, in den ich insgesamt elfmal gegangen bin und der für meine Arbeitsweise bedeutend wurde. Während mich an »8½« besonders die unchronologische Erzählweise und die Verschmelzung von Erinnerung und Erlebtem interessierte, faszinierte mich an »Amarcord« darüber hinaus das Fragmentarische, das zu einem Ganzen wird. Sodann Pier Paolo Pasolinis »Accattone«, der die Sehnsucht nach Unglück, Untergang und Tod in mir wachrief, Stanley Kubricks »2001 – Odyssee im Weltraum« mit einer phantastischen Zeitreise am Ende des Films, Alain Resnais' »Letztes Jahr in Marienbad«, an dem mich außer seiner Manieriertheit das 7–5–3–1-Zündholzspiel fesselte, das mein Bruder Helmut noch am selben Abend, an dem wir den Film gesehen hatten, durchschaute und nachspielte. Außerdem Luis Buñuels »Belle de Jour«, ein schwächeres Werk des Spaniers, dessen »Andalusischer Hund« ich erst später immer wieder sehen und bis heute bestaunen sollte.

»Bullitt«, »Spiel mir das Lied vom Tod«, »Goldfinger«, »Ein Köder für die Bestie«, »Was geschah wirklich mit Baby Jane« oder »Wiegenlied für eine Leiche« vermittelten mir das unvergleichliche Kinogefühl des Wachtraums, das mich sanft betäubte und die Wirklichkeit durch Fiktion ersetzte. David Leans »Doktor Schiwago«, Luchino Viscontis »Der Leopard« und »Tod in Venedig«, Tony Richardsons »Tom Jones« und Robert Mulligans »Wer die Nachtigall stört« hielt ich für mehr oder weniger gelungene Literaturverfilmungen, während Richard Brooks »Kaltblütig« mich enttäuschte, da er dem Roman von Truman Capote nicht gerecht wurde.

Das alles lese ich in dem wieder aufgefundenen Heft mit Staunen und unangenehm berührt und erinnere mich dabei sogar an die verschiedenen Lichtspielhäuser, in denen ich die Filme zum ersten Mal sah.

Die Menschenfigur »Ich«

Je länger ich über mich nachdenke, desto mehr erkenne ich, wie mich stets das Entgegengesetzte, das Widersprüchliche anzog. Lange Zeit versuchte ich, da ich vielleicht selbst ein lebender Widerspruch bin, alles Widersprüchliche an mir zu tilgen und jenen Eigenschaften den Vorzug zu geben, von denen ich glaubte, sie seien meine bestimmenden Charakterzüge, bis ich bemerkte, dass mein Leben auf diese Weise eine gefälschte Identität erhielt. Fernando Pessoas Werk und Leben enthüllte, dass er aus mehr als zwei Dutzend Personen bestand, denen er im Laufe seines Lebens Spielraum, Namen, Geist und Schicksal gab. Das nahm mir die geheime Angst, schizophren zu sein, denn als Heranwachsender hatte ich keine andere Erklärung dafür gehabt. Damals entwickelte ich eine große Zuneigung zur Normalität und zu allem Faktischen. Ich wusste in Wirklichkeit nicht, wer ich war, und weiß es auch heute noch nicht. Vielleicht bin ich selbst nur eine der Menschenfiguren, die ich dem Leben abgeschaut und für meine Zwecke verändert habe oder sogar eine unausgegorene Erfindung, die noch immer darauf wartet, niedergeschrieben zu werden und endlich eine Rolle zu spielen.

Im Zentrum der Angst

Schon als ich zum »Knochencolloquium« im ersten Semester antrat, staunte ich über seine Aufrichtigkeit, denn der erste Satz, den Eck an mich richtete, war: »Ich habe Angst …« Ich hatte gelernt, meine Gefühle zu verbergen, und hielt seine Bemerkung zunächst für eine unverzeihliche Schwäche, aber zugleich verstand ich ihn, denn wir hatten in kurzer Zeit alle 206 Knochen des menschlichen Körpers, deren Besonderheiten und lateinische Bezeichnungen auswendig lernen müssen und würden nur mit zwei Beispielen konfrontiert werden. Unsere Kenntnisse darüber würden dann entscheiden, ob wir am Sezierkurs teilnehmen durften oder ob wir ein Jahr bis zum nächsten Knochencolloquium warten mussten. Eck schaffte nicht nur die Prüfung, sondern auch das erste Rigorosum mit ausgezeichnetem Erfolg. Seine chemischen Kenntnisse waren herausragend und sein Geschick beim Sezieren außerordentlich. Er stammte aus dem Burgenland, genauer gesagt aus Frauenkirchen. Sein Vater, der von seiner Mutter geschieden war – damals eine Seltenheit –, betrieb ein Geschäft für Jagdwaffen und Anglerausrüstung und geriet später in Verdacht, am Waffenschmuggel im Jugoslawienkrieg beteiligt gewesen zu sein. Noch als Volksschüler war Paul mit seiner Mutter nach Wien gezogen, da deren Schwester dort wohnte. Als sie einen Grazer Finanzbeamten kennenlernte, zog sie mit Paul zu ihm, doch die Verbindung zerbrach, und sie nahm eine Stelle als Verkäuferin in einem Lederwarengeschäft an. Von da ab litt sie unter Depressionen. Paul absolvierte im Pestalozzigymnasium die Matura und inskribierte an der medizinischen Fakultät.

Obwohl wir einander häufig trafen, war ich nie bei ihm zu Hause. Ich hielt ihn für einen Hypochonder, da er unentwegt Medikamente schluckte und darüber sprach. Er war intelligent, spontan und selbstkritisch. Wie ich wollte er Psychiater werden und hatte schon vor Beginn seines Studiums Sigmund Freuds Schriften gelesen. Als wir zum ersten Mal miteinander sprachen, begann er sich gerade für alles zu interessieren, was mit Rauschgift zusammenhing. Er hatte sich in Thomas de Quinceys »Aufzeichnungen eines Opiumessers« und Henri Michaux' »Turbulenz im Unendlichen« vertieft. Nach dem zweiten Semester machten wir zusammen einen Erste-Hilfe-Kurs beim Roten Kreuz, und noch im selben Sommer arbeitete er als Hilfspfleger im Landessonderkrankenhaus »Am Feldhof«. Er nannte es »famulieren«. Seine Begeisterung war groß. Immer wieder versuchte er mich zu überreden, ihn in das Irrenhaus, das er einmal als das »Zentrum der Angst« bezeichnete, zu begleiten. Als seine Mutter in Depressionen versank und schließlich Selbstmord beging, hörte er über Nacht mit dem Studium auf. Wie seine Mutter hatte auch er in der Liebe kein Glück. Ich erfuhr, dass er tablettensüchtig geworden war, und hörte von den Glücks- und Unglücksfällen in seinem Leben. Aus der Distanz kam es mir sinnlos vor, und es ist seltsam, dass sich mir gerade an Eck entschleierte, wie kompliziert das Dasein selbst in der Anonymität und Bedeutungslosigkeit abläuft. Er rief mich immer wieder an und »schüttete mir sein Herz aus«, wie er es nannte. Außerdem bot er mir mehrmals Drogen an. Als er längst Vertreter einer Arzneimittelfirma war, suchte er noch immer das Sonderkrankenhaus »Am Feldhof« auf, nicht nur um seine Medikamente vorzustellen, sondern auch um mit einem der Ärzte durch die Gebäude zu gehen, mit Vorliebe zu den Abteilungen mit den Süchtigen und den

Selbstmördern, denen es nicht gelungen war, aus dem Leben zu scheiden. Irgendwann verschwand er dann aus meinem Leben. Verschwand er in eine Anstalt? Beging er Selbstmord? – Ich weiß es nicht.

Begegnung mit dem Briefbomber in jungen Jahren

In den achtziger Jahren des vergangenen Jahrhunderts erzählte mir Eck voll Begeisterung von einem »Selbstmord-Patienten«, den er am Vortag kennengelernt hatte und der Uhren reparierte, mechanisches Spielzeug und elektrische Modelleisenbahnen. Er überredete mich, ihn wieder in die Grazer Anstalt zu begleiten, denn er hatte diesem Patienten seine Armbanduhr anvertraut, die, wie er sagte, jeden Tag um zwei Minuten vorging und am nächsten Tag »fertig sein« sollte.

Am Abend betraten wir das Gebäude. Es war wie ausgestorben, auf den langen Gängen trübes Licht, wir begegneten keinem Menschen. Der Patient saß im Ärztezimmer hinter dem Schreibtisch, gescheiteltes Haar auf dem breiten Kopf – Querkopf, dachte ich –, große Brillengläser, Schnurrbart, klein. Vor ihm Zahnräder, kleine Schrauben, Uhrmacherwerkzeug, eine Lupe, zwei Armbanduhren und eine Taschenuhr. Er sprang von seinem Stuhl auf und grüßte. Eck nötigte ihn, wieder Platz zu nehmen. Der Patient, Franz Fuchs, so stellte er sich mir vor, war gerade dabei, einen buntbemalten Wiedehopf aus Blech, der auf einem kleinen Fahrrad im Kreis fuhr, aufzuziehen. Es war ein Spielzeug, das ihm eine Krankenschwester zur Reparatur übergeben hatte. Der Patient mit starkem bäuerlichen Akzent bemühte sich, »hochdeutsch« zu sprechen, und bemerkte, dass die Krankenschwester staunen würde; sie habe ihm das »Glumpat« (den Mist) erst vor einer Stunde gebracht und daran gezweifelt, dass er mit seinen Bemühungen Erfolg haben würde. Inzwischen fuhr der Wiedehopf schon eifrig im Kreis. Wir lachten, während der Patient ernst blieb. Eck hatte mir erzählt, dass er vor einem Monat angedroht habe, sich zu erschießen. Er hatte schon einen Abschiedsbrief verfasst, den sein Vater – Franz Fuchs lebte bei seinen Eltern in dem kleinen Ort Gralla in der Steiermark – gefunden habe, bevor der Sohn sein Vorhaben in die Tat habe umsetzen können. Daraufhin habe der Vater die Gendarmerie und einen Arzt zu Hilfe gerufen, die Fuchs in die Anstalt einliefern ließen.

Mir fiel auf, dass Fuchs beim Sprechen fortlaufend aufbegehrte, als müsse er kleine Wutanfälle unterdrücken, deren Ursache ich nicht erkennen konnte. Er zeigte uns die primitive Mechanik des Spielzeugs und nannte auf Ecks Verlangen widerwillig die Bestandteile. Früher, sagte er, habe es »vüll komplizertere Sochn gebn« wie Mondphasenuhren oder Automaten, und er zählte auch eine Reihe von Spielzeugen auf, die für mich kein Begriff waren. Die Uhren, sagte er in verächtlichem Tonfall, seien »heutzutog nix mehr wert«. Er wies abwertend auf die beiden, die auf dem Schreibtisch vor ihm lagen. Dann fiel ihm offenbar ein, dass auch Ecks Uhr keine alte war, er zog rasch die Lade heraus und legte sie auf die Platte, die übrigens mit einem grünen Löschblatt bedeckt war. Ein »schönes Stück«, schmeichelte er, um seinen Fehler auszubessern. Sie gehe jetzt »wie neu«. Eck band sie sich begeistert um das Handgelenk und fragte ihn, was er schuldig sei, aber Fuchs wollte kein Geld. Stattdessen begann er von seinem Physikstudium zu sprechen, das er abgebrochen habe, weil ihn der »akademische Betrieb« gestört hatte. Er habe außerdem schon alles durch Selbststudium gewusst, sei Autodidakt. Irgendwie kam er auf die Unschärferelation und Heisenberg zu sprechen. Er erging sich in philosophischen Abschweifungen und genoss es sichtlich, uns in Staunen zu versetzen. Eck legte ihm hundert Schilling auf den Tisch, ohne dass Fuchs das Geld beachtete. Er war gerade dabei, die Unschärferelation auf das Zusammenleben in der Gesellschaft anzuwenden, seine weißen Hände waren wie zwei unabhängige Lebewesen, die sich gegenseitig festhielten, voneinander lösten und herumschwirrten, um sich wieder zu vereinigen. Eck war von ihm fasziniert, er konnte seinen Blick nicht von ihm abwenden, und ich wusste nicht, wen ich genauer beobachten sollte, den kleinen, korpulenten Patienten, der mir immer mehr wie ein hilfloser Prahler erschien, oder Eck, der den Eindruck eines Hypnotisierten machte.

Franz Fuchs hörte plötzlich zu sprechen auf und nahm wieder hinter dem Schreibtisch Platz. Von einem Moment auf den anderen war er zu einem schüchternen Kanzleidiener vor seinem Direktor geworden. Doch bei all seiner Unterwürfigkeit kam auch ein versteckter Stolz und Eigensinn zum Vorschein, die von seiner Schüchternheit nur oberflächlich verdeckt waren. Es war kein aufgesetzter Stolz und kein gespielter Eigensinn, sondern sein wahres Wesen, begriff ich. Nach einer Pause, während er die Zahnrädchen und das Werkzeug vor sich auf dem Tisch anstarrte, schimpfte er zugleich aufbrausend und resigniert, dass das Reparieren dieser Uhren und Blechspielzeuge für ihn eine Schande sei ... Er könne ganz andere Sachen bauen: »die kompliziertesten und unmöglichsten Maschinen«, wie er im breiten Tonfall behauptete. Als wir schwiegen, wiederholte er den Satz. Eck fragte ihn jetzt, was er damit meine, und der Patient zuckte mit den Schultern und sagte, dass er »von Flugzeugmotoren angefangen bis Höllenmaschinen« jedes technische Prinzip verstehe ... Er könne sich Maschinen ausdenken und auch bauen, an die niemand »zu unserer Zeit« denke. Leonardo da Vinci beispielsweise habe Hubschrauber und Unterseeboote entworfen, als noch niemand an die Möglichkeit zu fliegen oder mit einem Schiff zu tauchen gedacht habe. Ich hatte Mitleid mit Fuchs, und doch verspürte ich Unbehagen.

Dreißig Jahre später erkannte ich das Gesicht des Mannes, das mein Fax-Gerät ausdruckte, sofort wieder: Franz Fuchs, der Ausländerhasser und Briefbomber, der als »Bajuwarische Befreiungsarmee«, die vielleicht nur aus ihm selbst bestanden hat, Österreich terrorisiert hatte. Mit seinen »Höllenmaschinen« hatte er ein Dutzend Menschen schwer verletzt und vier Roma in Oberwart in den Tod gerissen. Er war am frühen Morgen vor seinem Elternhaus verhaftet worden, eine selbstgebastelte Sprengfalle hatte ihm beide Hände weggerissen.

Stumme Worte

Das erste Mal, als ich Eck in die Anstalt »Am Feldhof« begleitete – ich gestehe, mit einigem Widerwillen, denn ich erinnerte mich daran, wie ich als Kind dort mit meiner Mutter ihren schwachsinnigen Onkel Fritzl besuchte, was mich einigermaßen in Verwirrung gestürzt hatte –, lagen die Gebäude schon im Dunkeln, aber in einigen Krankenzimmern brannte noch Licht. Eck, der überdreht war, denn er hatte »etwas genommen«, wie er selbst sagte, redete die ganze Zeit über auf mich ein. Er beschäftigte sich gerade mit dem Surrealismus und sah in jedem Gebäude etwas De-Chirico-haftes. Als wir den Trakt betreten wollten, stand knöchelhoch Wasser auf dem Gang: Ein Rohr war geplatzt, und Installateure in Gummistiefeln stapften herum, Hilfskräfte wischten den Boden auf. Erst nach einer Stunde war der Schaden behoben und das Wasser mit Lappen und Besen beseitigt. Es roch faulig und nach Kalk. Ich hätte zu keinem ungünstigeren Zeitpunkt kommen können. Die Überschwemmung erschien mir wie ein Hinweis, dass ich gehen sollte, aber Eck hätte eine Flucht wohl nicht zugelassen. Sofort führte er mich in das darunterliegende Stockwerk, wo wir im nackten, nach Tabak stinkenden Besucherraum mit den Patienten schweigend Zigaretten rauchten.

Als wir das obere Stockwerk wieder betraten, warteten dort die Patienten neugierig und verwirrt vor den Zimmern. Auch ein Besucher war darunter, der Eck vertraut begrüßte, es war der Jusstudent Alois Jenner, dem ich schon in der Pathologie begegnet war, allerdings war er dort vor Beginn der Sektion geflüchtet.

Er war höflich und zurückhaltend, das war auch der Eindruck gewesen, den ich von ihm in der Pathologie gewonnen hatte. Ich wusste von Eck, dass er fast täglich seinen Freund Franz Lindner besuchte, einen jungen Mann, der, wie er selbst, aus Obergreith in der Südsteiermark stammte. Lindner habe eines Tages aufgehört zu sprechen, sagte Jenner jetzt zu mir, er sei geistesgestört. Wahrscheinlich sei er immer schon krank gewesen, ohne dass es seinem Vater, einem verwitweten Imker, sofort aufgefallen wäre. Jetzt sei sein Sohn schon zum vierten Mal in der Anstalt. Der Vater sei im Zweiten Weltkrieg ein »Mords-Nazi« gewesen, so drückte Jenner sich aus, man munkele, er habe »etwas angestellt«. Jedenfalls habe er Franz, seinen Sohn, tyrannisiert. Franz sei selbst gelernter Imker, ihn hätten schon tausend Bienen gestochen. Er habe sich in der Schwarmzeit öfters eine Bienenkönigin, die er in eine kleine, mit Löchern perforierte Schachtel gesteckt habe, um den Hals gebunden und das ganze Volk, 40 000 Insekten, auf seinem Körper und Kopf Platz nehmen lassen. Dabei habe er keinen Schutzanzug getragen. Beim Herunterschütteln der Bienen, das sein Vater jedes Mal bewerkstelligt habe, hätten die zornigen Insekten Franz dann wie wild gestochen. Trotzdem habe er das »Kunststück«, wie er es in seinen Tagebuchaufzeichnungen genannt habe, bei jeder Gelegenheit wiederholt. Jenner lächelte. Und von jetzt an immer weiter lächelnd setzte er fort, dass Franz »wie besessen« Tagebuchaufzeichnungen gemacht habe, sein Vater diese jedoch vor der Einlieferung in die Anstalt habe »verschwinden lassen«. Möglicherweise habe Franz Dinge beschrieben oder Geheimnisse festgehalten, die sein

Vater nicht habe »an die Öffentlichkeit dringen lassen wollen«. Wenn Lindner entlassen werde, arbeite er jedes Mal bei seinem Vater mit, bis er irgendwann ausreiße. Sobald man ihn dann finde, werde er in die Anstalt gebracht, wo er bleibe, bis sein Zustand sich bessere oder sein Vater ihn wieder abhole. »Am Feldhof« zeichne Lindner vorzugsweise. Aber er schreibe auch in unleserlicher Schrift – vermutlich absichtlich, damit es niemand entziffern könne.

Was er zeichne, wollte ich wissen. Alles Mögliche, sagte Jenner, Gegenstände, Tiere, Landschaftsskizzen, aber auch Menschen. Merkwürdigerweise zeichne er mit Vorliebe tote Mädchen, ertrunkene, erhängte, erstochene ... Jenner lächelte noch immer. Er könne erkennen, sagte er, wem diese oder jene Figur ähnele, schließlich stammten sie alle aus dem Dorf, und auch er selbst, Jenner, sei einer der »Gezeichneten«. Er lachte auf, als erzähle er einen Witz. Im Dorf sei nämlich, beeilte er sich zu erklären, ein Mädchen, in das Lindner offenbar verliebt gewesen sei, in einem Fischteich ertrunken. Er sei Tag und Nacht um ihr Haus herumgestrichen und ihr oft gefolgt, bis sie ihn verscheucht habe. Darüber habe sie sich sogar bei seinem Vater beschwert. Mit Franz selbst habe sie sich nie auseinandergesetzt, da er – Jenner stockte kurz – schon vor seinem ersten Aufenthalt in der Anstalt als verrückt gegolten habe. Nachdem das Mädchen tot aufgefunden worden war, habe man Franz anfangs verdächtigt, sie ermordet zu haben, zumal er nicht lange davor am Fischteich gesehen worden sei. Aber die gerichtsmedizinische Obduktion habe ergeben, dass das Mädchen ertrunken sei. Die Umstände seien aber bis heute nicht restlos geklärt, weshalb man im Dorf Franz noch immer mit ihrem Tod in Zusammenhang bringe. Dazu komme noch, dass er sprechen könne, aber nicht sprechen wolle. Es gelinge schon seit Jahren nicht mehr, ihm auch nur ein einziges Wort zu entlocken. Eines Tages habe er sich, ohne ersichtlichen Grund, wie sein Vater behaupte, geweigert zu sprechen. Er habe auf Fragen keine Antworten mehr gegeben und auch keine Wünsche mehr geäußert. In seinen Tagebüchern habe er sich eine Geschichte ausgedacht, dass er in die Kreissäge gestürzt sei und sich am Kehlkopf schwer verletzt habe, sagte sein Vater. Aber niemand wisse etwas davon, außerdem habe er keine Narbe. Mitunter liege Franz tagelang im Bett und starre die Decke an, dann setze er sich plötzlich an den Tisch und beginne zu zeichnen und zu schreiben. Es breche geradezu aus ihm heraus.

Als Jenner geendet hatte, lächelte er mich weiter an. Ich war jetzt durch die Schilderungen von Eck und Jenner darauf gespannt, Lindner selbst zu sehen.

Dr. Pollanzy und das Buch

Da erschien der Arzt, der für den Nachtdienst eingeteilt war, eine jugendliche, große Gestalt im weißen Kittel. Eck stellte mich ihm vor und nannte mir seinen Namen, Dr. Pollanzy. Ich misstraute ihm sofort, denn er hatte etwas Autoritäres in seinem Gehabe. Ohne mir die Hand zu schütteln, fragte er Eck, was Jenner und ich »hier zu suchen« hätten, es sei keine Besuchszeit.

Bevor Eck antworten konnte, hatte Jenner sich schon elegant und weiter lächelnd gerechtfertigt, indem er auf die Überschwemmung hinwies, die uns daran gehindert hätte, Lindner aufzusuchen, für den er Buntstifte und Papier mitgebracht habe – ein dringlicher Wunsch des Patienten. Er sei außerdem vom Oberarzt gebeten worden, sich um »Franz«, mit dem er in Obergreith »von Kind auf«, wie er sagte, befreundet gewesen sei, zu kümmern. Dr. Pollanzy überging die Antwort und fragte Eck, ob sein Dienst noch nicht begonnen habe. Während Eck wortlos in das Schwesternzimmer eilte, wies er uns mit einer schroffen Handbewegung und der Bemerkung »Zehn Minuten« in das Zimmer, in dem Lindner untergebracht war und in dem noch Licht brannte.

Bei meinen nächsten Besuchen sollte ich Pollanzy noch des Öfteren sehen, aber ein flüchtiges Nicken war die einzige Aufmerksamkeit, die er mir schenkte. Erst als ich selbst nach Wien zog, sollte ich ihn wiedersehen. Er konnte sich nicht mehr an mich erinnern, vielleicht wegen eines Verkehrsunfalls, bei dem seine Frau ums Leben gekommen war und er selbst ein Auge verloren hatte. Ich hatte ihn als einen eleganten, hochmütigen Mann in Erinnerung, aber als Sehbehinderter machte er mir jetzt einen anderen, in sich gekehrten Eindruck …

Am »Feldhof« in Graz fiel mir bei meinen nächsten Besuchen ein Buch auf, das ich auf seinem Schreibtisch liegen sah und in dem ich mehrmals während seiner Abwesenheit blätterte. Es war ein reich bebildertes Werk, das mich an Frazers »Der goldene Zweig« erinnerte. Eine Fotografie betraf das Kapitel »Fetische und ihre Verwendung« und zeigte »Gedenkköpfe gegenüber einem Tempel« in Aklakou. Durch kleine Öffnungen am Kopf wurde »Sodaby« (Palmschnaps) direkt ins Gehirn der Toten gegossen. Ich sah einen »Ahnenkopf der Ibo« aus Nigeria. Er war, entnahm ich dem Bildtext, mit einer grauen Masse überzogen, die als Trägermaterial für den giftigen roten Abrus-precatorius-Samen diente, mit dem der Schädel gespickt war. Ich habe damals den Band in meiner Buchhandlung bestellt und besitze ihn heute noch. Es handelt sich um ein Werk, das die Kunst der Völker Asiens und Afrikas behandelt. Gert Chesi schreibt darin über den Ibo-Kopf, dass die Vollständigkeit des Schädels die Annahme rechtfertige, dass es sich nicht um einen erschlagenen Feind handle, sondern um den Gedenkkopf eines Ahnen. Der Kiefer sei mit zwei geschmückten Stoffbändern befestigt – Symbolen des Reichtums und der Fruchtbarkeit ... Die Totenmaske daneben trägt eine Schildkröte auf dem Kopf, und anstatt der Ohren ragen zwei Kobras heraus, die kampfbereit ihren Schild zeigen. Ein breiter Mund mit einer Reihe von 42 Zähnen steht in einem merkwürdigen Kontrast zu den eng beieinanderliegenden Augenhöhlen.

Ich weiß nicht, weshalb ich die erste Begegnung mit diesem Buch nicht vergessen kann, denn während ich jetzt darin blättere, kommt mir zunächst alles fremd vor. Der Inhalt ist einfach aus meinem Gedächtnis entschwunden. Dafür lese ich es jetzt mit umso größerer Neugierde wieder, als erstes das Kapitel über die Fetische, die Bindeglieder seien zwischen Mensch und Gott oder auch zwischen Mensch und Teufel. Bei »schwarzmagischen Ritualen« können sie zum Zweck der Tötung einer Person, zur Verhexung oder zum Heraufbeschwören von Unglück und Krankheit dienen ... ein Fetisch beziehe seine Kraft aus dem Opfer. Er funktioniere wie eine Batterie, die immer wieder aufgeladen werden müsse. Die Opferhandlungen versorgten ihn mit Energie und würden seiner Aggression die Richtung geben. Viele Fetische seien mit Blut »beopfert« ... Und während ich weiterlese, erinnere ich mich jetzt an das Unbehagen, das diese Lektüre damals in mir auslöste, und ich begreife, dass ich damit wohl endgültig das weite Feld des Unbewussten betreten hatte und dass die Abbildungen und kurzen Texte mir einen Einblick in sein mögliches Aussehen verschafften. Ich konnte mich auch sehr gut an Fotografien des Fetischmarktes in Lomé erinnern, auf dem, wie ich wieder lese, die Ingredienzien für magische Arzneien angeboten wurden, vor allem knöcherne Rinder- und mumifizierte Hundeschädel, lebende Enten, Lämmer, Hühner sowie Gruppen von Voodoofiguren des Schnitzers und Priesters Agbagli Kossi aus Togo – eine Ansammlung weißbemalter Geisterfiguren, von denen viele Schlangen in den Händen halten. Die Geisterfiguren machen einen starren, abweisenden, ja hypnotisierten Eindruck, dazwischen dämonische Wesen aus dem Tierreich. Eine der Götterfiguren stellt den Pockengott Sakpate dar. Er ist dunkelbraun und nackt und mit einem riesigen Penis ausgestattet, der ihm bis zu den Knien reicht. Um seinen Körper windet sich eine grüne Schlange mit roten Punkten. In einer der riesigen Hände hält er eine Lanze, in der anderen ein bemaltes Hackmesser. Zwischen den gebleckten Zähnen ragt eine große Pfeife hervor, und um den Hals trägt er eine Knochenkette. Auf dem Kopf sitzt ein rotes Horn, das mit Muscheln besetzt ist, ebenso wie die rotbemalte Stirn. Augen und Nase sind weiß und schwarz bemalt ...

»Während der Arbeit«, lese ich und erinnere mich zugleich an meine damalige Lektüre und mein Unbehagen, »erkrankten der Priester und Schnitzer Agbagli Kossi und einige Mitglieder seiner Familie an Windpocken. Er führte es darauf zurück, dass er nicht um Erlaubnis gebeten hatte, diese Figur schnitzen zu dürfen.« Der erzürnte Sakpate, heißt es, musste mit aufwendigen Opfern beruhigt werden. Agbagli Kossi schnitzte eine große Zahl von Göttern, Geistern und Dämonen. Das Aussehen des Geistwesens manifestierte sich »in Trancen und Träumen«, schreibt der Verfasser.

Ich lese auch den asiatischen Katalogbeitrag von Daphne Schlorhaufer, eine Abhandlung über »Animistische Traditionen«. In Burma, lerne ich, schützten die »Nats« – Ahnen- und Naturgeister – Häuser, Menschen, ja ganze Dörfer. Um sie nicht zu verstimmen und dadurch Krankheit und Tod herbeizuführen, bringe man den Geistern Opfergaben in Form von Früchten, Reis und Blumen. Daneben, lerne ich weiter, existierten besondere Rituale ihrer Verehrung, Opferzeremonien und Kultfeste, die bei Vollmond gefeiert würden. Es gebe 36 Nats und den Buddha als 37-sten. Heimstätte der Nats sei der Berg Popa, ein erloschener Vulkan in der Nähe Pagans. Nicht zuletzt durch den Einfluss von indischen Kosmologien symbolisierten Berge, aber auch Sakralbauten den Götterberg Meru, der Mittelpunkt und Achse der scheibenförmig gedachten Welt und Zentrum des Kosmos sei. Die thailändische Vorstellung von der Dreiteilung des Menschen in den materiellen Körper »kaj«, die freie Seele »khwan« und die eigene

Seele »winyon« gehe auf die animistische Tradition zurück. Das »khwan« sei fähig, den Körper zu verlassen, was Krankheit und Tod zur Folge haben könne. Deshalb binde man kleinen Kindern eine Schnur um das Handgelenk und halte damit das »khwan« fest. Nach dem Tod könne das »khwan« als Geist »phi« die Erde heimsuchen und den Lebenden Schaden zufügen.

Die Vergangenheit der Anstalt

Die Lektüre und die Abbildungen in dem Buch beeinflussten meine weiteren Besuche am »Feldhof«. Nie wurde ich von da an ein Gefühl der Unheimlichkeit los, des Unberechenbaren, als brüteten die kranken Köpfe der Patienten wirre Geister aus, die mich durch ihre unsichtbare Anwesenheit verunsicherten. Aber zugleich empfand ich Faszination und Neugierde für die Kranken und die Anstalt, auch wenn mich eine gewisse Beklemmung nie verließ.

In diese Zeit fiel eine Bemerkung meines älteren Bruders Paul, der Geschichte studierte und Universitätsprofessor für Sozialgeschichte in Graz wurde. Im September 1939, sagte er mir eines Tages, seien alle Insassen von Heil- und Pflegeanstalten von den Nazibeamten durch Meldeformulare erfasst worden, und im Mai 1940 sei der erste Transport mit zweihundert Patienten aus der Anstalt »Am Feldhof« in die Pflegeanstalt Hartheim nach Oberösterreich geschickt worden. Hartheim sei aber, so mein Bruder, eine Tötungsanstalt gewesen. Bis Juni 1941 seien vierzehn Transporte aus der

Anstalt und sechs Zweigstellen mit Hunderten Pfleglingen nach Hartheim durchgeführt worden. Mehr als tausend Patienten seien allein aus Graz in die Tötungsanstalt gebracht und dort in Gaskammern mit Kohlenmonoxyd ermordet worden. Zuerst habe man sie noch einem Arzt vorgeführt, der eine glaubhafte Todesursache zu erfinden gehabt hätte, das heißt eine, die durch die Krankengeschichte belegt werden konnte. Dabei habe er aus 61 festgeschriebenen Todesursachen wählen können, jedoch darauf achten müssen, dass sich die Todesursachen von Patienten aus dem gleichen Herkunftsgebiet nicht zu sehr ähnelten. Die Angehörigen seien durch ein Schreiben über das Ableben der Patienten informiert worden. Das habe mit der Zeit eine immer größere Unruhe unter der Bevölkerung verursacht. Bereits 1940 habe ein Landesrat aus Mürzzuschlag an den Gauleiter der Steiermark geschrieben, dass Gerüchte nicht verstummen wollten, »Irre« aus den Grazer und Wiener Anstalten seien »mittels der Eisenbahn in einen Ort des Altreiches befördert« worden. »In einem Gebäude dieses Ortes«, las mir mein Bruder aus einer Kopie des Schreibens vor, »hätten sich die Irren – so die Gerüchte – nackt ausziehen müssen und seien dann in eine Kammer gesetzt worden. Diese luftdicht abgeschlossene Kammer sei dann mit Gas gefüllt worden, und nach einiger Zeit seien die in dieser Kammer befindlichen Menschen tot gewesen.«

»Insgesamt wurden auf diese Weise mehr als 18 000 Menschen in Hartheim ermordet«, fuhr mein Bruder fort. Daraufhin seien die Ermordungen zwar offiziell eingestellt, die »Tötungen« aber durch Vergiften beziehungsweise Verhungernlassen fortgesetzt worden.

Ich wusste, dass es Ärzte und Personal in der Anstalt »Am Feldhof« gab, die diese Zeit miterlebt hatten. Manche hatten es inzwischen zu hohen Ämtern und Ansehen gebracht. Und ich wusste auch, dass das Morden nicht nur die Psychiatrie betraf, sondern auch die Justiz, in der Richter und Staatsanwälte die Ermordung und Hinrichtungen von Andersdenkenden und Widerstandskämpfern durchgeführt hatten und jetzt wieder auf ihren alten Posten saßen.

In der Anstalt misstraute ich fortan nicht nur den Patienten, sondern und vor allem auch den älteren Ärzten und dem Personal, und mein Wunsch, Psychiater zu werden, löste sich in nichts auf.

Lindners Kopf

Als ich mit Jenner an jenem denkwürdigen Abend das Krankenzimmer betrat, sah ich Lindner zum ersten Mal. Er lag im weißen Krankenbett, ein Handtuch über das Gesicht gelegt. Jenner flüsterte mir zu, dass sein Freund so zu schlafen pflege. Er hob das Handtuch vorsichtig hoch, und darunter kam ein Kindergesicht mit grotesk abstehenden Ohren zum Vorschein. Seine Wimpern waren auffallend groß, die Nase klassisch mit feinen Flügeln, die sich beim Atmen hoben und senkten. Das Haar war wirr, und Schweiß stand auf seiner Stirn. Sofort dachte ich, dass er schlecht träumte. Noch immer stand Jenner mit dem Handtuch in den Händen neben mir, er lächelte nicht mehr, sondern starrte seinen Freund selbstvergessen an. Plötzlich warf er mir einen Blick zu, den ich nicht verstand. Ich vermeinte, Abneigung und Kälte darin zu lesen, aber im nächsten Augenblick lächelte Jenner schon wieder und zeigte fast brüderlich auf die großen Ohren des Schlafenden. Dann bedeckte er das Gesicht wieder mit dem Handtuch und nahm auf einem Stuhl Platz. Lindner, sagte er, wache häufig wegen seiner Albträume auf, und er wolle, wie immer, eine Stunde bei seinem Freund bleiben und ihm, falls er aufschrecke, beistehen. Ich fragte mich in diesem Augenblick, was Jenner mit ihm verband, und wollte von ihm wissen, ob er mit ihm verwandt sei. Jenner lachte und antwortete, das könne man auf dem Land nie mit Sicherheit sagen. Nein, sie würden einander von Kindheit an kennen und seien gemeinsam zur Schule gegangen. Sie hätten, als Lindner noch gesprochen habe, viele Stunden miteinander verbracht und über alles Mögliche philosophiert. Lindner sei wie ein Bruder für ihn gewesen, und er habe jetzt das Bedürfnis, ihn zu beschützen.

Ich setzte mich auf einen anderen Stuhl und entdeckte eine Brille auf Lindners Nachtkästchen. Darunter einen Stapel Papiere und Swifts »Gullivers Reisen« von der Buchgemeinschaft Gutenberg. Ich erkannte das Buch sofort, da ich selbst die gleiche Ausgabe besitze. Jenner stand wieder auf, stöberte in den Papieren und zeigte mir ein Selbstportrait Lindners mit abstehenden Ohren, das Gesicht von Sternen bedeckt und der Kopf kahl. Zwei der Sterne auf dem Gesicht sahen aus wie Wunden. Außerdem entdeckte ich in einer Linie versteckt eine winzige Biene, einen kleinen Pferdekopf, ein Buch, das von einer Hand gehalten wurde, die aus einem Trichter ragte, sowie eine Silhouette des Gesichts von

Jenner (mit dessen Namen beschriftet) und im Hintergrund ein Engelsantlitz und einen Kopf, der rundherum sechs Augen hatte. Darunter stand »Lindner«. Es war mir, als würde ich den Traum sehen, den Lindner soeben träumte. Ich habe später eine Kopie der Zeichnung angefertigt, die ich heute noch besitze. Von diesem Tag an war ich am Schicksal Lindners, seinen Zeichnungen und Schriften interessiert. Ich hatte das Gefühl, dass er etwas Besonderes war inmitten der Unheimlichkeit, die ihn umgab. Bei Lindner fand ich die Widerlegung der allgemeinen Ansicht, dass Geisteskranke schwachsinnig seien, ich begriff, dass er nur anders war als die anderen und dass es bei seinem Denken eine Verwandtschaft mit dem Schöpferischen gab. Vielleicht, vermutete ich damals, trat nur sein Unbewusstes offener zutage als bei gesunden Menschen. Lindner sprach nie, auch als ich ihn wieder besuchte. Die Ärzte behaupteten, dass er nach wie vor sprechen könne, es aber aus bestimmten Gründen unterlasse. Aus Protest? Aus Angst? Hatte er einen Schock erlitten? Manchmal war ich davon überzeugt, dass er nahe daran war zu sprechen, dann wieder stierte er tagelang untätig vor sich hin und schien sich ganz in sich selbst zurückgezogen zu haben. Er reagierte dann auf keine Anrede. In seinem Inneren aber musste es ungeheure Ereignisse geben, vielleicht war es der Zusammenbruch der Welt, wie sie für uns existiert … Je länger ich ihn kannte, desto eindringlicher zeichnete er Leichen und Beweisstücke, die mit den von ihm ebenfalls dargestellten Morden in Zusammenhang standen. Ich kann sagen, dass ich nie mehr einem Menschen begegnete, der so besessen war von der Vorstellung des Gewalttätigen, des Mörderischen in den Menschen.

Anmerkung zu Sonnenberg

Sonnenberg, der mich einige Male in den Grazer »Feldhof« begleitete, sprach davon, dass Franz an einem »Jüngsten Gericht« arbeite, denn alle Zeichnungen zusammen und auch das, was er schreibe, seien Darstellungen der Hölle auf Erden. Aber zu diesem Zeitpunkt war Sonnenberg selbst schon seltsam geworden. Sein Gedächtnis funktionierte nicht mehr so, wie es sich für einen Untersuchungsrichter gehört hätte. Er verwechselte immer häufiger Ereignisse und Personen. Manche Menschen, die er gekannt hatte, vergaß er. Sie kamen ihm nur noch irgendwie bekannt vor, er wusste aber weder ihre Namen, noch konnte er sich daran erinnern, wo er sie kennengelernt hatte. Der Zustand muss für ihn quälend gewesen sein, er verbarg ihn jedoch, so gut es ging, indem er vorgab, es habe sich nichts für ihn geändert.

Noch einmal Franz Fuchs

Bei meinem zweiten Besuch mit Eck in der Anstalt »Am Feldhof« hielt uns der spätere Briefbomber Franz Fuchs einen Vortrag über Entropie, während er gerade einen Fernsehapparat reparierte. Was er »als Hobby«, wie er sagte, hier in der Anstalt mache, stehe im Widerspruch zum Entropiegesetz. Er schwieg kurz, wie um die Spannung zu steigern. Das Gesetz lege bekanntlich fest, fuhr er etwas gönnerhaft fort, wie um zu demonstrieren, dass jedermann darüber Bescheid wissen müsse und es eigentlich unter seiner Würde sei, diese Selbstverständlichkeit zu wiederholen, dass es also das Wesen aller physikalischen Vorgänge in einem geschlossenen System sei (dabei deutete er auf die Wände des Anstaltszimmers), von einem Stadium der Ordnung in ein Stadium zunehmender Unordnung zu gelangen. Er hustete und drehte dabei den Kopf zur Seite. Wieder machte er eine Pause. Er begreife sich derzeit, begann er dann wieder, als einen sinnlos gegen das Entropiegesetz ankämpfenden Radio- und Fernsehtechniker, Uhrmacher und verhinderten Wissenschaftler, sei aber bereit, sich in den Dienst der anderen Seite, also der Naturgesetze zu stellen. Er blickte uns misstrauisch an, als zweifele er daran, dass wir ihm folgen konnten. Ich wusste natürlich, dass er Andeutungen machte, aber ich interpretierte seine Aussagen als das Fäusteballen eines Machtlosen.

Während ich das schreibe, kommt mir eine andere Erinnerung ins Gedächtnis. Viktor Gartner hatte, nachdem er sich vom Filmkritiker zum »Aufdecker der Nation« – so sein journalistischer Ehrentitel – gewandelt hatte, jahrelang jede Spur des Briefbombenattentäters verfolgt und war sogar einige Stunden nach der Verhaftung des mehrfachen Mörders vor dessen Elternhaus in Gralla, da er – infolge guter Beziehungen zur Polizei – noch in den Nachtstunden von der Verhaftung verständigt worden war. Er war daraufhin mit seinem Wagen aus Wien losgerast und hatte an der Stelle, an der Fuchs durch die Explosion der selbstgebastelten Bombe, mit der er sich hatte »in die Luft sprengen wollen«, wie er sagte, eine Fingerkuppe und ein großes Stück von einem Fingernagel der abgerissenen Unterarme und Hände am Straßenrand gefunden, die er zuerst fotografiert und sodann in seiner silbernen Visitenkartenschachtel verwahrt hatte. Nachdem er, noch in der Dunkelheit, vergeblich versucht hatte, mit Nachbarn des Briefbombenattentäters zu sprechen, war er zu meinem Haus, das mit dem Auto nur zwanzig Minuten vom Schauplatz entfernt lag, gefahren und hatte mich – noch immer vor Tagesanbruch – herausgeklopft. Er muss lautstark gegen die Tür gehämmert haben, denn mein Nachbar auf der anderen Seite des Grabens, der wegen des Viehs schon auf den Beinen war, hatte ihn über die große Entfernung hinweg, wie er mir später sagte, gehört. Ich taumelte zur Tür, und als ich sie öffnete, schrie er mich an: »Sie haben den Briefbombenattentäter gefasst!« Gleichzeitig hielt er mir die silberne Visitenkartenschachtel mit der abgerissenen Fingerkuppe und dem Stück Fingernagel unter die Nase. Obwohl ich nicht ganz wach war, begriff ich, dass der Ausländerhasser festgenommen worden war. Aber es blieben auch nach seiner Verurteilung viele Fragen ungelöst: Gab es die »Bajuwarische Befreiungsarmee« als Unterzeichnerin der Drohbriefe wirklich? Und wenn ja, aus wie vielen Mitgliedern bestand sie? Und wer waren die Hintermänner?

Wir saßen am Küchentisch, und Gartner redete wie in Trance auf mich ein, es war wie seinerzeit, als wir uns zusammen Filme angesehen hatten und er mich auf Dinge aufmerksam machte, von denen er glaubte, dass sie mir entgangen seien. Natürlich hatte ich in der Zeitung gelesen, was Gartner über den Fall geschrieben hatte.

Es war Oktober, und einmal traten spielende Kinder

mit Masken vor den Gesichtern ein und brachten uns aus Übermut ein Ständchen dar. Eines der Kinder war als Zauberer maskiert, die anderen als Mohr und als Sultan mit einem großen Turban. Zu Mittag zog eine Schar Jäger mit Hunden am Haus vorbei, die den Spuren eines Marders folgten, und ich kam darauf zu sprechen, dass in der Gegend, als Tollwut geherrscht hatte, das ganze Jahr über Füchse gejagt worden waren, und wie seltsam es sei, dass jetzt die Jagd nach dem Briefbombenattentäter mit der Verhaftung eines Mannes, der ausgerechnet Fuchs heiße, geendet habe.

Gartner hatte mehrfach Telefongespräche geführt, und einige Zeit darauf kam aus meinem Fax-Gerät Zeile um Zeile das Gesicht von Franz Fuchs heraus; zuerst die Haare, dann die Brille und die geschlossenen Augen, die Nase, der Schnurrbart, das Kinn. Durch seine Verbindungen zum Polizeiapparat war es Gartner offenbar gelungen, ein erstes Foto des Verhafteten zu erhalten. Anfangs fragte ich mich, woher ich das Gesicht, das allmählich unter den klopfenden Geräuschen des Fax-Gerätes erschien, kannte. Als die Nase zum Vorschein kam und der schmale Oberlippenbart, fiel es mir wieder ein.

Ich erzählte Gartner von meinen beiden Begegnungen mit Fuchs, und merkwürdigerweise erinnerte ich mich dabei an den Wortlaut seiner Rede, als er mit uns über das Entropiegesetz gesprochen hatte.

Die Entropie, hatte er gesagt, sei das Maß für den Grad der Unordnung »eines abgeschlossenen Systems«. Erhöhe sich die Entropie bei einem Prozess, so sei dieser »irreversibel«, bliebe sie aber gleich, so sei er umkehrbar. Die »Gesamtenergie«, so Fuchs damals, könne »in einem geschlossenen System« (ich sah ihn wieder vor meinem inneren Auge auf die Wände des Anstaltszimmers weisen) nie abnehmen, die Natur wähle immer nur einen Zustand größerer Unordnung. Auch in der Welt, »wenn man sie als abgeschlossenes System« betrachte, wachse die Entropie. Ihr Endwert wäre erst im »Wärmetod« erreicht, wenn sich sämtliche Temperaturunterschiede »ausgeglichen hätten«.*

Gartner bezog meine Geschichte sofort auf das Gesellschaftspolitische, erinnere ich mich, und wenn ich mich nicht irre, kam er auch in seinem Artikel über Fuchs' Verhaftung darauf zurück, dass dieser einen »irreversiblen Prozess der wachsenden Unordnung« im Staat habe in Gang setzen wollen.

Franz Lindners Welt

Es war Jenner, der mich einlud, mit ihm ein Wochenende in Obergreith zu verbringen. Auf der Fahrt mit seinem Auto hatte er sich über meine Lesewut lustig gemacht und die Bemerkung fallengelassen, es gebe für

---

* Ich hatte damals schon das für mein Medizinstudium vorgesehene Physik-Rigorosum abgelegt und konnte ihm daher folgen, und der Wortlaut tauchte vielleicht deshalb in meiner Erinnerung auf, weil ich im Rechenzentrum Graz einen Techniker kennengelernt hatte, der wie ich Gerhard Roth hieß und ein ausgebildeter Physiker war. Er liebte es, luzide physikalisch-philosophische Erklärungen abzugeben, die er gerne mit Sarkasmus würzte, und eines seiner Spezialgebiete war die Thermodynamik gewesen.

alle Irrtümer die zugehörigen Bücher. Er glaube weder an Religion noch an die Wissenschaft, sagte er, Letztere sei nur Wahrheitsfindung mit Ablaufdatum. Er stellte mich Lindners Vater vor, der gerade mit seinen Bienen arbeitete und einen Rahmen in den ungeschützten Händen hielt. Der Alte war voller Misstrauen und machte einige oberflächliche Witze, weil ich mich aus Vorsicht in den Hausflur begab, um nicht gestochen zu werden. Als ich dann wirklich gestochen wurde, brach er in Gelächter aus. Er zog mir dabei den Stachel aus dem Handrücken, weshalb sich die Schwellung in Grenzen hielt. Jenner bat ihn, seinen Sohn Franz wieder nach Hause zu holen, worauf der Alte die düstere Bemerkung machte, das würde eines Tages in einer Katastrophe enden. Dann wischte er sich unwillig eine Mücke aus einem Augenwinkel, zuckte hierauf mit den Schultern, wölbte die Unterlippe vor, spreizte die Finger der rechten Hand und stieß ein »Warum?« hervor. Jenner wartete und schwieg. »Er läuft ohnedies wieder davon«, fügte der Alte hinzu und ging in das Haus.

Ich besuchte das Sägewerk in Wuggau und sah einem Arbeiter zu, wie er, den Lärm übertönend, Anweisungen schrie, die zwei schwachsinnige Gehilfen eilig ausführten, wobei sie jedes Mal vor Begeisterung lachten und hüpften, wenn ein Baumstamm in Bretter zerfiel. Und ich aß ein Sulmtaler-Backhuhn bei der Witwe Juliane Rannegger unter einem hohen alten Kirschbaum und trank dazu eiskalten Schilcher-Wein. Ich übernachtete im Haus Jenners in einem winzigen Zimmer auf dem Dachboden und konnte lange nicht einschlafen, da ich mich erinnerte, wie ich als Kind, nicht weit von Wuggau, einen Sommer bei einem Bauern verbracht hatte. Doch vorher hatte ich mit Alois Jenner schon heftig dem Schilcher zugesprochen, der mich mehr und mehr erhitzt hatte.

Am Sonntag sahen wir die Gläubigen aus der Kirche strömen, und Jenner, der am Morgen auf die Jagd gegangen war, erzählte im Gasthaus, wie sein Freund einen »Kümmerer-Rehbock« geschossen hatte. Ich sah das erlegte Tier noch, bevor der Freund es aufbrach und Jenner sich auch diesmal aus dem Staub machte, da er, wie er ausrief, kein Blut sehen könne.

Bevor wir nach Graz zurückfuhren, besuchte Jenner noch einmal den alten Lindner. Die Haustür stand offen, aber der Alte war nirgendwo zu sehen, weder im Keller bei der Honigschleuder und in der Werkstatt noch bei der Königinnen-Zucht oder den Stöcken am Hang. Mehrmals rief Jenner seinen Namen. Als sich nichts rührte, betraten wir den Vorraum. Im Vorübergehen sah ich in einem Zimmer ein großes Foto des Alten an der Wand, er trug darauf eine Uniform, ich konnte in der Eile nicht sehen, welche, doch waren deutlich der Reichsadler und das Hakenkreuz auf der Kappe zu erkennen.

Lindners Zimmer war karg eingerichtet, Bett, Tisch, Stuhl, ein Kasten, kein Bild. Auf dem Kasten waren Bücher gestapelt: Novalis, Hölderlin, Büchner – sie trugen alle den Bibliotheksstempel einer oberösterreichischen Gemeinde und Inventarisierungsnummern und stammten aus der Zeit vor dem Zweiten Weltkrieg. Auf dem Tisch entdeckte ich ein kleines Kofferradio und einen schwarzen Globus. Ganz Europa, Nord- und Südamerika, Asien, Australien und Afrika waren mit schwarzer Lackfarbe übermalt, ebenso alle Meere. Nur der Nord- und der Südpol glänzten weiß wie eisige Blüten.

Bald darauf wurde Lindner aus der Anstalt entlassen und kam nach Hause.

Tote Tiere, tote Menschen

Es dauerte aber nicht lange, und Lindner floh wieder aus dem Haus seines Vaters, wurde aufgestöbert und abermals in die Anstalt »Am Feldhof« eingeliefert, wo man ihn auf der geschlossenen Abteilung »ruhigstellte«. Sobald man ihn nach einer Woche wieder ins Freie ließ, lief er ziellos im Park umher, hinunter zum Acker und verschwand in den Maisfeldern, von wo aus er dem roten Triebwagen der Graz-Köflacher-Eisenbahn, der im Volksmund »der rote Blitz« hieß, nachstarrte oder einfach die Wolken am Himmel beobachtete. Er hatte die unangenehme Gewohnheit, tote Tiere von seinen Ausflügen mitzubringen, die er in seine Jackentasche steckte: halb verweste Vögel, die schon von Maden befallen waren, Ratten, Feldmäuse, verschiedene Käfer, Würmer, einen Maulwurf und einmal sogar ein Eichhörnchen. Er nahm die toten Tiere, wenn sie noch keinen Fäulnisgestank absonderten, sogar mit ins Bett und versteckte sie unter der Decke. Kein Verbot half, Lindner ließ alle Belehrungen über sich ergehen und kehrte schon bei der nächsten Gelegenheit mit einer toten Ringelnatter, einem toten Schmetterling oder einer toten Taube zurück. Des Öfteren riss er aus der Anstalt aus, wurde aber jedes Mal nach ein oder zwei Tagen von der Polizei oder der Gendarmerie zurückgebracht. Er hatte bei seinen Fluchtversuchen aber kein bestimmtes Ziel, er stromerte nur in der Gegend herum. An einem kalten Wintertag verließ er unbemerkt das Anstaltsareal und wanderte ohne Mantel, Handschuhe oder Schal sechzig Kilometer zu Fuß bis Obergreith, betrat jedoch nicht das Vaterhaus, sondern suchte am Friedhof das Grab der Ertrunkenen auf, wobei er von der Pfarrersköchin gesehen wurde. Als sie ihn fragte, weshalb er sich hier herumtreibe und warum er so dürftig bekleidet sei, habe er die Flucht ergriffen und sei wieder zu Fuß in die Anstalt zurückgekehrt. Niemand wusste, wo er die beiden Nächte, die er im »Feldhof« abgängig gewesen war, übernachtet hatte.

Ich nahm einmal Karl von Frischs Buch »Über Bienen« in die Anstalt mit, das ich mir nach der Begegnung mit seinem Vater gekauft hatte, und schenkte es ihm. Er streichelte zärtlich mit der Hand darüber und ließ es auf dem Tisch des Krankenzimmers liegen, aber bei meinem nächsten Besuch entdeckte ich es unter seinen Papieren. Zumeist kam ich in Begleitung Alois Jenners, der sich nach wie vor um Lindner bemühte, aber Lindner ignorierte ihn. Es war ein seltsames Verhältnis, auf der einen Seite der gewandte Jusstudent Jenner und auf der anderen der abwesende Imker Lindner. Man hätte erwarten können, dass Jenner allmählich das Interesse an ihm verlor, aber es bestand offenbar eine geheime Verbindung zwischen ihnen, die ich mir nicht erklären konnte. Noch immer verdächtigte man Lindner im Dorf des Mordes, wie Jenner bestätigte, auch wenn es niemand aussprach. Wenn sein Vater bei Lindner im »Feldhof« erschien, erfuhr ich, drehte sich Franz zur Seite und beachtete ihn nicht. Er weigerte sich auch, ihn in den Park zu begleiten, und so wurden die Besuche des Alten im Gegensatz zu denen Jenners immer seltener. Auch ich begnügte mich schließlich damit, ihn zweimal im Jahr aufzusuchen. Ich hatte inzwischen selbst in Obergreith ein abgelegenes Haus gemietet und war Schriftsteller geworden.

Dann geschah etwas Entscheidendes, das meine Schreibpläne durcheinanderbrachte. Jenner wurde, während ich mich auf dem Land aufhielt, in Wien des Mordes an einer jungen Frau angeklagt. Ich verfolgte den Prozess Tag für Tag und mit wachsender Empörung in der Zeitung, denn die Beweise waren dürftig, und Jenners Ruf wurde wegen der Beschuldigungen in den Schmutz gezogen. Alois wurde freigesprochen, beendete bald darauf das Studium der Rechte und begann, sich durch seine außergewöhnliche Intelligenz einen Namen zu machen. Ich verlor ihn allmählich aus den Augen.

Zehn Jahre nach der Anklage hatte sich alles ins Gegenteil verkehrt: Jenners Ruf war nicht nur wiederhergestellt, sein Freispruch trug sogar dazu bei, dass er mit Bewunderung behandelt wurde. Ich wusste jedoch, dass er schlau war, schlau und verschlagen, denn in den zehn Jahren hatte sich auch meine Meinung über ihn geändert. Ich hatte immer neue Geschichten über ihn gehört und traute ihm jetzt alles zu.

Rechenzentrum Graz, ein Zwischenkapitel

Ich hatte mein Medizinstudium längst aufgegeben, da ich mich mehr mit dem Schreiben befassen wollte, und außerdem hatte ich ja eine Familie. Daher hatte ich eine Stelle im Rechenzentrum Graz angenommen. In der Steyrergasse 17, gegenüber der Technischen Hochschule, ein Stockwerk über einem Atomreaktor und einem Elektronenmikroskop. Mit einer Computer-Großrechenanlage UNIVAC 490 (und später dem Nachfolgemodell 494) begab ich mich in die Anderswelt. In der »Neuen Zeit« in Graz hatte ich vorher als freier Mitarbeiter nur wenig Geld verdient und daher eine feste Anstellung als Gerichtsreporter angestrebt. Doch erfuhr ich später von Viktor Gartner, dass man daran gezweifelt hatte, ob ich für eine Arbeit als Journalist taugte, und schließlich davon Abstand genommen hatte, mich in den Redaktionsstab aufzunehmen. Ich hatte noch eine kurze Zeit Medizin studiert und schließlich ohne große Hoffnung an einem Logik-Test teilgenommen, den der Psychologe am Arbeitsamt Graz, Dr. Petri, der mir wegen meiner sprachlichen Fähigkeiten zuvor noch geraten hatte, Rechtsanwalt zu werden, durchführte. Das Rechenzentrum Graz wollte geeignete »Operators« für seine Großrechenanlage finden und hatte aus diesem Grund den Test veranlasst.

Zu meinem Erstaunen gehörte ich zu denen, die für die Ausbildung in Frage kamen. Ein Jahr arbeitete ich nach meiner Einschulung im Drei-Schicht-Betrieb, dann wurde ich in die Direktion versetzt und Organisationsleiter. Ich hatte mich um den »Maschinenzeitplan« zu kümmern und um die Operators, die die Großrechenanlage bedienten, um die Arbeitsvorbereitung und die Locherinnen – insgesamt mehr als dreißig Personen. Da das Rechenzentrum Computerzeit verkaufte, war jede Minute kostbar. Meine wichtigsten Aufgaben waren daher die Aufklärung von Fehlern, allen Reklamationen nachzugehen und die Schichtbücher, in die jeder Zwischenfall eingetragen wurde, auszuwerten. Zehn Jahre meines Lebens war ich auf der Suche nach Fehlern, und zehn Jahre hatte ich mich mit Kunden auseinanderzusetzen, die dabei oft Ausreden und Lügen erfanden, um sich Kosten zu ersparen. Zumeist bewies das automatische Maschinenprotokoll aber das Gegenteil, und alles wurde auf *Irrtümer* geschoben. Der Irrtum ist der Stiefbruder der Lüge. Ich habe in diesen Jahren die Überheblichkeit und Hinterlist von einzelnen Mitarbeitern, Akademikern und Beamten kennengelernt, die sich bis zur Intrige und Denunziation steigern konnten, und eine Lehre in Mitmenschlichkeit erhalten, die es mir später erlaubte, auch in der Schlangengrube von »Künstlerfreunden« zu überleben.

Die Schichtbücher wurden zu Dienstbeginn ausgewertet. Die Operators hatten darin alles festzuhalten, was vorgefallen war. Ungeklärte Fehler wurden in eine eigene Rubrik eingetragen, ebenso technische Fehler, Systemfehler, Programmfehler und Operatingfehler und dazu die »Lost-Time« – die verlorene Zeit. Jeden Monat erstellten wir eine Lost-Time-Statistik mit genauen Angaben, die an alle Abteilungen erging. Es gab Debatten, Streit und sogar erbitterte Auseinandersetzungen um jede verlorene Minute und damit um jeden Groschen. Daher schienen unter der Rubrik »ungeklärte Fehler« bald die größten Verlustzeiten auf – denn tatsächlich gab es auch immer wieder Zwischenfälle, deren Ursachen trotz aller Bemühungen von Technikern und Systemprogrammierern, Arbeitsvorbereitern und Operators nicht geklärt werden konnten. So kam mir neben dem Vertrauen zu den Menschen auch das Vertrauen in die Technik abhanden.

Nebenbei studierte ich die Geschichte der Rechenmaschinen und stieß dabei auf den Mathematiker und Philosophen Blaise Pascal, dessen »Pensées« ich gelesen hatte: Er entwickelte das binäre Zahlensystem und konstruierte einen ersten Computer. Ich beschäftigte mich auch ausführlich mit anderen Pionieren, die Rechenmaschinen gebaut hatten: mit Lullus, Leibniz und Babbage, mit Konrad Zuse, mit Aiken, Stibitz, von Neumann und Mauchly, mit Eckert und mit der Kybernetik Norbert Wieners, und ich stieß in Lehrbüchern der Mathematik und Psychologie auf die Lithographien und Holzschnitte M. C. Eschers, die mich schließlich dazu anregten, mich wieder stärker mit den Geisteskranken zu befassen.

Reise zu Escher nach Den Haag

Dreißig Jahre später fuhr ich nach Den Haag, um endlich das M. C.-Escher-Museum im »Het Palais« in der Lange Voorhout 75 zu besuchen. Ich entdeckte jedoch nicht viel Neues.

Zu Mittag setzte ich mich dann in ein fast leeres chinesisches Restaurant und las in der Broschüre »Escher on Escher«, die ich mir gekauft hatte, nach, was der

Künstler über seine Werke gesagt hatte. Immer wieder fiel mir dabei meine Zeit im Rechenzentrum Graz ein und wie sehr ich damals diese Bilder bewundert hatte. Die erste Lithographie, die ich gesehen hatte, war »Hand mit spiegelnder Kugel« gewesen. Die rechte Hand des Künstlers hielt darauf die Kugel und berührte ihr konvexes Spiegelbild. In der Mitte hatte sich Escher selbst dargestellt als bärtigen Mann – um ihn herum der gesamte perspektivisch verzerrte Raum: die vier Wände, der Boden, die Decke mit der Lampe, ein Bücherregal, Bilder, das Fenster, Sitzmöbel, ein Tisch, alles zusammen machte den Eindruck einer bizarren Schiffskajüte. Die präzise Darstellung hatte etwas Unwirkliches, sie suggerierte für mich das Leben eines Physikers in seinem Weltbild. Aber ich erkannte mich auch selbst in der Lithographie als Gefangenen in meiner neuen, mathematischen Welt, die voller Mirakel war, obwohl alles an ihr sich aus der Logik entwickelte. Das verblüffendste Bild war wohl »Reptilien« gewesen. In dieser Lithographie war die Wirklichkeit nur ein Mittel zur Täuschung, so wie man über die Lüge zur Wahrheit finden kann. Auf einem Zeichenheft sind flächig als geometrisches Muster Reptilien schematisch dargestellt, die aber am vorderen Rand als scheinbar dreidimensionale Wesen aus der zweiten Dimension hervorkriechen. Die Reptilien klettern hintereinander über ein Tierkundebuch und ein Zeichendreieck auf einen geometrischen Körper – einen Dodekaeder –, von dort weiter auf einen Mörser und verschwinden sodann wieder in der zweiten Dimension der Zeichnung des aufgeschlagenen Hefts. Von dieser Lithographie geht ein Zauber aus, der an einen Kindertraum erinnert, einen Traum, in dem der oder die Träumende wie Alice im Wunderland vor Paradoxien steht, die nur durch paradoxes Denken verstanden werden können, das aber zugleich in einem fort von der Logik in Frage gestellt wird, bis man das Rätsel auch als seine Lösung betrachtet und begreift. Es ist kein Zufall, dass Lewis Carroll, der das Wunderland für Alice erfand, in Wirklichkeit Mathematik-Dozent war. Er war so gespalten, dass er oft nicht wusste, ob er jetzt Lewis Carroll war oder Charles Lutwidge Dodgson, wie er tatsächlich hieß, oder vielleicht beide zusammen.

»Treppauf und Treppab«, die berühmteste Lithographie Eschers, geht auf eine Skizze des englischen Mathematikers L. S. Penrose zurück. Das Bild zeigt einen Gebäudekomplex, eine Art Kloster mit einem rechteckigen Innenhof, um den eine Außentreppe – auf der man ohne Ende hinauf- und hinuntergehen kann, ohne je höher oder tiefer zu steigen – herumführt. Vierzehn Mönche sind auf ihr nach oben unterwegs, zwölf in die andere Richtung nach unten – doch gelangen sie nie an ihr Ziel, sondern gehen im Kreis ewig hinauf oder hinunter. Ich habe in Eschers Bildern nicht nach einem Gleichnis oder einem tieferen Sinn gesucht, für mich waren sie Mathematik und Geometrie in irrationalen Bildern und zugleich Scharaden, die einluden, sie sowohl als Sinn als auch als Täuschung zu betrachten, etwas Spielerisches, das zugleich Wissenschaft war und Nonsens, aber ein so überdrehter Nonsens, dass man ihn als Ausdruck höchster Intelligenz interpretieren kann. »Mein Werk hat nichts mit den Menschen zu tun, auch nichts mit Psychologie«, las ich in dem chinesischen Restaurant und: »ich weiß nicht recht, was ich mit der Wirklichkeit anfangen soll, mein Werk hat damit nichts zu tun. Ich weiß, dass das falsch ist … Ich weiß, dass man verpflichtet ist, daran mitzuwirken, dass sich alles zum Besten wendet, aber ich habe kein Interesse an der Menschheit … Warum muss man mit der Nase immer auf die elende Wirklichkeit gestoßen werden? Warum darf man nicht spielen?«

Es war ein trüber Februarnachmittag, und ich beschloss, in dem chinesischen Restaurant weiterzulesen und erst später mit dem Taxi nach Amsterdam zurückzufahren, auch wenn das kostspielig war, aber ich hatte so viel gesehen, dass ich Zeit brauchte, um es zu verarbeiten. Über die Gedanken, die Escher zum Spielen trieben, las ich dann: »Wenn ihr nur wüsstet, was ich in der Dunkelheit der Nacht gesehen habe … ich bin manchmal wahnsinnig vor Kummer gewesen, weil ich das nicht darstellen konnte. Jedes Bild ist im Vergleich dazu ein Fehlschlag, der noch nicht einmal einen Bruchteil von dem wiedergibt, was hätte sein müssen.« Ich blickte zum Fenster hinaus und sah mich dann kurz im Lokal um. Die Besitzerin schwatzte mit dem Personal, in die roten Hochglanzsäulen, die den Speiseraum dekorierten, waren goldene Drachen eingearbeitet. Von der Decke hingen gläserne Lampions, und neben der Eingangstür stand eine Buddhafigur aus Holz, die über mich zu lachen schien. Was Escher vielleicht im Sinn hatte, ging es mir dabei durch den Kopf, war die Darstellung des Zufalls als mathematisches Paradoxon, so als würde eine ins Irre getriebene Mathematik schließlich die Unwirklichkeit der Welt und unseres Lebens beweisen. »Ich betrachte mein Werk«, las ich, »als sehr schön und gleichzeitig sehr hässlich.« Beim Weiterblättern stellte ich fest, dass sich Escher intensiv mit dem Möbius-Band auseinandergesetzt hatte, in das auch ich vernarrt bin. Das Möbius-Band, benannt nach seinem Erfinder, dem Mathematiker und Astronomen August Ferdinand Möbius, ist ein mit verdrehten Enden zusammengeklebter Papierstreifen und wird als »einseitige Fläche mit nur einem Rand« beschrieben. Man kann es nämlich der Länge nach durchschneiden, ohne dass es in zwei Ringe zerfällt. Escher versah es mit drei Schlangen, die sich in den Schwanz beißen. Ich erinnerte mich sofort an ein schreckliches Erlebnis in meiner Kindheit, als meine Großmutter im Garten zwei Sandvipern erschlug. So wie auf dieser Möbius-Schleife, sagte ich mir, lebten sie in meinem Kopf weiter. Wenn ich daran dachte, sah ich jedes Mal den Ablauf der Ereignisse vor mir. Als ich von Den Haag zurück nach Amsterdam fuhr, verliebte ich mich in die flache Landschaft mit Kanälen, Dörfern, Laubwäldern und Kühen auf den Wiesen, die sich wie in einer Endlosschleife wiederholten.

In Amsterdam besichtigte ich im Stadt-Museum Rembrandts »Anatomie des Dr. Deijman«, irrte hierauf zu Fuß durch die Stadt, die Grachten entlang, und suchte schließlich das »Amsterdam-American-Hotel«, in dem ich abgestiegen war. Nachdem ich mir ausführlich Notizen gemacht hatte, ging ich in das großräumige »Tiffany-Café«, nahm in einem Ohrensessel Platz, bestellte ein großes Bier und schlief bald darauf ein. Die besorgte Kellnerin weckte mich erst um Mitternacht, als das Café schon sperrte, und riss mich aus einem Traum, in dem ich gerade als einer der zwölf Mönche in M. C. Eschers Bild »Treppauf und Treppab« endlos nach unten gestiegen war.

Gerhard Roth

Schon bald lernte ich im Rechenzentrum Graz meinen »Doppelgänger« kennen, der mir zwar nicht ähnlich sah, aber den gleichen Namen und dasselbe Geburtsjahr hatte wie ich. Er war kleiner als ich, athletisch, mit einer Neigung zum Pykniker und zur Rechthaberei, aber trotz seines ausgeprägten Selbstbewusstseins stets ein Suchender; ich wusste jedoch nicht, was er zu finden hoffte. Immer schien er auf eine Attacke zu warten, auf einen Hinterhalt, und rasch und sorgfältig wog er jedes Wort ab, das jemand an ihn richtete, während er selbst mit seiner Wortwahl nicht gerade zimperlich war. Seine Rastlosigkeit erklärte ich mir aus seinem ungeheuren Wissensdrang, der ihn andererseits auch dazu bringen konnte, sich zu verzetteln. Begeisterungsfähig, wie er war, verlor er sich in hundert Ideen. Er hatte im Gebäude ein kleines Kellerlaboratorium, in dem er an seinen Forschungsprojekten arbeitete, gehörte aber dem Stab der Techniker an. Nicht nur hatte er einen ausgeprägten Instinkt bei der Suche nach einem technischen Fehler, er erkannte auch sehr schnell Mängel und Schwächen derjenigen, die mit ihm zu tun hatten. Dass er sich schwer anpassen, kaum auf jemanden einstellen konnte, war zugleich seine große Stärke und Schwäche, die er selbst aber nicht sah. Möglicherweise unterdrückte er auch seine Selbstkritik, und die Überheblichkeit, die er mitunter an den Tag legte, war vielleicht nur Selbstschutz. Roth studierte Physik und Mathematik. Was für mich die Literatur war, war für ihn die Wissenschaft. Analyse, Synthese und das Vertrauen in die Logik bestimmten sein Denken. Auch mir war das durch mein vorangegangenes Medizinstudium und meine neue Beschäftigung nicht fremd, und ich erkundete den mir unbekannten Kontinent »Boole'sche Algebra« mit großer Leidenschaft. Deshalb war der »andere Gerhard Roth« für mich eine Bereicherung. Die Stunden, die wir miteinander über alles Mögliche sprachen, regten mich zu neuen Gedanken an und stellten manchmal sogar meine bisherigen Ansichten auf den Kopf – zumindest für eine gewisse Zeit. Roth war ein exzellenter Didaktiker, ich schaute ihm beim Reden gewissermaßen über die Schulter und erhielt Einblicke in Gedankenkunststücke, als würde ich einem Zauberer beim Einüben seiner Tricks zusehen. Meine geheime Verbindung zu ihm war aber Lewis Carroll, vulgo Charles Lutwidge Dodgson, der für mich – wie Escher in der Geometrie – die Metaphysik in der Mathematik sichtbar gemacht hat.

Dodgson und Carroll

War für Gerhard Roth das naturwissenschaftliche Denken auch die adäquate Methode, den Alltag zu bewältigen, so war es für mich ein Ersatz für Spiritualität. Bei den Pionieren der Rechenmaschinen, Lullus, Pascal oder Leibniz, interessierte mich anfangs besonders diese mir ambivalent erscheinende Religiosität, die Neigung zum Mystizismus. Umso erstaunter war ich, dass auch der arme, stotternde Urenkel eines Bischofs und drittes von elf Kindern eines Geistlichen, Lewis Carroll, das College seines Vaters, Christ Church, besucht hatte, wo er Mathematik, Theologie und klassische Literatur inskribierte. Er hatte sich schon auf die Priesterweihe vorbereitet, aber durch Faulheit ein wichtiges Stipendium verfehlt und sein Studium in Mathematik abgeschlossen. Hierauf hatte man ihn als Tutor in Christ Church eingestellt. 1861 wurde er zum Diakon geweiht, übte das Priesteramt jedoch nie aus. Vermutlich spielte dabei der Umstand eine Rolle, dass er befürchtete, beim Predigen zu stottern (trotzdem hatte er einige Predigten gehalten). Ursprünglich hieß »Alice in Wonderland« »Alice's Adventures Under Ground«, denn Carroll schickt das Mädchen Alice mit einem Sturz in ein Kaninchenloch und von dort in den Orkus. Doch es ist ein bizarrer, surrealistischer Orkus, sozusagen die dritte Wurzel aus dem nächtlichen Denken, die sich da als eine Art Märchen offenbart – vielleicht erfunden von einem verrückt gewordenen Möbius-Band –, mit kauzigen Figuren wie dem weißen Karnickel, das keine Zeit hat, dem inzwischen längst ausgestorbenen Vogel Dodo – vermutlich ein Selbstportrait Carrolls, der sich mit seinem wirklichen Namen stotternd als »Do-Do-Dodgson« vorstellte –, den Zwillingen Tweedledee und Tweedledum, der roten Spielkartenkönigin oder dem Ei auf der Mauer namens Humpty-Dumpty. Es ist ein Land, in dem »du so schnell rennen musst, wie du kannst, wenn du am gleichen Fleck bleiben willst«, wie die Rote Königin vermeldet. Über Carrolls Stottern begriff ich auch seine Vorliebe für Doppelnamen, Spiegelungen und seine eigene Doppelexistenz als Wissenschafter und Künstler. Charles Lutwidge Dodgson hieß der Mathematiker und Geistliche – Lutwidge nach dem Familiennamen der Mutter, die eine Cousine seines Vaters war. Robert Wilfred Skeffington Lutwidge, einer seiner Onkel und Inspektor der britischen Asyle für Geisteskranke, starb übrigens, als ein Patient ihm mit einem Nagel einen Kopfstich versetzte. Dodgson verdoppelte auch seinen Vornamen: Aus »Charles«, der anglisierten Form des Namens »Carolus«, machte er »Carroll« (mit Doppel-r und Doppel-l) und aus »Lutwidge« »Lewis«, die anglisierte Form von »Ludovicus«, und zauberte damit aus seinem Namen auch den Namen für sein zweites »Ich« – den Schriftsteller und Fotografen. Vielleicht entledigte er sich damit auch des streng religiösen »Charles Lutwidge«, der »Lewis Carroll« beim Fotografieren von halbbekleideten und nackten zehn- bis zwölfjährigen Mädchen vermutlich in die Quere kam. In über 24 Jahren entstanden in Carrolls Atelier dreitausend Bilder, davon mehr als die Hälfte von jungen Mädchen. Daneben fotografierte er außer Erwachsenen und sich selbst noch Stillleben und vor allem Skelette.

Die Puzzles, Rätsel und Geschichten, die er erfand, gingen häufig von Zahlen aus und stellten nicht selten Fragen nach der menschlichen Existenz. Ab 1880 veröffentlichte er in der Londoner Zeitschrift »The Monthly Pocket« Denksportaufgaben. Sie bestanden aus jeweils zehn Folgen, die Carroll »Knoten« nannte, wobei eine oder mehrere mathematisch-logische Aufgaben in eine kleine Geschichte eingekleidet waren. Dodgsons Unterricht im Christ-Church-College muss hingegen schrecklich gewesen sein, denn Carroll war jemand, der die Sprache mit Verrücktheit verband und die Wirklichkeit der Sprache der Wirklichkeit des Alltags vorzog, wobei er den Wörtern und Sätzen gern eine Clownsnase aufsetzte, um sie sodann zu logarithmieren oder hochzurechnen. Das ergab die Wirklichkeits-Bruch-Rechnung, die er benötigte, um sich mit sich allein oder mit Kindern, aber doch immer umgeben von der Aura des Bizarren, zu amüsieren. In einem Brief schrieb er über den Unterricht: »So sitze ich also in der äußersten Ecke des Zimmers; vor der (geschlossenen) Tür sitzt der Diener; vor der äußeren Tür (ebenfalls geschlossen) sitzt der Unterdiener; und draußen im Hof sitzt der Schüler. Die Fragen werden von einem zum anderen gebrüllt, und die Antworten kommen genauso zurück – es ist ziemlich verwirrend, bis man sich daran gewöhnt hat.« Als Dodgson verfasste Carroll zwei Bücher über Euklid – sein mathematisches Hauptwerk »Euclid and His Modern Rivals« sogar als Theaterstück – daneben ein zweibändiges Werk »Curiosa Mathematica« sowie mathematische Abhandlungen und Bücher über Algebra und Trigonometrie und zuletzt einen Band zur symbolischen Logik.

Zweifellos war Dodgson – übrigens ein zum Rechtshänder umerzogener Linkshänder wie Escher – ein Meister der Unwahrscheinlichkeit und der Täuschung. Alles an ihm, an seinem Werk ist Tarnung, Versteckspiel, Bluff, Trick, ist Sprache aus Wörtern, die sich wie Slapstick-Figuren verhalten, aus Begriffen, die sich aus Konvex- und Konkavspiegeln betrachten und (dabei) beteuern, dies sei ihr reales Abbild, aus Buchstaben, die sich wie Zahlen fühlen und ununterbrochen neue, hypertrophe Ziffernungeheuer bilden, für die jeglicher Ausdruck fehlt und die daher wie in Adolf Wölflis Reisebüchern Phantasienamen annehmen müssen. Es ist die Verbindung von Zufall und Logik, die eine karnevaleske Wirklichkeit in die Welt setzt, eine neue und doch nicht ganz fremde, so als sei es eine stets verleugnete und verleumdete, die jetzt endlich buntschillernd zum Vorschein kommt und alle Vernunft in Frage stellt. Doch in ihrem Kern ist sie trotz der permanenten Drehbewegung und Turbulenz, die in ihr herrschen, wahr.

Wie erwähnt, hatte Carroll in seinem Werk ein ausgesprochen merkwürdiges Verhältnis zu Verdoppelungen und Symmetrie: Als er starb, war er 66 Jahre alt.

Ein janusköpfiger Beweis

Ich habe mit Gerhard Roth nie über Lewis Carroll gesprochen, auch nicht über Dodgson und schon gar nicht über die Zeichnungen von John Tenniel, die, seit sie die Erstausgabe illustrierten, immer wieder gedruckt wurden und ihren festen Platz im Gedächtnis jedes Carroll-Lesers haben. Ich sah mich hingegen selbst öfters als weißes Kaninchen in den Computerraum laufen und begann, den täglichen Betrieb als Irrenhaus zu betrachten.

Mit Roth führte ich lange Gespräche über eine Art absurder Physik, über die Werke Albert Einsteins oder Kurt Gödels und Nikola Teslas Paralleluniversen, Schwarze Löcher, Vergleiche des Gehirns mit dem Computer, Zeitreisen, Artificial Intelligence, Roboter oder den Entdecker der elektromagnetischen Lichtwellen, James Clerk Maxwell. Was Roth erläuterte, löste in mir andere Assoziationen aus, als er ahnte. Mir ging es nicht um Wissen, nicht um Science-Fiction-Phantasien, sondern um eine für mich fremde Sicht auf die Wirklichkeit. Wenn Roth nebenbei Beweise der Unmöglichkeit eines Schöpfers anführte, waren diese für mich in ihrer Kompliziertheit gerade das Gegenteil davon. Ich hatte meinem Freund bei seinen Exkursen nämlich nie wirklich folgen können, aber alle Vorstellungen, die er mit seinen Worten in mir auslöste, waren so großartig gewesen, dass ich in und hinter diesen Einsichten ein unbegreifliches Rätsel zu erkennen glaubte. Natürlich entstand für mich daraus kein religiöser Glaube, denn bis heute ist die Existenzphilosophie der entscheidende Gedanke in meinem Leben geblieben, aber Roth fügte ihr unwissentlich etwas hinzu, das seither einen festen Platz in meinem Denken hat: den Zweifel, der aus den Erkenntnissen selbst entsteht, weil diese wie fragmentarische Offenbarungen eines unendlich komplizierten Bauplans erscheinen, der ein wirkliches Verstehen nur begrenzt ermöglicht.

Gerade als ich dieses Kapitel schrieb, erhielt ich einen Brief mit einer Traueranzeige, die mich vom Tod meines ehemaligen Freundes benachrichtigte. Er war, wie ich von seiner Frau erfuhr, an derselben Krankheit gestorben, an der auch ich leide und der mein Bruder zum Opfer gefallen ist: an Venenentzündungen in den Beinen. Sie zwingen mich zu langen Injektionskuren, aber Gerhard Roth, habe ich erfahren, kümmerte sich nicht um ärztliche Anweisungen.

Erstaunt und erschrocken über den merkwürdigen Zufall legte ich meine Arbeit zur Seite und verbrachte den restlichen Tag in Untätigkeit.

Ein Schachspiel

In der Zeit, als ich im Rechenzentrum arbeitete, wurde in Graz eine Prostituierte in ihrer Wohnung ermordet, ohne dass der Täter gefasst worden wäre. Das ergab Gesprächsstoff vor allem für Sonnenberg, der die polizeilichen Ermittlungen akribisch verfolgte, die Tageszeitungen las und Überlegungen anstellte. Er hatte begonnen, mit seinem Studienkollegen Jenner Schach zu spielen, und ich war im Café Berghaus Zeuge, als Sonnenberg Jenner während eines Spieles den Fall auseinandersetzte, der übrigens erst nach Jahren geklärt wurde. (Alles hatte später Sonnenbergs Vermutungen bestätigt, er hatte damals schon ein Täterprofil erstellt, das er mir ausführlich darlegte, und es hatte bis ins Detail gestimmt.) Jenner schien währenddessen auf dem sicheren Weg, das Spiel zu gewinnen, aber Sonnenberg hatte so feine Gedankenfäden gesponnen, dass sein Gegner sich darin verfing. Zum ersten Mal erlebte ich Jenner wütend, denn er fühlte sich den meisten Menschen überlegen und konnte natürlich nicht verlieren. Mit einem Handschlag wischte er die Figuren vom Brett, sprang laut schimpfend auf und warf ein Wasserglas um, das zu Boden fiel und zersplitterte. Ohne uns weiter zu beachten, stürmte er durch die Schwingtür hinaus.

Der Vorfall hatte in dem sonst so stillen Café Aufsehen erregt, einige Gäste unterbrachen die Lektüre und lugten über den Rand ihrer Zeitungen, an anderen Tischen wurde das Gespräch unterbrochen, und die Köpfe drehten sich zu uns herüber. Sonnenberg stellte die Figuren wieder auf das Brett und entschuldigte sich bei der Kellnerin, die die Glasscherben zusammenkehrte. Er bot mir nicht, wie sonst üblich, eine Schachpartie an, sondern begann wortlos gegen sich selbst zu spielen. Allmählich begriff ich, dass er die Partie gegen Jenner aus dem Gedächtnis nachspielte, und ehe ich ihn fragen konnte, weshalb, deutete er auf das Brett und erklärte mir, dass Jenner einen Fehler übersehen hätte, den er, Sonnenberg, gemacht habe. Tatsächlich hatte Jenner nicht bemerkt, dass er mit einem anderen Zug einen Springer Sonnenbergs hätte schlagen können. Sonnenberg warf die Figuren zusammen und bemerkte kurz, dass er Jenner mit seinen Überlegungen zur Ermordung der Prostituierten wohl irritiert habe. Ich verstand nicht sofort, er fügte aber hinzu, dass er Jenner misstraue. Als er sah, wie irritiert ich durch seine Aussage war, fuhr er fort, dass er ihn im Auge behalten werde. Er veränderte dabei seinen Gesichtsausdruck nicht und schwieg, bis ich aufstand und ging. Damals hegte ich weiter den Verdacht, dass er mehr und mehr den Verstand verlor.

Das erste Manuskript

Ein anderer Mitarbeiter im Rechenzentrum Graz, Fritz Königshofer, war eine außergewöhnliche Begabung unter den Programmierern. Er arbeitete später im Genfer Forschungszentrum Cern, bei der Wettervorhersage in London und beim Weltwährungsfonds in Washington. In meiner Freizeit begann ich, angeregt durch die Gespräche mit Gerhard Roth und Fritz, aber besonders durch Werke über die künstlerische Arbeit Geisteskranker mit meinem Manuskript »die autobiographie des albert einstein«. Ich schrieb heimlich auf der Wäschekiste im Badezimmer, nachts, wenn alle schliefen, oder in der Küche an einem kleinen Tischchen unter einer Leselampe, von der mich meine Schwiegermutter mit Klagen über die hohen Stromkosten vertreiben wollte. In dieser Zeit bedeuteten mir Ronald D. Laings »Das geteilte Selbst« und »Das Selbst und die Anderen«, Michel Foucaults »Wahnsinn und Gesellschaft« und vor allem Leo Navratils »Schizophrenie und Sprache« und »Schizophrenie und Kunst« schon mehr als meine Arbeit im Rechenzentrum, mehr als alles Wissen um Physik, Mathematik, Kybernetik und Datenverarbeitung, Medizin und Geschichte, mehr als Reisen, Wohlstand, Mobiliar oder Kleidung. Als Fritz mich darum bat, die Seiten voller Durchstreichungen, Einfügungen und Umformulierungen am Papierrand lesen zu dürfen, willigte ich zögernd ein und erhielt drei Monate später vom Suhrkamp Verlag in Frankfurt eine Einladung zu einem Gespräch. Ich stellte daraufhin Königshofer zur Rede, der zugab, dass er das Manuskript unkorrigiert an das Lektorat geschickt hatte. Zufällig ergab es sich, dass Fritz nach Kopenhagen zur SAS-Zentrale gebeten wurde, da das Systemprogramm ihres Großcomputers einen Fehler aufwies, den man selbst nicht hatte beheben können. Königshofer nahm mich als einen seiner beiden Assistenten mit und fand in wenigen Stunden die Ursache der Störungen. Auf dem Rückflug über Frankfurt machten wir einen Stopp, und ich suchte den Lektor Thomas Beckermann auf, der mir den Abdruck des Romans anbot und weitere Veröffentlichungen in

Aussicht stellte. Ich war wie betäubt, hatte ich doch bis zu diesem Zeitpunkt noch keinen einzigen literarischen Text veröffentlicht.

Verdacht

Ich traf Jenner seit unseren ersten Begegnungen immer wieder. Wir gingen zu den Heimspielen von Sturm Graz auf den Fußballplatz, in Buchhandlungen, Schallplattengeschäfte oder Gastgärten, zumeist in Begleitung seiner jungen Freundinnen, die er wahllos kennenlernte: in Schwimmbädern, in Kinos, Cafés oder im Schauspielhaus. Er hatte keine Probleme, Frauen anzusprechen, und er verstand es, Abweisungen »spielend« zu verkraften. Er war gebildet und hatte einen Hang zum Zynismus, doch achtete er immer darauf, mich nicht zu verletzten, während er diese Vorsicht bei anderen nicht an den Tag legte. Immer wieder fuhren wir aufs Land in mein primitives Haus, das meine Geliebte Senta für uns gefunden hatte, und er zeigte mir Lindners und seine eigene Welt, und allmählich wurde ich mit den Menschen und ihren Schicksalen vertraut.

Ich traf auch Lindner, wenn er aus der Anstalt entlassen wurde und mit seinem Vater Bienenstöcke vor den Bauernhäusern betreute oder verloren durch die Landschaft stapfte, mit seinem Kopf in einer anderen Welt. Es kam dann vor, dass ich bei seinem Vater Honig kaufte und Franz untätig in der Werkstatt sitzen oder an den Magazinen hantieren sah. Einmal, als die Eingangstür des Hauses offen stand, stieg ich, auf der Suche nach dem Imker, bis zum Dachboden hinauf und entdeckte in einer Kammer seinen Sohn mit dem Rücken zu mir in seinem Tagebuch schreibend. Er sprang erschrocken auf und wäre bestimmt in Panik geraten, wenn ich mich nicht eilig, eine Entschuldigung murmelnd, davongemacht hätte.

Was zog mich an Jenner an? Ich glaube, es war die Selbstverständlichkeit, mit der er lebte und mit der er sich in jeder Situation zurechtfand. Er nahm das Leben, wie es kam, er trank mit den Bauern unter freiem Himmel, bis die Sterne aufgingen, und er diskutierte mit fremden Menschen, die er gerade erst kennengelernt hatte, stundenlang in einem Café. Er machte nichts Besonderes, aber was er tat, schien er mit Hingabe zu tun. Es blieb mir lange ein Rätsel, weshalb er mit Lindner unverändert befreundet blieb, aber vielleicht, sagte ich mir, verhielt er sich dabei nur wie sonst, als sei alles, was ihm widerfuhr, eine willkommene Abwechslung – selbst Hindernisse und Schwierigkeiten, die sich mir gleich auf den Magen schlugen. Er war unauffällig und oberflächlich, und wenn ich ihn genau betrachtete, fand ich nichts Außergewöhnliches an ihm – bis auf seine Schlagfertigkeit.

Doch langsam bildete sich in mir der Verdacht, dass er mir etwas verheimlichte, dass er ein Geheimnis hatte. Gerade das, argwöhnte ich, machte ihn vielleicht anders als alle anderen. Er hatte etwas an sich, das nicht fassbar war und das seiner Daseinsleidenschaft entgegengesetzt war – einen Selbstzerstörungs- oder Todestrieb. Das schloss ich zumindest aus seinen zahlreichen Nebenbemerkungen, die mir erst mit der Zeit auffielen. Ich zerbrach mir oft den Kopf über ihn, doch ich kam zu keinem Ergebnis. Es passten einfach einzelne Puzzleteilchen nicht zusammen – seine Höflichkeit und seine schlecht getarnte Unbeherrschtheit, sein Interesse an allem und seine Kälte gegenüber Schicksalsschlägen anderer mit Ausnahme von Lindner, sein Egoismus und seine Anteilnahme an Lindners Aufenthalt in der Anstalt »Am Feldhof«. Und ich bemerkte noch etwas, das mir früher nicht aufgefallen war: Er log. Er log und bluffte, wie es die Situation erforderte. Ich wusste eigentlich nicht wirklich, stellte ich fest, was von dem, worüber er sprach, stimmte. Alles? Nichts? Er war so geschickt im Erfinden von Ausreden, dass es alle Konzentration erforderte, ihn festzunageln und der Unwahrheit zu überführen, denn er war auch ein Meister des Sichentziehens. Wurde es brenzlig, verschwand er einfach. Oder er war beleidigt und fing an zu schweigen, bis man auf andere Gedanken kam. Ich erkannte, dass eine besondere Stärke in ihm war, die ihn unabhängig machte. Nie hatte ich das Gefühl, dass er sich zu etwas drängen ließ, dass er auf etwas Rücksicht nahm oder gegen seine Überzeugung handelte. Nur bei Lindner war er anders. Jenner redete geduldig auf ihn ein oder saß still bei ihm an seinem Bett. Warum? Lindners Vater, den ich darauf ansprach, zuckte nur die Achseln, er war froh, dass Jenner ihm seine Verpflichtungen abnahm und ihm Neuigkeiten von seinem Sohn überbrachte, sobald er in der Anstalt war. (Er war ein mürrischer Mann, der früher gesellig gewesen sein soll, wie Jenner behauptete.) Und er verstand es, den Alten zu behandeln, dass er ihm auf eine gewisse Weise ergeben war. Jenner verhielt sich ihm gegenüber sachlich und kühl, wie ich selbst sah, nur wenn der Alte weich wurde und den Tränen nahe war, senkte er den Blick zu Boden und wartete, bis er sich wieder beruhigt hatte. Genauso stellte er sich auch auf andere ein, und wenn ich ihn dabei beobachtete, spürte ich, dass er ihnen nur etwas vormachte, und natürlich fragte ich mich, ob er nicht auch mich täuschte.

Am Beginn unserer Freundschaft war die Begeisterung über die Gewandtheit, mit der Jenner den Alltag lebte und sich in ihm zurechtfand. Durch sein Beispiel begriff ich, dass allein die Normalität ein Abenteuer war. Nun aber vermutete ich, dass diese Normalität nur eine Fassade war, hinter der sich etwas verbarg, das er nie ans Tageslicht kommen lassen wollte.

Das Haus

Nachdem ich meine Arbeit im Rechenzentrum Graz aufgegeben und mich von meiner Frau getrennt hatte, ohne die Verbindung zu unseren gemeinsamen Kindern Eva, Petra und Thomas aufzugeben, wohnte ich acht Jahre in Obergreith. Das Haus hatte weder Fließwasser noch Telefon oder ein WC. Ich lebte dort mit Senta unter primitiven Umständen, als wollte ich dafür büßen, dass ich einen neuen Anfang versucht hatte. Wir machten im großen gemauerten Küchenherd Feuer, schleppten das Wasser in 10-Liter-Kanistern vom Nachbarn nach Hause, und Senta fuhr jeden Morgen zur Arbeit in das Computerrechenzentrum des Landeskrankenhauses nach Graz. Im Winter legte sie am frühen Morgen Schneeketten an, nahm sie, sobald sie zur

Hauptstraße kam, ab und legte sie auf der Rückfahrt am Abend wieder an, um das letzte lange Stück bis zum Haus zu gelangen. Wir liebten uns sehr. Die ganzen Tage über, in denen ich allein war, wanderte ich mit meiner Kamera und Notizbüchern von Haus zu Haus, zeichnete Lebensläufe auf und fotografierte den Himmel, die Landschaft, die Häuser, die Tiere und die Menschen bei der Arbeit. Wenn ich an einem Manuskript schrieb, zog ich mich in die Küche oder in das Dachbodenzimmer zurück. Jeden Mittag ging ich zu Fuß bis zum Hof von Juliane Rannegger, der Witwe eines Bergbauarbeiters, die für mich kochte und mir alles über die Menschen, die hier lebten, erzählte: über Franz Lindner und Jenner, die Großväter und Großmütter, die Väter und Mütter und Kinder. Ich befasste mich mit der Jagd, der Fischzucht, mit Botanik, Meteorologie und Mineralogie, mit Zoologie, der Imkerei und der Ornithologie und vor allem mit der Geschichte des Landstrichs. Immer wieder aber kreisten meine Gedanken um den Tod des Mädchens, das im Fischteich ertrunken war. Einmal oder zweimal – vorwiegend im Herbst und Winter – unterbrach ich meine Arbeit und fuhr nach Wien, wo meine Freunde inzwischen wohnten. Manche besuchten mich im Sommer auf dem Land, zu manchen riss die Verbindung ab, und ich hörte nur noch über andere von ihnen.

Franz Lindners Zustand hatte sich inzwischen verschlechtert, immer länger wurden seine Aufenthalte in der Anstalt, und immer seltener sah ich ihn bei seinem Vater.

Weiß

Es schneit plötzlich wieder im dunklen Kinosaal meines Kopfes. Die Flocken bedecken alles, was geschehen ist, alles, was ich gesehen und geträumt, gelesen und erfahren habe. Es schneit einen ganzen Tag und eine ganze Nacht, eine ganze Woche und einen ganzen Monat, ein ganzes Jahr und viele weitere Jahre lang ... In meinem Kopf sehe ich nur einen weißen Himmel und eine weiße Erde ... Als ich die Augen wieder öffne, stelle ich fest, dass ich über meiner Arbeit eingeschlafen bin ... Benommen glotze ich auf das weiße Blatt Papier auf dem Tisch, das ich auch angestarrt habe, bevor mir vor Müdigkeit, wie man sagt, die Augen zufielen ... Schlafe ich? Denke ich?

Ich bin ein Bleistift. Meine Seele ist eingeschlossen in einen gelben, hölzernen Sarg. Ich schreibe auf, was ich denke: V-i-e-l-e J-a-h-r-e s-i-n-d v-e-r-g-a-n-g-e-n.

Aus einer fahrenden Eisenbahn blicke ich auf die Schneelandschaft, die an mir vorüberzieht ... Häuser wie Wörter ... Straßen wie Linien ... Fahrzeuge und Menschen wie Buchstaben auf der Wanderschaft aus der Bleistiftmine ... Auf meinen Knien liegt der Entwurf für ein Comicheft: Es schneit auch in einer Metropole, sehe ich, während ich die Seiten umblättere und all die maskenhaft fremden Figuren, die durch die Luft fliegen, brennen, grimassieren, riesige Tränen weinen, in Hass ausbrechen, sterben und wiedergeboren werden, in mich aufnehme. Das Comicheft heißt »Lightman the Superman« und ist von Simon Tucek für Kinder gezeichnet.

In Wien

Ich fuhr immer nur für wenige Wochen oder Monate nach Wien, um zu recherchieren, und übernachtete dort im Studentenhaus in der Pfeilgasse oder in der Wohnung eines Freundes … Schlaf. Traum. Erinnerungen wie Träume.

Bei Schneefall suchte ich zum ersten Mal das Sigmund Freud-Museum in der Berggasse 19 auf. Ich hatte längst »Das Unbewusste« und »Das Ich und das Es«

gelesen und »Das Unbehagen in der Kultur« und die »Traumdeutung« studiert, aber es hatte meine Sicht auf die Menschen weniger verändert als die Bekanntschaft mit Lindner, Jenner und Sonnenberg. Von Freud ging für mich ein Magnetismus aus, er war Künstler und Wissenschafter zugleich gewesen, hatte das Unbewusste entdeckt und die Träume der Realität und dem Gedächtnis zugeordnet, und er hatte die wahre Macht der Sexualität erkannt. Das hatte ich alles im Kopf, nur beschäftigte es mich nicht mehr in dem Maße wie am Anfang, als ich diese Schriften gerade kennengelernt hatte. Dafür interessierten mich umso mehr der Mensch Sigmund Freud und sein Schicksal.

Die Vorstellung, die geheimnisvollen Räume seiner Ordination zu betreten, ließ mir keine Ruhe. Ich hoffte auf eine Zeitreise, die vielleicht etwas wie Erleuchtung in mir hervorrufen konnte.

Es war neun Uhr morgens, und ich war der erste und für eine Stunde lang auch der einzige Besucher.* Nur wenig von Freuds Möbeln und Gegenständen ist noch vorhanden. In die Glasscheibe des Eingangstores und in die Fenster des Vorhauses waren Ornamente eingraviert, die aussahen wie feine Eisblumen. Eine weiße kugelförmige Lampe schien noch aus der Zeit Freuds zu stammen. Ich läutete an der braunen hohen Wohnungstür wie so mancher Patient zu Lebzeiten des Professors, hörte einen Summton und drückte gegen den Türgriff.

---

* Ebenso erwartungsvoll stand ich 1999 vor Freuds Haus in 20 Maresfield Gardens, das er nach seiner Emigration in London bewohnt hatte und das inzwischen auch ein Museum geworden war. Ich erinnere mich, wie ich dort an der Behandlungscouch, die mit einem Perserteppich bedeckt war, vor dem orientalischen Wandbehang stand und die Ornamente bestaunte, in die ich mich so weit verlor, dass mir alles um mich herum unwirklich erschien. Ich dachte an die Märchen aus »Tausend und eine Nacht« und hoffte, ich würde mich im nächsten Augenblick mit den Zauberteppichen und der Zaubercouch mitsamt dem Zauber-Wandbehang in die Lüfte erheben. Auch die wunderbaren archäologischen Figuren, der von Freud entworfene, eigenwillige Stuhl, der einer archaischen sitzenden Figur gleicht, und die alten Bilder an den Wänden suggerierten mir, mich in der Behausung eines großen Magiers zu befinden.

Im Vorzimmer hingen Freuds Hut, seine Kappe und einer seiner Spazierstöcke an der Garderobe. Darunter standen zwei Koffer, und ein Türschild verkündete gold auf schwarz: »Professor Dr. Freud«. Das Wartezimmer mit samtgepolsterten roten Stühlen und einer Sitzbank, einem Schrank mit den Büchern des Wissenschaftlers sowie einigen kleinen Skulpturen, die er bei seiner Emigration zurückgelassen hatte, war als Einziges noch erhalten. Freud hatte seine kostbaren Figuren sogar auf dem Schreibtisch stehen gehabt, sah ich später auf einer Postkarte. Ich wusste, dass sich in seiner Sammlung unter anderem eine weibliche Figur aus der Bronzezeit, die von einer Grabung in Syrien stammte, und kleine ägyptische Statuen befanden, Amulette, Skarabäen, Büsten, Reliefs, Stelen, Uscheptis, sogar der Mumiensarg eines Falken, Mumienbandagen und Vignetten aus dem ägyptischen Totenbuch, das bemalte vordere Tuch einer Mumie, ein Mumienportrait aus der ägyptisch-römischen Periode, griechische Vasen, Büsten und Figuren, ein etruskischer Krieger, das Fragment eines römischen Wandgemäldes und Parfümfläschchen, Krug und Flasche sowie eine Öllampe und ein Ring. Außerdem noch chinesische und japanische Kunstgegenstände. In der Berggasse war davon nur noch ein kleiner Teil vorhanden, trotzdem konnte ich mich von dem Anblick zuerst nicht trennen. Die hohen, im Winterlicht dämmrigen Räumlichkeiten waren mit Fotografien und Beschriftungen drapiert, und im letzten Raum befanden sich ein Tisch und dahinter eine Kopie von Freuds Stuhl – die archaische, sitzende Figur. Ich schaute hinaus aus dem Fenster in einen Hof und auf einen Baum. Es schneite so stark, dass ich mir wie von der Welt abgeschnitten vorkam. Mehrmals ging ich durch die parkettenknarrenden Räume, entdeckte unter einem Glassturz Freuds Mikrotom, betrachtete das Gerät und blieb dann wieder im Vorraum mit den samtgepolsterten roten Stühlen und dem Schrank stehen. Beim Weggehen prägte ich mir Freuds Spazierstock und Koffer ein und kaufte mir in einer nahe gelegenen Buchhandlung mehrere Werke über das Grab Tut-ench-Amuns, seinen Entdecker Carter und Schliemanns Ausgrabungen in Troja. Ich war so aufgekratzt, dass ich im Schneetreiben den Ring hinunterspazierte bis zum Kunsthistorischen Museum, wo ich meinen nassen Mantel und die Bücher in der Nylontasche an der Garderobe abgab und die Säle mit der ägyptischen Sammlung betrat. Ich sah – mit dem Kopf noch bei Freuds Unbewusstem – die bemalten und steinernen Särge, die Statuen der Götter und all die unvergleichlichen Kunstgegenstände in den mit ägyptischen Motiven bis zur Decke bemalten Räumen zum ersten Mal. Draußen, stellte ich mit einem Blick durch die hohen Glasfenster fest, schneite es indessen ununterbrochen weiter. Nebel war aufgezogen, und man konnte nicht einmal erkennen, was sich zwei Meter hinter der Scheibe ereignete. Ich war ganz versessen auf die Mumiensärge und konnte mich an den Farben, Darstellungen und Ornamenten nicht sattsehen. Insgeheim spielte ich sogar mit dem Gedanken, Vorlesungen über Archäologie an der Universität zu belegen, und hätte mich am liebsten mit dem Katalog in einem der Säle auf einen Stuhl gesetzt und gelesen – wenn ich eine Sitzgelegenheit gefunden hätte. Die Eindrücke und Assoziationen überfielen mich, der ich aus der Provinz kam, so heftig, dass ich den Gedanken, Notizen zu machen, gar nicht erst aufkommen ließ, sondern nur wie ein Schlafwandler herumging.

Weltuntergang

Gerade als ich einen der bemalten Holzsärge näher betrachtete, die in einem Kasten mit Glastüren standen, sprach mich jemand an, von dem ich, bevor ich mich noch umgedreht hatte, wusste, wer es war: Jenner war kräftiger geworden und sein Haar schütterer, aber seine wachen Augen und sein Gehabe hatten sich nicht verändert. Er hatte, erzählte er mir kurz darauf im Café Bräunerhof, das Museum aufgesucht, weil er einen Antiquitätenhändler verteidigte, der mit Kopien von ägyptischen Figuren eine Reihe von Kunden betrogen hatte.

Ich hörte der Geschichte nur mit halbem Ohr zu, denn ich dachte insgeheim an Jenners Prozess und dass er vielleicht doch der Mörder der jungen Frau gewesen war, für den man ihn gehalten hatte. Wie unter Zwang betrachtete ich seine dicken Finger, die weißen Flecken auf den Nägeln, vor allem aber seine Lippen, von denen ich mir sagte, sie seien die eines Mörders. Warum ich dieser Meinung war, kann ich nicht erklären, es war natürlich Einbildung. Ich hatte, wie gesagt, die Prozesstage damals in den Zeitungen verfolgt und an seine Unschuld geglaubt. Am dritten Tag hatte ich in Wien zu tun gehabt. Ich suchte das Gericht auf und mischte mich während der Verhandlung unter das Publikum, bemüht, von Jenner nicht erkannt zu werden. Er saß die längste Zeit unbewegt da, hörte aufmerksam zu und widersprach dann heftig einem Zeugen, der ihn »zur fraglichen Zeit«, wie es der Staatsanwalt ausdrückte, angeblich am Tatort gesehen hatte. In meiner Unsicherheit wollte ich Franz Lindner aufsuchen, doch ich wusste nicht, wo er war. Sonnenberg machte ihn erst später am »Steinhof« ausfindig. Nach seiner Flucht aus Jenners Wohnung und einer mehrwöchigen Irrwanderung in Niederösterreich und dem Burgenland war er, ergaben die Ermittlungen, in die Anstalt gebracht worden.

Das alles ging mir jetzt im Bräunerhof wieder durch den Kopf, und schließlich fand ich den Mut, Jenner auf den Prozess anzusprechen. Er schien weder überrascht noch von meiner Neugierde betroffen zu sein, denn er blieb ruhig und entspannt, aber sein Blick schweifte ab und richtete sich auf die Wand hinter mir. Er habe, sagte er, durch die Anklage alle seine damaligen Freunde verloren. Er sei ja mit Lindner nach Wien gekommen und habe anfangs mit ihm zusammengewohnt. Aber Lindner sei eines Tages »abgehaut«, und als er, Jenner, verhaftet worden sei, sei Franz schon zehn Tage abgängig gewesen. Als er dann in den »Steinhof« eingeliefert worden sei und dort auf alle Fragen geschwiegen habe, habe es Wochen gedauert, bis die Polizei schließlich herausgefunden habe, wer er sei. Das sei allerdings Sonnenberg zu verdanken gewesen.

Jenner machte eine Pause.

Niemand von seinen Freunden, auch nicht Sonnenberg, sei ihm geblieben, fuhr er dann fort, alle hätten an seiner Unschuld gezweifelt oder sogar geglaubt, dass er ein Mörder sei. »Auch du«, fügte er vorwurfsvoll hinzu. Er habe damals ganz allein um sein Leben, seine Existenz gekämpft, und für den Freispruch habe er das Sägewerk und das Haus seines Vaters verkaufen müssen, »um das Arschloch von einem Anwalt zu bezahlen. Sofort nach meiner Entlassung aus dem Grauen Haus«, sagte er verbittert, »bin ich zu Franz Lindner in den Steinhof gefahren und habe meine Besuche wiederaufgenommen wie zuvor in Graz. Ich habe schließlich erreicht, dass man ihn nach Gugging, in das Haus der Künstler, verlegt hat, aber auch von dort ist er immer wieder ausgerissen. Der Gedanke, der Einzige zu sein, der sich um ihn kümmert« – ich hörte einen versteckten Vorwurf heraus oder bildete ich mir das nur ein? –, »hat mich die erste Zeit über Wasser gehalten.« Er schwieg jetzt, und wir saßen im gedämpften Stimmengewirr da und schauten einander nicht an. Er habe sich danach, sprach er plötzlich weiter, Tag und Nacht mit dem Tod auseinandergesetzt. Merkwürdigerweise habe er ihn sich so vorgestellt wie schon als Kind: als Skelett mit einer Sense. Und von diesem Skelett habe er sich die Lösung seiner Probleme erhofft. Er habe allen, die ihn falsch beschuldigt hätten, den Tod gewünscht, aber am meisten sich selbst. Nur dadurch habe er aber überlebt, denn die Vorstellung, jederzeit aus dem Leben scheiden zu können, habe ihm die Kraft gegeben, durchzuhalten. Wieder schwieg er. »Du zweifelst immer noch an meiner Unschuld«, sagte er dann kalt. Ich erschrak und log, dass er sich irre, aber er lachte höhnisch auf und rief, auch er halte jeden, der eines Verbrechens angeklagt werde, zunächst für schuldig. Nach einer kurzen Pause schweifte er ab und sagte, die Justiz habe ihre eigenen Spielregeln und Wahrheiten …

Was das für Wahrheiten seien, wollte ich wissen.

»Zerrbilder«, gab er zur Antwort. »Wie zweidimensionale Fetische, die einen vierdimensionalen Gott verkörpern!« Er hatte sich, was auch früher hin und wieder vorgekommen war, verstiegen und zu einem Vergleich hinreißen lassen, der seiner Intelligenz nicht angemessen war, deshalb verfinsterte sich sein Gesicht wieder, und er korrigierte sich rasch, es sei nur eine »sprachliche Wahrheit«, die vom Gericht abgehandelt werde. Die Wahrheit, wenn es sie überhaupt gebe, sei ein Konstrukt. Ebenso verhalte es sich mit der Schuld. Er glaube nicht an den freien Willen, das sei zunächst ein religiöses Problem, doch erst die Gehirnforschung werde es an den Tag bringen, ob es so etwas wie einen freien Willen überhaupt gebe. Denn wenn das Gehirn nicht anders könne, als bestimmte Gedanken zu denken, die der Betreffende sodann umsetze, weil er eben nicht anders könne, dann dürfe man auch nicht von Schuld sprechen. Er habe, eiferte er sich plötzlich, nun schon einige Jahre mit der Justiz zu tun, aber seine Erfahrungen als unschuldig Angeklagter hätten ihm geholfen, ihre Mechanismen zu durchschauen. Die Justiz sei ein gefräßiger Moloch, stieß er leidenschaftlich hervor, wer einmal von ihr verschlungen werde, sei verloren und werde »zu Scheiße verdaut«, auch ihm hafte der Scheißegeruch seither an … Es gebe in der Justiz Beamte, die ihm seine Unschuld nicht verzeihen könnten und davon träumten, ihn so oder so zur Strecke zu bringen.

Jenner winkte dem Ober, bestellte ein Glas Rotwein und versank dann in ein bösartiges Schweigen. Ich fühlte mich schuldig, denn ich wusste ja, dass auch ich ihn verurteilt hatte. Außerdem hatte er mir zu verstehen gegeben, dass er mich durchschaut hatte. Draußen schneite es unverändert heftig.

»Der Weltuntergang«, sagte der Ober, der das Glas Wein vor Jenner hinstellte. Wir saßen stumm da, schauten hinaus auf den »Weltuntergang«, und ich überlegte, wie ich mich von Jenner verabschieden konnte, aber mir war klar, dass er meinen Aufbruch als Affront auffassen würde. Zwischendurch war Jenner von einem Herrn gegrüßt worden, und er hatte mürrisch gedankt. Mein Unbehagen wuchs, aber ich schwieg weiter, um nicht wieder zu lügen. Dabei bemühte ich mich, einen gleichgültigen Eindruck zu erwecken, damit er nicht glaubte, ich ließe mich von ihm beeindrucken.

Als er neuerlich, diesmal von einem auffällig korpulenten Mann gegrüßt wurde und beiläufig und ohne ein Lächeln zurücknickte, sagte er, nachdem der Mann an einem entfernten Tisch Platz genommen hatte, der Betreffende sei »der Oberst Wraxler von der Staatspolizei – dieses Arschloch«. Und plötzlich brach es aus ihm heraus, eine lang aufgestaute Wut, der er sich hingab, als habe er nur auf meine Anwesenheit gewartet, um sie endlich loszuwerden. Die Arbeit der Staatspolizei, ja, der Polizei überhaupt, flüsterte er laut, um nicht schreien zu müssen, so dass es klang, als sei er heiser und könne kaum sprechen, beruhe zum größten Teil nur auf dümmlichen Beobachtungen, falschen Überlegungen und glatten Fälschungen. Ein Akt würde einfach und nach den simpelsten Wahrscheinlichkeiten zusammengeschustert ... also: Der Observierte lese eine bestimmte Zeitung, habe bestimmte Freunde und feste Gewohnheiten oder treffe zufällig jemanden. Daraus würden dann Schlüsse gezogen, und von da an werde nur mehr nach Bestätigungen dieser Theorien ermittelt. Alles andere würde beiseitegelassen, übersehen, unterdrückt. Darin bestehe die Fälschung.

Ich stimmte ihm sofort zu, um das Gespräch zu beenden, warf einen verstohlenen Blick auf meine Uhr und log, dass ich eine Verabredung hätte, aber ihn gerne wiedersehen würde. Er griff in die Jackentasche, holte ein Etui heraus und streckte mir seine Visitenkarte hin.

»Ich bin gespannt, ob du mich anrufen wirst«, sagte er und trank in einem Zug sein Glas aus, um gemeinsam mit mir das Café zu verlassen und in einem Taxi im Schneefall zu verschwinden.

Die Wiener Paranoia

Im selben Café wurde ich übrigens bald darauf und bei anhaltend starkem Schneefall Ohrenzeuge eines Gesprächs zwischen dem Schriftsteller Thomas Bernhard und dem Wien-Korrespondenten der Frankfurter Allgemeinen Zeitung Razumovsky, einem älteren, kleinen, grauhaarigen Mann, der die ganze Zeit über zappelte wie ein Kind und Bernhards halblaute Attacken auf Österreich und seine Hauptstadt zu genießen schien. Er sprang immer wieder auf oder lachte unterdrückt und nickte mit dem Kopf, dabei las er dem Schriftsteller die einzelnen Worte förmlich von den Lippen ab und formte mit seinen eigenen bestimmte Ausdrücke nach, um dann in ein kurzes, heftiges Gelächter auszubrechen, aber augenblicklich wieder die Haltung eines Gerichtsstenographen einzunehmen, mit dem Ausdruck höchster Aufmerksamkeit, wie um nur ja kein Wort der Suada zu überhören.

»In dieser Stadt – da können Sie sicher sein, Razumovsky, findet sich immer jemand, der einem anderen schaden will und jede Diffamierung bestätigt«, sagte Thomas Bernhard gerade, als ich am Nebentisch Platz genommen hatte. Hier seien die Menschen außerordentliche Verleumdungsspezialisten, die üble Nachrede gehöre zum Alltag. Er habe nirgendwo eine solche Menge Gekränkter – eingebildeter wie wirklicher – auf einem Haufen gesehen wie in dieser Stadt. Man brauche mit einem Menschen nur ein wenig näher bekannt zu werden, schon berichte er von seinen Kränkungen. Das Klagen gehöre hier genauso zum Alltag wie das »Ausrichten«. Jedes Gespräch spiele sich zwischen Klagen und Ausrichten ab, die ganze Stadt sei ein Sumpf aus Stänkerern, Raunzern, Maulhelden, Schmähführern und zugleich Duckmäusern, Kriechern und Unterwürfigen. Je besser man die Wiener kenne, desto weniger werde man sie zwar hassen, dafür aber umso mehr verachten. Das Stimmungmachen sei der beliebteste Volkssport und betreffe nicht nur die gewöhnlichsten Menschen, den »Ruaß«, wie die Wiener sagten –

»Ru-ass?«, fragte Razumovsky. »Was bedeutet Ru-ass?«

»Ruß, Ruß, der beim Heizen entsteht.«

»Ach, Ruß!«, rief Razumovsky begeistert.

Das Stimmungmachen betreffe also nicht nur die gewöhnlichsten Menschen –

»den Ru-ass«, fügte Razumovsky noch immer begeistert hinzu.

»Unterbrechen Sie mich nicht, Razumovsky«, sagte Bernhard bestimmt, »sonst höre ich auf –«

»Um Gottes willen!«, rief Razumovsky.

»Sogar die besten, die größten Köpfe der Stadt, fuhr Thomas Bernhard rasch fort, verhielten sich so. (Ich merkte, dass ihm vieles zugleich einfiel und er jede Unterbrechung hasste.) Und natürlich auch »unsere Künstler«, »unsere Schriftsteller«, die in Wien allesamt Intriganten seien. Bei diesem Satz lachte Thomas Bernhard laut, und seine schlechte Laune schien plötzlich verschwunden zu sein. Er amüsierte sich jetzt offenbar über seine eigenen Gedanken, und es machte ihm sichtlich Spaß, den Korrespondenten der Frankfurter Allgemeinen Zeitung zu irritieren. Razumovsky stimmte in sein Lachen ein und entgegnete vage, so schlimm würde es wohl nicht sein. Das reizte Thomas Bernhard jedoch noch mehr, und er verstieg sich zu der Behauptung, dass die Wiener Künstler und alle, die sich dafür hielten, für ihre Arbeit weniger Zeit aufwendeten als für das Knüpfen von Fäden und Umsetzen von Strategien – am Telefon oder in Wirtshäusern. Urteile würden gefällt – zumeist Vernichtungen, und zwar lebenslängliche –, jeder müsse herabgesetzt, desavouiert werden, damit man von diesem nicht selbst noch schneller herabgesetzt und desavouiert werde. Das sei die Ursache dafür, dass man in Wien, wenn man einen Namen nenne, automatisch und sofort das Allerschrecklichste über die betreffende Person höre, denn jeder würde augenblicklich heruntergemacht, dessen Name auch nur in einer nebensächlichen Unterhaltung falle. Die Freunde des Heruntergemachten säßen in der Regel stumm daneben, manche beteiligten sich sogar an der Diffamierung, achselzuckend zumeist, manchmal auch in abträglichen, aber als Witze getarnten Bemerkungen. Noch nie habe er es erlebt, dass jemand widersprochen hätte, wenn über Abwesende hergezogen worden sei. Dies sei es, was man hierzulande »ausrichten« nenne. Wien sei eine Stadt des doppelten Bodens. Alles funktioniere über ein »Offiziell« und ein »Inoffiziell«.

Razumovsky, durch das Zuhören wohl einen Moment unaufmerksam geworden, blickte zum Fenster hinaus und stellte Bernhard die Frage, wie lange es wohl dauern würde, bis der Verkehr zusammenbreche bei diesem Schneefall, aber der berühmte Schriftsteller nahm einen Schluck Tee und fuhr gleich darauf fort, dass die Wahrheit in Wien immer inoffiziell sei. Lüge und Intrigen stellten die eigentliche Kultur dar, das Diffamieren sei schon seit »Ewigkeiten«, wie er sagte, in Mode. Man brauche lange, um festzustellen, dass die raffinierteste Methode der Denunziation zugleich die infamste sei: Da die Wahrheit inoffiziell sei, würden, um Lügen den Anschein der Wahrheit zu geben, auch diese inoffiziell weitergegeben. Das funktioniere prächtig. Der Fremde – »merken Sie sich das, Razumovsky« – fände sich bald in einem Geflecht aus Lügen und Wahrheiten wieder und wisse nicht, wie ihm geschehe. Er kenne ja die Quellen nicht, die ihm all die Gerüchte, Unterstellungen und Denunziationen bescherten, die summarischen Gemeinheiten, die ihm widerfahren würden. Aber ohne Beziehungen könne man diese Quellen nicht ausfindig machen, und man verhalte sich daher wie ein armseliger Tropf, ein Dummkopf. Naturgemäß weideten sich die Intriganten ebenso wie die sogenannte Szene daran, dass jemand dumm aussehe oder »eine aufs Dach bekomme«, wie das Schlagwort dafür laute.

»Schlag-Wort«, kicherte Razumovsky, »Schlag-Wort!« Er platzte fast.

»Denn dadurch«, ließ sich Thomas Bernhard nicht unterbrechen, »können sie sich selbst überlegen fühlen oder zumindest ihre eigene Dummheit und Falschheit verbergen.« Ich habe meine Quellen, sei so ein Ausspruch, mit dem man sich wichtig machen und den Eindruck erwecken könne, dazuzugehören. Man lasse die anderen einfach »dumm sterben«, laute eine einschlägige Redensart.

»Ein-schlägig!«, jubelte Razumovsky leise.

Zum Beispiel, fuhr Thomas Bernhard fort, werde man, wenn man in einem Amt, einer Institution oder Redaktion anrufe und seine Nummer hinterlasse, nicht zurückgerufen oder eine subalterne Arbeitskraft vertröste einen auf »später«, überflüssig zu sagen, dass dieses »später« »nie« bedeute. Vorsichtshalber weiche man aber jeglicher Festlegung aus.

Während ich beim Kellner ein Glas Wein bestellte und Thomas Bernhard mit einem großen Schluck seine Tasse Tee ausgetrunken hatte und eine weitere bestellte, hatte Razumovsky aus seiner Jackentasche unauffällig eine Fertigspritze und einen Tupfer geholt, unter der Tischplatte sein Hemd und die Hose aufgeknöpft und sich eine Injektion unter dem Nabel verabreicht, denn er litt, wie ich bald darauf erfuhr, an Diabetes und spritzte sich, wenn er dem Alkohol nicht widerstehen konnte, unauffällig die notwendigen »Einheiten«. Tatsächlich orderte er hierauf beim herbeigeeilten Ober ein Viertel Veltliner.

Die Unverbindlichkeit, war Thomas Bernhard inzwischen fortgefahren, herrsche geradezu über die Stadt. Aber die Urteile könnten aus Opportunität rasch wechseln, denn die Menschen nähmen sicherheitshalber auch den gegenteiligen Standpunkt ein – je nachdem, in welche Gesellschaft sie sich begeben würden. Einer, der noch am Vortag für ein Theaterstück geschwärmt habe, ziehe 24 Stunden später in einem anderen Kreis über es her oder lasse darüber eine abträgliche Bemerkung fallen. Man schwimme eben mit dem Strom, und am sichersten fühle man sich in der Ablehnung. Alles immer schon im Vorhinein gewusst zu haben –, das Scheitern eines Unternehmens, dass jemand ein Versager sei, dass jemand keinen Charakter habe – gehöre zum allgemeinen Verhalten. Es paarten sich Verlogenheit und Schlauheit, Angst, Vorsicht, Gemeinheit und vor allem Schadenfreude mit der Skepsis allen Veränderungen gegenüber. Die »Häme« habe das Blut der Wiener als »Hämoglobin« rot gefärbt. (Razumovsky stieß ein schrilles Lachen aus.) Man lasse andere »zappeln«, »dunsten«, so der Volksmund, schließlich sei es doch der andere, der etwas von einem wolle, und nicht umgekehrt. Höher gestellte Persönlichkeiten verhielten sich wie in der Monarchie – sie gäben quasi Audienzen. Mit nichts anderem werde in Wien so sehr Verachtung gezeigt und Macht ausgedrückt wie mit dem *Wartenlassen*. Es sei zugleich auch ein Maßstab dafür, wie jemand in der Hierarchie eingeschätzt werde. Doch gleichzeitig gebe es das fixe Regelwerk der Ausnahmen, der Hintertüren, der Privilegien … Jeder Wartende wisse das, und selbstredend verschärfe es die eigene Demütigung des Nichtvorgelassenwerdens. Deshalb liebe der im

Herzen ängstliche Wiener auch die Provokation, sozusagen als Ausgleich für die eigene Frustration – andererseits ließe er sich gerade deshalb gerne selbst provozieren. Doch jede Provokation und jede Aufgebrachtheit würden im Nachhinein so schnell wie möglich relativiert.

Razumovsky trank das Glas Wein aus und bestellte ein weiteres, während Thomas Bernhard fortsetzte:

Spezielle Zeitungen seien so etwas wie die »Prawda« der Intellektuellen, ganz andere wiederum jene der halben Analphabeten – beide Sorten zusammen bildeten das Spiegelkabinett der Wiener. Ihr Kennzeichen sei Argwohn allem und jedem gegenüber, und zugleich seien sie im kategorischen Urteil von unüberbietbarer Ignoranz ... Man habe den Eindruck, dass sie unentwegt auf der Suche nach Argumenten für die eigene Parteilichkeit seien. »Ein Mischmasch aus Vorurteilen, Razumovsky«, lachte Bernhard, den seine eigenen Übertreibungskünste in beste Laune versetzten, »und daher voller Klischees, alles willkürlich, entweder überschätzend oder unterschätzend, weil jeder nichts so sehr hasst wie Größe inmitten der überschaubaren Mittelmäßigkeit und Kleinlichkeit.« Verrissen oder totgeschwiegen würde daher jeder Künstler in Wien, der ohne guten Draht, ohne Schutz dastehe, rief Bernhard sarkastisch lachend aus.

»Verrissen!«, gluckste Razumovsky, »genial! Zum Totlachen!«

»Der Humor, der Wiener Humor, weil Sie gerade davon sprechen, Razumovsky«, setzte Thomas Bernhard fort, »wie sollte er anders sein als bösartig?« Die beste Unterhaltung für alle sei die Blamage eines anderen, das würde auch von den Zeitungen bedient, egal ob sie für die Intellektuellen geschrieben seien oder für die halben Analphabeten. Die Blamage beinhalte alle Ingredienzien des begierig aufgenommenen Erzählstoffes. Man könne ganz Wien als einen riesigen Hühnerhof betrachten mit den verschiedensten Gruppen und Hackordnungen, wobei jede Gruppe die andere ignoriere oder »befetze«, also bekämpfe. Jeder, der irgendwo als unbeschriebenes oder beschriebenes Blatt hineinkomme, müsse deshalb mit einer rituellen Form des Kannibalismus rechnen. Entweder würde er nach alten Rezepten zugerichtet und verschluckt – oder er würde als ungenießbar übersehen.

»Und jetzt« – Thomas Bernhard machte eine kurze Pause, trank einen Schluck Tee und beugte sich über die Tischplatte. »Und jetzt, Razumovsky«, wiederholte Thomas Bernhard, »stellen Sie sich in dieser Stadt eine totalitäre Herrschaft, eine Diktatur vor! Sie können sich ausmalen, was dann an Niedertracht und Verleumdungen, an Wortverdrehungen und Gemeinheiten möglich ist.«

Der Ober, der Razumovsky das bestellte Glas Wein servierte, gab, schon im Weitereilen, Thomas Bernhard recht und ergänzte, ihn wundere gar nichts mehr. In Wien sei ohnedies jeder im Vorhinein verdächtig. Lebe man unauffällig, mache man sich genauso verdächtig, wie wenn man auffalle. Und sofort hatte der schwarzgekleidete Mann jemand anderen gefunden, in dessen Gespräch er sich einmischte.

Thomas Bernhard zog die Augenbrauen hoch, überdrehte kurz die Augen und setzte dann fort, dass die berühmten »Naderer«, die kaiserlich-königlichen Spitzel, eine Erfindung Metternichs und Kaiser Franz I. gewesen seien. Ihren Namen hätten sie dem Chef der Spitzelpolizei zu verdanken gehabt, der »Nader« oder »Naderer« geheißen habe. Sie hätten während der Monarchie und vor allem in Wien jeden »observiert«, der in irgendeiner Weise aufgefallen sei, und das oft aus den Fingern gesogene Ergebnis ihren Vorgesetzten gemeldet – die betreffende Person also »vernadert«.

»Ver-nadert«, stammelte Razumovsky und bog sich vor unterdrücktem Lachen.

»Die Naderer, Razumovsky«, fuhr Thomas Bernhard fort, »haben sich in Wien naturgemäß fortgepflanzt wie die berühmten weißen Pferde in Lipizza.« In jedem einzelnen Wiener lebe daher etwas vom Naderer-Geist weiter. Die Wiener seien überhaupt allesamt in der Habsburgerzeit von der Obrigkeit bespitzelt worden, nicht nur von den »Naderern«, sondern auch von Beamten, der Polizei, dem Militär – jeder einzelne sei grundsätzlich verdächtig gewesen. Diese Haltung habe sich auf die Observierten übertragen, so dass bald jeder in jedem irgendetwas zu entdecken geglaubt habe. Zugleich habe »niemand von nix etwas gewusst«. Thomas Bernhard lachte. »Aber insgeheim, wenn man sich getroffen hat, Razumovsky«, sagte er dann sichtlich belustigt, »hat man naturgemäß Vermutungen über einzelne Personen ausgetauscht, und wenn man Übereinstimmung erzielt hat, den Stab über sie gebrochen, wie ein Richter, wenn er die Todesstrafe verhängt.« Dadurch sei der Kreis jener, die mit der geächteten Person nichts hätten zu tun haben wollen, immer größer geworden. Und zugleich habe diese Vorgangsweise zu Gruppenbildungen geführt – gewissermaßen zwangsläufig aus dem allgemeinen Herabsetzungs- und Vernichtungsdrang. In der Regel seien deshalb nur Leute zusammengesessen, die sich in ihren Antipathien, ihrem Neid und ihrer Missgunst einig gewesen seien ... Das habe sich bis heute nicht geändert.« »In Wien«, sagte Bernhard, »müssen Sie, Razumovsky, nur selbst eine Gruppe finden, ihr halbstaunend zuhören – am besten mit offenem Mund –, dann werden Sie *alles* erfahren, eine Suada aus Gerüchten, Verleumdungen, Halbwahrheiten und Intimitäten. Und am besten, Sie machen über kurz oder lang selbst mit, wenn Sie nicht pausenlos verletzt werden wollen. Passen Sie auf, Razumovsky«, sagte er zynisch, »noch ehe Sie sich versehen, werden Sie selbst Freude daran finden, Ihren Hass loszuwerden, der sich durch die Demütigungen, Abkanzelungen und Verleumdungen, die auch Sie hinnehmen müssen, aufgestaut hat.« Was ihn, Bernhard, selbst betreffe, so lebe er als Schriftsteller gut in dieser Atmosphäre, da er nur selten in sie eintauche. In Wien werde, wie gesagt, ohnehin jeder zum Spitzel und Verleumder, da gebe es viel Stoff. Es würde ja schon den Kindern vorgelebt, wie man sich zu verhalten habe, das Lügen sei sowieso das Alltägliche. Man dürfe sich am besten auf nichts verlassen, fuhr er nach einer kurzen Pause fort, in der Razumovsky hastig trank. Das von den Wienern geliebte Billardspiel mit seinen »Buserern« und geschickten Stößen, die die bunten Kugeln vor sich hertreiben und in ein dunkles Loch fallen lassen, verkörpere gewissermaßen auch die Denkweise der Bewohner.

»In Schönbrunn, in der Hofburg ist der alte Kaiser gesessen, wie Sie wissen, Razumovsky, und alle, der Adel, die Beamtenschaft, das Militär, haben auf die Anweisungen und Urteile Ihrer Majestät gewartet und sich danach zu richten gehabt.« Aus diesem Grund habe jeder in den anderen entweder nur Verbündete für seine Karriere, seinen Einfluss, seinen Machtbereich gesehen oder nur Konkurrenten. Und daher hätten sich die Hofschranzen und -lieferanten, die Diener und Minister, die Leibärzte und Politiker immer in Verbündete und Gegner geteilt. In dieser Schlangengrube sei es nicht ratsam gewesen, einen eigenen Standpunkt einzunehmen. Es habe naturgemäß eine große Anzahl Gescheiterter gegeben, die wiederum alle zu sich hinunterziehen und in der gemeinsamen Degradierung das schale Triumphgefühl der zu Unrecht Benachteiligten und von üblen Machenschaften Ausgetricksten hätten auskosten wollen. Insgeheim hätten sie nämlich geglaubt, dass sie selbst einmal an die Macht kommen würden, deshalb hätten sie auch den Wunsch gehabt, sich zu vermehren und – zumindest in Gedanken – Rache zu üben. Diese Gruppe gebe es noch immer, wenn auch mit anderen Mitgliedern, und diese wüssten praktisch alles über Verfehlungen und Mängel bekannter Personen: lang zurückliegende Gaunereien, Schildbürgerstreiche, private Missgeschicke und sogenannte »Ausrutscher«. Naturgemäß hofften sie auf einen Vernichtungsschlag gegen jene, die »oben« seien und es in ihren Augen – in denen niemand Gnade fände – geschafft hätten.

Vom dichten Schneefall, den ich fortlaufend durch das Fenster beobachten konnte, angeregt, hatte auch ich inzwischen zwei Gläser Veltliner getrunken. Für einige Minuten schaute ich mich im Café um, bis meine Müdigkeit nachgelassen hatte. Unterdessen fragte sich

Thomas Bernhard bereits, was an Wien denn so anziehend sei, und er beantwortete die Frage selbst mit der Feststellung, es sei die große Nähe zur »menschlichen, allzu menschlichen Schwäche«, die sonst überall geschickter hinter Fassaden versteckt würde, und kurz darauf sprach er erstmals von der »Schönheit von Wien«, die sich aus der vergangenen Zeit speise und überall dort zu finden sei, wo diese noch lebendig sei wie in den Caféhäusern oder vielleicht im Theater. Wien sei bekanntlich eine Stadt der Nostalgie, jedoch anders als Rom oder Madrid, wo die Vergangenheit Geschichte geworden sei. In Wien sei sie hingegen immer gerade erst am Verschwinden und mit der Gegenwart vermischt. Das ergebe mitunter Flair und Eleganz. Man könne Wien wie einen Rausch genießen – »Rausch!«, rief Razumovsky begeistert aus – indem man sich nicht allzu sehr einmische und den Status eines Gastes, eines vorläufig Anwesenden, einnehme, fuhr Thomas Bernhard unbeirrt fort. »Und welche Stadt, Razumovsky«, fragte Thomas Bernhard jetzt mit einem schlauen Lächeln, »soll sich ein Österreicher, der überall im Land nur Provinz antrifft, der nirgendwo aus dem Provinziellen herausfindet und sich ein Leben lang im Hinterwald verirrt, sonst aussuchen, wenn er nicht überhaupt entschlossen ist, auszuwandern oder sich umzubringen?«

Orkus
Erster Teil

In der Nacht erwachte ich ohne Orientierung. Ich trug noch meine Straßenkleider. Wo war ich? Im Zimmer war es dunkel, nur von der Straße fiel etwas Licht durch das Fenster herein. Ich überlegte angestrengt, weshalb ich hier war. Mein Koffer stand noch ungeöffnet neben dem Bett. Obwohl ich mir den Kopf zerbrach, konnte ich mich nicht erinnern, wann ich hierhergekommen war und weshalb, zudem fühlte ich mich krank. Ich stand auf und trat auf den Gang hinaus. Die Beleuchtung funktionierte nicht, ich drückte den Knopf, versuchte es mehrmals, aber es blieb dunkel.

»Der Strom ist abgeschaltet«, sagte eine Frauenstimme hinter meinem Rücken. Ich drehte mich um und erblickte eine Ratte, die auf einer Stiege saß und mich anstarrte. Andere Ratten huschten die Treppen hinauf. Ich eilte in das Vorhaus, stürzte aber, und sofort fiel ein Hund über mich her, und während er mich in das Knie biss, bellte er: »Ein Asylant! Ein Asylant!« Sofort sprangen weitere Hunde in das Haus, um mich zu zerfetzen, aber es gelang mir, gejagt von der »Ein Asylant! Ein Asylant!« bellenden Meute, zu flüchten. In der Dunkelheit schlich ich zum Kanal des Wienflusses, und nach einigem Herumirren stieß ich dort in einem Winkel auf eine Werkstatt mit Tieren, die sich offenbar der Rettung von Menschen verschrieben hatten. Die Tiere, erkannte ich nämlich im Dämmerlicht, schnitten mit großen Scheren Stoffe zu, saßen vor Nähmaschinen und fertigten Tierkostüme für Menschen an.

Es gebe nur noch vereinzelt Menschen in Wien, erfuhr ich kurz darauf von der Leiterin der Werkstatt, einer alten Katze, am Vortag seien die meisten als Tiere – vor allem Ratten, Hunde oder Schweine – erwacht. Außer mir gebe es in der Millionenstadt höchstens noch ein paar tausend Menschen, die sich aber versteckt halten würden. Für diese »Asylanten«, so nannten die Tiere die Menschen, würden sie die Kostüme schneidern. Die Tiere fürchteten sich nämlich weiter vor den Menschen, hätten Angst, dass sie von ihnen gefressen würden, und machten deshalb Jagd auf sie. Man wisse allerdings nie, wenn man auf ein Tier treffe, ob sich nicht ein menschliches Antlitz hinter einer Tiermaske verberge … Ich selbst solle mich am besten verhalten wie alle übrigen Tiere, auch bei der »Nahrungsaufnahme«, riet sie mir. Dann durfte ich ein letztes Mal als Mensch in einen Spiegel schauen und mich betrachten. Ich trug noch meine Brille, die man mir jedoch abnahm, sonst war ich nackt. Verschämt bedeckte ich mein Geschlecht mit beiden Händen. Dann erhielt ich ein Schweinekostüm, Brot und Wasser und Unterricht im Quieken, das ich jedoch nur »radebrechend« von mir geben konnte. (Denn das richtige Quieken ist schwer und verlangt nicht nur einiges an Sprachbegabung, sondern auch an schauspielerischem Temperament. Man riet mir daher, ein Stottern vorzuschützen, wenn man mir wegen meiner mangelhaften Sprachkenntnisse misstrauen sollte.) Ausgestattet mit einem neuen Namen – Dr. Gronk – und einer neuen Identität als Jurist, entließ man mich nach einem Monat aus dem anonymen Asylantenhilfsverein. Die ganze Zeit über hatte man mich eindringlich vor der Schädlingsbekämpfung »Orkus« gewarnt, die Jagd auf Asylanten mache und diese in Schlachthöfe bringen würde. Kurz nachdem ich den Kanal des Wienflusses verlassen hatte, stieß ich auf die Auslagen einer Fleischhauerei, in denen menschliche Hände, Schädel ohne Augen, Zungen sowie Lungen, Herzen, Nieren und andere Organe ausgestellt waren. Im Inneren des Geschäfts sah ich im Vorbeigehen Schinken, Blutwurstkränze und menschliche Hinterteile an Fleischerhaken. Ich wagte nicht, stehen zu bleiben. Überall versuchte man das Menschenbild durch Bilder von Tieren zu ersetzen. Die Plakatsäulen und -wände zeigten mit Schweine- und Hundemasken übermalte Menschen, selbst in einer Kirche, in die ich geflohen war, waren die Figuren des Deckenfreskos mit Tierköpfen und Tierkörpern übermalt. Gott als dickes Schwein, ebenso Maria und Jesus, und die Engel und Heiligen als Ratten. Betende Katzen, Hunde, Ratten und Pferde hatten das Kirchenschiff gefüllt und verrichteten in den Betbänken ihre Notdurft. Ein Pferd in goldbestickter Kasel las wiehernd die heilige Messe, und die Tiere sangen »Meerstern, ich dich grüße«. In den Schulhöfen tummelten sich vorwiegend Schweine, Hunde und Katzen und fraßen dort ihre Menschenwurstsemmeln. Auch zwei Hasen entdeckte ich: Ich wartete auf einer Bank unter einer Kastanie, bis der Unterricht zu Ende war, und folgte ihnen zu einem Müllabladeplatz, in dem sie ihr Versteck hatten, auch wenn sich dort Ratten tummelten. Als ich wieder in die Stadt ging, hörte ich aus einem Kofferradio, dass die Tiere im Zoo von Schönbrunn ausgebrochen waren und von der Schädlingsbekämpfung »Orkus« gesucht und gejagt wurden. Kurz darauf sah ich die ersten roten, mit den weißen Buchstaben »Orkus« beschrifteten Lieferwagen, in denen zwei Hunde mit roten Kappen hockten. Ich versteckte mich in einem Hausflur, aber kaum hatte ich die Eingangstür geschlossen, als die Lifttür im Gang aufging und eine rot bekleidete »Orkus«-Mannschaft heraustrat. Was ich hier mache, bellten sie mich an, es waren vier oder fünf ... Ich starb beinahe vor Angst und quiekte radebrechend. Sie zwangen mich, mitzukommen, nachdem sie meinen Namen aufgeschrieben hatten.

Weshalb ich so mangelhaft quiekte, fragte mich der Anführer, und als ich angab, an einem Stottern zu leiden, brach er in Gelächter aus und schob mich in den Laderaum des Lieferwagens. Ich fing an zu zittern. Einer der Hunde, die mir gegenüber Platz genommen hatten, blickte mich argwöhnisch an, und ich sagte laut, ich fröre. Ja, es sei *sau*kalt, höhnte sein Nachbar und blickte hinaus auf die Straße. Wir fuhren in der Vorstadt herum, und der Anführer fragte mich, was ich tun würde, wenn ich einem Asylanten begegnete.

Ich antwortete: »Ihn töten.«

»Und?«, fragte der Anführer.

Ich wusste nicht, worauf er hinauswollte, und begann zu schwitzen.

»Es riecht nach Asylanten«, rief einer der Hunde.

»Und?«, wiederholte der Anführer.

»Ihn fressen«, fiel mir endlich ein.

»Ich habe Hunger«, hörte ich im selben Augenblick einen anderen Hund rufen.

Wir hielten plötzlich an, und der Anführer befahl mir, aus dem Wagen zu springen. Ich dachte, dass er mir auf irgendeine Weise das Leben nehmen wolle, aber dann zeigte er stumm mit einer Pfote auf einen

Garten, in dem ein Affe, vermutlich eines der aus dem Zoo Schönbrunn ausgebrochenen Tiere, herumsprang. Ich stieg, wie befohlen, aus. Im Haus, sah ich, hatte sich eine große Rattenfamilie hinter einem Fenster versammelt, die ich bis auf die Straße aufgeregt pfeifen hörte.

Der Anführer der Schädlingsbekämpfer streckte mir aus dem Wagen eine Banane hin, die ich gedankenlos verspeisen wollte, aber auf das protestierende Gebell der Hunde hin begriff ich, dass ich damit den Affen anlocken sollte.

»Du bist ungeschickt wie ein Asylant!«, schnauzte mich einer der Hunde aus dem Laderaum an.

Ich winkte dem Affen stumm mit der Banane zu, und sofort sprang er über den Zaun und wollte sie mir entreißen. Da stürzten die Hunde aus dem Wagen, warfen sich auf ihn und schleppten ihn an meiner Stelle in den Laderaum, wo man ihn augenblicklich untersuchte, ob er ein Asylant sei. Man zerrte an seinem Fell, versuchte, mit ihm zu sprechen, und fuhr dann mit ihm davon. Affen, erfuhr ich von den Ratten, die aus dem Haus geströmt waren, seien gefährlich, da die Asylanten von ihnen abstammten. Ich versuchte, so unauffällig wie möglich zu sein. Die Rattenfrau bewirtete mich mit Aslyantenblutwurst, einem gekochten Daumen, den ich abnagen sollte, gebratenen Ohren und Nasen und anderen Leckerbissen. Sie hielten mich, wie ich ihren Worten entnahm, für ein Mitglied der »Orkus«-Mannschaft und wollten sich dankbar erweisen. Ich würgte die Speisen hinunter und übergab mich an der nächsten Hausecke. Zu meinem Glück wurde ich von niemandem beobachtet. Ein Schwarm Stare vereinigte sich mit einem anderen am Himmel, die Schwärme schienen sich zu durchdringen und verschiedene Figuren zu bilden. Einmal glaubte ich, ein Nashorn zu erkennen, dann wieder einen Straußenvogel, eine Giraffe und schließlich einen Menschen. Ich setzte mich in eine Straßenbahn neben Hunde, Katzen, Schweine und Ratten, in der Absicht, bis zum Zentralfriedhof zu fahren, wo ich mich verstecken wollte. Plötzlich bellte ein Hund laut auf: »Ein Asylant! Es stinkt nach Asylanten!« Sofort fingen alle Tiere an, durcheinander zu miauen, grunzen, fiepen und bellen, die Nase in die Luft zu recken und »Ein Asylant! Es stinkt nach Asylanten!« zu schreien. Um nicht aufzufallen, tat ich desgleichen und grunzte aus Leibeskräften mit. Lärmend und aufgeregt erreichten wir so den Friedhof, der stark frequentiert war, überall hockten Tiere um die Gräber und scharrten menschliche Leichen heraus, öffneten die Särge und fraßen die Toten. Sogleich stimmten sie in die Rufe »Ein Asylant! Es stinkt nach Asylanten!« mit ein, und als sich meine Grunzstimme überschlug, wurde ich von mehreren Hunden gefragt, ob ich tatsächlich ein Schwein sei. Ich schwor es unaufgefordert und stammelte, ich sei leider Stotterer und könne für meinen Sprachfehler nichts. Daraufhin beruhigten sich die Tiere wieder. Ein lautes Schmatzen lag über dem Friedhof. Die Eingeweide der Leichen verbreiteten einen tödlichen Gestank, und ich wollte fliehen, aber überall, wohin ich auch blickte, sah ich nur fressende und schlafende Tiere, und gerade als ich umkehrte, lud mich ein Schwein ein, seine Speisen mit ihm zu teilen. Ich antwortete, ich hätte schon gegessen, und machte mich eilig davon.

Durch die Zwischenfälle war ich noch vorsichtiger

geworden und stotterte jetzt, wenn ich gefragt wurde, absichtlich. Auf der Straße trat ich mehrfach in Hundekot, aber ich lief, lief, so schnell ich konnte, stadteinwärts. Auf dem Land musste es noch schauerlicher sein als in der Stadt, dachte ich. Alles schien übrigens so zu funktionieren wie unter den Menschen. Die Autos fuhren auf der Straße, die Geschäfte waren geöffnet, die Kinos, Theater, Opernhäuser, Restaurants, und überall hatten die Tiere die Rollen der Menschen übernommen: In den Kinos liefen noch Asylantenfilme, und das Publikum folgte höhnisch lachend den Dramen und Melodramen, aber in der Oper und in den Schauspielhäusern äfften bereits Tiere die Asylanten nach, gaben vor, Arien zu singen oder Monologe zu halten, und in den Restaurants machte man sich genüsslich über »Asylantenfleisch« her. Ich entnahm einem Zeitungsständer den »Kurier«, der aussah, wie ich es gewohnt war, nur stellten die Fotografien Tiere dar: Politiker, Sportgrößen, Schauspieler, Schriftsteller, Kolumnisten, Verbrecher und Verkehrsopfer – alle waren zu Tieren geworden, vorwiegend zu Hunden, Katzen, Ratten und Schweinen, und statt der Schriftzeichen waren Tierspuren gedruckt. In den Auslagen sah ich kleine Stoff- und Kunststoffasylanten, die für junge Tiere zum Spielen hergestellt worden waren, und es gab auch zahme Asylanten, die »Hausasylanten« genannt wurden, im Unterschied zu den Asylanten, die man tötete, den »Schlachtasylanten«. Manche Asylantenkinder wurden in Käfigen gehalten und hatten den ganzen Tag zu sprechen und zu singen, andere wurden von Schweinen und Hunden an der Leine herumgeführt, man pferchte sie in Ställe, Jäger und Angler fingen und erlegten sie.

»Homologen« untersuchten ihr Gewebe unter dem Mikroskop, Hunde und Katzen ritten auf ihnen, und im ehemaligen Schönbrunner Tiergarten wurden nackte Asylanten in Glaskäfigen gehalten und öffentlich gefüttert ...

Als es Nacht wurde, begann ich mich nach einer Unterkunft umzusehen. In den Wohnungen gingen die Lichter an, in ihnen lebten nur noch Tiere. Ich suchte eine Stunde lang, bis ich ein dunkles Wohnhaus fand, das ich eine Weile beobachtete. Im Hausflur war es still. Ich nahm den Lift in das oberste Stockwerk, stieg aus und lauschte. Dann ging ich in das Stockwerk darunter. Die Tür zu einer Wohnung war offen, Licht flackerte, ein Fernsehapparat lief mit ausgeschaltetem Ton – eine Diskussion von Schweinen und Hunden, die heftig geiferten. Ich fand einen Laptop, schaltete ihn ein und versuchte im Internet herauszufinden, was geschehen war, aber alles war wie nach einer Katastrophe verändert, überall hatten Tiere das Bellen, Quieken, Miauen, Schnattern, Quaken, Pfeifen und Piepen. Auch der Laptop zeigte anstatt Schriftzeichen unendlich lange Muster verschiedener Tierspuren, ich fand mich daher nicht zurecht. Erschöpft suchte ich das Badezimmer auf, ich entkleidete mich und stellte zu meinem Entsetzen fest, dass mein menschliches Aussehen verschwunden und ich selbst zu einem Schwein geworden war.

Orkus
Zweiter Teil

Ich erwachte im Krankenzimmer eines Hospitals. In meiner Verwirrung hob ich die Decke auf, um herauszufinden, ob ich Schwein war oder Mensch, und stellte erleichtert fest, dass ich aussah wie immer. Allmählich erinnerte ich mich, dass ich in ein indisches Restaurant gegangen war ... Es war wegen des Schneefalls nur schlecht besucht gewesen ... Lange hatte ich die Speisekarte studiert, wie ich es in indischen Restaurants immer mache, da mir die Gerichte wie Nonsens-Gedichte vorkommen. Natürlich hatte ich ein Essen gewählt, das mir unbekannt war. Ich war ziemlich betrunken gewesen, denn es war schon spät am Abend, und ich hatte mich zuvor mit meinem Wiener Freund Loys Egg getroffen und war mit ihm in das »Café Heumarkt« gegangen. Aus Freude über unsere Begegnung hatte ich mehrere Gläser Wein getrunken und dabei vergessen, mir etwas zum Essen zu bestellen. Als nun das dampfende Gericht serviert wurde, hatte ich meine Brille abgenommen, um sie mit einem Papiertaschentuch zu putzen, und gleichzeitig nach einer kleinen, ausgelösten Garnele gegriffen, die dekorativ auf dem Reis lag, um sie in den Mund zu stecken. Es war jedoch eine Cashew-Nuss gewesen, gegen die ich, was ich bis dahin nicht gewusst hatte, allergisch war, weshalb, nachdem ich sie geschluckt hatte, meine Mundhöhle sogleich wie Feuer zu brennen anfing und mein Magen schmerzte, als sei er von einem durch die Speiseröhre gefallenen, spitzen Senkblei getroffen worden. Der Schmerz war rasch in Krämpfe übergegangen, und schließlich hatte ich die Kellnerin, bevor ich noch mit dem eigentlichen Essen begonnen hatte, gebeten, mir ein Taxi zu rufen. Schwindel hatte mich erfasst, der Schweiß war mir ausgebrochen, und nachdem ich den Fahrer ersucht hatte, mich in das Allgemeine Krankenhaus zu bringen, hatte ich das Bewusstsein verloren. Alles Weitere war meinem Gedächtnis entschwunden. Nur langsam begriff ich, dass ich geträumt haben musste.

Bald darauf erschien ein Arzt, der sich als Dr. Fiszler vorstellte. Er klärte mich behutsam auf, dass ich um ein Haar gestorben wäre. Man habe mir den Magen ausgepumpt und mich auf die Intensivstation gebracht, wo man mich, nachdem ich die Krise überstanden hatte, »sediert« und hierauf in das Krankenzimmer gebracht hätte. Eine halbe Stunde später erschien Ascher, der im Allgemeinen Krankenhaus gerade eine chirurgische Ausbildung machte und von Dr. Fiszler zufällig mein Missgeschick erfahren hatte. Ascher hatte sich kaum verändert und erinnerte mich sofort an unsere gemeinsame Zeit in Graz. Ich würde noch am selben Tag entlassen werden, sagte er und erkundigte sich bei der eintretenden Schwester, ob er mich nicht gleich »mitnehmen« dürfe. Ich war noch schwach auf den Beinen, als ich das Bett verließ. Dr. Fiszler verabreichte mir ein kreislaufstärkendes Mittel und ermahnte mich, jede Anstrengung zu vermeiden und in den nächsten Tagen keinen Alkohol zu mir zu nehmen. Zunächst führte mich Ascher in die chirurgische Abteilung, wo er mich in seinem Bereitschaftszimmer auf dem Rollbett Platz nehmen ließ. Ich fragte ihn, ob er noch mikroskopiere, und er antwortete mir, nur wenn es ihm die Zeit erlaube. In den letzten Jahren sei er kaum dazu gekommen, dafür habe er es dann aber umso mehr genossen. Er habe sich jetzt ganz in das Universum der Kieselalgen verschaut, das von einem ungeheuren Formenreichtum sei, und in Pflanzenstengel, Salzkristalle, Insekten aller Art, Spinnen, Käfer, Schmetterlinge, ja sogar in Hölzer, vor allem aber in die geometrischen Formen der Schneeflocken. Er holte ein englisches Buch aus seiner Lade: Wilson Alwyn Bentleys »Snowflakes« mit Hunderten Schwarzweißabbildungen. Wir blätterten angeregt in dem Buch, und er wiederholte mehrmals, dass es jede Schneeflocke, die vom Himmel falle, nur ein einziges Mal in dieser Form gebe. Das sei wie in der Daktyloskopie, der Wissenschaft von den Fingerabdrücken, die ja auch alle einzigartig seien. Ascher hatte sich überdies ein Teleskop angeschafft, um vom Balkon aus in klaren Nächten den Sternenhimmel zu beobachten, und er hatte sich überdies, erfuhr ich, mit Abhandlungen über die »Geisterfotografie« befasst, denn, so sagte er, er habe sich an aufgeschnittenen Bäuchen schon sattgesehen und erforsche jetzt die unsichtbare Welt, auch wenn es sich dabei um eine tote handle, denn alles, was ihm bei seiner Suche nach dem Unsichtbaren unterkomme, seien nur »sterbliche Überreste«.

Sobald ich wieder auf dem Land war, erhielt ich von ihm einen Brief, in dem er verlangte, mich zu treffen. Er hatte in einem Grazer Sanatorium einen Operationsfehler begangen, bei dem ein elfjähriger Bub ums Leben gekommen war. Bei unserer Begegnung auf dem Land bat er mich um Hilfe, und ich stellte ihm mein Haus in Obergreith zur Verfügung und ersuchte den Besitzer, den Landwirt Franz Kopitsch, ein Auge auf ihn zu werfen, denn ich befürchtete, er könne sich etwas antun. Ich zog währenddessen in seine Wohnung nach Wien. Aschers Frau und seine Tochter blieben hingegen in Graz. Auf irgendeine Weise hatten Ascher und Lindner sich schon vorher kennengelernt, und so redeten wir über den stummen Sohn des Imkers, wenn wir uns trafen oder miteinander telefonierten, was nicht sehr häufig war. Aber nie mehr sprachen wir über die tote, unsichtbare Welt, von der Ascher inzwischen selbst ein Teil geworden ist, nachdem er sich mit einem Jagdgewehr erschossen hat.

Wohnungen

Ich übersiedelte nach zahlreichen längeren und kürzeren Aufenthalten in Wien zuletzt auf den Heumarkt im dritten Bezirk, in die ehemalige Wohnung meines Freundes Loys Egg. Er war Künstler, Musiker und Buchgestalter und hatte mich häufig zu sich nach Hause eingeladen und mir ein Zimmer zur Verfügung gestellt.

Das kasernenartige Gebäude mit zwei Höfen war früher der Sitz des Oberkommandierenden der k.u.k. Armee, Conrad von Hötzendorf, gewesen, und die österreichische Dichterin Ingeborg Bachmann hatte im zweiten Hof gewohnt, mit Ausgang zur Beatrixgasse. Im zweiten Hof lebte auch Eggs Vater mit seiner Frau Gerda, die mich oft zum Abendessen baten und mit denen ich nächtelang Gespräche führte. Eggs Vater war Chef der Bühnenbildner im Burgtheater, ein selbstsicherer, witziger und gescheiter Mann, der über sein eigenes Leben nur mit großer Zurückhaltung sprach. Ich mochte ihn sehr, ohne je zu wissen, wer er wirklich war.

Karl Berger, der Walter Singer hieß

Häufig spazierte ich in der Zeit, als ich noch in der Döblinger Hauptstraße wohnte, zum Währinger Park und von dort zum aufgelassenen Jüdischen Friedhof, zu dem ich eine besondere Beziehung entwickelt hatte. Ich fotografierte ihn von einer kleinen Anhöhe aus. Der Platz ermöglichte es mir, einen Blick über die Mauer, auf der ein Stacheldrahtzaun angebracht war, zu werfen. Ein Schäferhund bellte im Eingangsgebäude, das zugemauerte Fenster hatte, jedoch bewohnt zu sein schien, und einige Male sah ich eine Frau mit einem Reisigbesen Laub zusammenkehren. Die Grabsteine waren zum Teil umgestürzt, die Gräber von Pflanzen überwuchert, und auf den Bäumen hockten russische Saatkrähen, die, sobald ich mich näherte, laut krächzten und aufflogen. Der Anblick des Friedhofs brachte mich auf den Gedanken, das Leben eines jüdischen Emigranten zu beschreiben, der Wien 1938 verlassen hatte und nach den sieben Jahren der nationalsozialistischen Diktatur wieder zurückgekehrt war. Über meine Verlegerin Monika Schoeller lernte ich den Remigranten Walter Singer kennen, der mit der Zwillingsschwester der österreichischen Schriftstellerin Ilse Aichinger verheiratet gewesen war. Am Tag, an dem wir ein erstes Gespräch vereinbart hatten, rief er mich an, um mir abzusagen: Sein zwanzigjähriger Sohn Michael habe sich in den Morgenstunden im jüdischen Altersheim in der Bauernfeldgasse erschossen, sagte er. Michael sei Mitglied der Jewish Security gewesen und habe in der Portiersloge des Heimes, in dem er den Nachtdienst versehen habe, Selbstmord begangen.

Von Unruhe getrieben, war ich in die Bauernfeldgasse gegangen und hatte dort ein Polizeifahrzeug gesehen, das kurz darauf wegfuhr. Eine Weile stand ich vor dem jüdischen Altersheim und dachte an einen riesigen Sarg und ging dann mit diesem Bild im Kopf tagelang herum. Ich hatte inzwischen mit Hilfe meines Freundes, des Schriftstellers Peter Stephan Jungk, begonnen, mich in das Judentum einzulesen. Jungk wies mich auf ein kleines Koscher-Lebensmittelgeschäft in der Hollandgasse hin, das sich »Supermarkt« nannte und von einem orthodoxen Juden mit Schläfenlocken und Kippa geführt wurde. Dort erhielt ich ein in Kunstleder gebundenes Exemplar des »Kizzur Schulchan Aruch«, der »Kurzen Lehre über den gedeckten Tisch«, mit den Lebensregeln der gläubigen Juden wie der Sabbatruhe, dem koscheren Essen, den rituellen Waschungen oder den Vorschriften für festliche Tage. Ich fand im Laden auch das »Philo-Lexikon« – das Handbuch des jüdischen Wissens –, eine Ausgabe des »Talmud« und ein »Talmud-Lexikon«, ein Gebetbuch »Siddur Sefat Emet« mit deutscher Übersetzung, »Die vierundzwanzig Bücher der Heiligen Schrift«, übersetzt von Leopold Zunz, und ich fing an, Martin Buber zu lesen und Gershom Scholem, Flavius Josephus' »Geschichte des Jüdischen Krieges« und »Jüdische Altertümer«, eine Universalgeschichte der Juden sowie zahlreiche Bü-

cher über den Holocaust.* Ich verlor mich für lange
Zeit im Judentum und entdeckte wieder meine Neigung zum Spirituellen, ohne aber an eine bestimmte
Religion glauben zu können. Bis heute hat mein Interesse am Judentum angehalten. Und bis heute beschäftige ich mich mit dem Holocaust und versuche Erklärungen für ihn zu finden, die Ursachen für die Katastrophe
zu verstehen, aber alle Beschreibungen und Analysen
vertiefen in mir nur das Grauen und die Scham, die ich
darüber empfinde. Die Bücher von Anne Frank, Ana
Novac, Primo Levi, Imre Kertész und H. G. Adler oder
die autobiographischen Aufzeichnungen von Wiesław
Kielar** bestätigten mich in der Überzeugung, dass alle

---

* Beschreibungen der Hölle. Raul Hilberg: »Die Vernichtung
der europäischen Juden«, drei Bände, Raul Hilberg: »Täter,
Opfer, Zuschauer«, Raul Hilberg: »Unerbetene Erinnerung.
Der Weg eines Holocaust-Forschers«. Gerhard Schoenberner:
»Der gelbe Stern. Die Judenverfolgung in Europa 1933–1945«.
Hannah Arendt: »Eichmann in Jerusalem. Ein Bericht von der
Banalität des Bösen«. Gustave M. Gilbert: »Nürnberger Tagebuch. Gespräche der Angeklagten mit dem Gerichtspsychologen«. Joe J. Heydecker und Johannes Leeb: »Der Nürnberger
Prozess«, zwei Bände. Jean Claude Pressac: »Die Krematorien
von Auschwitz. Die Technik des Massenmordes«. Hans Maršálek: »Die Geschichte des Konzentrationslagers Mauthausen«.
** Anne Frank: »Tagebuch«. Ana Novac: »Die schönen Tage
meiner Jugend«. Primo Levi: »Ist das ein Mensch?«, »Atempause« und »Das periodische System«. Imre Kertész: »Roman
eines Schicksallosen«. H. G. Adler: »Theresienstadt 1941–45.
Das Antlitz einer Zwangsgemeinschaft«. »Kommandant in
Auschwitz. Autobiographische Aufzeichnungen des Rudolf
Heß, hrsg. v. Martin Broszat«. Charlotte Beradt: »Das dritte
Reich des Traums«. Viktor Klemperer: »Ich will Zeugnis able-

Sinnsysteme, Ideologien, Philosophien und ethischen Gebote und alle großen geistigen Strömungen, vom Christentum – und vor allem von diesem – bis hin zur Aufklärung versagt hatten und dass die Fähigkeit zum Mord und zur Vernichtung den Menschen als zumeist versteckter Trieb innewohnt.

In der Zeit, als ich begann, mich ernsthaft mit dem Holocaust zu befassen, suchte ich, wie unter Zwang, regelmäßig das Sigmund-Freud-Museum auf, und ich fuhr mehrmals auf den Wiener Cobenzl, wo das alte Kurhotel Schloss Bellevue stand, das Treffpunkt des Wiener Theosophenzirkels gewesen war und wo Freud 1895 und 1900 als Gast der Familie Ritter von Schlag die Sommerfrische verbrachte. Dort machte er auch die bedeutenden Entdeckungen über das Wesen des Traumes. Ich war überzeugt davon, dass das mühsame Nachvollziehen des Holocaust nicht ohne eine Untersuchung der Rolle des Unbewussten möglich sei, und diese Annahme trieb mich an die Orte seiner Entdeckung und ersten Erforschung.*

---

gen ... Tagebücher 1933–1945«. J. L. Borges: »Deutsches Requiem«. Zoran-Mušič-Kataloge: Albertina 1992, Schömerhaus 1999. Dokumentarfilm: Claude Lanzmann: »Shoa«, 1985, 503 Min. Spielfilm: Ernst Lubitsch: »Sein oder Nichtsein«.

* Ich las nach der Beendigung meines Romanzyklus »Die Archive des Schweigens«, Tolstoi habe kurz vor seinem Tod erklärt, dass er nicht an einen Gott glaube, der die Welt erschaffen habe, sondern an einen, der im Bewusstsein der Menschen lebe. Ich verstand sofort, dass er nur das Unbewusste gemeint haben konnte, nur kannte man diesen Begriff zu seiner Zeit noch nicht. Und es fiel mir ein, dass Gott und Teufel, das Religiöse schlechthin, nichts anderes waren als das Unbewusste mit seinen Untiefen. Im Nationalsozialismus, überlegte ich,

Begegnungen

Sechs Wochen nach dem Telefonat, in dem er mir den Selbstmord seines Sohnes im Jüdischen Altersheim in der Bauernfeldgasse mitgeteilt hatte, rief Walter Singer mich überraschend an und erklärte mir in seiner ruhigen, fast monotonen Sprechweise, dass er es inzwischen doch für besser halte, mit mir über sein Leben zu sprechen, als zu versuchen, allein über den Verlust seines Sohnes hinwegzukommen. Wir verabredeten uns vor dem Stephansdom, und auf die Frage, wie ich ihn erkennen könne, antwortete er mir, dass er mich ja von Fotografien kennen würde.

Als ich vor der Kirche eintraf, sah ich von weitem einen Mann im blauen Dufflecoat mit einer Sportkappe und einer Pfeife in der Hand, und ohne ihn jemals zuvor gesehen zu haben, wusste ich, dass von allen Fußgängern, die den Platz überquerten oder in die Kirche

---

hatte sich das Bewusstsein in den Dienst des Unbewussten gestellt – der Nationalsozialismus, so meine Hypothese, war eine Ideologie gewesen, bei der das Bewusste der beredte und verräterische Anwalt des Unbewussten gewesen war. Im Unterschied zum Religiösen, das zwar einem ähnlichen Mechanismus unterliegt, aber auf das Jenseits reflektiert, hatte der Nationalsozialismus Himmel und Hölle auf die Erde verlegt – wobei der Himmel eine obskure Phantasie blieb, die Hölle aber Wirklichkeit wurde. Eines der Merkmale dieser beiden Ideologien des Unbewussten, die das Bewusstsein in ihren Dienst nehmen, ist die Vereinigung von Pathos, Ritual und Ordnung unter dem Zwang eines selbsterzeugten Verfolgungswahns. Diese vier Elemente,: Pathos, Ritual, Ordnung und Paranoia, finden sich in allem, was der Nationalsozialismus und die katholische Kirche zu dieser Zeit repräsentierten.

traten, nur dieser eine Walter Singer sein konnte. Ich lud ihn in das Café Eiles ein und sagte ihm, als wir Platz genommen hatten, dass meine Eltern Mitglieder der NSDAP gewesen seien und ich es daher verstünde, wenn er das Gespräch mit mir nicht fortsetzen wolle. Er antwortete nach kurzem Zögern, dass auch er vielleicht ein Nazi geworden wäre, wäre er nicht Jude gewesen. Wahrscheinlich wollte er mir mit dieser Bemerkung nur helfen und Druck von mir nehmen. Seine Antwort verwirrte mich jedoch einigermaßen, da ich wusste, dass die Nazis sein Leben zerstört hatten. Er erkundigte sich zwischendurch nach meinen Eltern und meinem Leben, und als ich ihn nach dem Selbstmord seines Sohnes fragte, sagte er mir, unglückliche Umstände hätten dazu geführt. Michael sei, wie er selbst, ein aschkenasischer Jude ohne Vermögen gewesen (bei dem Wort »gewesen« zögerte er, es auszusprechen). Die Aschkenasi seien Diasporajuden, die von Osten her nach Deutschland und Österreich gekommen seien, ihre Sprache sei das Jiddisch. Michael habe sich in die Tochter eines reichen Juden aus Persien verliebt, eines Sepharden. Die sephardischen Juden seien im gesamten Mittelmeerraum ansässig, und ihre Sprache sei das Spaniol. Aschkenasi und Sephardim hätten daher verschiedene kulturelle Wurzeln und über manche Glaubensdinge auch verschiedene Ansichten. Das habe zusammen mit den gesellschaftlichen Unterschieden die Liebe der beiden erschwert, vor allem aber seien die Eltern seiner Freundin aus den erwähnten Umständen gegen die Beziehung gewesen. Seine Stimme zitterte, als er darüber sprach, doch bemühte er sich, sachlich zu bleiben und seine Gefühle zu verbergen.

Er rauchte Pfeife, trank Kaffee und redete mit seiner Baritonstimme in einem leisen, leidenschaftslosen Tonfall, aus dem seine große Trauer herauszuhören war. Seine Sprechweise war melodiös. Heute noch glaube ich zu wissen, wie er das eine oder andere Ereignis kommentieren würde. Manchmal nämlich verfiel er in ein wienerisches, fast psalmodierendes Raunzen, zog die Vokale in die Länge und zeigte dadurch entschiedene Ablehnung.

Wir trafen uns für das erste Gespräch in seiner Wohnung in der Zirkusgasse, genauer gesagt in seiner Küche, und saßen am kleinen Tisch, der mit einem Plastiktischtuch bedeckt war. Zuvor hatte er mich gebeten, dass ich ihn im geplanten Buch unter dem Pseudonym Karl Berger sein Leben erzählen lassen solle, trotzdem war er nervös. Er hatte sich zwar vorbereitet, kam aber immer wieder mit den Zeiten durcheinander, machte Einfügungen, stellte richtig, dachte nach … Ich ließ ihn erzählen, fragte und redete mit ihm so lange, bis ich über einen bestimmten Zeitabschnitt Bescheid wusste, und schrieb dann, laut mitsprechend, seinen Bericht auf, den er, wenn notwendig, korrigierte. Schlug ich ihm Änderungen in der Ausdrucksweise vor, nahm er sie in der Regel bereitwillig an. Er lehnte es übrigens ab, eine Kassette zu besprechen, er wollte es vielmehr gerade so, wie wir es machten.

Wir trafen uns zweimal in der Woche. Zu Beginn jedes Gesprächs verlangte er zahlreiche Korrekturen, wenn ich ihm das Protokoll unserer letzten Sitzung vorlas. Manche seiner Erinnerungen waren ihm nämlich, nachdem ich sie aufgeschrieben hatte, nicht mehr aus dem Kopf gegangen, und er hatte über sie nachgegrübelt, und dabei waren ihm weitere Erinnerungen eingefallen, die er in seinen Lebensbericht aufzunehmen wünschte, oder er hatte inzwischen etwas berichtigt beziehungsweise für sich genauer dargestellt. Die Arbeit war mühsam und ging oft nur schleppend voran, insgesamt fünf Monate lang. Jedes Mal, wenn ich nach Hause kam, war ich so erschöpft und voller Schuldgefühle, dass ich mich auf mein Bett legte und ein oder zwei Stunden vor mich hin starrte, bis ich mich wieder dem Alltag widmen und meiner Arbeit nachgehen konnte. Oft unterbrachen wir die Erzählung, er zeigte mir dann den Gebetsschal, den Tallit, seines Sohnes, die Gebetsriemen oder alte Fotografien, oder er ließ den Kanarienvogel frei, was schließlich zu einem festen Ritual wurde. Sobald ich in der Küche Platz nahm, öffnete Singer das Türchen zum Käfig, worauf der Vogel im Raum herumflog und manchmal zu zwitschern anfing. Die ganze Zeit über waren wir per Sie geblieben, aber als wir die Arbeit schließlich beendet hatten, erhob sich Singer und bot mir das Du-Wort an. Wir umarmten einander, und ich lud ihn in ein koscheres Lokal in der Hollandgasse zum Mittagessen ein. Walter schien von einer schweren Last befreit. Hatte ich ihn bis dahin höchstens schwermütig lächeln sehen, so war er bei unserem Essen gelöst und zum ersten Mal fröhlich. Ich hatte den Eindruck, dass er einen Lebensabschnitt hinter sich gebracht und einen neuen ins Auge gefasst hatte. Aber die Freude, die Last der Vergangenheit abgeschüttelt zu haben, hielt nur kurz an, bald schon fiel er in seine gewohnte Schwermut und Unzufriedenheit zurück.

Ich legte die Aufzeichnungen zunächst zur Seite, da

ich »zu nahe an ihnen dran« war. Und ich wusste nicht, in welcher Form ich das geplante Buch abfassen sollte ... Eine Geschichte daraus machen? Also Walters Erzählung als »Stoff« betrachten, aus dem ich einen Roman machen würde? So naheliegend diese Idee war, so schwer fiel es mir, sie zu akzeptieren, denn ich hatte den Eindruck, ich würde Walter dann etwas wegnehmen, was ihm allein gehörte. – Als Protokoll? Dafür war sie zu wenig literarisch und würde höchstens als Dokument für einen Historiker taugen, außerdem hätte ich es schade gefunden, wo doch die Lebensgeschichte im Kern ein Epos war. Als Epos jedoch würde sie jenes literarische Eigenleben entwickeln, das zu erwecken ich zögerte. So beschloss ich, mir Zeit zu lassen, bis ich mir darüber im Klaren sein würde. Ich versuchte nicht an das Buch zu denken, aber natürlich ging es mir nicht aus dem Kopf. Eines Sonntagnachmittags ging ich vom Wiener Südbahnhof Richtung Arsenal, und im Hof des »Zwanzger-Hauses«, des Museums für Moderne Kunst, fiel mir eine Skulptur Alberto Giacomettis auf. Natürlich war Giacometti ein fester Bestandteil meiner Bildwelt, aber ich hatte ihn zuvor nicht in Zusammenhang mit Walter Singers Biographie gebracht. Plötzlich kam mir der Gedanke, dass Walter einer der kleinen, wie verbrannt aussehenden Figuren des Künstlers ähnelte.

Zu Hause betrachtete ich lange einen Giacometti-Bildband, aber ich war mir noch nicht sicher, ob ich mich auf diesen Gedanken wirklich einlassen sollte, denn was bedeutete das? Ich konnte das fehlende Literarische dann nur durch strenge Reduktion erreichen. Das hatte aber gleichzeitig zur Folge, dass ich auch auf dramaturgische und korrigierende Eingriffe verzichten musste, die der Geschichte mehr Plastizität geben würden. Ungefähr zur selben Zeit zeigte mir ein Freund ein altes Familienalbum mit kleinen, gezahnten Schwarzweißfotografien, und beim Durchblättern verstand ich auf einmal, wie ich Singers Geschichte schreiben musste: Es mussten einzelne, kleine Kapitel sein, und diese würden Schwarz-Weiß-Fotografien ähneln. Wie dunkle und helle Punkte ein Schwarzweißbild zusammensetzen, so sollten auch meine Sätze und Wörter mit einem Minimum an Aufwand auskommen, und vor allem wollte ich keine Adjektive benutzen. Sorgfältig arbeitete ich das Protokoll von Walter Singers Erinnerungen nach diesem Plan um. Als ich damit fertig war, gab ich das Manuskript Walter zu lesen, der sich erst nach ein paar Tagen bei mir meldete und mich schließlich aufsuchte. Die Geschichte nochmals zu »erleben« habe ihn »hergenommen«, sagte er sichtlich erschöpft und von Schlaflosigkeit gezeichnet. Außerdem hätten seine Töchter, mit denen er zusammenlebte, das Manuskript entdeckt und gelesen und ihn schließlich zur Rede gestellt, da ihnen vieles von dem, was sie lasen, unbekannt gewesen sei. Schließlich verlangte er, dass ich eine Passage streichen sollte. Er stellte mir jedoch frei, sie nach seinem Tod wieder einzufügen. Walter, aus der Familie eines assimilierten Wiener Juden, war als Siebzehnjähriger nach England geflüchtet und als Matrose um den halben Erdball gereist, ohne zu wissen, dass sein Vater inzwischen bei der Deportation nach Auschwitz ums Leben gekommen war und seine Mutter und seine Schwester nach Theresienstadt deportiert worden waren. Nur mit großen Mühen und Glück hatten sie überlebt. Er selbst war in die tschechische Exilarmee in England eingetreten, hatte sich aber nicht an Kampfhandlungen gegen die deutsche Wehrmacht beteiligt. Nach dem Krieg hatte er nirgendwo mehr richtig Fuß fassen können, er hatte es schließlich in Israel in einem Kibbuz versucht, war aber auch dort gescheitert. Deshalb hatte er sich entschlossen, nach England zurückzukehren, zuvor in Jerusalem aber die Bekanntschaft eines katholischen Dominikanerpaters namens Bruno Husar gemacht. Und was Walter im Hinblick auf seine spätere Rückwendung zum Judentum nicht hatte veröffentlicht sehen wollen, war der Umstand, dass er ernsthaft überlegt hatte, zum Christentum zu konvertieren. Mit Hilfe Husars war er nämlich in ein schottisches Kloster eingetreten, um dort in Ruhe und Abgeschiedenheit über diesen Schritt nachzudenken. Nach drei Monaten war er aus der Einsamkeit des Mönchsdaseins aber wieder zurück ins Leben geflüchtet. Er fürchtete, diese Episode würde ihm, wenn sie im Buch zu lesen sein würde, bei den Wiener Juden schaden.

Was mir an Singer, wie auch an anderen Juden gleichen Alters, die ich in Wien kennengelernt hatte, auffiel, war der Umstand, dass sie nicht alle Österreicher und Deutschen hassten. Walter hatte klare Gedanken und entschuldigte nichts von dem, was man ihm angetan hatte, doch differenzierte er und verhielt sich seinem eigenen Leid gegenüber nahezu neutral. Er konnte nicht begreifen, was man ihm und vor allem anderen Juden zugefügt hatte, aber er verschwendete keine Gedanken an Rache. Es ging ihm vielmehr darum, bei seinen Mitmenschen Einsicht zu bewirken, dass den Juden Unrecht angetan worden sei. Und noch etwas berührte und erschreckte mich: dass er sich vorwarf, nicht ins KZ deportiert worden zu sein wie die anderen Juden und dass er überlebt hatte. Deshalb hatte er starke Schuldgefühle. Ich selbst war Walter gegenüber dadurch verunsichert, lange Zeit scheute ich mich, das Wort Jude auszusprechen, aus Furcht, ich könne jemanden damit verletzen oder ein Missverständnis heraufbeschwören. Erst Walter erklärte mir: »Wir sind Juden, das konnte nicht einmal Hitler ändern.«

Alles, was ich von da an über den Holocaust erfuhr, projizierte ich auf Singer, der ihm entkommen war, um als zerrissener und verwundeter Mensch weiterzuleben.

Der Elefantenmensch

Ich hatte Viktor Gartner seit seiner Übersiedlung nach Wien nicht mehr gesehen und mich, obwohl ich nun das halbe Jahr über und manchmal auch länger in Wien lebte, nicht mit ihm in Verbindung gesetzt. An einem trübsinnigen Februarnachmittag rief ich ihn endlich in seiner neuen Redaktion an, und er lud mich ein, ihn abzuholen und zusammen mit ihm essen zu gehen.

Bei unserem Wiedersehen erschrak ich. Ein tiefes Misstrauen und übergroße Vorsicht hatten von ihm Besitz ergriffen. In allem, was er tat, wie er sprach und selbst in seinem Blick konnte ich den Argwohn spüren. Einerseits war er – auch sich selbst gegenüber – voller Zweifel, andererseits versuchte er das durch selbstbewusstes Auftreten zu kaschieren. Aber vielleicht war er gerade deshalb ein aufmerksamer Zuhörer geworden, wenngleich man sich bei seinen Interviews des Eindrucks nicht erwehren konnte, er wolle sein Gegenüber aushorchen oder sogar verhören: Plötzlich konnte er einem mit einer verbalen Breitseite kommen, einer massiven Lawine von Argumenten oder einer Frage, die ein Problem genau auf den Punkt brachte und den zum Kontrahenten Gewordenen niederwalzte.

Eine Aura des Geheimnisvollen umgab ihn noch immer. Er verfügte über ein Netzwerk, ein Myzel, das sich bis in höchste politische Kreise und die Beamtenhierarchie erstreckte. Doch gab es bei ihm weder Zettelkästen noch Spitzelakte. Alles war in seinem Kopf gespeichert. Zunächst spielerisch, aber stets mit logischer Brillanz und kalter Präzision verfolgte er seine Spuren und ließ nicht davon ab, auch wenn andere längst aufgegeben hätten. Er verbiss sich in seine Fälle, die fast immer gegen jene Politiker- und Beamtenhierarchie gerichtet waren, aus der er seine Informationen bezog. Er lebte in einer Welt voll Lügen, Betrug und Fälschungen, ohne dass es auf ihn abgefärbt hätte – es hatte ihn nur misstrauisch gemacht und hart. Ich wusste aus Gesprächen mit Journalisten, dass er privat ein Doppelleben führte. Er war verheiratet und hatte seit mehr als einem Jahrzehnt eine Geliebte, die ihn auf Reisen begleitete oder mit der er bei bestimmten Freunden auftauchte. Eigentlich lebte er, dachte ich mir, wie ein Spion. Manche befürchteten, es könne ihm eines Tages zum Verhängnis werden, dass er nie jemanden ins Vertrauen zog.

Ich wusste über ihn auch, dass er sich durch Alois Jenner als Anwalt vertreten ließ, was mir ein Rätsel war, verfügte Viktor doch über die besten Verbindungen zum Justizapparat. Das nährte natürlich meinen Zweifel an einer Schuld Jenners. Viktors Waffe war nicht die spitze Feder, denn er war kein besonders origineller Stilist, sondern sein scharfer Verstand, seine außerordentliche Kombinationsgabe, sein Einfallsreichtum und seine Hartnäckigkeit. Auf ihn traf der Mythos des Zähen, der niemals aufgab, zu. Er hatte alle spektakulären Skandale der siebziger und achtziger Jahre aufgedeckt, und seine Artikel fanden daher besondere Beachtung. Auch als der frühere UN-Generalsekretär Kurt Waldheim, jetzt schon als österreichischer Bundespräsident, bestritt, von den Verbrechen des Nationalsozialismus während des Zweiten Weltkriegs etwas gewusst zu haben, und behauptete, nur »seine Pflicht erfüllt zu haben« (obwohl es sich um nichts anderes als eine Pflicht gegenüber dem »Führer« Adolf Hitler gehandelt haben konnte, wie er spätestens als Diplomat und ehemaliger Außenminister gewusst haben musste), hatte Gartner die Öffentlichkeit mit Dokumenten, die Waldheim belasteten, versorgt und den Diskussionsprozess über das Schweigen in Österreich zur Nazi-Zeit in Gang gesetzt.

In seinem Herzen war er ein Abenteurer geblieben, und ich hatte immer die Vermutung, dass er wohl am stärksten von seiner Kinoleidenschaft geprägt war. Er hatte für sich eine Rolle entworfen, der er sein Leben unterordnete, und das Drehbuch, das er dafür skizziert hatte, war voller Ungewissheiten und mitunter auch Gefahren. Sein Wohnzimmer, so hörte ich, war mit Regalen zugestellt, die bis zur Decke mit Videokassetten gefüllt waren, und da er, wie ich mit Schrecken vernahm, bereits drei Herzinfarkte hinter sich hatte, trainierte er jeden Morgen und Abend auf seinem Hometrainer und sah sich dabei auf dem Bildschirm Filme an. Er hatte ein lexikalisches Gedächtnis, was seine journalistische Arbeit und das Kino betraf. Er wusste über jedes Detail Bescheid und liebte es, darüber zu reden. Bis zu seinem Tod im Schlaf blieb er ein Tagträumer und Geheimnisträger.

Ich besitze eine Fotografie von ihm aus der Zeit, als wir uns wiedersahen. Er trug jetzt Brille und Bart, sein Haar war schütter geworden, und am Hinterkopf hatte sich eine Glatze gebildet. Nach wie vor hatte er ein Faible für Cordjacken. Man sah ihm seine drei Herzinfarkte nicht an, denn er bekam weder schwer Luft, noch war er hektisch – vielmehr saß er bei unserer Begegnung in seinem wüsten Büro unbeweglich wie ein buddhistischer Zen-Meister oder, besser gesagt, wie ein Richter vor einem Angeklagten. Er musterte mich schweigend, sein Blick war skeptisch, aber bald entspannte er sich und lachte auch wieder wie früher. Er drehte sich auf seinem blauen, ledernen Polsterstuhl zur Seite, bückte sich, hob eine der Taschen, die an einer Seite des Schreibtisches lehnten, auf, öffnete sie, suchte nach einem Dokument, legte es auf den Tisch und stellte die Tasche wieder zurück, ohne zu sagen, welche Bewandtnis es mit den Papieren hatte. Offenbar war ihm nur etwas eingefallen. Das unbeschreibliche Chaos begann auf der Tischplatte, auf der eine Telefonanlage, ein Laptop, eine Digitalkamera und ein Radio standen. Rundherum türmten sich Stapel von Papieren und Zeitungen. Die Jalousien waren heruntergezogen, ein Fernsehapparat lief ohne Ton, und den Boden bedeckten Bücher, Videokassetten, Aktenordner, Schachteln und

Nylontaschen. Auf einem überquellenden Bücherregal drängten sich gerahmte Farbfotografien von bekannten Persönlichkeiten mit handschriftlichen Widmungen, aber auch Portraits, die ihn selbst in verschiedenen Ländern Europas, Asiens und Nordamerikas zeigten. Er sagte mir, dass er weder rauche noch trinke und dass er bei jedem seiner drei Infarkte beinahe gestorben wäre.

Natürlich kamen wir bald auf Jenner zu sprechen. Auch er habe ihn zuerst für schuldig gehalten, sagte Viktor, aber nachdem er Einsicht in die Akten erhalten habe, hätte sich diese Vermutung in Luft aufgelöst. Er sei auch den Spuren Lindners nachgegangen, der aus der Anstalt Steinhof und auch in Gugging mehrfach ausgerissen sei und sich auf irgendeine Weise zu Fuß oder per Autostopp nach Obergreith durchgeschlagen habe, wo er sich dann beim Nachfolger seines Vaters als Imker versucht habe, ohne dass es aber von Dauer gewesen sei. Viktor betonte, dass er die Zeichnungen Lindners nicht in Zusammenhang mit Jenner bringe. Offenbar wüsste ich nicht, dass Lindners Vater Aufseher im Konzentrationslager Dachau gewesen und sein Sohn dahintergekommen sei. Diese Tatsache sei auch der Grund gewesen, weshalb seine Mutter Selbstmord mit Tabletten begangen habe. Und noch ein Umstand sei ihm bekanntgeworden: Sie habe, wie aus ihren Aufzeichnungen und dem Abschiedsbrief ersichtlich, ihren Sohn Franz ursprünglich mit in den Tod nehmen wollen. Das alles habe er aus der Krankengeschichte in den Anstalten erfahren, in die er beim Prozess gegen Jenner Einblick erlangt habe.

Ich fiel, wie das Sprichwort besagt, aus allen Wolken, denn diese Geheimnisse waren mir verborgen geblieben, obwohl ich schon Jahre auf dem Land verbracht hatte.

Ich erzählte Viktor von der Begegnung mit Jenner im Bräunerhof, und er antwortete darauf, er könne sich vorstellen, welcher Hass in Jenner aufgestaut sei, der zu bestimmten Gelegenheiten aus ihm herausbreche. Er halte diesen Hass auch für die Triebfeder von Jenners Leidenschaft, mit der er jeden Fall, der ihm anvertraut würde, vertrete. Jenner sei bestimmt der beste Anwalt Wiens, und er selbst lasse sich von ihm bei seinen schwierigsten Konflikten vertreten. Jenner könne sich in jeden hineindenken, dazu komme seine suggestive Sprechweise, die schon in manchem Geschworenen Zweifel geweckt und ein Umdenken ausgelöst hätte. Darüber hinaus kümmere er sich auf eine geradezu rührende Weise um Lindner, den er nach wie vor regelmäßig in der Anstalt betreue und – sobald dieser ausreiße und wenn es die Arbeit in seiner Kanzlei zulasse – selbst suche.

Er überzeugte mich allmählich mit seinen eindringlich vorgebrachten Worten von der Unschuld Jenners, und ich bereute meine oberflächlichen Rückschlüsse, die ich aus den mir bekannten Tatsachen gezogen hatte.

An diesem Abend gingen wir nicht zusammen essen, sondern ich begleitete ihn nach Hause, wo wir uns David Lynchs »Der Elefantenmensch« auf Video ansahen, während er auf dem Hometrainer saß und sein Pensum abspulte. Er hatte Wurst, Käse und Brot und ein Glas Mineralwasser vor mich hingestellt – seine Frau und seine Kinder waren auf Schiurlaub gefahren. Im Gegensatz zu seinem Büro war das Wohnzimmer geradezu pedantisch aufgeräumt, was Viktor mit der Bemerkung erklärte, dass die Putzfrau am Vormittag da gewesen sei.

Viktor musste den Film schon öfter gesehen haben, denn manchmal, bemerkte ich, sprach er Sätze lautlos mit, aber er konnte seinen Blick nicht vom Bildschirm abwenden. Nach dem Ende trat er eine Weile stumm in die Pedale, und auch ich schwieg. Dann sprach er von Joseph Carey Merrick, dem späteren Elefantenmenschen, der 1862 in Leicester geboren worden war und an akuter Neurofibromatose litt, einer Krankheit, bei der Haut und Knochen von Wucherungen befallen sind. Merrick war 22 Jahre alt, als der Chirurg Dr. Frederick Treves ihn auf einer Monstrositätenschau in London sah. Der Arzt veröffentlichte später seine Memoiren unter dem Titel »The Elephant Man and Other Reminiscences«, in denen er Merricks Fall ausführlich schilderte. War Merrick das zweite Jahrzehnt seines Lebens ein Monster gewesen, das im Zelt eines Schaustellers begafft worden war, so wurde er anschließend zum wissenschaftlichen Forschungsobjekt und in der Pathologischen Gesellschaft Medizinstudenten und Ärzten vorgeführt. Die allmähliche Entwicklung von Mitgefühl für ihn, die zuletzt in einer neuen Umgebung, in einem Heim, vor sich ging, hatte Viktor zum wiederholten Male, wie ich gesehen hatte, Tränen in die Augen getrieben, während er immer noch auf seinem Fahrrad strampelte. Auch ich hatte, obwohl ich den Film schon einmal im Kino gesehen hatte, gegen Tränen angekämpft. Ich sagte, irgendwann im Leben werde jeder verhöhnt, verspottet oder heruntergemacht, und deswegen verstehe auch jeder diesen Film. Ich dachte an Walter Singer und Franz Lindner, aber noch bevor ich darüber sprechen konnte, begann Viktor von Tod Brownings »Freaks« zu sprechen, in dem wirkliche menschliche »Monster« auftreten, und vom »Glöckner von Notre-Dame«, in dem Anthony Quinn den unglücklichen Buckligen spielte.

Die Todesfabrik

Auf Wunsch von Walter Singer fuhren Viktor und ich an einem Wochenende mit ihm nach Braunau am Inn, der Geburtsstadt Adolf Hitlers. Singer wäre nicht alleine gefahren, aber in unserer Gesellschaft fand er es vermutlich reizvoll, seiner Neugier nachzugeben. Wir brachen am frühen Morgen nach Linz auf, um von dort nach Braunau zu gelangen. Unterwegs war Singer bemüht, nicht über Hitler zu sprechen, er fragte Viktor stattdessen nach den Details verschiedener Skandale aus, die dieser aufgeklärt hatte, und schließlich kamen wir auf Filme zu sprechen, zunächst auf Leni Riefenstahls dokumentarisches Werk, das Singer abschätzig, Gartner hingegen nur vom filmischen Standpunkt her beurteilte, und dann auf Ernst Lubitschs »Sein oder Nichtsein«, einen Lieblingsfilm von Walter. Viktor, der diesen Film ebenfalls liebte, glänzte mit witzigen Episoden aus Lubitschs Leben und war ganz in seinem Element, als er darüber sprach, wie der Fliegerleutnant Sobinski in einem Warschauer Theater der Frau des Schauspielers Joseph Tura stets in jenem Moment seine Aufwartung in der Garderobe machte, wenn ihr Mann gerade auf der Bühne seinen großen Monolog »To be or not to be« hielt. Eigentlich proben in Lubitschs Film – wir schreiben das Jahr 1939 – die Schauspieler ein Anti-Nazi-Stück, doch wird es auf Einspruch der Regierung, die die Nazis nicht provozieren will, abgesetzt. Nach dem Ausbruch des Zweiten Weltkriegs gehen die Schauspieler im Film in den Untergrund und benutzen ihre Kostüme, um ein falsches Gestapo-Hauptquartier zu »inszenieren«, da sie erfahren, dass ein deutscher Agent aus London eingetroffen ist, der sich als Widerstandskämpfer tarnt und an Ort und Stelle seine Befehle entgegennehmen will. Der Höhepunkt ist zweifellos der Moment, als der Hitler-Darsteller des Anti-Nazi-Stücks beim tatsächlichen Eintreffen des Führers in Warschau dessen Flugzeug beschlagnahmt und mit den übrigen Schauspielern nach England flieht.

Viktor sprach von der Aufhebung von »Sein und Schein« im Film, von einer zweiten Wirklichkeit in der Wirklichkeit, wobei er auch auf Zuckmayers Theaterstück »Der Hauptmann von Köpenick« zu sprechen kam und auf die Macht des Scheins. Walter hingegen betrachtete den Film als Entlarvung der Mittelmäßigkeit aller Nazi-Bonzen und als Verhöhnung des blinden Fanatismus.

In Braunau am Inn fanden wir das Haus Nr. 15 in der »Salzburger Vorstadt«, in dem Hitler am 20. April 1889 geboren worden war. Wir gingen peinlich berührt am unscheinbaren Gebäude vorbei und fuhren stumm wieder zurück, verärgert über uns selbst. Als wir Linz wieder erreichten, machte Singer den Vorschlag, dass wir das ehemalige KZ Mauthausen, an dem wir vorbeikommen würden, besichtigen sollten, und Viktor stimmte zu.

Ein pensionierter Beamter aus Wels, Herr Schenk, der Gartner sofort erkannte, führte uns vom Haupttor mit den beiden Wachtürmen in das Lager. Herr Schenk ging uns eiligen Schrittes bis zu den Baracken voraus, und ich hatte den Eindruck, dass er alkoholisiert war. Als ich ihm näher kam, roch ich auch seine Fahne. Er war klein, glatzköpfig und flink, und einmal sah ich, wie er sich von uns abwandte und einen Schluck aus einem gläsernen Flachmann nahm, den er sogleich wieder in seiner Jackentasche verschwinden ließ.

Der Chef der NS-Sicherheitspolizei, Reinhard Heydrich, begann er, habe eine Einteilung der Konzentrationslager in verschiedene »Lagerstufen« vorgenommen. Lagerstufe 1 sei für alle »wenig belasteten und bedingt besserungsfähigen Schutzhäftlinge« (so die Bezeichnung der Gefangenen) und außerdem für »Sonderfälle und Einzelhaft« bestimmt gewesen. Dafür seien die Konzentrationslager Dachau, Sachsenhausen sowie das »Stammlager Auschwitz« vorgesehen gewesen. Lagerstufe 1a sei »besonders schonungsbedürftigen, älteren und kaum arbeitsfähigen Häftlingen« vorbehalten gewesen, auf die man habe Rücksicht nehmen wollen. Sie hätten im Heilkräutergarten Dachau Verwendung finden sollen. Lager der Stufe 2 sollten »schwer belastete, jedoch nicht erziehungs- und besserungsfähige Schutzhäftlinge« aufnehmen – dabei habe es sich um die Konzentrationslager Buchenwald, Flossenbürg, Neuengamme und abermals das damals im Bau befindliche Lager Auschwitz gehandelt. Lagerstufe 3 sei die schlechteste Kategorie gewesen und allein dem Lager Mauthausen und dem Nebenlager Gusen zugeteilt worden, für »schwer belastete, unverbesserliche und auch gleichzeitig kriminell vorbestrafte und asoziale, das heißt kaum noch erziehbare Schutzhäftlinge«.

Mauthausen habe diese Bewertung der isolierten Lage seiner Granitsteinbrüche zu verdanken gehabt, von denen der berüchtigtste der »Wiener Graben« gewesen sei. Mit der Deportation nach Mauthausen sei nämlich eine »vorsätzliche Vernichtung durch Zwangsarbeitseinsatz« verbunden gewesen. Granit wiederum sei in großen Mengen für sogenannte »Führerbauten« benötigt worden. Bis 1945 seien 200 000 Menschen nach Mauthausen deportiert worden, von denen 100 000 ermordet worden oder aus Erschöpfung und Unterernährung zugrunde gegangen seien, darunter auch Frauen und Kinder. Die durchschnittliche Lebensdauer eines Häftlings habe 1938, bei Gründung des Lagers, fünfzehn Monate betragen, später neun und schließlich nur noch sechs Monate. Überall habe »Todesgefahr gelauert«, so Schenk. Keiner habe gewusst, ob er die kommende Stunde noch überleben würde. Und wenn ein Häftling die Nacht überstanden hätte, so habe sich die Angst sofort beim Weckruf um vier Uhr früh wieder eingestellt.

Während wir die Lagerstraße hinuntergingen und Herr Schenk uns erklärte, dass das KZ von einem SS-Obersturmführer geleitet worden sei, dem 44 SS-Führer, 128 SS-Unterführer und eine 475 Mann starke Wachmannschaft unterstanden, beobachtete ich Walter, der angespannt den Ausführungen des pensionierten Beamten folgte. Er stellte keine Fragen, er machte keine Bemerkungen, er ging hoch aufgereckt mit Sportkappe und im Dufflecoat neben uns her, als nehme er im Geist das Lager in Besitz und halte Gericht über die Mörder, die sich wie die Toten scheinbar in Luft aufgelöst hatten. Das Lager, so Schenk weiter, sei in drei Teile geteilt gewesen. Das erste habe zwanzig Baracken umfasst, das zweite vier und das dritte sechs. Außerdem habe es noch das aus zehn Baracken bestehende Krankenlager gegeben, das als »Sterbeasyl« gedient habe. Insgesamt seien drei Krematoriumsöfen in Betrieb gewesen.

Herr Schenk machte eine Pause und wollte von uns wissen, ob wir eine Frage hätten. Da wir schwiegen, fuhr er fort. Das Hauptlager sei durch eine zweieinhalb Meter hohe Umfassungsmauer mit einem elektrisch geladenen Zaun »gesichert« gewesen. Hinter den Baracken 5, 10 und 15 habe es keine Mauer, sondern nur einen elektrischen Zaun gegeben. Das Krankenlager sei mit doppeltem Stacheldrahtzaun, der mit Starkstrom geladen gewesen sei, abgesperrt gewesen. Die Fläche aller drei angeführten Lager, so Herr Schenk, »inklusive dem Appellplatz« hätte 25 000 Quadratmeter betragen, die des Krankenlagers 15 000 Quadratmeter.

Ich hatte mir, während Herr Schenk sprach, aufgeschrieben, was er uns mitgeteilt hatte. Auf dem Weg durch das Lager erfuhren wir von einem Bordell für Häftlinge, in dem Frauen, die als »asozial« eingestuft worden waren, zur Prostitution gezwungen wurden. Hätten sie sich dabei eine Geschlechtskrankheit zugezogen, seien sie für »medizinische Versuche verwendet worden«. Die Zwangsprostituierten, führte Herr Schenk aus, seien nach dem Krieg nicht als Opfer der Naziherrschaft anerkannt worden und hätten keine Entschädigung erhalten. Der Mord an Häftlingen, notierte ich eifrig, um nicht meinem Unbehagen gänzlich ausgeliefert zu sein, sei als »Sondereinsatz« bezeichnet worden. Die

Hinrichtungsstätten – Galgen und Erschießungsorte –, aber auch die Krematorien und das Bordell als »Sonderbauten«. Die Gaskammer wiederum habe die Bezeichnung »Desinfektions-Anstalt« gehabt.

Herr Schenk drehte sich von uns weg, nahm wieder blitzschnell einen Schluck aus dem Flachmann und gab dabei vor zu husten. »Um Sie in die KZ-Kanzleisprache einzuführen, rasch noch drei Begriffe«, erklärte er dann hastig. Die zu Ermordenden wurden »sonderbehandelt« oder »im KZ-eigenen Gaswagen verarbeitet« oder »desinfiziert«. Die Peitsche hätte »Dolmetscher« geheißen, Metallstäbe, mit denen Fingerknochen gebrochen worden seien, »Tibetanische Gebetsmühlen«. Die Hinrichtungsstätten der Exekutionskommandos hätten sich gegenüber der Baracke 20 befunden. Später habe es in einem Winkel zwischen der Gaskammer und dem Leichenkühlraum eine »Genickschussecke« gegeben, deren oberer Teil mit einem aus Brettern bestehenden »Kugelfang« versehen gewesen sei. »Dort stand auch eine Messlatte mit langem Schlitz, die mit einem schwarzen Tuch verhüllt war und aussah wie ein großer Fotoapparat. Der in den Raum geführte Häftling musste daher annehmen, er werde gemessen oder fotografiert«, las ich auf der Heimfahrt in »Die Geschichte des Konzentrationslagers Mauthausen« von Hans Maršálek, dem ehemaligen Lagerschreiber und Widerstandskämpfer. (Ich hatte das Buch in einem Gebäude der ehemaligen Lagerverwaltung gekauft.) »Die anwesenden SS-ler«, so Maršálek, hätten des Öfteren den Vorgang des Messens vorgetäuscht. Für die Erschießung seien Kleinkalibergewehre verwendet worden. »Unmittelbar nach einer solchen Hinrichtung wurde die Tür zum Leichenkühlraum aufgerissen. Die dahinter wartenden Häftlinge des Krematoriums-Kommandos mussten die Leichen rasch in den Leichenkühlraum transportieren und die zurückgebliebenen Blutspuren beseitigen.« Danach sei die Tür der Leichenkammer geschlossen und das nächste Opfer in den Raum geführt worden. In einer Stunde seien so bis zu dreißig Personen getötet worden.

Im gleichen Raum, sagte Herr Schenk bei seiner Führung durch die Todesfabrik, seien die Erhängungen an einer Traverse vollzogen worden. Wir standen in dem kleinen, weiß gestrichenen Raum, über uns eine Stange, die an eine Eisenbahnschiene erinnerte, und blickten hinauf. Nach dem ersten Schrecken empfand ich nur Leere, mir war, als befände ich mich in einem Vakuum und als hätte ich das Atmen eingestellt und lebte von einer Sauerstoffreserve in meinem Körper. Eine unbekannte Angst stieg in mir auf und durch den Kopf ging mir ein flüchtiges Bild. Ich war ein Insekt, das in einem umgedrehten Marmeladeglas gefangen war und von einem Mann im weißen Arztkittel mit dicker Brille und Schmissen an der Wange beobachtet wurde. Er trug Gummihandschuhe und hielt in der Linken einen Wattebausch, der in Alkohol getaucht war und mit dem er mich betäuben wollte, in der Rechten eine Nadel, um mich anschließend aufzuspießen. Hinter ihm, in einer Vitrine, erkannte ich eine ungeheure Sammlung toter Insekten, die aussahen wie ich. »Das Opfer«, hatte Herr Schenk inzwischen zu erklären begonnen, »musste einen zusammenklappbaren Tisch besteigen, es wurde ihm eine Schlinge um den Hals gelegt, und dann betätigte einer der SS-Soldaten die mechanische Vorrichtung des Klapptisches.« Geflüchtete und wieder ergriffene Häftlinge seien bis zum Winter 1942/43 am Appellplatz des Hauptlagers erhängt worden, oft habe dazu die Mauthausener Häftlingskapelle »Muss i denn, muss i denn zum Städtele hinaus« spielen müssen. Den Opfern seien Plakate um den Hals gehängt worden mit der Aufschrift »Hurra, ich bin wieder da« oder »Kam ein Vogel geflogen« oder »Warum in die Ferne schweifen, wenn das Gute doch so nah' ist«. In allen Fällen sei in den »Lagermeldungen« Selbstmord als Todesursache verzeichnet worden, am häufigsten »Selbstmord durch Strom«, da das KZ, wie gesagt, von einem elektrisch geladenen Zaun umgeben gewesen sei.

Herr Schenk zeigte uns auch, wo sich das Krankenrevier mit der Gaskammer im Keller befand, die von den Wachmannschaften vor der Befreiung des Lagers durch die Amerikaner geschleift wurde. Aus den Lagerakten und Zeugenaussagen der im Krematorium beschäftigten Häftlinge, die überlebt hätten, sei aber eine genaue Rekonstruktion möglich gewesen, las ich später in Maršáleks »Die Geschichte des Konzentrationslagers Mauthausen«. Die fensterlose Kammer sei zum Teil gekachelt und mit einer benutzbaren Brauseanlage – insgesamt sechzehn Duschen – versehen gewesen. Die Ausmaße hatten 3,70 × 3,50 Meter betragen, und der Raum sei mit zwei hermetisch abzuschließenden Türen versehen gewesen, die ein Guckloch aufgewiesen hätten. Daneben habe sich die sogenannte »Gaszelle« befunden, mit einem Tisch und einem aus Stahlblech hergestellten »Gas-Einfüllungsgerät«. Von diesem viereckigen Behälter habe ein Eisenrohr durch die Wand in die Gaskammer geführt, so Maršálek weiter. Vor jeder Vergasung sei ein Ziegelstein in einem der Verbrennungsöfen stark erhitzt und gleichzeitig von der Lagerapotheke in Dosen verpacktes Zyklon-B-Gas angefordert worden. Der SS-Apotheker hätte sodann unverzüglich die Dosen dem Leiter des Vergasungsvorgangs in der »Gaszelle« übergeben. »Das Zyklon-B-Gas«, führt Hans Maršálek weiter aus, sei ein Blausäurepräparat, das für die Ungezieferbekämpfung verwendet worden sei, es besitze die Gestalt von Siliziumerdbrocken in kleiner Bohnengröße. Diese Brocken seien mit dem Präparat getränkt gewesen; unter Einwirkung von Feuchtigkeit und erhöhter Temperatur sei dann Zyanwasserstoff ausgeströmt, eines der am schnellsten wirkenden Gifte. »Beim Einatmen desselben tritt infolge inneren Erstickens der Tod ein. Dieser Tod ist von Lähmungserscheinungen des Atemzentrums, Angst- und Schwindelgefühl sowie Erbrechen begleitet«, hält Maršálek fest.

In der Decke der Gaskammer seien eine »elektrische Ventilation« und ein circa ein Meter langes emailliertes Rohr eingebaut gewesen. Dieses Rohr habe auf der Wandseite, nicht sichtbar, eine anderthalb Zentimeter breite und achtzig Zentimeter lange Schlitzöffnung gehabt und sei mit dem in der »Gaszelle« befindlichen »Gas-Einfüllungsgerät« verbunden gewesen. Alle Schalter – für das Licht, die Wasserzufuhr und den Ventilator – hätten sich außerhalb der eigentlichen Gaskammer befunden. Auf einer Schaufel, beschreibt Maršálek den Vorgang, sei der erwähnte stark erhitzte Ziegelstein herbeigebracht und auf den Boden des »Gas-Einfüllungsgerätes« gelegt worden. »Nun schüttete der mit einer Gasmaske versehene SS-Mann das Zyklon-B-Gift aus der Dose auf den Ziegelstein. Sofort wurde der Behälter mit einem abgedichteten Deckel versehen und mittels zweier vorhandener Flügelschrauben luftdicht verschlossen. Die aufsteigende Wärme des erhitzten Ziegelsteins bewirkte die schnelle Entbindung des Giftes.« Die Vergasungen habe vor allem der »Kommandoführer des Krematoriums«, ein SS-Hauptscharführer, durchgeführt, manchmal auch der »Lagerapotheker« selbst, der ebenfalls ein SS-Hauptscharführer gewesen sei, der »Standortarzt«, ein SS-Sturmbannführer, oder der »Kommandoführer des Lagergefängnisses«, ein SS-Oberscharführer.

Ich betrachtete die einfache Skizze im Buch des ehemaligen Lagerschreibers, den Grundriss einer Menschenfalle. Die Opfer, schrieb Maršálek dazu, seien stets vom Lagergefängnis gekommen und über den Gefängnishof in den sogenannten »Ankleideraum« geführt worden. Nachdem sie ihre Kleidung abgelegt hätten, seien sie von einem SS-Arzt im weißen Kittel »untersucht« worden. Die »Untersuchung« habe einem perfiden Zweck gedient: Das Opfer habe den Mund dabei öffnen müssen, so dass der Arzt habe feststellen können, ob Goldzähne vorhanden gewesen seien. Sei das der Fall gewesen, habe der betreffende Gefangene mit einem Farbstift ein Kreuz auf dem Rücken oder oberhalb der Brust erhalten. Hierauf sei er in die »Duschanlage« gebracht worden. Den in der »Gaszelle« befindlichen und mit einer Gasmaske ausgerüsteten SS-Angehörigen hätten die Opfer nicht sehen können. Nachdem die Häftlinge die Gaskammer betreten hätten, sei »eiligst« die Eingangstür geschlossen worden. Daraufhin habe der in der »Gaszelle« wartende Leiter der Vergasungsaktion das Zyklon-B-Gas in das »Gas-Einfüllungsgerät« geschüttet und dieses verschlossen. Nach etwa fünfzehn bis zwanzig Minuten des Einströmens von Gas in die Gaskammer hätten der Leiter der Aktion und der anwesende SS-Arzt mit einem Blick durch das Guckloch kontrolliert, ob das eine oder andere Opfer noch »Lebenszeichen« von sich gegeben hätte. Erst wenn sie zur Überzeugung gelangt seien, dass alle »Insassen tot gewesen seien«, sei der Ventilator eingeschaltet worden, der das Gas nach draußen befördert habe. »Die Entsaugung«, so der ehemalige Lagerschreiber Maršálek, »dauerte dreißig Minuten. Anschließend wurde eine Tür geöffnet, um festzustellen, ob der Raum schon gasfrei sei: der mit aufgesetzter Gasmaske versehene ›Vergasungsleiter‹ hielt vorsichtig einen präparierten Papierstreifen hinein – verfärbte sich der Streifen, wurde die Tür sofort wieder verschlossen, und der Ventilator wieder in Betrieb genommen. Erst wenn der Raum ›gasfrei‹ war, wurden beide Türen geöffnet und die Leichen von Häftlingen der ›Krematoriums-Kommandos‹ in den Leichenkühlraum gebracht, wo ihnen die Goldzähne herausgebrochen wurden. Dann wurde die durch Kot, Erbrochenes und Blut verschmutzte Gaskammer gereinigt.«

Dreißig bis achtzig Personen, berichtet Maršálek weiter, seien jeweils gleichzeitig in dieser Gaskammer erstickt worden. Der gesamte Vorgang vom Heranführen der Opfer bis zur Entlüftung, dem Leichenabtransport sowie der Reinigung der Gaskammer habe zwei bis drei Stunden gedauert. Die Existenz der Gaskammer und die begangenen Morde seien übrigens nach der Befreiung des Lagers durch die Alliierten von keinem der Verantwortlichen abgestritten worden. Die Mauthausener Todesfabrik habe aber zudem über eine weitere technische Einrichtung für die »Sonderbehandlungen« verfügt: den »Gaswagen«. Angeblich durch Veranlassung des SS-Apothekers sei in der Lagerschlosserei ein »Lastwagen zur Vergasung von Häftlingen umgerüstet worden«. Es sei ein grüner Kastenwagen mit einem Seiteneingang für die Opfer gewesen. Der »Fassungsraum« sei auf »30 Personen bemessen gewesen«. Ein zweiter Sonderwagen sei ein Jahr später zum Einsatz gekommen. Diese Lastkraftwagen seien auf der fünf Kilometer langen Strecke zwischen dem Hauptlager Mauthausen und dem Nebenlager Gusen verkehrt. Während solcher Fahrten seien arbeitsunfähig gewordene, »körperschwache« oder kranke Häftlinge – im SS-Jargon »Kretiner«, »Muselmänner« oder »Simulanten« – durch Giftgas ermordet worden. Die häufigste Todesursache jedoch, so Herr Schenk, mit dem wir immer noch im Hinrichtungsraum standen und auf die Eisentraverse starrten, von der die Erhängten baumelten, die verschwunden waren wie das gesamte Pandämonium und uns nichts zurückgelassen hatten als das Schweigen der Toten – die häufigste Todesursache jedoch sei die schwere Arbeit im Steinbruch und die Unterernährung gewesen.

Herr Schenk führte uns schweigend hinaus und zeigte uns die Verbrennungsöfen aus roten Ziegeln und setzte dann fort, dass die größte Anzahl der Bedauernswerten verhungert sei. Morgens habe die Nahrung aus »fünf Dezilitern Extrakt-Suppe mit etwas Fett oder fünf Dezilitern ungezuckerten, schwarzen Ersatzkaffees« bestanden, mittags aus »sieben bis zehn Dezilitern Steckrübeneintopf, bestehend aus circa zweihundert Gramm geriebenen Futterrüben, fünfzig Gramm Kartoffeln, zwanzig Gramm Fett, 20 Gramm Fleisch, etwas Mehl und Wasser«. In den Monaten April bis Juni sei ein Eintopf aus spinatartigem Gemüse ausgegeben worden. Abends hätten die »Häftlinge« bis zum Jahr 1944 »dreihundert bis vierhundert Gramm ›Graubrot‹ und 25 Gramm Wurst erhalten. Samstag oder Sonntag am Abend anstatt Wurst einen Esslöffel Rübenmarmelade und einen Esslöffel Topfen oder anstatt Topfen circa 25 Gramm Margarine«. Im Jahr 1944 seien an die »Häftlinge«, die im Steinbruch arbeiteten, »460 Gramm Brot« ausgeteilt worden. Kranke, die länger als vier bis sechs Wochen bettlägerig gewesen seien, hätten nur die halbe Ration erhalten. Das sogenannte »Graubrot« aus Roggenschrot, Roggen- und Kartoffelmehl sei hart und trocken und oft genug verschimmelt gewesen. Selbstverständlich seien die Häftlinge in der Regel unterernährt gewesen und hätten an Hunger gelitten. Auf die Frage, woher er die genauen Unterlagen für seinen Vortrag habe, verwies Herr Schenk auf Maršáleks Buch über das Konzentrationslager, und auf die weiteren Fragen von Gartner erklärte er, Maršálek sei gewissermaßen der Chronist des Lagers. Er sei 1914 in Wien geboren worden, Schriftsetzer gewesen und ab 1936 im Untergrund als Widerstandskämpfer gegen den faschistischen Ständestaat der »Vaterländischen Front« unter Bundeskanzler Dollfuß tätig gewesen … Schenk gab wieder vor zu husten, drehte sich um, nahm einen Zug aus seinem Flachmann, schnäuzte sich dann, spuckte aus und drehte sich wieder uns zu. Um der Einberufung zum Militär zu entgehen, fuhr er, sich noch immer die Nase putzend, fort, sei Maršálek nach Prag geflohen und dort der Kommunistischen Partei beigetreten. 1940 habe er sich wieder nach Wien begeben, um Gleichgesinnte für Sabotageakte anzuwerben, er sei jedoch im Frühjahr 1941 von der Gestapo verhaftet und der »polizeilichen Tortur« ausgesetzt worden. Erst im Herbst des folgenden Jahres sei er in das Lager Mauthausen eingeliefert worden, wo er in der Schreibstube untergekommen und 1944 Lagerschreiber geworden sei. Er habe seine Stellung benutzt, um anderen Häftlingen zu helfen und Sabotageakte in den Rüstungsbetrieben zu organisieren. Nach der Befreiung im Mai 1945 habe Maršálek bis 1963 als Kriminalpolizist mit besonderem Auftrag für das österreichische Innenministerium gearbeitet und Kriegsverbrecher und Nazifunktionäre ausgeforscht.

Schenk steckte das Taschentuch, das er in der Hand gehalten hatte, ein, und nach einer kurzen Pause, in der er in Richtung Lazarett wies, nahm er seinen Vortrag wieder auf und erklärte uns, dass die Ärzte des Lagers zahlreiche »Menschenversuche mit tödlichem Ausgang« durchgeführt hätten. Diese Versuche seien so grausam und pervers gewesen, dass er darüber nicht sprechen könne.

Auch wir hielten es jetzt nicht mehr vor den Verbrennungsöfen aus. Wir traten ins Freie und besichtigten rasch eine nahe liegende Baracke mit Stockbetten – und dort, in den Kulissen des tiefsten Elends, erläuterte Herr Schenk, dass jeder Häftling schon in den ersten Wochen des Lageraufenthalts, also in der Zeit der Quarantäne, mit »der Mangelernährung« Bekanntschaft gemacht habe. Fast drei viertel aller Gefangenen seien den Hungertod gestorben. Eine, wenn auch geringe, Überlebenschance hätte nur derjenige gehabt, dem es gelungen sei,

Lebensmittel und Kleidung zu stehlen. In größter Not seien Wurzeln, Gras, Blütenknospen, Eicheln, Ratten, Katzen, Hunde, alle Arten von Abfällen, ja sogar Braunkohle gegessen worden, Letztere gegen Durchfälle. Bald schon sei ein »Neu-Angekommener« von den Entbehrungen gezeichnet gewesen, Jochbein und Augenhöhlen seien deutlich hervorgetreten, Flüssigkeit hätte sich in seiner Haut gestaut. Es habe oft den Anschein gehabt, als würde der Kopf etwas länger werden, bei anderen wiederum, als sei er eingeschrumpft. An den Füßen, den Ober- und Unterschenkeln hätten sich Ödeme gebildet. Bei den meisten Gefangenen hätten sich auch Durchfälle eingestellt und ihren Verfall beschleunigt. Aus Angst vor den Wachsoldaten hätten sich die an Diarrhö Leidenden Einlagen aus Papier, Blättern, Holzstücken, Erde und Sand oder Sägespänen gefertigt, andere wiederum hätten sich in eine Ecke verkrochen, mit Kot beschmiert und Gestank verbreitet. Die meisten jedoch seien »hysterisch« geworden, hätten an Halluzinationen gelitten und an Symptomen von Geistesstörung. Im letzten Stadium seien die Opfer zu »Muselmännern« oder »Schwimmern« geworden, wie sich die SS-Offiziere und -Unteroffiziere auszudrücken gepflegt hätten, da sie von weitem den Eindruck gemacht hätten, als würden sie Schwimmbewegungen machen oder wie Moslems beten. »Man lag oder stand«, las ich später in Maršáleks Buch, »sprach leise – und verlöschte plötzlich wie ein Licht.« Die Hungernden hätten sich auch widerstandslos und sogar gruppenweise von einzelnen Peinigern umbringen lassen. Geduldig hätten sie stundenlang und ohne Aufsicht durch einen Wachsoldaten, mühsam in einer Reihe stehend, aber auch aus Erschöpfung sitzend oder liegend, gewartet, bis sie an die Reihe gekommen seien, ermordet zu werden – sei es durch »eine Herzinjektion, in der Gaskammer oder unter der eiskalten Dusche«. Anstandslos seien sie auch zum LKW-Kastenwagen getrottet, von dem jeder im Lager gewusst habe, dass die Insassen mittels Zyklon-B-Gases ermordet würden. Slawische Intellektuelle, die an Hungersymptomen gelitten hätten, seien mit Vorliebe erschlagen worden.

Herr Schenk zeigte uns auch das Gefängnis und führte aus, dass Arreststrafen zumeist mit Stockschlägen verbunden gewesen seien. Die Anzahl der Schläge habe zwischen fünf und fünfundsiebzig betragen. Die »Bestraften« hätten dabei die Schläge laut mitzählen müssen. Habe sich ein Häftling zu seinem Unglück verzählt, so habe die Reihe der Schläge wieder von neuem begonnen. Die Strafe sei auf dem sogenannten »Bock« vollstreckt worden. Eine weitere »Strafe« sei das Aufhängen an den am Rücken zusammengebundenen Händen gewesen, bei dem nach einer halben Stunde Bewusstlosigkeit eingetreten sei. Die 33 Arrestzellen seien, schloss Herr Schenk, nur je 5,4 Quadratmeter groß gewesen.

Ich weiß heute nicht mehr, ob wir diese Zellen gesehen und begangen haben, ich bilde es mir jedenfalls ein. Aber das Entsetzen über alles, was wir sahen und hörten, erregte in mir nur noch den Wunsch, für kurze Zeit blind und taub zu sein. Trotzdem habe ich so deutliche Erinnerungen an die Gefängniszellen, dass ich schwören könnte, in ihnen gewesen zu sein. Und eine zweite Erinnerung geht mir durch den Kopf. In einem der Ausstellungsräume hatten wir ein Plakat gesehen, das auf gelbem Grund eine große, schwarze Laus gezeigt hatte, und darunter war zu lesen gewesen: »Eine Laus, dein Tod«. Während der Typhusepidemien in der Anfangszeit des Lagers, hatte Herr Schenk gesagt, seien Abend für Abend schikanöse Lauskontrollen durchgeführt worden, und oft sei einer der Gefangenen, wenn er Läuse gehabt hätte, einfach erschlagen oder ertränkt worden, indem man seinen Kopf in eine volle Regentonne gesteckt habe.

Während wir zum Granitsteinbruch »Wiener Graben« gingen, führte Herr Schenk aus, dass die Gefangenen außer den SS-Organen auch den bis zu zweihundert Blockfunktionären aus den eigenen Reihen und den ebenfalls aus den Häftlingen rekrutierten »Kapos« unterstellt und zu »unbedingtem Gehorsam« verpflichtet gewesen seien. Ein Aufbegehren gegen diese sei ausnahmslos mit dem Tode geahndet worden. So sei jeder ertappte Brotdieb vom Blockältesten mit Hilfe anderer Lagerinsassen sofort gelyncht worden. Jede geringste Abweichung von der aufgenötigten Ordnung sei brutal bestraft worden, entweder durch Untertauchen in einem Wasserbottich oder durch »zwangsweises Einführen von zehn Liter Steckrübeneintopf mit Hilfe eines Eimers«. Die Häftlingsfunktionäre seien besser ernährt und eingekleidet worden als die übrigen und hätten alleine schlafen dürfen. Sie hätten auch die Gelegenheit genutzt, den »Neuzugängen« bei ihrem Eintreffen im Lager Geld, Uhren, Schmuck, Kleidungsstücke und Rauchwaren zu stehlen, die sie »mit Wissen von SS-Organen« bei Bauern der Umgebung gegen Eier, Butter, Speck und anderes tauschten. Außerdem hätten sie aus den Lagerkantinen in Absprache mit SS-Wachen Tabak,

Schuhpasta und Zahnbürsten, sogar Radiogeräte, Möbelstücke und Bekleidung bezogen, Dinge, mit denen sie ebenfalls regen Tauschhandel betrieben hätten. Dabei seien sie aber stets von »SS-Organen« bis in die Bauernstuben begleitet worden. Danach sei die Beute geteilt worden.

Darüber hinaus habe es zwanzig bis dreißig »Prominente« gegeben, die abends und in Gesellschaft von SS-Blockführern in abgesonderten Räumen an gedeckten Tischen gespeist hätten, wobei ihnen auch alkoholische Getränke serviert worden seien. Einige von ihnen hätten sogar im Lager maßgefertigte gestreifte Hosen oder ein uniformähnliches Sakko getragen und ein gewisser Josef Leitinger auch stets weiße Handschuhe.

Homosexualität, führte Herr Schenk nach einem weiteren Schluck aus seinem Flachmann aus, den er in jetzt schon gewohnter Manier zu sich nahm, sei von der SS rigoros bestraft worden, doch – das könnten wir bei Maršálek nachlesen – hätte es Kapos und Blockfunktionäre gegeben, die sich Kinder und Jugendliche als »Liebessklaven« gehalten hätten. In der Regel aber seien sie Besucher im Bordell gewesen. Paradoxerweise habe es auch Sport-, Kabarett- und Musikveranstaltungen gegeben. Im Frühjahr 1945 sei ein Teil der Lagerprominenz und Kapos entlassen worden, die anderen aber als unliebsame Zeugen von der SS erschossen oder auf dem Appellplatz von Hunden zerrissen worden. Einige der Wachposten und Funktionäre wiederum seien nach der Befreiung den Gefangenen in die Hände gefallen, die sie gelyncht hätten.

Wir waren an der »Todesstiege« angelangt und blickten hinunter auf den »Wiener Graben«. Vor uns ein Felsabbruch, der, wie wir einer Inschrift entnehmen konnten, »Fallschirmspringerwand« genannt wurde. Schenk stand mit dem Rücken zum Abgrund und schwankte schon, so dass wir befürchteten, er könne das Gleichgewicht verlieren, aber er erklärte uns stattdessen, dass Juden in Mauthausen selten erschossen worden seien. Für sie sei der Steinbruch bestimmt gewesen. An einem einzigen Tag, am 31. März 1943, seien vor den Augen Heinrich Himmlers eintausend holländische Juden aus einer Höhe von über fünfzig Metern in die Tiefe gestoßen worden. Die SS habe sie belustigt als »Fallschirmspringer« bezeichnet, und der anwesende Heinrich Himmler solle sich sehr amüsiert haben. Zu den besonderen Grausamkeiten aber habe die breite, in den Fels gehauene Steintreppe gehört, die wir vor uns sähen, die sogenannte »Todesstiege«. Sie habe 136 Stufen und führe, sagte Herr Schenk, »wie Sie sehen, 31 Meter steil nach oben. Die Häftlinge mussten jeden Tag elf Stunden im Steinbruch arbeiten und innerhalb dieser Zeit mehrmals die schweren Granitblöcke nach oben schleppen. Die Stufen sind inzwischen begradigt worden und ihre Abstände für die Besucher verkleinert. Als das Konzentrationslager in Betrieb war, bestanden sie aus willkürlich aneinandergereihten Felsbrocken der verschiedensten Formen. Manche waren bis zu einem halben Meter hoch. Oft brachte die SS die letzten Reihen einer abwärts steigenden Kolonne durch Fußtritte und Kolbenhiebe zum Ausgleiten, so dass sie stürzten und ihre Vordermänner mit sich rissen. Am Ende eines Arbeitstages schafften viele erschöpfte Häftlinge mit einem schweren Granitbrocken auf der Schulter den Aufstieg nicht mehr und wurden an Ort und Stelle erschossen.«

Lange standen wir da und blickten hinunter in den »Wiener Graben«, wo sich nichts regte.

Zuletzt zeigte uns Herr Schenk, nun schon vom Alkohol gezeichnet, Kopien von den Totenbüchern in einem der beiden ehemaligen Wachtürme. (Ich kaufte dort auch Hans Maršáleks »Geschichte des Konzentrationslagers Mauthausen«.) In den schwarzen Büchern stand hinter jedem Datum immer die Anzahl der Toten und die Todesursachen: »Auf der Flucht erschossen«, »Selbstmord durch Elektrozaun« oder »Tod durch Unfall«, aber auch: »Herzinjektionen verabreicht«, »erschlagen«, »freier Tod durch Sprung in die Tiefe«, »Freitod durch Absturz«, »45 Leichen eingeäschert«, »Badeaktion: 94 Leichen verbrannt«, »Tod durch Elektrizität« und später »gehängt« und »vergast«, viele, viele Seiten mit den immer gleichen sprachlichen Floskeln, als handle es sich um tote Fliegen.

Keiner von uns sprach von da an mehr als notwendig, bis wir Wien erreichten.

Simon Wiesenthal

Im Stiegenhaus der Salztorgasse Nr. 6 saß ein Polizist auf einem Stuhl. Er musterte jede meiner Bewegungen, jede meiner im Luftzug sich aufstellenden Haarsträhnen, dann, als ich an der Tür läutete, gähnte er erschöpft, ohne sich die Hand vor den Mund zu halten. Frau Mergili, die mich einließ, führte mich durch einen dunklen Flur bis zu einer Tür, hinter der sich das kleine Bürozimmer Simon Wiesenthals befand.

Als Erstes fielen mir seine Augen auf. Stehend suchte er gerade etwas auf seinem Schreibtisch, und er warf mir einen kurzen prüfenden Blick zu, während er mich aufforderte, Platz zu nehmen. Ich hatte den Eindruck, dass er mit dem Blick auch ein erstes Urteil verband, ohne dass er sich dabei endgültig festlegte, denn es war auch etwas Abwartendes in seinen Augen zu lesen gewesen. Ich hatte schon lange den Wunsch verspürt, mit ihm zu sprechen. Man sah ihm sein hohes Alter – damals war er achtzig Jahre alt – nicht an. Er war lebhaft und von blitzartiger Auffassungsgabe, denn er erriet offenbar meist schon nach der ersten Hälfte eines Satzes, was folgen würde, und hielt es vor Ungeduld kaum aus, bis ich fertig gesprochen hatte. Seine Antworten waren präzise und zumeist druckreif. Er umkreiste mich nicht, sondern stellte sich mir – das entsprach vermutlich seinem Charakter. Dabei war er höflich, doch distanziert, und er nahm sich Zeit, obwohl er sichtlich beschäftigt war. Vielleicht war er auch neugierig, was ich ihm zu sagen hätte. Ich wusste, dass sein Vater Asher einen Zuckergroßhandel in Galizien betrieben hatte, genauer gesagt in dem kleinen Städtchen Buczacz bei Lemberg, wo er unter einer überwiegend jüdischen Bevölkerung lebte. In der Umgebung hatte es zahlreiche Pogrome gegeben, trotzdem hatte sich eine Kultur der chassidischen Wunderrabbiner entwickelt, die ihn prägen sollte. Wiesenthals Vater, Reservist der k. u. k. Armee, fiel im Ersten Weltkrieg, und sein Sohn überlebte mit zwölf Jahren nur knapp ein Pogrom marodierender Kosaken. Seine Mutter heiratete ein zweites Mal, bald darauf wurde der junge Simon in das Gymnasium aufgenommen. Nach der Matura studierte er, da es für Juden an der Hochschule Lemberg Zulassungsbeschränkungen gab, an der Deutschen Technischen Hochschule in Prag Architektur, er wechselte jedoch wegen des spürbaren Antisemitismus an die Tschechische Technische Hochschule. 1932, mit 24 Jahren, kehrte er nach Beendigung seines Studiums nach Lemberg zurück, arbeitete bei einer Baufirma und entwarf Häuser für einige wohlhabende Juden. Nach seiner Hochzeit mit Cyla Müller erlangte er auch das polnische Diplom, das es ihm erst erlaubte, als Architekt zu arbeiten. Er baute in Dolina eine Villa für seinen Stiefvater sowie ein Sanatorium für Tuberkulosekranke. Nach Unterzeichnung des Nichtangriffspaktes zwischen Hitler und Stalin fiel Lemberg unter russische Hoheit, sein Stiefvater wurde enteignet und starb an den Folgen der Haft. Die Repressionen gegen Juden und Kapitalisten trafen auch Wiesenthal selbst, er musste sein Architekturbüro schließen und eine Arbeit in einer Matratzenfabrik annehmen. Als Hitlers Wehrmacht 1941 in die sowjetisch besetzten Gebiete Polens einmarschierte, versteckte sich Wiesenthal im Keller seines Hauses, wo er entdeckt und verhaftet und auf den Marktplatz von Lemberg gebracht wurde. Deutsche SS- und Wehrmachtsangehörige hatten dort mannsgroße Holzkisten aufstellen lassen und zwangen Wiesenthal, zusammen mit anderen daneben eine Reihe zu bilden. Unmittelbar darauf wurde mit Erschießungen begonnen. Als um zwölf Uhr die Mittagsglocken zu läuten begannen, rief der Leiter des Exekutionskommandos »Schluss jetzt, Vesper!« und brach die Hinrichtungen zehn Mann vor Wiesenthal ab. Ein ukrainischer Hilfspolizist verhalf ihm zur Flucht, aber kurz darauf wurde Wiesenthal neuerlich verhaftet, zur

Zwangsarbeit bei den Ostbahn-Ausbesserungsarbeiten abkommandiert und den Reparaturwerkstätten der Eisenbahn als Schildermaler für Hakenkreuze zugeteilt. Drei Monate später wurde er mit seiner Frau von der SS abgeholt und in das KZ Janowska gebracht, musste aber weiterhin in der Reparaturwerkstatt Hakenkreuze malen. Zwar gelang es seiner Frau unterzutauchen, aber er selbst entkam nur mit Glück dem nächsten Exekutionskommando, als er im »Schlauch« des KZ Janowska, einem zwei Meter breiten Gang zwischen zwei Stacheldrahtzäunen, mit anderen Häftlingen auf seine Erschießung wartete und im letzten Augenblick vom Werksleiter gerettet wurde, der ihn zum Malen eines Spruchbandes für Hitlers bevorstehenden Geburtstag anforderte. Wiesenthal gelang hierauf die Flucht, er schloss sich jüdischen Partisanen an, wurde aber wieder von der Gestapo verhaftet und in das Lager Lackie Wielkie gebracht, wo er einen Selbstmordversuch unternahm. Daraufhin wurde er in das KZ Plaszow deportiert und einem Sonderkommando zugeteilt, das Leichen aus Massengräbern exhumieren und verbrennen sollte, um Spuren der Massenvernichtung zu beseitigen. Das Lager wurde jedoch bald darauf evakuiert, da die russischen Truppen heranrückten. Wiesenthal wurde mit den übrigen Häftlingen abwechselnd zu Fuß und in Eisenbahnwaggons unter strenger Bewachung nach Auschwitz gebracht, von dort nach Groß-Rosen und weiter bis Buchenwald. Die Überlebenden erreichten Mauthausen im Februar 1945. Im Mai wurde das Lager von amerikanischen Truppen befreit, und unmittelbar darauf erstellte Wiesenthal eine Liste von NS-Tätern, SS-Angehörigen und Mitgliedern der Gestapo, unter denen er während des Krieges selbst zu leiden gehabt hatte oder von denen er wusste, dass sie an Mithäftlingen Verbrechen begangen hatten. Er arbeitete für das CIC, das Counter Intelligence Corps der Amerikaner, war später unter dem Decknamen »Theokrat« mehrere Jahre für den Mossad tätig, der ihm das Büro finanzierte. Dafür teilte er dem israelischen Geheimdienst sein Wissen über die Neonazi-Szene in Österreich mit, vor allem aber sammelte er weiter Zeugenaussagen von Überlebenden, erstellte weiter Listen von Tätern und ging deren verwischten Spuren nach. Mehrfach wurde er von Mitarbeitern des Innenministeriums und der Polizei in Österreich bespitzelt.

Cyla Wiesenthal hatte den Krieg auf nicht weniger abenteuerliche Weise überlebt, doch hatten sie und ihr Mann 89 Angehörige ihrer beiden Familien verloren.

Nach der Trennung vom CIC gründete Wiesenthal sein eigenes Büro zur Ausforschung von NS-Verbrechern in Linz und später das »Dokumentationszentrum Jüdischer Verfolgter des Nazi-Regimes«, um zu verhindern, dass sich NS-Verbrecher der Gerichtsbarkeit entzogen.

Simon Wiesenthal erzählte einmal, seine neunjährige Tochter sei aus der Schule nach Hause gekommen und habe ihm vorgeworfen, dass alle ihre Mitschüler und Mitschülerinnen Omas, Opas, Onkel und Tanten hätten, und ihn gefragt, weshalb sie keine habe. Daraufhin, so Wiesenthal weiter, habe er nicht antworten können. Tränen seien ihm über die Wangen geflossen, und das Grauen habe ihn wieder – diesmal in seinen Träumen und Gedanken – heimgesucht, wenn er nicht einfach »schweißnass« dagelegen sei und keinen Schlaf gefunden habe. Seine Schlafstörungen habe er mit dem Sammeln von Briefmarken aus seiner galizischen Heimat zu bekämpfen versucht. Mit Hilfe von Briefmarkenfreunden gelang es Wiesenthal dann auch, Adolf Eichmann in Argentinien aufzuspüren ... Ein Jahr später wandte er sich mit einem Schreiben an den Jüdischen Weltkongress, in dem er auf den Aufenthalt Eichmanns hinwies. Der damalige Präsident Nahum Goldmann lehnte es jedoch ab, einem Vermittler, der bereit war, den NS-Verbrecher zu identifizieren, die dafür anfallenden Fahrtkosten von fünfhundert US-Dollar zu zahlen. Wiesenthal wandte sich daraufhin an die israelische Regierung, die auf Anordnung des Ministerpräsidenten David Ben Gurion Eichmann vom Mossad aus Argentinien nach Israel entführen ließ, woraufhin er in Jerusalem vor Gericht gestellt und zum Tode verurteilt wurde.

Die erste Zeit kramte Wiesenthal stehend in den Papieren auf dem Schreibtisch. Ich fragte ihn nach seinem schwierigsten Fall, und er antwortete mir, nachdem er endlich Platz genommen und mich dabei mit seinen großen Augen betrachtet hatte, dass es – was den Widerstand der Behörden betreffe – die Aufdeckung des ehemaligen SS-Oberscharführers Karl Silberbauer in Wien gewesen sei. Silberbauer habe 1944 die damals fünfzehnjährige Anne Frank in Amsterdam festgenommen. Er sei im deutschen Sicherheitsdienst in Den Haag tätig gewesen, als Angehöriger des »Judenreferats«. Von niederländischen Mitarbeitern begleitet und in Uniform habe er mit gezogener Schusswaffe die Verhaftung Anne Franks sowie ihrer Eltern und ihrer Schwester Margot, der jüdischen Familie Hermann, Auguste und Peter van Pels sowie des jüdischen Zahnarztes Fritz Pfeffer vorgenommen, die im Versteck in der Prinsengracht Nr. 263 seit zwei Jahren gemeinsam auf das Ende des Krieges gewartet hatten. Die Verhafteten, sagte Wiesenthal, und seine großen Augen weiteten sich noch mehr, seien nach Auschwitz-Birkenau deportiert worden, von dort seien Anne, ihre Schwester Margot und Auguste van Pels weiter nach Bergen-Belsen verbracht worden. Annes Mutter, Edith Frank, sei in Auschwitz-Birkenau ums Leben gekommen. Auguste van Pels sei von Bergen-Belsen nach Buchenwald und von dort nach Theresienstadt deportiert worden, wo sie das Kriegsende nicht mehr erlebt habe. Margot und Anne Frank hätten im KZ Bergen-Belsen wenige Tage vor der Befreiung den Tod gefunden und Peter van Pels in Mauthausen. Nur der Vater Annes, Otto Frank, sei bei der Befreiung des Vernichtungslagers Auschwitz durch die Rote Armee gerettet worden und nach Amsterdam zurückgekehrt.

Karl Silberbauer und seine Helfer hätten bei der verhängnisvollen Verhaftung im Jahr 1944 auch Geld und Schmuck gestohlen und das Diebsgut in einer Aktentasche verstaut. Nach dem Abtransport der Festgenommenen hätten sie bei ihrer weiteren Suche nach Wertsachen und Bargeld »ein heilloses Durcheinander, ein Chaos« hinterlassen, so Wiesenthal, das hätten die späteren Ermittlungen ergeben. Karl Silberbauer habe bis 1963 dann unerkannt als Kriminalrayonsinspektor bei der Wiener Polizei gearbeitet. Der Fall sei deshalb so kompliziert gewesen, legte Wiesenthal dar, weil der ehemalige SS-Oberscharführer »von alten Nazi-Seilschaften« gedeckt worden sei. »Wichtiger als die Bestrafung Silberbauers«, sagte Wiesenthal, »war mir zu beweisen, dass Anne Franks Tagebuch keine Fälschung war, denn ich betrachtete es als Symbol für das Schicksal von Hunderttausenden jüdischen Kindern, die in dieser Zeit unter unsagbarem Leid ums Leben gekommen sind.« Er zitierte Primo Levi: Eine Einzelperson erwecke mehr Anteilnahme als die Ungezählten, die wie sie gelitten hätten, deren Bilder aber im Dunklen geblieben seien. Vielleicht müsse es so sein, denn »müssten oder könnten wir die Leiden aller ertragen, könnten wir nicht leben«. Anne Franks Tagebuch habe bei seinem Erscheinen eine überwältigende Resonanz gehabt, und im Zusammenhang damit sei seine Echtheit angezweifelt worden. »Ich war der Überzeugung«, fuhr Wiesenthal fort, »dass das Unfassbare des Holocaust vor allem durch die Schilderung von persönlich Erlebtem für die Nachwelt fassbar gemacht werden könnte und in diesem Fall besonders berührend durch das Tagebuch einer Jugendlichen. Bis Anfang der sechziger Jahre war man der Meinung, dass der Name des Mannes, der die Verhaftung der Familie vorgenommen hatte, Silbernagel gewesen sei.«

Wiesenthal stand auf, verschwand kurz und kam mit einem Aktenordner zurück, den er vor mir aufschlug und aus dem er ein Dokument herausnahm, einen mit Maschine geschriebenen Brief an einen Polizeirat Dr. J. Wiesinger im Innenministerium aus dem Jahr 1963. (In den Augenblicken, in denen ich mich allein in dem winzigen Zimmer aufgehalten hatte, war mir klargeworden, dass ich mich gefürchtet hatte, Wiesenthal zu begegnen, weil meine Eltern Mitglieder der NSDAP gewesen waren und ich nicht wusste, was ich ihnen von dem, was sie mir über ihre Vergangenheit erzählt hatten, glauben sollte. Ich hatte mir vorgestellt, dass Wiesenthal alles über sie wusste und dass er mir zumindest misstrauen würde, stattdessen war er unbefangen und sachlich und sprach ohne Vorbehalte mit mir.)

»Sehr geehrter Herr Polizeirat!«, las ich. »Im Juni ds. J. machte ich Sie darauf aufmerksam, dass entgegen der bisherigen Annahme, dass der Mann, der die Verhaftung der Familie FRANK (Anne Frank) ausgesprochen hat, nicht SILBERNAGEL, sondern SILBERBAUER hiess. Der Name Silbernagel kommt im Tagebuch Anne Franks vor (im Annex). Es hat ziemlich lange gedauert, bis ich überprüfen konnte, wer von den zahlreichen Silberbauers in Österreich in Holland war. Das Ergebnis war negativ. Anfang Juni ds. J. erhielt ich ein Telefonverzeichnis des BdS Holland, und dabei stiess ich bei der Abteilung IV, die LAGES unterstanden hat, auf ein Sonderkommando IV A Gruppe 2 Unterabteilung IV B 4, der ein gewisser SILBERBAUER angehört hat. Sie sagten mir damals, dass es mehrere Silberbauers gibt und man den Vornamen haben müsste. Ich schrieb dem Holländischen Dokumentationszentrum am 5. Juli ds. J. und auch an die Zentrale Stelle in Ludwigsburg mit der Bitte um Personaldaten des Silberbauer von IV B 4 in Holland. Noch während meines Aufenthaltes in Amsterdam, als ich mich noch mit Silbernagel befasst habe, hörte ich, dass der Chef der Gruppe, die zu jener Zeit tätig war, als Anne Frank mit ihrer Familie verhaftet wurde, DETMANN hiess. Nun finde ich in dem Verzeichnis, dass dieser Detmann der Gruppe vorstand, der Silberbauer angehört hat. Die Zentrale Stelle in Ludwigsburg antwortet mir am 1. Juli, dass sie leider keine Personaldaten Silberbauers habe. Aus dem Annex des Tagebuches der Anne Frank geht hervor, dass der Mann (Silbernagel) Wiener war. Nun höre ich, dass vor zwei Tagen auf einer Delegierten-Tagung des KZ-Verbandes von einem gewissen HANSLICK Vorwürfe gegen einen Karl Silberbauer, Kriminalrayonsinspektor der Wiener Polizei, erhoben wurden, wobei Hanslick ihn direkt beschuldigt, die Anne Frank in Holland verhaftet zu haben. Sollte es sich tatsächlich um den Silberbauer handeln, bitte ich Sie um die Fotographie von ihm. Wir könnten sie dem Vater, Otto Frank, der in Basel lebt, zur Agnoszierung vorlegen.«

Wiesenthals große Augen waren mir jetzt so nahe, dass ich die Sprenkelung der Iris sehen konnte und die schwarzen Pupillen, und ich dachte, dass sie mich jetzt in sich aufnahmen, der Sehnerv mein Bild weiterleitete und ich in seinem Gehirn gespeichert würde wie in einem Archiv. Und als Nächstes kam mir der banale Gedanke, was diese Augen schon alles gesehen hatten, welche Erinnerungen in diesem Kopf weiterlebten und was diese Erinnerungen mit dem Menschen, der vor mir saß, machten. Heute glaube ich, dass er sie mit seiner Arbeit in Zaum hielt wie ein Dompteur seine Löwen im Käfig durch fortlaufende Anweisungen.

»Ich habe zwei Jahre gebraucht, um Silberbauer zu finden«, war Wiesenthal inzwischen fortgefahren. Noch während der Ermittlungen sei dieser vom Polizeidienst suspendiert worden, doch als sich herausgestellt habe, dass er nur »auf Befehl« gehandelt und sich während der Verhaftung der Familie Frank und der anderen Mitbewohner angeblich »korrekt« verhalten habe, sei das Verfahren gegen ihn eingestellt worden, da ihm geglaubt worden sei, dass er vom Holocaust nichts gewusst habe. Auch in einem Disziplinarverfahren sei er freigesprochen und wieder in den Polizeidienst aufgenommen worden, wobei ihm später seine Tätigkeit für die Gestapo und den Sicherheitsdienst sogar noch für die Pensionierung angerechnet worden sei. Silberbauer habe bereits vor dem Zweiten Weltkrieg der österreichischen Polizei angehört. Wegen seiner Mitgliedschaft in der NSDAP sei er für die ersten Nachkriegsjahre vom Dienst suspendiert worden und habe sich 1952 als ehemaliger Nationalsozialist vor Gericht verantworten müssen. Er sei damals jedoch freigesprochen und wieder in die Polizei aufgenommen worden. 1972 sei er dann gestorben.

Wiesenthal entnahm dem Akt eine Schwarzweißfotografie, die einen pausbäckigen Mann mittleren Alters mit Krawatte und Hakenkreuzabzeichen am Revers zeigte, dunkelhaarig, gepflegt, sein Blick war abwesend, fast der eines Toten. Das Auffallendste war die Unregelmäßigkeit des Gesichts, es hatte den Anschein, als sei die rechte Wange infolge eines Schlags oder einer Krankheit geschwollen. Während ich das Bild betrachtete, sagte Wiesenthal, der schlimmste Fall sei aber die Akte Franz Murer gewesen, des »Schlächters von Vilnius«, wie man ihn genannt habe. Mit 24 Jahren sei der Bauernsohn, Mitglied der NSDAP und SS-Obersturmführer aus der Steiermark, der in einer Ordensschule ausgebildet worden war, in der damals polnischen Stadt Vilnius – dem »Jerusalem des Nordens«, denn es habe 80 000 jüdische Einwohner gezählt – als »Zuständiger für jüdische Angelegenheiten« eingesetzt worden. Während seiner »Zuständigkeit«, so Wiesenthal, sei die Einwohnerzahl der Juden auf 250 Personen gesunken. »Ein kleiner Ort, Ponary bei Vilnius«, fuhr Wiesenthal fort, »war berühmt für seine schöne Landschaft und ein begehrtes Ausflugsziel. Die Russen hatten während der Besatzungszeit dort große Gruben ausgehoben, die als Kraftstofflager dienen sollten, aber nie benutzt worden sind. Diese Gruben wurden das Massengrab für Zehntausende Juden, sowjetische Kriegsgefangene und Gegner der Nazis.« Die Massenmorde hätten im August begonnen, als die Einsatzgruppe 9 in Vilnius eingetroffen sei. Drei Einheiten seien jeweils zum Einsatz gekommen, die erste habe die Opfer auf Lastwagen aus der Stadt transportiert, die zweite sei für die Bewachung in Ponary zuständig gewesen und hätte Flüchtende »auf der Stelle erschossen«. Außerdem sei es ihre Aufgabe gewesen, die Gefangenen des Lagers ungefähr hundert Meter von den Gruben entfernt zusammenzutreiben und nach dem Befehl, sich zu entkleiden, diese bis auf zehn Schritte an die Gruben herantreten zu lassen. Die dritte Einheit habe dann die Exekution durchgeführt. Murer sei anfangs Adjutant des Gebietskommissars gewesen. Er habe es geliebt, die Opfer zu verhöhnen. Seine unerwarteten Kontrollen am Ghettotor seien gefürchtet gewesen und hätten »auch für Nahrungsschmuggler an den Gruben von Ponary geendet«, wie Wiesenthal sagte. »Sie können sich jetzt vielleicht vorstellen, was sich in Vilnius abspielte.« Murer sei für seinen Sadismus bekannt gewesen, fuhr Wiesenthal fort, er sei 1943 abgelöst worden und nach dem Krieg in die Steiermark, nach Gaishorn am See im Bezirk Liezen, zurückgekehrt.

»1947 habe ich ihn zufällig aufgespürt«, sagte er mit einem Lächeln, wie man es selten an ihm sah. »Anlässlich des Rosch-ha-Schana-Festes waren zwei Männer im Bezirk Liezen auf der Suche nach einem Bauern, um Konserven und Schokolade gegen Geflügel zu tauschen, weil in den zehn Tagen zwischen dem jüdischen Neujahr, Rosch-ha-Schana, und Jom-Kippur, dem Versöhnungstag, für jede Frau eine Henne und für jeden Mann ein Hahn geschlachtet werden soll. Eine Bäuerin machte sie auf einen besonders großen Hof aufmerksam, warnte jedoch davor, dass sie der Eigentümer möglicherweise hinauswerfe, da er ein großer Judenhasser sei. Daraufhin dachten die Männer, es handle sich um Adolf Eichmann. Ich habe alles überprüfen lassen und dann die Verhaftung in die Wege geleitet.« Murer sei angeklagt worden, als Gebietskommissar der Stadt Vilnius für die »Judenausrottung und die schweren Misshandlungen einheimischer Juden verantwortlich« gewesen zu sein. Außerdem sei gegen ihn wegen Beteiligung an den Massenerschießungen in Ponary und der Ermordung des gesamten Judenrates in Vilnius – weil dieser die von den Nationalsozialisten geforderte »Kontribution« von fünf Millionen Rubel nicht habe fristgerecht leisten können – Anklage erhoben worden. Murer habe alles abgestritten. Trotzdem sei er von der britischen Besatzungsmacht, sagte Wiesenthal, 1948 an die russischen Behörden übergeben, in Vilnius vor ein Kriegstribunal gestellt und zu 25 Jahren Zwangsarbeit verurteilt worden. Die Todesstrafe sei nur aufgrund einer Gesetzesänderung nicht verhängt worden. Wiesenthal blätterte im Akt und fuhr dann fort, dass Murer aber infolge des Staatsvertrages 1955 als Kriegsverbrecher den österreichischen Behörden übergeben worden sei. Aufgrund eines Ministerialbeschlusses und der Gesetzeslage habe man ihn jedoch nicht mehr verhaftet, und auf Antrag der Staatsanwaltschaft sei das Verfahren gegen ihn sogar zur Gänze eingestellt worden. Nachdem aber immer neue Zeugenaussagen gegen Franz Murer an das Justizministerium weitergeleitet worden seien, habe die Staatsanwaltschaft Graz 1962 Anklage gegen ihn wegen Mordes erhoben. Alle übrigen Delikte seien ja verjährt gewesen. »Murer ist«, stieß Wiesenthal bitter hervor, »aber in einem skandalösen Urteil freigesprochen worden und hat diesen Umstand lautstark mit einem Teil der Geschworenen in einem dem Landesgericht nahen Gasthaus gefeiert. Er ist damals bereits Bezirksbauernvertreter der Österreichischen Volkspartei gewesen, aus diesem Grund haben im Prozess prominente Politiker der ÖVP auch zu seinen Gunsten ausgesagt.«

Wiesenthal schloss den Akt, und ich erzählte ihm, dass ich die Gerichtsverhandlung damals in der Zeitung verfolgt hätte und dass mir alles noch in Erinnerung sei, da ich aus der Steiermark käme, wo Murer damals »in aller Munde« gewesen sei. Er nickte, und während er den Akt zurückstellte, dachte ich angestrengt nach. Die Menschen würden immerzu fordern, sagte ich, als er zurückkehrte, die Vergangenheit ruhen zu lassen, die Toten ruhen zu lassen, tatsächlich aber gebe es keine Geschichte, wenn man die Vergangenheit und damit auch die Verbrechen, die geschehen seien, ruhen lasse. Wiesenthal schaute mich mit unbewegtem Gesicht an, während ich sprach. Er war aufmerksam, und alles, was ich sagte, spürte ich, durchlief das Koordinatensystem seiner Erinnerungen und gelangte erst dann in sein Bewusstsein, wo es mit großer Akribie gedreht und gewendet wurde. Und ich hatte den Eindruck, dass er gespannt darauf wartete, worauf meine Rede hinauswollte. Die Geschichte, fuhr ich fort, sei eine Rekonstruktion, insofern ähnele sie einer Gerichtsverhandlung, bei der auch aus Zeugenaussagen, aus Ermittlungen, aus Aktenprotokollen ein Urteil gesprochen würde, das natürlich auch ein Fehlurteil sein könne. Im Gegensatz zu einer Gerichtsverhandlung könne Geschichte aber immer wieder neu aufgerollt werden, dort gebe es nichts Endgültiges. Die Geschichtsschreibung sei ein permanenter Prozess, oft mit verschiedenen Beurteilungen und Urteilen, sie spiegele das menschliche Bewusstsein und Erinnerungsvermögen wider.

Wiesenthal hatte mir schweigend und ernst zugehört, und ich begriff, weshalb seine Augen mich so sehr in Bann schlugen: Sie waren wach, aber nur wenig lebhaft, umso konzentrierter war sein Blick. Und während ich gesprochen hatte, hatte ich auch auf seine Hände geachtet, dabei war mir der absurde Gedanke durch den Kopf gegangen, was diese Hände »alles begriffen« haben mochten. Wiesenthal hatte, stellte ich fest, sowohl etwas von einem Kriminalbeamten, einem Detektiv, als auch etwas von einem Philosophen. Er schien mir weder hart noch unerbittlich, sondern willensstark und konsequent, jemand, der genau wusste, was er tat und warum er es tat. Er wollte nicht Rache üben, sondern ertrug den Gedanken nicht, dass Gleichgültigkeit und Vergessen die Antwort auf ein unbegreifliches Verbrechen sein sollten. Und er sagte sich, dass, wenn er die Ermittlungen nicht durchführen würde, es keinen anderen gebe, der an seine Stelle treten könne, denn es verlangte außergewöhnliche Begabungen, die in dem Menschen, der sich dieser Aufgabe stellte, vereinigt sein mussten: Hartnäckigkeit, Intelligenz, Assoziationsvermögen, Gespür, Improvisationskunst, Psychologie, Ausdauer, Sprach- und Redetalent, die Gabe, in der Öffentlichkeit auftreten zu können, Durchsetzungsvermögen, logisches Denken und vor allem innere Überzeugung.

Sogleich als ich den winzigen Raum seines Büros betreten hatte, war für mich die Präsenz dieses Mannes spürbar gewesen. Sie hatte etwas Einschüchterndes gehabt, verstärkt durch die Bescheidenheit und Zurückhaltung, mit der Wiesenthal auftrat. Wie oft, wenn ich mich für Menschen interessierte, geriet ich während des Gesprächs in einen »Wachheitstaumel«. Wenn die Begegnung dann zu Ende war, wusste ich zuerst nicht mehr, was gesprochen worden war, wie sich der andere verhalten hatte und wie ich selbst – erst am Abend, in meinem Arbeitszimmer, bei völliger Zurückgezogenheit tauchten die Eindrücke bis ins Detail wieder vor meinen inneren Augen und Ohren auf, und ich konnte zumeist den Film in meinem Kopf, bei dem auch ich selbst eine Rolle spielte, Satz für Satz niederschreiben.

Ich fragte Simon Wiesenthal, ob ich sein Archiv sehen dürfe, und er antwortete, während er sich erhob, ja, die NS-Akten seien zwar geordnet, aber nicht so, wie ich es mir vielleicht vorstellte. Wir verließen das Zimmer, und er wies auf dem Gang in Richtung einer Tür, hinter der ein größerer Raum war. Der Gang war übrigens schmal und dunkel, auf dem Boden ein Belag mit Schachbrettmuster, und links und rechts in Eisenregalen waren vom Fußboden bis zur Decke Bene-Ordner aufgestapelt. Im größeren Raum befand sich die Bibliothek, in der auch NS-Akten aufbewahrt wurden, und von dort gelangte man in das eigentliche Archiv, das eine längere Wand einnahm und in dem zwei Mitarbeiterinnen hinter Schreibtischen gerade die Post bearbeiteten. Auf dem Rückweg fragte ich Wiesenthal, welche Akten in der Bibliothek aufbewahrt würden, und er zog nach kurzem Zögern wortlos einen Ordner heraus und begab sich mit mir wieder in sein Büro, das ich jetzt zum ersten Mal genauer betrachtete. Außer dem Schreibtisch, der von Papierstößen bedeckt war, und einem Bücherregal an der linken Wand fielen mir gerahmte Auszeichnungen und die Urkunden von Ehrungen an der Wand auf, vor der er saß, daneben ein Aktenstapel auf einem kleinen Schrank.

Schon gänzlich in die Geschichte vertieft, die er vor mir ausbreitete, begann Wiesenthal über Josef Schwammberger zu sprechen: Schwammberger, sagte er, sei 1912 in Brixen, das damals noch zu Österreich gehört habe, geboren worden. Bereits 1933, im Alter von 21 Jahren, sei er in die damals verbotene NSDAP eingetreten, erfuhr ich, und deshalb ausgebürgert worden. 1938 sei er dann in die SS aufgenommen worden. In den Jahren 1941 bis 1943 sei er SS-Oberscharführer und Kommandant der Zwangsarbeitslager Rozwadów und Mielec im Distrikt Krakau in Polen gewesen. Wiesenthal blickte auf, legte den Akt zur Seite und schaute mich wieder unergründlich an: »Im Juli 1945«, begann er, »wurde Schwammberger in Innsbruck verhaftet, wo er unter dem Decknamen Josef Hackl untergetaucht war. Man hatte ihn im französischen Anhaltelager Oradour in Tirol inhaftiert ... Bei seiner Verhaftung wurde eine Hausdurchsuchung vorgenommen, dabei wurden Schmuckgegenstände im Wert von 50 000 Reichsmark sichergestellt. Da viele davon mit eingravierten Namen oder Initialen versehen waren, wurde angenommen, dass sie Gefangenen entwendet worden waren. Ich habe mich schon 1947 mit dem Fall befasst«, führte Wiesenthal weiter aus, »als ich erste Zeugenaussagen über Schwammbergers Verbrechen in Polen erhielt. 1948 aber gelang Schwammberger die Flucht aus Oradour ... Aufgrund der Schließung meines Dokumentationszentrums zwischen 1954 und 1961 und weil meine finanziellen Mittel beschränkt waren, habe ich den Fall erst 1963 wieder aufgegriffen. Ich habe zuerst das zuständige Gericht in Innsbruck konsultiert, wo man mich informiert hat, dass sämtliche Wertgegenstände, die man in Schwammbergers Wohnung konfisziert hatte, um 26 000 Schilling versteigert worden waren. Ich habe zwar gegen diese ungewöhnliche Veräußerung von Beweismitteln, die nun verloren waren, protestiert, aber da ...« – er reichte mir zwei Seiten, die mit Maschine beschrieben waren, und ich las: »Verwertungsbeschluss. In der Strafsache gegen unbekannte Täter wegen Verbrechens des Diebstahls sind die bei der Verwahrungsabteilung beim Oberlandesgericht Innsbruck erliegenden Wertgegenstände zu HMB 353/56 im Versteigerungswege zu verwerten und der Erlös an den Bundesschatz abzuführen. Die Verwahrungsabteilung beim Oberlandesgericht Innsbruck wird angewiesen, folgende zu HMB 353/56 erliegende Wertgegenstände der Exekutionsabteilung des Bezirksgerichtes Innsbruck zur Durchführung des Versteigerungsverfahrens auszufolgen:

3 goldene Siegelringe m. Monogramm J.S.
1 goldener Siegelring ohne Monogramm
1 goldener Herrensiegelring m. Monogramm E. H.
1   "   "   "   "   K. S.
1 Herrenring aus Gold mit einem Granaten
2 Eheringe aus Gold (1 Herren, 1 Damen)
5 goldene Ringe mit Brillanten
1 weißer Brillantring mit 12 kleinen und einem großen Brillanten
1 goldene Herrentaschenuhr Doppeldeckel Zenith
1 goldene Herrentaschenuhr Geneve
1 Herrenarmbanduhr Bellaria
1   "   Chromstahl Omega
1   "   ohne Armband Doxa
1 goldene Damenarmbanduhr Cyma
1 goldene Armbanduhr (Damen) Doxa
1 goldene Damenarmbanduhr Zephier
1   "   "   Esther
1   " Herrenuhrkette m. gebrochenem Anhänger
2 goldene Damenuhrketten
1 goldene lange Damenuhrkette mit Barockperlen
1 goldene Halskette mit Anhänger
1 Barockperlenkette m. kleinen weißen Perlen
1   "   m. größeren weißen Perlen
1 Halskette mit weißen künstl. Perlen
1 silberne Halskette m. Anhänger, 5 größeren, 5 kleineren Diamanten
1 goldene Halskette m. goldenem Anhänger (Medaillon)
2 goldene Armbänder
2 goldene Krawattennadeln m. weißen Steinen
1 goldenes Armband in Kettenform

1 Paar goldene Ohrringe m. angebl. fehlerhaften
Brillanten
1 silberne Brosche mit Diamanten
1 silberne Puderdose
1 Zigarrendose aus Weißmetall
1 Zigarettenetui m. Monogramm J. S.
1 Emblem mit der Jahreszahl 1943
2 Stück vierfache Dukaten
1 Goldstück 10 Dollar
7 Goldstücke österr. ungar. à 20 Kronen
1 Goldstück 20 belg. Franken
1 Goldstück 25 österr. Schillinge
1 österr. ungar. Goldmünze Nennwert unbekannt
1 österr. ungar. Goldmünze 10 Kronen
2 Goldstücke zu 20 Dollar
14 Blättchen Zahngold
2 Goldfedern, 2 Goldplomben
1 ausgebrochenes Stück einer Plombe
6 Noten à 100,– Schilling Ausgabe 1945
2 Noten à 20,– Schilling Ausgabe 1945
1 Note à 10,– Schilling Ausgabe 1945
Sämtliche außer Kurs.

Landesgericht Innsbruck
Abt. 20, am 3. Juni 1958
Gez. Dr. Mitterer

Unterdessen war Wiesenthal mit seiner Erzählung fortgefahren, und ich hatte aufmerksam zugehört, obwohl ich die Aufstellung des Diebsgutes dabei Zeile für Zeile durchlas. »Ich habe«, führte Wiesenthal aus, »von einem Informanten, der mit der Familie Schwammberger Kontakt aufgenommen hatte, erfahren, dass er 1949 mit einem italienischen Reisepass nach Argentinien eingereist war und 1965 dort die Staatsbürgerschaft erhalten hat. Auch seine genaue Wohnadresse in La Plata war bekannt. Ich habe diese Informationen an die Staatsanwaltschaft in Stuttgart, die für NS-Verbrechen in Galizien zuständig war, weitergegeben. 1971 – die Mühlen der Bürokratie mahlen langsam – stellte sie einen Auslieferungsantrag an Argentinien. Schwammberger hat jedoch vom Haftbefehl gegen ihn Kenntnis erhalten und flüchtete abermals.« Sechzehn Jahre habe er, fuhr Wiesenthal fort, im Dunklen getappt, es habe Hinweise gegeben, dass Schwammberger sich in Kanada aufhalte, doch die Spuren hätten sich jedes Mal verlaufen. Erst als die Staatsanwaltschaft Stuttgart eine Belohnung von 250 000 DM für »zweckdienliche Hinweise« ausgesetzt habe und das Simon Wiesenthal-Center in Los Angeles eine Liste der zehn meistgesuchten NS-Verbrecher, darunter auch Schwammberger, veröffentlicht hätte, habe die deutsche Botschaft in Buenos Aires eine anonyme Meldung erhalten, dass Schwammberger sich in Córdoba aufhalte. Im November 1987 sei er dort verhaftet, aber nach vielen Interventionen erst 1990 an Deutschland ausgeliefert worden. Der Prozess gegen ihn vor dem Landgericht Stuttgart habe fast ein Jahr gedauert. »Ich habe«, sagte Wiesenthal jetzt mit unterdrücktem Zorn, »der Gerichtsverhandlung am ersten Tag beigewohnt und wurde auf dem Flur von Mitgliedern der Neonazistischen Organisation ›Nationale Offensive‹, die die Freilassung Schwammbergers forderten, lautstark beschimpft.«

Er schob mir das Protokoll einer Zeugenaussage gegen Josef Schwammberger vom 12. August 1946 zu, das die Bundespolizeidirektion Innsbruck angefertigt hatte. Ich überflog die Zeilen, während Wiesenthal gleichzeitig eine andere Seite des Aktes vorlas: »Schwammberger befand sich dort mit mehreren SS-Leuten und Wachmannschaft, darunter Gestapo der Stadt Przemyśl, u.a. ein Gestapochef Benewitsch, Reissner, Miller u.a. Benewitsch verlas einen Befehl Hitlers, wonach alle Juden, die sich nicht zum Aussiedeln stellten, erschossen und verbrannt werden. Man kann sich vorstellen, welches Schreien und Jammern nun los ging, jedoch spielte dies bei der SS keine Rolle. Es war dort ein großer Haufen Holz, der entzündet wurde, und alle Personen mussten sich dort nackt ausziehen, Geld und Gold und Schmuck abliefern, und Schwammberger und noch 2 oder 3 Männer erschossen die Leute, und gleich wurden die Körper in die Flammen geworfen. Die Kinder wurden nicht einmal erschossen, bei einem Bein erfasst und mit dem Kopfe an die Wand geschlagen und dann in das Feuer geworfen. Die Menschen wurden nicht mit Kopfschuss getötet, sondern irgendwie in den Körper geschossen, auch an den Beinen oder Armen und so noch lebend in die Flammen geworfen. So unglaubwürdig dies auch scheinen mag, ich spreche nur die reine Wahrheit und zwar von meiner eigenen Wahrnehmung aus. Diese Handlungen der SS und des Schwammberger habe ich selbst mitansehen müssen u.zw. von meinem Versteck aus, wo ich mich damals, Rokignaiska Nr. 7, verborgen aufhielt. Auf diese Art und Weise wurden diese 900 Personen ermordet. Bis Samstag 5 Uhr früh waren alle ermordet. Das Feuer wurde über 8 Tage gehalten und durch 4 Männer vom Arbeitslager bedient, und diese wurden schließlich auch erschossen, u. zw. am Friedhof. Man hat mir erzählt, dass man diesen 4 Leuten eine Belohnung dadurch gab, dass man sie nicht verbrannte, sondern am Friedhof erschoss. Die Asche wurde gesiebt und das Gold von den Zähnen ausgebrochen. Die Asche wurde in den San geworfen ... Schwammberger wurde des eigenhändigen Mordes an 12 jüdischen Gefangenen und in 40 Fällen der Beihilfe zum Mord an 3377 Menschen angeklagt und bestritt, die Verbrechen begangen zu haben«, las Wiesenthal inzwischen mit fester Stimme. »Er räumte lediglich ein«, fuhr er fort, »das Ghetto A im Lager Przemyśl geleitet zu haben. Am 8. Mai 1992 wurde er vom Landgericht Stuttgart wegen Mordes ...« Wiesenthal überflog einige juridische Bemerkungen, »zu einer lebenslänglichen Freiheitsstrafe verurteilt, die er in der Justizvollzugsanstalt Mannheim verbüßt.«*

Wir sprachen noch über den ehemaligen SS-Hauptsturmführer Franz Stangl, den KZ-Kommandanten der Vernichtungslager Sobibor und Treblinka, der zuvor »Verwaltungsleiter« in den NS-Tötungsanstalten Hartheim und Bernburg gewesen war. Stangl, so Wiesenthal, stamme aus Altmünster in Oberösterreich und sei zuerst Polizeibeamter gewesen.

Wiesenthal verschwand kurz und überreichte mir dann das Urteil des Landgerichts Düsseldorf aus dem Jahr 1970. »Während der ersten Zeit von etwa drei Wochen ... bestand die Tätigkeit des Angeklagten darin«, las ich, während Wiesenthal wieder auf seinem Schreibtisch herumkramte, »gemeinsam mit dem Inspektor der

---

* Aus den Zeitungen erfuhr ich später, dass er 2004 gestorben war.

SS-Sonderkommandos für die gesamte NS-Euthanasie, Christian Wirth, den Lagerbetrieb neu aufzubauen und zu organisieren. Im Zuge der damals vorgenommenen Änderungen wurde unter anderem das neue Gebäude mit mehr und größeren Gaskammern gebaut. Der tägliche Ablauf der Massentötungen und des übrigen Lagerbetriebes hatte sich alsbald eingespielt ... Unter Stangls Leitung kam es trotz großer Transportzahlen zu keiner Störung des Vernichtungsbetriebes mehr.« Seine »Leistungen in der industriellen Tötung«, ging aus dem Akt weiter hervor, hätten ihn zum »besten Kommandanten Polens« gemacht und weiter: Im Zeitraum zwischen 1941 und 1943 sei er für den Mord an rund 900 000 Menschen verantwortlich gewesen.

Ich legte den Akt wieder zur Seite und bemerkte dabei, wie still es geworden war. Ich hörte nur das gedämpfte Klappern einer Schreibmaschine und das leise Knarren des Stuhls, auf dem Wiesenthal wieder Platz genommen hatte. Er studierte ein Papier, blickte auf und fragte mich, ob ich die Zusammenfassung gelesen habe. Stangl sei die Flucht gelungen, sagte er dann mit rauer Stimme und räusperte sich. Mit Hilfe des Linzer Bischofs Hudal und einem internationalen Pass des Roten Kreuzes, der auf Stangls Namen gelautet habe, sei er in Begleitung seiner Familie nach Syrien und später Brasilien ausgereist. Wiesenthal erzählte mir weiter, er selbst sei 1948 zum ersten Mal auf den Namen Franz Stangl gestoßen, als er eine geheime Liste der Auszeichnungen für hohe SS-Offiziere erhalten habe. Bei gewissen Namen seien mit Bleistift die Bemerkungen »geheime Reichssache« und »für psychologisches Unbehagen« hinzugefügt worden, die, so Wiesenthal, in der NS-Terminologie eine Verschlüsselung für »besondere Verdienste bei der Technik der Massenvernichtung« gewesen seien. Erst nach zwei Jahren der Ermittlungen sei ihm bewusst geworden, welche Wichtigkeit Stangl gehabt hätte, und er habe dessen Heimatadresse in Wels ermittelt. Dort habe er von Nachbarn erfahren, dass Stangls Frau mit den drei Töchtern im Mai 1949 abgereist sei. Die Wiener Spedition, die den Transport des Hausrates durchgeführt habe, hätte seine genaue Anschrift in Damaskus noch auf zwei Kisten angebracht gehabt, die nachgeschickt worden seien. Erst 1964, sagte Wiesenthal, habe er den Hinweis erhalten, dass Stangl als Mechaniker in São Paulo arbeitete, und zwar von einem ehemaligen Gestapo-Mann, der für diese Information Geld verlangt und erhalten habe. Über einen brasilianischen Kontaktmann habe er dann Stangls Adresse erfahren.

»Obwohl Stangl inzwischen von Österreich nicht nur wegen des Hartheim-Prozesses, sondern auch wegen seiner Tätigkeit in Sobibor und Treblinka gesucht wurde«, fuhr Wiesenthal fort und erhob sich von seinem Stuhl, um etwas im Regal zu suchen, »habe ich mich zunächst nicht an das österreichische Justizministerium gewandt, denn ich habe befürchtet, dass Stangl gewarnt werden und untertauchen könnte.« Anfang 1967 sei die ins Portugiesische übersetzte Anklage gegen Stangl und ein Auslieferungsansuchen mit Wissen des österreichischen Justizministers und Hilfe eines brasilianischen Politikers, wie Wiesenthal betonte, an den österreichischen Botschafter in Rio de Janeiro geschickt worden. Unter dem Vorwand, dass seine Tochter bei einem Verkehrsunfall verunglückt sei, habe man Stangl in ein Krankenhaus gelockt und dort verhaftet. »Ich musste mich mit Freunden in verschiedenen Ländern in Verbindung setzen und sie bitten, vor den brasilianischen Botschaften Demonstrationen Überlebender zu organisieren, da Brasilien bis dahin noch nie einen Nazi-Verbrecher ausgeliefert hatte. Außerdem habe ich die zuständigen Stellen in Polen dazu bewegt, Auslieferungsbegehren an Brasilien zu richten.« Wiesenthal hatte wieder vor mir Platz genommen und schaute mich an. Auch der damalige Justizminister der Vereinigten Staaten habe seiner Bitte um Intervention bei der brasilianischen Botschaft in Washington Folge geleistet. Schließlich habe die brasilianische Regierung Stangl an die Bundesrepublik Deutschland ausgeliefert. Am 22. Dezember 1970 sei Stangl schuldig gesprochen worden, die Ermordung von mindestens 900 000 Männern, Frauen und Kindern beaufsichtigt zu haben. Er sei zu lebenslanger Haft verurteilt worden. Stangl habe gegen das Urteil Revision eingelegt, sei jedoch 1971 in der Haftanstalt an Herzversagen gestorben.

»Stangl«, sagte Wiesenthal, »ist das Musterbeispiel eines autoritätsgläubigen und in jeder Situation gehorsamen Polizeibeamten, der aufgrund seiner Entwicklung in einem strengen Elternhaus und einer Erziehung und Ausbildung zu absolutem Gehorsam, schließlich die schrecklichsten Befehle willig ausgeführt hat.«

Nachdem ich Wiesenthals Büro verlassen hatte, leerte sich erst durch das Gehen auf der Straße mein Kopf, und ich suchte automatisch wie eine Aufziehpuppe die Innenstadt auf. Ich setzte mich später in eine Straßenbahn, fuhr bis Grinzing und ging von dort auf den Cobenzl hinauf, bis zu jenem Platz, wo sich das Schloss

Bellevue befunden hatte und ein Gedenkstein darauf hinwies, dass Sigmund Freud an diesem Ort das Geheimnis des Traums enträtselt habe. Der Wind wehte heftig, aber ich genoss die Kälte, die durch meine Kleidung drang, wie eine unerwartete Erfrischung. Von dem Platz aus hat man eine Aussicht über die ganze Stadt, die jetzt, am späten Nachmittag, unter mir lag wie ein ungeheures Monster, das zu Tode gekommen war – und auf dem Käfer, Würmer und Fliegen ihrem Vernichtungswerk nachgingen, bei dem ich sie ungestört beobachten konnte.

Erst auf dem Rückweg und mit klarem Kopf begriff ich, dass ich ein Herzstück der Archive des Schweigens gesehen hatte. Ich fuhr mit der Straßenbahn zurück in die Stadt und ging zu meiner Wohnung. Wie schon nach dem Besuch des Sigmund-Freud-Museums hatte ich das Bedürfnis, etwas über Archäologie zu lesen. In einer Geschichte der Archäologie fand ich, ohne danach gesucht zu haben, eine Abhandlung über die Terrakotta-Armee des Kaisers Qin Shi-Huangdi, die in der Nähe der Stadt Hsian in Nordchina ausgegraben worden war. Qin Shi-Huangdi, der um 220 vor Christus geherrscht hatte, hatte die Große Mauer bauen lassen, weil er seine Länder vor den Einfällen der Nomaden aus dem Westen schützen wollte, las ich. Gleichzeitig hatte er sein zweites Vorhaben in die Tat umgesetzt: die Herstellung von Kolonnen lebensgroßer Soldaten aus gebranntem Ton – die sogenannte »Terrakotta-Armee«, die im Umkreis seines zukünftigen Grabes aufgestellt werden sollte. Genauer gesagt handelte es sich um ein Heer von etwa siebentausend Mann mit Pferden, Waffen, Uniformen und Prunkgeschirren aus Ton. Die Soldatengestalten wurden mit Farben, deren Spuren noch heute sichtbar sind, lebensechter gemacht. Der größenwahnsinnige Herrscher wollte damit den Tod überwinden. Ich wusste nicht, weshalb mich die Terrakotta-Armee so faszinierte. Ich fand keine Entsprechung dafür in meinen Vorstellungen, die ich von Geschichte und Erinnerung hatte. Ich gab mich nur ganz den Bildern hin, dem Anblick der ausgegrabenen Figuren in der riesigen Halle, die man über ihnen errichtet hatte.

Paradies und Hölle

Das Büro meines Freundes Sonnenberg im Grauen Haus, dem Untersuchungsgefängnis von Wien, war nicht weniger unscheinbar als das von Wiesenthal. Wir hatten uns, seit er wegen seiner Leistungen nach Wien versetzt worden war, nicht mehr gesehen. Er war hager geworden, sein Gesicht hatte an Schärfe gewonnen, die Nase war schmal wie ein Buttermesser, und er hatte plötzlich so etwas wie »Kindheit« in seiner Erscheinung, genauer gesagt, er erinnerte mich an ein plötzlich gealtertes Kind. Während er mit mir sprach, hatte ich den Eindruck, er sei überfordert. Irgendetwas lief nicht so, wie er es erwartet hatte, vielleicht war er wirklich »am Nullpunkt angelangt«, wie er sagte. Er erklärte mir, dass er seit einiger Zeit alle Lügen seines Lebens vor sich sehe, und er mache sich Vorwürfe, dass nichts aus seinem Herzen komme, nur Verlogenheit und Verstellung aus seinem Kopf. Er habe bemerkt, dass er, wenn er spreche, automatisch Lügen statt Wahrheiten von sich gebe. Er wisse zwar, dass er lüge, aber er glaube dann, dass seine Lügen der Wahrheit eher entsprechen würden, als wenn er tatsächlich die Wahrheit sagte. Sein Beruf sei es, die Wahrheit in Kriminalfällen und Verbrechen ans Tageslicht zu bringen. Das könne er, wie er festgestellt habe, am besten, wenn er die Aussagen der Verdächtigen mit seinem eigenen Verhalten vergleiche, seinen eigenen Lügen, seinem eigenen Selbstbetrug. Niemand, »wirklich niemand«, betonte er, halte sich für schuldig. Jeder betrachte sich als Opfer von äußeren Umständen, als letztes Glied in einer langen Kette. Er selbst sehe sich hingegen als Produkt seines Gehirns. Es mache aus ihm, ohne dass er es beeinflussen könne, einen Lügner. Natürlich lebe er nicht nach dem Vorsatz, stets die Wahrheit zu sagen – aber im Nachhinein komme er darauf, wie verlogen er selbst sei. Wenn er sich beispielsweise am Abend durch den Kopf gehen lasse, was er den ganzen Tag über zusammengelogen habe, werde ihm übel, und er nehme sich vor, es am nächsten Tag besser zu machen. Trotzdem handle und spreche er wie unter Zwang weiter wie bisher. Er verstecke, er verstelle sich auch in einem fort, um nicht den Eindruck eines Toren zu erwecken. Aber selbst wenn er beabsichtige, »normal« zu sein, komme nur Verstellung aus ihm heraus, denn er bemühe sich dann eben, originell zu erscheinen. Er schauspielere in einem fort, dass es ihn später vor sich ekle. Ihm fehle es an Persönlichkeit. Er habe keine Substanz, er sei ein Niemand, und alles, was ihn ausmache, sei ein Vakuum. Dieses Vakuum überspiele er mit geschickten Gedanken, geschickten Schachzügen und opportunistischem Verhalten. Er sei die Freundlichkeit in Person, aber natürlich handle es sich dabei um eine ihm innewohnende Automatik oder, noch schlimmer, um Berechnung. Er lüge jedermann grinsend ins Gesicht. In Wahrheit – er lachte bei diesem Wort –, in Wahrheit komme es ihm immer nur auf den Augenblick an, er verfolge selten längerfristige Strategien, es genüge ihm, den Moment zu beherrschen – wenigstens scheinbar. Wenn er das Gefühl empfinde, sich gut verhalten zu haben, sei er zufrieden wie ein Schauspieler, der sich nach der Vorstellung im Klaren sei, dass er seine Rolle gut gespielt habe oder eben nicht. Vorstellung und Verstellung entsprächen einander. Er sei, wie aus dem Gesagten hervorgehe, ein Opportunist durch und durch. Er richte sich nach dem, was erfolgversprechend sei, besonders, was sein berufliches Fortkommen betreffe. Nur so habe er es »bis Wien geschafft«, sagte er. Natürlich verachte er das Mittelmaß, er habe jedoch kein Problem damit, sich ihm anzupassen, obwohl es die Ursache allen Übels sei, und natürlich richteten sich alle Religionen, politischen Bewegungen und Utopien an das Mittelmaß, weil es die Masse repräsentiere.

Und von diesem Gedanken aus war es nicht mehr weit bis zu Ortega y Gassets »Der Aufstand der Massen« und Elias Canettis »Masse und Macht«.

Ich war erleichtert darüber, dass er nicht mehr in Dostojewskij'scher Weise von sich selbst sprach, sondern über etwas Allgemeines. Ich glaubte ihm nämlich nicht. Vermutlich hatte er nur das Bedürfnis empfunden, sich auszusprechen, seinen Selbstekel loszuwerden oder sich etwas Luft zu machen. Andererseits waren mir seine Gedanken natürlich nicht fremd gewesen, sie hätten von mir selbst sein können, aber ich fand, dass er sich zu wichtig nahm. Ich sagte ihm, dass ich »Masse und Macht« kurz nach der »Blendung« gelesen hätte. Die »Blendung« hatte mich verschluckt wie ein Meeresungeheuer, und ich hatte bei der Lektüre Wochen in dessen Verdauungstrakt verbracht wie Jona im Bauch des Wals oder, noch kläglicher, wie Pinocchio. »Erst durch die Fahrt mit Walter Singer und Viktor Gartner nach Mauthausen ist mir damals klargeworden«, sagte ich, »dass Canettis Roman eine prophetische Analyse des Nationalsozialismus ist, ein artifizieller Albtraum, der die Unerbittlichkeit und die Allgegenwart des Bösen, die Macht der Gemeinheit und die unterirdischen Gänge, aus denen die Gedanken kommen, beleuchtet. Canetti hatte es nicht als großangelegtes gesellschaftspolitisches Werk abgefasst, sondern quasi als mikroskopische Untersuchung eines aufgefundenen Toten, bei dem ein Gerichtsmediziner anhand der den Leichnam bevölkernden Insekten, Larven und Eier das Stadium der Verwesung und den Zeitpunkt des Todes beschreibt.« »Masse und Macht«, über das Sonnenberg mit mir sprach, war voller anregender Gedanken für mich gewesen. Sonnenberg behauptete halb im Scherz, durch das Buch habe er erst entdeckt, dass er selbst ein angepasster Paranoiker sei. Canetti spreche nämlich in Fällen wie dem seinen von »paranoischer Struktur« und beschreibe diesen Menschentypus als einen, der nicht verzeihen könne. Der Hauptwiderstand im Leben eines solchen Paranoikers richte sich gegen jede Form der Vergebung ... Übrigens könne er nicht einmal sich selbst vergeben.

Auch er könne sich, wie allen anderen, nur zum Schein verzeihen, betonte Sonnenberg, nie aber wirklich. Alles bleibe in seinem Kopf auf Dauer verzeichnet und quäle ihn Tag und Nacht. Sonnenberg lachte plötzlich. Er lade nie jemanden zu sich nach Hause ein, hatte ich von Gartner erfahren, und er sei ein Geheimniskrämer, horte Bücher, spiele mit sich selbst Schach, manchmal sogar in Caféhäusern mit unbekannten Partnern, mit denen er nur über Schach spreche. Das meiste wusste ich längst. Immer noch redete er über »Masse und Macht«, ohne dass er bemerkt hätte, wie meine Aufmerksamkeit nachgelassen und meine Gedanken zu schweifen begonnen hatten. Ich unterbrach ihn mit der Bemerkung, dass das Buch alle Arten von Massenphänomenen untersuche, von Massenkristallen über den Regen, das Meer, den Fluss, den Wald, das Korn, den Wind und die Wolken, ja sogar über Steinhaufen, es erwähne auch die Bazillen, von denen Canetti schreibe, dass alle, die von ihnen gehört hätten, sich ihrer Gegenwart immer bewusst seien und sich Mühe gäben, mit ihnen nicht in Berührung zu kommen, und er stelle sogar eine gewisse Ähnlichkeit mit dem Bild fest, das wir uns von Teufeln machten. Selbst über Spermien lasse er sich aus, sagte ich, übrigens auf die scharfsinnigste Weise. Er spreche von den zweihundert Millionen dieser Samentierchen, die sich alle zugleich auf den Weg machten und von denen alle, bis auf ein einziges möglicherweise, zugrunde gingen. Jedes einzelne dieser Samentierchen, schreibe Canetti, bringe alles mit, was von den Ahnen erhalten geblieben sei. Doch sei es auffällig, dass der Schriftsteller in seinem wunderbaren Werk nie vom Tierreich spreche, in dem es zahlreiche Parallelen zur menschlichen Masse gebe, besonders bei den Insekten, den Ameisen, den Termiten, aber auch bei den Wespen, Hornissen oder Bienen, die ich, seit ich Franz Lindner kennengelernt hätte und auf dem Land ein Haus bewohnte, immer wieder beobachtet hätte. Die Staatenbildung des Bienenvolks, ihre innere Ordnung ähnle auffällig der eines faschistischen Staates. Aber nicht nur Insekten – Heuschrecken, Schmetterlinge oder Mücken – bildeten Massen oder Schwärme, sondern auch Fische und Vögel, Aale und Lachse, Schildkröten und Pinguine, Krähen und Stare, und sogar Säugetiere lebten in Form von Herden: Elefanten, Antilopen, Gazellen, Büffel oder Schafe.

Ich hätte mit meinem Einwand nicht ganz recht, widersprach mir Sonnenberg. Im Kapitel »Die unsichtbaren Massen« zitiere Canetti ein chinesisches Gedicht, das die Nachkommenschaft mit einem Heuschreckenschwarm vergleiche, sagte er, und er liebe es, weil die Tiere nicht als schädliche Ungeziefer, sondern aufgrund ihrer Vermehrungsfähigkeit als etwas Vorbildliches angesehen würden. Außerdem erwähne Canetti bei der Jagdmeute, dass die Menschen von den Wölfen gelernt hätten. Er habe, wenn er sich richtig erinnere, Unvergleichliches über die Massen der Toten geschrieben ... welche Rolle sie für die Lebenden spielten ... Und er habe auch die Vorstellungen untersucht, die man sich von den Engeln und Seligen mache ... Sie seien um den Thron ihres Herrn versammelt, eine Unzahl von Engeln, Patriarchen, Propheten, Aposteln, Märtyrern, Bekennern, Jungfrauen und anderen Gerechten, als die himmlischen Heerscharen in großen Kreisen angeordnet ... auf ihre Nähe zu Gott gründe sich ihre ganze Glückseligkeit ... Ob ich Tintorettos Gemälde »Das Paradies« kenne? – Es befinde sich im Dogenpalast von Venedig, in der »Sala del Maggior Consiglio« ... Er sei nach Italien gefahren, um bestimmte Gemälde zu untersuchen, aber darüber wolle er jetzt nicht sprechen ... Tintorettos Gemälde, das Canetti übrigens nicht zitiere, illustriere am deutlichsten den Gedanken aus »Masse und Macht«, dass der Geist der Gläubigen von solchen Vorstellungen unsichtbarer Massen erfüllt sei. Ob es die Toten, die Teufel oder die Heiligen seien ... mit diesen unsichtbaren Massen begännen die Religionen. Canetti bezeichne sie sogar als das »Blut des Glaubens« und behaupte, dass dieser geschwächt sei, sobald die Unsichtbaren in der Vorstellung verblassen würden. Sonnenberg beschrieb noch einmal die von Tintoretto auf seinem Paradiesbild sichtbar gemachten Unsichtbaren und sagte sarkastisch, dass die Menschen alles, was sie entdeckten und für das Paradies hielten, unweigerlich zerstörten und dass jeder noch so kleine Gedanke, der darauf angelegt sei, das Paradies auf Erden zu verwirklichen, dazu beitrage, die Hölle auf Erden zu erzeugen. Ideologien und Religionen würden letztendlich alle zu Zerstörungsideologien und -religionen, bis sie schließlich in sich selbst zerfallen würden.

Südsee

Wie ich es schon aus früheren Jahren gewohnt war, kam Sonnenberg sofort danach auf sein Lieblingsthema, die Entdeckungsreisen, zu sprechen. Er führte die Entdeckungen in der Südsee, die anfangs als Garten Eden betrachtet worden sei, als Beispiele für seine Behauptung an. Leidenschaftlich erzählte er, wie Magellan auf der Suche nach dem »Südkontinent« die Meeresstraße zwischen dem Südzipfel Amerikas und Feuerland entdeckt habe.

Mit an Bord sei der Italiener Antonio Pigafetta gewesen, der eine Chronik der Reise verfasst habe. Magellans Irrfahrt sei von Krankheit, Tod und Meuterei gekennzeichnet gewesen. Mit drei Schiffen habe er den »Stillen Ozean«, das »Mar Pacifico« durchquert – er habe dem Gewässer diesen Namen wegen der häufigen Flauten, die die Fahrt begleitet hätten, gegeben. Magellan sei es jedoch nicht gelungen, auch nur eine einzige der größeren Südsee-Inseln anzulaufen. 1521 sei er im Kampf mit Einheimischen auf den Philippinen getötet worden. Alvaro de Mendaña habe 1568 die Salomonen-Inseln und 1595 die Marquesas entdeckt, die Holländer Roggeveen, Tasman, Schouten und Le Maire Tasmanien, Neuguinea und Inseln der Fidschi- beziehungsweise Tonga-Gruppe.

Als Graf Louis Antoine de Bougainville bei seiner Weltumsegelung 1768 Tahiti betreten und seine Eindrücke in einem schwärmerischen Reisebericht festgehalten habe, sagte Sonnenberg, sei das Klischee der »edlen Wilden« auf den »glücklichen Inseln« geboren worden. Niemand habe es wie Bougainville verstanden, eiferte sich Sonnenberg weiter, der alten, von Schuld beladenen Welt den Zauber eines in Unschuld lebenden Traumreichs im Pazifik zu übermitteln. In seiner Schwärmerei habe er die Inseln als Paradies bezeichnet, das unberührt wie zu Adams und Evas Zeiten überdauert hätte. Bis hierher, so Bougainvilles Begeisterungsausbruch, sei der Engel des Herrn mit seinem Schwert nicht gekommen: Die Erbsünde, unter deren Last die europäischen Christen ihr Leben fristeten, sei hier aufgehoben, die glücklichste der glücklichen Inseln sei ein Ort der Liebe, der Freiheit und Schönheit. Gott habe, so Bougainville weiter, an einer einzigen Stelle auf dem Erdball ein Einsehen mit den Menschen gehabt und ihnen ein Himmelreich auf Erden gelassen mit der Möglichkeit eines Lebens in Einfachheit, Bescheidenheit und gemäß den natürlichen Verhältnissen. Eifersucht, habe Bougainville festgehalten, sei unbekannt, spottete Sonnenberg. Die Frauen dächten hauptsächlich daran, wie sie den Männern gefallen könnten, und die Männer nötigten ihre Frauen, auch die Fremden – als Zeichen der Gastfreundschaft – zu lieben. Es gebe sogar den Brauch, einen Liebesakt, angefeuert von Zuschauern, öffentlich zu vollziehen. Landbesitz im europäischen Sinn sei unbekannt. Auch wenn ein »Familienzweig« einen Landstrich über Generationen bewirtschaftet habe, sei er immer »im Besitz der Großfamilie« geblieben. Anhäufung von Eigentum fördere nämlich nicht das Ansehen des Betreffenden, sondern nur ein Verhalten, das der Gemeinschaft diene.

»Die Menschen«, wandte sich Sonnenberg an mich, »suchen nicht, wie du glaubst, den Wahn, sondern das verlorene Paradies!« Der künstliche Wahn sei nur Rausch und Vision, in die die Menschen flüchteten, »um wenigstens einen Hauch vom Paradies zu verspüren«. – Ich hatte in einem Essay Religion, Kunst, Musik und Entdeckungsreisen als einen künstlichen Wahn bezeichnet, in den sich die Menschen flüchteten, um das Leben zu ertragen, aber was Sonnenberg mir sagte, widersprach meinen Ausführungen nur zum Teil. Es erweiterte sie allerdings, und ich entgegnete ihm daher nichts. Ich begnügte mich mit der Feststellung, dass auch die Suche nach dem Paradies ein Wahn sei, was er bestritt, indem er auf einem »ewigen« Wunsch nach Utopie und Hoffnung bestand. Bougainville habe seiner Epoche eine reale Utopie vermittelt und mit seinem zweifellos idealistischen Bild der Südsee-Insulaner als edlen, nicht von der Zivilisation verdorbenen Wilden die These von Jean-Jacques Rousseau bestätigt. Zum Beweis habe Bougainville den Sohn eines Stammesfürsten, Ahutoru, als ersten Polynesier mit nach Frankreich gebracht. Bougainville sei ein Aufklärer gewesen, auch Diderot habe sich von seinem Buch »Reise um die Welt. Durch die Inselwelt des Pazifik« zu einem Essay anregen lassen, in dem er die sexuelle Freiheit verteidigt habe. Schon mit 23 Jahren habe Bougainville ein mathematisches Werk über die Integralrechnung verfasst und sei daraufhin in die Royal Society in London aufgenommen worden. Er habe hierauf den Beruf eines Rechtsanwalts ausgeübt. Mehrere Jahre habe er als Adjutant des Generals Louis-Joseph de Montcalm in Kanada während des Krieges gegen die Indianer auch gegen britische Soldaten gekämpft. 1764 habe er eine Kolonie auf den heutigen Falkland-Inseln begründet und von 1766 bis 1769 die Welt umsegelt.

Sonnenberg nahm einen Bogen Papier und zeichnete darauf eine Skizze, die den Weg Bougainvilles durch den Pazifik in einer strichlierten Linie darstellte. An Bord, sagte er unterdessen, seien auch Naturforscher gewesen wie der Botaniker Philibert Commerçon und seine als Mann verkleidete Assistentin Jeanne Baret sowie der Astronom Pierre-Antoine Véron. Der Aufenthalt in Tahiti, das Bougainville als Insel »Neu-Kythera« bezeichnet hatte, habe nur neun Tage gedauert – daher wohl auch das idealistische Bild, das er sich davon gemacht habe, so Sonnenberg. 1767, ein Jahr zuvor, habe der Engländer Samuel Wallis bei seiner Landung auf Tahiti ein ganz anderes Volk vorgefunden und beschrieben: es sei launisch und neige zu Streitereien, Diebstählen und trügerischen Versöhnungsfesten. Wallis hätte nämlich nicht, wie der Franzose, nach Arkadien, sondern nach einer erstmals 1606 von einem Spanier angelaufenen Insel gesucht und in Tahiti bei Auseinandersetzungen mit Eingeborenen sogar von der Schusswaffe Gebrauch machen lassen.

Sonnenberg lachte und rief: »Dass der Mensch gut ist, ist, wie du siehst, eine Fälschung!« – Die Pariser Gesellschaft des französischen Rokoko, fuhr er sodann fort, die Bougainville mit seinem Reisebericht entzückt habe, hätte bis dahin ja schon in galanten Schäferspielen ein ländliches Zauberreich beschworen. Sie habe nun für ihre Sehnsüchte und Hoffnungen auch einen greifbaren Ort, der auf dem Globus verzeichnet war, gefunden gehabt. Abgesehen davon sei Bougainville ein Schwerenöter gewesen, der keine Gelegenheit zu amourösen Abenteuern ausgelassen habe. Am Ende hätte die Polizei jeden seiner Schritte überwacht und protokolliert – offenbar sei jemand, der angeblich Kenntnis vom Paradies auf Erden hatte, der Staatsanwaltschaft schon von vorneherein verdächtig gewesen, amüsierte sich Sonnenberg. Tatsächlich aber habe der Aufklärer Bougainville den Romantikern ein Utopia beschert. Unbemerkt seien seine Beschreibungen vom pazifischen Garten Eden in das Verlangen nach Freiheit, Gleichheit und Brüderlichkeit eingesickert. Und die Polizei von Paris habe diesen Aspekt registriert und ihm Rechnung getragen. Natürlich hätte Bougainville selbst in der kurzen Zeit, die er auf Tahiti verbracht habe, gesehen, dass es strikte Rassentrennung, Mord, Totschlag und Menschenopfer auch im vermeintlichen Garten Eden gab, er habe diese Tatsachen jedoch bewusst verschwiegen, weil sie nicht zu seiner Mission gepasst hätten. Er habe die Zeit des blutigen Terrors der Französischen Revolution wegen seiner bekannten königstreuen Haltung im Gefängnis verbracht, aber überlebt, weil Robespierre noch rechtzeitig gestürzt worden sei. Bougainville habe sich später auf einen Besitz in der Normandie zurückgezogen und als alter Mann noch eine Nordpolreise geplant, zu der es aber nicht mehr gekommen sei. Er fände es aufregend, sagte Sonnenberg, darüber nachzudenken, weshalb Bougainville, nachdem er den Garten Eden zu sehen geglaubt hatte, die Welt des Eises und der Kälte habe aufsuchen wollen ... Er zeichnete inzwischen nicht mehr Bougainvilles Route im Pazifik, sondern Meereswellen in Form von Lilien, so dass das Blatt bald wie die Zeichnung eines Gartenbeetes aussah.

Das Wort »Paradies«, fuhr Sonnenberg nach einer Pause fort, komme aus dem Alt-Iranischen und bedeute »Park« oder eben »Garten«, daraus habe sich das hebräische »pardes« und schließlich das griechische »paradeisos« abgeleitet. Immer sei der Müßiggang in Gärten oder Parks mit Springbrunnen und im Schatten grüner Obstbäume die Vorstellung vom idealen Aufenthalt an einem idealen Ort gewesen. Im Islam, dem heutigen Glauben der Wüstenbewohner, habe sich dieser Wunsch in der 56. Sure des Koran niedergeschlagen – als Beschreibung eines paradiesischen Gartens mit Obst, Wein, Fleisch und Mädchen mit großen schwarzen Augen. Dazu sei noch die Sehnsucht nach Unsterblichkeit gekommen ... »Die jüdische Paradiesgeschichte«, fuhr Sonnenberg nach kurzem Nachdenken fort, während er das Papier vor sich sorgfältig faltete und zur Seite schob, »hat wegen ihrer geographischen Angaben zu einer langen Reihe von Expeditionen, die das Paradies finden wollten, geführt: nach Mesopotamien, Armenien, Arabien, Äthiopien, Indien und China. Man habe das Paradies auf Ceylon vermutet, auf den Kanarischen Inseln, in Peru, am Orinoco-Delta und in verschiedenen Gegenden Amerikas und erst sehr viel später in der Südsee. Die Geschichte der Paradiessuche sei lang, aber wenig bekannt. In Hesiods Mythos von den Weltzeitaltern »Werke und Tage« beispielsweise sei erstmals vom Goldenen Zeitalter die Rede, und später nenne er eine »Insel der Seligen«, auf der die Helden »am Ende der Welt, im Ozean« ein paradiesisches Leben führen würden. Dort, so Hesiod, sagte Sonnenberg, sei die Erde fruchtbar, ohne bebaut werden zu müssen, das Obst süß, und es herrsche ewiger Frühling. Schon Homer beschreibe in der Odyssee das »Elysium«. Ein weiterer Ort paradiesischer Wunschvorstellungen sei die Inselgruppe der Hesperiden, wo goldene Äpfel auf einem Baum wüchsen, die von den sirenenähnlichen Töchtern der Nacht bewacht würden. Bei der Geburt der Aphrodite aus dem Meer, berichte die griechische Mythologie, sei die Muschel, in der sie sich befunden habe, an die Insel »Kythera« angeschwemmt worden, wo Aphrodite – wie auf dem Gemälde Botticellis dargestellt – an Land gegangen sei, um das Territorium als »Liebesinsel« in Besitz zu nehmen ... Das »Arkadien« Vergils hingegen sei eine idyllische, bukolische Landschaft, die sich zum Symbol für eine einfache, unschuldige, edle Gesinnung und musische Empfindsamkeit gewandelt habe. Alle diese Paradiese entsprächen Wunschvorstellungen und bestimmten daher, wenn auch zumeist unbewusst, das Tun der Menschen ...

James Cook, der Engländer, habe auf der Suche nach dem legendären »Südkontinent« – der Terra Australis incognita –, fuhr Sonnenberg fort, dreimal die Welt umsegelt »und den Pazifik von Tahiti bis Sibirien erforscht. »Er landete im April 1769 in Tahiti und schrieb, er halte Bougainvilles Buch für die nützlichste und auch unterhaltsamste Beschreibung einer Reise durch dieses Meer, die bisher erschienen sei, sagte Sonnenberg. Auf seiner zweiten Fahrt 1772 habe er die beiden Naturforscher Johann Reinhold Forster und dessen Sohn Georg an Bord gehabt. Auch diesmal sei er nach Tahiti gelangt und von dort fast bis in die Antarktis vorgedrungen. In Neu-Kaledonien, das er entdeckt habe, sei ein Landungsboot mit elf Matrosen von neuseeländischen Maori angegriffen, und alle Männer seien getötet und aufgegessen worden. Die zweite Reise Cooks habe übrigens die Theorie von einem großen bewohnbaren Südkontinent endgültig widerlegt. Seine letzte, verhängnisvolle Fahrt habe den Entdecker dann noch ein drittes Mal in die Südsee geführt. Am 12. Oktober 1776 habe er den Polynesier Omai, den er als »edlen Wilden« von der Insel Huahine nach London mitgenommen hatte, in seine Heimat zurückgebracht. Offenbar hätte dieser in Europa einiges an Selbstvertrauen gewonnen, bemerkte Sonnenberg, denn er habe Cooks Rat, die Mächtigen auf Huahine durch Gastgeschenke, die ihm in großen Mengen mitgegeben worden waren, freundlich zu stimmen, missachtet und sich noch während Cooks Aufenthalt jeden Mann von einiger Bedeutung, wie der Entdecker festgehalten habe, zum Feind gemacht. Schließlich habe Cook sarkastisch angemerkt, so Sonnenberg weiter, dass Omai umso geachteter gewesen, je weiter er von seinem Heimatland entfernt gewesen sei.

Cook habe anschließend ein weiteres Paradies gefunden: Hawaii. Er sei jedoch zunächst mit seinem Segelschiff, der »Discovery«, weiter nach Alaska gesegelt und habe erst dort beschlossen, den Winter auf Hawaii zu verbringen. »Ende Dezember 1778«, fuhr Sonnenberg fort, »ankerte er in der Kealakekua-Bucht, wo zu diesem Zeitpunkt gerade ein Fest zu Ehren des Gottes Lono abgehalten wurde. »Vermutlich«, so Sonnenberg, »sah man bis dahin in Cook selbst den Gott. Als aber ein verstorbener Matrose an einem Platz beerdigt wurde, der nur Häuptlingen zustand, hat sich die Einstellung der Hawaiianer ihren Gästen gegenüber geändert. Da Cook zwei Tage später, am 4. Februar 1779, aufbrach, kann darüber allerdings nur gerätselt werden. Cook kehrte sieben Tage darauf zurück, da ein Mast vom Sturm beschädigt worden war und er ihn an Land reparieren lassen wollte. Er fand eine feindlich gesinnte Bevölkerung vor.« Es sei zu Diebstählen gekommen, berichtete Sonnenberg, darunter der eines Beibootes der »Discovery«. In der Auseinandersetzung darüber am Strand der Insel habe Cook einen Schuss aus seiner doppelläufigen Schrotflinte abgegeben, der im Schild eines Eingeborenen steckengeblieben sei. Sein zweiter Schuss jedoch habe einen Mann getötet. Als Cook sich daraufhin umgedreht habe, um Befehle zu erteilen, sei er von hinten niedergestochen und zusammen mit vier Marineinfanteristen getötet worden. Leutnant Charles Clerke, der das Kommando der Expedition übernahm, habe auf Vermittlung eines Priesters und eines Sohnes des Königs einige Körperteile Cooks, darunter seine rechte Hand, die an der Narbe einer Brandwunde identifiziert wurde, ausgehändigt bekommen. Die Leichname der vier gefallenen Marineinfanteristen seien ebenfalls zerstückelt, an einheimische Familien verteilt und gegessen worden. »Jedenfalls«, replizierte Sonnenberg, »selbst wenn die Eingeborenen ihren Gott Lono und einige der göttlichen Begleiter verzehrt hatten, um sich deren Kräfte anzueignen, ist die Vorstellung von einem kannibalischen Paradies etwas merkwürdig.« Er lächelte und sprach weiter: »Die Sehnsucht nach dem irdischen Paradies aber ist größer als alle Widersprüche und gegenteiligen Erfahrungen, wie wir inzwischen von allen Ideologien und Religionen wissen.« Jeder wolle sein Utopia finden und, glaube er erst einmal, es wirklich gefunden zu haben, halte er trotz aller Rückschläge daran fest.

Hierauf begann Sonnenberg von Georg Forster zu sprechen, dessen Bericht über die zweite Entdeckungsfahrt mit Cook – »Reise um die Welt« – ich mit Begeisterung gelesen hatte. Er erzählte, dass Georg bei diesem Abenteuer, das er gemeinsam mit seinem Vater Reinhold unternommen hatte, nicht einmal achtzehn

Jahre alt gewesen sei. Er sei 1754 in Nassenhuben bei Danzig geboren worden. Sein autoritärer Vater sei zu diesem Zeitpunkt evangelisch-lutherischer Pastor gewesen und habe schon dem Knaben beigebracht, deutsch und lateinisch zu lesen und anhand der Bücher des Naturforschers Linné Naturgeschichte zu studieren. Außerdem habe er ihn Schreiben und Rechnen gelehrt. Mit neun Jahren habe Georg dem »katechistischen Unterrichte in den Religionswahrheiten beigewohnt«, zitierte Sonnenberg Reinhold Forster, den dieser den Kindern seiner Gemeinde gegeben habe. Dabei habe Reinhold die wichtigsten Veränderungen in der jüdischen Kirche und Staatsverfassung und das Schicksal des jüdischen Volkes besonders beleuchtet, aber auch die Entstehung, Verbreitung und Veränderung der »christlichen Lehre erläutert«. Ferner sei er mit seinen beiden ältesten Söhnen auf die Jagd gegangen und habe mit ihnen Pflanzen gesammelt. »Mit Fangnetz, Angel, Senkgarn und Flinten«, zitierte Sonnenberg aus der Biographie Ulrich Enzensbergers, die er einer Lade seines Schreibtischs entnahm, »durchstreiften sie botanisierend und entomographierend, Ichthyologen und Ichthyophagen zugleich, tage- und wochenlang das Werder.« Georg Forsters Begabungen seien phänomenal gewesen, fuhr Sonnenberg fort, schon mit zehn Jahren habe ihn sein Vater auf eine Forschungsreise mitgenommen und ihn an seinen kartographischen Studien und Bodenuntersuchungen in der Kirgisensteppe am Unterlauf der Wolga teilhaben lassen. Mit zwölf Jahren sei er in Begleitung seines Vaters nach London übersiedelt, und als nicht ganz Dreizehnjähriger habe er dort sein erstes Buch, eine Übersetzung von Lomonossows

»Kurze Russische Geschichte« ins Englische für die »Society of Antiquaries« herausgegeben. Als Fünfzehnjähriger habe er die über tausend Seiten des dreibändigen Werks »Reise durch Nordamerika« von Peter Kalm ins Englische übersetzt. Es seien die Übersetzungen aus dem Französischen von Pehr Löflings »Reisen durch Louisiana, Spanien und Südamerika« und Pehr Osbecks »Reisen nach Ostindien und China« gefolgt – alles Werke von sieben- bis achthundert Seiten Umfang. Sein Vater habe die Manuskripte korrigiert, Fußnoten dazu verfasst und sie unter seinem Namen herausgegeben. Auch das Inkasso habe er großzügigerweise übernommen. 1772 habe Georg Forster die Übersetzung von Bougainvilles »Reise um die Welt« aus dem Französischen ins Englische beendet und sei von den Schilderungen des Franzosen begeistert gewesen. Damit habe seine lebenslange Paradiessuche einen neuerlichen Impuls erhalten, denn vermutlich hatte schon der Religionsunterricht seines Vaters die Leidenschaft für den Garten Eden in ihm entfacht. Hätte er es damals aber im Jenseits geglaubt, so habe er es jetzt, durch das Buch Bougainvilles, im Diesseits geortet. Forster sei zum Paradiessucher schlechthin geworden.

Ende Mai desselben Jahres 1772 habe sein Vater Reinhold das Angebot erhalten, an Cooks zweiter Expedition als Naturforscher teilzunehmen. Dieser habe außer einem angemessenen Lohn verlangt, dass sein Sohn Georg als sein Assistent und Zeichner mit an Bord käme. Das habe sich als ein Glücksfall erwiesen, denn Georg habe nach seiner Rückkehr vielleicht das großartigste Reisebuch der Welt geschrieben. »Er berichtete«, sagte Sonnenberg und zeigte mir »Die Reise um die

Welt«, »vom euphorischen Empfang in Tahiti, von den Hunderten von Booten, die in der Bucht, in der die Landung erfolgt war, mit Kokosnüssen, Brotfrüchten, Fischen und anderen Waren beladen, das Schiff umlagerten. Georg fand viel Sanftes in den Zügen der Einwohner und etwas ungemein Gefälliges in ihrem Betragen. Die Matrosen waren hingerissen von den jungen Nymphen, deren Arme und Beine nackt waren und von denen einige kaum zehn Jahre alt waren. Im Wesentlichen bestätigte Forster anfangs die Schilderungen von Bougainville. Doch fiel ihm auf, dass die Vasallen König O-tus bei der Audienz, die er der Besatzung des Schiffes gab, auf die lärmende Menschenmenge, die das Treffen umlagerte, mit Stöcken einschlugen. Bei einem Ausflug trafen Vater und Sohn, der schwedische Biologe Dr. Sparrmann, der sich an der Tafel-Bay der Expedition angeschlossen hatte, sowie der Zeichner Hodges in einem hübschen Haus einen sehr fetten Eingeborenen, den seine Frau mit Stücken von einem großen gebackenen Fisch und Brotfrucht fütterte und der die vier Besucher keines Blickes würdigte.« Sonnenberg schlug eine Seite der Biographie auf, die durch ein Post-it gekennzeichnet war, und las: »Georg verglich ihn mit ... jenen privilegierten Schmarotzern in gesitteten Ländern, die sich mit dem Fette und Überflusse des Landes mästen, indes der fleißige Bürger desselben im Schweiß seines Angesichts darben muss.« Wie lange die glückliche Gleichheit in Tahiti also noch dauern würde, sagte Sonnenberg, sei für Forster daher fraglich gewesen. »Da sich aber die Vornehmen«, las er weiter, »die ohne Arbeit leben, in starkem Maße vermehren, ist für die anderen ein Übermaß an Plackerei zu befürchten.« Auf der Insel Huaheine, eine Tagesreise von Tahiti entfernt, sei es dann zu einem ernsthaften Zwischenfall mit zwei Eingeborenen gekommen. Diese hätten Dr. Sparrmann, den schwedischen Biologen, in einen Hinterhalt gelockt und ausgeraubt. »Sie hatten«, sagte Sonnenberg, »ihm einen Schlag auf den Kopf verabreicht und ihm die Weste und andere Kleidungsstücke, die sich abstreifen ließen, vom Leib gerissen und sein Gewehr an sich gebracht. Zwar gelang ihm die Flucht, aber sie holten ihn ein und misshandelten ihn mit Schlägen, unter anderem auf die Schläfen. Hierauf zogen sie ihm das Hemd über den Kopf, ›und da es durch die Knöpfe festgehalten ward‹, las Sonnenberg vor, ›so waren sie schon im Begriff, ihm die Hände abzuhacken, als er zum großen Glück wieder zu sich kam, und die Ärmel mit den Zähnen aufbiss, da denn die Räuber mit ihrer Beute davonliefen‹.« Es sei nicht gelungen, die Schuldigen ausfindig zu machen, fuhr Sonnenberg fort, kurz darauf sei sogar Forster selbst mit einem Eingeborenen in Streit geraten, als er sich von diesem ein Kanu ausborgen und ihm dafür einen Nagel habe geben wollen. »Der Mann nahm den Nagel«, sagte Sonnenberg, »aber er weigerte sich, Forster das Boot zu leihen, worauf dieser ihn auf Polynesisch einen Schuft nannte. Der Bursche versuchte ihm im darauf folgenden Handgemenge die Flinte zu entwinden, worauf Forster nach seiner Taschenpistole unter dem Hemd griff. Sein Widersacher sah jedoch den Vater zu Hilfe kommen und flüchtete. Reinhold Forster schoss ihm nach.« Wieder las Sonnenberg aus der Biographie vor. Reinhold Forster, sagte er, habe geschrieben: »Ich hatte Kapitän Cook gebeten, etwas mehr für uns zu tun, aber er hatte sich schon geweigert, weitere Schritte zu unternehmen ... um die Räuber und Angreifer zu bestrafen, die Mr. Sparrmann fast ermordet hätten ... Die Schüsse, die ich auf den Burschen abgab, hatten keine bemerkenswerten Konsequenzen, denn Mr. Cooper sah hinterher den Mann und fand, dass dieser an der linken Schulter von ungefähr neun Schrotkugeln nur gestreift worden war.« Zwei Monate später im Charlotten-Sund sei die Mannschaft Zeuge geworden, wie eine Gruppe Indianer einen erschlagenen Mann habe braten und aufessen wollen. »Im April 1774«, erzählte Sonnenberg weiter, »kehrte Cook nach Tahiti zurück. An der Küste hatte sich eine Flotte Kriegs-Kanus versammelt, die gegen Rebellen auf der Insel Eimeo ausfahren sollten. Georg Forster lieferte eine schwärmerische, begeisterte Beschreibung und verglich die Krieger mit Homers Helden. Hierauf schilderte er das Schlaraffenland auf Tahiti, im Vergleich zu den Mühsalen in Europa. Er wollte sich sein Paradies wohl von niemandem schlechtmachen lassen. ›Wie ist hingegen beim Tahitier‹, las Sonnenberg aus dem Buch wieder vor, ›das alles so ganz anders! Wie glücklich, wie ruhig lebt nicht ein Zweig oder drei Brotfruchtbäume, die beinahe ohne alle Handanlegung fortkommen, und fast eben so lange tragen, als der, welcher sie gepflanzt hat, leben kann; drei solche Bäume sind hinreichend, ihm drei Vierteile des Jahres hindurch, Brot und Unterhalt zu geben!‹ Und: ›Der Tageslauf der Tahitianer offenbarte eine durchgehende, glückliche Einförmigkeit. Bei Sonnenaufgang standen sie auf, wuschen sich in den Quellen und Bächen, dann arbeiteten sie oder gingen umher, bis sie die Hitze zwang, auszuruhen. In diesen

Erholungsstunden brachten sie ihren Kopfputz in Ordnung, bliesen Flöte oder ergötzten sich am Gesang der Vögel, aßen und kehrten dann zur Tätigkeit zurück.‹« Sonnenberg seufzte und sagte abwesend: »Dieser gute Mensch.« Er stand auf, trank einen Schluck Wasser und setzte sich wieder. Nach einer kurzen Pause las er weiter: »Munterer Scherz ohne Bitterkeit, ungekünstelte Erzählungen, fröhlicher Tanz und ein mäßiges Abendessen bringen die Nacht heran; und dann wird der Tag durch abermaliges Baden im Flusse beschlossen. Zufrieden mit dieser einfachen Art zu leben, wissen die Bewohner eines so glücklichen Klimas nichts von Kummer und Sorgen und sind bei aller ihrer übrigen Unwissenheit glücklich zu preisen.« »Und Forster zitierte Kleist«, fügte Sonnenberg hinzu: »Ihr Leben fließet verborgen wie klare Bäche durch Blumen dahin.«

Verschiedene Dichter des Göttinger Hainbunds, setzte Sonnenberg fort, und sogar der inzwischen ergraute Klopstock hätten nach der Lektüre von Forsters »Reise um die Welt« den Wunsch geäußert, Europa den Rücken zu kehren und sich nach Tahiti bringen zu lassen. Um das Jahr 1808, dreißig Jahre nach der Veröffentlichung des Buches, sei eine Geheimgesellschaft Tübinger Studenten ausgehoben worden, die Forster gelesen und vom Stillen Ozean geschwärmt hätten, von den »leerstehenden Inseln, denen ein ewiger Frühling lacht«. Die beiden Hauptverschwörer seien auf der Festung Hohenasperg eingeliefert worden.

»Forster, der immer jung bleibende Wissenschaftler«, ereiferte sich Sonnenberg, »der mit genialen Begabungen und Scharfsinn ausgestattet war, hatte wie jeder Utopist die Realität übersehen. Das heißt, er hatte sie wahrgenommen, festgehalten und analysiert, aber zugleich verdrängt. Wie man sieht: er war der geborene Paradiessucher. ›Die in Nürnberg herausgekommenen Bilder zu einer Sammlung von biblischen Geschichten, welche ihm seine Mutter oft erklärte, waren die erste Nahrung für seine Wissbegierde‹«, las Sonnenberg nun wieder aus der Biographie vor. Er legte das Buch auf den Tisch und fasste noch einmal zusammen, als wolle er mich belehren: Von seinem Vater, dem Pastor, unterrichtet, der wie gesagt evangelisch-lutherischer Pastor gewesen sei, habe er die christliche Glaubenslehre und damit auch den Glauben an das Paradies schon im frühesten Alter angenommen. Die Natur, die er studiert habe, sei für ihn Gottes Schöpfung, Fragment des Gartens Eden gewesen. Als Sechzehnjähriger hätte er Bougainvilles Reisebericht übersetzt und als Siebzehnjähriger dessen Neu-Kythera selbst gesehen. Obwohl er in seinem Bericht die Südsee-Inseln ohne christlich-abendländische Vorurteile betreten hatte, hätte er, anders als Bougainville und doch gleich diesem, das Paradies sehen wollen. Sein Werk »Reise um die Welt« habe ihn sofort berühmt gemacht. Bis heute sei es eine der wichtigsten Quellen über die Gesellschaften in der Südsee aus der Zeit, bevor der europäische Einfluss sie veränderte.

Nach zahlreichen Ehrungen sei Forster nach Deutschland zurückgekehrt und habe dort eine Professorenstelle in Kassel angenommen. Schon in Paris habe er sich einer seiner utopischen Leidenschaften gewidmet, der Freimaurerei. Er sei Mitglied der Loge »Les Neuf Sœurs« geworden und hierauf der Loge »Zum gekrönten Löwen«, dem örtlichen Gold- und Rosenkreuzer-

Zirkel, beigetreten, sechs Jahre später dann der Loge »Zur wahren Eintracht« in Wien, die ihm zu Ehren eine »Festloge« veranstaltet habe und die er insbesondere wegen ihrer Aufklärungsarbeit und Reformtätigkeit geschätzt habe. Er habe Therese Heyne, die Tochter eines Altertumswissenschaftlers geheiratet, die eine der ersten freien Schriftstellerinnen Deutschlands geworden sei. Forster habe drei Kinder mit ihr gehabt, und seine Frau habe sich zweimal in andere Männer verliebt. In seiner übergroßen Liebe zu ihr – die sich für ihn vielleicht auch als Paradies dargestellt habe – und um sie nicht zu verlieren, habe er ihr beide Male eine ménage à trois vorgeschlagen, was Therese jedoch abgelehnt habe. Nach dem zweiten Mal habe Forster sich in sein Schicksal gefügt, ohne jedoch, solange er gelebt habe, aufzuhören, sie und seine Töchter zur Rückkehr zu bewegen. Er habe in dieser Zeit Aufsätze zu Cooks dritter, tödlicher Reise in die Südsee und über die spätere »Bounty«-Expedition veröffentlicht.

Sonnenberg stand auf, holte aus einer Lade eine Kassette mit den Quartetten von Arnold Schönberg heraus, über den er eine bewundernde Bemerkung machte, legte sie in das Abspielgerät, lauschte eine Zeitlang und setzte dann fort: Die Geschichte der »Bounty«-Expedition und der berühmten Meuterei habe Forster besonders bewegt, habe er doch den Inszenator, den Privatgelehrten Sir Joseph Banks, gekannt, der Cook auf dessen erster Weltumsegelung begleitet hatte. Wegen des amerikanischen Unabhängigkeitskriegs seien die preisgünstigen Getreidelieferungen aus den nordamerikanischen Kolonien Englands in die Karibik ausgefallen. Nach mehreren Hungersnöten, denen 1500 Menschen zum Opfer gefallen seien, hätten insbesondere die Besitzer der großen Zuckerrohrplantagen andere preiswerte Grundnahrungsmittel für ihre Sklaven verlangt. Sir Banks habe die Brotfrucht empfohlen, die er von seiner Expedition mit Cook her gekannt hätte. Unter Kapitän William Bligh, dem Navigator Cooks auf dessen dritter Reise, sei die »Bounty« mit 45 Mann, davon nur die Hälfte Matrosen, nach Tahiti gesegelt und 1788 in der Matavai-Bucht vor Anker gegangen. Das Schiff sei dort fünf Monate geblieben, da sich der Brotfruchtbaum zur Ankunftszeit in einer Ruhephase befunden habe und nicht sofort Stecklinge zu ziehen gewesen wären. Es habe von der Mannschaft zahlreiche Kontakte mit Tahitianerinnen gegeben. Manche Matrosen hätten sich auch, wie es bei den Einheimischen Brauch gewesen sei, tätowieren lassen. Im Dezember sei der Schiffsarzt an Leberzirrhose gestorben. Drei Mann der Besatzung hätten versucht, auf einem Beiboot zu desertieren, sie seien eingefangen und mit zwei Dutzend Hieben mit der »Neunschwänzigen Katze« bestraft worden. Diese Strafe sei, was die Usancen an Bord von Schiffen betroffen habe, für die damaligen Verhältnisse äußerst milde gewesen, denn das Auspeitschen sei schon für viel geringere Vergehen verhängt worden. Bei Desertion und Diebstahl des Beibootes sei üblicherweise die Todesstrafe verhängt worden. »Kein Wunder«, so Sonnenberg, »dass es der Besatzung auf Tahiti besser gefallen hat, denn auch die Ernährung an Bord war armselig und die Arbeit schwer.« Auf der Rückfahrt mit 1015 Jungpflanzen an Bord, die viel Platz eingenommen hätten, sei es zur Meuterei gekommen. Der abgesetzte Kapitän Bligh sei mit zwanzig Getreuen auf der ihm von den Meuterern zur Verfügung gestellten Barkasse in 41 Segeltagen nach Timor gelangt, immerhin eine Strecke von 5800 Kilometern, der Rest der Mannschaft auf der »Bounty« nach Tahiti, wo sie, nachdem sie Proviant gefasst, ihre zurückgelassenen Frauen an Bord genommen hätten, um auf Tubai eine Kolonie zu gründen. Dort hätten sie versucht, ein Fort anzulegen, es sei jedoch zu Kämpfen mit Einheimischen gekommen, von denen die Mannschaft 66 getötet habe, darunter sechs Frauen, während sie selbst nur zwei Verletzte zu beklagen gehabt hätten. Man sei hierauf wieder zurück nach Tahiti gesegelt. Um nicht von den Engländern aufgespürt zu werden, habe sich der Anführer entschlossen, die Pitcairn-Inseln anzulaufen, allein sechzehn Mann hätten sich geweigert, wieder an Bord zu gehen. Mit sechs eingeborenen Männern und zwölf Frauen seien insgesamt neun Engländer dort 1790 gelandet. Sie hätten die »Bounty« in Brand gesteckt, um jede Spur zu vernichten und damit der Todesstrafe zu entgehen. Die auf Tahiti verbliebenen Männer seien von der Besatzung der englischen Fregatte »Pandora« festgenommen und an Bord in Ketten gelegt worden. Auf Tahiti habe zuvor ein Mitglied der »Bounty«-Mannschaft ein anderes im Streit erschossen und sei selbst der Blutrache durch dessen angeheiratete tahitianische Familie zum Opfer gefallen. Während der Rückreise sei die »Pandora« aber gesunken. Zehn Überlebende der »Bounty«-Mannschaft seien in Beibooten gerettet und später in England vor ein Gericht gestellt worden. Vier von ihnen seien freigesprochen, sechs zum Tode verurteilt worden. Die Königin habe drei der zum Tode Verurteilten begnadigt, die anderen drei seien an einer Rah des Kriegsschiffes »Brunswick« im Hafen von Portsmouth gehängt und dem Urteil gemäß zwei Stunden lang hängen gelassen worden. Dies sei, sagte Sonnenberg, die berühmteste Reise in das Paradies der Südsee gewesen, Forster sei jedes Detail darüber bekannt gewesen, da er Kapitän Blighs Bericht selbst übersetzt habe.

Inzwischen sei Georg schon Oberbibliothekar der Universität Mainz gewesen. 1789 habe er den Ausbruch der Französischen Revolution als konsequente Folge der Aufklärung begrüßt und nach dem Sturm auf die Bastille – als er Kunde von der Nationalversammlung in Paris erhalten habe, dass die Leibeigenschaft, die Frondienste und die Ämterkäuflichkeit abgeschafft worden seien – geschrieben (Sonnenberg las jetzt vor): »Schön ist es aber zu sehen, was die Philosophie in den Köpfen gereift und dann im Staate zusammengebracht hat ... Also ist es doch der sicherste Weg, die Menschen über ihre Rechte aufzuklären; dann gibt sich das Übrige wie von selbst.« Sonnenberg las: »Welch' eine Sitzung war die vom 5. August, von der französischen Nationalversammlung! Ich glaube, sie ist noch in der Welt ohne Beispiel. An Vollkommenheit, zu der es in menschlichen Dingen gebracht werden könnte, glaube ich freilich nicht mehr; allein es giebt doch Gnade und Stufen des mehr oder weniger Unvollkommenen, und wenn da nur das Bessere errungen wird, so ist alles geleistet, was man von der Menschheit verlangen kann.« Zwar habe Forster schon Vorsicht walten lassen, was es mit dem neuen Paradies auf sich haben könnte, sagte Sonnenberg, aber schließlich sei die Sehnsucht nach der Utopie für ihn stärker gewesen als jedes Bedenken.

1790 habe er mit Alexander von Humboldt eine Reise in die damals österreichischen Niederlande, nach Holland, England und Paris unternommen. Darüber habe er sein berühmtes Buch »Ansichten vom Niederrhein, von Brabant, Flandern, Holland, England und Frankreich im April, Mai und Juni 1790« verfasst. Sein Hauptinteresse habe dabei dem sozialen Verhalten der Menschen gegolten, wenngleich er auch stilbildende kunsthistorische Betrachtungen angestellt habe, die die wissenschaftliche Kunstgeschichte beeinflusst hätten. 1792, als die Franzosen Mainz besetzt hatten, habe Forster zusammen mit Freunden den Jacobinerclub »Freunde der Freiheit und Gleichheit« gegründet und sei im folgenden Jahr an der Gründung der Mainzer Republik beteiligt gewesen. Es sei die erste auf bürgerlich-demokratischen Grundsätzen aufgebaute Republik auf deutschem Boden gewesen. Forster sei Abgeordneter in dem Rheinisch-Deutschen Nationalkonvent und Vizepräsident der provisorischen Verwaltung gewesen, außerdem Redakteur von »Die neue Mainzer Zeitung oder Der Volksfreund«. Aber schon im Juli 1793 seien die Franzosen wieder abgezogen. Zu diesem Zeitpunkt sei Forster bereits »Abgeordneter des Nationalkonvents« gewesen und als dieser nach Paris entsandt worden, um die Angliederung der Mainzer Republik an Frankreich zu beantragen. Aufgrund eines Dekrets des habsburgischen deutschen Kaisers Franz II. sei Forster daher der Reichsacht verfallen und habe nicht mehr nach Deutschland zurückkehren dürfen. Ohne Mittel sei er in Paris zurückgeblieben, seine Frau habe ihn schon in Mainz endgültig verlassen gehabt. In der französischen Hauptstadt habe gerade die Schreckensherrschaft, der blutige »Terreur« des Wohlfahrtsausschusses unter Robespierre, geherrscht. »Die Revolution ist ein Orkan«, hatte Georg Forster geschrieben, und Sonnenberg las wieder vor: »Wer kann ihn hemmen? Ein Mensch, durch sie in Tätigkeit gesetzt, kann Dinge tun, die man in der Nachwelt nicht vor Entsetzlichkeit begreift. Aber der Gesichtspunkt der Gerechtigkeit ist hier für Sterbliche zu hoch. Was geschieht, *muss* geschehen. Ist der Sturm vorbei, so mögen sich die Überbleibenden erholen und der Stille freuen, die darauf folgt.« Trotz aller Entsetzlichkeiten, die Forster gesehen oder von denen er Nachricht erhalten habe, sagte Sonnenberg, trotz der nahezu pausenlosen Hinrichtungen unter der Guillotine, die so viele Opfer gefordert hätten, dass man dafür neue Friedhöfe hätte anlegen müssen, habe Forster nicht von seinen revolutionären Idealen gelassen. Er habe das Geschehen in Frankreich als Naturereignis betrachtet, das man nicht aufhalten könne und das seine Energie freisetzen müsse, um nicht noch zerstörerischer zu wirken.

Im Januar 1794 sei Forster in einer kleinen Dachwohnung in Paris in der Rue Moulins an einer Lungenentzündung gestorben. Er sei nur vierzig Jahre alt geworden. Es sei bemerkenswert, betonte Sonnenberg, wie seine Paradiessuche von den Heiligenbildern zu einer Sammlung von biblischen Geschichten, die ihm seine Mutter oft erzählt habe, über das irdische Paradies auf Tahiti und die Freimaurerei bis zu den Blutorgien der Französischen Revolution, die er schließlich für notwendig erachtet habe, um die Utopie von »Freiheit, Gleichheit und Brüderlichkeit« zu verwirklichen, sein ganzes, kurzes, geniales, tragisches Leben bestimmt habe. Forster könne als der Paradiessucher schlechthin angesehen werden. »So hat der arme Forster dann doch seine Irrtümer mit dem Leben büßen müssen, wenn er schon einem gewaltsamen Tod entging. Ich habe ihn herzlich bedauert«, zitierte Sonnenberg Goethes Worte zum Tod Georg Forsters.

»Das Paradies in der Südsee wurde übrigens bald nach Forsters Tod von Missionaren heimgesucht«, fuhr Sonnenberg sarkastisch fort, nachdem er zuerst minutenlang Schönbergs zweitem Quartett gelauscht hatte. 1797 seien die ersten Missionare der »London Missionary Society« in der Südsee eingetroffen. Während sie in Tahiti freundlich aufgenommen worden seien, seien auf Tonga viele von ihnen verjagt oder getötet worden. Auch diesmal – nach Bougainvilles »Reise um die Welt« – sei es ein Buch gewesen, das die Entwicklung ausgelöst und beschleunigt habe: Daniel Defoes bereits 1719 erschienener »Robinson Crusoe«. Bekanntlich habe sich der sechzigjährige Defoe vom Schicksal des schottischen Seemanns Alexander Selkirk, den es 1704 bis 1709 auf eine einsame Insel im Stillen Ozean verschlagen hatte, zu seinem ersten Buch anregen lassen. »Wie du weißt«, sagte Sonnenberg, »war es *unser* Buch in unserer Kindheit. Wir haben damals oft im Garten meiner Eltern Robinson Crusoe und Freitag gespielt, und ich bin immer Robinson gewesen. Erinnerst du dich noch?« Ich nickte. »Du kannst dir vorstellen«, fuhr er fort, »wie die Geschichte vom weißen Mann, der einen edlen, lernfähigen Wilden zivilisiert, die Missionare nach den Expeditionsberichten von Bougainville und Cook beflügelt hat, und wie enttäuscht und entsetzt sie waren, als sie sich dann in der Südsee mit feindseligen Kannibalen, die doch auch in Defoes Meisterwerk eine Rolle spielen, konfrontiert sahen. Das sollte sich die nächsten Jahrzehnte auch nicht ändern.«

Beispielsweise seien 1839 zwei englische Missionare auf den Neuen Hebriden eingetroffen. Sie hätten Tauna und Futuna besucht und seien schließlich auf Erromango erschlagen und aufgegessen worden. Natürlich hätten die Missionare die althergebrachte Lebensweise für schlecht erklärt, sie hätten versucht, ihre körperfeindlichen Vorstellungen auf die Insulaner zu übertragen. Die Londoner Missionsgesellschaften hätten daraufhin ihre Strategie geändert und polynesische Missionare gesandt in der Hoffnung, dass diese eher akzeptiert würden. Um dieselbe Zeit hätten auch Walfänger und Robbenjäger den Stillen Ozean für sich entdeckt und die Inseln besucht. Dabei sei es oft zu Zwischenfällen gekommen. Mehr und mehr Europäer hätten sich zudem auf den Inseln angesiedelt, darunter Deserteure von Walfangschiffen und Strafgefangenentransporten, aber auch Schiffbrüchige. Die Häuptlinge auf den Inseln seien darauf aus gewesen, sich mehrere Weiße zu halten, sie hätten sie umsorgt und verwöhnt, dadurch aber hätten sich die ohnedies bestehenden Konflikte untereinander weiter verschärft.

Herman Melville, Verfasser des »Moby-Dick«, habe darüber zwei authentische Bücher verfasst. 1819 geboren, habe er mit zwanzig Jahren in Nantucket auf dem Walfänger »Acushnet« angeheuert. Da die Bedingungen an Bord unzumutbar gewesen seien, wie Melville geschrieben habe, sei er bei einem Zwischenhalt auf der Insel Nuku Hiva, die zu den Marquesas gehöre, desertiert. In Begleitung eines anderen Matrosen sei er über die Berge geflohen, aber von den Typees gefangengenommen worden. Während sein Begleiter nach einigen Tagen flüchten konnte, sei Melville vier Monate Gefangener der Typees gewesen, da er, am Bein verletzt, ihnen ausgeliefert gewesen sei. In seinem 1846 erschienenen Buch »Typee« – inzwischen ein Standardwerk der Ethnologie – habe er Gebräuche und Kannibalismus der Eingeborenen beschrieben, die ihn jedoch zumeist freundlich behandelt hätten. Bei der ersten sich bietenden Gelegenheit sei er dann aus Nuku Hiva geflohen und auf dem australischen Walfänger »Lucy Ann« nach Tahiti gelangt. Dort sei er wegen seiner Teilnahme an einer Rebellion an Bord der »Lucy Ann« verhaftet worden, doch sei ihm abermals die Flucht gelungen und er habe auf dem Walfänger »Charles and Henry« aus Nantucket angeheuert. Erst im Oktober sei er auf Umwegen und mit Schwierigkeiten nach Boston zurückgekehrt. In seinem Buch »Omoo« habe er den Einbruch der europäischen Zivilisation in Polynesien ähnlich lebendig beschrieben wie das Leben der Typees im gleichnamigen Bericht. Bereits auf seiner Südseereise sei Melville dem Kapitän der »Essex«, Owen Chase, begegnet, von dessen Buch über den Untergang des Walfängers nach einem Pottwalangriff er so beeindruckt gewesen sei, dass er es in seinem Roman »Moby-Dick« verarbeitet habe. »Du weißt, wovon ich spreche«, sagte Sonnenberg, »da du das Buch ja über die Maßen liebst.« Selbstverständlich habe Melville mit dem tätowierten Harpunier Quiqueg, einem Kopfjäger, den Südseeinsulanern seine Reverenz erwiesen. Allerdings habe er den Kampf mit dem Wal heroisiert, denn tatsächlich sei es nur um den Profit der Unternehmer gegangen.

Der Stille Ozean und die Südsee-Inseln seien allmählich rücksichtslos ausgebeutet worden. Außer den Walen seien Sandelholz, Perlen, Schildkrötenpanzer und sogar Seegurken, mit denen weiße Händler in China viel Geld verdienen konnten, begehrte Güter gewesen. Schon Bougainville habe vom Reichtum der Südsee-Inseln an Naturschätzen geschwärmt und neben Kaffee, Zucker, Kakao, Indigo, Ambrosia und Gewürzen auch Gold, Silber, Edelsteine und Perlmutt hervorgehoben. Zur Proviantierung der Schiffe seien Handelsstationen eröffnet worden, es seien Siedler gefolgt, die oft dubiose Landkäufe getätigt und die ersten Plantagen errichtet hätten. Ab 1840 habe sich eine weitere lukrative Einnahmequelle aufgetan: der Handel mit Menschen, denn überall seien Arbeitskräfte benötigt worden. Für zwei oder drei Ladungen mit Eingeborenen habe man den Gegenwert eines Schiffes verdient. »Die Eingeborenen«, sagte Sonnenberg, »wurden teils mit Gewalt an Bord gebracht, teils durch Betrug oder mit Hilfe von Alkohol und falschen Versprechungen. Die Angeworbenen wurden dann als Arbeiter auf australischen Plantagen oder in Nickelminen auf Neukaledonien eingesetzt, Bewohner der Oster-Inseln auf Tahiti. Zwischen 1860 und 1870 sind über dreitausend Insulaner nach Peru verschleppt worden, die auf den Guano-Inseln zur Arbeit gezwungen wurden.« Durch den Kontakt mit den Europäern, fuhr Sonnenberg fort, hätten sich die Südseeinsulaner mit ihnen unbekannten Krankheiten angesteckt, gegen die sie keine Abwehrkräfte besessen hätten: Masern, Tuberkulose, Pocken, Typhus, Keuchhusten, Darminfektionen und Grippe, die als Epidemien aufgetreten seien und die Bevölkerung verschiedener Inseln fast ausgelöscht hätten. Geschlechtskrankheiten und Alkohol hätten das Übrige getan. Dazu seien die Bestrebungen Englands, Frankreichs, Amerikas und Deutschlands gekommen, Kolonien und Protektorate zu errichten. Zucker, Gewürze oder Kakao hätten fette Handelserträge versprochen. Aber der Mythos der Südsee als Paradies auf Erden sei zumindest in Europa ungebrochen gewesen, denn wenn die Menschen einmal fest an etwas glaubten, ließen sie kaum mehr davon ab, betonte Sonnenberg.

Er machte eine Pause und fuhr dann fort: Robert Louis Stevenson, der 1850 in Edinburgh geborene Schriftsteller, sei nach seinen Abenteuerromanen »Die Schatz-Insel« und »Entführt« sowie der Schauernovelle »Der seltsame Fall des Dr. Jekyll und Mr. Hyde« eine Berühmtheit gewesen. Er habe die Gewohnheit gehabt, im Sommer zu reisen, während er sich im Winter der schriftstellerischen Arbeit gewidmet habe. Stevenson sei seiner Geliebten, der Malerin Fanny Osbourne, die verheiratet gewesen sei und drei Kinder gehabt hätte, bis in die Vereinigten Staaten von Amerika nachgefahren und habe sie dort endlich dazu bewegen können, sich von ihrem Mann scheiden zu lassen. 1880 habe man in England, als Stevenson bereits mit Fanny Osbourne verheiratet gewesen sei, Tuberkulose an ihm diagnostiziert. Da sich sein Zustand fortlaufend verschlechterte, habe er sich 1888 zu einer ohnedies seit längerem geplanten Südseereise entschlossen, in der Hoffnung, das feuchtwarme Tropenklima würde sein Lungenleiden lindern. Ein Arzt aus San Francisco habe Stevenson seine Schoner-Yacht für sieben Monate vermietet, einen Teil der dafür notwendigen Summe habe der Besitzer einer Presseagentur ihm für eine bestimmte Anzahl von »Briefen«, die Stevenson über seine Eindrücke verfassen sollte, vorgestreckt. Fünf Monate habe er mit seiner Frau auf O'ahu, einer der acht Haupt-Inseln des Hawaii-Archipels, verbracht, wo sie durch den König und dessen Nichte Einblick in die schwierigen sozialen und politischen Verhältnisse gewonnen hätten. Ein Jahr darauf habe er die Gilbert-Inseln bereist und im Dezember desselben Jahres zum ersten Mal Samoa betreten, wo er ein Anwesen erworben habe. Nach einer weiteren Kreuzfahrt in die Südsee habe er sich 1891 entschlossen, ganz nach Samoa zu übersiedeln.

»Die Briefe, die er fortlaufend für den Besitzer der Presseagentur verfasste, behandelten die erste Kreuzfahrt von 1888 und die zweite von 1889. Sie erschienen 1891 in der New Yorker Zeitung ›Sun‹ und in der englischen Zeitschrift ›Black and White‹ in Fortsetzungen«, sagte Sonnenberg. »Das daraus entstandene Buch beschreibt den Garten Eden kurz vor seinem Untergang. Stevenson spricht darin alles in lebendiger Form an: die Handelsniederlassungen, die Missionsstationen, den Alkoholismus und Seuchen – aber auch die Pracht der Natur.« Er habe, setzte er fort, Portraits von Sklaven- und Opiumhändlern, des Königs Tembinok und einfacher Bewohner geschrieben. Im elften »Brief« habe er sich unter dem Titel »Langschwein – ein Heiligtum der Kannibalen« mit dem Kannibalismus auseinandergesetzt. Mit »Langschwein« sei von den Polynesiern der Mensch bezeichnet worden.

Sonnenberg nahm den Band aus seiner Schreibtischlade und las vor: »Nichts weckt unseren Abscheu mehr als der Kannibalismus, nichts erschüttert eine Gesellschaft so sehr in ihrem Gefüge, so können wir glaubhaft urteilen, verhärtet und erniedrigt das Wesen derer, die ihm frönen, in solchem Maße. Und doch erwecken wir in den Augen der Buddhisten und Vegetarier den gleichen Eindruck. Wir essen die Körper von Kreaturen, die das gleiche verzehren, die gleiche Empfindungen und gleiche Organe haben wie wir. Wir ernähren uns von Kindern, wenn auch nicht von unseren eigenen, und die Schlachthäuser hallen täglich wider von den Schreien der Angst und des Schmerzes. Wir machen zwar einen Unterschied, aber der Widerwille bei vielen Völkern gegen das Verzehren von Hunden – eines Tieres, mit welchem wir auf die vertrauteste Weise miteinander leben – zeigt, wie unsicher dieser Unterschied begründet ist.« Stevenson führe sodann aus, sagte Sonnenberg, wie er mit einem stattlichen Eber, den er von den Katholiken aus dem Dorf geschenkt bekommen und deshalb »Catholicus« genannt habe, vertraut geworden sei. Eines Tages sei Catholicus, als Stevenson den Schweinepferch aufgesucht habe, mit Schreckenslauten vor ihm zurückgewichen. »An diesem Morgen«, las Sonnenberg wieder vor, »war ein Schwein geschlachtet worden. Catholicus hatte diesem Mord zugesehen und hatte entdeckt, dass er zwischen den Fleischbänken wohnte. Und von diesem Tag an war sein Vertrauen und seine Freude am Leben zu Ende. Wir verschonten ihn noch eine Zeitlang, aber er vermochte den Anblick eines zweibeinigen Wesens nicht zu ertragen, noch brachten wir es unter diesen Umständen fertig, seinen Blicken zu begegnen.« Stevenson habe der Schlachtung seines Schweins, setzte Sonnenberg fort, »abseits der Hörweite« beigewohnt, und er las weiter vor: »An der Oberfläche herrscht eine äußerste Empfindsamkeit, und die Damen würden in Ohnmacht fallen bei der Erwähnung von einem Zehntel dessen, was sie täglich von ihrem Metzger erwarten ... So ist es auch mit den Inselkannibalen. Sie waren nicht grausam, und abgesehen von ihren Bräuchen sind sie ein überaus freundliches Volk. Richtig gesagt, ist es weniger abstoßend, eines Menschen Fleisch zu essen, wenn er tot ist, als ihn zu unterdrücken, wenn er noch lebt, und selbst die Opfer ihres Appetits wurden, solange sie lebten, freundlich behandelt und zum Schluss plötzlich und schmerzlos umgebracht ... Der Kannibalismus ist von einem bis zum anderen Ende des Stillen Ozeans verbreitet, von den Marquesas-Inseln bis Neuguinea, von Neuseeland bis Hawaii, hier noch voll ausgenützt, dort nur in kleinen, aber eindrucksvollen Resten.« Stevenson betonte dann, so Sonnenberg, wie spärlich die Dokumente über den Kannibalismus auf Hawaii und Tahiti seien, und setzte fort: »In historischen Zeiten, als in den Marae noch Menschenopfer dargebracht wurden, bot man die Augen des Opfers – als Leckerbissen für den vornehmsten Gast – in aller Form dem Häuptling dar. Ganz Melanesien scheint verseucht zu sein.« In Hungersnöten, habe Stevenson festgehalten, sei Kannibalismus bei allen Menschenrassen und allen Generationen geschehen. »Die Marquesianer«, so Stevenson, sagte Sonnenberg, »haben die Menschenfresserei ganz mit ihren Lebensgewohnheiten verquickt. Das Langschwein war im gewissen Sinne ihre Währung und ihr Sakrament. Es bildete das Honorar des Künstlers, kennzeichnete öffentliche Ereignisse und war Anlass und Hauptanziehung einer Festlichkeit.« Und: »Der Tod allein konnte die marquesianische Rache nicht befriedigen. Das Fleisch musste verzehrt werden. Der Häuptling, der Mr. Whalon fing, zog es vor, ihn zu essen, und er glaubte sich gerechtfertigt, wenn er erklärte, es sei Rache. Zwei oder drei Jahre vorher hatten die Leute aus einem Tal einen armen Teufel gefangen und erschlagen, der sie beleidigt hatte … Sie konnten es nicht ertragen, ihre Rache unvollständig zu lassen, aber unter den Augen der Franzosen wagten sie es nicht, ein öffentliches Fest zu veranstalten. So wurde die Leiche zerteilt, und jeder zog sich in sein Haus zurück, um insgeheim die Riten zu vollziehen. Dazu nahm er seinen Anteil an dem geräucherten Fleisch in einer schwedischen Zündholzschachtel mit heim. Der barbarische Gehalt und das europäische Zubehör bieten einen packenden Gegensatz zu der Vorstellung … Auf allen Inseln sowie zu Hause bei unseren Vorfahren macht ein Rächer … sich nicht die Mühe, mit seiner Rache eine Einzelperson zu treffen. Eine Familie, eine Klasse, ein Dorf, ein ganzes Tal oder eine Insel teilt gleichzeitig die Schuld eines ihrer Angehörigen. So sollte … Mr. Whalon, der Maat eines amerikanischen Walfängers, bluten und verzehrt werden für die Missetaten eines peruanischen Sklavenhändlers.« Und weiter berichte Stevenson von einem Besuch auf Jaluit, einer der Marquesas-Inseln, dem Heiligtum des Kannibalismus. Die Wälder seien dort von verschiedenen, einander feindlich gesinnten Stämmen mit Hinterhalten gespickt gewesen, und wer für sich selbst »auf die Suche nach Genüssen gegangen sei«, so Stevenson, sagte Sonnenberg, habe auf der Strecke bleiben können, »um«, und jetzt las Sonnenberg wieder weiter, »seinen Erbfeinden als Rostbraten zu dienen.

Aber dazu bedurfte es gar nicht der angedeuteten Gelegenheit. Ein Dutzend verschiedener natürlicher Zeichen und sozialer Umstände rief diese Leute auf den Kriegspfad und zur Menschenjagd. Man lasse nur einen Häuptling seine Tätowierung beendet haben, eine ihrer Frauen ihre Stunde gekommen fühlen, zwei der herabfließenden Ströme sich näher zur Küste von Hatiheu hin verschieben – man füge es nur, dass jemand einen gewissen Vogel singen höre, dass eine gewisse, bedenkliche Wolkenbildung über der nördlichen See beobachtet werde, und sogleich ölte man die Waffen, und die Menschenjäger schwärmten in die Wälder hinaus, um ihre brudermörderischen Hinterhalte zu legen.« Stevenson berichte auch davon, fuhr Sonnenberg fort, dass ein einheimischer Priester sich gelegentlich in sein Haus eingeschlossen habe, wo er wie ein Toter gelegen und sodann drei Tage nackt und ausgehungert herumgelaufen sei und nachts allein im Heiligtum geschlafen habe … Dem Priester auf seinen Rundgängen zu begegnen habe den Tod bedeutet. Sodann sei der Priester wieder unter sein Dach zurückgekehrt, und am Morgen sei die Zahl der Opfer bekanntgegeben worden. Der Festbraten, wie sich Stevenson ausdrücke, sei bisweilen aus dem eigenen Stamm geliefert worden. In Notzeiten hätten alle, die nicht durch ihre Familienbeziehungen geschützt gewesen seien … guten Grund zum Zittern gehabt. Es sei vergeblich gewesen, sich zu wehren, und nutzlos, zu fliehen. Jeder sei ja auf allen Seiten von Kannibalen umgeben gewesen, und der Ofen sei bereit gewesen, für sie zu rauchen, draußen im Feindesland oder daheim im Tal ihrer Väter. Stevenson habe auch vom Selbstmord auf den Marquesas-Inseln berichtet, der traditionell mit der Ewa-Frucht verübt worden sei, die einen »bedächtigen Tod« biete und Zeit lasse »für die Schrecklichkeiten der letzten Stunde«. Er habe über die Tätowierkunst gestaunt und sie gerühmt und die Aussätzigen von Kona beschrieben: ihren Abschied von zu Hause, den er selbst miterlebt habe, und ihre Quarantäne. Obwohl es eine Reihe von ethnologischen Beschreibungen beinhalte, sei Stevensons »In der Südsee« kein wissenschaftliches Werk, wie es der Schriftsteller anfangs sogar zu verfassen beabsichtigt habe, sondern eine dichterische Beschreibung von persönlichen Erfahrungen und Dokument seiner Aufgeschlossenheit. Trotzdem sei die Reaktion auf das Buch harsch gewesen. Man habe es mit der Predigt einer Missionars-Teegesellschaft verglichen.

In seinem zweistöckigen Wohnhaus auf Samoa, fuhr Sonnenberg fort, habe Stevenson zwölf samoanische Diener beschäftigt gehabt und diese wie Familienmitglieder aufgenommen. Die Einwohner der Insel hätten ihm den Namen »Tusitala«, »Geschichtenerzähler«, gegeben und ihn häufig um Rat gefragt. Er habe auch politisch Stellung gegen den wilhelminischen Imperialismus bezogen und sich auf die Seite des samoanischen Oberhäuptlings Mataafa gestellt, der 1893 einen Bürgerkrieg gegen seinen Rivalen geführt hatte. Die daraus entstandenen Probleme und ein weiterer Essay hätten Stevenson heftige Kritik der Kolonialherren aus Deutschland und England eingetragen. Er sei mit 44 Jahren auf Samoa nicht an Tuberkulose, sondern an einer Gehirnblutung gestorben. Am 3. Dezember 1894 habe er eine Flasche Burgunder aus dem Keller geholt, heiße es, sagte Sonnenberg, und sich mit seiner Frau Fanny ins

Freie begeben. Plötzlich habe er sich mit beiden Händen an den Kopf gegriffen und ausgerufen: »Was ist das! – Sehe ich irgendwie merkwürdig aus?« Dann sei er bewusstlos zusammengebrochen und noch am selben Abend verstorben. Man habe ihn auf Samoa begraben.

Ein anderer Künstler, ein Maler, Paul Gauguin, habe ungefähr um die gleiche Zeit, 1891, in der Südsee sein Glück gesucht. Der fünffache Familienvater hatte zuvor in Kopenhagen Frau und Kinder verlassen und mit den französischen Impressionisten zusammengearbeitet. In seinen Lebenserinnerungen »Vorher und Nachher« habe er geschrieben: »Ich will lieben und kann es nicht. Ich will nicht lieben und kann es nicht.« Das sei tatsächlich Gauguins Dilemma gewesen, sagte Sonnenberg. Er kramte ein weiteres Buch hervor und trug einen Absatz mit Beteuerungen Gauguins vor: »Man sieht, alles ist ernst und auch lächerlich. Die einen weinen, und die anderen lachen. Der Palast, die Hütte, die Kirche, das Bordell. Was tun? Nichts! Das alles muss sein, und schließlich hat es keine Folgen. Die Erde dreht sich weiter. Alle Welt scheißt, nur Zola beschäftigt sich damit.« Gauguin habe immer einen Traum leben wollen. Er sei ein Augenblicksmensch gewesen, ein rabiater Sucher nach dem ewigen Moment, welcher sich ihm naturgemäß wiederum ewig entzogen habe. Er hatte geschrieben (Sonnenberg beugte sich über die Seiten): »Wenn ihr auf den Marquesas ankommt und diese Tätowierungen, die den Körper und das ganze Gesicht bedecken, seht, sagt ihr euch, dass das schreckliche Burschen sein müssen. Und dann waren sie Menschenfresser. Ihr irrt durchaus. Der marquesische Eingeborene ist kein schrecklicher Bursche. Er ist im Gegenteil sogar ein kluger Mann, völlig unfähig, eine Gemeinheit auszuhecken. Sanft bis zur Dummheit und schüchtern jedem Befehlenden gegenüber. Man sagt, dass er Menschenfresser war, und bildet sich ein, dass er's nicht mehr ist. Dies ist irrig. Er ist es, doch ohne Wildheit. Er liebt Menschenfleisch, wie ein Russe Kaviar, ein Kosak eine Wachskerze liebt. Fragt einen verschlafenen Greis, ob er Menschenfleisch liebt, und er wird alsbald munter, blitzendes Auges und unendlich sanft euch antworten: Oh, wie schmeckt es gut.«

Natürlich sei Gauguin – wie die meisten Künstler – ein Generalisierer und weniger an Wahrheiten als an seiner eigenen Wirklichkeit interessiert gewesen, sagte Sonnenberg. Er habe das Paradies gesucht, von dem er schon am ersten Tag seiner Ankunft gewusst habe, dass es am Verschwinden sei. »Nicht der Erzengel Gabriel mit seinem Schwert erwartete ihn, sondern die französischen Kolonialbeamten, die Missionare und die Handelsgesellschaften, die dabei waren, das angebliche Paradies endgültig zu zerstören.« Doch Gauguin habe sich auf die Suche nach dem vermeintlichen Paradies gemacht. Er habe mit Scharfsinn alles gesehen und begriffen, aber das, was er gesehen und begriffen habe, aus seiner Kunst eliminiert, da es sich nicht mit seinen Vorstellungen über Malerei deckte. Seine Reise in die Südsee habe nur der Absicht gedient, das Paradies zu finden und es zu malen. Er habe aus den erhaltenen Fragmenten des Paradieses ein Kaleidoskop in leuchtenden Farben hergestellt, das wir aus seinen Bildern kennen würden. »›Noa Noa‹*, sein Buch über die erste

---

* Noa Noa bedeutet »duftendes Land«

Reise nach Tahiti, ist ein mythologisches Buch«, fuhr Sonnenberg fort, »Gauguin hat sich darin selbst als Märchenfigur dargestellt.« Auch Tahiti habe er als Märchenland beschrieben, betonte er. Vor allem aber habe er von der dreizehnjährigen Tehura geschwärmt, die seine Geliebte geworden sei, und die eigene Verwirrung, die er, ein 43-jähriger Mann, im Zusammenleben mit der Heranwachsenden empfunden hätte, verklärt. »Diese Augen und dieser Mund können nicht lügen«, las Sonnenberg mir vor, nachdem er das Buch aus einem Papierstoß herausgekramt hatte, und: »Diesen Frauen von Tahiti liegt allen die Liebe so sehr im Blut, ist so sehr ein Teil ihres Wesens, dass sie, eigennützig oder uneigennützig, immer Liebe ist.« Gauguin, bemerkte Sonnenberg, habe sich in einen Traum hineingezwungen, seine gesamte, durchaus großartige Kunst sei das Ergebnis einer romantischen Idealisierung der Wirklichkeit. Das Paradies sei als Sehnsucht in seinem Unbewussten vorhanden gewesen und habe ihn getrieben, es auch im Leben zu finden. Habe Stevenson in seinem Buch »In der Südsee« die persönlichen Aufzeichnungen seiner Wahrnehmungen zu einer fragmentarischen Beschreibung der Südsee-Inseln genutzt, so habe Gauguin Privates mit Mythologischem verbunden, um daraus einen Traum zu destillieren. Das sei ihm nur durch Übertreibungen und Weglassungen möglich gewesen. Stevenson hingegen habe das, was Gauguin übertrieben habe, eher verkleinert, und dem, was dieser unterschlagen habe, einen Platz eingeräumt. »Ich, der Mensch der Zivilisation«, las Sonnenberg wieder aus Gauguins Buch vor, »stand im Augenblick also weit unter den Wilden, die um mich herum ein glückliches Leben führten, an einem Ort, wo das Geld, das nicht von der Natur kommt, nicht zum Erwerb der lebensnotwendigen Dinge dienen kann, die die Natur hervorbringt.« Sonnenberg las stumm weiter und zitierte dann wieder: »Wilde, dieses Wort kam mir unvermeidlich auf die Lippen, wenn ich diese schwarzen Geschöpfe mit den Kannibalenzähnen betrachtete. Meine Nachbarn sind mir fast Freunde geworden. Ich kleide mich wie sie, ich esse wie sie. Wenn ich nicht arbeite, teile ich ihr Leben des Müßiggangs und der Freude, die sich plötzlich in tiefen Ernst verwandeln kann.« Gauguin schildere in »Noa Noa«, unterbrach Sonnenberg die Lektüre abermals, die Suche nach einem Rosenholzbaum in den Bergen für seine Schnitzarbeiten. Wie bei einer Initiation lasse er sich dabei von einem jungen Mann begleiten. Plötzlich habe er, schreibe Gauguin, in dem Jüngling eine schöne, begehrenswerte Frau gesehen. »Bei diesen nackten Völkern«, las Sonnenberg weiter, »ist, wie bei den Tieren, der Unterschied zwischen den Geschlechtern viel weniger augenfällig als in unseren Breiten.«

In der kurzen Pause, in der Sonnenberg wieder stumm las und seine Lippen dabei bewegte, wurde mir die drückende Atmosphäre des Zimmers im Grauen Haus erst richtig bewusst. Mir fiel ein, wie viele Häftlinge hier schon vorgeführt und in die Enge getrieben worden waren, und auch die Phrase »Wenn die Wände sprechen könnten«. Gleichzeitig empfand ich aber Neugier, einem solchen Verhör beizuwohnen, auch wenn ich mir das zuerst nicht eingestehen wollte.

»Hörst du mir überhaupt zu?«, fragte mich Sonnenberg laut. »Ich habe den Eindruck, du bist mit deinen

Gedanken ganz woanders!« Ich beteuerte, dass ich nur über alles nachgedacht hätte, was er mir gesagt habe, und wir schwiegen kurz, bis er seine Lesung aus »Noa Noa« über die homosexuellen Gefühle Gauguins fortsetzte: »Warum rief dieser Ausgleich der Unterschiede zwischen den Geschlechtern, der bei den ›Wilden‹ aus Mann und Frau ebenso sehr Freunde wie Liebende macht und von ihnen sogar die Kenntnis des Lasters fernhält, bei einem alten Kulturmenschen plötzlich eben dieses Laster hervor, mit dem furchtbaren Reiz des Neuen, des Unbekannten? Ich näherte mich mit tobenden Pulsen. Und wir waren beide allein. Ich hatte fast die Vorahnung eines Verbrechens …« Doch Gauguin habe, unterbrach sich Sonnenberg, seine Vorstellungen als Trugbild entlarvt und in einem pathetisch beschriebenen Akt schließlich einen Rosenholzbaum gefällt. »Und doch hätte ich mein Beil gern noch auf anderen Stämmen singen hören, als dieser am Boden lag«, las er weiter, »Dies glaubte ich mein Beil sagen hören, im Takt der hallenden Schläge:

Schlag den Wald bis zur Wurzel nieder,
Dessen Keim der Hauch des Todes in dir weckte,
  ehedem,
Zerstör' in dir die Liebe zu dir selbst,
Wie man im Herbst die Lotosblume bricht.

Zerstört war der alte Kulturmensch, tot von heute an! Ich wurde wiedergeboren, oder viel mehr, in mir begann ein reiner und starker Mensch zu leben. Dieser grausame Angriff würde das letzte Lebewohl an die Zivilisation, an das Böse gewesen sein. Die verderbten

Instinkte, die im Grunde aller dekadenten Seelen schlummern und die sich so erhitzt hatten, dass sie mit ihrem Schrecken selbst die wundervolle Klarheit des Lichts verblassen ließen, nach dem ich mich sehnte, gaben nun durch den Kontrast der gesunden Einfachheit des Lebens, deren Schüler ich schon war, einen unerhörten Zauber. Diese innere Prüfung war die Bewährung. Ich war jetzt ein anderer Mensch, ein Wilder, ein Maori.«

Selbstverständlich, erklärte Sonnenberg, habe Gauguin damit gemeint, auch ein besserer Mensch geworden zu sein, ein paradiesischer jedenfalls. Nach einer zweiten Initiation und mehreren Monaten der Schwermut sei er endlich reif für eine Geliebte geworden, schreibe Gauguin, sagte Sonnenberg, die ihm deren Mutter in seinem Haus zugeführt habe. Und wieder begann Sonnenberg laut zu lesen: »Nun begann das vollkommen glückliche Leben, gegründet auf die Sicherheit des morgigen Tages, auf gegenseitiges Vertrauen, auf die beiderseitige Gewissheit der Liebe. Ich hatte wieder zu arbeiten begonnen, und das Glück wohnte wieder in meinem Haus: Es erhob sich mit der Sonne, strahlend wie sie. Das Gold von Tehuras Antlitz überflutete das Innere der Hütte und die Landschaft ringsum mit Freude und Klarheit. Und wir waren beide so völlig einfach! ... Paradies Tahiti, nave nave fenua.« Bei einer Hochzeit habe Gauguin, sagte Sonnenberg, eine hundertjährige Großmutter beobachtet, und er las weiter: »Abschreckend in ihrer Hinfälligkeit, die durch die voll erhaltene Doppelreihe ihrer Menschenfresserzähne noch fürchterlicher wirkte.« Ihm sei auf ihrer Wange ein dunkles Mal aufgefallen, fuhr Sonnenberg fort, das ihn an die Schreibart eines lateinischen Buchstabens erinnerte, und er habe daraus geschlossen, dass es eines der Male der Ehrlosigkeit sei, mit denen Missionare in wütender Bekämpfung der Fleischeslust gewisse Frauen gebrandmarkt hätten. Das Mal sei, sagte Sonnenberg und las wieder laut, »das Zeugnis zwiefacher Ehrlosigkeit, sowohl der Rasse, die es erduldete, wie vor allem der Rasse, die es ihr aufzwang«. Nach ausführlichen Beschreibungen der Götterwelt der Maori habe Gauguin, erläuterte Sonnenberg, seine Erfahrungen beim Thunfischfang geschildert und den Wunsch seiner Geliebten Tehura, als er auf sie eifersüchtig gewesen sei, von ihm geschlagen zu werden. Er aber habe sie umarmt und die Worte Buddhas gesprochen, dass man durch Sanftheit die Heftigkeit, durch das Gute das Böse und durch die Wahrheit die Lüge besiegen müsse. Doch kurz darauf habe Gauguin festgehalten (Sonnenberg las jetzt wieder vor): »Ich muss nach Frankreich zurückkehren. Gebieterische Familienpflichten riefen mich heim. Leb wohl, gastfreundliche Erde, köstliche Erde, Heimat der Freiheit und der Schönheit! Ich scheide um zwei Jahre älter, um zwanzig Jahre jünger, barbarischer auch als bei meiner Ankunft, und doch wissender. Ja, die Wilden haben den alten Kulturmenschen viele Dinge gelehrt, diese Ungebildeten, viele Dinge vom Wissen um das Leben und von der Kunst, glücklich zu sein.« Dazu, so Sonnenberg, habe wohl auch der Abschied gehört. »Als ich die Landebrücke verließ«, setzte er die Lesung fort, »als wir das Meer gewannen, sah ich Tehura zum letzten Mal. Sie hatte mehrere Nächte hindurch geweint. Müde und immer noch traurig, hatte sie sich auf die Steine gesetzt, und ihre herabhängenden Beine berührten mit den breiten festen Füßen das salzige Wasser. Die Blume, die sie zuvor hinter dem Ohr getragen hatte, war in ihren Schoß gefallen, verwelkt.«

Tatsächlich hätte Gauguin, so Sonnenberg, 1892 Blut gespuckt und sei in das Krankenhaus Papeete eingeliefert worden. Als das mitgebrachte Geld aufgebraucht war, sei er 1893 nach Frankreich zurückgekehrt, die Reisekosten habe der französische Staat übernommen. Gauguin sei in die Zivilisation zurückgekehrt, die immerhin die Kultur der Ölgemälde, sagte Sonnenberg ironisch, hervorgebracht habe. Es sei schrecklich, wie sehr er jedes Mal in die Patsche gerate, habe Gauguin sich beklagt, sagte Sonnenberg, wenn er von Paris wegreise. Sei er in der Fremde, erhalte er kein Geld mehr, aber sobald er zurückkehre, finde er Mittel vor. Die wunderbaren Bilder Gauguins aus Tahiti seien allesamt großartige Malerei und Ausdruck seiner Sehnsucht nach dem Paradies, andererseits Trugbilder und exotischer Kulissenzauber. August Strindberg habe sich darüber in einem Brief an Gauguin geäußert, als dieser ihn um einen Artikel über sein Werk gebeten habe: »Herr Gauguin, sagte ich im Traum«, las Sonnenberg aus dem Nachwort des Buches vor, »Sie haben eine neue Erde und einen neuen Himmel geschaffen. Aber mir gefällt Ihre Schöpfung nicht.«

Der erhoffte große Erfolg für seine Bilder, die er aus Tahiti mitgebracht hatte, fuhr Sonnenberg fort, sei ausgeblieben, und Gauguin sei 1895 wieder nach Tahiti gefahren. Den Staat anzubetteln, habe er geschrieben, sei niemals seine Absicht. Sonnenberg blätterte in dem Buch, fand die Stelle endlich und las vor: »Alle meine

Kämpfe abseits vom Offiziellen, die Würde, die ich mir mein ganzes Leben beizubehalten die größte Mühe gab, verlieren von diesem Tage an ihren Wert, von diesem Tage an bin ich nur noch ein großmäuliger Intrigant. Aber hätte ich mich unterworfen – ja, dann säße ich im Glück … Ich will mein Leben hier in meiner ganz stillen Hütte beschließen – ach ja, ich bin ein großer Verbrecher. Sei's drum!« Der europäische Einfluss, unterbrach sich Sonnenberg, hatte in Papeete inzwischen zugenommen, die Elektrizität habe beispielsweise Einzug gehalten und langsam die Stadt erobert. Auch Tehura, seine Geliebte, hatte inzwischen geheiratet. Gauguin habe sich im Landesinneren eine Hütte gebaut und Briefe geschrieben, dass alle Nächte Mädchen sein Bett wie besessen überfielen. Seine neue Geliebte, Pahura, sei erst vierzehn Jahre alt gewesen. Vor der Abreise aus Paris hatte Gauguin sich jedoch mit Syphilis angesteckt gehabt, nun habe er, wie andere Europäer auch, diese Krankheit ohne Bedenken weitergegeben. Außerdem hätte er in Paris ein uneheliches Kind gezeugt, dem nun, ein Jahr später, auf Tahiti ein weiteres gefolgt sei. Er habe finanzielle Schwierigkeiten gehabt, und sein Gesundheitszustand habe sich fortlaufend verschlechtert. Seine Bilder aber hätten weiterhin in paradiesischen Farben geleuchtet. Die Nachricht vom Tod seiner Tochter in Kopenhagen habe ihn schwer getroffen. »Ich habe meine Tochter verloren, ich liebe Gott nicht mehr«, habe er geschrieben, und: »Ihr Grab ist nur Schein. In Wirklichkeit liegt sie bei mir.« Damit habe er, sagte Sonnenberg, wohl das Land seiner Phantasie gemeint. Nach einem Herzanfall habe er sein großartiges Bild »Woher kommen wir? Wer sind wir?

Wohin gehen wir?« gemalt und anschließend einen Selbstmordversuch mit Arsen unternommen. Man habe ihn zwar gerettet, doch sei er dadurch physisch weiter heruntergekommen und hätte sich mehrmals im Krankenhaus aufnehmen lassen müssen, ohne dafür bezahlen zu können. Er habe zwischendurch sogar eine Stelle als Zeichner beim Bauamt in Papeete angenommen, das habe allerdings seinen Hass noch vertieft. In den Zeitschriften, die er herausgegeben habe, »Le Sourire« (»Das Lächeln«) und »Guêpes« (»Wespen«), habe er Beamte der Kolonialverwaltung und Missionare geschmäht. Dazu sei gekommen, dass er zur Enthaltsamkeit gezwungen gewesen sei, da er mit seinem von einem Geschwür befallenen Bein und wegen seiner schlechten Verfassung nur noch wenig anziehend auf Mädchen gewirkt habe. Gauguin habe zudem bemerkt, dass seine Einbildungskraft auf Tahiti nachgelassen hatte. 1901 sei er auf Hiva Oa gezogen, die Haupt-Insel der französischen Kolonie der Marquesas. Dort habe er eine neue Geliebte gefunden, mit dem Namen Marie-Rose Vaeoho, sie sei vierzehn Jahre alt gewesen und habe von Gauguin ein Kind zur Welt gebracht. Zu dieser Zeit habe der Maler sich mit den Eingeborenen betrunken und mit den Missionaren bekriegt. Ein Pastor Vernier habe festgehalten, dass Gauguin wie ein echter Maori ausgesehen habe, mit farbigem Eingeborenenschurz um die Lenden und die Brust mit dem echt tahitischen Hemdchen bedeckt, die Füße fast immer nackt. Als Kopfbedeckung habe er eine Studentenmütze aus grünem Tuch mit einer Silberschnalle an der Seite getragen. Als er wegen Steuerhinterziehung angeklagt wurde, sei er in diesem Aufzug und auf Krücken vor

Gericht erschienen, wo er wegen seiner heftigen Zwischenrufe aus dem Raum hätte entfernt werden müssen. Er sei, habe Gauguin sich gerechtfertigt, ein Wilder und weigere sich deshalb, Steuern zu zahlen. Das Gerichtsurteil wegen Verleumdung und Steuerhinterziehung habe auf drei Monate Gefängnis und tausend Franc Geldstrafe gelautet. Gauguin sei aber inzwischen bettlägerig geworden und habe seine Schmerzen mit Morphium bekämpft. Am 8. Mai 1903 habe er, der wütende Gegner der Kirche, den Pastor rufen lassen. Kurz darauf sei er gestorben, ohne dass es ihm vergönnt gewesen sei, noch den Beifall zu vernehmen, den sein Werk allmählich in Europa hervorrief. Man habe ihn auf Hiva Oa begraben.

Inzwischen, fuhr Sonnenberg nach einer Pause fort, seien alle Inseln in der Südsee schon kolonialisiert gewesen, mit Ausnahme des Königreichs Tonga, das sich unter dem Schutz der Engländer die Selbstverwaltung gesichert habe. Die Besitzverhältnisse hätten sich aber nach dem Ersten Weltkrieg geändert. Im Zweiten Weltkrieg sei es in den Gewässern um die Salomon-Inseln zu blutigen Kämpfen gekommen. 1962 sei dann mit West-Samoa der erste Staat der Südsee selbständig geworden. Vom Paradies seien allerdings nur Tourismus-Enklaven und unbewohnte Inseln übrig geblieben. Frankreich habe seine Kolonien Französisch-Polynesien, Neu-Kaledonien sowie Wallis und Futuna behalten, Pitcairn sei britisch geblieben und die Oster-Inseln eine Kolonie von Chile geworden. Die USA, Großbritannien und Frankreich hätten in der südpazifischen Region in einem Zeitraum von vierzig Jahren über 250 Atomtests in der Atmosphäre oder unterirdisch durchgeführt und teilweise die Inselbewohner als Versuchskaninchen benutzt.* Die Südsee-Inseln, so Sonnenberg weiter, seien nur ein Beispiel. Er erinnere, sagte er ernst, an das Wüten von Cortés und seinen Spaniern unter den Azteken, an das Schicksal der nordamerikanischen Indianer nach ihrer Entdeckung durch Columbus oder an den Handel mit afrikanischen Sklaven. Und immer hätten das Christentum und seine Missionare eine verhängnisvolle Rolle gespielt.

Während seiner Schlussworte war Sonnenberg aufgestanden, hatte die Bücher wieder im Schreibtisch verstaut und seinen Mantel angezogen. Mir waren während seines Vortrags viele Nebengedanken durch den Kopf gegangen, vor allem, wie weit seine Arbeit als Untersuchungsrichter seine Denkweise beeinflusst hatte, aber ich hütete mich, meine Eindrücke auszusprechen, da ich eine Fortsetzung seines Rededrangs befürchtete, dem ich mich nicht mehr weiter aussetzen wollte.

Auf der Straße vor dem Grauen Haus verabschiedete ich mich, und dabei stellte ich ihm doch noch eine Frage. Ich wollte wissen, ob er Kontakt mit Jenner hätte. Sonnenberg antwortete, er habe mit ihm einige Partien Schach gespielt ... Aber jetzt? Er zog die Augenbrauen fragend hoch. »Weißt du nicht, dass er ein Mörder ist?« Es war leichthin gesagt, aber es erinnerte mich an meinen alten Verdacht, den Gartner zum Verstummen gebracht hatte.

An diesem Abend las ich unter dem Eindruck von

---

* Frankreich hat diese Versuche erst 1996, also nach meinem Gespräch mit Sonnenberg, eingestellt.

Sonnenbergs Monolog wieder Edgar Allan Poes phantastischen Reisebericht, »Die seltsamen Erlebnisse des Arthur Gordon Pym aus Nantucket«, in dem ich alle Schrecknisse wiederfand, von denen mein Freund in unserem Gespräch berichtet hatte.

Langsam scheiden

Ich hatte die Anstalt in Gugging schon mehrmals aufgesucht, bevor Franz Lindner in das »Haus der Künstler« aufgenommen worden war. Zuerst hatte ich Ernst Herbeck, den Dichter, kennengelernt. Ich hielt danach in der Geschichte »Langsam scheiden« meine Eindrücke von ihm fest. Herbeck hieß für die Öffentlichkeit zu dieser Zeit noch Alexander Herbrich – mit Rücksicht auf seine Verwandten hatte man ihm sogar seinen Namen genommen. Und das »Haus der Künstler« gab es noch nicht. Ich schrieb:

Als ich das Niederösterreichische Krankenhaus für Psychiatrie und Neurologie in Gugging bei Klosterneuburg betrat, stand ein schmutziger Leichenwagen vor einem der Gebäude, und vor dem Pförtnerhaus kehrten Insassen in Anstaltskleidung den Asphaltweg. Eine Patientin mit wirren Haaren sprang neugierig hoch, um über den Rand der Milchglasscheibe in den Leichenwagen zu sehen. Sie schaute mich an, wie man jemanden anschaut, den man zu einem Gespräch auffordern möchte.

Alexander/Herbeck wartete vor dem grünen Pavillon, in dem sich die geschlossene Männerabteilung befindet. Nachdem Primarius Navratil uns miteinander bekannt gemacht hatte, gingen wir in den Anstaltspark, wo wir uns auf eine Bank setzten. Vor zehn Jahren hatte ich das erste Gedicht von Alexander gelesen, es hieß »Der Morgen« und war in »Schizophrenie und Sprache« abgedruckt. Ich hatte es in mein Notizbuch geschrieben. Es lautete:

Im Herbst da reiht der Feenwind
Da sich im Schnee die
Mähnen treffen.
Amseln pfeifen heer
Im Wind und fressen.

Mir fiel auf, dass Alexander seine Linke hielt, als trage er einen imaginären Spazierstock. Er starrte vor sich auf den Kiesweg und sprach stockend und leise, und ich betrachtete ihn jetzt genauer. Er war klein, aber sein Kopf war groß, und das Gesicht sah müde und alt aus und ähnelte einem Fisch. Er hatte eine Hasenscharte, die er durch den gesenkten Kopf zu verbergen suchte, sie war schlecht operiert und schien ihn zu bedrücken. Von Anfang an machte er einen abwesenden, linkischen Eindruck. Wenn er durch eine meiner Fragen betroffen war, schob er den Unterkiefer, der ohnedies nach vorne stand, weil ihm oben und unten die Vorderzähne fehlten, weiter vor und ließ ihn kraftlos fallen, so dass sein Mund weit offen stand und man die großen, gelben Zähne an den Seiten sah.

Unser Gespräch war nur ein Fragen und Antworten. Ich fragte, er antwortete. Er sprach kaum einmal aus eigenem Antrieb. Er wartete auf meine Fragen, starrte vor sich auf den Kies. Er trug keine Anstaltskleidung, sondern einen grauen, schmutzigen Anzug. Er war stolz darauf. Die meisten Patienten haben nicht einmal eine eigene Kleidung. Man hatte mir gesagt, dass er gerne rauche; ich bot ihm eine Zigarette an, und er sagte zu meiner Überraschung, er rauche nicht mehr.

Vom Teich, vor dem wir saßen, erhob sich ab und zu flatternd und schäumend eine Ente, und ich sah den wenigen, müde spazierenden Patienten nach, die an uns vorbeigingen. Ich fragte ihn, was ihm am meisten fehle, und er sagte, die Freiheit.

Er starrte vor sich auf den Kiesweg, und sein Unterkiefer klappte herunter, und seine Hände zitterten. Ein Patient, groß, stark, kam vorbei und bat mich um eine Zigarette. Ein anderer mit Anzug und Weste, Schnurrbart, rauchte Pfeife und setzte sich auf die Bank gegenüber.

Oft machte er Pausen zwischen den Sätzen, als müsse er sich überwinden zu sprechen, als tauchten Erinnerungen in ihm auf, die ihn erschreckten und die er abwehren musste, bevor er weitersprechen konnte. Manchmal verweigerte er eine Antwort. Er konnte schweigen, wie jemand mit einer Antwort sich Respekt verschaffen kann, aber dann zitterten seine Hände so stark, dass ich das Bedürfnis hatte, ihn zu berühren.

Ich las ihm sein erstes Gedicht »Der Morgen« vor, er hörte aufmerksam zu und antwortete auf meine Frage, dass er sich daran erinnern könne, und ließ wieder den Unterkiefer fallen. Ich gab ihm Zeit und fragte ihn dann, ob er jetzt ein Gedicht schreiben könne, mit dem Titel »Alexander«.

»Nein.«

Ich hielt ihm das Notizbuch hin und redete ihm zu, es zu versuchen, und er schrieb in Kurrentschrift:

Alexander
In der Schule war ich froh
In der Klasse war ich immer so
Gelernt habe ich sehr viel
Zu Hause und in zivil Alexander

Auch ein zweites und drittes Gedicht mit den Titeln »Der Besuch« und »Sommer« schrieb er folgsam.

Er dachte immer ein wenig nach, ließ sich Zeit, aber es machte nicht den Eindruck von Mühsamkeit. Die Hände, die er zuvor nervös gerieben hatte, zitterten jetzt nicht mehr, sondern hielten ruhig den Bleistift.

Auch Johann Hauser, ein einundfünfzigjähriger Maler, der weder lesen noch schreiben kann – er ist im selben Pavillon wie Alexander / Herbeck untergebracht –, antwortete auf die Frage, was ihm am meisten fehle: »Die Freiheit fehlt mir am meisten. Den ganzen Tag muss ich studieren, studieren, nachstudieren muss ich den ganzen Tag.«

Mit Primarius Navratil und Hauser ging ich zuerst in die Bastelstube. In der Küche saß ein Patient in Anstaltskleidung, gebückt, trübsinnig mit zurückgekämmtem Haar neben der metallenen Kaffeekanne, aus der es dampfte. Von der Decke hing ein brauner Fliegenfänger, auf dem tote Fliegen klebten. Im Nebenraum saßen fünf Männer vor den Basteltischen, alle in Anstaltskleidung.

Ein kleiner Alter mit Adlernase und vorstehendem Kinn machte sich an den Primarius heran. Sein Oberkörper war so eingefallen, dass das schlotternde Hemd zwischen den Knöpfen geöffnet und sein Bauch, weißrosa, zu sehen war. Er beschwerte sich umständlich und kaum vernehmbar. Irgendetwas war mit einer Tasche los. Navratil: »Wo ist sie jetzt, die Tasche?« Patient: »Im Bett unter der Matratze.«

In der Anstalt gibt es zu wenige Kästen, kaum irgendwo gibt es einen Platz, an dem die Patienten ihr persönliches Eigentum aufbewahren können. Die Kleider müssen am Abend auf einen Wagen gelegt werden und werden am Morgen wieder zurückgegeben. Persönliches Eigentum wird oft mutwillig beschädigt. Und natürlich wird auch gestohlen, wenngleich das Problem besteht, wo man das gestohlene Gut verstecken kann, sofern es nicht essbar oder zum Rauchen bestimmt ist. Ich habe kaum Nachtkästchen gesehen. »Der Patient würde einen Kasten brauchen«, sagt Primarius Navratil zum Pfleger. Der nickt nachdenklich. Pause. Und wir gehen wieder hinaus. Die Männer, die sich von ihren Plätzen erhoben hatten, schauten uns nach. Auf den Tischen lagen geflochtene Körbe, schmiedeeiserne Lampen, Bilderrahmen, und davor standen die Männer und schauten uns noch immer fragend und stolz an. Hauser kam uns aus einem Winkel über den Hof nachgelaufen, ungelenk, mit eckigen Bewegungen.

Er war mürrisch. Ich hatte eine Stunde zuvor mit ihm gesprochen, und er hatte Verwünschungen und Drohungen ausgestoßen, dass ihm weißer Speichel auf die Lippen getreten war. Zweimal hatte er zu schimpfen aufgehört und lautlos geweint. Dann war er plötzlich mit seinem Mund ganz nahe an mein Ohr herangekommen und hatte mir zugeflüstert, dass man ihn habe umbringen wollen, hier. Er wisse, wer das war. Er starrte mich Zustimmung fordernd an. – In dieser Atmosphäre hatten wir mit der Besichtigung begonnen, und Hausers Zustand war inzwischen nicht besser geworden. Auf jede Frage oder Anregung winkte er verächtlich ab und zog die Unterlippe nach unten. Außerdem blieb er einige Schritte hinter uns und brütete die meiste Zeit vor sich hin.

Plötzlich nahm Navratil seinen weißen Mantel von der Schulter und hängte ihn Hauser um. Von da ab kämpfte Hauser mit dem Drang, fortlaufend zu lächeln. Er machte ein ernstes Gesicht, aber es verzog seinen Mund, sobald man Notiz von ihm nahm und ihn mit Herr Doktor oder Primar ansprach. Er durfte den Ausbildungsraum aufsperren und das zukünftige Kaffeezimmer, das voll war mit Bildern von Patienten.

Am Geländer eines Stegs, der zu dem Haus führt, lehnten Patienten und schauten einem Caterpillar zu, der Erde für ein neues Gebäude aushob. Hauser, der bis jetzt mit dem weißen Mantel herumstolziert war, musste den Mantel wieder ausziehen, da die anderen Patienten sonst eifersüchtig würden. Er tat es widerspruchslos und fiel in seine alte Stimmung zurück. Auf dem Steg stand ein Dicker mit Schildkappe und einer riesigen, adernzerfurchten Nase, die aussah wie ein seltsames hypertrophisches Riechorgan. Andere, an deren Gesicht man fast durchwegs eine Störung erkennen konnte.

Wir gingen durch den überfüllten Speiseraum, und der Oberpfleger zeigte uns einen Schlafsaal mit zwanzig weißen Betten, sehr sauber, geschrubbter Bretterboden, rot-weiß karierte Bettwäsche.

Die Sonne fiel durch große Fenster, als sei sie besorgt,

Wärme und Licht zu verbreiten. Die Habseligkeiten der Patienten waren hinter einem blauen Vorhang vor dem Schlafraum untergebracht. Hinter dem Vorhang befand sich ein schmales Brett in Kniehöhe, auf dem Hüte lagen und Taschen und Hemden, einiges hing an Mauerhaken an der Wand, aber im Großen und Ganzen gab es keinen Platz. In den Aufenthaltsräumen wieder Fliegenfänger, die honigfarben und melancholisch von der Decke hingen und auf deren Papier tote Fliegen klebten. Ich wechselte mit einigen Patienten ein paar Worte, aber ich fühlte mich beschämt, hier eingedrungen zu sein und eine Besichtigung zu machen. Zum ersten Mal dachte ich, dass das Wort »Eindruck« stimmt. Was ich sah, hat etwas in mir eingedrückt. Als wir hinausgingen, bemerkte ich den bleichen, runzligen, mageren Alten in Anstaltskleidung, der schon habt acht gestanden war, als wir eingetreten waren.

Hauser trottete hinter uns her, in seinem Gesicht spiegelte sich Verachtung. Er verachtete die Kranken, die Räume, die Pfleger. Es hatte den Eindruck, als wolle er sagen: Mir könnt ihr nichts vormachen, ihr fallt darauf herein, ich jedoch weiß, was wirklich geschieht, wie es hier wirklich ist.

Zuletzt die geschlossene Abteilung. Im Gang lungerten scharenweise Patienten. Es gab verschlossene, neugierige, argwöhnische, traurige, leblose Gesichter. Einer kam auf uns zu, entsetzt, empört, in der Hand hielt er einen schönen, dunkelbraunen Filzhut, der an der Krempe dreimal durchstochen war und am Kopfteil einen langen Schnitt aufwies. Er hält uns nur den Hut hin, erniedrigt durch seine Wehrlosigkeit. Ob er einen Verdacht habe? – Nein, das sei schon der dritte Hut!

Man habe ihm schon drei Hüte »zerschnitten«. Navratil: »Na, brauchen Sie denn einen Hut?« Patient: »Ja, die Sonne, ich muss ihn aufsetzen.« Navratil: »Es ist ja nicht so viel Sonne da ...« Patient ab.

Wir treten in das Zimmer des Malers Prinz. Er ist siebzig Jahre alt, seit fast 35 Jahren hospitalisiert, er ist klein, zart, trägt einen Dostojewskijbart.

Früher war er Fleischhauer. Auf einem seiner architektonischen Bilder hat er neben einem mit Lineal gezeichneten Gebäude Statuen, Vögel, Ornamente und Menschen mit Fahnen gemalt, die Fahnen mit Hakenkreuzen, alles sehr merkwürdig. Ich fragte ihn nach den Hakenkreuzen. Das sei nur ein kulturelles Symbol, sagte er nebenbei und kommt sofort auf seine Arbeiten zu sprechen. Es ist nicht ganz klar, was er will, aber offensichtlich handelt es sich um Baupläne, um Entwürfe, die er für Gugging zeichnet und bei irgendeiner Architekturstelle einreichen will. Er erklärt mir ganz verwickelt und kompliziert, wie das Haus architektonisch aufgebaut sei, vor allem, was sich hinter den Mauern befinde, und das Labyrinth dahinter wird in der Erklärung auch zu einem sprachlichen Labyrinth. Der Primar schlägt ihm vor, mir eine der Zeichnungen zu verkaufen, aber Prinz ist über den Wunsch bestürzt. Er braucht die Arbeiten ja für sein Projekt. Seine Absage ist eine halbe Bitte, aber er ist entschlossen, sich zu behaupten.

Navratil: »Aber Sie brauchen ja Geld. Sie brauchen ja immer Geld.« Prinz (ganz verschämt): »Nein, die Bilder kann ich nicht hergeben, Herr Primar. Sehen Sie, das ist so eine Arbeit!« Navratil: »Aber dann kommen Sie wieder zu mir, wenn Sie Geld brauchen. Sie bekommen hundert Schilling für das Bild.« Prinz (verschämt):

»Nein, Herr Primar« – und er fängt wieder an, das Labyrinth zu erklären.

Ich gebe ihm das Geld. Prinz nahm es nebenbei und legte es auf den Tisch.

Ich sagte ihm, er solle darauf aufpassen, doch für ihn war Geld jetzt nebensächlich. Er wollte das Labyrinth erklären, das er nicht gezeichnet hatte, das hinter den Mauern der Gebäude verborgen war.

Ich sah aus dem Fenster in den Anstaltspark und dachte an Alexander. Alles an ihm hatte eine schwermütige Empfindsamkeit ausgedrückt. Selbst seine gestörte, leise Aussprache hatte etwas Würdevolles gehabt. Ein starker Körpergeruch war von ihm ausgegangen, und als ich mich zu ihm hinuntergebeugt hatte, hatte ich in seinem Ohr einen feinen weißen Belag wie Wachs gesehen. Aber es hatte mich nicht vor ihm geekelt; er hatte sich durch jede Erniedrigung, durch jede Demütigung etwas bewahrt, das ihm seine Würde zu behaupten half. Auch wenn er beim Gehen seine Hände leicht nach vorne gestreckt und nach oben zur lockeren Faust geballt hielt, als trage er eine Schürze, verlor er nichts von seiner stillen Würde.

Am Nachmittag war der Park voll gewesen mit Anstaltsangehörigen. Einige trugen große Schildmützen und Brillen wie Bertolt Brecht auf einem Foto. Eine Frau in einem roten Kleid, dick, klein, einen Sonnenhut aus Stroh auf dem Kopf, eine Strohtasche in der Hand, kam, uns prüfend ansehend, näher. Wir saßen vor einem gelben Tisch auf einer buntgestrichenen Bank. Ich hatte Alexander gefragt, wie er sich die Zukunft vorstelle. Er hatte lange nachgedacht, dann hatte er resigniert die Hände zusammenfallen lassen. Er bewegte stumm den offenen Mund. Eine Zeitlang antwortete er nur mit »Ja« und »Nein«. »Möchten Sie eine Frau?« – »Ja.« – »Mögen Sie Kinder?« – »Nein.« – »Was denken Sie über die Liebe?« – »Gar nichts.« Ich hatte den Eindruck, dass wir am Nullpunkt angelangt waren. Die große Trauerweide am Teichufer rauschte, und die Topfpalmen im Gras bewegten sich im Wind. Ich fragte ihn aufs Geratewohl nach Kindheitseindrücken, und zu meiner Überraschung erzählte er eine kleine Geschichte von einem Hochwasser, das er erlebt hatte, und einem Seiltänzer mit Namen Strohschneider, der in Stockerau ein Seil vom Rathaus bis zum nächsten Gebäude gespannt hatte und mit einer Stange über das Seil balanciert sei. Ich bot ihm eine Zigarette an, und diesmal nahm er sie, ohne zu zögern. Ob er etwas besitzen möchte? – »Einen Renault«, sagte er. Er zündete sich die Zigarette an und schaute mich kurz an. Ob er Angst vor dem Tod habe? – »Nein«, antwortete er mit Bestimmtheit. Nach dem Tod käme die Wiederauferstehung, die sei »ein schwacher Lichtschimmer«. Ich fragte ihn daraufhin, wen er liebe. »Niemanden«, sagte er ruhig. Und wer ihn liebe? – Auch niemand … Was er glaube, dass die Menschen über ihn dächten, die außerhalb der Anstalt leben. – Die würden schimpfen über ihn. – Ja, warum? – Sie würden sagen, er sei ein Trottel … Um ihn abzulenken, fragte ich ihn daraufhin, was er den Leuten, die seine Gedichte lesen, sagen möchte, worauf sie besonders achten sollten. – »Der Anfang und der Schluss sind das Wichtigste.« – »Und was dazwischen ist?« – Könne man sich ja leicht vorstellen.

Eine Biene summte um seinen Kopf, und er ließ es geschehen. Ob er jemanden hasse? – Nein. – Auch in der Erinnerung, aus der Vergangenheit niemanden? – Nein. – Ob er manchmal singe? – Zu Weihnachten, da singe er »Stille Nacht, heilige Nacht«. – Ob er es mir vorsingen wolle? – Er tut es, ohne zu zögern. Er singt leise und starrt den Kies an. Er singt die ganze erste Strophe. Ich sitze mit einem Mann auf der Bank, der Gedichte geschrieben hat, die zum Schönsten zählen, was die österreichische Lyrik in der Gegenwart hervorgebracht hat, es ist Sommer, und er singt »Stille Nacht, heilige Nacht« für mich. Einmal hat er geschrieben: »Alexander ist ein Prophet des Mittelalters, der es ermöglicht, Gottes Vers zu ebnen. – Landen in der See des Südens Italia.« Ich frage ihn nach seinen Träumen, ob er sich an einen Traum erinnern könne? – Nein. – Und dann, nach einer Pause, erzählt er, ein Kollege habe drei Steine in der Hand gehalten, auf der Schmierseife war. Er sei mit dem rechten Zeigefinger darübergefahren, und da sei er aufgewacht.

Er hat sich über die Tischplatte gebeugt, und sein Gesicht ist nun vom reflektierenden Gelb der Platte beschienen. Er sieht aus wie ein trauriger, weiser Chinese. »Die ist besonders schön, die gelbe Farbe«, sagt er auf einmal. Und dann nichts mehr. Die Farbe Blau habe er verehrt, antwortet er auf meine Frage, welche Farbe ihm besonders gefalle. Er schreibt jetzt wieder zwei Gedichte in mein Notizbuch, nachdem ich ihn dazu aufgefordert habe. Eines mit dem Titel »Der Pfirsich«, ein zweites mit dem Titel »Gelb«. Es sind einfache, kindliche Gedichte ohne Bedeutung, aber vielleicht ist dies seine einzige Möglichkeit, Widerwillen gegen die Aufforderung auszudrücken. Ich frage ihn, ob er sich mehr Besuch wünsche, und er antwortet, das könne er nicht sagen. Ein abgefallenes Blatt fliegt über den Tisch, auf dem noch Pfützen vom gestrigen Regen liegen. Das Blatt taumelt vorbei, wird aufgewirbelt, fällt vor seine Füße. Als ich ihn frage, ob er etwas zum Gedicht »Der Pfirsich« dazuschreiben wolle, sagt er entschieden: »Es ist fertig.« Wir sprechen dann noch eine halbe Stunde über das Leben in der Anstalt, und er antwortet mir stets willig, aber ohne Anzeichen von Anteilnahme. Wieder fliegt ein Blatt über unsere Köpfe. Ich mache ihn darauf aufmerksam und sage: »Blatt ist ein schönes Wort.« Er nickt. Und ich frage ihn, welche Wörter er schön fände. »Sonne«, sagt er nachdenklich. »Sterne ... Die Nacht ... Die Uhr.«

Er drückt die Zigarette aus und behält den Stumpen in der Hand. Nach einiger Zeit steckt er den Stumpen in sein Uhrtäschchen, schnell und auf eine überraschende Weise gewandt, als habe er eine große Übung im Verbergen. Ohne es zu wollen, muss ich aber meine Aufmerksamkeit verraten haben, denn er wendet betreten den Kopf zur Seite, als er meinen Blick auffängt.

Ich: »Die Uhr ist ein schönes Wort. Vielleicht haben Sie Lust, darüber zu schreiben?« Alexander: »Es gibt aber verschiedene Uhren.« Ich: »Schreiben Sie über Ihre eigene Uhr.« Er nimmt das Notizbuch, denkt nach, legt den Bleistift weg. »Da weiß ich aber nichts«, sagt er. Ich: »Oder über die Sterne.« Wieder nimmt er das Notizbuch, den Bleistift. Denkt nach. Legt den Bleistift weg. »Da weiß ich auch nichts«, sagt er wieder.

Ein Gewitter kommt auf, der Wind wird stärker, und hinter den Bäumen ist der Himmel schon schwarz. Ich bemerke jetzt, wie müde er schon ist, und wir stehen auf und gehen zurück. Er trägt, klein und vom Leben mitgenommen, die große Plastiktasche in der Hand. Die Haare nach hinten gekämmt. Den Unterkiefer vorgeschoben. Er geht mit gesenktem Kopf bis zum Anstaltsgebäude, ohne links und rechts zu schauen. Dort läutet er an der Tür, hinter der er eingesperrt ist, wartet, bis ein Pfleger sie öffnet, und verschwindet dann in der Dunkelheit des Ganges.

Ein Gedicht von ihm lautet:

Ein bisserl aufpassen und
langsam scheiden. So ist
das möchte ich haben. Ja
so schneiden.

Das Haus der Künstler I

Bald darauf war, auf Initiative von Primarius Navratil, das »Haus der Künstler« eröffnet worden, in dem außer Hauser, Herbeck und Prinz noch der Schriftsteller Edmund Mach und die Maler Franz Kernbeis, August Walla, Johann Hauser, Arnold Koller, Philipp Schöpke, Johann Garber, Johann Fischer, Oswald Tschirtner, Franz Kamlander und Johann Korec lebten. Die schöpferische Innenwelt, schrieb ich damals, »gehöre« in der westlichen Zivilisation nicht nur der Kunst, den Wissenschaften, der Religion, sondern vor allem der Psychologie und Psychiatrie. Sie werde somit auch dem Krankhaften, dem Entarteten gleichgesetzt. Das Schöpferische stelle die Welt, wie sie ist, in Frage. Die Geisteskrankheit des »normalen« Menschen hingegen sei die Gleichgültigkeit; für die Gleichgültigkeit stelle das Schöpferische eine Belästigung, unter Umständen eine Bedrohung dar. Vor allem die Individualisierung des Einzelnen durch schöpferische Gedanken wecke Misstrauen. Da bei »Geisteskranken« die Anschauung der Dinge nicht in dem Maße vorgeprägt sei wie bei sogenannten »Normalen«, sondern subjektiv verwandelt, würden ihre künstlerischen Äußerungen – besonders die der künstlerisch begabten – große Originalität und starke Aussagekraft aufweisen. Immer sei in den Werken »geisteskranker Künstler« das Existentielle spürbar, selbst dort, wo es um die scheinbar verschlüsselten oder gar unsinnigsten Bild- oder Wortfindungen gehe. Die Werke seien naiv im Sinn von unschuldig. Die auf vielen Bildern dargestellte Sexualität sei weder anziehend noch abstoßend – sie habe magischen Charakter. Die Mischung aus Unschuld und Verrücktheit, aus Wahn und Sinn gebe dem gewöhnlichsten Ereignis seine Einzigartigkeit (zurück). Alles werde mit dem Staunen und der Verwirrung des Überraschten gesehen. Es seien Gedankenbilder, keine Produkte einer Nachahmung der Wirklichkeit. Aber unschwer könnten wir in den Bildern eigene Erfahrungen, Wünsche, Ängste wiedererkennen. In Zeiten großer Einsamkeit, Verzweiflung und Angst könne sich die Welt zusammenziehen oder ausdehnen und dadurch ein anderes Aussehen annehmen. »Plötzlich steht ein Stuhl wie ein Arm auf vier Beinen vor uns«, schrieb ich. »Oder wir spüren, nur wenn wir zum Himmel aufschauen, ohne Übergang unsere Verlorenheit. Es kann auch für Sekundenbruchteile sein, dass die rote Brotdose sich öffnet und mit spitzen Zähnen zubeißt. Auch dann sind wir bei uns.«

Das Haus der Künstler II

Ich besuchte Lindner das erste Mal im »Haus der Künstler« zusammen mit Paul Eck, den ich zufällig am Heldenplatz getroffen hatte und der mich sogleich begleiten wollte. (Als wir die Allee hinauf zum Gebäude entlangfuhren, vorbei an der Kinderstation, ahnte ich nicht, dass ich hier auch einmal von Sonnenberg Abschied nehmen würde, obwohl er mir bei unserer letzten Begegnung schon verändert vorgekommen war: Wieder hatte er mich bis Mitternacht mit einem Wortschwall zugedeckt, und diesmal war es um Schach und die Verrücktheiten großer Weltmeister gegangen. Ich hatte mich gefragt, welcher Art seine Sexualität sei, war jedoch zu keinem Ergebnis gekommen – möglicherweise lebte er wie ein Mönch. Auch sein Aussehen war verändert. An den Schläfen hatten sich kahle Stellen gebildet, so dass er begonnen hatte, sie zu rasieren, wodurch er dem Schauspieler Gert Voss als Richard III. ähnelte. Zwischendurch, wenn er von den Verrücktheiten Murphys sprach, lachte er, um gleich darauf in eine Art belehrenden Ernst zu verfallen. Dann wiederholte er Sätze wortwörtlich oder machte lange quälende Pausen, die ich mir nicht erklären konnte, wobei er den Eindruck erweckte, den Faden verloren zu haben, denn er fragte mich dann, wo wir stehengeblieben seien. Als würde er sich zugleich darüber amüsieren, lächelte er und starrte das überfüllte Aktenregal an. Er müsse merkwürdig auf seine Kollegen wirken, dachte ich mir. Übrigens trifft man solche Menschen am häufigsten auf dem Land und unter Beamten, wo ihnen durch die Umstände – die einen bleiben oft ihr Leben lang im Elternhaus, die anderen sind bis zu ihrer Pensionierung unkündbar – ein großes Maß an Nachsicht entgegengebracht wird.)

Paul Eck verschwand mit seinem Medikamentenmuster-Koffer im Zimmer von Primarius Navratil, und ich wartete im Flur auf die Schwester, die mich zu Lindner begleiten würde. Stattdessen erschien ein Arzt, der ein künstliches Auge hatte, wie ich sogleich sah, und der mir bekannt vorkam. Während ich den Gang entlangging und überlegte, woher ich meinen Begleiter kannte, warf ich einen Blick auf sein Namensschild und las »Dr. Pollanzy« – sogleich fiel mir ein, wo ich ihn zum letzten Mal gesehen hatte: Es war in der Anstalt Feldhof bei Graz, und Dr. Pollanzy war der Arzt gewesen, der das Völkerkundebuch auf seinem Tisch liegen gehabt hatte. Damals hatte er noch beide Augen besessen. Was war geschehen? Ich sagte aber nichts und betrat Lindners Zimmer, das er mit Arnold Koller teilte, einem dicken Patienten mit einem roten Damenhut, dessen Krempe hinuntergebogen war, so dass dieser aussah wie ein zu großer Robin-Hood-Hut. Eine Hühnerfeder steckte an der Seite im Filz, und die Kopfbedeckung verstärkte den Eindruck, vor einem großen Kind zu sitzen. Wie immer grinste Koller, wenn er sich beobachtet glaubte, so als wisse er etwas, was ich nicht wüsste. Ging man darauf ein, tat er geheimnisvoll und versuchte sich in Anspielungen, die zusammenhanglos waren und daher unsinnig erschienen. Einmal hatte ich ihn im Park gesehen – im selben Aufzug, mit einem Kinderschwert aus Plastik im Hosenbund und so sehr in ein Selbstgespräch vertieft, dass er mich gar nicht bemerkte, obwohl ich ihn gegrüßt hatte. Diesmal strahlte er mich geradezu an, sprang auf und wieselte trotz seines beträchtlichen Körpergewichts an mir vorbei, wahrscheinlich in das Aufenthaltszimmer.

Lindner saß an einem Tisch, der vor dem Fenster stand, und schrieb. Als er uns hatte eintreten hören, hatte er den Kopf gehoben und das Schreiben unterbrochen, wie ein Vogel, der aufhört, Körner vom Boden aufzupicken, und lauscht, weil er ein verdächtiges Geräusch gehört hat. Ich hatte ihm einen Band über die Geschichte der Bienen und Imker mitgebracht, mit Abbildungen, die vom Alten Ägypten über Griechenland, das Mittelalter, die napoleonische Zeit bis zur Gegenwart reichten. Im Stehen beobachtete ich ihn, wie er den Titel las und die Neugier in ihm erwachte. Zuerst wollte er das Buch beiseiteschieben, dann aber konnte er nicht anders, als es aufzuschlagen und darin zu blättern. Ich las nur Unruhe in seinem Gesicht. Rasch schlug er das Buch wieder zu, schob es ein wenig zur Seite und schaute durch das Fenster hinaus.

»Er ist nicht gut beisammen«, murmelte Dr. Pollanzy, »er bekommt jetzt Medikamente.« Eine Weile standen wir regungslos vor dem stummen Lindner.

Gespräch im Palmenhauscafé

Ich sah Dr. Pollanzy kurz darauf im Palmenhauscafé wieder. Ich hatte eine Periode der Schlaflosigkeit und trieb mich nachts in verschiedenen Lokalen herum, und es war eher zufällig gewesen, dass ich das Café betreten hatte. Er war gerade aus der Staatsoper gekommen, wie er mir sagte, und hatte das Bedürfnis, mit jemandem zu reden. Sofort sprach er mich auf meine Bücher an. Er tat gerade so, als seien wir miteinander vertraut. Ohne Umschweife erzählte er mir, dass er bei einem Autounfall seine Frau und ein Auge verloren habe. Im Laufe des Abends erfuhr ich seine ganze Lebensgeschichte, dass sein Vater Direktor des Völkerkunde-Museums in Wien gewesen war und dass er selbst in der Kunst der Primitiven den Schlüssel zum Unbewussten erkannt habe. Er fragte mich aus, was mich an den Geisteskranken interessierte und weshalb ich das »Haus der Künstler« aufsuchte, aber das war eigentlich nichts Besonderes, denn Maler wie Arnulf Rainer, Peter Pongratz und Franz Ringel oder Schriftsteller wie Ernst Jandl, Friederike Mayröcker und Gert Jonke gehörten damals zu den Besuchern. Nebenbei erfuhr ich, dass Sonnenberg »wegen schizophrener Schübe« bei ihm in Behandlung sei und dass er selbst oft im Palmenhauscafé verkehrte. Er arbeitete nur fallweise im »Haus der Künstler«, in der Hauptsache aber »unten« in der Anstalt.

Das Haus der Künstler III

Wenn ich das »Haus der Künstler« betrat, besuchte ich nicht nur Lindner, sondern auch alle anderen Patienten. August Walla hatte sein Zimmer vom Fußboden bis zur Decke mit seinen mythologischen Figuren bemalt. Diesseits und Jenseits verwoben sich darin zu einer unauflöslichen Einheit. Oft saß ich mit ihm in diesem verwirrenden Raum und sah ihm beim Zeichnen und Malen zu. Zumeist lief der Fernsehapparat, dessen Programme, ganz gleich worum es sich handelte, ihn anregten. Auch Johann Fischer ließ sich von mir nicht stören, wenn er im Aufenthaltsraum am Tisch saß und seine Schrift-Zeichen-Bilder mit großer Akribie malte. Nur Franz Lindner blieb geheimnisvoll.

Einmal, als ich wieder den berühmten Brueghel-Saal im Kunsthistorischen Museum besichtigt und mir ein umfangreiches Buch über den flämischen Maler gekauft hatte, fuhr ich mit einem Journalisten der »Presse« nach Gugging und suchte im »Haus der Künstler« Franz Lindner auf, während sich der Journalist im Gebäude umsah. Abermals saß Franz am Tisch vor dem Fenster und zeichnete, doch legte er das Blatt rasch zur Seite, als ich neben ihm Platz nahm. Ich weiß nicht mehr, wie lange wir in die Betrachtung des von Walla bemalten Pavillons vor dem Fenster versunken waren, aber schließlich hielt ich es nicht mehr aus, und ich fragte Lindner, ob Jenner ihn häufig besuche. Ich bat ihn, mit dem Kopf zu nicken, wenn das der Fall sei. Da er darauf nicht reagierte, gab ich ihm zu verstehen, dass ich ihm helfen wolle, falls er sich von Jenner bedrängt fühle. Er rührte sich nicht, sondern starrte nur auf das Bienenbuch »Ihr Name ist Apis«, das auf dem Tisch lag. Ich wechselte das Thema, schlug das Buch auf, und wir betrachteten die »Stuppacher Madonna« von Grünewald. Ich las laut, dass die Bienenkörbe, die im Hintergrund der Marienfigur gemalt waren, Symbole für die Unschuld und die unbefleckte Empfängnis seien, weil man damals noch geglaubt habe, dass die Bienenkönigin aus der Natur heraus, ohne Geschlechtsverkehr, Eier lege. (Wie einige Zeit früher auch bei Sonnenberg, dachte ich in diesem Augenblick an Lindners Sexualität, und ich vermutete, dass er sie versteckt und in aller Eile und Einsamkeit ausleben musste.) Erst Karl von Frisch habe bewiesen, las ich weiter, dass die Königin in der Luft durch mehrere Drohnen – die dabei ihr Leben verlören, da ihre Geschlechtsteile ausrissen – besamt werde.

Ich blätterte zurück zu den alten Ägyptern, die Leichen in Honig legten, um sie zu mumifizieren, und die geglaubt hatten, Bienen würden aus den heiligen Stieren geboren, und wieder nach vorn zu Pieter Brueghels d. Ä. Federzeichnung »Die Bienenzüchter«. Darunter stand: »Honig war der wichtigste Süßstoff zur damaligen Zeit. Bienenvölker wurden im Herbst ausgeräuchert, im Frühjahr fingen die Bauern sich neue Völker.«

Die Federzeichnung stellte drei mit Masken vermummte Gestalten dar, die Schutzmäntel trugen und große, kegelförmige Bienenkörbe bearbeiteten. Es sah aus, als seien Wesen von einem anderen Stern auf der Erde gelandet. Auf einem Baum, mit dem Rücken zum Betrachter, kletterte ein junger Mann. Mir fiel ein, dass sich in der Nylontasche, die ich bei mir hatte, das Buch über Pieter Brueghel befand. Ich holte es heraus, suchte das Bild und las vor, was darunterstand: »Das Wichtignehmen des Individuums, das mit der Renaissance begann, passte nicht in Brueghels künstlerisches Konzept. Eher das Gegenteil ist der Fall: Oft hatte er in seinen Zeichnungen und Gemälden die Gesichter verdeckt und damit die Figuren als Individuum unkenntlich gemacht, bei ›Die Bienenzüchter‹ gewinnt man den Eindruck, dass es gerade die zur Schau gestellte Anonymität war, die Brueghel gereizt hat.« Ich warf einen Blick auf Franz Lindner und begriff sofort, dass er alles verstanden hatte. »Lindner ist nicht verrückt«, schoss es mir durch den Kopf, »Sonnenberg ist verrückt und in Freiheit, Lindner ist nicht verrückt und im Irrenhaus.« Alles an ihm war »normal«, er reagierte auf jeden Satz, auf jedes Wort, und ich war mir sicher, dass er sich nur vor dem Leben versteckte. Aber weshalb? (Inzwischen weiß ich, dass es mehrere Gründe dafür gab, der entscheidende war der gewesen, dass sein Vater, wie Gartner es einmal angedeutet hatte, zur Wachmannschaft des KZs in Dachau gehört hatte.)

Bei diesem Besuch im Haus der Künstler war ich von der Idee eingenommen, Lindner zum Sprechen zu bringen, ihm wenigstens ein Wort zu entlocken. Er beugte sich über mein Buch und fing langsam zu blättern an.

Ich wertete das als einen Erfolg. Eindringlich betrachtete er den »Kindermord zu Bethlehem« und dann den »Turmbau zu Babel«. Ich fragte ihn, ob er das Bild kenne, aber er fuhr fort, es zu betrachten, ohne auf meine Frage einzugehen. Ich sagte ihm, dass das Bild im Kunsthistorischen Museum in Wien hänge und dass ich es heute Vormittag gesehen hätte. Ich würde, wenn er wolle, mit ihm dorthin gehen. Ich wusste, dass dies schwierig sein würde, doch wollte ich zumindest den Versuch unternehmen, ihn aus der Reserve zu locken. Er hob den Kopf und schaute mich neugierig an. Ich spürte, dass ich noch einen Schritt weitergekommen war in dem Versuch, Kontakt mit ihm aufzunehmen. Er blickte wieder das Bild an, lehnte sich jetzt aber zurück, als erwarte er, dass ich jetzt weiterblättere, und ich tat ihm den Gefallen. Wir betrachteten jetzt die Feder- und Pinselzeichnung »Die großen Fische fressen die kleinen«. Ein Mann mit tief ins Gesicht gezogener Hutkrempe klettert über eine Leiter auf einen monströsen Fisch, während ein anderer mit dem Rücken zum Betrachter, ein riesiges Messer in der Hand, den Bauch des Tieres aufschlitzt, aus dem kleine Fische, die wiederum noch kleinere im Maul haben, herausgleiten. Lindner beugte sich angespannt über das Bild, aber er hatte sich gleich darauf wieder in der Hand, drehte sich mir zu und blickte mir in die Augen. Ich wertete das als ersten Kontakt und blätterte weiter zu den »Jägern im Schnee«, das er offensichtlich bewunderte, zum »Blindensturz«, das fünf in einen Graben fallende blinde Bettler zeigt und das ihn erschreckte, und rasch zu »Der Bauer und der Vogeldieb«, das ihn nicht interessierte – ebenso wenig wie »Die Heuernte«. Ich befürchtete schon, den Kontakt zu ihm zu verlieren, als ich »Die niederländischen Sprichwörter« aufschlug. Eine Doppelseite war der Deutung des Wimmelbildes gewidmet, und ich las Lindner zu jeder Figurenkombination das Gedruckte vor. Insgesamt waren 118 Sprichwörter verzeichnet, die auf dem Bild dargestellt waren, aber nach sieben oder acht ermüdete Lindner. Ich dachte schon, wir seien ans Ende gekommen, als ich das Brueghel zugeschriebene Bild »Der Überfall« aufschlug. In diesem Augenblick geschah etwas Seltsames: Lindner drehte sich blitzschnell um und zeigte auf die Tür. Ich folgte seinem Blick und sah gerade noch, wie sie geschlossen wurde. Vermutlich, ging es mir durch den Kopf, hatte ein Pfleger nachgesehen, ob alles in Ordnung sei, und Lindner hatte mich darauf hinweisen wollen, dass wir beobachtet würden. Bedeutete das, dass er bereit war, den Kontakt mit mir fortzusetzen? Jedenfalls hatte er mich gewarnt, das allein war schon eine Form von Kontakt gewesen, sagte ich mir. Nach einem Moment der Erstarrung, aus der er, befürchtete ich, sich vielleicht nicht mehr würde lösen können, zeigte er aber mit dem Finger auf eine bestimmte Stelle des Bildes, und als ich genauer hinsah, erkannte ich, dass es der Fuß eines Räubers war, der eine Frau trat.

An dieser Stelle ist es unumgänglich, das Bild zu beschreiben. Die Urheberschaft von Pieter Brueghel d. Ä. ist übrigens umstritten, entweder wird es für die Kopie eines verschollenen Meisterwerks gehalten oder überhaupt anderen Malern zugeordnet. Das Gemälde stammt aus der zweiten Hälfte des 16. Jahrhunderts, 1567 oder 1572, die Jahreszahl der Signatur ist schlecht lesbar, alles in allem günstige Voraussetzungen für ei-

nen Gelehrtenstreit. Unabhängig davon ist es ein eindringlich gemalter Albtraum. In einer flachen, öden Moorlandschaft am Rand eines Gehölzes überfallen drei Straßenräuber, die aussehen wie marodierende Soldaten und mit Lanzen, Schwert und Pistole bewaffnet sind, ein Bauernpaar. Ganz in der Nähe und auf der linken Seite des Bildes steht, verdeckt von Bäumen, ein Mann Wache, man entdeckt ihn erst, wenn man das Bild lange genug betrachtet. Der Räuber im Vordergrund auf der rechten Seite hat einen künstlichen Unterarm ohne Hand. Er hat eine Ledertasche an sich gerissen, die er mit der Prothese an sich drückt, die Linke umklammert ein Paar Schuhe. Der Räuber in der Mitte macht einen betrunkenen Eindruck. Er hält in einer Hand die Pistole, mit der anderen reißt er dem barhäuptigen Bauern, dessen Gesicht Entsetzen ausdrückt, den Geldbeutel vom Hals, während der dritte den Bauern mit seiner Lanze bedroht. Die Frau, die ein Kopftuch trägt, ist auf die Knie gefallen und hält die Hände flehentlich gefaltet, der Tritt, der sie trifft, wird sie zu Boden werfen. Die Szene könnte aus einem Film von Ingmar Bergman stammen. Franz Lindners Finger, der zuerst auf die Frau wies, wanderte zum Gesicht des Bauern und zuletzt zu dem winzigen Räuber, der in der Ferne Wache hält.

Plötzlich richtete Franz sich auf und schob das Buch von sich. Es half nichts, dass ich darin blätterte und auf ein anderes Bild zeigte: Er erhob sich von seinem Stuhl, holte – ohne mich anzusehen – eine Zeichnung aus einem weiß gestrichenen Kasten und legte sie vor mich auf den Tisch. Ich sah sofort, dass sie unfertig war. Sie stellte eine tote Frau dar, die aussah wie eine Ertrunkene neben einem Teich, herumstehende Gendarmen und einen Mann, der sich hinter einem Gebüsch versteckte und die Szene beobachtete. Das Gesicht des Unbekannten war kaum zu erkennen, und ich fragte Lindner, ob die Gestalt Alois Jenner sei. Auch ich war inzwischen aufgestanden und bemühte mich, während ich mit ihm sprach, in seine Augen zu schauen. Ich war mir sicher, dass er mir eine Antwort geben würde, denn er öffnete die Lippen, um gleich darauf eine Grimasse zu schneiden und hinter mich zu zeigen. In der Tür stand diesmal der Primar, offenbar wollte er wissen, was ich mit Lindner vorhatte. Nie mehr sollte ich Franz Lindner so nahe kommen.

Wieder auf dem Gang, bat ich Dr. Navratil um eine Unterredung. Ich hatte sofort das Misstrauen gespürt, das er mir jetzt entgegenbrachte. Er war, wie ich aus meinen vorherigen Besuchen wusste, ein Mensch, der andere durch seinen Blick und sein Mienenspiel, seine Strenge und Langsamkeit auf Distanz hielt. Es gab gewiss nur wenige, die diese Distanz zu durchbrechen vermochten. Und was, fragte ich mich, war dahinter? Navratil war noch ganz einer der Götter in Weiß, wie sie damals überall anzutreffen waren: selbstbewusst und apodiktisch. Ich hatte den Brueghel-Katalog auf Lindners Tisch absichtlich liegengelassen und informierte den Primarius darüber. Er nahm in seinem Zimmer hinter dem Schreibtisch Platz, wies mir den Stuhl, der für seine Patienten gedacht war, zu und behandelte mich – vermutlich aus Gewohnheit – auch so. Mein Geschenk für Lindner fand nach kurzem Nachdenken seine Zustimmung. Mir fiel nichts anderes ein, als ihn zu fragen, ob Jenner noch häufig auf Besuch komme, und er nickte. Als ich versuchte, meine Zweifel anzumelden, ob Jenner auch der richtige Vormund für Lindner sei, unterbrach er mich, ich solle ihm jetzt nicht mit den alten Geschichten von Jenners Prozess kommen. »Ich bin kein Richter«, stellte er kategorisch fest. »Ich kenne alle Vorwürfe, die man ihm macht, ich habe auch schon die Zeichnungen von Lindner analysiert, sie haben mit dem Patienten selbst zu tun, es sind seine eigenen Phantasien, die zum Vorschein kommen! ... Es ist wahr, Lindner zeichnet häufig Brände und Morde. Wenn er einen Täter darstellt, trägt dieser fast immer ein Brille wie Dr. Jenner, sein Jugendfreund. Ich bin der Ansicht, dass Lindner sich mit seinen Zeichnungen an Jenner für seine Einweisung rächt. Er hat auf dem Papier ja auch schon Gugging in Flammen aufgehen lassen und mich selbst als Primarius dabei nicht verschont. Das bin ich gewohnt ... In meinem Beruf zieht man die Aggressionen seiner Patienten auf sich. Ich zweifle an der Diagnose Schizophrenie, aber ich finde derzeit keine Alternative.«

Ich fühlte mich überrumpelt und entgegnete, dass ich einen Freund hätte, der Untersuchungsrichter am Grauen Haus sei und Zugang zu Gerichtsakten habe – auch er halte Jenner – «

»Sonnenberg?«, unterbrach mich Navratil. Er kenne ihn persönlich ... Er spreche nicht über kranke Menschen, das müsse mir genügen –

Ich wurde wütend, und Navratil spürte, dass er zu weit gegangen war, aber natürlich wäre es ihm niemals eingefallen, etwas zurückzunehmen, vielmehr hatte ich den Eindruck, dass es ihm Genugtuung bereitete, mich vor den Kopf gestoßen zu haben. Plötzlich bot er mir jedoch an, mir Lindners Zeichnungen und Schriften, die im Keller, in einem Archiv lagerten, zu zeigen, und ich vergaß über meiner Neugier allen Ärger und stimmte zu.

Auf diese Weise konnte ich neuerlich in Franz Lindners Welt Einblick nehmen, lange bevor er in Spanien, wohin Dr. Pollanzy ihn auf einen Kongress mitgenommen hatte, verschwand und dann in einer einsamen Hütte auf dem Land tot aufgefunden wurde.

Über all das habe ich geschrieben, aber ich hielt mich, wie gesagt, an keine Chronologie und ging mit den Berichten und Menschen, die in meinen Büchern zu Figuren wurden, nach meinem Gutdünken um, ohne dass ich aber den Kern der Wahrheit verändert hätte.

Archive

Sobald ich nach Wien kam, versuchte ich im Staatsarchiv Akten über die nationalsozialistische Vergangenheit meiner Eltern zu finden, doch wurde mir bedeutet, dass ich dazu deren schriftliche Erlaubnis benötigte. Ich durfte dann erst nach ihrem Tod Einsicht nehmen, aber inzwischen hatte ich schon eine Leidenschaft für Archive entwickelt: Das k. k. Hofkammer-Archiv, in dem Grillparzer zwischen Hunderten von Findbüchern sein »Wohnzimmer« hatte, das Dokumentationszentrum des österreichischen Widerstands, das Wiesenthal-Archiv, später das Archiv der Israelitischen Kultusgemeinde und natürlich die Staatsarchive beschäftigten mich von da an in Gedanken. Ich stellte mir vor, wie im Traum in ein Gehirn einzutreten und nach vergessenen Erinnerungen zu suchen. Mir fiel dazu David Teniers' d. J. Ölbild »Die Gemäldesammlung des Erzherzogs Leopold Wilhelm« ein, das den Herrscher und seinen Hofmaler inmitten seiner Bildersammlung zeigt. Im Hintergrund hat Teniers mehr als drei Dutzend der Werke, von denen sich heute der Großteil im Kunsthistorischen Museum befindet, verkleinert kopiert: von Giorgiones »Die drei Philosophen« bis zu Tizians »Das Veilchen«. Ein Archiv ist, dachte ich mir, ein solcher mit Bildern und Daten vollgeräumter Raum, ein Erinnerungsraum also, in dem sich Vergessenes und Verschwiegenes erhalten hat, ein Labyrinth aus Namen, Schicksalen, Daten, Ereignissen, die oft scheinbar zusammenhanglos sind, aber doch unsichtbare Verbindungsgänge aufweisen.

Der Friedhof des Großen Vaterländischen Papierkriegs

Der Archivdirektor des Haus-, Hof- und Staatsarchivs, Hofrat Leopold Auer, ist ein typischer österreichischer Staatsbeamter »vom alten Schlag« – vornehm, distinguiert, fast möchte man sagen »adelig«. In seinem feinen, schon etwas abgetragenen englischen Sakko und Krawatte, einen Regenschirm in der Hand, erteilt er zurückhaltend und abgeklärt Auskünfte, während wir das Gebäude zunächst von außen in Augenschein nehmen. »Jedes Archiv«, sagte der Archivdirektor, »besteht aus zwei mehr oder weniger untrennbaren Teilen, dem »Gehäuse«, also dem Gebäude, und andererseits aus den darin untergebrachten Beständen, den Urkunden und Dokumenten. Das heutige Haus-, Hof- und Staatsarchiv gehe auf das »geheime Hausarchiv« der Habsburger zurück, dessen Bestände bis ins Spätmittelalter zurückreichten. Das Archiv sei 1749 von Maria Theresia gegründet und in der Hofburg untergebracht worden, wo die Bestände 150 Jahre verblieben seien. Durch das enorme Anwachsen des Archivbestands im 19. Jahrhundert sei jedoch ein Neubau notwendig geworden, der an die ursprüngliche »Geheime Hof- und Staatskanzlei«, das heutige Bundeskanzleramt, ein Gebäude des Barockarchitekten Johann Lucas von Hildebrandt, angeschlossen worden sei. Das 1899 bis 1902 erbaute Archiv, vor dem wir stünden, gleiche eher einem barocken Palais als einem Archivbau vom Beginn des 20. Jahrhunderts und sei im Stil des Historismus, wie so vieles in Wien, erbaut worden. Seine größte Länge betrage 66 Meter, die Höhe von der Kellersohle bis zum Dachfirst 35 Meter. Wir standen noch eine Weile vor dem Gebäude, die Gassen waren unbelebt, obwohl es helllichter Tag war, und begaben uns dann in das Direktionszimmer.

Im Vorraum hing über die ganze Wand bis zur Decke der »Arbor Monarchica«, der Stammbaum aller Monarchien seit Erschaffung der Welt, bis hinauf zu Kaiser Leopold I. Das Bild besteht aus mehreren zusammengesetzten kolorierten Kupferstichen und hat das Aussehen eines skizzierten Baumstamms mit Blättern, die mit Hunderten Namen und Daten beschriftet sind. Eigentlich soll das im Jahr 1698 von Wolfgang Praemer geschaffene, die Weltmacht repräsentierende Symbol einen blühenden Baum darstellen, mir machte es jedoch eher einen winterlichen Eindruck. Die Blätter, weiß von Frost, füllen das Bild bis zum Rahmen hin aus, nur in der linken unteren Ecke sind, halb verdeckt von einem Stuhl, zwei Engel zu erkennen, die eine beschriebene Urkunde vor sich hertragen.

Wir treten, bedeutet uns das sakrale Werk, in eine vergangene Welt ein, in ein vergessenes Denken. Die Zeit hat hier einen Weiheort gefunden. Sie hat nicht nur auf dem Bild Spuren hinterlassen, in Form der dichtgedrängten weißen Blätter, die wie die Pfotenabdrücke unbekannter Amphibien- oder Insektenwesen aussehen, sondern vor allem in den Tausenden und Abertausenden beschriebenen Papierblättern der hier lagernden Dokumente, den eigentlichen Reliquien der Zeit.

Im Direktionszimmer von Hofrat Leopold Auer befanden wir uns vollends in der Biedermeierzeit des 19. Jahrhunderts. An den Wänden hingen Ölportraits von Maria Theresia als Witwe, ihrem Sohn Joseph II., Kaiser Karl dem Letzten sowie zwei weiteren, mir unbekannten Herren, die der Direktor als »Staatskanzler

Kaunitz« beziehungsweise als »Staatssekretär und ersten Archivdirektor Bartenstein« bezeichnete. Ein großer Glasluster hing von der Decke, und durch die hohen Fenster kam viel Licht in den Raum. Das auffälligste Möbelstück war ein dreiteiliger Schrank in Form eines flachen, überdimensionalen bischöflichen Beichtstuhls mit verglasten Türen, die in kleine Fenster unterteilt waren. Im Inneren des Schranks, der trotz der pompösen Machart nicht wuchtig wirkte, herrschte die pedantischste Ordnung: aufeinandergestapelte Akten und Broschüren, aufgestellte Bücher. In der Mitte des Raums ein langer Tisch mit zehn Stühlen, teilweise mit Akten bedeckt. An den Wänden überfüllte Aktenregale, eine Kommode mit einer kleinen Statuette, vielleicht Kaiser Franz Stephans von Lothringen, und ein Kruzifix. Ferner in einer Ecke eine Sitzbank mit Tischchen und Stühlen, auf denen sich ebenfalls Akten stapelten, ein mit Akten überhäufter Schreibtisch mit Computer und davor auf dem Boden Schachteln, bis zum Rand voll mit beschriebenem Papier. Hinter dem Schreibtisch ein alter, reichverzierter Paravent, der das Waschbecken und die gefliese Wand verdecken sollte, doch ein schmaler Rand der weißen Kacheln war noch sichtbar. Der Raum mit seinem großen Perserteppich, dachte ich, hätte das Amtszimmer eines Bischofs sein können, und ich ernannte insgeheim den Hofrat zum Bischof der vergangenen Zeit.

In welche Akten ich Einsicht nehmen wolle, fragte er mich, und ich antwortete, ohne lange nachzudenken: in die allerletzte. Es war, wie ich erfuhr und später sah, eine Urkunde Papst Benedikts XIV., und sie betraf die Besetzung des Bischofsstuhls von Hvar am 14. September 1918, zwei Monate vor dem Ende der Monarchie in

Österreich. Die erste, so der Hofrat, sei eine Urkunde aus dem Jahr 816, also 1100 Jahre älter, und sie betreffe die Verleihung von Immunitätsrechten an das Erzbistum Salzburg durch Kaiser Ludwig den Frommen. Das Haus-, Hof- und Staatsarchiv verfüge, klärte mich der Direktor auf, über 250 000 »archivalische Einheiten«, also Urkunden, Faszikel und Bände, sowie über eine »Archivfachbibliothek« von etwa 110 000 Bänden. Mit diesen Worten erhob er sich von seinem Stuhl und führte mich in den »Knochenschädel des Archivs«, wie er sagte, »die elfgeschossige Eisenkonstruktion des Innenraums«. Sie sei übrigens von derselben Firma, einer Brückenbauanstalt, die auch das Palmenhaus in Schönbrunn gebaut habe, entworfen und ausgeführt worden – im Glauben an die Feuersicherheit des Materials. »In 1248 Boxen«, fuhr er fort, »sind die Urkunden aufbewahrt«, und begab sich mit mir auf eine Zeitreise. Er sperrte eine reichverzierte, schmiedeeiserne Tür von weißer Farbe auf, dahinter standen mehr als zwei Meter hohe beleuchtete weiße Vitrinen aus Eisen, die mit ihren Glasfenstern aussahen wie Aquarien und wertvolle Schaustücke beinhalteten.

Von innen konnte ich den eigenartigen Magazintrakt genau betrachten. Er besteht aus einem Eisengerüst, das Gitterträger bilden, die sich über die gesamte Höhe des Gebäudes erstrecken, und aus horizontalen Gitterrosten als den Böden der einzelnen Geschosse. Ich sah durch die Gitterroste, auf denen ich ging, aber nicht hinauf bis zur Decke, da auf den Ebenen 6 und 9 aus Gründen des Brandschutzes ein massiver Boden eingezogen ist. Aber auch so war es ein seltsames Vergnügen, durch die Eisenroste nach oben oder unten in andere beleuchtete

Magazinräume zu blicken. Als Liebhaber und Bewunderer aller Arten von der Natur ausgebildeter Skelette kam ich auf meine Kosten. Die Leidenschaft für Skelette entstand beim Studium der menschlichen Knochen mit allen ihren Besonderheiten, kleinen Erhebungen, Ausbuchtungen und Fortsätzen für das »Knochenkolloquium« im ersten Semester meines Medizinstudiums, noch dazu durfte ich mir dabei die lateinische Nomenklatur einprägen. Ich dachte im Staatsarchiv an die 24 menschlichen Rippen, an die Wirbelsäule, an das Skelett eines Wals, einer Krähe, einer Schildkröte, einer Schlange, eines Fisches und zuletzt an das eines Sauriers – dann aber kam mir ein anderer Vergleich in den Sinn: Ich glaubte mich in eine riesige, verlassene Nautilus-Muschel mit ihren unzähligen Luftkammern versetzt und zuletzt in das Unterseeboot des Kapitän Nemo aus »20 000 Meilen unter dem Meer« von Jules Verne, mit dem wir in die verschwundene Zeit eintauchten. Durch die Glasscheiben der beleuchteten Vitrinen sahen wir ihre Relikte im Meer des Vergessens: wertvolle Urkunden, Dokumente, Siegel, die mir der Hofrat dezent nahebrachte, aber meine Aufmerksamkeit war noch ganz gefangen von der fremden Umgebung, in der ich mich befand. Zugegeben, es war ein romantisches Gefühl, doch schämte ich mich nicht dafür, weiß ich doch um die oft ungewöhnlichen und skurrilen Bilder meiner Einbildungskraft. In der zweiten und dritten Etage blickte ich durch den Gitterrost hinunter zu den Archivaren, die in grauen Arbeitskitteln vor den Eisenregalen standen und nach katalogisierten Papieren suchten. Ich sah ihre Schuhsohlen über meinem Kopf oder blickte auf ihr Haar, ihre Glatzen und Ohren. Schon in der zweiten Etage stehen übrigens anstelle der einsamen Vitrinen eiserne Regale mit beschrifteten Kartons und gebundene Aktenbücher. Auf unzähligen braunen Schachteln las ich »Ks.-Belgrad«, darunter eine Zahl und wiederum darunter eine weitere, komplizierte Registriernummer, »Ks.-Barcelona« oder »Cs.-Athen« und auf weiteren Kartons die Aufschriften »Todesfälle«, »Vermählungen« oder »Staaten-Italien« und »Staaten-Japan«. Die Gänge sahen aus wie in Gefängnissen: Gitterrost oben und unten und links und rechts eine Reihe weiß gestrichener, verzierter, schmiedeeiserner Türen, die zu den Zellen mit beiderseits weißen Eisenregalen führten, darin Hunderte Kartons mit Tausenden Papieren, welche man mit Hilfe von Registern findet und herausnimmt und so erfährt, was irgendwo auf der Welt zu einem bestimmten Zeitpunkt beschlossen und gewünscht, gesagt oder getan wurde oder sich ereignete. Die schmiedeeisernen Türen wiesen Messingknöpfe mit Schnecken- und Blütenornamenten auf und dazu passende Messingschlösser. Oben verdichteten sich die Gitter zu einem Muster aus Pavillons und stilisierten Pflanzen. Wir befanden uns nicht in einem Gefängnis, begriff ich, sondern in einer Schatzkammer, in der auch das geringste Detail sorgfältig geplant war – der Schatzkammer der vergangenen Zeit. Die Regale mit 1248 eisernen Boxen ließen an einen Urnenfriedhof mit der Asche »kostbarer« Verstorbener denken: Fürsten, Feldherren, Geistesgrößen. Die Seitenteile jedes Regals waren reich koloriert und mit römischen und arabischen Zahlen nummeriert: Löwenkopf und Löwenfell, ein aufgeschlagenes Buch, umwunden mit der Ordenskette des Goldenen Vlieses, die Initialen »Franz Joseph« mit

Lorbeerkranz, eine Muschel, zu ihren Seiten je ein Delphin und Lorbeerzweige. Auf einem Schild, dem sich Regalnummerierung und Geschossnummer entnehmen ließ, waren in kleinen Rundmedaillons Dreizack und Arche Noah dargestellt. Im übertragenen Sinn, erklärte Hofrat Auer, sei damit vielleicht das »wild bewegte Meer der Zeit« gemeint. Denn die Arche Noah sei als Vorbild für das Archiv anzusehen, beide würden Schutz vor den drohenden Gefahren bieten. Es sei »das feste Haus, das alles Bedrohte« auffange und bewahre. Im sechsten Stock, in dem die Bestände des »geheimen Hausarchivs« gelagert waren, trugen die doppelflügeligen Gittertüren die Kaiserkrone und wieder die Initialen Kaiser Franz Josephs mit Lorbeerzweigen. An den Wänden entdeckte ich schmalere Stellagen, deren Stirnseiten, wie der Hofrat ausführte, Klio, die Muse der Geschichtsschreibung, zeigten, »mit ihren Attributen Urkundenrolle, Feder und Bleistift«. Die Geschosse V und VIII waren zwecks Feuersicherheit mit selbstschließenden eisernen Türen versehen. Und der Hofrat wies mich jetzt auf den gepanzerten Aufzug »für die Archivalienförderung« hin. Aus Gründen der Luftzirkulation waren die Regalwände durchbrochen und mit künstlerisch perforierten Blechen verkleidet. Zwischen den Aktengerüsten und den Fensterwänden, erfuhr ich weiter und sah es sogleich, waren eiserne Tischchen angebracht, auf denen entnommene Akten eingesehen werden konnten. Hell klangen unsere Schritte auf den Gitterrosten, während wir das Archiv abgingen. Die Diplomatensprache, erläuterte Direktor Auer inzwischen, sei in erster Linie Italienisch gewesen, aber auch Latein. Die Dokumente wiederum seien bis ins 18. Jahrhundert auf

Ungarisch, Spanisch und Latein abgefasst gewesen, später erst auf Französisch und Deutsch.

Das Familienarchiv der Habsburger, erfuhr ich sodann, sei bis heute nicht frei zugänglich, die Boxen, in denen es aufbewahrt werde, seien versperrt. Im Haus-, Hof- und Staatsarchiv seien, so der Direktor, die »Reichsarchive aufbewahrt, vor allem die der Reichshofkanzlei, die Akten der Diplomatie und Außenpolitik bis 1918, darunter die Geheime Staatsregistratur, die Staatskanzlei, die Große Korrespondenz, die Kriegsakten und die Collection Diplomatique«. Ferner die Habsburg-Lothringischen Hausarchive sowie »Urkundenreihen«, »Siegelabguss- und Typensammlungen«, eine Handschriftensammlung, Länderabteilungen wie Klosterakten und außerdem Sonderbestände: eine Plan- und Kartensammlung, eine Partezettelsammlung und ein Mikrofilm- und Fotoarchiv. Eine Besonderheit, fuhr Hofrat Auer fort, während wir eine eiserne Wendeltreppe hinunterstiegen, sei das »Archivio di Stato di Venezia«. 1866, bevor Venedig von den Österreichern wieder abgetreten worden sei, habe man große Teile des Archivs nach Wien gebracht. Nach dem Friedensschluss sei es wieder nach Venedig zurückgegeben worden – mit Ausnahme der Berichte der Gesandten des Kaiserhofs, da seien die Originale in Wien geblieben und Abschriften nach Venedig gegangen. Nach dem Ersten Weltkrieg hätte Österreich tauschen müssen und nur die Abschriften behalten dürfen, während die Originale nach Venedig gebracht worden seien. Italienische Zeitschriften hätten getitelt: Il Ritorno della Memoria*. In

---

* dt. Die Rückkehr der Erinnerung

den Regalen 28 und 29 im Geschoss IV fanden wir unter
»Venedig – Innere Belange« im Karton 11 Aufzeichnungen in Lateinisch und Italienisch zur Galeeren-Schlacht
bei Lepanto, an der der Dichter des »Don Quijote«, Cervantes Saavedra, 1571 mit seinem Bruder Rodrigo auf
Seiten Flanderns, Spaniens und Venedigs unter dem
Feldherrn Don Juan d'Austria, dem Halbbruder des
spanischen Königs Philipp II., gegen die Türken teilgenommen hatte und zweimal – an der Brust sowie an der
linken Hand – verwundet worden war, die für immer
verstümmelt blieb. Die Akten waren »wie gestochen«
geschrieben. Manche Stapel lagen leicht gewellt vor
uns, geformt vom Meer der Zeit. Sie ließen mich an die
Flügel eines mythologischen Wesens denken, das im Archiv gestrandet war und in seinem Gefieder die Geschichte seiner Herkunft bewahrte. Wir gingen an Reihen in Pergament gebundener Bücher vorbei, die in
großen schwarzen Ziffern mit Jahreszahlen beschriftet
waren: »1771« las ich, »1772 ... 1779«. Oben in der Kuppel waren verschiedenfarbige leere Kartons aufgeschlichtet für spätere »Aufbewahrungen«: leere Särge
für die Toten des Großen Vaterländischen Papierkriegs.
Neonbalken erhellten das archivarische Sarglager. Ich
entdeckte darin aber auch alte Aktenstapel, die mit
Spagat zusammengeschnürt waren, blau gebundene
Bücher mit stark gewellten Seiten oder Folianten mit Ledereinbänden, reich verziert und aufsteigend nummeriert – vermutlich Karteileichen ohne Wert für die Wissenschaft.

Immer wieder blieben wir stehen, und der Hofrat
zeigte mir Besonderheiten, von denen ich einige in Erinnerung behalten habe, ohne dass ich angeben könnte,

wo und wann ich sie zu Gesicht bekommen habe: die »Cose particulari«* genannten Papiere mit geheimen Aufzeichnungen des späteren Kaisers Leopold II. aus den Sammelbänden des Familienarchivs, auf Italienisch verfasst und im Jahr 1784 geschrieben. Leopold habe darin, erklärte der Direktor, in wenig schmeichelhafter Weise die Persönlichkeit seines Bruders, des damaligen Kaisers Joseph II., geschildert. Oder eine aus Spielkarten gefertigte, bewegliche Guillotine, die von der Polizei beim bürgerlichen Fischhändler Lorenz Saurer auf der Wieden 1794 beschlagnahmt worden sei. Im Zusammenhang mit der sogenannten »Jakobinerverschwörung«, die im Juli 1794 in Wien entdeckt worden sei, fuhr der Hofrat fort, habe die Polizei zahlreiche Hausdurchsuchungen durchgeführt. Damals sei in Wien der Platzoberleutnant Franz von Hebenstreit hingerichtet und viele andere zu langjährigen Festungsstrafen verurteilt worden. Oder ein »Stammbaum« der Jakobinerverschwörung in Ungarn. Das Bild, so Direktor Auer, zeige den Abt Martinovics als Baumstamm, die von ihm eingesetzten Direktoren als Hauptäste und die von den Direktoren Angeworbenen als Seitenäste. Martinovics, die vier Direktoren und zwei weitere Verschwörer seien in Budapest enthauptet worden ... Weiters ein Handschreiben vom 12. April 1814 des Kaisers Franz II. an Metternich, über die Notwendigkeit, Napoleon – damals immerhin noch sein Schwiegersohn und Vater seines Enkels, des späteren Herzogs von Reichstadt – soweit als möglich von Europas politischer Bühne fernzuhalten: »Hauptsache ist«, las der Direktor vor, »den

---

* dt. Besondere Angelegenheiten

Napoleon aus Frankreich, und wollte Gott weit weg zu bringen ... Die Insel Elba ist mir nicht recht ...« Oder ein Dokument über eine Bücherverbrennung aus dem Jahr 1817 bei einem »großen Burschenfest auf der Wartburg bei Eisenach zur Feier des Jubiläums der Reformation und der Völkerschlacht bei Leipzig«, wie ich erfuhr. Oder zwei sogenannte »antireaktionäre Spottbilder« aus Frankfurt am Main aus dem Jahr 1819, darstellend den »Anti-Zeitgeist« und die »Pressefreiheit«. Ferner ein Verzeichnis der Hofsängerknaben mit deren Beurteilung, darunter als Nummer 8 Franz Schubert, der folgendermaßen klassifiziert wird: »Sitten, gut; Studien, gut; Gesang, sehr gut; Klavier, sehr gut. Ein besonderes musikalisches Talent.« Oder eine Abrechnung des Luftschiffers Jakob Degen über die Kosten seines am 6. September 1810 vor dem Kaiser in Laxenburg unternommenen Ballonaufstiegs. Kaiser Franz, so Hofrat Auer, habe dem aus der Schweiz stammenden Luftschiffer alle Auslagen, darunter mehr als »6000 fl.« für den Ankauf von Vitriol-Öl zur Gaserzeugung, ersetzt. Degen habe von Kaiser Franz außerdem noch zusätzlich eine Belohnung von »4000 fl.« erhalten. Des Weiteren ein Gutachten betreffend das Lustspiel »Der zerbrochene Krug« von Heinrich von Kleist durch ein Mitglied des Wiener Burgtheaters: »›Der zerbrochene Krug‹ (ein Lustspiel in 1 Aufzug)«, heiße es da, sagte der Direktor und zitierte weiter: »Das ganze Stück beinahe besteht aus einem gerichtlichen Verhör über den zerbrochenen Krug, von dem es sich am Ende zeigt, dass er vom Richter selbst zerbrochen wurde, als er in das Schlafzimmer eines Bauernmädels steigen wollte – Durchaus elend.« Und außerdem ein Bericht aus der Arbeit im Quecksilberbergwerk Aranjuez aus dem Jahr 1792 mitsamt beiliegendem Plan, wie Hofrat Auer darlegte, einer kolorierten Federzeichnung auf Papier, die die verzweigten Stollen darstelle. »Es laufen die Gänge und Schächte kreuzweise durcheinander«, zitierte er aus dem Schreiben. Die innere Fixierung der Wände sei von jeher ungünstig gewesen, es habe bereits zwei größere Brände gegeben, die wegen der Auskleidung mit Holz drei beziehungsweise sechs Jahre lang geschwelt hätten. Dabei seien auch Menschen ums Leben gekommen. Der Bericht, erläuterte mir der Direktor, stamme vom kaiserlichen Gesandten, er halte fest, dass es 3500 Bergleute in der Mine gebe, die unter Tag arbeiteten. Und zuletzt zeigte er mir ein bedrucktes Blatt aus dem Jahr 1814 in englischer Sprache mit zwölf kleinen Abbildungen, das mit »Ein kurzer Bericht über die Behandlung von Sklaven in West-Indien« übertitelt war. In der Beschreibung, die der Hofrat stehend vorlas, hieß es, dass Familien brutal zerrissen und mit glühenden Eisen Marken in die Haut der Gefangenen eingebrannt würden. Und weiter übersetzte er, dass die Sklaven auf dem See- und Landweg aneinandergekettet einen strapaziösen Transport hätten erdulden müssen. Ebenso gefesselt hätten sie die Feldarbeit zu verrichten gehabt, wobei sie Kopfmasken hätten tragen müssen, die verhinderten, dass sie sich unerlaubt niederlegen oder Nahrung zu sich hätten nehmen können. Auch noch so geringe »Vergehen« seien durch Auspeitschungen bestraft worden, wozu andere Sklaven unter Strafandrohung gezwungen worden seien.

Aber natürlich war »der wichtigste Teil« des Archivs der hohen Politik vorbehalten gewesen (während die angeführten »Besonderheiten« offenbar nur Bagatellen gewesen waren): die berühmte »Goldene Bulle« aus dem Jahr 1356 etwa, in der Kaiser Karl IV. die Zahl und Vorrechte der Kurfürsten bestimmte, die 95 Thesen Martin Luthers aus dem Jahr 1517, die Urkunde über den »Westfälischen Frieden« von 1648, mit der das Ende des Dreißigjährigen Krieges besiegelt wurde, das Pergamentlibell aus dem Jahr 1683, in dem Johann III. Sobieski von Polen das Bündnis mit Kaiser Leopold I. zur Befreiung Wiens von der Türkenbelagerung ratifizierte, ein Schreiben von Königin Marie Antoinette aus dem Jahr 1791 an ihren Bruder, Kaiser Leopold II., in dem sie ihn über die Gefahren einer weiteren Ausbreitung der Französischen Revolution und die Notwendigkeit einer Intervention der europäischen Mächte informierte. »Die Brüder der französischen Königin«, so der Direktor, »sind aber auf die wiederholten Hilfsersuchen Marie Antoinettes nicht eingegangen.« Im Sommer 1792 sei die Monarchie in Frankreich dann bekanntlich abgeschafft und Marie Antoinette zusammen mit ihrem Mann, Ludwig XVI., auf der Guillotine hingerichtet worden. Und nicht zuletzt fand ich hier auch die Schlussakte des Wiener Kongresses vom 9. Juni 1815, auf dem das politische System nach den Napoleonischen Kriegen neu geregelt wurde.

Unwillkürlich dachte ich an Jorge Luis Borges' »Bibliothek von Babel«, und ich setzte im Kopf statt »Bibliothek« – »Archiv« ein: »Das Universum, das andere das Archiv nennen, setzt sich aus einer undefinierten, womöglich unendlichen Zahl sechseckiger Galerien zusammen, mit weiten Entlüftungsschächten in der Mitte … Von jedem Sechseck aus kann man die unteren und oberen Stockwerke sehen: grenzenlos.« Und das Ende: »*Das Archiv ist schrankenlos und periodisch.* Wenn ein ewiger Wanderer es in irgendeiner beliebigen Richtung durchmessen würde, so würde er nach Ablauf einiger Jahrhunderte feststellen, dass dieselben Bände in derselben Unordnung wiederkehren, die, wiederholt, eine Ordnung wäre, der *Ordo*. Meine Einsamkeit gefällt sich in dieser eleganten Hoffnung ...«

Nachdem mir der Hofrat und Direktor Auer den Lesesaal, das Registrierbuch, das Archiv-Verzeichnis und das Archiv-Inventar gezeigt hatte, waren wir die »Monumentalstiege«, so die Bezeichnung, hinuntergegangen, zum Ausgang. An den Wänden waren mir dabei die idealisierten Ölgemälde mit dem Titel »Maria Theresia gründet 1749 das Geheime Hausarchiv«, das Carl Peyfuss erst 150 Jahre später nachempfunden und als eine Art kulissenhaftes Märchenbild aus dem Feenreich gemalt hatte, aufgefallen sowie das Gegenstück »Erster Besuch Kaiser Franz Josephs im neuen Archivgebäude 1904«, auf dem der Monarch im hechtgrauen Waffenrock, schwarzen Beinkleidern mit roten Lampassen und grünem Federhut dargestellt ist, inmitten von dreißig Männern in Uniform sowie der Hohen Geistlichkeit, alle bereits geschmückt mit Orden, mit denen sie erst anlässlich des Kaiserbesuchs hätten ausgezeichnet werden sollen – eine weitere fingierte »Momentaufnahme« von Carl Peyfuss also. Sie zeigt übrigens Personen, die bei den tatsächlichen Feierlichkeiten gar nicht zugegen gewesen waren. Derselbe Künstler malte auch das Deckenfresko, das gleichsam als eine Momentaufnahme des Jenseits interpretiert werden kann: drei übermütige Putten, die ein blumengeschmücktes Gipsbildnis Maria Theresias auf dem Wolkenhimmel tragen wie ein Flugzeug ein Spruchband, und drei weitere Putten, die der Ikone Blumen streuen ...

Im Vestibül entließen uns die skulpturellen Darstellungen Maria Theresias und Franz Josephs stumm aus ihrem Archivpalais in die Gegenwart, in der wir uns, wie aus einer Theatervorstellung kommend, erst allmählich wieder zurechtfanden.

Heldenplatz

Am 4. November 1988 besuchte ich die Uraufführung von Thomas Bernhards Theaterstück »Heldenplatz« im Burgtheater. Ich war schon eineinhalb Stunden vor Beginn gekommen, da Proteste gegen die Vorstellung angekündigt gewesen waren. Tatsächlich warteten ein Haufen Aufgebrachter und eine Schar Neugieriger vor dem Eingang, auch Polizei ließ sich sehen. Zuerst gab es nur Wortgeplänkel, und alles schien eine Auseinandersetzung zwischen Gut- und Schlechtgelaunten – den erwartungsvollen Premierenbesuchern und den mieselsüchtigen Protestierern – zu sein, dann wurde ich Zeuge, wie ein fanatischer Verrückter eine Fuhre Mist auf dem Vorplatz ausleerte. Eine Gruppe Studenten versuchte mit dem Aufgebrachten und seinen Anhängern ein Gespräch zu führen, in dem es um die Freiheit der Kunst ging, gegen die aber die Freiheit des Protests angeführt wurde. Die Polizisten bemühten sich, noch unauffälliger zu wirken und den Eindruck zu erwecken, als seien sie nur zufällig anwesend. Seit Wochen schon war die Öffentlichkeit aufgeheizt gewesen wegen der angeblich im Stück enthaltenen Verunglimpfungen Österreichs. Thomas Bernhard galt ja als erster »Österreichbeschimpfer« unter den Österreichbeschimpfern, ja, als der Urheber der Österreichbeschimpfung, die mit der Kandidatur des UNO-Generalsekretärs Kurt Waldheim zum Bundespräsidenten ihren Höhepunkt erreichte. Waldheim hatte die Frage nach seiner Rolle in der Zeit des Nationalsozialismus aufgeworfen, indem er sie in seiner Autobiographie verschwiegen hatte. In der Auseinandersetzung um den Präsidentschaftskandidaten goss Thomas Bernhard genüsslich Öl ins Feuer.

Der Direktor des Burgtheaters und Regisseur des Stücks, Claus Peymann, hatte auf Wunsch des Autors den Text bis zur Uraufführung gesperrt, und dadurch waren wüste Gerüchte über den Inhalt in Umlauf gelangt – wie immer, wenn es auf Fragen keine Antworten gibt. Es ist schwer vorstellbar, dass Bernhard und Peymann sich darüber nicht im Klaren waren, und die Wiener und bald ganz Österreich hatten endlich ihren Gesprächsstoff. Bernhard, hieß es, bezeichne in seinem Stück alle Österreicher als Nazis, schon der Titel »Heldenplatz« spielte ja auf den März 1938 an, als Hitler dort vor einer begeisterten Menge den Anschluss Österreichs an das Deutsche Reich verkündet hatte. Peymann gab den Gerüchten durch Anspielungen weiter Nahrung, darüber hinaus gelangten wohldosierte Textbruchstücke an die Öffentlichkeit, die tatsächlich auf eine »Österreichbeschimpfung« schließen ließen. Ich mochte die »Österreichbeschimpfung« und beteiligte mich auch mit Überzeugung daran, weil sie mit der oft bis ins Sakrale gesteigerten, kitschigen Österreich-

Beweihräucherung, die die Rolle des Landes und seiner Bevölkerung in der Dollfuß- und Nazizeit verlogen uminterpretiert und Österreich nur als Opfer dargestellt hatte, aufräumte.

Ich liebte die Bücher von Thomas Bernhard und las jedes einzelne mit Begeisterung, aber ich mochte ihn nicht als Person. Bernhard fällte mit Vorliebe Vernichtungsurteile, und er, der das österreichische Wesen mit Röntgenblick durchschaut hatte, war doch selbst der König unter den Herabsetzern und Schmähern. Es gelang ihm allerdings häufig, in die Rolle des Spaßmachers zu schlüpfen, des intellektuellen Pausenclowns, der im Notfall dann auch die Rolle des verletzten Künstlers beherrschte. Natürlich geriet er sich bald mit dem anderen großen Schmäher, Elias Canetti, in die Haare, den er in einem Leserbrief im »Spiegel« mit einem Affen verglich. Auch Canetti konnte ja auf eine lange Liste von Berühmten hinweisen, die er beleidigt hatte, und hatte rasch begriffen, dass ein jüngerer Schriftsteller dabei war, ihm als Verächtlichmacher den Rang abzulaufen. Vielleicht war er deshalb Bernhard zuvorgekommen und hatte ihn zuerst attackiert. Canetti wusste genau Bescheid, hatte er doch selbst in »Masse und Macht« geschrieben, dass die Freude am negativen Urteil »allgemein« sei. Er hatte diesen Umstand darauf zurückgeführt, dass man sich selbst erhöhe, indem man andere erniedrige. Es sei die Macht des Richters, die man sich auf diese Weise zubillige. Ein Richter stehe nur scheinbar auf der Grenze, die das Gute vom Bösen trenne, hatte er geschrieben, denn er rechne sich auf jeden Fall dem Guten zu. Die »Urteilskrankheit«, so Canetti weiter, sei eine der verbreitetsten, die es unter den Menschen gebe, und praktisch alle seien von ihr befallen. Im Gegensatz zu Canetti verstand es Bernhard aber virtuos, seine Schmähungen über Interviews im Fernsehen und in Zeitungen in Umlauf zu bringen. Der Genuss, den er dabei empfand, wurde auch von seinen Anhängern geteilt, der verschworenen Gemeinschaft der Bernhardienerinnen und Bernhardiener, die den Abfertiger, den von Obenherablasser verehrte und bis heute verehrt wie sogenannte Kerzlschlucker einen Heiligen. Jedes kostbare Wort der Schmähung ist in ihren Köpfen aufbewahrt, jede seiner Predigten als Offenbarung im Gedächtnis geblieben, denn auch die Intellektuellen brauchen einen Bergführer in den einsamen Höhen, in denen über »richtig« und »falsch« entschieden wird. Bernhard war brillant, witzig, schlagfertig und apodiktisch – apodiktisch wie viele Angehörige seiner Generation und deren Vorgänger –, umso logischer wurde er selbst zur Autorität, die er ja sein ganzes Leben lang sein wollte.

So war es kein Wunder, dass sich der Tumult um die Uraufführung von »Heldenplatz« kontinuierlich gesteigert hatte und Österreichs Theater- und Literaturexperten – vom Taxichauffeur bis zum Standesbeamten, vom Friedhofsgärtner bis zum Tierarzt und vom pensionierten Mittelschullehrer bis zu nicht wenigen Journalisten – sich dringlich aufgefordert fühlten, ihr Unbehagen auszudrücken und Österreich gegen die »infamen Verleumdungen« zu verteidigen. Sie echauffierten sich über etwas, das keiner von ihnen kannte. Viele von ihnen hatten seit dem Schulabschluss auch kein literarisches Werk mehr gelesen beziehungsweise noch nie ein Theater – und schon gar nicht das Burgtheater – betreten. Ich bemühte mich, die Aufregung so zu verstehen, dass Bernhard und Peymann das allgemeine Schweigen über Österreichs Rolle in der Zeit des Nationalsozialismus mit einem Schweigen über das Stück beantworteten, das angeblich ja das Schweigen der Österreicher zu ihrer Rolle in der Zeit des Nationalsozialismus zum Inhalt hatte. Außerdem, so die Gerüchte, sei die Hauptfigur ausgerechnet ein Jude, der in dem Stück – und das stachelte den Eifer der Empörung an – *alle* Österreicher als Nazis bezeichne. Und tatsächlich verschonte Bernhard in seinem eindringlichen Sprachkunstwerk das gefühlsbetonte Selbstbewusstsein seiner Landsleute nicht.

Ich stand bis zum Beginn der Aufführung auf dem Platz vor dem Burgtheater. Es war kalt, und einige Fernsehteams und Journalisten waren auf der Suche nach einer Sensation, aber die Empörung der Protestierenden versackte in der Novemberluft: ab und zu hielt jemand ein Transparent hoch, Flugzettel, auf denen verworrene Gedanken zu lesen waren, wurden verteilt, Pfiffe.

Als sich der Vorhang hob, war die Atmosphäre gespannt. Das Burgtheater war seit Wochen ausverkauft, und man rechnete damit, dass auch Demonstranten im Publikum waren. Der erste Akt wurde von Anneliese Römer, die bei ihrem Monolog unentwegt Hemden zu bügeln hatte, formidabel gespielt. Es fielen auf der Bühne keine Sätze, die Aufregung hervorriefen, nur war der sprachlich virtuose Akt zu lang. Vielleicht ein Dutzend Burschen und Mädchen verbreiteten trotzdem von der Galerie aus Unruhe, es gab Zwischenrufe wie: »Mein Gott, ist das banal!« Nach Ende des ersten Aktes setzte ein wüstes Pfeifkonzert ein, auch Trillerpfeifen waren zu hören. Im zweiten Akt, in dem es dann endlich zur erwarteten »Österreichbeschimpfung« kam, spielte Wolfgang Gasser den jüdischen Remigranten, dessen Gedanken mich an Walter Singer und unsere Gespräche in der Zirkusgasse erinnerten, so eindringlich, dass sich kaum Protest rührte. Gasser legte die Figur resigniert an, schnitzlerhaft, wienerisch-aristokratisch – auch dabei erinnerte er mich an Walter – und nahm dadurch den Protestierenden die Spitze. Zur Pause behielten die Applaudierenden gegenüber den Pfeifenden und Buhrufern die Oberhand. Am Buffet, wohin ich eilte, um die Meinung anderer zu hören und meine zu diskutieren, traf ich den greisen Zukunftsforscher Robert Jungk, der selbst jüdisch war und das Stück heftig kritisierte. Bernhard, so sein Argument, verwende Mittel, die er bei seinen Gegnern attackiere. Das Ganze sei ein Rundumschlag und bringe nichts. Man könne nicht sagen, alle Österreicher seien Nazis, das sei ein Verdammungsurteil. Ich antwortete ihm, Bernhard bringe das Geraune im Land zu Gehör. Alles, was politische Gegner über die jeweils anderen sagten, lasse Bernhard seine Hauptfiguren aussprechen. Er verletzte mit Hilfe der Banalität. Abgesehen davon, dass es sich um ein Sprachkunstwerk handle, rekonstruiere Bernhard doch nur einen gängigen Jargon, der, weil er sich gegen alles richte, auf eine besonders böse und entblößende Weise verletzend wirke.

Der dritte Akt wurde heftig gestört. Die Protestierer hatten die Überrumpelung im zweiten Akt überwunden und lärmten lauthals und bei jedem zweiten Satz. Gasser wartete ruhig ab, bis die Empörung nachließ, und sprach dann die nächsten Beleidigungen aus, die sich oft wie Antworten auf die lauthals vorgebrachten Proteste anhörten und neues Geschrei und Wut hervorriefen. Das dauerte mitunter eine halbe Minute, aber die darauffolgenden Worte Gassers schienen wieder eine Verhöhnung der Störer zu sein, so dass der gesamte Akt zu einer einzigen ungeheuerlichen Provokation geriet. Ich hatte so etwas noch nie gesehen. Auch das Ende geriet äußerst turbulent. Kaum war der Vorhang gefallen, brachen wilde Buhrufe und Pfiffe los, aber auch Bravorufe und lauter Applaus. 32 Minuten dauerte die Auseinandersetzung im Zuschauerraum. Die Demonstranten entrollten eine rot-weiß-rote Fahne und zwei Transparente, auf denen sie den Rücktritt der Unterrichts- und Kulturministerin Hawlicek und des Burgtheaterdirektors Claus Peymann forderten. Dieser zeigte sich mit seinen Schauspielern auf der Bühne, während im Zuschauerraum das Durcheinander herrschte. Zuletzt erschien, von Peymann geführt, Thomas Bernhard. Lärm brandete wieder auf. Bernhard wirkte benommen und erschöpft. Wolfgang Gasser, der grandiose Hauptdarsteller, sagte mir, der Schriftsteller habe mit den Tränen gekämpft. Bernhard trug einen blauen »Nikipullover«, war blass und mager und öffnete zweimal weit den Mund, wie ein Fisch, um Luft zu holen. Man reichte ihm Blumen, die er den Schauspielern weitergab. Er hob den Kopf, blickte in den Zuschauerraum, winkte jemandem auf der Galerie zu, trat dann an die Rampe und schüttelte einem Mann, den er offensichtlich kannte, die Hand, indem er sich gleichzeitig tief zu ihm hinunterbeugte. Peter Sichrovsky, später FPÖ-Politiker unter Jörg Haider und selbst jüdisch, hatte am selben Tag im »Standard«, bei dem er als Kulturredakteur arbeitete, Stellung zum Stück bezogen, das man ihm offenbar kurz zuvor in die Hände gespielt hatte, und sich vehement dagegen ausgesprochen. Er finde, hatte er geschrieben, »Heldenplatz« schlecht und unmoralisch. Bernhard lasse seine Kritik an Österreich von einem Juden formulieren und lade auf diese Weise zum Antisemitismus ein. Bei Jörg Haider, dessen Partei, die FPÖ, er auch als Abgeordneter und Funktionär öffentlich vertrat, war er allerdings weniger zimperlich, schließlich ging es da um die eigene Karriere, für die man in der Politik bekanntlich auch Scheiße fressen muss. Eine Woche zuvor hatte der ehemalige, ebenfalls jüdische Bundeskanzler Kreisky im »profil« eine ähnlich lautende Kritik geäußert, doch war er bekanntlich selbst, beispielsweise in seiner Kritik an Israel oder Simon Wiesenthal, nicht gerade zartfühlend. Ich fand, dass die Uraufführung einer Dämonenaustreibung geglichen hatte. Es waren die »bösen Geister« des Landes aufgerufen und für die Dauer eines Theaterabends gebannt worden. Ich sah auch in der Hauptfigur weniger einen Juden als einen tödlich Verletzten, der aus der Perspektive des Opfers sprach.

Im Café Landtmann hatten die Gruppen jugendlicher Störer, als ich eintraf, schon Platz genommen und genossen es sichtlich, von Journalisten interviewt zu werden. Auch die Schauspielerin Anneliese Römer, die im ersten Akt so hingebungsvoll Herrenhemden gebügelt hatte, erschien später, und über die Fotografin Gabriele Brandenstein kam ich mit ihr ins Gespräch. Sie erzählte mir, dass sie durch die Zwischenrufe und Pfiffe, wie auch die anderen Schauspieler, nicht verunsichert worden sei, sondern im Gegenteil ermuntert.

Bernhard, sagte Anneliese Römer, leide noch immer an den Folgen seiner Tbc-Erkrankung, deshalb habe er auch auf der Bühne nach Luft gerungen. Sie habe von ihm selbst Unterricht im Hemdenbügeln bekommen, da sie »bis dato« dieser Tätigkeit noch nie nachgegangen sei. Peymann habe sie vor ein paar Wochen angerufen und erklärt, er sei bei Thomas Bernhard, der ihr zeigen würde, wie die Herrenhemden im ersten Akt gebügelt gehörten. Tatsächlich habe er es ihr dann vorgemacht, und sie habe es gleich nach der ersten Demonstration verstanden und zu Hause geübt.

Am Sonntag, dem 31. Jänner 1989, ging ich mit meiner Verlegerin Monika Schoeller in Thomas Bernhards Einpersonenstück »Einfach kompliziert«, das im Akademietheater auf dem Spielplan stand. Bernhard Minetti spielte den vereinsamten alten Schauspieler, der in seiner Wohnung sitzt – nur von Mäusen besucht – und sich einmal in der Woche eine Papierkrone aufsetzt und in die Rolle des Königs Lear schlüpft. Der Einakter erinnert stark an »Das letzte Band« von Samuel Beckett. Minetti jonglierte geradezu mit den Worten, hielt sie dem Publikum unter die Nase, wirbelte sie durch die Luft und ließ sie im Ärmel verschwinden, bis einem schwindlig wurde. Anfangs husteten die Zuschauer ungehemmt. Ein Hustenanfall im Parkett schien den nächsten auf dem Balkon auszulösen, von dort sprang der Reiz offenbar zurück ins Parkett, flammte in den Reihen mehrmals auf und wütete dann im zweiten Rang. Plötzlich unterbrach Minetti den Vortrag, schnitt eine idiotische Grimasse und hustete ordinär zurück, dabei starrte er streitlustig in das dunkle Theater. Erst nach einer Pause spielte er weiter. Dieses Extempore wiederholte er, als sich eine neue Hustenwelle ankündigte. Hinreißend krächzte, sang, seufzte, knurrte, stöhnte und schimpfte Minetti inzwischen den Text. Er spielte wie ein Affe, der in Wahrheit Albert Einstein ist. Etwas Neandertalerhaftes bemächtigte sich seiner, sobald er auf der Bühne stand. Es gelang ihm das Kunststück, Verschrobenheit und Eigensinn über alle Lächerlichkeit hinaus als Stärke darzustellen. Hätte Minetti kein Wort gesprochen, sondern nur Laute ausgestoßen, man hätte gewusst, worum es ging. Als das kleine Mädchen mit der roten Mütze in sein Zimmer trat, wurde mit einem Schlag etwas von alltäglicher Einsamkeit spürbar.

Von Thomas Bernhards Tod im Februar 1989 erfuhr ich aus dem Radio. In den 12-Uhr-Nachrichten wurde verlautbart, er sei vor vier Tagen an einer bösartigen Lungengeschwulst gestorben, und im Augenblick finde im engsten Kreis der Familie die Beerdigung statt. Wo und auf welchem Friedhof, wurde nicht bekanntgegeben. Eine Journalistin, die mich anrief, sagte mir, Bernhard sei schon vor zwei Tagen auf dem Grinzinger Friedhof »An den langen Lüssen« beerdigt worden. Ein Specht klopfte im Hof vor meinem Fenster an den dicken Ast einer Platane. Ich dachte, dass es Thomas Bernhard sei, der jetzt – statt auf die Österreicher – auf den Baum einpecken müsse, rhythmisch und sich wiederholend, wie es seiner Art entsprochen habe. Natürlich war er ein literarischer Despot gewesen, ein Apodiktiker, wie gesagt, nur war er im Recht gewesen. Auch der letzte theatralische Akt (in Form eines Understatements), wie sein Tod bekanntgegeben worden war, passte zu seinem Leben. Noch einmal hatte er die Öffentlichkeit an der Nase herumgeführt, die Öffentlichkeit, die er verachtete und nach der er zugleich süchtig war, von der er sich zurückzog und die er zugleich begehrte, in einem ewigen Auf und Ab, so dass es den Anschein hatte, er betrachte sie als ein Jojo, mit dem er spielte. Kurz darauf wurde bekanntgegeben, dass er alle weiteren Aufführungen seiner Stücke und den Verkauf seiner Bücher in Österreich testamentarisch untersagt habe, was merkwürdigerweise die Bernhard-Fundamentalisten und seine heftigsten Gegner mit Befriedigung erfüllte und sie in der Ansicht einte, dem letzten Willen müsse unter allen Umständen entsprochen werden.

Am nächsten Tag suchte ich sein Grab auf. Es regnete schwer auf die nebelverhangene Stadt hinunter. Der Friedhof erstreckte sich über einen Hügel, von dem aus man üblicherweise die Dächer der nahe gelegenen Villen sehen kann. Die meisten Gräber sind nur von einer Rasendecke oder einer Steinplatte bedeckt. Vor der Aufbahrungshalle steht ein Obelisk mit einem Engel auf der Spitze. Ich fragte einen Gärtner, der im grauen Arbeitskittel auf mich zukam, nach dem Grab und stand gleich darauf davor. Ein schmiedeeisernes schwarzes Kreuz, verschnörkelt, mit flach gestanzten Blechengeln auf einem Steinsockel. An einem Haken des Grabkreuzes hing ein Kranz aus gelben Narzissen, Rosen, Ginster und Efeu. Bernhard lag im selben Grab, in dem auch sein »Lebensmensch« Hedwig Stavianicek beerdigt war. Sie war in hohem Alter gestorben und von ihm bis zu ihrem Tod gepflegt worden. Nirgendwo war jedoch ein Hinweis auf den Namen des Schriftstellers angebracht. Das Grab war frisch aufgeworfen, auf der Erde lagen Blumensträuße: Rosen, Nelken, ein Blattgebinde mit Wacholderbeeren. Vorne ein großer schwarzer Kranz mit einer schwarzen Schleife. In weißen Buchstaben stand »Suhrkamp Verlag« darauf. In meinem Kopf sah ich den toten Bernhard mit geschlossenen Augen im Sarg liegen, ich konnte mich des Bildes nicht erwehren und wartete darauf, dass er sich plötzlich aufsetzte und zu lachen begann.

Am 9. November 2007, vor einer Lesung in Gmunden, führten mich der Germanist Dr. Kuppelwieser und der Arzt Dr. Fabjan, der seinen Halbbruder Thomas Bernhard bis in den Tod medizinisch und menschlich betreut hatte, durch das Bernhard-Archiv in Gmunden, ein frisch renoviertes, einstöckiges altes Landhaus. Es liegt etwas abseits in einer Parkanlage auf einem Hügel. Zwischen den Stämmen hoher alter Bäume sieht man zu einem kleinen Schloss hinauf. Dr. Fabjan, mit offenem schwarzen Mantel, Schal, Sakko und Brille, eilte uns voraus, sperrte Türen auf und vergaß nicht, die eine oder andere ironische Bemerkung zu machen. Die Veranlagung zum Spöttischen, erklärte er, habe er wohl von seiner Mutter und teile sie mit seinem verstorbenen Halbbruder. Nach anfänglicher Hektik beruhigte sich unsere Führung, und wir traten in das Herzstück des Archivs ein, den Raum, in dem die Manuskripte aufbewahrt werden. In grauen, fast bis zur Decke reichenden Metallkästen lagen die beschrifteten Schachteln sowie Ordner und Pappenrollen. Die angeschlossene Bibliothek mit weißen Regalen verfügt über Thomas-Bernhard-Ausgaben in zahlreichen Sprachen. Doch erst im Ausstellungsraum konnte ich einen Blick auf Manuskriptseiten werfen, die in Form von Kopien präsentiert wurden. Die Ausstellungsstücke sind mit Schreibmaschine getippt und weisen ordentliche und oft gänzlich schwarze Durchstreichungen und Überschraffierungen auf, die ich ihrer Gründlichkeit wegen betrachtete. Die wenigen Handschriften oder handschriftlichen Vermerke, Entwürfe oder Notizen, die ich sah, erinnerten mich in ihrer Form an die hingefetzten Rezepte eines vielbeschäftigten Arztes. Weiße Kugellampen hingen in dem großen gepflegten Raum, der von Säulen unterteilt war. Der rote Fliesenboden ließ an die Farbe von Blut denken. Dr. Fabjan hielt den großen Schlüsselbund in den Händen und gab willig Auskunft, wie auch Dr. Kuppelwieser.

Es regnete, und bunte, abgefallene Blätter lagen auf dem Asphalt, als wir mit Dr. Fabjan in unseren Wagen stiegen, um zum Haus Thomas Bernhards zu fahren, während Dr. Kuppelwieser uns in seinem eigenen folgte. Je näher wir Ohlsdorf kamen, umso dunkler wurde es und umso heftiger fing es an zu schneien. Bernhards Hof lag verlassen in der anbrechenden Winternacht – eine Miniaturausgabe von Kafkas Schloss in Form eines Vierkanthofs mit vergitterten Fenstern, dessen Eingangstor verschlossen war. Dr. Fabjan ging uns in den zugleich großen und beengenden Hof voraus, manche Blickwinkel kannte ich von Abbildungen in der Zeitung. Die Wände weiß, alles »original-rustikal«, kleine und wenige Fenster und Türen, eher abweisend und streng und ein wenig einem Gefängnishof ähnlich. Ein kahler Baum, die winterbraune Wiese im Schneefall und die unbelebten Gebäude wie eine Theaterkulisse für eine ländliche Blutoper. Dr. Fabjan machte überall Licht, sperrte auf und wieder zu und zeigte uns Bernhards Allrad-Suzuki, der unter einer Plane in einem geräumigen Garagenraum stand und keine Spuren eines Gebrauchs aufwies. Mir fielen die Fotografien ein, die Bernhard mit ledernem Trachtenjanker und Jägerhut zeigten, in Lederhosen oder Lederkniehosen, die das Schauspielerische, das Komödiantische, aber auch das Lächerliche seiner Persönlichkeit widerspiegelten. Am Bäuerlichen zog ihn offenbar die Unabhängigkeit der Landadeligen an, die aber zugleich mit dem Patriarchalischen, dem Anschaffenden untrennbar verbunden ist. Natürlich wollte Bernhard, dachte ich, sich nicht als einfacher Bauer maskieren, wenn, dann »naturgemäß« als Landadeliger. Wie aber auch der kleinbürgerliche Aufsteiger sich eine neue Identität sucht, um die vorherige auszulöschen und um in der neuen Identität seine wahre zu zeigen, so hatte auch Bernhard, der zweifellos geniale Schriftsteller mit ungeheurem Aufwand, wie ich gleich sehen sollte, sich mehrere Gebäude hergerichtet. Sie sollten Zeugnis seiner hohen Abstammung geben, waren zu Lebzeiten geplante Denkmäler, die jedoch allesamt eine Fälschung sind, denn Bernhard hatte, wie sein Bruder Dr. Fabjan sagte, sie nur ein paar Jahre lang bewohnt. Der Suzuki mit zurückgeschlagener Plane in der ehemaligen Tenne und das aufgestapelte Holz sowie die beiden zusammengeklappten Aluminiumleitern, die an der Wand hingen, erweckten den Eindruck, der Schriftsteller sei erst vor kurzem gestorben. Das ganze Haus vermittelte noch immer einen hohen Grad von Intimität, so dass ich das ungute Gefühl, ein Eindringling zu sein, nie ganz loswurde. Details fielen mir noch im Hof auf: die Kutschenlampe neben einer Tür, die einfachen Bänke an den weißen Hausmauern und ein Hirschgeweih, das wohl eher als eine historische Dekoration gedacht war und auf Ahnen des Geschlechts der Bernhards hinweisen sollte als auf eine Jagdleidenschaft, von der ich nichts weiß. Die Wände im Inneren des Hofes sind alle weiß, die Fußböden in den Gebäuden aus Holz, sogenannte Schiffböden. Eine eiserne Garderobe mit Regenschirm, Jägerhüten, Jacken, Taschenlampe, Stiefeln, Gewehr und Sattel (!), als würde der Dichter jederzeit auf die Pirsch gehen oder ausreiten, sowie einem Paar gebrauchter Lederpantoffeln und einem Feuerlöscher. Eine weitere Kutschenlampe im langen Gang und gerahmte Urkunden. In einer Ecke ein aristokratischer Polstersessel. Die Küche mit aufgereihten Kaffeeheferln und Krügen, einer Bauernecke und zwei Stühlen und wieder gerahmten Urkunden, einer Schirmlampe, Pfannen, Küchenrollen, einer weißen Küchenwaage wie früher in Kreislergeschäften, Kupfertöpfen, Porzellanschüsseln, Radiouhr, Stahlherd, zwei Abstelltischen, Kühlschrank mit Schnapsflaschen darauf, Kaffeemaschine, Thermosflasche, aufgehängten Geschirrtüchern, Kaffeemühle, Trichter, Eisenstangen, an denen graue, kurze Vorhänge befestigt waren – und und und … Dr. Fabjan erklärte, dass Bernhard sich in der Küche nie aufgehalten habe. Im gesamten Haus findet man kaum ein neues und schon gar kein modernes Möbelstück, überall nur dieselbe stilisiert-antiquarische Atmosphäre. Hin und wieder selbstentworfene Wandleuchten, die wenig Licht, aber einen interessanten Schatten werfen, sonst eine Laterne mit elektrischer Birne, alte Kommoden, Lederohrensessel, Stehlampen mit runden Pergamentschirmen, dunkle Vorhänge, Biedermeierlüster ebenfalls mit elektrischen Birnen, grüne Kachelöfen und goldgerahmte Ölportraits von unbekannten Pseudovorfahren, die sich in diese Theaterkulisse verirrt haben. Selbstredend fehlt nichts: kein diskreter Aschenbecher, kein Samthocker, kein Biedermeierstuhl, keine Standuhr, kein Kerzenleuchter, kein altes Sofa, keine alten Stiche, kein alter Spiegel, kein Biedermeierkasten und kein Biedermeierbett – alles da, alles »schöne Stücke«, auf Hochglanz poliert, restauriert und mit Besessenheit zusammengetragen, als habe Bernhard an einem Theaterstück geschrieben, in dem er einen nostalgischen Alt-Österreicher durch ein vergessenes k.u.k. Hofmobiliendepot irren lässt, auf der Suche nach der verlorenen Wirklichkeit. Da ist der Rauchsalon mit den Leder-Ohrenfauteuils, da ist die steile, dunkle Holzstiege, da ist das Arbeitszimmer mit dem Schreibtisch und den Stühlen und einer langen Eckbank. Und da findet der Vergangenheitssucher inmitten all der längst verstorbenen und mumifizierten Möbelstücke, der einbalsamierten Kommoden, Stühle und Schränke eine Telefonanlage mit Faxgerät, einen Taschenrechner und einen Behälter mit Kugelschreibern. In den Ecken der meisten Räume Tischchen und kleine Kommoden mit verschiedenen internationalen Destillaten. Doch kein Mensch wurde hier bewirtet, nicht einmal Bernhard von Bernhard selbst, da er ja nicht trank, und wenn, dann nicht viel. Warum dann die vielen Flaschen? Eine Marotte? Nein, erfahre ich, in Häusern von Adeligen sei es üblich, Gästen den Eindruck zu vermitteln, große Gesellschaften könnten sich in alle Räume ausdehnen und bewirtet werden, ein großzügiges Pseudo-Angebot. Wozu aber, wenn es keine Gesellschaft gibt? Die meisten Flaschen seien inzwischen ohnedies leergetrunken, bemerkte Dr. Fabjan trocken, die Aufsichtspersonen in den Sommermonaten, wenn der Hof geöffnet sei und Parteienverkehr herrsche, hätten sich daran gütlich getan. Auch unter einem gedunkelten, biedermeierlichen Landschaftsbild steht eine Schnapskaraffe mit zwei Gläsern auf einem Silbertablett, daneben eine silberne Teekanne. Eine Vitrine mit altem Tee- und Kaffeegeschirr, mundgeblasenen Biergläsern ebenso wie silbernen und porzellanenen Dosen und Döschen, Ausdruck auch von Sammelwut, die zugleich vom wachen Ordnungsgeist und der kritischen Selbstbeobachtung des Besitzers kontrolliert wird, sich dennoch immer und überall ihren Weg bahnt, wie Hochwasser in einem Gebäude. Die Energie, die dahintersteckt, lässt staunen, der Drang, sich eine neue, eigene, bis in die tiefe Vergangenheit monarchistischer Zeiten reichende Abstammung zu konstruieren und einen Stammbaum vorzutäuschen, dessen Samen womöglich noch vom Kaiser selbst gesät wurde und dessen Wurzeln bis hinunter in das Mythologische reichen.

In einem ganz und gar biedermeierlichen Schlafzimmer, darin ein Bett mit fürstlichem, goldverziertem Fuß- und Kopfgestell sowie einer grünsamtenen Überdecke, das eines Goethe'schen Totenlagers würdig wäre, hing ein Jagdgewehr in einem Lederfutteral von der eisernen Vorhangstange. Ich war nicht mehr erstaunt, vielmehr passte alles zusammen, diese Inszenierung aus Pedanterie, Geltungsbedürfnis und tief verborgenen Ängsten und Geheimnissen. Mehrmals sah ich kleine Jagdmesser, sogenannte »Knicker« mit Hirschhorngriffen, als Brieföffner oder Ziergegenstände, und auch im Doppelbettschlafzimmer mit Blick in den Hof hing ein Jagdgewehr, diesmal ohne Lederfutteral, und zwei kleine Jagdmesser lagen auf der Kommode. In den Schubladen aufgestapelt zwei Dutzend Paar Lederhandschuhe, Dr. Fabjan zeigte sie mir wortlos, und später auch eine Reitpeitsche auf dem großen Kasten im dunklen Vorzimmer zum Schlafraum. Zu welchem Zweck lag sie dort wohl? Zufall? Habe ich schon die Biedermeiervitrinen erwähnt, in denen gerahmte Fotografien ausgestellt sind, alte Bücher und Papiere? Und die gebügelte Wäsche mit dem Schlafanzug auf einem Kleiderbügel in einem biedermeierlichen Arbeitsraum? – Und endlich die aus Nussbaumholz gefertigten Bücherregale mit weiteren gerahmten Fotografien: Thomas Bernhard selbst, aber auch sein »Lebensmensch« Hedwig Stavianicek. In einem eigenen Fach die Schreibmaschine und natürlich und vor allem die verschiedensten Bücher: zunächst die eigenen, und fast immer mehrere desselben Titels, Suhrkamp-Spectaculum-Bände, in denen jeweils eines seiner Stücke abgedruckt ist, daneben Klassisches wie die »Essais« von Montaigne oder Werke russischer Schriftsteller, doch auch ein Bildband über den Architekten Josef Hoffmann. Zu meiner Überraschung entdeckte ich ein Exemplar meines Romans »Ein neuer Morgen« in den durch Plexiglasscheiben abgesicherten Regalen. Übrigens gestattete mir Dr. Fabjan kurz darauf einen Blick in den Kleiderschrank mit Sakkos, vorwiegend im englischen Stil, Maßschuhen und Krawatten und einer Reihe alter Lederkoffer, und ein paar Schritte weiter in das grün gefliese Badezimmer mit zwei Waschbecken. Überflüssig zu sagen, dass alles sorgfältig ausgewählt und von bester Qualität war.

Nun war es draußen schon Nacht geworden. Der Hof,

sah ich durch das Schlafzimmerfenster, war schwach erleuchtet, und der Schnee fiel in dichten Flocken. Wir beeilten uns, die Zimmerflucht zu verlassen und in jedem der Räume das Licht zu löschen.

In einem weiß gestrichenen großen Kellergewölbe zeigte mir Dr. Fabjan noch zwei schwarze »Waffenräder« der Marke Steyr, die von Fotos her einen gewissen Bekanntheitsgrad haben: Ich sah Thomas Bernhard auf einem davon in der Lederhose sitzen und dem Fotografen Horowitz in die Linse schauen. Eines lehnte übrigens an der Wand, das andere stand mit den Rädern in der Luft auf Sattel und Lenkstange.

An den Wänden waren wieder lange, dunkelbraune Bänke aufgestellt und auf einem Ecktisch eine Leselampe.

Nicht einmal auf perfekt eingerichtete Kuhställe hatte Bernhard verzichtet, bemerkte sein Stiefbruder. Der grandiose Beschreiber irdischer Höllenbezirke hatte auch dabei nichts vergessen: nicht Heu- und Mistgabeln, nicht Holzpantinen, nicht Futterplätze und Eisengestelle für unsichtbare Kühe und nicht einmal kleine Fleckerlteppiche für den kalten Betonboden.

Da die Zeit knapp war, eilten wir am Weinkeller vorbei in den Hof, in den jetzt der Schnee noch dichter fiel. Ich drehte mich um und warf einen letzten Blick auf dieses seltsame leere Grabmonument eines Unsterblichen.

Gironcoli

Als ich eine Ausstellung mit Bildern des österreichischen Künstlers Bruno Gironcoli in einer Galerie gesehen hatte, ging ich nach Hause und schrieb in ein Notizbuch: »Es wird gequält, verletzt, getötet. Das Vokabular der Psychologie drängt sich auf, doch wird es auch gerne auf den, der Gewalt sichtbar macht, angewendet, um die Betrachter glauben zu lassen, sie hätten damit nichts zu tun – außer wenn sie unglücklicherweise selbst zu Opfern würden. Folter, Hinrichtungen, Laboratorien der pharmazeutischen Industrie oder die ›Menschenversuche‹ der Medizin im Dritten Reich zeugen aber, wie vieles andere, von der Verbreitung solcher und ähnlicher Abnormitäten. Gironcolis Entwürfe sind unversöhnlich. Er baut in unwirklichen, kahlen Räumen mit Maschinen, Figuren und oft trivialen Gegenständen jene Altäre nach, auf denen der ›nackten Grausamkeit‹ geopfert wird. Mit der Präzision einer Architekturzeichnung wird der Grundriss des Grauens entworfen. Außer von Maschinen wird er von Schafen, einem Hund, einem Hahn, einem Affen, einem Krokodil, nackten menschlichen Körpern und immer wieder von einem (onanierenden?) Mann im Mantel, der dem Betrachter den Rücken zukehrt, bevölkert. Außerdem sind Relikte und Werkzeuge – wie chirurgische Instrumente – festgehalten: Rasierapparat, Stuhl, elektrische Leitung, Stromkabel, Kamm, Gabel, Löffel, Kisten, Spiegel, Waschbecken, Glühbirne, ein Regenschirm, Lampe, Schuhe, das Modell eines Kampfflugzeugs als Beispiel von Kinderspielzeug. Manchmal sind die Gegenstände aufeinandergehäuft wie Brillen und Kleidungsstücke von Opfern der Konzentrationslager. Der Massenmord, die Technokratie des Tötens als sachliche Konstruktion. Täter ist keiner auszumachen, das ist, hat die Geschichte gezeigt, nichts Neues.«

Ich traf Gironcoli viele Jahre später im Naturhistorischen Museum und erschrak. Der Dandy, der schöne junge Mann, wie ihn die Fotografie des Katalogs zeigte, war verschwunden, stattdessen quollen seine Augen aus den Höhlen, die Lippen waren wulstig geworden und die Hände geschwollen. Seine Sprache war schwer verständlich wie nach einem Schlaganfall. Wir waren allein in den Sälen der Mineralogie mit den beleuchteten Pulten und den an Karl-May-Bilder erinnernden Wandgemälden, warfen uns Blicke zu und kamen ins Gespräch. Zusammen gingen wir durch die Sammlung, die mich seit je fasziniert hat, schauten und wechselten nur hin und wieder eine Bemerkung. Verweilte ich vor einer Vitrine länger, ging er weiter, verweilte er länger, ging ich weiter. So trennten und trafen wir uns in den an diesem Tag kaum besuchten Sälen. Er nannte, als wir zur Zoologie kamen, das Naturhistorische Museum »Das tote Paradies«. Es gebe nichts Lebendes hier, alles sei nur noch als Form vorhanden. Es sei eine Formensammlung. Er fasse es als Aufforderung auf, die eigene Form auszudrücken, wie eine Qualle eine vollendete Qualle, eine Heuschrecke eine vollendete Heuschrecke, ein Schwefelkristall ein vollendeter Schwefelkristall sei. Wir blieben vor den Gehirnpräparaten von Karpfen, Forellen und Welsen stehen, von Rotbarschen, Schellfischen und Heringshaien, von Würfelottern, Springfröschen, Kammermolchen, Smaragdeidechsen, Äskulapnattern und Erdkröten, Blindschleichen und Feuersalamandern, von Kaninchen, Hausschweinen, Bibern, Giraffen, Rehen, Rindern, Mähnenschafen, Meerschweinchen, Gnus, Katzen, Hunden, Tigern, Löwen, Orang-Utans, Klammeraffen, Hundsaffen und Gorillas und schließlich von Menschen. Alle Gehirnpräparate hatten Augen. Sie waren in Gläsern aufbewahrt, die mit Ziffern, Buchstaben, blauen und roten Linien gekennzeichnet waren, die wiederum Lappen, Zentren und Kerne benannten. Sie machten den Eindruck von plastischen Weltkugeln, dreidimensionalen Landkarten. Die folgende Vitrine war der Darstellung der fünf Sinne gewidmet: dem Geruchs-, Geschmacks-, Tast-, Gehör- und Gesichtssinn. Blau gefärbte Bahnen durchquerten die Hügellandschaften präparierter Menschengehirne wie Flüsse. Schließlich ein Schaukasten mit den embryonalen Entwicklungsstadien des Gehirns ... Gironcoli trieb sich lange davor herum.

Später erfuhr ich, dass er an einem Gehirntumor litt, der die körperlichen Veränderungen bei ihm ausgelöst hatte. Er sei, hieß es, acht Stunden operiert worden, doch der Tumor, der ihm die Augen aus den Höhlen drückte, habe sich als inoperabel erwiesen und ein Wachstum an den Körperenden hervorgerufen, was sein Aussehen dramatisch verändert und in seinem Körper Hals- und Lendenwirbel so zusammengestaucht habe, dass sie eingebrochen seien. In seiner Wohnung und seinem Atelier in der Böcklinstraße sei er ganz auf sich alleine gestellt. Er pflege »maßlos« einzukaufen: zum Beispiel fünfzig Kilogramm Ananas, die er dann wochenlang esse, bis seine Lippen blutig seien. Oder Tomaten – er kaufe Riesenmengen, lasse sie sich zustellen und koche sie ein. Er sei, nebenbei gesagt, ein Meister des Tomateneinkochens. Im Kühlschrank habe er eingeglaste Eierschwammerln und Pilze gelagert, die noch vor der Katastrophe von Tschernobyl gesammelt worden seien. Afrikanische Skulpturen verstellten seine gesamte Wohnung, und wie jeder Sammler befürchte er, bestohlen zu werden. Er sperre deshalb immer alles ab, verstecke die Schlüssel und finde sie dann selbst nicht. Vermutlich durch seine Krankheit befinde er sich dauernd in einem »Angstzustand«. Nach wie vor aber habe er »eine Schwäche« für Kleidung. Tatsächlich trug Gironcoli ein Seidenhemd und Schlangenlederschuhe und einen dunkelgrauen Flanellanzug mit Stecktuch. Das stand in einem seltsamen Kontrast zu seiner gebückten Haltung und dem Stock, auf den er sich stützte.

Vor der Riesenkrabbe von zwei Metern Länge und einem Schaukasten mit dem Skelett einer Elefantenrobbe sagte er zu mir: »Was wir sammeln, töten wir – auch metaphorisch, wenn wir Objekte aus dem Kreislauf des Lebens entfernen und sie in eine andere Ordnung bringen, so dass sie für die Welt zumeist gestorben sind … Gleichzeitig aber erlangen sie ein neues Leben.« Er komme sich oft selbst vor »wie erfunden«. Ob ich Amico di Sandro kennen würde? Nein? Amico di Sandro sei ein Maler der Renaissance, den ein Galerist erfunden und dessen Bilder – Fälschungen natürlich – er verkauft habe. Sogar namhafte Kunstexperten seien dem Galeristen auf den Leim gegangen. »Eine Geschichte«, sagte Gironcoli, »wie von E. T. A. Hoffmann.«

Wir trennten uns und trafen uns erst in der Botanik wieder. Dort betrachteten wir schweigend Herbarien, präparierte Früchte, Pilze, die vergrößerte Abbildung einer Flechte, Samen und Pflanzen der Wüste, des Meeres und des Hochgebirges. Für ihn, sagte Gironcoli, sei der Blick auf die Natur auch eine Auseinandersetzung mit dem Sakralen, von dem er wisse, dass es die Moderne nicht einfach durch Verleugnung aus der Welt schaffen könne. »Das Unbewusste«, sagte er, »gebiert das Bewusstsein der Realität.« Bei den Meerestieren und Insekten betrachtete jeder für sich die Präparate, und in einem der großen Vogelsäle, umgeben von den ausgestopften Tieren mit den verwirrenden Federmustern auf den kleinen Körpern, verloren wir uns dann.

Von der juridischen Fakultät zum Grauen Haus

Ich ging im Schneetreiben an der Universität vorbei. Im Hof des Hauptgebäudes schwarze und weiße Marmorbüsten von Professoren aus vergangener Zeit, die zum Teil mit Kreide bemalt waren. Die Universität – ein alter, schwerfälliger Bau mit Steinböden und hohen Fenstern – vermittelt den Eindruck von Unordnung und Ziellosigkeit seiner Benutzer. In der juridischen Fakultät waren die elfenbeingelben Wände mit Plakaten vollgeklebt. Weiße Auslagenkästen mit Ankündigungen, Namenslisten, Prüfungsterminen. Drahtpapierkörbe auf dem Boden, weiße Beleuchtungskugeln. Der Eindruck von Abnutzung. Die braunen Türen zu den Hörsälen waren ebenfalls übersät mit aufgeklebten Zetteln und Fragmenten abgerissener Ankündigungen. Ich sagte mir, dass ich auf den Spuren Jenners sei, dass ich seinem Leben nachspionierte, den Orten, die er aufgesucht hatte. Seit unserem Gespräch im Café Bräunerhof dachte ich immer wieder an ihn, manchmal zweifelte ich daran, ob er tatsächlich unschuldig sei, dann wiederum war ich davon überzeugt. Ich stellte fest, dass ich es nicht wahrhaben wollte, Jenner als Verbrecher oder Gewalttäter zu sehen, aber ich wurde meine Zweifel nicht mehr los. Mehrmals hatte ich mit dem Gedanken gespielt, ihn einfach anzurufen, es dann aber immer unterlassen. In den Hörsälen, die mit gelben Sitzreihen ausgestattet waren, waren die Wände oft mit Sprüchen aus Spraydosen bemalt. Grüne Tafeln. Die Gänge waren belebt, Studenten mit Stühlen, die sie aus anderen Hörsälen herbeigetragen hatten, eilten vorbei, andere standen in Gruppen beisammen. Über den Eingängen zu den Hörsälen waren die Messingbuchstaben der römischen Zahlen angebracht, auf den Türen klebten Zettel mit schwarzen arabischen Ziffern. Hatte Jenner hier Vorlesungen gehört? Was war dabei in seinem Gehirn vorgegangen? Ein Mörder, der Rechtswissenschaften studiert. Zynismus? Intelligenz? – Auf den Stiegen ein Stand der Friedensbewegung mit Schriften. Ein Transparent lehnte an der Wand, ein anderes lag auf dem Boden.

Ich betrat einen Hörsaal mit Balkon. Die Vorlesung über Römisches Recht war langweilig. Die meisten Studenten täuschten nicht einmal Interesse vor. Nach der Lektion: Müdigkeit, Erschöpfung. Im Innenhof Baumaterialien. Das Gebäude machte einen verwahrlosten, niederschmetternden Eindruck wie ein unsauberer Tierkäfig. Fleckige Wände. Essende auf dem Gang. Kartons mit Müll, aufeinandergestapelt. Selbstgebastelter Flugschriftenständer. Beim Rückweg durch den Innenhof – es schneite noch immer – noch einmal die Bronze- und

Marmorbüsten unter den Arkaden. Hatte den Eindruck, auf einem Friedhof spazieren zu gehen. Dilettantischer Versuch, die Zeit anzuhalten. Der Haupteingang. Stiegen. Ein Plakat von Helnwein stellte einen Ertrinkenden dar, darunter stand: »Bevor es zu spät ist, rettet die Donau.« Im Café Eiles Wein getrunken und Notizen gemacht. Erinnerte mich an die lebenden Bienen im Naturhistorischen Museum, die man in einem gläsernen Stock beobachten konnte, an die aufgespießten Insekten hinter den Glasscheiben der Vitrinen. Prächtige Schmetterlinge. Seltsame Gedanken in meinem müden Kopf: dass alles Existierende zusammengenommen *ein* Leben ist, dass im *Staub* der gesamte Kosmos im *Kleinen* existiert.

Anschließend noch immer Jenner auf der Spur. Suchte das Graue Haus auf und beschloss, Sonnenberg meine Aufwartung zu machen. Am Eingang: eine Eisentür mit Guckfenster, Polizisten schoben Wache. Stieg die Treppen hinauf zum Präsidium im zweiten Stock. Querhängende Neonröhren. Schmutzig weiße Türen, nummeriert mit Schildern, auf den Gängen braune Bänke für die Wartenden. Kartons als Abfallbehälter. Der abgetretene Boden aus Steinziegeln, abgetreten von Unglück und Elend. Eine »Bassena«, wie in Wien ein Waschbecken auf dem Gang heißt. An den gelben Wänden weiße, aufgewalzte Muster. Aschenbecher. In den Türen Milchglasscheiben. Schwere, klobige Zentralheizkörper. Links eine weiße Wanduhr, rund mit schwarzen Zeigern. Das Präsidium hinter der Tür Nr. 133. Feuerlöscher. Penetranter Geruch nach Reinigungsmitteln. Putzfrauen. Im Stiegenhaus mehrere Nischen mit Feuerwehrschläuchen. Durch die Fensterbögen Winterlicht –

die Fenster reichten vom Parterre bis in den ersten Stock und wurden durch den eingezogenen Fußboden in zwei Hälften geteilt. Oben ergab sich ein irritierender, schwindelerregender Blick hinaus auf die Straße. Gefühl zu träumen. Wurde gefragt: »Warten Sie auf jemanden?« »Wen wollen Sie sprechen?« »Was tun Sie hier?« – So gelangte ich zu Sonnenberg. Ich klopfte an, eine Frau mit Brille im Haar öffnete. Ein Mann wurde gerade verhört. Ich sah nur seinen Rücken. Sonnenberg sprang hinter dem Schreibtisch auf, lief zu mir: »Was tust du hier?«, flüsterte er nervös. »Ohne Anmeldung!« Wir verabredeten uns für den nächsten Tag.

Das Allgemeine Krankenhaus. Der Narrenturm

Das Allgemeine Krankenhaus wie eine Festung, in die man durch verschiedene Türen hineingelangt. Portieres hockten hinter kleinen Fenstern. Misstrauen. Routinemäßige Unfreundlichkeit. Die Gebäude ebenso wie diejenigen, die den Hof umschließen, zweistöckig. Mehrere Höfe. Ein Mann suchte mit seinem halbwüchsigen Sohn die Kieferstation. Der Sohn hatte ein blutiges Taschentuch in der Hand. »Aber operieren lasse ich mich nicht!«, sagte der Bursche und spuckte einen Blutklumpen in die Wiese. Durch beleuchtete Fenster konnte ich in Krankenzimmer sehen. Eilige Schwestern. Patienten in Morgenmänteln, die stumm vorbeieilten. Zwei Frauen, eine mit Pflaster über der Nase, beide trugen Hüte. Eine dicke Alte mit eingebundenem Kopf und Brille fragte mich nach dem Ausgang. Ekelgefühle.

Der »Narrenturm«, sah ich, befand sich hinter dem Hof 7. Heftige Gedanken an Lindner. Niemand kümmerte sich darum, wie augenscheinlich er Jenner mit seinen Zeichnungen beschuldigte. Beschloss, mit Sonnenberg darüber zu sprechen. Außen am Narrenturm Efeustränge, die die Mauer hinaufgewachsen waren. Ich betrat den Innenhof, in dem sich der eigentliche Turm erhob, so dass der Eindruck einer Gugelhupfform entstand. Darum sagten die Wiener zu Durchgedrehten: »Du kommst in den Gugelhupf!« Der Hof war gepflastert, wenn ich den Kopf hob, sah ich einen kleinen, violetten Ausschnitt des Himmels. In einer Ecke lehnte ein altes Fahrrad. Vertrocknete Laubblätter. Ich öffnete die Tür zum Flur und stieg die schmalen Treppen hoch bis zum dritten Stock, wo eine vergitterte Eisentür mir den Weg versperrte. Zurück in den ersten Stock, zum Eingang in das »Anatomisch-Pathologische-Bundesmuseum«. Gerade wurde eine Gruppe Bundesheersoldaten durch den kreisförmigen Gang geführt. Ich wartete, bis sie verschwunden waren, dann entschloss ich mich, einfach weiterzugehen. Schaukästen mit Skeletten, Präparate in Gefäßen und als Wachs-Moulagen. Alle Formen von Missbildungen bei Neugeborenen in Glaszylindern, konserviert in farblosem Alkohol. Zyklopen, Großhirnlose (Anencephale), Siamesische Zwillinge, Froschgesichter, Wolfsrachen, Mundlose, Nixen. Eine Sammlung von Embryoskeletten und Knochenkrankheiten sowie krankhaften Organen: Lungen von Tuberkulosekranken, Zysten, in denen sich Flüssigkeit angesammelt hatte, ein Eierstock, aus dem wie bei einer Explosion ein Embryo herausgeschleudert wurde, ein vier Monate altes Menschenkind mit Beinen, Armen und Fingern. Verschiedene zwei und drei Monate alte winzige Embryos, deren Finger und Zehen voll ausgebildet waren. Zwei knapp neun Monate alte Embryo-Babys im Mutterbauch (die Frauen, so ein maschinengeschriebener Zettel, waren bei Unfällen ums Leben gekommen). Ein Kupferstich stellte einen Mann mit zwei Penissen, zwei Paar Hoden und drei Beinen dar. Wachsmoulagen von entstellten Gesichtern: Luetiker, Hautkranke, Krebsbefallene. In Zylindergefäßen: Zehen und Finger wie Zangen und Flossen. Ein Fuß mit sechs Zehen. Eine Hand mit acht Fingern.

Die Gruppe Soldaten stand in einem Kabinett, ein älterer Herr im weißen Kittel, eine Zigarette rauchend, erklärte das Skelett eines Exhumierten. Der Knochenschädel hatte noch Haare wie eine Perücke.

Wieder durch die Krankenhaushöfe hinaus.

An der Stelle des Hauses in der Schwarzspaniergasse, in dem der junge Philosoph Otto Weininger sich erschossen hatte und Beethoven starb, ist ein wuchtiges Gebäude errichtet worden. Ich ging durch den Flur, blieb stehen und schaute von dort auf die Straße hinaus, auf der Menschen und Autos in einem fort vorbeizogen, als würde das Haus fahren und ich aus einem Fenster hinausblicken.

Die Tote im Fluss

Am Morgen ein Zeitungsbericht: Eine Frauenleiche wurde am Alberner Hafen angeschwemmt. Verdacht auf ein Verbrechen. Ich nahm ein Taxi. Leichtes Schneetreiben. Der Chauffeur schlug mir vor, beim Friedhof der Namenlosen auszusteigen. Der Leichenfund sei dort ganz in der Nähe gewesen, aber jetzt sei vermutlich nichts mehr zu sehen. Er sagte, er höre öfters den Polizeifunk. Wir bogen vor drei riesigen Speichergebäuden ein. Unheimliche, schmutzstarrende schwarze Festungen. Die rechte Hälfte der Speicher, die Dächer und der Vorbau wiesen Hunderte noch schwärzere kleine Fenster auf, die an Schießscharten denken ließen. Die bedrohliche Größe der Gebäude, von der ich mich zermalmt fühlte. Ich dachte an eine Hinrichtungsstätte, Exekutionskommandos und ausgelieferte Delinquenten. In Wahrheit war es ein ausgedehntes Areal mit abgestellten Containern. Der Friedhof lag in einer Mulde. Schwarze Eisenkreuze, die Gräber waren nummeriert, eine hässliche runde Totenkapelle wie ein abgeschnittener Flakturm. Auf jedem Grab ein Kranz. Die hier Begrabenen, wusste ich, waren alle ertrunken. Auf dem Weg ein verlorener Wollhandschuh. Mir fielen sofort die tote Frau aus der Zeitung, aber auch Jenner und der Mord, mit dem man ihn in Zusammenhang gebracht hatte, ein. Die Mulde war dicht umgeben von kahlen Bäumen. Zur Donau hin hohes, undurchdringlich verfilztes Gestrüppwerk. An den schwarzen Eisenkreuzen hing eine silbern gestrichene Jesusfigur. Vogelfedern, Efeu, Kunstblumen. Auf Schildern unter den Kreuzen stand zumeist »unbekannt«. Rechter Hand, hinter den Bäumen, vier oder fünf hohe gelbe Silos, Motorenlärm, Rufe. Ich las die Schilder: »Hier ruht Wilhelm Töhn. Ertrunken durch fremde Hand am 1. Juni 1904 im 11. Lebensjahr.« Oder: »Die Seele lebt weiter.«

Das Aufbahrungshäuschen war geöffnet, in einer

Ecke verschiedene Grabkreuze, ein Metallregal mit Kerzen und Werkzeug, über zwei Holzbänken stand ein geschlossener Sarg, auf dem ein aufgewickeltes Seil lag. An der Wand hing ein Wasserschlauch.

»Suchen Sie etwas?« Der junge Mann trug eine Brille und hatte einen schmalen Oberlippenbart. Ich fragte nach der Toten, die gestern in der Nähe angeschwemmt worden sei. »Weiter oben«, gab mir der junge Mann zur Antwort und ging voraus. »Wollen Sie in die Kapelle hineinschauen?«

Sie war dunkel, muffig und kalt, und ich spürte die Verlassenheit des Ortes, ein Gemisch aus Abgeschiedenheit, Tod, Wahn und Verzweiflung. Kirchenbänke, ein Altar, aber ich erkannte das Kulissenhafte daran. Die Kapelle gehörte wohl schon in das Totenreich.

Als wir hinaustraten, schneite es stärker.

Ich fragte nach dem Gasthaus.

»Das Gasthaus ist im Winter nicht geöffnet«, sagte der junge Mann. Er führte mich zu einer Lichtung, auf der sein Wagen parkte, und bot mir an, mich zur »Stelle« hinzubringen.

»Sie sind Journalist?«

»Ja.«

»Welche Zeitung?«

Ich sagte nichts, und auch er fragte nicht weiter. Wir fuhren nur ein kurzes Stück, dann hielten wir an, und er zeigte auf Eisenbahnschienen und verrostete Waggons.

»Hinter den Waggons«, sagte er. »Sie war eine Prostituierte.«

»Woher wissen Sie das?«

»Alle sagen es.«

»Warten Sie auf mich?«

»Sie wollen die Stelle sehen?«

»Ja.«

Der junge Mann nickte, und ich stieg aus, ging über den Schienenstrang und stand vor einer Böschung, dahinter etwas tiefer der Fluss. Ich kletterte hinunter zum Wasser. Zerfetzte Nylonplanen, die der Fluss angeschwemmt hatte, hingen auf den niederen Ästen. Für einen Augenblick bildete ich mir ein, mich in die Gefühle eines Mörders – Jenners? – hineinversetzen zu können, die Anziehungskraft der unheimlichen Landschaft zu spüren. Ich ging wieder zurück.

Der junge Mann war ausgestiegen und rauchte.

Er brachte mich bis zu einer U-Bahn-Station und nahm den Geldschein.

Es schneite noch immer. Der Schnee kitzelte im Gesicht.

»Vielleicht mache ich alles, um in die Gehirne Jenners und Sonnenbergs einzudringen oder in die Gehirne Lindners und Ecks«, sagte ich mir.

Als ich erfuhr, dass Eck als Vertreter an den Neusiedler See versetzt worden war, verbrachte ich selbst einige Tage im Seewinkel und stellte mir vor, er zu sein.

Göllersdorf

Professor Schanda war ein gutaussehender und scharfsinniger Mann. Ich bewunderte den Mut und die Kraft, mit denen er sein Leben dem Abseitigen widmete, und staunte – als ich ihn zum ersten Mal über die »Anstalt für geistig abnorme Rechtsbrecher« reden hörte –, wie entschieden und kompromisslos er sich für die Insassen seiner Anstalt einsetzte. Er war ein überzeugter Gegner des »Wegsperrens« und ein leidenschaftlicher Vertreter psychiatrischer Behandlung, von der er sich allgemein die »Normalisierung« vieler seiner Patienten erwartete. Auch den Einwand, dass eine seiner Mitarbeiterinnen, eine Psychiaterin, erst kürzlich von einem Insassen bei einem Behandlungsgespräch erstochen worden sei, ließ er nicht gelten. Er bezeichnete den Vorfall wie auch andere Gewalttaten, die sich im Laufe der Zeit in der Anstalt ereignet hatten, als Einzelfälle, fand Fehler der Betreuer oder spielte die Taten herunter. Ziel aller Behandlungen sei die Rückführung der »geistig abnormen Rechtsbrecher« in die Gesellschaft, beharrte er auf seinem Standpunkt, weshalb er nach Möglichkeit allen Patienten, von denen er glaubte, sie seien auf dem Weg zur Besserung, Ausgang genehmigte und in schwierigen Fällen auf einer elektronischen Fußfessel bestand. Ich zweifelte an seiner für mich zu optimistischen Sicht der Dinge und warf ein, dass auch eine nur kleine Rückfallquote den Tod von Unschuldigen bedeuten würde. Professor Schanda versuchte meine Skepsis zu entkräften, indem er darauf hinwies, dass es im Leben nirgendwo Sicherheit gebe.

Das ehemalige Schloss »derer von Schönborn« ist wegen der vergitterten Fenster schon von weitem in der flachen Ackerlandschaft als Gefängnis erkennbar. Auf dem von einem Drahtzaun umgebenen Parkplatz mit Sicht auf Mauern und Gitter empfand ich augenblicklich jenes Unbehagen, das mich sonst vor Gerichtsgebäuden, Irren- und Erziehungsanstalten befällt, aber auch vor Schlachthöfen und Kasernen. Ich musste einen freien Platz suchen, denn überall waren Autos abgestellt, jedoch sah ich keinen einzigen Menschen. Aus dem zweistöckigen Gefängnis war auch kein Laut zu hören, nichts rührte sich in diesem Niemandsland, in dem es ewig zu schneien schien, und in meinem Kopf schneit es immer noch weiter, während ich diese Zeilen schreibe. Der Portier wies mich in den Besucherraum, in dem ich mich abermals allein fand. Da ich warten musste, hatte ich Zeit, mich umzusehen. Eine Rauchverbotstafel und ein roter Coca-Cola-Automat, mehrere weißgedeckte Tische mit gelben und blaugepolsterten Bürostühlen, Grünpflanzen, ein braun polierter Boden aus Steinplatten, in einer Verkaufsecke von den Häftlingen hergestellte Gegenstände: geflochtene Körbe, Besen, bedruckte Tücher, Schachteln. Neonbeleuchtung, Gitter vor den Fenstern. Eine mannshohe, geschnitzte Figur mit Bart, breitem Hut und in Stiefeln – ein Soldat Wallensteins? Andreas Hofer? Ein menschlicher gestiefelter Kater? Die Bilder an der Wand, offenbar von Häftlingen, unterstrichen das Bestreben, der Nacktheit des Raums etwas entgegenzusetzen, das seine Zweckdienlichkeit kaschierte. An der gegenüberliegenden Wand eine kleine verdeckte Überwachungskamera sowie vier weiße, schwarzgerahmte Türen mit den Schildern »Sprechzimmer 1« und so fort, in denen die Eingesperrten die Möglichkeit haben sollten, ihre Angehörigen zu treffen. Ich versuchte, eine der Türen zu öffnen, aber sie war versperrt. Die Sprechzimmer würden nicht benutzt, sagte gleich darauf Professor Schanda, der unbemerkt eingetreten war, sie seien nicht notwendig, die Begegnungen fänden in privaterer Atmosphäre statt.

Wir brechen sofort auf. Professor Schanda – das gescheitelte weiße Haar fiel ihm wie einem Buben in die Stirn – trug Jeans, Hemd und Sakko, und seine schwarze Lesebrille hing an einer Kordel über der Brust. Eine Schlüsselkette verschwand in seiner Hosentasche, und ich sollte noch häufig sehen, wie der daran befestigte Schlüsselbund herausgezogen, eine Tür auf- und zugesperrt wurde und der Schlüsselbund wieder in der Hosentasche verschwand. Im alten Schlosshof, der mit einem Glasdach überdeckt war, waren zahlreiche Grünpflanzen in Töpfen aufgestellt, vorwiegend Gummibäume. Ein Bogengang führte in den ersten Stock, ein Relief, drei Männer und zwei kniende Kinder darstellend, lehnte zwischen den grünen Blättern an der gelb gestrichenen Wand. Lange hielten wir uns im Gewölbezimmer des Professors auf, einer Studierstube mit altem Parkettboden, Bücherregalen, Orientteppich, Schreibtisch, Stehlampe, Konferenztisch mit Stühlen, Schrank und PC. Vor unserem Rundgang instruierte mich Professor Schanda eingehend. Vor allem ging es ihm darum, die Erfolge der psychiatrischen Behandlung anhand endlos langer und komplizierter Statistiken darzustellen, Aufenthaltsdauer der Häftlinge, Rückfallquoten, soziologische Betrachtungen. Ich behielt, was ich ohnehin wusste: dass das Verbrechen eine Folge gesellschaftlicher Phänomene sei, Mangel an Zuwendung, Erziehung, Betreuung, medizinischer Behandlung, und dass es gegen diese Mängel Mittel gebe: eben Zuwendung, Erziehung, Betreuung, medizinische Behandlung. Doch wieder und wieder hörte ich auch, dass es nirgendwo Sicherheit gebe und das Leben eben gefährlich sei. Ich gebe zu, dass ich nichts oder wenig von den wissenschaftlichen Ergebnissen behalten habe – nur der rührende Eifer des glaubwürdigen Professor Schanda blieb mir in Erinnerung. Er konnte mich jedoch nicht bis in mein Innerstes überzeugen. Zweifel meldeten sich an seinen Schlussfolgerungen, und Zweifel blieben zurück. Ich hörte zu, aber ich argwöhnte, dass auch die beste Betreuung und Behandlung in bestimmten Fällen vergeblich sei und dass es seelische Krankheiten wie auch körperliche gibt, die man nicht mehr heilen kann, so dass ein seelischer Tod dem körperlichen vorausgeht. Ich gestehe, dass ich mich hilflos fühlte angesichts eines Mannes, der seiner Berufung nachging, niemanden, nicht einmal die unschuldigen Schuldigen, die Ausgestoßenen, die Gefürchteten im Stich zu lassen. Welche Hoffnung gebe es für sie sonst, sagte er immer wieder mit anderen Worten, als diese Endstation vor dem Tod, in der er den Ehrgeiz entwickelt hatte, die Verdikte, die über seine Schützlinge gesprochen worden waren, als Vorurteile zu entlarven und das Misstrauen durch eingehende Statistiken zu widerlegen. Selbst wenn ihm das bei mir nicht gelungen ist, weil ich ganz allgemein nicht an die Menschen glaube, so hat er doch meinen Respekt und meine Zuneigung für die humanen Absichten, die er verfolgt.

Der Gang des Gefängnisses war mit gerahmten Bildern der Häftlinge geschmückt, schon das erste stimmte mich nachdenklich. Zu sehen waren die schwarzen Umrisse von vier Personen. Die linke, vielleicht eine Frau, hielt sich eine Pistole an die Schläfe, über den Kopf der rechten, einem Kind, flog ein roter Pfeil an den Kopf der nebenstehenden, von dieser an die dritte und von dieser an die vierte, doch zeigte er in die Gegenrichtung der Waffe.

Professor Schanda wollte nichts von den Krankengeschichten preisgeben.

Wir begegneten bald einer Gruppe Männer verschiedenen Alters in privater Hauskleidung, die stumm einem Wärter folgten. Sicherheitstüren wurden auf- und zugesperrt, und gegen Vorurteile ankämpfend, musste ich mir eingestehen, dass man den meisten von ihnen ihre seelische Krankheit an den Gesichtszügen ansah. Auch wenn sie keinen gefährlichen Eindruck machten, so doch einen verstörten, zerstörten, manche einen schwachsinnigen, tölpelhaften. Bei jeder Begegnung mit Häftlingen versuchte ich, meine Gefühle zu negieren, doch sind sie mir auch nach Jahren noch in Erinnerung geblieben. Weder empfand ich Verachtung dabei noch Angst, sondern nur ein Unbehagen und die dankbare Gewissheit, nur einige Stunden anwesend zu bleiben.

Ansonsten: Alle Gittertüren, die die Stockwerke und Abteilungen unterteilten, waren massiv und durch Querstangen in Quadrate unterteilt. Ich sah ein fast leeres, orange tapeziertes Café mit Marmortischchen, Thonetstühlen, Topfpflanzen und halb durchsichtigen gelben Vorhängen. An einem der Tische saßen zwei Frauen und ein bärtiger Mann des Personals, gutgelaunt und entspannt. Diese Selbstverständlichkeit traf ich in allen Anstalten an, die ich besuchte. Gewohnheit und Erfahrung haben das Personal einen unaufgeregten Umgang mit den Eingesperrten gelehrt.

Brauner Steinboden, weiße Wände und Decken und in Abständen gerahmte Bilder der Häftlinge. Ich sah ein seltsames Gesicht aus Frauenbrüsten in Form eines Dreiecks. Es schwebte am blauen Himmel unter Sonne und Mond. »Blue« stand unter der oberen Spitze. In die Mitte war ein Totenkopf gemalt, von dem ein Pfeil in das Blaue führte, wo in Blockbuchstaben POISON zu lesen war. Die beiden Schenkel des Dreiecks, die Frauenbrüste mit Brustwarzen waren, trafen sich in einem Mund, der wohl auch das weibliche Geschlechtsteil darstellte. Von den Brüsten zeigte eine kleine Schaufel beziehungsweise eine Heugabel auf eine kurze Hose, in der es offenbar brannte, auch wiesen beide Brüste je ein Herz auf. Weitere Symbole, die das Bild schmückten, konnte ich nicht entziffern, doch hatte es, wie ersichtlich, einen stark sexuellen Charakter. Ein weiteres Bild zeigte die Wanderung von Kolonnen von Ameisen, winzigen Krabben, Schildkröten und Fröschen auf einem dem Farnkraut ähnlichen Blatt. Ferner ein rotes Auto mit gelben Sitzen, eine Landschaft, geometrische Körper, Ornamente, ein mit Buntstiften schraffiertes Frauenportrait, Masken, einen Bauern mit Sense vor einer Almhütte und einen weißen Hubschrauber mit der Aufschrift »USA«.

Wir betraten ein Zimmer mit braunen Stahlrohrbetten, bunter Bettwäsche, daneben anstelle von Nachtkästchen Spinde, ein Tischbrett und ein Stuhl. Es gab Kofferradios, Poster, Hosen und Jacken, Hemden und T-Shirts auf Kleiderbügeln, Mineralwasserflaschen aus Kunststoff, Toilettenartikel und Topfpflanzen in einem anschaulichen Durcheinander. Professor Schanda beugte sich über einen jungen Mann, der sich die Decke über die Ohren gezogen hatte, und redete ihm gut zu, aufzustehen. Das dauerte eine Weile. Inzwischen entdeckte ich eine gelbe Scheibe für Wurfpfeile an der Tür und darüber an der Wand einen Lautsprecher. Durch das vergitterte Fenster sah man hinaus auf den mittlerweile nebeligen Schneetag. Zuerst antwortete der Häftling nicht, dann gab er stöhnend Laute von sich, schließlich stammelte er einzelne Worte. Er setzte sich auf, und ich sah, dass sein Haar kurzgeschoren und sein Gesicht vom Schlaf gezeichnet war. Professor Schanda gab nicht nach, bis sein Patient halbwegs zu sich kam und ihm versprach, nicht länger im Bett zu bleiben. Daneben saß im Behandlungszimmer ein riesiger, glatzköpfiger Mann mit einer Sportjacke und streckte einem Pfleger seine nackten Füße hin, die dieser mit Gummihandschuhen an den Händen untersuchte. Ernst und ruhig betrachtete der ältere Mann durch seine Brille den Ausschlag und war so sehr in seine Tätigkeit vertieft, dass er uns gar nicht bemerkte. Nur der riesige Mann war neugierig geworden und erhoffte sich offenbar ein Gespräch, doch der Professor ging rasch weiter und antwortete auf meine Frage flüchtig und fast verlegen, der Mann habe in einem Wald, in dem er gearbeitet habe, ein Häuschen entdeckt. Er habe sich Zutritt verschafft, sich vor den Kühlschrank gesetzt und alles aufzuessen und auszutrinken begonnen, auch Alkoholisches, und sei dann eingeschlafen. Als er von der Besitzerin, die im Nebenraum zu Bett gegangen war, entdeckt worden sei, habe er sie in der ersten Regung erwürgt. Inzwischen sei er mehrmals in Absprache mit den Ärzten nach Hause beurlaubt worden, da seine Schwester beziehungsweise sein Bruder in dieser Zeit die Verantwortung für ihn übernommen hätten. Der Mann war jedoch so riesig und stark, dass ich zweifelte, ob er von einzelnen Personen hätte unter Kontrolle gehalten werden können. Professor Schanda versuchte währenddessen in meinem Gesicht zu lesen, und da er darin offenbar Zweifel entdeckte, erklärte er, dass »die Verwandten fortlaufend« in Verbindung mit der Justizanstalt gestanden sind. Es gehöre natürlich in anderen Fällen auch zum Ausgang, beantwortete er meine Frage, dass die Betreffenden allein nach Hause fahren dürften. In der Regel kehrten sie aber zurück, ohne dass etwas passiere, aber natürlich könne es manchmal auch vorkommen, dass sie gesucht werden müssten. Die Rückfallquote sei aber, wie gesagt, äußerst niedrig, und üblicherweise passiere nichts Schlimmes. Der junge Mann beispielsweise, den er sich bemüht habe aufzuwecken, habe sich nach einem Ausflug eine halbe Nacht in Wien herumgetrieben, sei aber dann an einer U-Bahn-Station aufgefallen und in die Justizanstalt zurückgebracht worden.

Wieder auf dem Gang. Ein Bilderrahmen mit verschiedenen Buntstiftzeichnungen, die außergewöhnlich waren: realistisch wie die Darstellung einer Fledermaus, eines Herrenschuhs und des geöffneten Mauls eines Nilpferds oder karikaturhaft wie eine Schnecke mit der lateinischen Beschriftung: ERGO EGO LIBERTUS, QUI, QUO, UBI, QUOMODO, QUANDUS, phantastisch wie Vögel mit Menschenköpfen oder kindlich wie Aquarelle mit Tieren und Pflanzen. Außerdem weitere Rahmen mit bemalten Holzklebearbeiten, ein Baum, ein Haus, ein Hund, ein Segelschiff, eine Wolke und die Sonne. Überall waren unauffällig Überwachungskameras an der Decke montiert. Während wir die Treppen hinunterstiegen, begegneten wir einer Gruppe lärmender junger Männer, zum Teil mit Sprachstörungen. Ruhig gab der Professor ihnen zu verstehen, dass sie nicht so laut sein sollten, und sogleich verstummten alle bis auf einen, den diese Bemerkung nicht erreichte. Er war so sehr in seine Gedanken verstrickt, dass er mit seinen gedämpften Schreien fortfuhr, auch als der begleitende Wärter ihn energischer anhielt, endlich still zu sein. Diesmal antwortete der Professor auf meine Frage nach dem Häftling zögernd – als würde es ihn unangenehm berühren, zu »gestehen«, dass der junge Mann in einem Anfall von Verwirrung seine Tante, die in einem Rollstuhl saß, aus einem Fenster geworfen habe.

Das obere Stockwerk durfte ich nicht sehen. In der geschlossenen Abteilung befänden sich, sagte Professor Schanda, die aggressivsten Patienten, streng getrennt von den übrigen. Nur geschultes Fachpersonal dürfe das Stockwerk betreten. Die Patienten, so Professor Schanda weiter, blieben dort zumindest ein paar Wochen, manche monatelang. Bestimmte Sicherheitsvorkehrungen seien notwendig, die streng eingehalten würden, darunter das Besuchsverbot. Er stand verlegen hinter der Tür, und ich betrachtete eingehend den Rauchmelder an der Decke. Wir gingen weiter zur Malwerkstatt. In einer Ecke des Gangs war eine Tragbahre senkrecht an der Wand befestigt, mit Polster und zusammengelegter Decke. Die Werkstatt, ein großräumiges Gewölbe, war vollgestopft mit Regalen, Schränken, Arbeitstischen, Stühlen. Niemand war zu sehen, es war, als blickten wir in eine verlassene Welt. Der Boden hatte von feinem Staub eine dünne, weißgraue Farbe angenommen, Farbkübel standen in einer Nische, und in den Regalen waren eine Menge unbeholfen geformter Gegenstände zu sehen: Schachfiguren, Teller, Aschenbecher, Köpfe, Kaffeeheferln, Vasen – noch ungebrannt und unbemalt. Auch auf einem der Tische herrschte das gleiche bunte Chaos, doch war es eine gefällige Unordnung inmitten der ordentlich aufgeräumten Werkstatt. Es gab auch ein besonderes Wandregal mit gelungenen Stücken: Pferd und Reiter, eine Schlange, ein Kerzenständer, Figuren, ein Kreuz, Hühner – das meiste aber war wie von Kinderhand geformt.

Der Platz hinter der Justizanstalt war von mehreren Meter hohen Drahtzäunen umgeben: Fußballtore, große Wiese, ein Gewächshaus aus Kunststoffplanen, eine Hütte, daneben ein Laubengestell mit Bänken und Tischen, Thujensträucher. Der Schnee hatte alles in eine bizarre Kasernenlandschaft mit Exerzierplatz verwandelt. Auf dem leeren großen Platz empfand ich Ausgesperrtsein und Eingesperrtsein zugleich. Wortlos stapften wir bis zur Hütte und wieder zurück. Bei besserem Wetter sei der Hof zu bestimmten Zeiten sehr belebt, erklärte der Professor.

Wieder in dem ausgedehnten Gebäude, reihten sich in den schmalen, jetzt durch Fenster erhellten Gängen wieder Bilder an Bilder: erstaunliche neben bemühten, rätselhafte neben naiven. Ein Schmetterling und ein Schneemann … Ein buntes Gekritzel mit drei Augen, in dem ich auch eine Nase entdeckte … Buchstaben und rote Blitze. Die Buntstiftzeichnung einer Faust, die eine Mauer durchschlug. Die Bastelwerkstatt mit großen Tischen, einem kleinen Webstuhl, Körben, Schraubstock, Bohrer und weiteren Regalen und Schränken. Ich erstand zwei Notizbücher, deren Einband mit Farbflecken gestaltet war. Es gab noch einen weiteren Platz, erkannte ich inzwischen aus dem Fenster schauend, auf dem Bäume standen, die schon dick verschneit waren. An den Gangwänden Collagen im Stil von Kurt Schwitters und ein farbiges Blatt, bei dem ich zuerst an ein Würfelspiel dachte. Darunter stand »Das Mollekühl von Ingomar Egel«. Außerdem ein rotes Bild, das an ein Blutbild unter dem Mikroskop erinnerte, und ein Blatt im Kindermalstil: ein Mann vor einer Kapelle, die an einer Seite ein großes Kreuz aufwies. Von den Händen des Mannes gingen zwei Lichtbahnen zu beiden Enden des Querbalkens hin.

Bevor ich das Gebäude verließ, entdeckte ich im dämmrigen Hof unter dem Glasdach ein Plakat, auf dem der österreichische Maler Alfred Kubin abgebildet war. Er trug die gewohnte Baskenmütze auf dem Kopf, Flanellhemd und Trachtenweste unter dem Sakko. Daneben stand: »Wenn geliebte Wesen verschwinden, zerfällt ein Teil unserer lebendigen Beziehung zur Welt; diese verarmt. Zugleich aber kristallisiert sich etwas wie ein Reich der sehnsüchtigen Erinnerung bei überschrittener Akme. Je älter man wird, umso drängender ruft es aus uns, rufen die vielen Toten, und ich stelle es mir für den alternden Menschen natürlich und gut vor, einen wüsten, leeren Garten zu verlassen. Alfred Kubin.«

Auf der Heimfahrt geriet ich in einen so dichten Schneefall, dass ich in einem eiskalten Landgasthof übernachten musste, in dessen schäbigem Zimmer ich keinen Schlaf fand.

Bruno Kreisky

1980 verfasste ich für einen Fotoband von Konrad R. Müller einen längeren Beitrag, der einen Besuch in Kreiskys Ferienhaus auf Mallorca, die Feiern zum 25-jährigen Staatsvertrags-Jubiläum, einen Staatsbesuch in Belgrad, den 1.-Mai-Aufmarsch in Wien und eine Wahlkampfreise in Niederösterreich zum Inhalt hatte. Ich lernte Kreisky bei dieser Arbeit schätzen, und er vermittelte mir den Eindruck, dass auch er mich mochte. Wie nicht wenige, die über ihn schrieben, zog er mich bald ins Vertrauen, er war höflich, rücksichtsvoll und hielt mit seiner Intelligenz nicht hinter dem Berg, ohne mit ihr zu prahlen oder sich in ihr zu sonnen, obwohl er in den Zeitungen oft als »Sonnenkönig« bezeichnet worden war. An dem Fotoband hatte sich außer mir noch der Schriftsteller Peter Turrini beteiligt. Nach dem Erscheinen bekamen wir reichlich Kritik und Häme zu spüren. Die Angriffe betrafen vor allem den Tabubruch, dass zwei Schriftsteller einen Politiker portraitiert hatten, ohne ihn herunterzumachen. Selbstverständlich betrachtete ich Kreisky als eine Ausnahmepersönlichkeit, und da ich nie Mitglied einer Partei, auch nicht der SPÖ, war, fand ich, dass ich genügend Distanz hatte, um diese Aufgabe zu übernehmen. Manfred Deix zeichnete Turrini und mich in der Folge als Ministranten, die unter einem Fronleichnamshimmel mit Kreiskybüste Weihrauchkessel schwingen. Die Zeichnung, die zum Besten des Karikaturisten gehört, ist, wie sein Werk überhaupt, originell, witzig und böse und von starker Erzählkraft. Thomas Bernhard fiel im »profil« über uns her und nannte uns zur Freude mancher Kulturjournalisten, die damit ein faules Ei in die Faust bekamen, das sie im Namen eines anderen auf uns werfen durften, »charakterlos«, was mich nachträglich allerdings ein wenig verwundert, war Bernhard doch heimlich Parteimitglied, wie sich nach seinem Tod herausstellte, sowohl bei der SPÖ als auch später bei der ÖVP gewesen, ein österreichischer Großkoalitionär also, wie es wenige gibt.

Meine mehr als dreißigjährige Arbeit an den beiden Romanzyklen »Die Archive des Schweigens« und »Orkus« spielt zu einem guten Teil in der Kreisky- und Nachkreisky-Zeit und der jüdische, sozialdemokratische Politiker nimmt darin etwa die Rolle ein, die – ich bitte wegen des Vergleichs prophylaktisch um Vergebung – Kaiser Franz Joseph für Robert Musil und Joseph Roth in ihrem Werk hat. Kreisky hatte das politische Denken einer ganzen Generation geprägt und zugleich auch berechtigte Kritik herausgefordert. Trotzdem bleibt er eine historische Erscheinung und Maßstab in der österreichischen Politik seit Beginn der Demokratie. Meine Begegnungen mit ihm verliefen allerdings nicht immer konfliktfrei. Auf Mallorca hatte ich ihn wegen der bösen Worte kritisiert, die er über Simon Wiesenthal geäußert hatte. Kreisky war daraufhin ungehalten gewesen. Er habe nie behauptet, widersprach er mir, Wiesenthal habe mit der Gestapo kollaboriert, auch nicht gesagt, Wiesenthals Beziehung zur Gestapo sei eine andere gewesen als seine, das hätten »die Zeitungen« nicht richtig wiedergegeben. Wir saßen uns für einige Augenblicke stumm gegenüber, unangenehme Augenblicke, denn wir befanden uns auf einem kleinen Balkon, und er schaute durch mich hindurch, während ich damit rechnete, dass er das Gespräch im nächsten Moment abbrechen würde.

In meiner einzigen Begegnung mit Wiesenthal hatte ich mich von Kreiskys Verdächtigungen schon zu Beginn des Gesprächs distanziert – nicht aber von Kreisky selbst. Wiesenthal erinnerte mich damals daran, dass Kreisky ihn darüber hinaus beschuldigt hätte, Mafia-Methoden angewendet zu haben, als er dem Obmann der FPÖ, Friedrich Peter, mit dem Kreisky politisch kooperiert hatte, nachgewiesen habe, dem 10. Regiment der 1. SS-Infanteriebrigade angehört zu haben, die Tausende Juden, Roma und Partisanen liquidiert hatte.

Mehrere Jahre nach dem Fotoband wollte ich Kreisky – er war als Bundeskanzler bereits zurückgetreten – für die Hamburger »Zeit« interviewen und dabei seine Neigung, ehemalige Mitglieder der NSDAP zu Ministern zu befördern, zur Sprache bringen. Ich hatte mich deshalb mit den Biographien der sieben österreichischen Politiker, auf die sich die Frage bezog, näher befasst. Hatte Kreisky sich beim früheren Innenminister Rösch noch unwissend gestellt, so hatte er mich beim ehemaligen Landwirtschaftsminister Weiß angefahren, man habe nach dem Krieg Österreich nicht in zwei Teile zerlegen können, einen für die Guten, die keine Nazis, und einen für die Bösen, die Mitglieder der NSDAP gewesen seien. Was ich denn eigentlich wolle? Und plötzlich hatte er mit der Fernbedienung seinen TV-Apparat eingeschaltet. Wir saßen in seiner Villa in der Armbrustergasse, und auf dem Bildschirm lief zufällig gerade eine Werbung für die scharfen Firn- und Arosazuckerln, wobei eine männliche Stimme im Hintergrund tief aus- und einatmete und lustvoll »Firn-Arosa« flüsterte. Übergangslos lobte Kreisky den anonymen Sprecher für die Art und Weise, wie er den Text vorgetragen hatte, und fragte mich nach meinem Urteil. Ohne eine Antwort abzuwarten, wollte er weiter wissen, ob ich nicht hungrig sei. Ich solle doch in die Küche gehen und mir etwas geben lassen. Ich zog es natürlich vor, mich zu verabschieden, und auf dem Heimweg in der Dunkelheit, die Döblinger Hauptstraße hinunter, trat ich vor Zorn gegen den einen oder anderen Baum. Am nächsten Tag musste ich der »Zeit«, die für das Gespräch Platz reserviert hatte, absagen. Einige Monate später erhielt ich von Kreiskys Sekretärin Margit Schmidt die Einladung, am Aschermittwoch zu einem Heringsschmaus in die Armbrustergasse zu kommen. Ich wollte zuerst ablehnen, aber meine Frau Senta meinte, das sei eine gute Gelegenheit, meinen Groll gegen Kreisky loszuwerden.

Der Altbundeskanzler begrüßte die Gäste im Nadelstreif und mit Maßschuhen. Er sah im trüben Licht aus wie eine Wachsfigur aus dem Kabinett der Madame Tussaud. Seine Gesichtsfarbe war blass, und sein Haar wirkte gepudert. Er sprach, wie mir schien, noch langsamer als sonst, als habe jemand die Menschenpuppe mit einem großen Schlüssel im Rücken zu wenig aufgezogen. Ich saß bei Tisch zwischen Margit Schmidt und meiner Frau, aß nur wenig und trank dafür umso mehr Wodka, der von einem Kellner im weißen Smoking serviert wurde. Kreisky nahm nichts zu sich, er bemühte sich jedoch, ein aufmerksamer Gastgeber zu sein. Bei der ersten Gelegenheit fragte ich ihn, was ihn dazu bewogen habe, mit dem FPÖ-Vorsitzenden Peter politisch zusammenzuarbeiten und ihn sogar als dritten Präsidenten des Nationalrats vorzuschlagen. Das Gespräch am Tisch verstummte daraufhin, und Kreisky antwortete ruhig, dass Peter aus einer armen Familie in Niederösterreich stamme. Er erzählte der Tischgesellschaft von der kärglichen Kindheit des freiheitlichen Politikers und auf welche unglücklichen Verstrickungen seine Mitgliedschaft bei der SS zurückzuführen gewesen sei. Ich widersprach, dass das kein Grund dafür gewesen sein könne, ihn zum dritten Nationalratspräsidenten vorzuschlagen, trank weiter und fragte und widersprach weiter. Es war die ganze Zeit über still bis auf die Essgeräusche der Gäste, und bald spürte ich, wie ich betrunken wurde. Aber mit der Hartnäckigkeit des Alkoholisierten wiederholte ich meine Fragen und Widersprüche bis zum Aufbruch der Tischgesellschaft. Am nächsten Morgen berichtete mir meine Frau, wie es ihrer Art entspricht, bis ins Detail vom Ablauf des Abends und ließ dabei ihrem Missfallen freien Lauf.

Mehr als ein halbes Jahr darauf wurde ich unerwartet wieder in die Armbrustergasse gebeten. Kreisky begrüßte mich zu meiner Überraschung per du und behielt das Du-Wort von nun an bei, weshalb ich es allmählich auch selbst verwendete.

Ich habe Kreisky vor allem wegen seiner sozialen Einstellung und seiner brillanten analytischen Fähigkeiten geschätzt. Er war ein international gehörter Gesprächspartner. Seine politischen Reformen sind Legende und sein vielgeschmähter Ausspruch, er mache sich um hundert Arbeitslose mehr Sorgen als um ein paar Millionen Schilling mehr Schulden, ist inzwischen in der Wirtschaftskrise des Jahres 2009 ökonomisches

Allgemeingut geworden, zumindest aber besagt er, dass der Mensch mehr wert ist als das Geld.

Während seines Besuchs in Belgrad, den er 1980, am Ende der Ära Tito, unternahm und bei dem ich ihn für den Fotoband von Konrad R. Müller begleitete, setzte er sich zu einer improvisierten Pressekonferenz mit den österreichischen Journalisten, die mitgereist waren, zusammen. Entspannt lehnte er auf einer Couch, die Hosenträger sichtbar und unter seinen hinaufgerutschten Stulpen sah man ein Stück bestrumpfter Beine. Kreisky hielt, angeregt durch die Fragen, bald einen Monolog über die weltpolitische Lage. Es war kein Resümee, sondern er dachte laut. Zwischendurch machte er Pausen, fuhr sich durchs Haar, und ich hatte den Eindruck, als würde er mitunter erst allmählich Klarheit gewinnen. Er sprach auch über die Zukunft, in der das Erdöl und politische Attentate, vor allem auch die Möglichkeit von Selbstmordanschlägen, in seinen Gedanken die größte Rolle spielten. Soweit ich mich erinnern kann, trafen alle seine Überlegungen zu.

Zehn Monate vor seinem Tod, Kreisky hatte eine Nierentransplantation hinter sich und große Mühe, gegen Konzentrationsverlust und Müdigkeit anzukämpfen, stellte er im Wiener UNO-Center den zweiten Band seiner Memoiren vor. Etwa tausend Menschen warteten auf den alten Politiker, der, an einem Stock gehend, hereingeführt wurde. Er sah klein und zerbrechlich aus, aber er war nach wie vor ein großer Schauspieler und verzog keine Miene, als das Publikum sich erhob und stehend applaudierte. Wieder wirkte er auf mich wie seine eigene, lebensgroße Puppe, in dem Nadelstreifanzug und mit dem sorgfältig gekämmten Haar. Nach einer angemessenen Pause legte er den Stock auf den Tisch und setzte sich. Der Altbundespräsident Kirchschläger hielt in gewohnt pastoralem Tonfall einen Einführungsvortrag, unterstrich, dass er einiges von dem, was Kreisky in seinem Buch geschrieben habe, anders sehe, schränkte jedoch ein, dass es das Recht jedes Menschen sei, an seiner subjektiven Wahrheit festzuhalten. So sei ihm die Arabien-Diplomatie in Kreiskys Zeiten manchmal zu viel gewesen, sie würde allerdings – und damit spielte er auf die zahlreichen Reisen des österreichischen Bundespräsidenten Kurt Waldheim in die arabischen Länder an – in der Gegenwart noch in den Schatten gestellt. Hierauf erhob sich Kreisky und trat an das Rednerpult. Man konnte ihn allerdings nicht verstehen, da das Mikrophon von ihm weggedreht war. Heinz Fischer – später selbst Bundespräsident – eilte auf die Bühne und richtete das Mikrophon zurecht. Kreisky beugte sich langsam zu ihm hin und sagte: »Ich danke dir für deine Hilfe. Sie schließt an jene, die ich mir stets von dir erwarten durfte, an – nicht immer ohne kritische Distanz, muss ich zu deiner Ehrenrettung sagen.« Nachdem er das Gelächter und den Applaus abgewartet hatte, verirrte sich Kreisky in seiner Rede des Öfteren im großen Wald der Sätze und fand nicht mehr heraus. Er sprach frei, aber die geplanten Pointen zerrannen ihm im Gegensatz zu früher wie Sand zwischen den Fingern. Als er über ein Heine-Zitat in seinem Memoirenband sprechen wollte, verrannte er sich vollends und verheddderte sich qualvoll im Gestrüpp der Wörter. Seine Gedanken lösten sich auf, und sein Gedächtnis versagte. Kreisky bemühte sich angestrengt, die Situation zu überspielen, doch zuletzt gelang ihm nur noch das mehr oder minder sympathische Geschwätz eines nicht uneitlen Greises, der es genoss, vor einer großen Menschenmenge, vor Fernsehen, Rundfunk und Presse wieder im Mittelpunkt zu stehen. Obwohl er immer häufiger den Faden verlor, sprach er weiter, um dann abrupt zu enden und endlich Platz zu nehmen. Es fällt mir schwer, diesen Auftritt des alten Mannes ohne Gnade festzuhalten, doch bestätigt das Lesen meiner Aufzeichnungen die triste Erinnerung, die ich davon behalten habe. Kreisky sah jetzt krank, fast mumifiziert aus, und obwohl er langanhaltenden Applaus erhielt, tat er mir leid, denn ich vermutete, dass er über sich Bescheid wusste.

Mein nächster Besuch war auch mein letzter. Kreisky hatte schon schwer gegen Zustände der Verwirrung anzukämpfen und saß im Wohnzimmer in der Armbrustergasse in einem Rollstuhl. Ich erinnerte mich sofort daran, wie er – noch im Besitz seiner Kräfte – in Schimpfkanonaden hatte ausbrechen können, bei denen er niemanden verschont hatte. Er war ein begnadeter und leidenschaftlicher Spötter gewesen, er konnte ohne Nachsicht und mit Sarkasmus über seine jeweiligen Gegner »herziehen«, mit Wiener Dialektausdrücken, eifernd und bösartig. Nun sah ich ihn hilflos und im Wissen um seine Ohnmacht. Das Alter hatte seinem Gesicht kindliche Züge verliehen, gerötete Wangen und eine Art Staunen im Blick. Das Haar war schütter geworden, der Bart weiß, die Augen schmale Schlitze. Schwarze Träger hielten seine Trainingshose, und an seinen Füßen trug er Turnschuhe. Er hatte Mühe beim Sprechen, versuchte aber angestrengt, es sich nicht anmerken zu lassen. Er war bestürzt über die Ausländerdebatte, die die FPÖ und Jörg Haider angezettelt hatten, und über die Kritik an der Aufnahme rumänischer Flüchtlinge. Als er davon sprach, bekam er nasse Augen. Nach zehn Minuten verlor er die Konzentration und begann wirr zu reden. Ich versuchte, es zu ignorieren, aber Kreisky war über den Verlust seiner Denkkraft selbst irritiert und riss die Augen auf. In diesem Augenblick läutete das Telefon, und Margit Schmidt reichte ihm den Hörer. Eine Frauenstimme redete auf ihn ein, und er sagte: »Ja, komm, ich freu' mich ... Mir geht's nicht gut ... Ich seh' nichts mehr, ich bin schon blind ... Ich sitz' in einem Rollstuhl ... Ich kann nicht mehr gehen.« Margit Schmidt führte Kreisky hierauf nach einem hastigen Abschied aus dem Zimmer, wie einen greisen König auf einem fahrbaren Thron. Ein Vierteljahr später, an einem heißen Sonntag, dem 29. Juli 1990, erfuhr ich aus den Nachrichten im Radio, dass Bruno Kreisky gestorben war.

Das Protokoll

In Budapest hatte ich in der Nacht meiner Ankunft nach einem ausgiebigen Wildbretmahl und zwei Flaschen schweren Rotweins einen heftigen Gallenanfall. Damals glaubte ich allerdings, die Schmerzen kämen von meinen defekten Bandscheiben, an denen ich schon länger litt. Ein Jahr später, bei einer Reise in die Oase Baharia in Ägypten, hatte ich einen ähnlichen Anfall, allerdings mit hohem Fieber, Diarrhö und Übelkeit, den ich diesmal auf eine Magen-Darm-Infektion schob. Als ich danach wieder in Österreich war, stellte sich heraus, dass ich an Gallensteinen litt und sofort operiert werden musste. In Budapest hatte ich daher eine falsche Vorstellung, weshalb mir übel war und mich jeder Muskel meines Körpers schmerzte. Als ich mich in das Café aufmachte, in dem ich mich mit Imre Kertész verabredet hatte, war ich so ermattet, dass ich nicht wusste, wie ich mich auf den Beinen halten sollte. Die Begegnung mit dem ungarischen Schriftsteller sehe ich daher nur noch wie im Nebel vor mir. Kertész trug das schüttere Haar nach hinten frisiert und zu einem Zopf zusammengebunden, ein schwarzes Hemd, dunkles Sakko und eine hellbraune Hose. Ich erkannte ihn sofort von den Fotografien her, die ich von ihm gesehen hatte. Für einen Augenblick, als er mich freundlich auf Deutsch begrüßte, vergaß ich mein Unglück und dass ich an einem Tischchen mitten im Café saß, da alle anderen besetzt waren. (Ich muss nämlich in öffentlichen Lokalen vorzugsweise an Wandtischen sitzen, von denen aus man den Raum überblicken kann, und ich kehre vor allem dem Eingang ungern meinen Rücken zu. Aus der Art und Weise, wie Imre Kertész sich umblickte, schloss ich, dass es auch ihm nicht behagte, in der Mitte des Cafés Platz zu nehmen, noch dazu in der Nähe zahlreicher Nebentischchen, von denen aus man eventuell alles mithören würde, was wir sprachen.) Mir war gesagt worden, dass seine Frau sehr krank sei und er sie pflegte, und deshalb war unser Gespräch auf eine Stunde befristet. Kertész war aufmerksam und liebenswürdig, fast so, als ahne er, in welchem Zustand ich war. Ich wollte mit ihm über sein Buch »Roman eines Schicksallosen« sprechen.

Der »Roman eines Schicksallosen« beschreibt in einer durchsichtig klaren Sprache die Hölle der Konzentrationslager Auschwitz und Buchenwald aus der Perspektive eines fünfzehnjährigen jüdischen Jungen, der nahezu abgeklärt darlegt, wie alles kam, und dabei dennoch nicht seine Unschuld und seinen Glauben an das Überleben verliert. Eine groteske Selbstverständlichkeit in der Schilderung der Schrecknisse verleiht dem Roman, der in Ich-Form erzählt ist, eine Nachvollziehbarkeit, wie ich sie nicht für möglich gehalten hatte. Erst mit diesem Buch fing ich an, die Verbrechen, die Ungeheuerlichkeiten, die in den Konzentrationslagern geschehen waren, tatsächlich zu begreifen. Keine Seite – das war eine weitere Besonderheit – war bloßes Dokument, immer hielt sich der »Roman eines Schicksallosen« sprachlich im wundersamen Gleichgewicht zwischen Erstaunen und Neugier, was seine Glaubwürdigkeit noch erhöhte. Das Überraschendste und nicht minder Glaubwürdige an dem Buch ist jedoch das Ende. In Budapest, in der Straßenbahn, bezahlt ein Fremder dem Jungen bei seiner Rückkehr aus dem KZ, in dem er ein Jahr inhaftiert gewesen war, die Fahrkarte. Auf die Frage, woher er komme, antwortet der Erzähler: »Aus ... Buchenwald.« Und weiter: » ›Von wo haben sie dich verschleppt?‹ ›Aus Budapest.‹ ... ›Du hast wahrscheinlich viel gesehen, mein Junge, viele Greuel‹, meinte er da, und ich habe nichts gesagt. ›Na ja‹, fuhr er fort. ›Hauptsache, es ist aus und vorbei.‹ Seine Miene hellte sich auf, er zeigte auf die Häuser, an denen wir gerade vorbeirumpelten, und erkundigte sich, was ich jetzt wohl empfand, wieder zu Hause, beim Anblick der Stadt, die ich damals verlassen hatte. Ich sagte: ›Hass.‹

Er schwieg eine Weile, bemerkte dann aber, er müsse mein Gefühl leider verstehen. Im Übrigen habe ›je nach den Umständen‹, so meinte er, auch der Hass seinen Platz, seine Rolle, ›ja, seinen Nutzen‹, und er nehme an, fügte er hinzu, wir seien uns da einig, und er wisse wohl, wen ich hasste. Ich sagte: ›Alle.‹ Er schwieg wieder, dieses Mal etwas länger, und fragte dann: ›Hast du viel Schreckliches durchmachen müssen?‹, und ich sagte, es käme darauf an, was er unter schrecklich verstehe. Bestimmt, sagte er da, mit einem etwas unbehaglichen Ausdruck im Gesicht, hätte ich viel entbehren, hungern müssen, und wahrscheinlich sei ich auch geschlagen worden, und ich sagte: ›Natürlich.‹ ›Lieber Junge‹, rief er da, wobei er, wie mir schien, doch langsam die Geduld verlor, ›warum sagst du bei allem, es sei natürlich, und immer bei Dingen, die es überhaupt nicht sind!‹ Ich sagte, im Konzentrationslager sei so etwas natürlich. ›Ja, ja‹, sagte er, ›dort schon, aber …‹, und hier stockte, zögerte er ein bisschen, ›aber … ich meine das Konzentrationslager an sich ist nicht natürlich!‹, endlich hatte er gewissermaßen das richtige Wort erwischt, und ich erwiderte dann auch nichts darauf, denn ich begann allmählich einzusehen: über bestimmte Dinge kann man mit Fremden, Ahnungslosen, in gewissem Sinn Kindern, nicht diskutieren, um es so zu sagen …« Und Kertész schreibt weiter, wie der Mann den Jungen – ihn selbst –, nachdem beide ausgestiegen waren, fragte, ob er nicht über seine Erlebnisse berichten möchte? »Aber worüber denn?«, lässt Kertész den jetzt Sechzehnjährigen antworten. »›Über die Hölle der Lager‹, antwortete er, worauf ich bemerkte, darüber könne ich schon gar nichts sagen, weil ich die Hölle nicht kenne und sie mir nicht einmal vorstellen kann. Aber er sagte, das sei bloß so ein Vergleich: ›Haben wir uns denn‹, fragte er, ›das Konzentrationslager nicht als Hölle vorzustellen?‹ Und ich sagte, während ich mit dem Absatz ein paar Kreise in den Staub zeichnete, jeder könne es sich vorstellen, wie er wolle, ich meinerseits könne mir jedenfalls nur das Konzentrationslager vorstellen, denn das kenne ich bis zu einem gewissen Grad, die Hölle aber nicht.«

Die letzten Abschnitte des Buchs lesen sich als Anklage gegen das »normale«, das »gedankenlose« Leben, das versickernde, schlafende Leben, das in den Alltag gepresst abläuft, ein Leben, das nicht, auch nicht angesichts der größten Katastrophe, aus sich selbst heraustreten und verstehen kann, weil ihm dafür die Vorstellungskraft fehlt. In wenigen Sätzen schildert Kertész, wie er angesichts seiner neuen alten Umgebung plötzlich »Heimweh« nach dem Lager empfindet, vor allem nach den Menschen, die ihm dort zugetan gewesen waren. »Denn sogar dort, bei den Schornsteinen, gab es in den Pausen zwischen den Qualen etwas, das dem Glück ähnlich war. Alle fragen mich immer nur nach Übeln, den ›Greueln‹: obgleich für mich gerade diese Erfahrung die denkwürdigste ist. Ja, davon, vom Glück der Konzentrationslager, müsste ich ihnen erzählen, das nächste Mal, wenn sie mich fragen. Wenn sie überhaupt fragen. Und wenn ich es nicht selbst vergesse.«

Dass Kertész im größten Unglück auch Glück empfinden konnte, zeugt von der höchsten Erinnerungs- und Schreibkunst des ungarischen Schriftstellers. Elf Jahre habe er, sagte er mir, an dem Manuskript gearbeitet. Und ich kämpfte gegen Übelkeit und eine Ohnmacht an. Ich ging auf die Toilette, wusch mein Gesicht mit kaltem Wasser, nahm eine Tablette, aber die Schmerzen ließen nicht nach. Auch als ich heißen Tee bestellte, wurde mir nicht besser. Trotzdem sprachen wir weiter, ich weiß nicht mehr, was ich sagte. Ich machte aus meiner Verehrung für ihn kein Hehl, und er war unverändert freundlich und aufmerksam. Schließlich erzählte er mir die Geschichte, wie er in der Zeit des Kommunismus zwei oder drei Tage habe in Wien verbringen wollen, weil er als Übersetzer Ludwig Wittgensteins mit einem Stipendium für seine Arbeit bedacht werden sollte. Die Geschichte, zu Literatur geworden in der Erzählung »Das Protokoll« ist reich an Zwischenfällen und trostlosen Episoden, eindrucksvoll in ihrer reduzierten Sprache und trotz der Niederlage am Ende – der Bericht eines Überlebenden. Kertész nämlich versuchte, entgegen den strengen Gesetzen, mehr Geld mitzunehmen, als erlaubt war. Minutiös schildert er die Qualen, als er in der Eisenbahn gefilzt und schließlich vor der österreichischen Grenze in Hegyeshalom zum Aussteigen gezwungen wird. Dort wird auch sein Bargeld – viertausend Schilling – konfisziert, und er muss ein Protokoll unterschreiben, in dem er in beamtischem Wortlaut seiner »Verfehlungen« angeklagt wird. Nach seiner Kapitulation vor der anonymen Macht findet Kertész sich nun wieder auf der Rückfahrt in der Eisenbahn, denn er darf nicht mehr nach Wien weiterreisen. »Ich habe die Fähigkeit zum Dulden verloren, ich bin nicht mehr verwundbar«, schrieb er. »Ich bin verloren. Dem Anschein nach fahre ich mit diesem Zug, aber der Zug befördert nur noch einen Leichnam. Ich bin tot.«

Kertész, mittlerweile für mich in Nebeln verschwindend und aus ihnen wieder auftauchend, erzählte mir detailgetreu den Inhalt der Geschichte, die ich schon gelesen hatte. Ich sagte es ihm auch, und er freute sich darüber, erzählte jedoch weiter. Meine Schmerzen hatten inzwischen nachgelassen, aber mein Kreislauf spielte verrückt. Trotzdem hörte ich ihm, der mir die Geschichte »Das Protokoll« wie einen Bubenstreich erzählte, zu, ergänzte sogar seine Schilderung mit Details, die ich aus der Lektüre wusste, und regte ihn dadurch nur noch mehr an, fortzufahren. Es ähnelte schließlich der Unterhaltung zweier Personen, die dasselbe aus zwei verschiedenen Perspektiven erlebt haben – er berichtete, und ich bestätigte seine Ausführungen, indem ich mit Einzelheiten meine Zeugenschaft unterstrich. Zuletzt sprachen wir über Zoran Musić, dessen Werk er nicht kannte. Ich bot ihm an, ihm einen Katalog zu schicken, und in Erinnerung an seine schlimme Stunde in Hegyeshalom schrieb ich ihm dann aus Wien, dass er den Namen des Ortes seiner Niederlage auf andere Weise im Gedächtnis behalten müsse, nicht als Ort der Schmach, sondern als Ort des Friedens, als Hegye Shalom.

Das Wittgensteinhaus

In diesem Winter besuchte ich mehrmals das Haus, das der Philosoph Ludwig Wittgenstein von 1926 bis 1928 zusammen mit dem Architekten Paul Engelmann erbaute. Es ist Materie gewordene Logik, ein Tempel der

Exaktheit, des Minimalismus, der Präzision. Kein Turm zu Babel und doch ein Gebäude, das ich mit Sprache identifizierte, genauer gesagt, mit Grammatik, mit Paragraphen. Ein Haus wie aus gedruckten Buchstaben zusammengesetzt, ein nüchternes Gebäude, denn es stellt das Denken der Grammatik dar, das Ineinandergreifen des Regelwerks – also etwas Abstraktes und Konkretes zugleich.

Eine Dame der bulgarischen Botschaft führte mich durch die Räume und erklärte mir, dass nach dem Tod der Schwester Wittgensteins, Margarethe Stonborough, deren Sohn das Grundstück an einen Bauunternehmer verkauft habe. Nach einer Umwidmung durch den Wiener Gemeinderat sollte das Haus 1971 abgerissen und an seiner Stelle ein Hotelhochhaus errichtet werden. Der schöne alte Baumbestand sei schon abgeholzt und der Bescheid der Baupolizei zur Genehmigung der Abtragung sämtlicher Gebäude und Einfriedungsmauern auf dem Anwesen erlassen worden. Proteste aus der ganzen Welt hätten jedoch bewirkt, dass »in letzter Minute« das Gebäude unter Denkmalschutz gestellt worden sei. Anschließend habe es vier Jahre leergestanden, bis die »Volksrepublik Bulgarien«, wie die Dame nicht ohne Stolz sagte, das Gebäude erworben hatte. Ich habe das Haus von da an als ein Kenotaph Wittgensteins betrachtet, als Cheopspyramide für einen Pharao der Philosophie. Ich hoffte, ihm dort eines Tages selbst zu begegnen, so nah fühlte ich mich ihm. Ich liebte den Stil der Klarheit, der Reduktion, der Einfachheit – jede Tür, jeder Fensterriegel, jeder Zentralheizkörper war mit größter Genauigkeit von ihm selbst geplant worden. Er hatte sogar die Bauaufsicht übernommen und mit der ihm eigenen Kompromisslosigkeit seine Vorstellungen durchgesetzt. Wittgenstein, den ich als fanatischen Philosophen sah, hatte ja Maschinenbau und Ingenieurtechnik in Berlin und Manchester studiert und als Lehrer in Ottenthal ein »österreichisches Wörterbuch« herausgegeben, zusammen mit dem »Tractatus Logico Philosophicus« seine einzige Publikation zu Lebzeiten. Ich identifizierte alles, was ich von ihm gelesen hatte, mit dem Haus. Ich erfuhr, dass es im Zweiten Weltkrieg als Lazarett benutzt worden war, und konnte mir gut vorstellen, dass man es auch als Irrenhaus hätte verwenden können, denn es ist hell und ohne Schrecken. Obwohl es ein Gebäude des grammatikalischen Denkens ist, ist es kein sprechendes Gebäude. Es schweigt. Es belästigt die Kranken nicht. Sie fühlen sich in ihm weder in der Fremde noch zu Hause, es lässt ihnen Platz für sich selbst. Auch Wittgenstein war bekanntlich ein extremer Charakter gewesen, jähzornig, hartnäckig. Ein Grübler, ein Sucher nach Wahrheit. Er sezierte die Sprache, wie er jeden Gedanken sezierte. Ein besessener Pathologe von Sätzen. Ein Erforscher der Einsamkeit. Ein Mystiker ohne Gott.

Als ich wieder einmal mit Sonnenberg durch das Haus ging und es draußen Buchstaben und Wörter schneite, sagte Sonnenberg: »Ich wünschte mir einen Doppelgänger, an dem ich mich selbst studieren könnte. Er sollte spiegelgleich sein mit mir. Ich könnte seine Sprache studieren. Ich könnte ihn aushorchen, ausfragen, wenn es sein müsste vernehmen und verhören. Und auf diese Weise würde ich vielleicht erfahren, wer ich bin.« Damals verspürte ich zum ersten Mal den

Wunsch, selbst zu einer literarischen Figur zu werden. Zu Sprache. Ich sagte Sonnenberg, was ich dachte, wir standen vor einem Fenster im Haus und lasen stumm die Wörter und Sätze, die vom Himmel fielen, ohne dass sie einen Sinn ergaben.

Hikari und Kenzaburō Ōe

Den japanischen Dichter Kenzaburō Ōe lernte ich nach einer Lesung in Frankfurt am Main kennen. Ich habe für seine Bücher »Eine persönliche Erfahrung« und »Stille Tage« eine besondere Zuneigung, da er darin in seiner komplexen, verdichteten, an Sartre erinnernden Sprache mit schmerzlicher Aufrichtigkeit über seinen Sohn Hikari, der an einer Gehirnanomalie leidet, schreibt. Ōe las zusammen mit einem jungen Schauspieler aus seinem Erstlingsroman »Reißt die Knospen ab« – der Schriftsteller auf Japanisch, der Schauspieler auf Deutsch. Das Gespräch mit Ōe wurde anschließend simultan übersetzt. Der Originaltitel des Buches heißt übrigens »Reißt die Knospen ab, erschießt die Kinder«. Ōe bemerkte darüber in einem Brief an Günter Grass: »Ich selbst denke mit einer gewissen sehnsüchtigen Wehmut an den eigenartigen Zustand zurück, der sich bei der letzten Überarbeitung eines Romans einstellt – der Zustand, in dem Geist und Körper in ihrer ganzen Ungeschütztheit bloßliegen und an jene wunderbaren Bilder von Schnecken und Muscheln aus Ihrer Feder erinnern, die bei lebendigem Leib ihre Häuser und Schalen verlassen ...« Und dann: »Ihre Erinnerungen an die Zeit, in der Sie als halbwüchsiger Soldat Deserteure der deutschen Wehrmacht sahen, die man an den Bäumen großer Alleen aufgehängt hatte, berühren mich tief ... Ich habe übrigens in meinem ersten Roman, ›Reißt die Knospen ab, erschießt die Kinder‹, die Geschichte eines Deserteurs beschrieben, wobei ich mich auf Erinnerungen aus meiner Kindheit stützte. Dieser Roman erzählt von einer Gruppe von Kindern, die nach ihrer Evakuierung aus einer Besserungsanstalt den Schutz eines Bergdorfes übernehmen, das gegen Kriegsende von seinen erwachsenen Bewohnern aus Angst vor einer Seuche aufgegeben worden ist. Den Kindern schließt sich ein Deserteur an, der dann, als die Erwachsenen wieder die Kontrolle über das Dorf ergreifen, brutal ermordet wird. Dieses Produkt der Phantasie verdanke ich einem Erlebnis, das ich als Kind hatte. Ich verdanke es der Geschichte von einem jungen Mann, der aus einer ›Yokaren‹ genannten Kadettenanstalt desertierte und in ein Nachbardorf zurückkehrte, dort aber von der Militärpolizei, die ihn verfolgt hatte, gestellt wurde, worauf er sich in einem Abort, der etwas abseits von seinem Elternhaus lag, erhängte und noch als Leiche von der Militärpolizei unter den Augen seiner Eltern mit Füßen getreten wurde. Ich hörte diese Geschichte und bewahrte sie in meiner Erinnerung auf. Was mich dabei als Kind in Angst und Schrecken versetzte, war zunächst die Tatsache, dass ein junger Mann von der Armee des Staates, der an seine Spitze das absolute Tennō-System gestellt hatte, in einen schmählichen Tod getrieben worden war. Zum anderen rührte meine Angst von dem deutlichen Gefühl her, dass sich die unsere Gesellschaft beherrschende Ethik, an deren Spitze natürlich wieder das absolute

Tennō-System stand, wie ein Pfahl der ganzen Länge nach auch durch die Familie dieses Mannes bohrte, die unfähig war, sich der Militärpolizei verbal entgegenzustellen, wobei gesagt werden muss, dass die Familie es schon vorher abgelehnt hatte, ihren eigenen Sohn zu verstecken. Ich bin nicht optimistisch genug, um zu denken, dass Derartiges nur vor und während des Krieges geschehen konnte, dass angesichts der Existenz unserer demokratischen Verfassung insbesondere der Verrat, auch die Ermordung des jungen Mannes – und seine Desertion ohnehin – überwundene Dinge seien ...« Und weiter schrieb Ōe: »Die Stelle in Ihrem Brief, die abermals Licht in mein Gedächtnis brachte, enthielt folgenden Satz: ›Da ... die Ihnen und uns von den Siegermächten beigebrachte Schuldemokratie nur notdürftig die Oberfläche deckt ...‹ Ich bin ein Mensch, der stets den Standpunkt vertreten hat, unsere Nachkriegsdemokratie sei wichtiger als alles andere ... Meine eigenen kleinen Erfahrungen haben mich in aller Deutlichkeit gelehrt, dass keine Rede davon sein kann, die Demokratie sei uns in Fleisch und Blut übergegangen.«

Nach der Lesung in Frankfurt lud mich meine Verlegerin Monika Schoeller mit den Lektoren und anderen Mitarbeitern des S. Fischer Verlags zum gemeinsamen Abendessen mit Ōe ein. Ōe war damals 57 Jahre alt. Er hatte dunkles, volles Haar, ein längliches Gesicht und trug eine runde Hornbrille. Sein Blick wechselte zwischen Selbstversunkenheit, Aufmerksamkeit und Ironie, die besonders dann in seinen Augen blitzte, wenn er über sich selbst sprach. Er trug, offenbar wie gewohnt, keine Krawatte und scherzte darüber, dass er sich für die Lesung in Hamburg auf Wunsch seiner neunzigjährigen Mutter, mit der er täglich telefoniere, eine gelbe Krawatte gekauft und getragen habe. Von seiner Mutter sprach er liebevoll und ohne Spott.

Am nächsten Tag besuchten wir das Goethe-Haus, doch Ōe war dabei nur an bestimmten Ausstellungsobjekten interessiert und sagte zum Schluss, als er einen kleinen Katalog über Goethe in Händen hielt, wenn Goethe mit »oe« geschrieben und »Göthe« ausgesprochen werde, dann müsse er selbst wohl »Ö« heißen und nicht »Oe«.

Als ich im Jahr darauf im Winter nach Japan fuhr, war ich mit Ōe in seiner Wohnung verabredet. Da ich in Begleitung eines Fernsehteams des ORF kam, das über mein Buch »Der Plan« einen Beitrag drehte, schlug ich Ōe ein Gespräch für eine Kultursendung vor, und er willigte ein. Einen Monat vor meiner Abreise erfuhr ich von meinem Verlag, dass Ōes Schwager, der Filmregisseur Jūzō Itami, dessen bekanntester Film »Tampopo« auch in Europa zu sehen gewesen war, Selbstmord begangen hatte – er hatte sich aus dem Fenster eines Hochhauses auf die Straße gestürzt. Eine Zeitung hatte ihm ein Verhältnis mit einer 26-Jährigen vorgeworfen und ihn mit Beschuldigungen überhäuft, worauf er den Freitod gewählt hatte. Kurz zuvor war auch Ōes Mutter gestorben. Ich hatte mir inzwischen zwei CDs mit Musik, die sein Sohn Hikari am Computer komponiert hatte, gekauft und war erstaunt über die Ähnlichkeit seiner kurzen Stücke mit der Musik des 18. Jahrhunderts gewesen. Hikari wurde 1963 mit einer Gehirnhernie geboren, »einer Läsion des Schädels, durch die Hirngewebe in Gestalt einer seltsamen, roten Wucherung austrat«, wie ich dem Essay »Der Geschichte ins Auge sehen« von Paul St. John Macintosh und Maki Sugiyama entnahm: »Ōes qualvoller Kampf mit sich selbst, was er tun solle, ist in seinem Roman ›Eine persönliche Erfahrung‹ geschildert. Gleichsam um der Dunkelheit zu trotzen, die darauf wartet, das Kind zu verschlingen, gab er ihm den Namen Hikari, Licht. Seine Qualen kamen zum Ausdruck in seinen Handlungen, als er in jenem Sommer Hiroshima besuchte, um an einer Konferenz über weltweite Kernabrüstung teilzunehmen. O-Bon, das buddhistische Totenfest, endet damit, dass die Seelen in der Nacht mit schwimmenden Laternenschiffchen, auf denen ihre Namen geschrieben stehen, wieder zur Ruhe geschickt werden. Ähnliche Zeremonien wurden in Hiroshima und Nagasaki an den Jahrestagen der Atombombenabwürfe eingeführt, um die Seelen der Toten Ruhe finden zu lassen. Ōe begleitete einen Freund, dessen Tochter gerade gestorben war, und als jener Freund den Namen seines Kindes auf eine Laterne schrieb, schrieb Ōe den seines Sohnes Hikari auf, wobei ihm erst im Nachhinein bewusst wurde, dass er ihn wie einen Toten behandelte. Viel später erinnerte er sich daran, dass er auch seinen eigenen Namen hinzugefügt hatte. Nach Tokio zurückgekehrt, gab er seine Zustimmung zu der Operation, welche die Läsion in Hikaris Schädel schloss – um den Preis einer bleibenden Hirnschädigung.«

Häufig verband Ōe private Probleme mit öffentlichen Anliegen, wie etwa in »Der stumme Schrei«, der »mit der Geburt eines missgestalteten Kindes und dem Tod eines Mannes beginnt, der sich selbst erhängt, nachdem er sich den Kopf knallrot bemalt und eine Gurke in den Hintern gesteckt hatte, und mit der Rettung des Erzählers endet«. In seiner Ansprache zur Verleihung des Nobelpreises sagte Ōe, dass sein Sohn Hikari, der »als Baby nur auf das Zwitschern wilder Vögel, nie jedoch auf menschliche Stimmen reagierte, durch die Stimmen der Vögel für die Musik Bachs und Mozarts empfänglich wurde«. »Ein Dokumentarfilm des staatlichen Fernsehens NHK«, heißt es in dem Essay »Der Geschichte ins Auge sehen« weiter, »der ein paar Monate vor der Verleihung des Nobelpreises anlässlich eines Konzertes mit Hikaris Musik in einer Blindenschule in Hiroshima gedreht worden war, zeigte Vater und Sohn als Künstler. Da Hikari sich nun selbst auszudrücken vermochte, erklärte Ōe, dass er sich nun nicht länger verpflichtet fühle, für ihn zu sprechen, und dass alle seine literarischen Werke ihn nicht den Sohn haben verstehen lassen, der solche Musik zu komponieren vermochte.«

Meine Abreise nach Japan war mir sehr schwergefallen, da meine Mutter im Alter von achtzig Jahren einen Schlaganfall erlitten hatte und als hilfloser Mensch noch einmal zur Welt gekommen war. Sie hatte die Sprache und das Koordinationsvermögen verloren, war halbseitig gelähmt und inkontinent. Ich hatte zwei Monate in großer Nähe zu ihr verbracht und sie im Rettungswagen begleitet, als sie von der Landesnervenklinik in das Landessonderkrankenhaus »Am Feldhof«, die sogenannte Sigmund-Freud-Klinik, gebracht worden war. Sie wusste aber, dass der »Feldhof« mit dem großen Irrenhaus auf seinem Areal gleichgesetzt wurde, und ich erklärte ihr die ganze Fahrt über, wie großartig die Schlaganfallstation sei, die wir jetzt aufsuchten, damit ihr geholfen würde. Sie zweifelte daran.

Das meiste, was man zu ihr sprach, verstand sie sehr gut, und sie verstand auch sehr gut, in welchem Zustand sie war. Aber sie hoffte, nein, sie wartete darauf, dass ihr geholfen würde. Längst wusste ich aber von den Ärzten, dass sich ihr Zustand nicht mehr bessern würde. Und als ich wieder von meiner japanischen Reise zurückkam, hatte sie noch drei Monate zu leben, in denen sie sich heftig gegen ihr Schicksal auflehnte, bis sie plötzlich resignierte und starb.

Die Begegnung mit Ōe in Tokio war daher für uns beide von Ernst und Müdigkeit getragen, obwohl er beim Sprechen häufig ein Lächeln aufsetzte. Ich lernte seine liebenswürdige Frau kennen und den damals 35-jährigen Sohn. Hikaris Kopf war groß und rund, seine Augen waren stetig auf der Flucht, und er bewegte sich nur langsam. Er sah aus wie ein riesiges Baby, nur sein Verhalten war das eines Kaspar Hauser. Und ich dachte auch an Oskar Matzerath in Günter Grass' »Blechtrommel«, jedoch an einen introvertierten, scheuen. Ōes Frau führte uns in das kleine Wohnzimmer mit Topfpflanzen, Couch und Fauteuils. Der Schriftsteller selbst war von größter Gelassenheit, auch als das Fernsehteam alles durcheinanderbrachte und zwischendurch die Kamera ausfiel. Wir kamen gleich zu Beginn auf Dante zu sprechen, den er sehr schätzte. Er sei ein politisch denkender Mensch, sagte er, und deshalb sei ihm Dante besonders wichtig. Es sei dessen Werdegang und Biographie, die ihn beschäftigten – wie es ihm, der in einer so kleinen Stadt gelebt hatte, gelungen sei, ein so bedeutender Dichter zu werden und ein so großartiges Werk zu schaffen. Er sei kein Christ, sagte er, und Inferno, Purgatorio und Paradiso der »Göttlichen Komödie«

hätten daher für ihn eine andere Bedeutung als für einen Europäer. Die »Göttliche Komödie« sei ein Text aus vielen Teilen, jeder so komplex wie eine hervorragend geschriebene Kurzgeschichte, ein Kosmos aus verschiedenen kleinen Werken, die letztendlich doch ein einheitliches Großes, Ganzes entstehen ließen. Aus Dantes Biographie sei zu erkennen, wie sehr er sich mit dem Geist und der Seele der Menschen, dem Leben selbst, beschäftigt habe und wie groß die politische Dimension in seinem Werk und seinem Leben sei. Sein eigenes religiöses Interesse an der Dichtung, fuhr Ōe fort, sei nur gering. Am meisten schätze er jedoch den ersten Teil des Purgatorio, des Fegefeuers, wenn Dante und Vergil wieder aus der Hölle kämen, an der Stelle, wo der Läuterungsberg sich erhebe und die Dichter auf den Richter Cato träfen. Da gebe es Parallelen zu unserer Welt. Er schätze das Purgatorio auch deshalb, weil es in ihm Luft, Wind, Regen gebe, die weder im Inferno noch im Paradiso anzutreffen seien. Es sei jedoch bemerkenswert, dass Dante vor dem Hintergrund der christlichen Religion, die den Selbstmord als Todsünde ablehne, Cato, der kein Christ gewesen sei und Selbstmord begangen habe, als Richter der Unterwelt auftreten lasse ... Was ihn von Dantes Werken besonders fasziniere, fuhr Ōe fort, sei die »Vita Nova«, in der es darum gehe, wie man das Leben eines Menschen literarisch aufbereite.

Wir sprachen dann allgemein über Literatur, und er erzählte mir, dass er von der deutschsprachigen besonders Robert Musil, Günter Grass und Goethe schätze, in den letzten Jahren habe er sich auch mit den europäischen Schriftstellern William Blake, John Keats und dem jüdischen Philosophen Gershom Scholem befasst. Aber den wesentlichsten Einfluss hätten Jean-Paul Sartre und die französischen Existentialisten auf ihn ausgeübt. An Sartre habe ihm dessen unbeugsamer Oppositionsgeist und die kompromisslose Art, den Tod zu betrachten, imponiert. Doch als Autor habe er Louis-Ferdinand Céline wegen seiner literarischen Qualität – im Gegensatz zu seinen politischen Standpunkten – Sartre vorgezogen. Ōe schilderte auch, wie streng seine eigene Erziehung noch unter dem Tennō gewesen sei, der Kaiser und Gott in einem gewesen sei. Er bezeichnete es als eines der entscheidendsten Ereignisse in seinem Leben, wie er als Zehnjähriger die Stimme des Tennō im Radio vernommen habe, der mitteilte, dass er als Gott abdanke. Das habe ihn damals maßlos verwirrt. Alles habe sich ja bis dahin um den Tennō gedreht, den Mittelpunkt des Denkens. Seit Jahrhunderten seien die Kaiser zugleich auch die Götter gewesen, und nun habe Gott selbst verkündet, dass er nicht Gott sei.

Da ich keine Bücher im Wohnzimmer sah, fragte ich Ōe nach seiner Bibliothek, die sich, wie er mir erklärte, im ersten Stock befinde. In japanischen Häusern herrsche ein großer Platzmangel, sagte er. Er lese immer einen Autor, den er sich vornehme, vollständig, und wenn er das Werk erfasst habe, lege er die Bücher in Kartons, die er verstaue, und konzentriere sich dann auf die Bücher des nächsten Autors.

Wir kamen endlich auf Tod und Selbstmord zu sprechen, die in seinem Werk und seinem Leben eine große Rolle spielten. Ich hatte gerade »Stolz der Toten« gelesen, in dem ein Romanistikstudent und seine Kollegin von der Anglistik in der Prosektur einer Universitätsklinik Leichen aus einem Alkoholbassin in ein anderes umladen, da sie dringend Geld brauchen. Der Medizinprofessor ist ebenso widerwärtig wie der Job und hält den beiden vor, dass es ihnen nur um das Geld gehe. Nach Beendigung der Arbeit erfahren die Werkstudenten, dass die Leichen nicht, wie sie glaubten, zur Forschung und Ausbildung verwendet, sondern im Krematorium verbrannt werden sollen, und zuletzt bleibt es sogar ungewiss, ob ihnen überhaupt der Arbeitslohn ausbezahlt wird. Ōe sagte, der Tod sei etwas Zentrales in seinem Leben. Sein Vater sei im Krieg auf rätselhafte Weise gestorben, er habe nie etwas über die näheren Umstände erfahren. Und gerade jetzt sei seine Mutter gestorben und sein Schwager, den er seit seiner Kindheit gekannt habe und mit dessen Schwester er verheiratet sei. Dieser sei von einem Wochenblatt übel verleumdet worden und habe mit seinem Selbstmord diejenigen, die ihn mit falschen Beschuldigungen beschmutzt hätten, beschämen wollen. Zuerst, als es passiert sei, habe er nur Zorn empfunden, dann aber habe er begriffen, dass es die anderen, die Überlebenden seien, die der Selbstmord am meisten treffe. Er habe die existentielle Erfahrung gemacht, ein Überlebender nach dem Selbstmord eines nahen Menschen zu sein. Selbstmord sei für ihn seither etwas, das alle angehe, die übrig blieben. Und: Es sei falsch, aus dem Leben zu scheiden. Das seien die wirklich wichtigen Erfahrungen, die er jetzt, als Sechzigjähriger, gemacht habe.

Zuletzt sprachen wir über seinen Sohn Hikari, über den er anfangs geschrieben hatte, er sei »Gemüse«, den er aber von da an in das Zentrum seines Denkens und Schreibens gestellt hatte. »Alles, was ich geschrieben habe«, betonte Ōe, »handelt von ihm. Als ich begonnen habe, Romane zu schreiben, war ich depressiv, und ich beschäftigte mich mit dem Existentialismus. In dieser Phase wurde mein Sohn geboren. Mittlerweile ist er 35 Jahre alt, und ich bin nicht mehr depressiv. Ich habe die anfangs negative Einstellung zu meinem Sohn überwunden, und auch die Gedanken an Selbstmord. Ich gehe jetzt meinen Weg auf einem höheren, Hikari näheren Niveau. Irgendwann hat Hikari damit begonnen, seine Musik zu machen. Ursprünglich glaubten wir ja, er habe etwas Totes an sich ... Wir lieben ihn, die ganze Familie liebt ihn«, sagte Ōe lächelnd. »Wenn es in meinem Leben etwas Mystisches gegeben hat, dann war es, dass Hikari geboren wurde, dass wir zusammenleben, gemeinsam gegen seine Krankheit ankämpfen und dass er eines Tages begonnen hat, sich selbst durch seine Musik auszudrücken.«

Als wir uns verabschiedeten, durften wir noch einmal den scheuen Hikari sehen, der hastig und peinlich berührt für uns kurz auf dem Computerklavier spielte und sich dann Schutz suchend halb hinter seiner Mutter versteckte, von wo aus er uns stumm und neugierig beobachtete.

Das Fundamt und Helmut Qualtinger

»Kommen'S mit zum Fundamt, zum Herrn Ackerl, da erleben'S was«, sagte Helmut Qualtinger. Ich hatte ihn an diesem Tag zum ersten und letzten Mal im »Gutruf« getroffen, wo er regelmäßig verkehrte, und wir hatten über das Vergessen und Österreich gesprochen.

Nach einem weiteren Glas Wein machten wir uns auf den Weg.

Herr Ackerl war seit 27 Jahren im Fundamt als Beamter tätig. Qualtinger kannte ihn offenbar schon länger, denn Ackerl machte nicht viel Aufhebens um seine Anwesenheit. »Der Herr ist Schriftsteller«, sagte Helmut Qualtinger, »gehn'S, halten'S ihm an Vortrag.« Herr Ackerl schien nicht überrascht und bemerkte, hin und wieder tauche jemand von den »Medien«, wie er sagte, bei ihm auf und frage nach Fundamtgeschichten.

»Erzählen'S ihm doch ane«, ermunterte ihn Helmut Qualtinger.

Immer wieder, sagte daraufhin Herr Ackerl, komme es vor, dass Menschen, vor allem ältere, »einen Verlust melden und fast täglich nachfragen, aber plötzlich draufkommen, dass sie den Gegenstand zu Hause verlegt haben«. Es gebe auch Personen, fuhr er eifrig fort, die Verluste meldeten und dann vergäßen, dass sie ihm den Verlust, »zum Beispiel ein Bügeleisen oder eine Brille«, schon gemeldet hätten. Beim nächsten Mal fragten sie nach ihrem Hut, ihrem Schal, »ja, sogar nach die Schuh' fragen's«, sagte Herr Ackerl. Diese Personen seien »amtsbekannt«. Eine – ein älterer Herr, Sektionschef im Ruhestand – habe sogar von seiner Frau, die um die Vergesslichkeit ihres Mannes wisse, einen Zettel mit Namen, Adresse und Telefonnummer eingesteckt, denn er komme fast täglich ins Fundbüro, nehme vor den Regalen Platz und warte so lange, bis er abgeholt werde. Tatsächlich kam der pensionierte Sektionschef während unseres Gesprächs auch von der Straße herein und nahm vor einem Regal mit Regenschirmen Platz. Sofort richtete er die Frage an den stumm dasitzenden und das Weitere abwartenden Helmut Qualtinger, was er hier »verloren« habe. Herrn Ackerl und mich ignorierte er hingegen. »Er betrachtet uns als Fundgegenstände«, erklärte Herr Ackerl. Helmut Qualtinger stellte sich kurz vor, dann saßen wir eine Minute schweigend da, während Herr Ackerl etwas in einem dicken Buch eintrug. Schon wollte ich wieder aufbrechen, da warf mir Herr Ackerl – zusammen mit einem flüchtigen Blick über die Lesebrille, die er inzwischen aufgesetzt hatte – die Bemerkung zu: »Wer sucht, muss Geduld haben.« Es gebe, hob er dann zu einem Vortrag an, 32 Kategorien, nach denen Fundgegenstände klassifiziert würden, zum Beispiel: Taschen, Schirme, Schmuck, Uhren, Fahrräder, Handschuhe und so fort. Bei Gegenständen, die häufig verloren würden, wie beispielsweise bei Handschuhen, gebe es Unterteilungen, dann würden zwei oder auch drei Karteikarten zur Suche angelegt wie Lederhandschuhe, Wollhandschuhe, Fäustlinge und so fort. Aber nur ein Drittel aller im Fundamt abgegebenen Gegenstände würde abgeholt. Das hänge vor allem davon ab, ob jemand Vertrauen zu seinen Mitmenschen habe. Ein Drittel der Fundgegenstände gehe nach einem Jahr Wartezeit an den Finder und ein Drittel werde, wenn der Finder die Annahme verweigere, im Dorotheum versteigert.

»Verlassen Sie meine Wohnung«, sagte der ehemalige Sektionschef, der vor dem Regal mit Regenschirmen saß, inzwischen zu Helmut Qualtinger. Qualtinger nickte, ohne allerdings aufzustehen. Der hohe Beamte hatte schwarzgefärbtes Haar, trug einen Burberry-Mantel und feine englische Schuhe, und als er sich gleich darauf erhob, um seinen Mantel abzulegen, sahen wir, dass er mit einem maßgeschneiderten Anzug bekleidet war. Herr Ackerl hatte die Telefonnummer des Mannes längst aufgeschrieben und rief dessen Frau an. Der Herr Sektionschef, sagte er, sei bei ihm. Es handele sich, erklärte uns Herr Ackerl, nachdem er den Hörer wieder aufgelegt hatte, um ein ehemals hohes Viech im Innenministerium, das, wie er ungeniert laut weitersprach, mit den Akten der Staatspolizei zu tun gehabt habe. »Er hat alles vergessen«, sagte Herr Ackerl. »Er kennt oft nicht einmal seine Frau.«

»Ich hole die Polizei!«, drohte der pensionierte Sektionschef unterdessen Qualtinger. Qualtinger gab ihm recht.

Die meisten, die etwas verloren hätten, fuhr Herr Ackerl daraufhin fort, indem er den ehemaligen Sektionschef, wie er später sagte, »links liegenließ«, kämen »umsonst« in sein Büro. Seiner Erfahrung nach sei das Verhältnis »von denen«, die das Fundamt vergeblich aufsuchten, zu denen, die das Verlorene zurückbekämen, ungefähr 10:3. Und nach einer kurzen Pause des Nachdenkens richtete er die Frage an uns, »was wir glaubten, wie viele Fundgegenstände pro Jahr abgegeben würden«. Qualtinger zuckte mit den Achseln und hob die Augenbrauen, und ich sagte, ich wisse es nicht. – Im letzten Jahr, erklärte uns Herr Ackerl hierauf triumphierend, seien es 28 000 Stück gewesen. »Der Rekord«, belehrte er uns weiter, »waren 35 000!«

Der Sektionschef im Ruhestand hatte sich inzwischen beruhigt und starrte, noch immer vor den Regenschirmen auf einem Stuhl sitzend, vor sich hin. »Net anschauen! Se miassn tuan, als ob er net do war!«, sagte Herr Ackerl leise zu mir. »Ea gibt eh a Ruah!« Qualtinger lachte gutmütig. Das Spannendste, sagte Herr Ackerl dann, sei die Schlüsselabteilung. »Waunn da Mensch sein Schlissl valirt, is a valuan! Ea konn jo net eini in sei Wohnung! A Albtraum! Schaun'S eahna an!«

Qualtinger blieb sitzen und sagte, er kenne alles in- und auswendig, und der verwirrte Sektionschef bestätigte seine Aussage. Herr Ackerl ging mir voraus in einen Nebenraum und zog rasch mehrere Kartons aus einem Regal heraus mit Hunderten, mit Tausenden von Schlüsseln.

»Ma glaubts net!«, rief er aus, »wievü Leit ihnare Schlissln valian und si a neichs Schloß mochn lossn! Sogar Autoschlisseln bleibn liegn!« Er nahm einen ein Meter langen Schlüssel aus einem Pult und hielt ihn vor mich hin: »Wie kann ma an so großn Schlissl valian? Sogn'S ma des! Des muaß i do merkn, wenn i den Schlissl wo liegn loss! Oder –.« Er schob die Kartons zurück in die Fächer, winkte mir zu und führte mich in einen weiteren Raum, in dem mir als Erstes eine Basstuba ins Auge stach.

»Kennan'S Ihnan des vuastölln, wer des valuan hot? I sog'S Ihna! Dea woa bis auf'd Hoarwurzln bsoffn! Der woa in Alkohoi eingelegt wiar a Sardine in Öl, doß er des net bemerkt hot. Do: a Waldhorn – a bsoffana Jaga! A Ziehharmonika – detto! Oder –.« Er eilte an das Ende des Regals: »A Querflötn ... a Geign – eher von Studenten, de wos high worn!« Er wies auf eine Sammlung von Mundharmonikas hin, bevor er an das nächste Regal trat: »A Urne hob i a scho do ghobt ... Wea de vagessn hot! Absicht! I man, de oda dea wos drin woa, wird sie ned vairrt hobn! Sicha Obsicht! Die Kostn von an Urnengrob! Hot a si denkt: Loß i di Tant in da

Stroßnbohn liegn! Mir hobn di Bestattung angerufen. Oder – do a Staubsauga! Vull funktionsfähig – sölbst ausprobiert ... I frog Si – wia kann des passiern, doss ma des net meakt! Oder – Maulkörbe für Hunde, Hundeleinen und do: Mir hobn derzeit insgesamt sechs falsche Gebisse und zwa Beinprothesn! Im Wirtshaus liegn lossn oda auf ana Parkbaunk vagessn – beim Schmusn! – A Witz – tuat ma lad – Oder: Fotoapparate! Bitte sehr! Do: 23! Mir hom ollas: Boxn, Spiegelreflex, Blitzlicht – woascheinlich von Touristen – aa in Öl! Sogoa a Bienenhaus hama do und an Hexnkessl ... Seit'n letztn Suma! Meistens vagessn Touristen, die net deitsch kennan, sulche Sochn! – Oder: Wos glauben'S, wievü Schirme in an Monat vagessn und net obghult werdn? Na, wos glauben'S?«

Qualtinger, der inzwischen, wie wir erfuhren, vom verwirrten Sektionschef mit der Frage zermürbt worden war, was er in seiner Wohnung suche, hatte sich uns wieder angeschlossen und antwortete: »Hundert.« Herr Ackerl: »Mehr!« Qualtinger: »Zweihundert?« Herr Ackerl: »Mehr!« Qualtinger: »Keine Ahnung!« Ackerl: »Zweihundertfünfzig! Der Rekord is 170 on an Tog! – Oder: Kopfbedeckungen! Pullover! Hier zum Beispiel: Puppen! I hob ollas: Barbie-Puppn! Ken! Käthe-Kruse-Puppn! Stoffpuppn! Iglfiguren! – I sog Ihna! – I mecht net wissn, wos in de Hian von de Leit vuageht! – Oder: Schulsochn, sowieso! Wird net obghult! Wos in sechs Wochn net obghult wird, bleibt in da Regel bei uns liegn. Oba es gibt a Fälle, wo di Leit noch mea als an Joa kumman – Des san donn Urlauber ... Die Verzweiflung eines Verlustträgers is am gresstn bei Boagöld, Dokumenten und natürlich Schlissln ...«

Wir gingen wieder nach vorne, wo noch immer der pensionierte Sektionschef saß und sofort wieder an Helmut Qualtinger die Frage richtete, was er hier suche.

»Ruhe!«, rief Herr Ackerl energisch, worauf der pensionierte Beamte zusammensackte und vor sich hin starrte.

»Sei Frau losst si maximal Zeit ... donn sitzt er zwa Stundn a do –«, wandte er sich an uns. »Findalohn hob i no kann kriagt für eahm«, fuhr er fort und erzählte übergangslos weiter: »Am meistn kummt von da Stroßnbohn und da U-Bohn ... also Dokumente.« Er zog mehrere Schachteln heraus und legte einen Stapel Ausweise vor uns auf das Pult: »Führerschein – Zulassungsschein – Pass – Personalausweis – Mitgliedskarte – Sozialausweis«, zählte er auf. Ungefähr 75 Prozent würden abgeholt. »Do san manxmol sogar polizeilich Gesuchte dabei, die wos einakumman.«

Was er dann mache, wollte ich wissen.

»I?«, fragte mich Herr Ackerl verwundert. »Nix! Bin i deppat? Wos is, wenn der Herr a Messa aussaziagt? A Fundamt is ka Polizeirevier!« Ich nickte. – Am spannendsten«, fuhr Herr Ackerl fort, »san Toschn. I man wos drin is! Se glauben net! Natirli Fotos, Toilettartikeln und so weita ... Präservative! ... Sie vastehn ... Inhalationsapparate ... amol a Hamsterkäfig mit an Hamster! Dann Einbruchswerkzeug – nie abgeholt! – Oder: A Toschn vulla Liebesbriefe. Es is ja ruhig do ... do hob i – i man um den Verlustträger ausfindig zu machen – hob is olle durchglesn ... I sog Ihna, do is zuagangn, i man di hobm nix auslossn! – A por Tog späta is a klane Frau kumman – mit Brille – I hob mi natirli bled gstellt ... Oder: Wos woa no in ana Toschn? Pistoln – meistens Gas oder Luftdruck. Oba amol woa sogoa a echte Krochn dabei ... di hot di Polizei obgholt – Schlachtwerkzeug – Putzmittel – ollas megliche!«

Zuletzt zeigte mir Herr Ackerl die »Abteilung Schmuck und Geld«, die in einem großen Tresor untergebracht war. »Im Voajoa habn ma insgesamt 514 000 Schülling doghobt.« Meistens hätten sich die Beträge auf 1000 bis 5000 Schülling belaufen. Der Finderlohn betrage bis zu einem Wert oder einer Höhe von 10 000 Schülling zehn Prozent, erklärte er, was darüber sei, fünfzehn Prozent. »Und wos glauben'S, kumman de Leit des Göd oholn oda net? Im Voajoah san ölfhundatochzig Göldfunde bei uns liegn bliebn!« – Und es komme auch vor, dass der Finderlohn nicht ausbezahlt werde: »Undank ist der Welten Lohn!«, sagte Herr Ackerl auf Hochdeutsch: »Na, die Frau Sektionschef loßt sie heit oba Zeit!« – Der Mann saß unverändert auf seinem Stuhl, seine Augen waren geöffnet, und er starrte uns an. »Woascheinlich geht sie vurhea einkaufn, dann lossts'n gern do ... Es gibt scho sötsame Gschichtn: amol hot ana 170 000 Schülling am Noschmoakt gfundn und – stölln'S Ihna vua – bei uns ogebn! A Tschusch! I hob eam gsogt: Nix Wödreise? – Das Göld is oghult wuan, und da Findalohn hot 25 500 Schülling ausgmocht. A Bagadö im Vagleich – oba da Valustträga hot net zoin wolln, bis i eam gsogt hob: Da Finda is a Anwoit – Na schnö is a mit'n Göld aussagruckt! A andermoi in an Gosthaus san in an schmutzign Toschntiachl 64 klane Goiddukatn und 5000 Schülling Boagöld gfundn woan. Zwa Finda – da Köllna und da Gost – streitn sie no heit um an Fund. I wea Ihna *wos* sogn: Wieso taln sie se des net? Hot a jeda wos! ... Hoffentlich wiad da Sektionschef heit no oghoid, sunst muaß ea do ibanochtn!«

Als wir wieder auf der Straße waren, sagte Qualtinger, dass ihn das Fundamt immer daran erinnere, was in den Köpfen der Leute vor sich gehe.

Franz Xaver Messerschmidt

Im sogenannten »Unteren Belvedere« – einem bescheiden anmutenden Nebengebäude des »Belvedere« oder »Oberen Belvedere«, dem ehemaligen Schloss des legendären Prinz Eugen, welches nicht zuletzt durch den Staatsvertrag 1955 in die österreichische Geschichte eingegangen ist – sah ich auf meinen Streifzügen die berühmten »Charakterköpfe«: Büsten des deutsch-österreichischen Bildhauers Franz Xaver Messerschmidt. Die grotesken Skulpturen – alle schneiden die unterschiedlichsten und erstaunlichsten Grimassen – bilden ein Pandämonium verschiedenster Charaktertypen und stellen zumeist den Bildhauer selbst dar. Für mich waren die Grimassenbüsten Darstellungen der Innengesichter, das heißt der unsichtbaren Gesichter im Inneren eines jeden Menschen, die nur selten den zur Schau getragenen gleichen. Die Vorstellung der zwei Gesichter, die mir beim Anblick von Messerschmidts Büsten kam, schien mir durchaus reizvoll: das innere schadenfrohe Lachen, während das äußere Gesicht – die bewegliche Maske – Betroffenheit heuchelt. Das innere

Naserümpfen, während die Außenlarve Gleichmut ausdrückt. Der innere Spott, wo jedoch angespannte Aufmerksamkeit vorgetäuscht wird. Das gelangweilte Gähnen, das unter einem Lächeln versteckt ist. Der Speier mit herausgestreckter Zunge, der zur Tarnung die Maske der Gleichgültigkeit gewählt hat. Der Entzückte, der sich amüsiert gibt. Der zum Platzen Starke, der die Unauffälligkeit in Person ist. Der Unverfrorene, der den Unruhigen spielt. Der Skeptische, der als Gutgläubiger auftritt. Der Spielverderber, der den Gutgelaunten eingeübt hat. Der Geblendete, der sich als Scharfsichtiger inszeniert, und weiter das äußere Gesicht des Schmerzgeplagten, des Melancholischen, des im Stillen Weinenden, des Dummen, des Missmutigen, des Verdrießlichen, des Hassenden, des Stinkers, des Wehleidigen, des Unfähigen, des Erzbösewichts, des Düsteren, des Schalks, des Hypochonders, des Narren, des Mürrischen, des Verleumders, des Verschlossenen, des Gramgebeugten, des Fröhlichen – sie alle verstecken sich zumeist im Inneren und lassen sich außen durch ein anderes Gesicht, das zur Schau getragene, vertreten. Messerschmidt wurde nur 47 Jahre alt, er starb 1783 in Preßburg. Mit neunzehn Jahren kam er an die Akademie der bildenden Künste in Wien, und schon fünf Jahre später wurde ihm an der Hochschule eine Professur in Aussicht gestellt, die der Staatskanzler Kaunitz jedoch hintertrieb. Sein gesamtes Leben hatte er sich mit Intrigen – eingebildeten wie tatsächlichen – herumzuschlagen, und ebenso streitbar, wie viele seiner Charakterköpfe aussehen, war er selbst. Maria Theresia schätzte ihn sehr und behandelte ihn als »Hofbildhauer«, er hat auch sehr wahrhaftige Büsten von ihr und ihrem Gemahl Franz Stephan von Lothringen geschaffen, die sie bei der Krönung zeigen. Mit 34 Jahren fertigte er mehrere Büsten des Leibarztes der Kaiserin, van Swieten, an – spätere Kunstgeschichte-Experten vermuteten, dass die karikaturhaften Züge der Skulpturen von den ersten Schüben einer psychischen Erkrankung stammen könnten. Messerschmidt flüchtete vor Denunziationen und sich selbst zunächst nach München, dann zu seinem Bruder nach Pressburg, wo er hauptsächlich an seinen »Köpfen« oder »Köpf-Stückchen« arbeitete. Es handelte sich dabei um eine Serie von 52 Büsten, die »Affekte« in Form von extremen Grimassen zeigen. Viele davon sind nur noch als Gipsabgüsse erhalten oder durch Fotos beziehungsweise Lithographien bekannt geblieben. Sie entstanden unter Einfluss der Lehre Franz Anton Mesmers, der als Arzt und Magnetiseur damals Berühmtheit erlangt hatte und dessen Methode darin bestand, zunächst Krisen der nervlichen Krankheiten hervorzurufen, um seine Patienten anschließend »magnetisch« zu heilen.

Im Unteren Belvedere war nur ein Teil der Skulpturen zu sehen, aber im Raum, in dem sie ausgestellt waren, herrschte ein unhörbares Gelächter. Ein irrwitziges Lachen hüpfte vom Boden zur Decke, von dort wie eine Unzahl unsichtbarer Flummis, die jemand in den Saal geschüttet hatte, in alle Windrichtungen und prallte unentwegt auf die Köpfe der Besucher, wie um sie darauf aufmerksam zu machen, dass auch in ihrem Inneren all die Grimassen zu Hause waren, die sie gerade belustigt betrachteten.

Der Friedhof der Unsterblichen

Am frühen Morgen eines melancholischen Spätsommertags führte mich Herr Fink, ein schlanker, höflicher Mensch, mit einem Lastenlift in den zweiten Stock eines Gebäudes in der Koberweingasse. Als er aber die großen Eisentüren aufschloss, stand ich vor der erstaunlichsten Fülle von Absonderlichkeiten, die mir je untergekommen ist. Das Depot des Wien-Museums im ehemaligen Dorotheum, dort, wo jahrzehntelang alles vom Schmuck bis zur Nagelschere versteigert wurde, ist ein siebenstöckiges Gebäude mit ebenso vielen ausgedehnten Magazinen, die auf allen Seiten wie Ateliers große Glasfenster aufweisen. Jedes Stockwerk ist vollgeräumt mit Kartons und Kisten und einer kaum zu fassenden Menge an Objekten: Skulpturen, Möbel, Rüstungen, alte Bilder, Modelle von Wiener Gebäuden oder Kutschen. Die Magazine sind mit Regalen aus Holz ausgestattet, die in der Breite von einer Seite der Räume zur anderen reichen und dicht aneinandergereiht sind. Gerade einmal ein einzelner Mensch kann sich zwischen den Reihen bewegen.

Auf einem spiralförmigen blauen und roten Sockel schaute mich bei meinem Eintritt eine Gruppe Figuren aus verschiedensten Materialien an: ein armloser Jüngling aus Gips, eine antike Aphrodite, ein Wiener Biedermeier-Mädl auf einem Stuhl, ein mittelalterlicher Prinz, zwei biedermeierliche Vorstadtbuben unter einer durchsichtigen Kunststoffplane, ein Achill mit gezücktem Schwert. Der weißgestrichene, unterschiedlich hohe Raum war zusätzlich durch Neonleuchten erhellt. Ich wandte mich der rechten Seite zu, wo in den zweigeteilten Regalen eine Flut von Büsten und größeren und kleineren Statuen den gesamten Platz einnahm. Lang auf dem Boden ausgestreckt und aus weißem Stein Johann Wolfgang von Goethe, die rechte Hand unter der Brusttasche der Jacke, eine Binde um den Hals. Über dem Gesicht locker hingeworfen ein Stück gelber Schnur. Am Hals hing, wie bei allen übrigen Objekten des Hauses, ein länglicher Zettel mit der Inventarnummer – die dazugehörige Liste war in einer Kunststoffhülle und mit Schreibmaschine getippt am Pfosten eines Regals befestigt. Hinter dem weißen, viereckigen Pfeiler starrte die Büste von Johannes Brahms ins Nichts: 48 513 las ich und darunter in Handschrift: »Portrait Brahms von Tilgner«. Die beiden Figuren waren sozusagen die Hüter dieses vergessenen und vor sich hin staubenden Walhalla, das sich vor mir auftat. In den langen Reihen verschiedenster Köpfe stand da im großen Durcheinander ein weiterer »Tilgner«, Anton Bruckner, vor den Büsten von Jesus und Maria und neben einem Pferdekopf. Gustav Mahler war neben Egon Schiele zu stehen gekommen, und in der letzten Reihe befand sich der ehemalige Wiener Bürgermeister Lueger, bärtig und mit der Kette des Amtsträgers geschmückt. Ich hatte dessen »Wer a Jud is, bestimm' i« sofort im Ohr, als ich den seinerzeit überaus beliebten, konservativen Politiker sah.

Der Raum mit seinen freien Leitungen und den Rauchmeldern an der Decke erweckte den Eindruck einer Kulissenwerkstatt für ein riesiges Theater. Aus einer Gruppe von Büsten und kleinen Statuen – ein muskulöser männlicher Akt, ein nacktes Mädchen, eine auf einem Pferd reitende Jungfrau mit Kranz in der Hand hinter Lockenköpfen, eine Richard-Wagner-Büste, ein lachender k.u.k. Soldat und ein Wiener Wäschermädel – ragte ein Holzkasten hervor, in dem sich, geschützt durch eine Glasscheibe, die Wachsbüste eines jungen Mannes mit »echtem« Schnurrbart und Kopfhaaren befand, die, wie ich erfuhr, den jungen Kaiser Franz Joseph darstellte. Die Halbkörperfigur hatte Glasaugen und trug einen braunen Samtüberwurf. Herr Fink, der mir diskret schweigend und sozusagen unbemerkt gefolgt war, erläuterte, dass der Kasten um 1860 in einem Friseursalon ausgestellt gewesen sei, wo die Büste des jungen Kaisers Kunden angelockt habe.

Während ich zwischen den Regalen spazierte, kam ich mir vor wie der Aufseher einer Schulklasse im Jenseits. Viele Köpfe kannte ich, mehr noch waren mir allerdings unbekannt. Das lag jedoch nicht an den Statuen, die allesamt ihren Vorbildern wie aus dem Gesicht geschnitten waren, sondern an meiner Unkenntnis. Es gab Kinderbüsten, Engelchen, auffallend wenige Frauen und darüber hinaus eine Menge kleiner Statuetten, die »Berufe« darstellten. Die Regale waren nach den verschiedensten Materialien, aus denen die Büsten bestanden, geordnet: Stein, Marmor oder Gips und Ton. Auch Wissenschaftler mit langen Bärten, und sogar Kaiser mit Kronen waren darunter, Rudolf I. und Maximilian I. beispielsweise, und natürlich immer wieder Kaiser Franz Joseph und seine Gemahlin Elisabeth. In einem Winkel stand, dem Betrachter Rücken und nacktes Gesäß zukehrend, eine Venus, umgeben von Kisten, davor ein Gedränge anderer Skulpturen. Auch Marmorsockel mit alten Fahnenresten entdeckte ich und in einem weiteren Regal einen römischen Soldaten neben einem Sultan, eine kupferne und kopflose Nike, einen Elefanten, drei kleine Nilpferde, zwei Löwen und einen Tod mit Sense. In einer anderen Ecke und neben einem Feuerlöscher war eine überlebensgroße Johann-Strauß-Büste abgestellt, sie war in durchsichtige Kunststoffplanen gehüllt und mit Isolierband über Augen und Hals verklebt; davor auf dem Boden hatte man überlebensgroße Büsten aufgereiht, von denen mir sogleich Mozart ins Auge stach. Die kleineren Büsten aus den Regalen schienen die riesigen erstaunt zu betrachten. Jede der größeren und kleineren Büsten hätte zugleich eine originelle Schachfigur sein können, und ich fragte mich, zu welchem Spiel sie gehörten: Tote Zeit? In ihrer Masse verbreiteten sie eine ebenso feierliche wie lächerliche Atmosphäre, je nachdem, ob man Ruhm als etwas Ewiges oder Vergängliches betrachtet. Aber der Hochmut der Lebenden den Toten gegenüber kommt eines Tages zu Fall – und oft sogar unter das Fallbeil des Gelächters zukünftiger Generationen. Zweifelsohne waren auch die Büsten oder Statuen längst gestorben, so wie diejenigen, die sie darstellten. Sie waren nicht mehr zeitgemäß, da ihre Ausführung künstlerisch nicht herausragend war. Was ich daher sah, war ein Friedhof der einstmals Angebeteten und Unvergesslichen: ein Herrscher auf einem Thron, flankiert von zwei Hunden, und ein Kaiser, an dessen Krone eine Inventarliste hing, und dahinter, gleichsam im Schatten, die Armee der Unbekannten, Reiter mit Perücken und Dreispitz zu Pferd, Fußvolk und Offiziere, Knappen und Jungfrauen – die Anbeter, die Heerscharen der Namenlosen.

Herr Fink öffnete einen braunen Schrank, darin waren – wie ich zählte – in sieben Regalen vierzig Totenmasken aufbewahrt, eine in einer Schuhschachtel, die noch die Aufschrift »HUMANIC – Der gute österreichische Schuh« trug, daneben das Markenzeichen: der geflügelte Halbschuh und sogar die Preisangabe 179,50 S. Ich studierte die Gesichter der Toten: Alle waren friedlich und erweckten den Eindruck zu schlafen. Die Regale waren mit kardinalrotem Brokatstoff, mit rotem Samt, mit blauem Leinenstoff oder mit Packpapier ausgelegt. Jede einzelne Totenmaske war registriert, die Liste lag daneben, und irgendwo war auch auf jeder die Inventarnummer angebracht. Übrigens hielt nur eine die Augen offen: ein Mann mit einem riesigen Bart. Unter den vierzig Totenmasken befanden sich drei von Frauen. Ich glaubte, einen der beiden Erfinder der Zwölf-Ton-Reihe, Josef Matthias Hauer, zu erkennen und den zahnlosen Anton Bruckner, daneben die Totenmaske von Johannes Brahms. Von den meisten gab es Gipsabdrücke, manche waren aus gebranntem Ton gefertigt, einige sogar aus Bronze. Ich fand Ludwig van Beethovens letztes Gesicht mit einem Lorbeerkranz auf der Stirn und das des Dichters Hebbel und außerdem zwei, die auf zusammengeknüllte weiße Plastiksäcke gelegt worden waren. Schließlich war es mir aber nicht mehr wichtig, die Totenmasken zu identifizieren, denn in diesem Totenhaus war alles Ausdruck von Vergänglichkeit, des vergeblichen Kampfes gegen das Vergessen. Inzwischen hatte Herr Fink zwischen kleinen und größeren Skulpturen und Regalen zwei weitere Schränke geöffnet, in denen noch mehr Totenmasken lagen: weiße und schwarze, goldfarbene und braune, aus Gips, Bronze und Ton, und alle ruhten sanft. Auch

Hände befanden sich darunter. Ich hatte inzwischen aufgehört zu zählen, und als ich von den beiden geöffneten Kästen wegtrat, stand ich vor zwei von weißen Folien völlig umhüllten lebensgroßen Gestalten, die mir wie Gespenster erschienen oder Seelen auf Wanderschaft. Im Regal daneben Porzellanfiguren, welche Schauspieler in verschiedenen Nestroy- und Raimund-Rollen zeigten, darunter stand »Scholz als Kampl«, oder »L. Treu als Flekeles«. Es gab auch einen Schauspieler, der als Papst kostümiert, und einen weiteren, der als Schwarzer geschminkt war – in der Rolle des Othello. In der gegenüberliegenden Vitrine betrachteten weiße Miniaturbüsten bewegungslos und stumm den ewigen Stillstand der Schauspielfiguren auf der fiktiven Bühne des Regals. Natürlich waren die Miniaturbüsten alle beschriftet, einstmals waren sie wohl der Stolz eines Sammlers gewesen. In einem daneben aufgestellten einfachen Holzregal gab es eine weitere Sammlung von Miniaturbüsten aus unterschiedlichen Materialien und von unterschiedlicher Größe, darunter der junge Mozart sowie Hugo Wolf und Richard Wagner. Oft verdeckten die Inventarnummern die halbe Miniaturbüste – dem Diktator des faschistischen österreichischen Ständestaates Engelbert Dollfuß beispielsweise das ganze Gesicht. Die übrigen starrten auf ein Regal, in dem ihnen kleine Skulpturen den Rücken zukehrten: Nackte, Reiter, Soldaten, junge Frauen, ein Ritter ... dazwischen waren noch kleinere Figürchen hineingeschoben, so dass sich der Eindruck einer Spielzeugwelt verstärkte. Die Märchen von Hans Christian Andersen kamen mir in den Sinn, in denen Spielzeug um Mitternacht zum Leben erwacht, und hier eben eine griechische Göttin ebenso wie eine trauernde junge Frau, ein Schauspieler im Thronsessel ebenso wie ein Biedermeiermädchen, die Büste eines Architekten und Dichters wie die eines Komponisten. Besonders Kaiser Franz Joseph, überlegte ich, würde in dieser Welt erschrocken aufwachen, denn er fände sich in vielen Personen und allen Altersstufen seines Lebens zugleich wieder und würde wohl seine vielköpfige Anwesenheit nicht begreifen können.

In einer anderen Etage waren Ritterrüstungen aufbewahrt, lange Regale, voll mit in Folien gehüllten Brustwehren, daneben Vitrinen mit kostbaren, den Türken bei den Belagerungen von Wien abgenommenen Waffen – Gewehren und Säbeln – und unzählige Lanzen, Hellebarden, Schusswaffen und Kanonenkugeln, nicht zuletzt eine Sammlung von Helmen und Kappen, die bis in die k.u.k. Armee reichte. An einer Wand lehnten – wie Meteoriten aus der Gegenwarts-Vergangenheit – drei schöne, ausgediente Flipperautomaten, bunt bemalt, wie ich sie aus den Espresso-Cafés meiner Jugend kenne.

In einer weiteren Etage prachtvolle Tafeln, auf denen die Berufsstände bei Umzügen aufgezeichnet waren, und vor allem Porzellanfiguren aus den fünfziger Jahren des vergangenen Jahrhunderts, die mir noch aus meiner Kindheit gegenwärtig sind. Alles, was es an Kitsch gab, war da versammelt, aber sicher würde eine spätere Generation einmal diesen merkwürdigen Schatz heben, dachte ich, und belustigt und erstaunt wieder in Besitz nehmen: alle die putzigen und idealisierten oder erotisierten Frauenfiguren: Damen, Mädels und leichte Mädchen, Balletttänzerinnen, Nackte und Masken, die ich in Frisiersalons und Wohnzimmern gesehen habe und die ich schon damals recht merkwürdig fand. Und natürlich kleine Porzellan-Hunde und -kinder, Letztere »herzig« idealisiert, unschuldig und geborgen, mit Regenschirmchen, als Jockeys verkleidet oder als Erwachsene, mit Ziehharmonika, in Regenmänteln oder nackt.

In einem Archivraum begegneten mir drei Frauen, die über unser plötzliches Auftauchen erschrocken waren. Lange Reihen von Archivkästen aus Metall mit Laden, eine Glaswand, ein großer Ventilator. Dass es Leben im Depot gab, schien mir verwunderlich.

Das Gemäldedepot in einer anderen Etage wiederum beherbergte neben sogenannten »Schinken« von erstaunlicher Größe und in monströsen, geschnörkelten Goldrahmen auch das eine oder andere Biedermeierportrait oder die eine oder andere Landschaft eines Unbekannten, meist aber handelte es sich um Kunst »zweiter Wahl«, wie Herr Fink andeutete. Es gab vor allem die riesigen Franz-Joseph-Ölbilder – der Kaiser umringt von hochdekorierten militärischen Befehlshabern in Uniform oder Seine Kaiserliche Hoheit selbst bei einem Klavierkonzert in einem Palais. Außerdem nicht wenige devote großformatige Portraits wie das des ehemaligen Wiener Bürgermeisters Slavik oder der einstigen Stadträtin Gertrude Sandner-Fröhlich, das gnädig von einem Tisch mit Intarsienplatte zur Hälfte verdeckt war und quer auf dem Boden lag. Hinter hohen Kartons lugte das unvermeidliche Ölportrait des Wiener Bürgermeisters Lueger »in«, wie man sagt, »vollem Ornat« hervor. Da durfte auch eine weiße Schutzengelskulptur aus Marmor nicht fehlen oder das Ölbild eines »süßen« Mädels mit Biedermeierhut. Manchmal kann es sehr befriedigend sein, dass die Kunst »zweiter Wahl« zumeist die Richtigen trifft.

Wir gingen an langen Regalen mit archivierten Bildern vorbei, von denen man nur Rahmen oder Rückseiten sah. Durch eine halbgeöffnete Tür erblickte ich schließlich einen Haufen aufgetürmter Möbel. Über der Tür war in Großbuchstaben »Versteigerungssaal« zu lesen, aus der Zeit, als das Gebäude noch als Dorotheum diente. Die Etage mit alten Möbeln erweckte den Eindruck von unaufgearbeiteten Nachlässen. Manches Möbelstück war in braunes Packpapier gehüllt, manches mit Leintüchern bedeckt. Von der Decke hingen Stoffbahnen: Dekor? Fahnen? Ich beeilte mich, rascher zu gehen, denn der Geruch war muffig, und alles stand so dichtgedrängt, dass man Mühe hatte, Einzelstücke aus der Anhäufung herauszufiltern: zwei bemalte Bauernkästen und das Sterbebett Gottfried von Einems, Biedermeierstühle, gerahmte Spiegel, Schränke, eine Wiege, Fauteuils, Schreibtische, Nachtkästchen, eine Matratze, Körbe, Leitern und, halb verdeckt von einer Stiege, das goldgerahmte Portrait des christlich-sozialen Bundeskanzlers aus den dreißiger Jahren des vergangenen Jahrhunderts: Prälat Ignaz Seipel mit dem weißen Kragen des Geistlichen. Auch Österreich hatte einmal versucht, einen Gottesstaat zu errichten, ging es mir durch den Kopf, während wir weiter an Kisten, Bänken, Paravents, Tischen und Vitrinen vorbeischlenderten. Von der Decke hingen jetzt, wie ich sah, alle Arten von Lampen und Wohnzimmerlustern.

Schon erschöpft, betraten wir die Etage mit alten Kutschen, von denen mehrere mit Leintüchern verhängt waren, so dass man nicht einmal die Räder sah, während zwei schwarze, vornehme zwischen Kartons und Kisten abgestellt waren. Ein überlebensgroßer Kopf des Malers Makart, bemalt und aus Pappmaché, lugte auf die Szenerie. Daneben Reste seiner prunkvollkitschigen Umzüge: ein Schlitten, den eine blaue Kugel mit goldenen Sternen und zwei Flügel zierten, sowie goldene Räder von Schauwagen und mehrere Ölbilder des gefürchteten und beweihräucherten Meisters der großbürgerlichen Geschmacksverirrung. Hinter Kisten waren inzwischen zwei schwarze Jugendstil-Skulpturen von nackten Männern zu sehen: eine stellte einen nackten Laufenden dar, von der anderen sah ich nur Kopf, Arm und ein Stück des Oberkörpers – ein Diskuswerfer, wie ich vermutete.

Zuletzt gingen wir in den Keller, das Lapidarium, in dem ein stickiger Geruch, der an Schimmel und Staub denken ließ, herrschte. Im Gedränge und in ihrer Trostlosigkeit vermittelten die Objekte den Eindruck einer Straßenbahn im Jenseits, denn zwischen den Steinplatten ragten immer wieder Büstenköpfe hervor. Herr Fink beeilte sich jetzt, denn auch er atmete in der dumpfen Atmosphäre schwer, und der bedrückende Anblick steigerte seine wie meine Unlust, länger zu verweilen.

Mit dem großen Lastenlift fuhren wir wieder hinauf in den achten Stock und begaben uns auf das flache, mit Blech versehene Dach, das nur ein niedriges Geländer umrahmte. Wir blieben in der Mitte stehen, spürten den kühlen Wind und blickten lange auf das weite Häusermeer unter uns, in dem das alte Leben verschwunden war, nachdem es seine Spuren hinterlassen hatte, an die jedoch kaum jemand mehr dachte oder die sich überhaupt aufgelöst hatten.

Unterwelt

Schon als ich noch keine Wohnung in Wien besaß, hatte ich mehrmals die Kapuzinergruft aufgesucht, vielleicht war es die Lektüre von Joseph Roths Romanen gewesen, die mich dazu animiert hatte. Auch in den ersten Wien-Jahren machte ich es mir zur Gewohnheit, wenn ich mich in der Innenstadt herumtrieb, zu den toten Kaisern hinunterzusteigen, die in Österreich jahrhundertelang von den Geschichtsschreibern idealisiert und entschuldigt worden waren und von denen demnach ein geradezu heiliges Bild in den Köpfen der Unwissenden entstand. Die Kapuzinergruft, die die sterblichen Überreste der österreichischen Kaiser vermutlich bis zum Ende aller Zeit beherbergen wird, ist für mich immer so etwas wie eine Unterwelt gewesen, zu der man hinabsteigt – Anfang und vielleicht auch Ende aller Rätsel, Begegnung mit einem mythologischen Universum voller Geschichten und zugleich mit dem Nichts. Je länger die Zeit der Monarchie zurückliegt, desto märchenhafter wird sie, auch wenn wir mit aller Macht dagegen anschreiben, denn der Prozess der Mythologisierung ist schon zu weit fortgeschritten. Wie wir vielleicht im herannahenden Alter Ahnenforschung betreiben, so betreiben die nachkommenden Generationen vermutlich weiter die Erforschung der Habsburger-Geschichte, zumal sie im Vergleich zum Nationalsozialismus – den die Monarchie und die katholische Kirche allerdings mitbedingt hatten – harmlos und durchaus vergleichbar mit den Herrschern und Regierungen anderer Länder ist. Manchmal vermittelten mir die Bronzesärge Nähe zu dieser Geschichte, manchmal stellten sie nur ein eigenes

Reich, das Reich der Abwesenheit, für mich dar. Und der Wunsch, es zu erforschen, wurde immer größer wie auch die Gewissheit, dass es das Reich des endlosen und traumlosen Schlafes ist. Eines Tages, sagte ich mir, würde auch der Katholizismus, der Glaube selbst, sich in Mythologie verwandelt haben, mitsamt all seinen Hoffnungen, die er über zwei Jahrtausende erweckte, und all seinen Schrecken und Höllenvorstellungen, die er auslöste. Es wurde mir auch klar, dass der Nationalsozialismus – extremer noch als der Kommunismus – eine Welterlösungsreligion mit einem gottgleichen Diktator an der Spitze war, die den Himmel, das Paradies auf Erden errichten wollte – , und für ihre Gegner, für andere Rassen und Völker außerhalb der germanischen, für Homosexuelle, Geisteskranke und Kriminelle die Hölle auf Erden. Da ich des Öfteren nach Ägypten gereist bin und jedes Mal dort das unfassbare Totenreich betreten habe – das Nationalmuseum in Kairo mit der Mumienabteilung, die Pyramiden von Gizeh und Sakkara, die Totentempel von Memphis und die Gräber von Luxor mit all ihren phantastischen Malereien –, ist meine Ahnung um die Verwandlung aller Religionen in Mythologie zur Gewissheit geworden. Die Eindrücke aus der Begegnung mit einer verschütteten und wieder ausgegrabenen Zeit waren so stark, dass ich sie wiederholen musste, auch als ich schon nicht mehr auf der Suche nach der Totenwelt war, sondern sie längst schon zu meinem Leben gehörte.

Über die Bekanntschaft mit dem ehemaligen Generaldirektor des Kunsthistorischen Museums, Wilfried Seipel, durfte ich eines Tages auch das zugehörige Mumiendepot besichtigen, das sonst für Besucher nicht zugänglich ist. Der Raum war überraschend klein – zumindest kleiner, als ich ihn mir vorgestellt hatte. Die zuständige, weise Archäologin, die noch dazu in ihrem Aussehen etwas von einer strengen Eule hatte, zog mit gebotener Pietät die Laden aus den Eisenschränken und zeigte mir neben bemalten Särgen zunächst eine Reihe in Tücher eingewickelter mumifizierter Schädel und sodann ganze Leichen, die sterblichen Überreste von Menschen, welche vor mehr als zweitausend Jahren gegessen, getrunken, gestritten, geliebt und gehasst, mit einem Wort, bis in die nebensächlichsten körperlichen Verrichtungen all das getan hatten, was wir heute tun. Wie immer nach einer Begegnung mit Toten, ging ich innerlich zerrissen nach Hause. Einerseits stieß mich die Sinnlosigkeit des Todes ab, andererseits bestärkten mich die Eindrücke in der Überzeugung, dass das Totenreich wie auch das Reich der Erfindung und der Einbildung in unseren Köpfen als Wirklichkeit existiert, dass die Toten und die erfundenen Personen nicht auf Friedhöfen und in Pyramiden und Tempeln ruhen und auch nicht in Büchern begraben und auf Bildern verewigt sind, sondern in uns selbst leben, und je älter wir werden, umso unauslöschlicher werden die Erinnerungen an sie und umso näher sind sie uns, in ihrem Leid, das sie erduldeten und verursachten.

Der Sohn, den ich nicht kannte

Da mir der Winter in Wien zu lange wurde, wuchs in mir der Wunsch nach einem Ortswechsel, und ich suchte das Reisebüro »Auge Gottes« auf, das sich in der Nußdorfer Straße befand. Zu meiner Überraschung sah ich dort Elisabeth Hert wieder, mit der ich als Student eine kurze Beziehung gehabt hatte, als ich mit Konrad Feldt von Graz nach Wien gefahren war, um Elias Canetti in der österreichischen Gesellschaft für Literatur aus seinem Roman »Die Blendung« lesen zu hören. Am nächsten Tag hatte ich sie dann in der Buchhandlung Wolfrum kennengelernt. Sie wohnte damals im Studentenheim eben in der Nußdorferstraße, das in demselben Gebäude untergebracht war wie das Reisebüro »Auge Gottes«.

Es war merkwürdig, aber wir freuten uns beide über das Wiedersehen, gingen in das Café »Grillparzer« auf der anderen Straßenseite, tranken weiße Spritzer und beschlossen, mit dem Taxi zum Pfarrplatz in Nussdorf zu fahren, um beim Heurigen Welser einzukehren. Elisabeth arbeitete hin und wieder bei ihrem Bruder Josef, den alle »Sepp« nannten, im Reisebüro. Natürlich hatte sie inzwischen geheiratet, einen Papierfabrikanten mit Namen Walter Mach, mit dem sie zwei Söhne hatte. Sie war schlanker und selbstsicherer geworden, ihre fröhliche und sorglose Art aber war ihr geblieben. Wir stiegen schon vor der Armbrustergasse beim Heurigen Zimmermann aus und ich zeigte ihr das Haus des ehemaligen Bundeskanzlers Kreisky. Im Laufe des Abends kamen wir uns wieder näher, und schließlich fuhren wir in ein Hotel in der Innenstadt, wo wir bis zum Morgengrauen blieben. Im Hotelzimmer, als wir nach heftigen Umarmungen wach nebeneinanderlagen, sagte sie mir, dass ich der Vater ihres älteren Sohnes Thomas sei. Natürlich erschrak ich darüber, außer meinem

Sohn Thomas einen weiteren Sohn gleichen Namens zu haben, aber da mir Elisabeth das Versprechen abnahm, darüber zu schweigen, ließ ich die Sache auf sich beruhen, obwohl es mir nicht mehr aus dem Kopf ging, dass ich einen zweiten Sohn haben sollte, den ich wahrscheinlich nie zu Gesicht bekommen würde. Ich ließ mir, bis wir uns trennten, alles erzählen, was ihr zu unserem Sohn Thomas einfiel, und sie zeigte mir mehrere Fotografien, die ihn in verschiedenen Altersstufen festhielten. Sie fand, dass er mir ähnlich sehe, und auch ich entdeckte vieles an ihm, was mich an mich selbst erinnerte.

Eine Reise in mich selbst

Ich fuhr auf Lesereise in die Schweiz, zunächst nach Zürich, wo ich die Gräber von James Joyce, Georg Büchner und Thomas Mann aufsuchte. Später sollte auch Elias Canetti neben James Joyce seine letzte Ruhe finden, und jedes Mal, wenn ich nach Zürich komme, habe ich das Bedürfnis, zu den beiden Gräbern zu gehen. Mir gefällt der Stein auf Canettis Grab, er ist von verhaltener, kunstvoller Schlichtheit. Daneben, vor der letzten Ruhestätte von James Joyce, steht die Skulptur des Schriftstellers, die nachdenklich und in sich versunken den Besuch der Bewunderer, der unterschiedslos auch ihr gilt, über sich ergehen lässt.

Abends begab ich mich in die berühmte Kronenhalle und sah von meinem Tisch aus die »Joyce-Ecke«, in der er, wie man weiß, gerne Hof hielt.

In Lausanne suchte ich alleine reisend und mich die ganze Zeit über dem Tode nahe fühlend, das Grab von Jorge Luis Borges auf dem Plainpalais-Friedhof auf. In der Verwaltung erhielt ich einen hektographierten Gräberplan mit dem Hinweis: Borges Jorge-Luis 735D/G6. Der Grabstein trug die Inschrift: »... AND NE FORTHEDON NĀ«, »... und braucht sich nicht zu fürchten«, eine Zeile aus dem angelsächsischen Gedicht »The Battle of Meldon«, die mir die ganze Reise über nicht mehr aus dem Kopf ging. Noch dazu hatte ich einen Band mit Erzählungen des eigensinnigen, Sprach- und Phantasiewunder vollbringenden, blinden Schriftstellers bei mir, die mir jetzt wie Mitteilungen an mich selbst vorkamen und mich schließlich in ein endloses Gespräch mit ihm verwickelten, auch als ich schon längst in der Eisenbahn nach Lausanne saß und hinaus auf die vorüberziehende Landschaft sah. Unterbrochen wurde dieses Gespräch nur von genauso hartnäckigen Gedanken an meinen mir unbekannten Sohn, dessen Nähe ich mir immer wieder herbeiwünschte, wobei ich mir gleichzeitig die Frage stellte, wie ich ihn vor Senta verheimlichen würde können, da es mich geradezu drängte, mit ihr darüber zu sprechen.

In Genf dann, wo ich das »L'Art Brut«-Museum besuchte, wurden alle meine Kopfgespinste in nichts aufgelöst angesichts dessen, was ich sah. Ich hatte schon in den sechziger Jahren mit großer Begeisterung die Schriften und Bilder Jean Dubuffets studiert und seither den Wunsch gehegt, die Arbeiten der Geisteskranken im Château de Beaulieu zu sehen. Als Erstes erinnere ich mich jedes Mal, wenn mir das »L'Art Brut«-Museum in Lausanne einfällt, an das Brautkleid der Marguerite Sirvins, die in der psychiatrischen Anstalt von Lozère in Frankreich interniert gewesen war. Marguerite Sirvins stellte es in 41 Jahren aus Fäden her, die sie aus ihren Bettlaken zog und für die sie nur Nähnadeln zur

Verfügung hatte: Sie häkelte und strickte, webte und stickte mit ihnen ein Hochzeitskleid mit Ornamenten, Mustern und durchbrochenen Stellen, die ihrer Schöpfung etwas ganz und gar Unwirkliches gaben, etwas Okkultes, das Kleid einer Geistererscheinung. Man kann darin alle Sehnsucht nach Liebe und Geborgenheit entdecken ebenso wie eine seltsame Mischung aus Unschuld, Keuschheit und Begehren. Das Kleidungsstück, Weiß in Weiß, ist zugleich einfach und manieriert, es hat etwas Märchenhaftes und etwas von der Schönheit archäologischer Fundstücke. Es kündet von Isolation und halluzinatorischen Träumen, von Sprachlosigkeit und inneren Stimmen, von Blendung und visionärer Schau. In diesem seltsamen Kleid entdeckte ich eine fremde Kultur, die die spirituelle Beschwörung der Wünsche zum Inhalt hat. Ich sah Adolf Wölflis Farbstift-Zeichnungen »12 Marsch-Lieder-Anfänge«, »Der Skt.-Adolf-Ball-Saal« und »Der Walfisch KARO und der Teufel SARTON I«, Landkarten der Terra incognita des Wahnsinns, Partituren für ein Kopforchester gigantischen Ausmaßes. Obwohl ich über Adolf Wölfli Bescheid wusste und mehrere Ausstellungen seiner Werke gesehen hatte, verstand ich diese Zeichnungen in der Umgebung von anderen Bildern geisteskranker Künstler zum ersten Mal wirklich. Ein Voodoo-Zauberer, der die Alpträume von Kranken sichtbar machte, dachte ich: Fresken aus den Kathedralen der Angst, Bilder aus Gebetbüchern, die in der Sprache der Zungen gedruckt waren, ein Haus, in dem die Möbel, das Geschirr und die Uhren, Bilder, Spielzeug, Bücher, Kleidungsstücke zum Leben erwacht waren, eine Fieberwelt, Märchen eines Idioten, das Meer aller gedachten Gedanken, aller geträumten Träume. Und ich vermisse in diesem Augenblick einen anderen König in diesem verborgenen Reich der verborgenen Gedanken, in dem Wirklichkeit, Erfindung, Traum und Wahn zu einer neuen, gleichermaßen großartigen und unerträglichen Wirklichkeit zusammenfließen: James Ensor, den Schöpfer bizarrer Maskenbilder und des gewaltigen »Einzug Christi in Brüssel«. Über das Bild dieses Malers, der mein gesamtes Leben und Tun begleitet hat, schrieb sein erster Biograph Emile Verhaeren 1908: »Kein Zweifel, dass das Werk in Anlage und Perspektive von Fehlern wimmelt, aber farblich ist es großartig.«

Schon früh hatte ich verstanden, dass der wichtigste und einzige Ausweg aus der Umklammerung durch das sogenannte *Richtige* das *Falsche*, der Fehler, ist, genauer gesagt: die Überwindung des *Richtigen* gelingt nur durch das bislang *Undenkbare*, *Lächerliche*, *Dumme*, *Ungekonnte*, *Verpönte*, das sich ja bekanntlich überall findet, da es unser eigentliches Leben ausmacht – wenn wir es nicht nach strengen Regeln zu führen gedenken, sondern uns einen Spielraum schaffen und diesen immer wieder aufs Neue verteidigen. Meine sogenannten Fehler haben mein Leben entschiedener verändert als meine guten Eigenschaften. Sie haben mich hineingeführt in den Mittelpunkt der Existenz und wieder herausgeschleudert an die Peripherie, wo ich mich immer noch in dem Wechselspiel von Verrücktheit und Normalität, Einbildung und Sachlichkeit, Wahrheit und Lüge übe, als liege mein gesamtes Leben erst vor mir.

Ich überlegte in dem »L'Art Brut«-Museum in Lausanne, weiter nach Ostende und Brüssel zu reisen, um mich auf die Spur des Meisters Ensor zu begeben, der das Taggesicht der Wirklichkeit gemalt hatte und ihr Nachtgesicht, für dessen Darstellung er den sogenannten Fehler in Kauf nahm, um damit dem Undenkbaren Ausdruck zu verleihen. Ich ließ den Gedanken aber bald wieder fallen, als mir bewusst wurde, wo ich mich befand. Wie aus einem Traum erwacht, blickte ich auf die Bilder Friedrich Schröder-Sonnensterns und folgte nun dem Kasperle-Theater des Irrsinns, den Slapstick-Komödien aus einer apokalyptischen Welt. Starrte ich die knallfarbigen Bilder nur lange genug an, so setzten sie sich in meinem Kopf in Bewegung, und ich folgte einem bizarren Film, der mich in seiner Sinnlosigkeit an den »Andalusischen Hund« von Luis Buñuel erinnerte. Die Zusammenhänge waren aufgehoben, die Zeit hatte sich aufgelöst, und das Eigentliche wurde sichtbar. Es bestand aus der schauderhaften und komplizierten Präsenz einer verkehrten Welt. Das Nebensächliche, das Belanglose hatte die Oberhand über alles Wichtige gewonnen – und der Tod über das Leben, die fürchterlichen und chaotischen Gedanken und Einfälle über die tiefsinnigen, der Moment über die Dauer. Das Museum war innen dunkel, die Wände schwarz, Scheinwerfer erhellten die Vitrinen und Bilder, alles erinnerte an ein Kino, in dem das Denken sichtbar wird. Da war das Werk von Augustin Lesage, einem ehemaligen Minenarbeiter, der in spiritistischen Zirkeln verkehrte und vierhundert Meter unter Tag beim Ausheben eines Stollens eine Stimme hörte, die ihm prophezeite, dass er Maler werden würde. Ein Jahr lang malte er »ohne Programm«, wie der Katalog Auskunft gibt, was ihm angeblich seine dreijährige Schwester, Leonardo da Vinci und Apollonios von Tyana diktierten. Nach dem Ersten Weltkrieg wurden seine Arbeiten ausgestellt, und Lesage verkaufte sie zum Stundensatz eines Bergarbeiters, da er seiner Überzeugung nach ja nicht der Schöpfer der Gemälde war. Nachdem er die Bekanntschaft eines Ägyptologen gemacht hatte, hielt sich Augustin Lesage für die Reinkarnation eines pharaonischen Künstlers. Er war ein gutaussehender, schlanker, großer Mann mit weißem Bart. Auf einer Schwarzweißfotografie, die ihn vor einem seiner phantastischen Gemälde zeigt, trägt er einen Hut, und von seinem Gürtel hängt eine Berglampe. Seine Bilder wirkten auf mich zuerst wie Mandalas, sie waren groß und schienen keinen anderen Inhalt zu haben als Architektur – Tausende und Abertausende geometrische Formen in »schöner Regelmäßigkeit«, die als Gesamtes einen Sakralbau ergeben, doch nur flach ausgeführt. Eine unheimliche Symmetrie beherrschte die Bilder, ich dachte an Tempel in Dschungeln, an die Bauten der Mayas und Azteken, alles ohne Menschen oder andere Lebewesen. Sobald ich mich in der Betrachtung verlor, entdeckte ich ein Labyrinth und in diesem Labyrinth verschiedene Kultstätten mit Kreuzen, Altären, Arkaden, Fresken, immer geometrisiert und verdoppelt: Die linke Seite wiederholte sich auf der rechten Seite, und das Ganze stellte eine spiegelbildliche Unwirklichkeit dar. In diesem Labyrinth glaubte ich, solange ich davorstand, einen Grundriss der Schöpfung zu erkennen, ein gewaltiges Fragment, von oben, von einem Ballon oder Flugzeug aus gesehen. Oder einen geheimnisvollen Plan, auf dem die Zauberformel der Genesis verschlüsselt als Bild dargestellt war. Mir fiel später auf, wie schwierig es war, die Bilder ohne religiöse Gedanken zu begreifen.

Nachts saß ich in einem Hotelzimmer und schrieb auf, was mir gerade durch den Kopf ging, tagsüber setzte ich meine Erkundungen im Museum fort.

Auguste Forestier, der bizarres Spielzeug schnitzte, erweckte in mir wieder die Kindheit – ich sah damals Schiffe, andere Dinge und auch Gestalten so, wie er sie schnitzte, nicht fotografisch wirklich, sondern von der Phantasie verzerrt und mitunter dämonisch: Fehlten einem Nachbarn die Zähne, so war er selbst eine riesige Zahnlücke, trug er einen schwarzen Hut und hatte er buschige Augenbrauen, so reduzierte sich meine Wahrnehmung auf diese Merkmale, stotterte er, so war er das personifizierte Stottern, schielte er, das Schielen. Außerdem, las ich, hatte Forestier eine Leidenschaft für Eisenbahnen – wie ich. Überdies hatte er einen Eisenbahnzug mit Kieselsteinen, die er auf die Schienen gelegt hatte, zum Entgleisen gebracht. In der Anstalt bearbeitete er mit einem Schnitzmesser verschiedene Holzstücke.

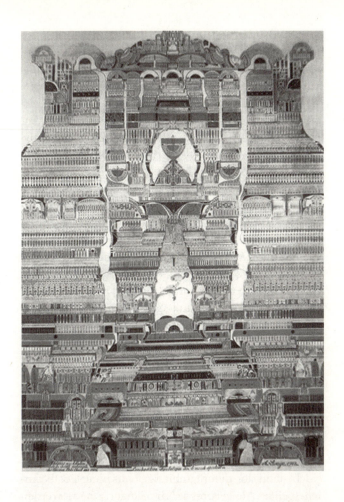

Auch er ging impulsiv vor, spontan, seinen Einfällen nachgebend. Er haute das Holz zuerst grob zu und ergänzte die entstandenen, oft rasch zusammengenagelten Gebilde mit Abfall von Nähateliers und Sattlereien sowie Müll aus Küchen und Kehricht. Er überließ dabei dem Material die Führung, und es bezauberte ihn, wenn unvorhergesehene Effekte eine neue Formgebung verlangten. Auch war er angetan von der Wertlosigkeit seiner Werkstoffe. Ich sah ein seltsames Schiff mit zwei Schornsteinen und zwei Masten, zwei Ankern, Schiffsschraube, Ruder, Steuerrad, mehreren Decks mit Luken, Schießscharten, aus denen Nagelstifte ragten, und zwei Soldaten mit hohen Mützen. Die Farben des Schiffs waren rot, blau und weiß, silbern und natur, und ich hätte mir als Kind wohl kein anderes gewünscht, um mit ihm in Gedanken Reisen zu unternehmen, die mich bis Afrika führten. Die »Menschliche Figur mit Vogelkopf« hätte ich mit ihrem Schnabel, dem Federbusch auf dem Kopf und dem Engelsflügel gerne als Diener gehabt, der allen Respekt und Furcht eingeflößt hätte, und das »Geflügelte Ungeheuer mit Fischschwanz« als Hund, der mich beschützte. Es hatte einen riesigen Tierschädel mit gefletschten Zähnen, Hörnern, Menschenohren und konnte mit seinen zwei Beinen, dem Fischschwanz sowie den am Körper angelegten Flügeln schwimmen und fliegen. Ich hatte als Kind, erinnerte ich mich, nie eine liebliche Welt gesehen, immer eine bizarre, verrückte. Vielleicht entdeckte ich mich gerade deshalb in den Arbeiten der Geisteskranken wieder.

Ich stand vor den Figuren der Lausanner Postbeamten-Tochter Aloïse Corbaz, die Sängerin hatte werden wollen und einen Theologiestudenten liebte. Als beide Wünsche nicht in Erfüllung gingen, verliebte sie sich in den deutschen Kaiser Wilhelm II. und wurde nach dem Ersten Weltkrieg in eine Anstalt eingewiesen. Sie malte und zeichnete mit Fettkreide und Farbstiften anonyme Gestalten und Gesichter, Figuren, die – vorwiegend in Rot, weniger in Blau – farbige Schatten in einer farbigen Schattenwelt waren, vielleicht auch Unterwasser- und Luftwesen, die alle ihrer Schöpferin gehorchten.

Heinrich Anton Müller wiederum, sah ich auf Fotografien, widmete sich Erfindungen, vor allem dem Problem des Perpetuum mobile. Im Garten der Klinik, in der er untergebracht war, baute er ein gigantisches Teleskop, und er konstruierte große Maschinen, die das Nichts herstellten, indem sie funktionierten, ohne etwas zu fabrizieren.

Ich sah später in der Nähe von Feldbach in der Steiermark Gsellmanns phantastische Weltmaschine, die einen großen Raum des Bauernhauses, das er bewohnte, einnahm und mich in ihrer Schönheit und Nutzlosigkeit überwältigte.

Jedes Mal, wenn ich das Museum aufsuchte, entdeckte ich etwas Neues – entweder Autobiographisches über einen Künstler oder etwas, das ihn mit der gesamten Menschheit verband. Nicht das Naive war es, das mich anzog, denn ich empfinde gegenüber der naiven Malerei eine Abneigung, sondern das zunächst Unverständliche, Abweisende, Bizarre, das Merkwürdige, Seltsame, das aus den Menschen kam und vielleicht nichts anderes war als Fragmente des Unbewussten.

Ganz oben, im ehemaligen Dachboden des Château de Beaulieu, in einem weiß ausgemalten Raum hingen langformatige Aquarelle, die auf zusammengestückelten Bögen Packpapier angefertigt waren: darauf unzählige kleine Mädchen, Alices im Wunderland unwirklicher Landschaften, in Wäldern, Riesenblumengärten

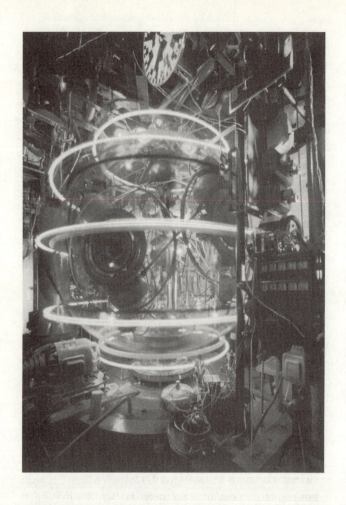

oder Palmenhainen. Auf einem der Bilder standen oder saßen die kleinen Mädchen auf den Ästen eines großen Baums, während unter ihnen eine Schlacht zwischen Soldaten und Zivilisten stattfand und Gefallene auf dem Boden lagen. Der Maler Henry Darger, Tellerwäscher, Putzmann in Krankenhäusern und schließlich mittelloser Altersheimbewohner in Chicago, starb 81-jährig. Darger war ein sogenannter Messie gewesen, ein Sammler von Müll, der seine kleine Wohnung bis zur Decke damit vollstopfte. Als dieser beiseitegeräumt war, fand der Hausbesitzer, ein Fotograf, ein fünfzehnbändiges Manuskript von insgesamt 16 000 Typoskriptseiten und Hunderte von Zeichnungen auf der Vorder- und Rückseite von Blättern, die mitunter mehr als drei Meter breit waren. Das Werk hieß »Die Königreiche des Unwirklichen«. Inhalt war der blutige, von Massakern und Folter begleitete Kampf der außergewöhnlich schönen kleinen Mädchen, der »Vivian Girls«, gegen die »Glandelinians«, ihre sadistischen Unterdrücker, die Kinder versklavten. Die Landschaften waren märchenhaft, der Krieg von erdrückender Grausamkeit. Darger schnitt Bilder von kleinen Mädchen aus Zeitschriften aus oder pauste sie ab und erotisierte sie dabei fast unmerklich. Sodann klebte er sie in seine mit Bleistift, Tinte und Aquarellfarben hergestellten Phantasielandschaften. Was war in Darger vorgegangen? Wer war er gewesen? Psychopath, um einen Ausdruck aus der Medizin anzuwenden, oder Visionär, um auf das religiöse Vokabular zurückzugreifen? »Die Königreiche des Unwirklichen«, die Darger unter Müll versteckt oder mit ihm zugeschüttet hatte, sollten eines Tages jedoch Wirklichkeit werden, das wusste ich bereits als sogenannter Später-Geborener, der das »L'Art Brut«-Museum in Lausanne hinter sich ließ und in einem Wachtraum nach Wien zurückfuhr, im Kopf die Bilder der Geisteskranken, vor Augen die Mitreisenden und die Landschaft, die draußen vorbeizog, ein Wachträumender, der sich nicht entscheiden konnte, die Augen zu schließen und weiter zu träumen oder sich in den Speisewagen zu setzen und mit einem beliebigen Menschen ein Gespräch zu beginnen.

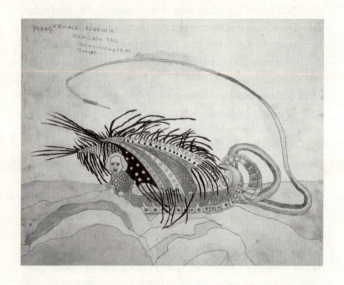

Im Anne-Frank-Haus

Als ich Jahre später in Amsterdam das Anne-Frank-Haus sah, fielen mir sofort Henry Dargers Wahnbilder wieder ein.

Ich war am frühen Morgen in der Prinsengracht Nr. 263 mit dem Vizedirektor verabredet, der mich zuerst in das Büro von Annes Vater, Otto Frank, führte. »Wenn das Personal das Haus verlassen hatte«, sagte der Vizedirektor dabei, »konnten auch die Untergetauchten ihr Versteck verlassen. Anne Frank hat das Büro in ihrem Buch als Prunkstück des ganzen Hauses beschrieben. Sie lobte die vornehmen, dunklen Möbel, die Sie sehen, den Linoleum-Fußboden, die Teppiche, das Radio, die schicke Lampe.«

Das Büro war klein und dunkel, Blattmuster an den Wänden, ein Ofen mit Abzugsrohr bis unter die Decke. Ein hohes, unterteiltes Fenster, zwei dunkle Vorhänge, ein kleiner, dicker Heizkörper. Und weiter: ein dunkelbrauner Schrank mit Glastüren, dahinter Bücher, ein dunkelbraunes Radio, dunkelbrauner Schreibtisch, dunkelbrauner, ledergepolsterter Stuhl mit hoher Lehne, schwarze Schreibtischlampe, Aschenbecher, aufeinandergestapelte Karteikästen, ein dunkelbrauner Tisch mit vier Stühlen, auf dem Tresor Verrechnungsbücher beziehungsweise Ordner. Zwei dunkelrote orientalische Teppiche und ein heller waren, erfuhr ich, entfernt worden.

»Das Zimmer befindet sich direkt unter dem Versteck, in dem Anne Frank ihre Aufzeichnungen machte«, erzählte der Vizedirektor, »und wurde für Besprechungen genutzt, aber auch als eine Art Vorratskammer für die Untergetauchten. Anne Frank beschreibt in ihrem Buch, dass sie hier herunten in der Nacht den englischen Sender hörten. Sie hatte so schreckliche Angst, dass sie ihren Vater anflehte, wieder mit ihr nach oben zu gehen.«

Die Küche ist nach Originalfotos aus den fünfziger Jahren rekonstruiert. Sie atmet die Atmosphäre, die ich noch aus meiner Kindheit kenne: eine weiße Kredenz mit Flaschen darauf, ein weißer Küchenstuhl, wie ihn meine Großmutter besaß, Abwasch, ein Gaskocher auf einem kleinen Tischchen, ein Teekessel aus Aluminium, ein Regalbrett für Küchengeräte, Töpfe und Pfannen, ein Sieb, in der Ecke ein Durchlauferhitzer, ein braunes Regal mit Gewürzgläsern, darunter ein Arbeitstisch mit Küchenwaage, Milchflaschen, Schöpfer, ein Flaschenbord. »In der Küche«, so der Vizedirektor, »haben sich die Untergetauchten gewaschen und vorsichtig aus dem Fenster geschaut. Anne fand den Anblick der Wolken, des Mondes, der Sterne beruhigend. Im Sommer 1944 wurden 24 Kistchen Erdbeeren im Büro abgeliefert. Auch die Untergetauchten halfen Marmelade einkochen.«

Wir standen nachdenklich in der kleinen Küche, dann sagte der Vizedirektor, dass sich das Magazin im Erdgeschoss befunden habe, Lagerarbeiter hätten dort Gewürze gemahlen. Anne habe notiert, dass sie immer sehr leise hätte gehen und sprechen müssen, damit man sie im Magazin nicht habe hören können.

Ich durfte einen Blick in den Arbeitsraum werfen, eine Art Kontor: Türen mit Glasscheiben, Säcke, Fässer, allerlei Gerät, eine Waage, Körbe. Anne Frank habe geschrieben, sagte der Vizedirektor, dass sie nicht atmen konnte, ohne zu niesen und zu husten, wenn dort der Pfeffer durch die Mühlen gedreht worden sei. Die Firma habe mit Muskatnüssen gehandelt, weißem und schwarzem Pfeffer, Zimt, marokkanischem Koriander, Nelken, gemahlenem Paprika, Kurkuma und pulverisiertem Ingwer. Haus und Keller seien verwinkelt ... Wir gingen weiter durch das Magazin: Fahrräder, Garderobe, ein Tisch, ein Stuhl, ein Fahrradanhänger, Fässer und Regale mit Kartons.

Über eine lange, schmale und steile Holztreppe und am Büro vorbei gelangten wir in den zweiten Stock. Anne Frank nannte die Stiege, wie der Vizedirektor bemerkte: »Die lange, steile holländische Beinbrechtreppe.« Unangemeldeter Besuch sei nicht weiter als bis zu der Tür mit der Luke, auf der »Büro« stand, gekommen. Dort sei er unweigerlich angesprochen worden.

Der Zugang zum sogenannten Hinterhaus, das man über eine kleinere Stiege habe erreichen können und in dem sich das eigentliche Versteck befunden habe, sei durch ein Regal verstellt gewesen, erklärte der Vizedirektor weiter. Anne Frank war sich darüber im Klaren gewesen, wusste ich, dass die Juden von den Nazis verfolgt und umgebracht wurden. In ihrem Tagebuch hatte sie die Nachrichten, die sie im Radio hörte, beschrieben. Sie hatte beispielsweise festgehalten, dass zahlreiche Freunde und Bekannte unterwegs seien zu einem schrecklichen Ziel. Abend für Abend hatte sie die Militärautos vorbeirattern hören, manchmal auch sehen können. Im November 1943 hatte sie geschrieben, dass sie die in Lumpen Gekleideten vor sich gesehen habe und nur habe zuschauen können, wie andere Menschen hätten leiden und sterben müssen. Sie hatte die Verfolgung als »Sklavenjagd« bezeichnet.

Wir standen vor dem Drehregal mit Simplexordnern, über dem eine gerahmte Landkarte des Königreichs Belgien hing. Linker Hand waren zwei klobige Koffer abgestellt, rechter Hand befand sich ein Fenster mit einer Milchglasscheibe. Wenn man das Drehregal von außen öffnen wollte, erklärte der Vizedirektor, habe man zuerst an einer Kordel ziehen müssen, hierauf habe sich ein Haken gelöst, und erst dann habe man das Regal drehen können. Die Untergetauchten wiederum hätten die Tür von innen zuziehen und einhaken können.

Zuerst betraten wir das Zimmer der Untergetauchten Otto, Edith und Margot Frank: zwei Stahlrohrbetten, vor dem Fenster ein Tisch und zwei kleine Stühle, ein Eisenöfchen, eine weiße Wasserkanne, ein kleines Teetischchen, Nähzeug, ein schmales Regal über dem Bett mit Schiebetürchen, darauf Bücher, Vasen. Brillen lagen auf dem Tischchen, ich sah einen kleinen orientalischen Teppich auf dem Boden. Alles war sehr beengt, und der Versuch, etwas von »Normalität« und »Alltag« in dieser gefährlichen Lage aufrechtzuerhalten, vermittelte mir schon in der Vorstellung ein Würgen im Hals. Eines der Betten konnte mit einem improvisierten Vorhang, der am Regal befestigt war, abgeschlossen werden. Die dritte »Liegestatt«, fuhr der Vizedirektor fort, sei ein sogenanntes »Harmonikabett«, das wegen der eingebauten »Ausziehvorrichtung« diese Bezeichnung trage. Anne Frank habe zusammen mit dem 54-jährigen Untergetauchten Fritz Pfeffer in einem winzigen zweiten Zimmer gewohnt. Ich wusste, dass sie darunter sehr gelitten hatte, nicht ungestört zu sein. Sie hatte sich aber, erinnerte ich mich weiter, gegen Pfeffer durchgesetzt, dass sie an zwei Nachmittagen in der Woche allein am Schreibtisch arbeiten durfte. Ferner hatte sie geschildert, wie abends, wenn alle schlafen gingen, Stühle gerückt, Betten herausgezogen, Decken entfaltet worden waren. Nichts sei dort geblieben, wo es am Tag hingehört habe, hatte sie geklagt. Sie hatte auf einer kleinen Couch geschlafen, die nicht einmal

1,50 Meter lang gewesen sei und daher mit Stühlen habe verlängert werden müssen. Tagsüber seien dann die Fenster mit Vorhängen verhängt gewesen.

Wir standen jetzt vor den beiden »Liegestätten«, dem Schreibtisch, einem Stuhl. Auf dem Tisch lag ein rot-weiß kariertes Tagebuch, wie Anne eines hatte. Ein Bleistift, eine Schere, Bücher, eine Lampe. Anne Frank, sagte der Vizedirektor, auf eine Wand deutend, habe eine Postkarten- und Zeitungsbildersammlung gehabt. Sie hatte die ganze Wand mit Kleister bestrichen und, wie sie geschrieben habe, aus dem Zimmer ein einziges Bild gemacht. Ich betrachtete die Fotografien von Greta Garbo, Ginger Rogers, Norma Shearer und die Abbildung von Friedrich Wilhelm IV., Kronprinz von Preußen, wie ich las, ferner das Selbstportrait von Leonardo da Vinci, das Fragment der Pietà von Michelangelo, Rembrandts Portrait eines alten Mannes und eine Postkarte der niederländischen königlichen Familie.

Der Vizedirektor blickte auf seine Uhr und hatte es plötzlich eilig. »Das Museum wird jetzt gleich geöffnet«, sagte er, und wir eilten in dem verwinkelten Haus die Treppen hinauf und hinunter und gelangten irgendwie auf die Straße, wo wir uns hastig voneinander verabschiedeten.

Wendungen

Längst hatte ich über Ascher geschrieben, seine Verzweiflung und seinen Tod, und über den schweigenden Lindner und den mich bedrückenden Jenner. Während eines Aufenthalts im Krankenhaus erfuhr ich, dass Franz Lindner in der Zwischenzeit von Dr. Pollanzy zu einem Kongress nach Spanien mitgenommen worden war und dort untergetaucht sei. Ich erfuhr weiter, dass Pollanzy von einem anderen Patienten das zweite Auge ausgestochen worden war, und reiste selbst nach Spanien, wo ich in Toledo erkrankte und schließlich in Madrid vom Tod Lindners erfuhr. Aber die Geschichte hatte damit noch nicht ihr Ende gefunden. Ein Jahr nach Lindners Tod – ich hielt mich gerade in Frankfurt bei meinem Verlag auf – hatte in einer Wiener Galerie die Vernissage einer Ausstellung mit seinen Buntstiftzeichnungen stattgefunden. Unter dem Publikum hatte sich auch Alois Jenner befunden, der von einer politischen Partei als neuer Justizminister vorgeschlagen worden war. Nach den Ansprachen von Primarius Navratil und Johann Feilacher war auch Sonnenberg an das Rednerpult getreten und hatte unter Hinweis auf die Zeichnungen, die fast ausschließlich Morde und Brände zum Thema hatten, die Justiz aufgefordert, den »Fall Jenner« neu aufzurollen. Es war zu Schreiduellen gekommen, Jenner hatte die »Psychiatrierung« Sonnenbergs verlangt und dann dessen Verhaftung, während Sonnenberg Jenner immer wieder als Mörder bezeichnet hatte. All das hatten mir später Primarius Navratil, Johann Feilacher und Sonnenberg unabhängig voneinander erzählt. Sonnenberg hatte bis zuletzt behauptet, spontan gehandelt zu haben. Angesichts der Zeichnungen Lindners sei ihm, wie er beteuerte, der Skandal noch mehr bewusst geworden, und er habe aus Verzweiflung über die Blindheit der Ärzte, der Justiz und der Öffentlichkeit seiner Wut freien Lauf gelassen. Jenner sei auf diese »Provokation«, wie er Sonnenbergs Gefühlsausbruch genannt hatte, eingegangen und hätte selbst herumgeschrien, dann habe er sich im Tumult beim Hinauslaufen ein Taxi bestellt.

Ich machte den Taxichauffeur, der Jenner gefahren hatte, ausfindig, gab mich als Bekannter Jenners aus und ließ mich von dem dicken, lebhaften Mann durch die halbe Stadt chauffieren, um von ihm selbst zu hören, was sich weiter ereignet hatte. Der Chauffeur, ein gebürtiger Kroate, wollte zuerst nicht darüber sprechen und verlangte auf meine Fragen immer nur, den Bestimmungsort zu erfahren, an dem er mich absetzen sollte. So fuhren wir zuerst zur Staatsoper, von dort zur Urania, dann weiter zum Schwarzenbergplatz und schließlich, als ich den Ort, an dem Jenner sich erschossen hatte, als Ziel angab, zum Naschmarkt. Dort stellte ich dem aufgebrachten Mann ein höheres Trinkgeld in Aussicht, woraufhin er zögernd zu reden begann. Jenner hatte sich demnach zuerst in seine Kanzlei fahren lassen, dann habe er verlangt, zum Justizministerium in das Palais Trautson gebracht zu werden. Er sei noch immer außer sich gewesen und habe sein Handy aus dem Fenster geworfen. Plötzlich habe eine Explosion seinen Wagen erschüttert, sagte der Chauffeur, »hier, an dieser Stelle«. Er fuhr mit dem Auto zwanzig Meter weiter bis in die Nähe des Lokals »Beograd«, wo er wieder abrupt anhielt. Er habe geglaubt, der Mann auf dem Rücksitz habe sich in die Luft gesprengt. Er sei, erklärte der Fahrer mit aufgeregter Stimme, daraufhin von der Fahrbahn abgekommen und habe den Wagen gerade noch »vor der Hausmauer da« bremsen können. Als er sich umgedreht hätte, habe er den Fahrgast auf dem Sitz liegen gesehen – er deutete auf das freie Stück Bank neben mir – der Körper ausgestreckt. Im ersten Augenblick habe er gedacht, dass der Kopf fehle, aber dieser sei vom Schuss nach hinten gerissen worden und auf dem Polster gelegen. Überall Hirnmasse und Knochensplitter, auch er selbst sei davon beschmutzt worden. Vom Hinterfenster und sogar von der Windschutzscheibe sei Blut geronnen, es sei entsetzlich gewesen … Eine Schweinerei. Die Schweinerei habe sein Taxi ruiniert … Wer werde es ihm ersetzen? Seine Versicherung habe Ansprüche angemeldet, aber das könne ewig dauern, und er fahre inzwischen mit einem Leihwagen … Er schlafe seit dem Zwischenfall kaum noch, klagte der Mann … Schlafe er doch einmal ein, werde er von Alpträumen heimgesucht … »Woher kennen Sie dieses Schwein?«, wollte er plötzlich von mir wissen … Ich sagte es ihm, aber er unterbrach mich und fuhr fort, dass sich sein Fahrgast in den Mund geschossen habe … Er selbst habe die Tür aufgerissen und sei zuerst davongelaufen. Gleich darauf habe er kehrtgemacht und sei zurückgegangen. Menschen seien herbeigeeilt und er habe sich »an der Hausecke da« übergeben. Ihm werde schlecht, wenn er nur daran zurückdenke.

Er setzte den Wagen wieder in Bewegung und ergänzte nach einer Pause, er nehme an, dass Jenner (er nannte zum ersten Mal dessen Namen) sich die Pistole zuvor aus der Kanzlei geholt habe und flüchten wollte … Oder sich im Justizministerium erschießen … Wahrscheinlich habe er dann den Kopf verloren … Der Fahrer lachte böse auf und rief aus: »Ein Mörder, ein Schwein …!«

Nach dem Selbstmord hatte die Polizei mit Ermittlungen begonnen und Jenner sieben Morde angelastet, die ungeklärt gewesen waren, sowie einen weiteren Mord an einem alten Ehepaar, für den ein Obdachloser verurteilt worden war. Zu den Mordopfern gehörte auch eine Touristenbegleiterin des Reisebüros »Auge Gottes«, die Jenner, so die Polizei, in Kairo von einem Balkon gestürzt haben solle.

Ägypten

Bei einer meiner Reisen nach Ägypten hatte ich erfahren, dass auch mein unbekannter Sohn Thomas dort sei, und ihn über das Tourismusministerium suchen lassen. Ich machte seine Bekanntschaft dann in Alexandria, wo ich dasselbe Hotel bezog und ihn beim Frühstück ansprach. Ich gab mich nicht zu erkennen, tat so, als sei ich eine Reisebekanntschaft, und lud ihn zwei Tage lang auf alles Mögliche ein. Er sah mir wirklich ähnlich, bildete ich mir ein, zumindest meine Nase hatte sich weitervererbt. Ich bekam ziemlich viel aus ihm heraus, besonders, dass er an eine innere Stimme glaubte, über die er mit mir am Abend, als wir in einem Café Wasserpfeife rauchten, ausführlich sprach. Außerdem konnte er seine Begeisterung für das Fliegen nicht verbergen. Ich war nahe daran, ihn darüber aufzuklären, dass ich sein Vater sei, aber ich wusste, dass ich dann alles zerstören würde.

Niemals hätte ich gedacht, dass er in Schwierigkeiten steckte. Erst als er in der Oase Baharia, wo er sich als Fluglehrer betätigte – er hatte inzwischen nach dem Segel- auch den Motorflugschein gemacht –, von einem Flug über die Wüste nicht zurückkehrte und für vermisst erklärt wurde, erzählte mir seine Mutter die Abenteuer, in die er verwickelt gewesen war.

Thomas Mach wurde bis heute nicht gefunden, und er fehlt mir mit jedem Tag, den ich älter werde, umso mehr.

Das Kartenspiel

Nach Lindners Begräbnis auf dem Friedhof St. Ulrich in der Südsteiermark erhielt ich einen Brief von Primarius Navratil, in dem er mich bat, in das »Haus der Künstler« nach Gugging zu kommen. Er zeigte mir den gesamten Nachlass Lindners, in den ich nur zum Teil Einblick gehabt hatte. Die Zeichnungen und Notizen, die er im Feldhof bei Graz angefertigt hatte, hatte ich schon vor mehr als zehn Jahren im Archiv der Anstalt ausfindig gemacht und Seite für Seite kopiert. Und über den Primarius selbst hatte ich ja inzwischen weitere Arbeiten kennengelernt.

Wir saßen mehrere Tage im Untersuchungszimmer. Navratil konnte sich nicht genug über Jenner empören, allein das Verbrechen an Lindner, den er offensichtlich jahrelang über die Anstalt unter Kontrolle gehalten hätte, sei unfassbar. Alle habe Jenner an der Nase herumgeführt, selbst den Journalisten Gartner, wie er betonte, der gerade wieder nach einem neuerlichen Herzinfarkt auf Rehabilitation und für alle unerreichbar war. Ich hatte viel an Viktor gedacht und mich gefragt, wie er die Dinge jetzt beurteilte, aber ich sollte ihn nie mehr wiedersehen. Im Nachhinein glaube ich, dass er sich mit seinem letzten Buch über Jesus auf den Tod vorbereitet hatte.

Während ich im Nachlass stöberte und ein Pfleger die Aufzeichnungen und Bilder kopierte, erzählte mir der Primar von den verschiedenen Besuchen Jenners und der Großzügigkeit, mit der dieser Geschenke verteilt habe. Er sei ein überdurchschnittlich intelligenter Mensch gewesen, sagte Navratil: scharfsinnig, eloquent und dazu ein unglaublicher Verstellungskünstler. Mit Sicherheit sei er »gespalten« gewesen, deshalb habe er alle hinters Licht führen können. Eigentlich hätte Jenner in die Psychiatrie gehört und nicht Lindner. Als er den Satz ausgesprochen hatte, war er selbst darüber erschrocken. Er unterbrach seinen Vortrag, hob die Augenbrauen und verließ kurz das Zimmer. Als er wiederkehrte, sagte er mir, dass er in Pension gehen und ein junger Arzt, Dr. Feilacher, übrigens selbst Künstler, sein Werk weiterführen würde. Das habe nichts mit den Vorfällen zu tun, sondern mit seinem eigenen Alter.

Zum Abschied schenkte er mir ein Kartenspiel, das Lindner angefertigt hatte. Ich betrachtete es erst zu Hause genauer, aber schon im »Haus der Künstler« vermutete ich, dass es vor allem etwas mit Jenners Morden zu tun hatte. Auf die Rückseiten der Karten hatte Franz ein Bienenwabenmuster gemalt und in die rechten oberen Ecken der Vorderseiten je ein Handzeichen – alle als Buchstaben des Taubstummenalphabets, die jedoch keine Bedeutung ergaben. Die einzelnen Abbildungen auf den Karten, fand ich zum Teil erst Jahre später heraus, ergaben aber tatsächlich alle einen Sinn. Es waren

Farbstiftzeichnungen, die Gegenstände und Ereignisse zeigten, welche für Franz von größter Wichtigkeit waren, denn sie umfassten das Zusammenleben mit Jenner auf dem Land und die erste Zeit in Wien, als er noch nicht in den Steinhof eingeliefert worden war. Auf den zwanzig Karten sah ich ein Mikroskop, das auf Ascher verwies, den er kennengelernt hatte, als dieser in meinem Haus in der Steiermark wohnte. Eine Biene, die auf den Beruf seines Vaters hindeutete. Weiter lagen vor mir: ein Teich mit einem Ruderboot – der Schauplatz eines noch immer ungeklärten Mädchenmordes auf dem Land. Der Schlangenring, der bei dem ermordeten Mädchen gefunden wurde und von dem ich annahm, dass Lindner ihn ihr geschenkt hatte. Ein nacktes Mädchen, das aus einem Fenster blickt, vermutlich ebenfalls das Mordopfer. Ein brennendes Ruderboot auf dem Wasser, welches Franz aus Verzweiflung über den Tod des Mädchens angezündet haben dürfte. Ein Fahrrad, mit dem Franz auf dem Land fuhr oder das Jenner gehörte. Ein Zirkuszelt, in dem Lindner, wie man weiß, einen Schwarm Bienen auf seinem Kopf hatte Platz nehmen lassen. Eine Eishöhle und zwei kleine Menschen, mit Sicherheit die Dachsteineishöhle mit Jenner und Lindner, die Franz mehrfach in seinen Aufzeichnungen erwähnt hatte, ebenso wie der vermutliche Versuch Jenners, ihn in einen Abgrund zu stürzen. Ein Rasiermesser, das als Mordwaffe Jenners identifiziert worden war, ein nacktes Mädchen auf einer Couch, eine Fahrkarte und ein Koffer – für eine Freundin Jenners, als Lindner und Jenner in Wien zusammen in einer Wohnung gelebt hatten. Ein schwarzer Hund, von dem Jenner, wie Lindner schrieb, sich verfolgt fühlte. Eine Pistole, mit der, wie sich herausstellte, Jenner das Pensionistenehepaar erschossen hatte, eine Orange, die Lindner offenbar in Zusammenhang mit diesen beiden Morden gebracht hatte, ein brennendes Zimmer mit einem Toten im Fauteuil – das sich ebenfalls auf den Mord an dem Pensionistenehepaar bezog. Ein umgedrehtes Ruderboot, aus dem ein Fuß herausragt – Hinweis auf einen weiteren Mord Jenners. Eine Krähe, die vermutlich den Krähenschlafplatz am Steinhof symbolisierte und damit Lindners Aufenthalt in der Psychiatrie, und zuletzt eine Schere, eine Drohung, die Lindner von Jenner erhalten hatte, wie die Aufzeichnungen Lindners ergaben.

Sonnenbergs Plan

Ich zeigte die Spielkarten übrigens Sonnenberg, den ich im Café Prückel traf, wo er mit sich selbst eine Partie Schach spielte. Er betrachtete jede einzelne Karte sorgfältig, dann warf er die Figuren auf dem Schachbrett um und verstaute sie in eine Pappschachtel. Er werde nach Florenz fahren, sagte er. Er wolle dort Nachforschungen anstellen.

»Welche Nachforschungen?«

Ich muss ihn ziemlich erstaunt angestarrt haben, denn er gab zur Antwort, er habe nicht den Verstand verloren. Ob ich Gartners neues Buch über Jesus gelesen hätte? Er lachte. Es handle sich nach wie vor um sein Thema: die Paradiessuche. »Und wo ist man dem Paradies offensichtlich am nächsten? In der Kirche natürlich.«

Der Tod von Walter Singer

Noch im Januar, an Walter Singers Geburtstag – demselben Tag, an dem das Konzentrationslager Auschwitz befreit worden war, worauf er nie vergaß hinzuweisen –, waren wir nach dem Mittagessen auf seinen Wunsch hin in die Kapuzinergruft gegangen. Wir hatten bei einem Mönch die Eintrittskarten gekauft, und er war uns die lange Stiege hinunter vorausgegangen, die in die Gruft führte. Wie eh und je ruhten in den reichverzierten Särgen die Knochen der Kaiser, die in den nahezu 650 Jahren der Monarchie die Länder regiert hatten. Auf einem Katafalk, dem von Kaiser Leopold I., trug ein bronzener Totenschädel die Kaiserkrone. Wir gingen weiter von einem Habsburger zum anderen. Wir sahen die Löcher im Marmorfußboden, wo der Sarg des Herzogs von Reichstadt befestigt gewesen war – Sohn der Erzherzogin Marie Louise von Habsburg und Napoleons –, den Hitler nach der Einnahme von Paris den Franzosen zum Geschenk gemacht hatte. Wir standen auch am Katafalk Maximilians I., des Bruders Kaiser Franz Josephs und selbsternannten Kaisers von Mexiko, der in Santiago de Querétaro hingerichtet worden war, sowie am Sarg des Kronprinzen Rudolf, der sich in Mayerling erschossen hatte. Schließlich auch am Sarg der Kaiserin Elisabeth, Sisi. Sie ist bekanntlich in Genf von einem Anarchisten mit einer Feile erstochen worden. Wir sprachen von Joseph Roth, seinen Büchern »Radetzkymarsch« und »Die Kapuzinergruft« und waren froh, als wir aus der Unterwelt wieder ans Tageslicht gekommen waren. Damals hustete Walter schon und klagte über Atemnot. Er tat sich beim Stiegensteigen schwer, hielt sich am Geländer fest und wartete im ersten Stock eine halbe Minute, bis er wieder genug Luft hatte, um weiterzugehen. Er trug seine englische Sportkappe und den dunkelblauen Dufflecoat, und sobald er sich erholt und in meiner Wohnung Platz genommen hatte, nahm er seine Pfeife heraus und begann über Politik zu sprechen.

Sein Zustand verschlechterte sich in den nächsten Wochen, und schließlich verlangte er, in das Krankenhaus der Barmherzigen Brüder eingeliefert zu werden, wo er für eineinhalb Monate in Tiefschlaf versetzt wurde. Er habe sich, sagte er später, in einem Zimmer zusammen mit einem Rudel schwarz-gelb gefleckter Hunde befunden, die ihn bedrängt hätten. Im Nachhinein komme es ihm vor, als ob der Traum viele Stunden gedauert habe. Ein anderes Mal habe er von einem Zimmer geträumt, das mit einer Flüssigkeit fast bis zur Decke angefüllt gewesen sei. Darin seien Konservendosen geschwommen, die plötzlich aufgeplatzt waren, worauf Hunderte kleine Heringe herausgequollen seien, die ihn ebenfalls bedrängt hätten. Er könne sich noch genau an das Gefühl erinnern, das ihre kalten, schleimigen Körper auf seiner Haut hervorgerufen hätten. Es sei ekelhaft gewesen. Auf der Intensivstation, erklärte er mir weiter, würden Schwestern und Pfleger orangefarbene Arbeitskittel tragen. Er habe im Tiefschlaf geträumt, dass seine Kinder zu ihm in das Krankenzimmer gekommen seien – orangefarben gekleidet – und ihn missachtet und geschnitten hätten, weil er krank war. Sie seien wütend auf ihn gewesen und hätten ihm unentwegt zu verstehen gegeben, wie unverschämt er sei. Er habe sich entsetzlich gefühlt, gedemütigt und erniedrigt. Dazwischen habe es lange Pausen des Nichts gegeben. Als er erwacht sei, habe er auf Englisch – so sei ihm im Nachhinein berichtet worden – mit den Schwestern und Ärzten geschimpft und sie getadelt, dass sie ihn geweckt und nicht »drüben gelassen« hätten. Anschließend sei er auch mit Morphium behandelt worden, und er erzählte mir auch seine Entzugsträume.

Er saß in einem Rollstuhl vor mir, im Morgenmantel, blass und mager, in seinen Augen sah ich Erschöpfung und Trauer. Es ist das letzte Bild, das ich von ihm in Erinnerung behalten habe. Einige Tage später reiste ich in die Südsteiermark, um zu schreiben, und erfuhr dort von seinem Tod.

Das zweite Ich und mein Freund Wolfgang Bauer

Aber warum habe ich keine Zeile darüber verloren, wie sehr ich mich dem Alkohol ausgesetzt habe? War ich nicht schon mehrmals alkoholisiert mit der Rettung in ein Krankenhaus gebracht worden, wo man mich später gewarnt hatte, dass mein Zustand lebensbedrohlich gewesen war? War ich nicht schon beim Trinken gestürzt und hatte mich verletzt, weshalb ich in ein Hospital eingeliefert und mein Knöchel mit einem Gipsverband hatte versehen werden müssen, oder hatte man mich nicht schon zu einem Arzt gebracht, der meine Platzwunde an der Stirn nähte? Warum habe ich nichts von meinen nächtlichen Abenteuern erzählt, den Stunden, in denen ich mich mit Freunden oder auch allein betrunken habe? Wie kann ich verschweigen, dass vieles, was ich erlebt habe, mit Alkohol verbunden war, ohne dass es mir aber je gelungen wäre, betrunken zu schreiben? Mit meinem Freund, dem Schriftsteller Wolfgang Bauer, betrank ich mich auf drei Reisen durch Amerika jeden Tag. Vom Alkohol beflügelt und verblödet, erwachten wir in fremden Betten, mit unbekannten Frauen, torkelten nächtens durch Harlem, schliefen in Taxis ein, erwachten am Flughafen oder in der U-Bahn und fanden uns eines Tages sogar auf einer Polizeistation wieder. Es kam vor, dass wir kurzzeitig nicht mehr wussten, wo wir waren, oder die Erinnerung verloren. Nicht nur einmal wurden wir aus einer Bar hinausgebeten, nicht nur einmal gerieten wir in Streit mit anderen Gästen, doch wenn wir gemeinsam getrunken hatten, waren wir nie verprügelt worden.

Ich las damals mit Begeisterung autobiographische oder biographische Bücher von Malern und Schriftstellern, wenn ich wusste, dass sie unter Alkoholsucht gelitten hatten. Je elender die Schilderungen waren, desto mehr Sehnsucht empfand ich nach dem Rausch, desto mehr beneidete ich den betreffenden Künstler und desto größer wurde mein Durst. Immer wieder las ich Malcolm Lowrys wunderbares Buch »Unter dem Vulkan«, und ich kann gar nicht sagen, wie oft ich mich bei der Lektüre betrunken habe. Ich sah auch die Verfilmung mit John Huston und dem unübertrefflichen Albert Finney, las Wenedikt Jerofejews »Die Reise nach Petuschki«, Jack Londons »König Alkohol«, Joseph Roths »Die Legende vom heiligen Trinker« und Geschichten von Ernest Hemingway, besonders »Paris, ein Fest fürs Leben«. Ich studierte die Biographien der Schriftsteller Oscar Wilde, James Joyce, François Villon, Paul Verlaine, Edgar Allan Poe, Scott Fitzgerald, William Faulkner, Eugene O'Neill, Ambrose Bierce, Dashiell Hammett, Raymond Chandler, Thomas Wolfe, Jack Kerouac, Truman Capote, Dylan Thomas, W. H. Auden, E. T. A. Hoffmann, Flann O'Brien, Guy de Maupassant, Georges Simenon, Charles Baudelaire und Arthur Rimbaud sowie der Maler Jackson Pollock, Vincent van Gogh, Francis Bacon, Chaim Soutine, Amedeo Modigliani, Toulouse-Lautrec und Mark Rothko.

Wenn ich trinke, bevorzuge ich Wein – Schnaps wirkt zu schnell, und nach einem Bierrausch fühle ich mich zermalmt. Es ist merkwürdig, wie der starke Wunsch nach der Verwandlung der eigenen Person durch das Unbewusste, von dem man sich beim Trinken durchströmt fühlt, als beginne man gerade erst zu leben, wie der starke Wunsch nach einer tiefen Erfüllung der Existenz also alle bittern Erfahrungen des unweigerlich nachfolgenden Katers auslöscht. Ich trinke nicht, um fröhlich zu sein, sondern um dieses Lebensgefühl zu spüren oder so etwas wie Gefahr, die meine Waghalsigkeit herausfordert – und sei es nur auf erotischem oder geistigem Gebiet. Wenn ich trinke, übertreibe und erfinde ich und glaube dabei selbst alles, was ich von mir gebe – schließlich hat es ja mein zweites Ich, meine Einbildungskraft, meine Phantasie wirklich erlebt. Der Alkoholrausch ist der Zustand, den man sich bei der schöpferischen Arbeit erhofft und der sich nie einstellt. Deshalb gehören die schöpferische Arbeit und der Alkoholrausch zusammen. Er liefert das Erlebnis dessen nach, was bei der schöpferischen Arbeit durch die Kontrolle des Verstandes verlorengeht. Der Alkohol befreit auch das Denken – selbst wenn die künstlerischen Resultate, die unter Alkoholeinfluss entstehen, in der Regel dürftig sind. Ich denke oft, dass Alkohol eine Spiritualität ohne Gott erzeugt: Man erfährt diese Spiritualität existentiell, sie ist weniger flüchtig als die Musik, die dieses Kunststück ebenfalls zuwege bringt. Wenn man unmäßig trinkt, kommt es vor, dass man die Grenzen zum Wahnsinn überschreitet, aber selbst diese Erfahrung macht in ihrer Schrecklichkeit süchtig, denn man hält sie nachträglich und insgeheim für eine Bereicherung seiner Existenz.

Die heftigsten Räusche, die ich gemeinsam mit Wolfgang Bauer erlebt habe, hatte ich in der Südsteiermark, im Haus auf dem Land. Wir tranken den bodenständigen Wein, einen Rosé, der Schilcher heißt und aus der Blauen Wildbacher Traube gekeltert wird – eigentlich ein Rotwein, der jedoch hier als Rosé ausreift. Der Schilcher hat eine aufputschende Wirkung und wird deshalb von Außenstehenden als »Rabiatperle« bezeichnet. Oft schon bin ich nach einem Schilcherrausch in der Nacht aufgewacht, mit klopfendem Herzen und einem unangenehmen Druck auf der Brust, von Unruhe gepeinigt und vom Gedanken zu sterben geängstigt. Aber sobald ich eine eisgekühlte Flasche in Händen halte, bin ich voller Erwartung des Gemisches aus Anregung und Betäubung, das in den nächsten Stunden auf mich zukommt. Beim Trinken denke ich weder an Folgen noch an gesundheitliche Schäden, und ich empfinde keine Angst davor, obwohl ich ja eigentlich Bescheid wissen müsste. Ich finde es großartig, dass der Alkohol die Menschen gleichmacht. Beim Trinken ist es egal, wer jemand ist, woher er kommt und was er tut. Das gemeinsame Trinken ist so etwas wie eine Bewährungsprobe der Tischrunde. Sie kann vollständig schiefgehen und die Beteiligten in einen Abgrund stürzen, aber auch ein Gefühl der Freundschaft hervorrufen. Beides erzeugt am nächsten Morgen nicht selten Reue, Trübsinn, Ekel und Selbstekel. Allmählich sickert die Blamage, die unweigerlich mit einer sogenannten »Saufpartie« verbunden ist, in das Bewusstsein, Scham überkommt einen über den Unsinn und die Lügen, die man von sich gegeben hat, dass man sich in die Spalten der Bodenbretter verkriechen möchte, und dazu plagt einen der Körper mit Kopf- und Gliederschmerzen und vor allem Durst, und das Gehirn vermittelt ein Gefühl der Niedergeschlagenheit. Je größer man bei einer »Saufpartie« zu sein glaubte, desto kleiner ist man am nächsten Tag. Und doch ist es, trotz aller Unannehmlichkeiten, reizvoll, die Reisen eines Gulliver – zuerst zu den Liliputanern in das Zwergenreich, das man haushoch überragt, und dann zu den Riesen in Brobdingnag, die einen zertreten können – immer wieder zu wiederholen.

Wolfgang Bauer schrieb darüber das Gedicht »Das zweite Ich«, das er mir nach seiner Entstehung vorlas, woraufhin wir ohne Umschweife einen Doppelliter Schilcher öffneten, um den Inhalt des Gedichts experimentell zu überprüfen. Nachdem der Doppelliter ausgetrunken war, stiegen wir auf den Apfelschnaps des Gärtners, Herrn Prauser, um, den wir schon von Kostproben her kannten. Als auch diese Flasche geleert war, öffneten wir die nächste. Um den Rausch zu vergrößern, war es notwendig, mit der zweiten Flasche so zu verfahren wie mit der ersten, wobei wir heftig diskutierten und uns gegenseitig Geschichten erzählten, so dass wir zuletzt in Trance gerieten. Draußen wurde es schon hell, weshalb wir nun hellwach waren und Lexotanil-Tabletten einnahmen, um schlafen zu können, ohne von den unangenehmen Schlingerbewegungen des Bettes – das Haus befand sich offenbar auf hoher See – gestört zu werden. Die Zigaretten – jeder hatte zwei Schachteln geleert – waren ausgegangen, und auch die Zeit hatte sich wie der Rauch verflüchtigt.

Zu Mittag erwachten wir wie Scheintote im Grab. Meine Füße waren angeschwollen, mein Gesicht war aufgedunsen, und ein mächtiges Gefühl der Hilflosigkeit hatte mich in Besitz genommen. In meinem Elend und Schmerz dachte ich, Gott sei vielleicht in mich gefahren und habe mich bekehrt. Ich bat ihn um Verzeihung und Gnade. So lag ich mehrere Stunden lang – es wird jedoch tatsächlich wohl nicht mehr als eine gewesen sein –, denn ich empfand noch immer kein Zeitgefühl.

Das Trinken ist nie Paradies, immer Fegefeuer. Man vergisst nicht, dass man dabei ist, sich zu betrinken, auch wenn man bereits vollständig betrunken ist. Man weiß, dass man alles, was mit einem geschieht, dem Alkohol zuzuschreiben hat, und will dieses Wissen auslöschen. Doch bevor man wirklich in das Paradies eintreten könnte, stürzt man bewusstlos hinab in die irdische Hölle, in der man ohne Verstand erwacht. Das Inferno ist im eigenen Körper und quält Fleisch und Geist gleichermaßen. Neben Scham und Verzweiflung kann sich auch Angst einstellen, als habe man ein Verbrechen begangen. Alle Schuldgefühle stürzen über einem zusammen, und man versucht, sich wieder in den Schlaf zu retten. Nach oder mit dem Schmerz tritt eine fürchterliche Schwäche – körperlich, geistig und seelisch – auf. Es kostet unendliche Mühe, sich aus dem Bett zu erheben, es ist eine Qual, auch nur zu telefonieren, und die seelische Schwäche ist so groß, dass sie einem verbietet, sie zu offenbaren. Man ist der Überzeugung, dass diese Schwäche, würde ein anderer sie auch nur erahnen, den eigenen Untergang bewirken würde, daher will man sie unter allen Umständen verbergen und sei es durch schlechte Laune, Gereiztheit oder Wut. Mitleid ist keines und von niemandem zu erwarten. In unserer Kultur wird der Katerkranke verachtet, und man gönnt ihm seine Schmerzen – ganz im Gegensatz zum Schiläufer, dessen im »weißen Rausch« tatsächlich gebrochenes Bein allgemein bedauert wird. Wochenlange, ja monatelange Krankenstände solcherart Verletzter werden als Unglück begriffen, das über den nun in Gipskaterstimmung Befindlichen hereingebrochen ist.

Wolfgang neigte im Alter zur Zorn-Methode, um die Katerschwäche zu verbergen. Anfangs und bei seinen Besuchen auf dem Land hatte ihm noch die Technik der Selbstironie, des Lachens und der gespielten Schadenfreude darüber hinweggeholfen. (Ich hingegen trete stets den Rückzug an, ich warte, bis der Kater verschwunden ist, und klammere mich an das Schreiben, auch wenn der Effekt daraus dann gleich null ist.)

Wolfgang wollte aus dem Rausch eigentlich nicht mehr zurückkehren. Vieles am nüchternen Dasein störte ihn, dem Dasein, dem er anfangs sonnig gegenübergestanden war. Es begann ihn zu quälen mit zunehmender Erfolglosigkeit und gesundheitlichen Problemen. Doch blieb er auch in diesem Abschnitt seines Lebens der Künstler, der er immer war. Die Zerrissenheit und Bodenlosigkeit, die er in seinem grandiosen Briefroman »Der Fieberkopf« beschrieben hat, waren in ihm selbst, ebenso wie das Absurde und Surreale, das in seinem Kopf herumspukte und beim Trinken zum Vorschein kam. Nie mehr habe ich über die Allmacht des Zufalls so gelacht und gestaunt wie bei der Lektüre des »Fieberkopfes«. Seine eigenwilligsten Schöpfungen aber waren die 21 Mikrodramen, die mir regelmäßig einfallen, wenn ich an meine Jugend in Graz denke. Ihr Witz und die poetische Leichtigkeit, ja, Schwerelosigkeit der Sätze haben etwas vom Geist der Liedtexte, wie sie die Beatles auf ihren besten Alben sangen. Mit »Magic Afternoon« schuf er im Theater eine Atmosphäre, die Jahrzehnte später Überwachungs- und Handykameras liefern, wenn sie Menschen aufnehmen, die sich unbeobachtet glauben. Bauer verlieh aber der Banalität Künstlichkeit und erhob die Alltäglichkeit dadurch in den Rang der Kunst. Vor allem war er ein Poet, ein begnadeter Lyriker, besonders in dem Band »Das Herz«. Wie alles schrieb er auch seine Gedichte »mit der Linken«. Später entwickelte er sich im Theater wieder hin zum Surrealen und Absurden seiner ersten literarischen Arbeiten, ohne jedoch damit die Beachtung zu finden, die er verdient gehabt hätte. Wolfgang war im Erfolg und im Misserfolg ein unglaublicher Verdränger – er verdrängte schließlich sogar sich selbst aus dem Leben. Wir hatten uns einige Jahre lang nicht mehr verstanden. Es ist kaum möglich, dass Künstler in einer langen Freundschaft konfliktfrei miteinander verbunden bleiben – entweder dominiert der eine, und der andere begnügt sich mit der Rolle des Adepten, oder es entstehen – beabsichtigt oder unbeabsichtigt – Verletzungen. Worte werden plötzlich auf die Goldwaage gelegt, man fühlt sich hintergangen, man lenkt nicht ein, da jeder schon zu vieles in sich aufgestaut hat. Schließlich verhält man sich wie ein Gekränkter, jeder auf seine Weise. Da Schreiben, die Kunst überhaupt, mit Gedächtnis und Unbewusstem zu tun hat, ist es nicht verwunderlich, dass Künstler sich schwertun mit dem Verzeihen – die meisten können es überhaupt nicht.

Manchmal hilft vielleicht die Zeit. Bei Wolfgang war es so. Ich hatte erfahren, dass er in Wels am Herzen operiert worden war, und rief ihn an. Wir sahen uns zwar nur selten, aber wir telefonierten wieder ab und zu. Das Trinken hatte ihn körperlich ruiniert, er war aufgeschwemmt und litt an der Schaufensterkrankheit, das heißt, er konnte nur noch kurze Strecken gehen und musste dann eine Pause machen. Aber er trank und rauchte weiter, weniger zwar als vorher, doch immer noch zu viel. Der Schriftsteller Reinhard P. Gruber machte mich eines Tages darauf aufmerksam, dass es Wolfgang sehr schlechtgehe. Ich telefonierte mit ihm im Krankenhaus, in das er sich gerettet hatte. Er spielte, wie gewohnt, alles herunter, er verdrängte es, er wollte nicht darüber reden, vielleicht aus dem Aberglauben, es könne ihm schaden. Ich erfuhr von seinem Sterben schrittweise in Telefonaten mit seiner Frau Heidi. Bei seinem Tod am 26. August 2005 stand er im 65. Lebensjahr. Das bürgerliche Graz ist ein sogenanntes hartes Pflaster für Künstler. Es starben Gunter Falk mit 41 Jahren an einer Lungenentzündung, Werner Schwab mit

36 Jahren an einem Herzstillstand und Franz Innerhofer mit 58 Jahren durch Selbstmord. Die wahre Todesursache aber war bei allen der Alkoholismus.

Elias Canetti

Mit Konrad Feldt, der damals bereits Bibliotheksbeamter in der Nationalbibliothek war, besuchte ich an einem regnerischen Abend die österreichische Gesellschaft für Literatur in der Wiener Herrengasse. Wir saßen angespannt unter den Zuhörern, als der kleine Mann mit dem weißen Haarschopf auf das Podium eilte und hinter dem Tisch Platz nahm. Er ähnelte – aus der Dunkelheit herausgehoben durch eine Leselampe – der Puppe eines Bauchredners, und so fing er auch gleich zu lesen an – aus der »Blendung«. Die Vorstellung hatte etwas von Jahrmarkt und Geisterbahn, von Vorstadttheater und Irrenhaus – die Irren waren wir, für die der unsichtbare Bauchredner seine Figur Erschreckendes aus dem Roman eines Unbekannten vorlesen ließ. War die Puppe ein mechanisches Kunstwerk, ähnlich dem schachspielenden Türken des Wolfgang Kempelen, den dieser 1769 am Hof Maria Theresias präsentiert hatte und in dem ein Mensch verborgen gewesen war? Und war nicht Kempelens Pseudo-Automat bei einem Brand in Philadelphia zerstört worden, wie auch der Roman »Die Blendung« mit dem Brand einer riesigen Bibliothek endet? – Der »Türke« hatte, wusste ich, mathematische Probleme gelöst, Fragen beantwortet, indem er auf Buchstaben gezeigt hatte, und mit jedem Zuschauer Schach gespielt. So spielte auch die lesende Figur namens Canetti mit ihren Sätzen in unseren Köpfen ein böses Spiel, bei dem sie uns besiegen wollte.

Wir ließen uns bereitwillig blenden. Wir ließen die Unheimlichkeit in unseren Köpfen entstehen. Wir lauschten dem humanen Untergangspropheten, als er das Kapitel »Ein Irrenhaus« las: »An einem aufregend warmen Abend des Spätmärz schritt der berühmte Psychiater Georges Kien durch die Säle seiner Pariser Anstalt. Die Fenster waren weit offen. Zwischen den Kranken spielte sich ein zäher Kampf um den beschränkten Platz an den Gittern ab. Ein Kopf stieß gegen den anderen. Mit Beschimpfungen wurde nicht gespart. Fast alle litten an der unheimlichen Luft, die sie tagsüber im Garten, manche buchstäblich geschlürft und geschluckt hatten.« Und weiter hörten wir über Georges Kien: »Die Kranken behandelte er, als wären sie Menschen. Geduldig ließ er sich Geschichten erzählen, die er schon tausendmal gehört hatte, und zeigte über die ältesten Gefahren und Ängste immer neue Überraschung ... Mit der Zeit entwickelte er sich zu einem großen Schauspieler. Seine Gesichtsmuskeln, von seltener Beweglichkeit, passten sich im Laufe eines Tages den verschiedensten Situationen an ... Heftig umstritten war in der gelehrten Welt seine Behandlung von Bewusstseinsspaltungen der verschiedensten Art. Gebärdete sich zum Beispiel ein Kranker als zwei Menschen, die nichts miteinander gemein hatten oder sich bekämpften, so wandte Georges Kien eine Methode an, die ihm anfangs selbst sehr gefährlich erschien: er befreundete sich mit beiden Parteien ... An die Richtigkeit seiner Methode glaubte er.

So lebte er in einer Unzahl von Welten zugleich. An den Irrsinnigen wuchs er zu einem der umfassendsten Geister seiner Zeit heran. Er lernte von ihnen mehr, als er ihnen gab ... Seit er zu ihnen gehörte und ganz in ihren Gebilden aufging, verzichtete er auf schöngeistige Lektüre. In Romanen stand immer dasselbe.«

Ich ließ mich von der dämonischen Figur auf dem Podium, die Karl Kraus gehört und verehrt hatte, verhexen. Seine Sätze trafen mich und gingen mir noch im Kopf herum, als die Lesung schon zu Ende war und der kleine Dämon Widmungen schrieb, mit dem Ernst eines Professors, der Mathematikhefte korrigiert. Konrad Feldt und ich warteten, bis er mit einer Schar Verehrer das Haus in der Herrengasse verlassen hatte und Richtung Innenstadt ging. Nicht weit, denn schon bald stiegen sie die Treppen hinunter in das Gasthaus Reinthaler, das seiner Wiener Küche und seiner Hausmannskost wegen ein gerne aufgesuchtes Lokal ist. Die Gruppe hatte im zweiten Raum einen Platz reserviert, in dem an einer Wand die Fotografie des ehemaligen Bürgermeisters Lueger hing. Zum Glück saß Viktor Gartner am Nebentisch und lud uns ein, bei ihm Platz zu nehmen, denn das Lokal war gut besetzt. Wir sprachen ehrfürchtig über Canetti, der Mohnnudeln auf die gleiche Weise aß, wie er bei seiner Lesung, einzelne Worte verschluckend, die Sätze vorgetragen hatte. Bestimmte Formulierungen wirbelten mir immer noch durch den Kopf. Ich fand die Geschichte des Psychiaters Georges Kien genial. Zum Zeitpunkt, als Canetti »Die Blendung« schrieb, hatte es noch keine »Antipsychiatrie« gegeben und nicht Foucaults Standardwerk »Wahnsinn und Gesellschaft« oder Ronald D. Laings

»Das Selbst und die Anderen«, »Das geteilte Selbst« oder die »Phänomenologie der Erfahrung«. Canetti hatte sie in seinem ansonsten bösen, geilen, überspitzt formulierten Buch, das eine Karikatur auf den Roman ist, vorweggenommen. Er saß aufmerksam zuhörend, essend und trinkend im Kreise der Veranstalter und Verehrer und sprach, wenn er gehört werden wollte, ganz leise, und sofort verstummten alle, die an seinem Tisch saßen. Wir bekamen nur Gesprächsfetzen mit. Endlich, gegen Mitternacht, erhob sich die Gesellschaft, und Viktor Gartner trat an den Tisch, stellte sich vor und bat um ein Interview für das Wochenmagazin, bei dem er Redakteur war.

»So spät?«, fragte Canetti ernst.

Gartner entschuldigte sich, er habe nicht stören wollen, aber Canetti schlug ihm schon vor, mit ihm in die Pension Nossek zu kommen, in der er abgestiegen sei. Auch Feldt und ich durften die beiden begleiten.

»Haben Sie das Lueger-Bild gesehen?«, fragte Canetti auf der Straße. »Das ist Österreich, das ist Wien! Dieser Antisemit! Und wie er verehrt wird! Sein Grab am Zentralfriedhof sieht aus wie eine Kultstätte! Man will diesen Mann im österreichischen Kopf behalten! Ich brauche Ihnen nicht zu sagen, was in der Nazi-Zeit mit den Juden vorgefallen ist – eine Orgie aus Hass. Nicht einmal das, was im Nachhinein gutzumachen wäre, geschieht. Die geraubten, die gestohlenen, die in Not zu niedrigsten Preisen abgepressten Bilder werden nicht zurückgegeben. In den Museen hängen Klimtbilder, Gemälde von Schiele, von Egger-Lienz, von Waldmüller, von Rudolf von Alt, die allesamt Nazi-Raubgut sind. In Wohnungen im zweiten Bezirk, in denen früher Juden zu Hause waren, leben jetzt ihre Vertreiber oder die Profiteure der Nazizeit. Die Möbel, Wertgegenstände, Schmuckstücke sind irgendwo gelandet, ohne dass man nach den früheren Besitzern fragt, und die Gräber auf den jüdischen Friedhöfen verfallen, weil es keine Angehörigen mehr gibt, die sie pflegen könnten. Und fast hätte ich es vergessen: Die Bücher! So weit sie von jüdischen Autoren verfasst waren – verbrannt oder aus den Bibliotheken entfernt, zumindest aber für Leser gesperrt. Aus Wohnungen von Juden wurden Bücher lastwagenweise abtransportiert – in die Nationalbibliothek oder in Bibliotheken von Nazi-Bonzen. Kein Mensch will sich daran erinnern.« Canetti verabschiedete Konrad Feldt und mich vor der Pension Nossek am Graben, und ich kaufte mir am nächsten Tag in der Buchhandlung Wolfrum »Die Blendung«, las zuerst das Kapitel »Ein Irrenhaus« und dann das ganze Buch. Der von Niedertracht und Gemeinheit strotzende Roman, der in bizarren Szenen den Leser quält und zugleich anregt, zeigt den Wahnwitz des gesellschaftlichen Zusammenlebens, den offenen und versteckten Hass der Menschen gegen andere und sich selbst und nicht zuletzt ein erschreckendes Ausmaß an Gleichgültigkeit und Sadismus, die Canetti in der sogenannten Normalität aufgespürt hat.

Der Sarg

Konrad Feldt hatte mich schon mehrmals eingeladen, ihn in der Nationalbibliothek zu besuchen. Als ich endlich erschien, nahm er sich alle Zeit. Er war müde, denn er hatte, wie er mir sagte, in der Nacht zuvor einen Asthmaanfall erlitten. Sofort sprachen wir über Bücher, über Canettis »Blendung«, die er als monströse Geisterbahnfahrt durch das Böse im Menschen bezeichnete, über Jorge Luis Borges' Erzählung »Deutsches Requiem«, in der ein Otto Dietrich zur Linde, der sich selbst als »Folterknecht und Mörder« bezeichnet, in der Nacht vor seiner Hinrichtung ein Resümee zieht. Das Gericht, zitierte Feldt, sei legal verfahren, stelle zur Linde lakonisch fest, von Anfang an habe er sich schuldig bekannt. Er wisse, fahre Linde fort, dass Fälle wie der seine, die heute noch erschreckende Ausnahmen seien, von nun an zum Alltag gehören würden. Er werde am Morgen sterben, aber er sei ein Sinnbild der kommenden Generation. »Weiters führte er aus«, sagte Feldt, »dass er 1908 geboren wurde und ein Verehrer von Brahms, Schopenhauer und Shakespeare sei. 1929 sei er der NSDAP beigetreten, wenngleich er keinerlei Veranlagung zu Gewalttaten in sich verspürt habe. Nachdem er bei Unruhen zwei Kugeln in ein Bein abbekommen hätte, sei er 1941 zum Unterführer im Konzentrationslager Tarnowitz ernannt worden.

Ich kannte die Geschichte längst, aber ich hörte sie mir trotzdem aus Feldts Mund an. Er trat an das Regal in seinem Büro, zog den Band »Sämtliche Erzählungen« des argentinischen Autors heraus, blätterte darin und las: »Schon vor Jahren hatte ich begriffen, dass in der Welt kein Ding ist, das nicht der Keim zu einer Hölle werden kann ...« Und: »Ich war wohl nie im vollen Sinne glücklich, aber bekanntlich verlangt das Unglück nach verlorenen Paradiesen.« Zur Linde, fuhr er fort, habe im Lager den Dichter David Jerusalem aus

Breslau zu Tode gefoltert, um – er las weiter: »das Mitleid in mir zu vernichten. In meinen Augen war er kein Mensch, nicht einmal ein Jude; er hatte sich in ein Symbol einer verabscheuten Schicht meiner Seele verwandelt.« Mit grotesker Logik behaupte zur Linde dann das Verdienst der Nationalsozialisten, die Welt, das Judentum, das Christentum die Gewalt gelehrt zu haben und den Glauben an das Schwert. Schließlich heiße es: »Von nun an senkt sich über die Welt eine unbarmherzige Epoche herab. Wir haben sie geschmiedet, wir, die jetzt ihr zum Opfer fallen.«

Wir redeten so lange über Borges' Erzählung, dass Feldt beinahe einen Termin übersehen hätte und mich schließlich seinem Mitarbeiter, Dr. Duchkowitsch, vorstellte, der mich hinunter in die unterirdischen Büchermagazine führte, welche auf Gitterrosten standen wie die Aktenschränke im Staatsarchiv. Und wie im Staatsarchiv konnte ich mehrere Stockwerke durch die Gitter hinauf- und hinunterblicken auf die Menschen, die dort ihre Arbeit verrichteten, als hätte ich die Gabe, in die Zukunft und in die Vergangenheit zu schauen. Die Kunst, Philosophie und Literatur von Jahrhunderten war dort gespeichert, das naturwissenschaftliche Wissen, die Geschichte der Menschheit, die Biographien der herausragenden Erdenbewohner, die religiösen Vorstellungen und die Psychologie – all das war hier versammelt und hatte dennoch keinen Einfluss gehabt auf alles, was in der Mitte des 20. Jahrhunderts geschehen war.

Dr. Duchkowitsch führte mich in einem der Untergeschosse zu einem düsteren, mehrere Meter hohen Gang, der angefüllt war mit zum Teil aufeinandergeworfenen Büchern. Er erstrecke sich bis zur Hofseite hin, erklärte Dr. Duchkowitsch, und enthalte Bücher von Wiener Juden, die die Nazis geraubt hätten. Da die Bücher während des Krieges aus Mangel an Personal nicht hätten archiviert werden können, seien sie bis zur Decke aufgeschichtet worden und seither hier verblieben.

Der Gang habe von den Archivaren den Namen »Der Sarg« erhalten, sagte später Feldt zu mir, bevor er sich kurz darauf plötzlich in Luft auflöste und, wie erst nach einiger Zeit bekannt wurde, bei einem Erdbeben in Japan ums Leben kam.

Zoran Mušič

Als ich die Bilder von Zoran Mušič zum ersten Mal sah, wusste ich, dass ich sie nicht mehr vergessen würde. Es handelte sich um Leichen und Leichenberge, die der Maler vom November 1944 bis zum Kriegsende im KZ Dachau auf kleine Papierstücke gezeichnet und 1970 nach einem Erinnerungsschub noch einmal gemalt hat. Habe ich mich dabei an meine anatomischen Sektionen als Medizinstudent erinnert, oder standen sie sonst in irgendeinem Zusammenhang damit? – Nein. Und was empfand ich als Erstes, als ich sie sah? Etwas, wie wenn man in einen nackten, betonierten, leeren Raum sieht.

Die Zeichnungen, die Mušič im Lager angefertigt hat, sind zart und bei aller Drastik nicht auf den Effekt bezogen. Es sind Erinnerungsskizzen, die ein Geheimnis festhalten, fast verschämt, jedoch nicht ängstlich. Es sind auch Annäherungen an die Toten, ihr vergangenes Leid, ihr endgültiges Verschwinden aus der Welt. Nichts ist ausgespart, nichts geschönt oder ästhetisiert, jedoch alles auf das Wesentliche reduziert, da Mušič ein Meister der Einfachheit, der Beschränkung, der konzentrierten Darstellung war. Mušič geht es nicht um den Schrecken, sondern darum, das Unfassbare für sich selbst begreifbar zu machen. Vordergründig handelt es sich auch um keine Anklage, sondern eher um ein lakonisches Beweisstück, wie eine Mordwaffe oder eine kriminaltechnische Fotografie bei einer Gerichtsverhandlung. Die vergilbten Papiere und die mit Chinatusche, Sepiakreide oder Rötel angefertigten Skizzen sind, wie gesagt, auf das Wesentliche konzentriert und der japanischen, auf das Minimalistische sich beschränkenden Kunstphilosophie verwandt. Sie sind dokumentarisch, doch drücken sie auch etwas wie die Seelenverwandtschaft der Lebendigen mit den Toten aus. Mušič ruft weder Ekel noch Entsetzen oder gar Abscheu hervor, sondern lässt Unschuld in den Gesichtern der Leichen sichtbar werden. Er hält sein eigenes Erstaunen und den Drang, nicht wegsehen zu können, fest, die ihn beim Anblick der Leichenberge überkamen. Offensichtlich rang er um seine Fassung und zeichnete gerade deshalb, was er sah. Gleichzeitig ähneln die Skizzen dem Versuch, eine Vision festzuhalten, sie drücken die Unsicherheit des Künstlers aus, der sich vielleicht fragt, ob er nur träume und die Leichenberge, die mit der Selbstverständlichkeit von Schneehaufen im Winter vor ihm liegen, nicht Wahnvorstellungen und Einbildung sind. Die Körper, die diese Totenhaufen bilden, sind nur fragmentarisch ausgeführt, sie scheinen bereits in eine andere Form, ein anderes Element überzugehen. Auf der Zeichnung ist es Leere, in die sie sich verwandeln. Der halb mit einem Hemd bedeckte Tote, neben dem ein Paar Schuhe liegt und dessen starre Augen auf den Betrachter gerichtet sind, scheint sich im Sterben versteckt zu haben. Nackte Tote in Särgen, aufeinander- und nebeneinandergeschichtet, mit heruntergelassenen Hosen, aufgehängt an einem Balken wie die Hühner in Wilhelm Buschs »Max und Moritz«, Augen und Mund geöffnet, mit nackten Füßen.

Mušičs Bilder gehen unter die Haut. Vermutlich gerade deshalb, weil sie sich lakonisch auf das Existentielle beschränken. Sie sind keine Beweisstücke, die mit triumphierender Geste vorgezeigt werden können, sondern künstlerische Dokumente, die den Betrachter zum Verstummen bringen. Auch das Barackenlager findet sich in Umrissen, eine Totenkutsche, ein Lastwagen mit aufgeschichteten Leichen – verblassend, fast schon sich selbst auflösend und verschwindend wie die Toten. Die Zeichnungen sind mit wenigen Strichen hingeworfen, sie lassen dem Betrachter und seiner Vorstellungsgabe viel Raum.

Von 1970 bis 1987 hat Mušič nach Landschaften, Venedigbildern, Selbstportraits im Stil altägyptischer Mumienbildnisse, nach Eseln, Menschengestalten und verschlungenen Pflanzenmotiven – alles auf das Wesentlichste reduziert, bisweilen fast in das Abstrakte umkippend – wieder und noch einmal die nackten Toten und die Leichenberge diesmal aus der Erinnerung gemalt, mit Ölfarben oder Acryl auf Leinwand und in großen Formaten. Die Gemälde haben nichts von der

Eindringlichkeit der Zeichnungen verloren, nichts von der Stille, nichts von ihrer Wahrhaftigkeit und nichts von ihrer Nähe. Durch ihre Größe wirken sie jetzt wie ein Chor gegen eine einzelne Stimme. Sie sind zurückgekehrt in die Welt der Lebenden, doch nicht als Spukgestalten, sondern als Teil der Erinnerung an die Menschheit. Sie könnten aus geöffneten Gräbern, aus Höhlen stammen, ihr Dasein in Form der bildlichen Erinnerung gibt ihnen allerdings etwas Gespensterhaftes: Jederzeit können sie wieder in Köpfen auftauchen und sich daraufhin in nichts auflösen. Sie sind zwar an Materie gebunden, doch befolgen sie nicht mehr die Gesetze der Materie. Sie beanspruchen daher auch nicht die Eigenschaften von Lebenden. Doch sie gehören zu uns wie der Schatten zum Körper. Ihre Gesichter sind nicht friedlich, genauso wenig, wie es ihr Tod war. Sie sind im Begriff, sich in etwas Pflanzliches zu verwandeln, die Gesichter ebenso wie ihre Gliedmaßen und ihr Geschlecht. Wie ein Pilgerzug Ertrunkener sind sie an die Ufer der Gegenwart gespült, mit ihr verbunden und doch selbst zeitlos geworden. Sie gehören uns nicht mehr, sind aber immer da. »Wir sind nicht die Letzten«, hat Mušič seinen Zyklus der Leichenbilder genannt und ihnen ein ewiges Leben geschenkt.

Wer war Zoran Mušič, fragte ich mich, welches Schicksal hatte er? In dem Büchlein »Zoran Mušič, Gespräche 1988 bis 1998« von Michael Peppiatt erfuhr ich es von ihm selbst.

1909 in der damals österreichisch-ungarischen Stadt Görz (Gorizia) als Sohn eines Schuldirektors und einer Lehrerin geboren, wuchs er auf dem Collio, in Venedig, Triest und dem Karst auf. Von 1920 bis 1929, als Mušičs

Vater nach Völkermarkt in Kärnten versetzt wurde, ging er dort auf das Gymnasium und schloss es in Marburg (Maribor) ab. 1930 bis 1934 besuchte er die Akademie der Schönen Künste in Zagreb, reiste nach Madrid und kopierte im Prado Goya, El Greco und Velázquez. Von 1936 bis 1940 hielt er sich in Dalmatien auf und kehrte dann wieder zu seinen Verwandten nach Görz zurück. Von dort aus unternahm er mehrere Reisen nach Venedig, wo er sich mit einer Gruppe von Menschen befreundete, die beschuldigt wurden, im Widerstand gegen Nazi-Deutschland zu sein. Da die Gestapo ihn zusammen mit dem »Chef des Netzwerkes«, wie Mušič sagte, »einem arglosen Radiobastler«, wie es andererseits heißt, gesehen hatte und er außerdem verdächtig war, weil er zahlreiche Zeichnungen von der Lagune angefertigt hatte, wurde er von einem Hauptmann Zimmers der deutschen Wehrmacht am 1. Oktober 1943 verhaftet. »Man hat mich vorerst in einem offenen Lastwagen nach Triest gebracht«, sagte Mušič zu Peppiatt. »Ich stand aufrecht, die Hände auf dem Rücken gefesselt. Plötzlich sah ich einen englischen Jagdflieger, der genau auf den Lastwagen zuflog. Der Pilot und ich, wir haben einander während eines kurzen Moments in die Augen geblickt, dann ist er wieder aufgestiegen …« In Triest wurde Mušič im zweiten Untergeschoss einer ehemaligen Fabrik für 26 Tage eingesperrt, dort hatte die Gestapo ihr Hauptquartier eingerichtet. Es dürfte sich um die Reisfabrik »Risiera di San Sabba« gehandelt haben, denn Mušič gab auch an, seine Zelle habe nur 2 mal 1,50 Meter gemessen, und er sei vollkommen isoliert und im Dunklen, »mit Wasser bis zu den Knöcheln«, inhaftiert gewesen – was, wie ich feststellen konnte, auf das spätere Konzentrationslager zutrifft. Er wurde dort verhört und gefoltert. Eines Tages wurde ihm mitgeteilt, dass er erschossen würde. Alle 101 Insassen der Gefängniszellen seien an einen Ort transportiert worden, wo sie abgezählt worden seien. Es habe einen Mann zu viel gegeben, sagte Mušič, und da er weder ein Partisan noch dem zuständigen Gestapochef unterstellt gewesen sei, der die Todesurteile verhängt habe, sei er als Einziger nicht erschossen worden. Er sei jedoch vor die Alternative gestellt worden, entweder »regionaler SS-Offizier zu werden oder freiwillig zum Arbeitsdienst nach Dachau zu gehen«. Er habe diesen Vorschlag, betonte Mušič, mit schallendem Gelächter beantwortet und sei nach Dachau verbracht worden. Dort habe er die Häftlingsnummer 128 231 erhalten. Da man die Gefangenen auf dem Transport in das Lager kaum ernährt habe, seien schon beim Öffnen der Waggontüren Tote auf die Schienen gefallen. Andere Gefangene seien bereits bei der Ankunft verrückt gewesen. Das Leben in den Lagern sei irreal, surreal gewesen, so als ob man einen anderen Planeten betreten hätte. Dort hätten andere Gesetze geherrscht und die Logik der Grausamkeit. Für jemanden, der diese Erfahrung gemacht habe, werde sie für immer Teil seiner Existenz bleiben.

Ein ganzes Leben lang, fuhr Mušič fort, hätten ihn die Leichen nicht mehr verlassen. »Es gab Leichen neben den Latrinen, und wenn man sich am Morgen rasierte, hatte man die Gewohnheit, den kleinen Spiegel am Finger oder an der Zehe der am nächsten liegenden Leiche aufzuhängen, ohne dass man daran etwas sonderbar gefunden hätte.« Er erinnerte sich auch an jemanden, der ein Stück Brot aß und es von Zeit zu Zeit zerstreut auf den Bauch eines Toten legte. Immer wieder hätten sich Menschen, die noch lebten, unter den Leichen befunden, und man habe »ein Wimmern und Knacken« gehört, hätten sich Arme oder Beine bewegt, »und ihre Augen folgten einem, bettelten um Hilfe«. Einmal habe sich sogar eine Gestalt erhoben und sei davongelaufen. Es hätten sich später Männer eingefunden, die die Haare der Toten abrasiert und ihnen die Goldzähne ausgerissen oder »die Anzahl der Goldzähne auf das nummerierte Etikett« geschrieben hatten, »das jeder Tote am Fuß trug«. Er sei auch oft an den Verbrennungsöfen vorbeigegangen, wo die Leichen »meterhoch« gestapelt gewesen seien. In den letzten beiden Monaten vor Kriegsende seien die Gefangenen massenweise gestorben. Alle seien geschwächt gewesen, und Epidemien hatten sich im Lager verbreitet. Es habe so viele Tote gegeben, dass sie nicht sofort beseitigt werden konnten und man die Leichen daher im Hof aufgehäuft hätte. Der eigene Tod sei ihm daher unvermeidlich erschienen, er habe nur noch wie ein Nachtwandler, ein Automat gelebt und darauf gewartet, dass er selbst an die Reihe käme.

Er habe, sagte Mušič zu Peppiatt, »Papierstückchen« im Büro der Architekten – »ebenfalls Zwangsverpflichtete in Dachau« – gefunden und begonnen, im Geheimen zu zeichnen. Die Bilder habe er unter seinem Hemd versteckt. Das sei gefährlich gewesen, habe ihm aber einen Grund weiterzuleben gegeben. In einem anderen Gespräch erklärte Mušič, er habe im Lager in einer Fabrik gearbeitet und dort ein kleines Portrait von einem Kameraden gezeichnet. Der Kommandant habe ihn, als ihm das Bild unter die Augen gekommen sei, aufgefordert, nach Postkarten zu malen, und ihm dafür Nahrungsmittel gegeben. Dadurch habe er auch Papier und Bleistift gehabt und Skizzen anfertigen können. Es sei natürlich nicht möglich gewesen, die Zeichnungen ins Lager mitzunehmen, weil man immer gründlich untersucht worden sei. So habe er sie in der Maschine versteckt, und als die Amerikaner gekommen seien, hätten sie die Maschine herausgerissen und abtransportiert, dadurch sei der Großteil der Zeichnungen verlorengegangen. Dann sei er selbst krank geworden und ins Spital des Lagers überführt worden. Die SS-Leute hätten Angst gehabt, sich den Gefangenen zu nähern, da eine starke Typhusepidemie ausgebrochen sei. Das habe bedeutet, dass er sich zum ersten Mal nicht beim Zeichnen verstecken musste. Das Zeichnen sei für ihn damals geradezu zu einer Art Raserei geworden. Mušič, so entnahm ich einem Katalog, hatte im Lager insgesamt hundert bis zweihundert Zeichnungen hergestellt (er machte dazu allerdings verschiedene Angaben), von denen schließlich zwanzig bis 35 erhalten blieben. »Ich dachte an nichts anderes«, sagte er zu Peppiatt, »ganz so, als ob mich das Zeichnen dem Leben wieder zugeführt hätte.« Die Realität sei »haarsträubend« gewesen, die Berge aus Körpern hätten sich indessen vervielfacht. – Er sei, gestand er, von der seltsamen Schönheit all dieser Leichen faziniert gewesen. Ein tschechischer Freund habe schließlich zu ihm gesagt: »Siehst du, morgen oder übermorgen wird man uns durch den Rauchfang schicken. Niemals wieder wird sich etwas Ähnliches ereignen können. Wir sind die letzten, die etwas Derartiges sehen.« Jahre später sei ihm dann klarge-

worden, dass sein Freund sich geirrt hatte: »Wir sind nicht die Letzten«, sagte Mušič.

Nach dem Verlassen des Lagers und der Rückkehr als Schwerkranker habe er in Venedig Bilder voll Licht gemalt, glückliche, heitere Bilder. Er sei aus der Finsternis gekommen, aus dem Albtraum, und als er die Kirche von San Marco betreten hatte, habe er den Eindruck gehabt, etwas tief in sich Verborgenes aus der Kindheit wiederzufinden. – »Ikonen, vergoldete Bilder ... Ich empfand ein Gefühl der unglaublichen Freiheit und des unglaublichen Glücks.« Als er aber im Verlauf einer Zugreise zum ersten Mal die Hügel rund um Siena gesehen habe, sei er tief erschüttert gewesen, so als habe er etwas sehr Wichtiges wiederentdeckt. Beim Malen erst sei ihm bewusst geworden, »dass mich diese weißlichen Hügel an die Haufen von Leichen erinnert haben, unter denen ich in Dachau gelebt hatte«. Nach einigen Jahren, die er in Paris verbracht hatte, sagte Mušič, habe er eine Schaffenskrise gehabt, da alle bekannten Künstler und Kritiker sich nur noch mit abstrakter Malerei beschäftigt hätten. Er habe auch selbst auf seine Art versucht, abstrakt zu malen, und dabei seine persönliche Wahrheit zur Gänze verloren. Aus dieser Verwirrung seien »unbeabsichtigt« die Leichengemälde hervorgegangen. Die einzigen Bilder, die einen Wert hätten, seien jene, die von selbst kämen, bekräftigte Mušič seine Meinung. Man könne mit dem Willen in der Malerei nichts ausrichten. Man müsse warten, bis die Dinge von selbst auftauchten, und man wisse nie, wie oder wann dies geschehen würde. Man könne sagen, dass er zu den Leichen zurückkehre, wenn er die Dinge, die er im Leben liebe, nicht mehr zu malen vermöge. Wichtig sei vor allem, mit der eigenen Wahrheit in Kontakt zu treten. In seiner Eigenschaft als Künstler denke er, dass diese Erfahrung dazu angetan sei, das, was in einem am tiefsten verborgen sei, zutage treten zu lassen.

Zoran Mušič starb am 25. Mai 2005 in Venedig.

Himmel und Hölle

Günter Brus, den Maler und Schriftsteller, den Aktionisten und Stegreifkünstler, traf ich zum ersten Mal im Grazer Theater-Café, wo er mit seiner schönen und zielbewussten Frau Anni eines Nachts auftauchte. Ich hatte viel getrunken, und Günter stand mir um nichts nach, so dass wir uns anfangs beeindrucken wollten und zugleich misstrauten, bis wir uns schon am nächsten Tag wiedersahen. Es entwickelte sich rasch eine Freundschaft, und wir arbeiteten sogar mehrere Jahre künstlerisch zusammen. Günter, der neben seinen Argusaugen auch ein Augenpaar für den Blick in das Unbewusste hatte, war Tag und Nacht auf Entdeckungsfahrt. Jeden Moment klopfte er auf seine Originalität ab und flüchtete rasch, wenn er nichts als Wiederholung fand – denn Wiederholung bedeutet Stillstand, während er ja die Unruhe im Räderwerk des Alltags war, die die Maschine in Gang hielt. Er war der Künstler, mit dem mich die engste Freundschaft verband, gerade weil er die Umwelt elektrisieren und die Menschen verzaubern wollte. Verkatert konnte er mürrisch und einsilbig sein, von verletzender Knappheit, während er bei guter Laune oder angetrieben vom ohne Unterbrechung fließenden Alkohol ein Füllhorn an Sprachwitz, Einfällen und Scharfsinn ausleerte, das scheinbar unerschöpflich war. Aber er fiel auch in Finsternis und Orientierungslosigkeit, und er lebte seine Verzweiflung und Lebensunlust ungehemmt aus, die ihn immer dann am heftigsten packten, wenn er an seiner Schaffenskraft zweifelte und deshalb mit sich haderte. Seine Frau Anni bekam oft zu spüren, was an Rücksichtslosigkeit in ihm steckte, an Verschlossenheit, Spott, Hohn und Eigensinn. Als jemand, der den Stillstand fürchtete, als Flüchtender, war er immer auf der Hut vor der Routine und ständig bereit, alles zurückzulassen, wenn er der Meinung war, dass es für ihn bedeutungslos sei.

Er ähnelte dem Mann in der Montage von Camille Flammarion, die dieser 1880 für sein Werk »L'Astronomie populaire« aus einem volkstümlichen Stich entwickelte: eine kniende Gestalt in einer weiten Landschaft mit Hügeln, Meeresküste, Stadt, einem See und einem großen Baum unter einem Himmel mit Sonne, Mond und Sternen. Während sich der Körper der Gestalt auf der Erde befindet, ragen Kopf, Hand und Griff des Stockes, dessen sie sich bedient, durch die Grenzen des Universums in die Unendlichkeit hinein, die aus einem mechanischen Werk, Wolkenbändern und Lichtscheiben besteht.

Brus wurde am 27. September 1939 in Ardning geboren. Seine frühen Werke waren abstrakte, weiß-schwarze Bilder, seine Aktionen, in denen er die Farbe Weiß und seinen Körper, aber auch den seiner Frau in den Mittelpunkt stellte, hatten in der Ausweglosigkeit, in der monotonen Schönheit, in der Betonung der Künstlichkeit mit Samuel Beckett oder John Cage zu tun. Es waren stumme Rebellionen, Tragödien im Mikrokosmos oder flirrende Staubpartikel, die abseits vom Weltgeschehen ein eigenes, winziges Universum bildeten. Brus bemalte sich weiß, umwickelte sich mit weißem Tuch, verletzte sich mit Rasierklingen, stellte seine Nacktheit zur Schau, hüllte sich in Schweigen und übertrug Verwundung und Isolation auf den Betrachter, der sich dadurch herausgefordert fühlte. Jede seiner artifiziellen und sich der öffentlichen Moral widersetzenden Aktionen war ein Faustschlag in das Gesicht der sogenannten Normalität. Brus zeigte eine andere Wahrheit: die Wahrheit des Schmerzes, der Sinnlosigkeit, der Verzweiflung, der Sexualität, der Einsamkeit, der Angst, der Gewalt, der Exkremente und des Todes – eine Welt ohne Selbstgefälligkeit und Selbstgerechtig-

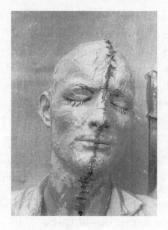

keit. Er entwickelte seine Aktionen bis an den Rand der Selbstverstümmelung und des Selbstmordes. Keine der Fotografien seiner Aktionen zeigt Pathos oder Selbstmitleid. Als er sie bis an die Grenze des Erträglichen weiterentwickelt hatte, begann er zu zeichnen. Sein Zeichenstift setzte dort fort, wo seine Aktionen aufgehört hatten. Brus sezierte mit den einfachsten künstlerischen Werkzeugen das Unbewusste, er präparierte die Nervenstränge von Traumbildern, von sexuellen Wunschvorstellungen, von Angstvisionen und machte das Unsichtbare wie Abbildungen in einem anatomischen Atlas sichtbar. Auch in seinem Sprach- und Zeichenkunstwerk »Irrwisch« stellte er das Unbewusste in das Zentrum seiner Kunst: Er sprengte Zusammenhänge auf, kündigte die guten Sitten und erfand eine neue Ästhetik. Schon die ersten Sätze sind eine Absage an alle Konventionen: »Ich möchte meinen Vater erschlagen, meine Mutter heiraten und in den Himmel kommen! Aber mein Vater ist schon gestorben, meine Mutter will nicht, und einen lieben Gott gibt es nicht ...« Das Buch ist todernst und voll von schrecklichem Humor. Brus widmet der Lächerlichkeit der geheimen Gedankenwelt breiten Raum. Sein Witz ist wie der Sand zwischen den Zähnen, während man Wasser aus der Quelle trinkt.

Auch die Zeichnungen sind unerbittlich: Der Totenschädel mit Kaiserkrone aus der Kapuzinergruft wird durch eines seiner Augen penetriert, bedrohliche Lust- und Qualmaschinen warten darauf, in Gang gesetzt zu werden, eine halbnackte Frau starrt auf die riesige Eichel eines männlichen Gliedes, das größer ist als sie selbst. Die an Wahn grenzende Macht der Phantasie breitet sich aus. Da das Schreiben für Brus schon immer zu seinem Werk gehörte – gleichrangig mit seinen Bildern –, führte seine Entwicklung fast zwangsläufig zur »Bild-Dichtung«, in der Sprache und Bild miteinander verschmelzen, ohne sich gegenseitig zu erklären. Nie illustrierte ein Bild bloß den Text, nie beschrieb ein Text bloß ein Bild, und trotzdem waren beide eins geworden und erzeugten ein Rätsel für den Sinnsucher, das mit Logik allein nicht erklärt werden kann. Brus schrieb und zeichnete jetzt auch Paradiesisches. In der Bild-Dichtung »Die Gärten in der Exosphäre«, in denen er der Schönheit huldigte, die er aus der Grausamkeit der Natur herausdestillierte, ließ er phantastische, nie gesehene Comic-Bilder des Unwirklichen sichtbar werden – voller Überraschungen und grimmigem Humor, voller Poesie, doch nicht ohne Satire und Spott, die zu den Arbeiten von Brus gehören wie zu einer Hand die Finger. Jede Bestrebung wird entblößt, jede Verherrlichung verhöhnt. In »Das Feuerzeichen«, einer Buntstiftzeichnung von märchenhafter Schönheit voller Kindheit und Kunst, ist eine Welt aus Erinnerungen, Alpträumen, Geborgenheit und scheinbarem paradiesischen Frieden Wirklichkeit geworden, doch ganz beiläufig stürzt ein brennendes Haus vom Himmel, bedroht ein Knochenvogel einen Bauern, der sich mit einer Sense wehrt, prangt inmitten eines Blütenkranzes ein Totenkopf. Es ist auch möglich, dass eine Zeichnung eine spirituelle, eine religiöse Aura ausstrahlt wie »Roter Schnee«, die Brus seiner Frau – »für Dich Anni« – widmete, oder wie »Salon-Physik«, »Europa« und »Selbstverdauung der Schönheit« – Bilder, die an Visionen denken lassen, an Aldous Huxleys Beschreibungen von LSD-Experimenten, an Nahtoderfahrungen: Blüten, Blätter, Schmetterlinge, Wolken, die Erdkugel, Muster, Ornamente und Menschengestalten fügen sich zu einer seltsamen Verklärung der Welt. Brus hielt mit dem Zeichenstift jetzt Aktionen fest, die nur noch in der Vorstellung möglich waren.

Was sein Werk aber so einzigartig macht, ist die Erforschung und Sichtbarmachung des Unbewussten, das er nun auch ohne Zeichnung zu beschreiben begann. Er hatte eine Übersensibilität für Wörter, für den Hintersinn, für den doppelten Boden, er konnte die Wörter zu Kalauern zusammenfügen, er zeigte sie im gekrümmten Spiegel, er verdampfte sie, er verbrannte sie, er verstreute ihre Asche, er kaute sie, er spuckte sie aus, er berauschte sich an ihnen, er ließ sie knallen wie Sektkorken, er stach sie, er ließ sich von ihnen stechen, er blies sie auf, er färbte mit ihnen Luft und Wasser, er schneiderte für sie Anzüge, er entblößte sie, er ließ sie koitieren, er zeigte ihre Exkremente, er kochte sie ein, er trat sie wie einen Fußball, er folterte sie, er fügte sie zu Rätseln zusammen, er lauschte den Geräuschen, die sie von sich gaben, er lehrte sie das Fliegen, er machte sie zu Notenschlüsseln, er verwandelte sie in Schneeflocken, in Regentropfen, in Sturmböen, er schlug sie mit der Hacke, er zerstückelte sie mit dem Küchenmesser, er gab ihnen Arzneien, er warf sie den Ameisen vor, er saugte ihren Nektar, er hörte ihren Atem, er schnitt ihnen das Haar, er kleidete sie wie Fürsten und Bettler, er roch ihren Duft, er verpestete mit ihnen das Papier, er warf sie in eine Zentrifuge, er streute ihren Samen aus, er baute aus ihnen Sätze, die er magnetisch machte, die er auseinanderriss, die er elektrisierte, mit denen er jonglierte, auf denen er Mundharmonika spielte, die wieherten und zwitscherten, lachten und weinten, die Regenwürmer waren und Giftschlangen, Krähen und Singvögel, Maschinen und Schachspiele, Blätter und Gräser, Fingerhüte und Flöten und die er zusammen mit seinen Bildern zu Büchern fügte, Atlanten und Beschreibungen der unsichtbaren Kontinente in den Köpfen der Menschen.

Arnulf Rainer

Als Sonnenberg neun Monate, bevor er starb, aus Florenz zurückkam, wollte er über Malerei sprechen. Damals hatte ich den Eindruck, dass er endgültig verrückt geworden war. »Mein Kopf ist voll von Malerei«, sagte er. Er liebe vor allem Arnulf Rainer, den Schwarzmaler, er liebe am meisten seine schwarze Phase, in der er alles ausgelöscht habe. Jedes Bild, jedes Gesicht, jeden Gegenstand. Hinter seinen virtuosen Übermalungen entstehe eine neue Welt. Er sei ein Rebell gegen die Schöpfung. Seine Absage an die Malerei sei eine fußnotenartige Parallele zu jener schwarzen Seite in Laurence Sternes »Tristram Shandy« mit dem Hinweis auf des

Spaßmachers Yorick Grabplatte, unter der »Ach, armer Yorick!« stehe. Rainer habe diese Schwärze in Schwarzmalerei verwandelt, er sei ein Schwarzkünstler. Das Schwarz bedeute *Nein*. Das *Nein* sei die wahre Selbstbehauptung. Er liebe auch den Grimassenschnei-

der Rainer, der dem Bildhauer Franz Xaver Messerschmidt verwandt sei. Er liebe Rainers Absage an alles. Es sei ein spirituelles *Nein*, das er ausspreche, und ein metaphysisches Schwarz, das er male. Seine übermalten Selbstportraits seien Ausdruck höchsten Kunstverstands. Der Künstler stecke in jedem seiner Kunstwerke, wolle sich aber unsichtbar machen, was jedoch nicht möglich sei. Es sei ein Kampf zwischen Anonymität und Präsenz.

Alles, was Rainer über die Malerei der Geisteskranken geschrieben habe, über ihre Originalität, über ihre Großartigkeit, sei das Beste, was es darüber zu lesen gebe. Der Höhepunkt seiner Arbeit aber sei seine Auseinandersetzung mit den Fotografien von Gesichtern Toter und mit Totenmasken, der Versuch, den Tod auszulöschen. Rainer schmähe den Tod, er vernichte ihn auf dem Bild – es sei eine archaische, eine ewig gültige Geste, die in allen Zeiten und Kulturen verstanden werde. Elias Canetti, Thomas Bernhard und Arnulf Rainer seien ein Dreigestirn der Verneinung. »Die Dreifaltigkeit der Verneinung«, lachte Sonnenberg, »Canetti der Gott, Bernhard sein Sohn und Rainer der Heilige Geist.« Rainer schmähe auch die Sexualität, er schmähe die Welt, er schmähe sich selbst, und er schmähe Gott. Doch niemals schmähe er den Schmerz. Er selbst, sagte Sonnenberg, habe zwanzig Jahre auf ein Bild Arnulf Rainers gespart, das er nun endlich gekauft habe. Es sei das einzige Bild, das er besitze. Er spreche mit niemandem darüber, wie es aussehe, er hänge es auch nicht auf, sondern verstecke es in einer Schublade seiner Kommode. Er betrachte es jeden Tag, um sich in der Finsternis zurechtzufinden und die Nähe des Grauens zu ertragen. Niemand habe ihm jemals so viel Kraft gegeben wie Arnulf Rainer durch sein Werk.

Ein Untersuchungsrichter wie er selbst, sagte Sonnenberg, stehe Tag für Tag vor einem nächtlichen Abgrund und suche ihn angestrengt nach etwas Erkennbarem ab. Er müsse sich auf die Aussagen anderer verlassen, die in diesem Abgrund gewesen seien. Wenn sie zurückkämen, seien sie voll Zeit, ihr Kopf sei voll Zeit wie eine Uhr. Meistens schweigen sie, aber jedes Verbrechen setze die Zeit in Gang. Er liebe Laurence Sternes »Tristram Shandy« deshalb so sehr, weil das Buch mit der Zeit spiele wie eine Katze mit der Maus und sie zum Schluss auffresse. Ein Buch müsse die Zeit vernichten und etwas wie Kindheit wiederfinden lassen. Nur die Welt eines Irrsinnigen könne wiederauferstehen, denn ein Irrsinniger habe die Zeit in sich zerstört und die Fähigkeit, Chronologie herzustellen, verloren. Er habe jedoch die Kraft der Imagination an ihre Stelle gesetzt. Die Kraft der Imagination lösche die Zeit aus, den Sinn, den Zwang zu Zusammenhängen. Das Gehirn nehme sich all diese Freiheiten heraus, wenn es ihm gefalle, es mache aus einer Nacht einen Tag und aus einem Tag eine Nacht. Jeder Mensch habe in seiner Kindheit diese Erfahrung gemacht.

So sprach Sonnenberg in seiner Verwirrung. Ich hatte den Eindruck, dass ich zuhören und zusehen konnte, wie er wahnsinnig wurde. Doch unterbrach ich ihn nicht, da er sich nicht unterbrechen ließ, sondern nach einem Einwand von mir, wie ich wusste, nur alles wiederholen würde, was er schon gesagt hatte, bis ich, erschlagen, von seinen langen und langwierigen Monologen, den Faden verlieren und nicht mehr zuhören würde.

Das Jüngste Gericht

Er sei in Florenz gewesen, sagte Sonnenberg, um zu sehen, wie die Menschen das Paradies, den Ort der Zeitlosigkeit, dargestellt hätten, und er habe stattdessen einen anderen Ort der Zeitlosigkeit, die Hölle, gefunden. Zuerst sei er nach Padua gereist, um Giottos Scrovegni-Kapelle zu sehen. Er liebe Giottos Genie, den Himmel zu malen, sein Blau und sein Gold – beides Farben des Paradieses – seien unvergleichlich. Die von ihm mit Fresken versehene Assisi-Kirche stelle in ihren Innenräumen selbst einen Blick in das Paradies dar. In der Scrovegni-Kapelle habe er das Jüngste Gericht besonders lange betrachtet. Das Paradiso, wie der Maler es dargestellt habe, sei unendlich schön, jedoch auch unendlich langweilig. Wie gewöhnlich habe er sich daher bald der Hölle zugewandt und sie eingehend betrachtet. Er sei ein Höllenforscher. Er habe die Werke von Hieronymus Bosch und von Brueghel viele Jahre studiert und darin nur ein Abbild der Phantasie der Maler gesehen. Auch Dantes Höllendarstellung in der »Göttlichen Komödie« habe er für die Projektion des Dichters gehalten. In der Scrovegni-Kapelle, vor dem Jüngsten Gericht Giottos, sei ihm beim Anblick der Hölle aber zum ersten Mal ein Verdacht gekommen. Er habe darin nicht mehr nur ein Abbild der Phantasie Giottos gesehen, sondern ein Abbild der menschlichen Grausamkeit, und ihm sei klargeworden, dass die Hölle, die die Maler des Mittelalters dargestellt hätten, im 20. Jahrhundert Wirklichkeit geworden sei. Die Kirche, die die Angst vor der Hölle für ihre Existenz benötige, sagte Sonnenberg, habe damit auch zugleich die Phantasie geschürt und die Bilder der Vernichtung in die Köpfe ihrer Gläubigen gepflanzt. Er habe die darauffolgende Nacht in Padua kaum geschlafen, zum einen, weil im Nebenzimmer des Hotels ein Baby geschrien und ihn dadurch immer an Krankheit und Tod erinnert habe, zum anderen, weil ihm seine Gedanken nicht mehr aus dem Kopf gegangen seien, dass die Hölle zuerst von den Menschen erfunden, dann dargestellt und schließlich in die Wirklichkeit umgesetzt worden sei.

Er sei dann mit dem Zug, entgegen seinem ursprünglichen Plan, zuerst nach Ravenna gefahren, um das Grab Dantes aufzusuchen. Die ganze Zeit über – während der schlaflosen Nacht im Hotel und auf der Zugfahrt – habe er die Darstellung des Jüngsten Gerichts von Giotto vor Augen gehabt. Die Mitte des eine ganze Wand bedeckenden Freskos nehme die Gestalt des »Weltenrichters« in Form eines Medaillons mit einem regenbogenfarbenen Rahmen ein. Dieser beherrsche die dargestellte Szene, majestätisch und unnahbar über allem stehend. Sein Blick sei zornerfüllt, denn mit der Linken habe er soeben die Sünder von sich gewiesen, mit der Rechten lade er aber schon die Auserwählten zu sich. Links und rechts von ihm die Apostel mit Heiligenscheinen und auf Stühlen. Niemand male so herrliche Heiligenscheine wie Giotto, unterbrach sich Sonnenberg und setzte dann fort: Auf dem vordersten Stuhl sitze die jugendliche Mutter Gottes. Rund um das Medaillon mit dem Weltenrichter und über ihm seien die Heerscharen und Chöre der Engel dargestellt. Links zu seinen Füßen die Heiligen – größtenteils Greise –, doch seien sie insgesamt nur schwer zu erkennen, da das Fresko an dieser Stelle stark beschädigt sei. Noch eine Stufe darunter die Auserwählten. Ihnen gegenüber und getrennt durch ein Kreuz die Hölle mit den Teufeln und den Verdammten. Vom linken Fuß des Weltenrichters stürzten die Verdammten in roten Feuerströmen, die aussähen wie Bäche voll Blut, in wirbelnden Bewegungen in die Hölle, wo ein riesiger, bärtiger Satan mit einem Tierkörper gerade einen Menschen verschlinge, dessen nackter Unterleib noch aus seinem Mund rage. Luzifer sitze auf einem roten Drachen und scheide gerade einen anderen Menschen, den er zuvor in sich hineingestopft haben müsse, durch den After aus. Aus seinem Kopf wüchsen seitlich schlangenförmige Tentakel, mit denen er, wie auch mit den Händen, nach den Unseligen greife. Zu seinen Füßen, über und um ihn die nackten Verurteilten, die pausenlos gequält würden.

Auf dem Fresko sei eine unsägliche Erniedrigung von Menschen dargestellt, sagte Sonnenberg. Wenn er an die Prophezeiung »Nur wenige sind auserkoren« denke, so sei diese Darstellung, sei der christliche Glaube, der über Jahrhunderte in diesem Bewusstsein gelebt worden sei und der in dem Fresko Giottos zum Ausdruck komme, eine einzige Beleidigung und Verhöhnung der Menschen. Gott als der größte Vernichter, der Weltenrichter, der die angebliche Krone seiner Schöpfung zu Millionen, ja Milliarden wie Müll wegwerfe und der ewigen Qual aussetze, habe in den Köpfen der Gläubigen letztendlich bewirkt, genauso unerbittlich sein zu wollen wie ER – das unerreichbare Vorbild – und die Selektion zwischen Guten und Bösen vorzunehmen. Hieronymus Bosch und Brueghel hätten Giotto noch weit übertroffen und Dante in seinen Inferno-Gesängen, dem Vorbild für die meisten späteren Darstellungen, alle zusammen. Gerade die Großartigkeit der Künstler habe das Allerschlimmste bewirkt, denn je eindringlicher die Darstellung, desto glaubwürdiger ist sie.

Als er sich in Ravenna vor dem Grab des Dichters befunden habe, hätte er nicht mehr gewusst, was er sich davon erwartet hatte und weshalb er überhaupt nach Ravenna gefahren sei. Plötzlich sei ihm alles sinnlos erschienen: seine Überlegungen ebenso wie die Kunstwerke, an denen er nur noch die Kunst, nicht aber das dargestellte Werk bewundert habe. Gleichzeitig habe er aber auch eine unerklärliche Anziehungskraft empfunden, nach wie vor habe er die Werke Giottos, Cimabues, Fra Angelicos, Bellinis oder Masaccios geliebt, wie er dies auch heute noch tue. Trotzdem sei es ihm ergangen wie jemandem, der von einem ihm nahen Menschen betrogen worden sei, von dem er aber dennoch nicht lassen könne. Er habe die »Göttliche Komödie« bei sich gehabt und eine Seite des Infernos aufgeschlagen und die wunderbaren Verse, die herrliche Sprache in sich aufgenommen, zugleich aber habe er nichts anderes als Abscheu vor der Jenseitslehre des Christentums empfunden und Wut darüber, was diese in den Köpfen der Christen angerichtet habe. Er habe in der ungeheuren Masse der Verdammten, in den Leichenhaufen und Quälereien die Konzentrationslager wiedererkannt und sein zukünftiges Schicksal. Auf der Fahrt nach Florenz – er sei anschließend von Dantes Grab direkt zum Bahnhof gefahren – habe er abwechselnd das »Inferno« gelesen und an die Konzentrationslager gedacht, und krank und erschöpft sei er abends in Florenz angekommen.

Dann schwieg Sonnenberg. Lange saß er in sich versunken da. In diesem Augenblick war ich davon überzeugt, dass er wirklich den Verstand verloren hatte. Plötzlich stand er auf und verabschiedete sich. Tatsächlich war er nach dieser Begegnung nur noch für kurze Zeit Untersuchungsrichter.

Florenz oder Sonnenbergs Wahn

Nach dem Tod Sonnenbergs hatte ich von Dr. Feilacher wie beschrieben ein Päckchen mit Briefen, Papieren und den zwei Tagebüchern erhalten. Sonnenberg hatte es für mich bestimmt, so Feilacher, und nachdem ich das eine Tagebuch – das aus der Anstalt – gelesen hatte, begann ich, mich dem anderen zu widmen, in dem ich auch Sonnenbergs Aufzeichnungen einer Italienreise fand.

Florenz, Freitag, 13. Februar
Im Hotel Mediterraneo vis-à-vis dem Arno ein hässliches Zimmer bezogen. Das Fenster geht hinaus auf eine Mauer, dahinter ein dunkelrotes Blechdach. Dunkle Möbel auf engstem Raum zusammengepfercht.

Es ist Nacht, als ich auf die Straße trete. Eiskalt. Die Gassen schlecht beleuchtet, abweisende und verwahrloste Gebäude. Eine lange Mauer, darüber Stacheldraht. Vergitterte Fenster. Einschusslöcher in der Ziegelwand. Ein Gefängnis? Entdecke schließlich eine Tafel: Kaserne, Carabinieri di Toscana. Versuche den Weg zur Kirche Santa Croce zu finden, stattdessen gehe ich unbeabsichtigt einmal um die Kaserne herum.

Dann den Arno entlang, der auf der gegenüberliegenden Seite der Fahrbahn fließt und von einer niederen Mauer verdeckt ist.

Hohe, alte Häuser, vergitterte Fenster, keine Läden. Schmaler Gehsteig. Geparkte Autos – eines vollgeschissen mit Vogeldreck. Ein Haustor öffnet sich, und ein Fleischergeselle mit blutiger Schürze wirft zwei Rinderköpfe in einen Lieferwagen. Kaum Menschen. Graffiti-Geschmiere. Werkstätten. Alles hässlich, dunkel, kalt. Die gerade Gasse endlos. Ein Schild, dass das betreffende Gebäude die Bibliothek der Stadt ist, ein nächstes Schild kündigt ein Verwaltungsgebäude an, ein weiteres gar die Nationalbibliothek. Endlich Santa Croce, in der sich der Kenotaph Dantes befindet. Der große Platz davor liegt verlassen im Dunklen. Die Kirche ist von Scheinwerfern angestrahlt. Links vom Treppenaufgang die gewaltige Dante-Figur mit Lorbeerkranz von Enrico Pazzi, neben ihm ein Adler aus Stein. Starre die Dante-Statue und den Adler an. Natürlich ist die Kirche versperrt. In den Seitengassen leere Lokale. Schlecht beleuchtete Galerien, Tische, Stühle. Verirre mich in die Cantinetta degli Teatro. Einige Studenten. Der Kellner, ein älterer Mann, versucht es bei mir mit Bestimmtheit. Weißwein und Penne. In der eiskalten Nacht zurück. Wieder vor der Dante-Statue. Herumstreunende Jugendliche. Das Zimmer trostlos. Gehe hinunter zum Portier, verlange ein anderes Zimmer und lege zehn Euro auf den Tisch. Ich schwitze von den Fußmärschen. Er ist bemüht. Morgen. Üble Nacht. Halsschmerzen, Rückenschmerzen, Alpträume. Friere. Werde mehrmals wach. Mache Licht und schlage das »Inferno« der »Göttlichen Komödie« auf.

»Und sah drinnen ich furchtbare Knäuel
Von Schlangen, und von also grauser Gattung,
Dass die Erinnerung noch das Blut mir stockt.
Nicht rühme mehr Libyen sich seiner Wüste:
Denn ob's auch Wasser-, Pfeil- und Brillenschlangen
Erzeugt, und Ottern samt den Doppelschleichen,
Es wies doch niemals solche Pest so gift'ge
Und wär gleich ganz Äthiopien inbegriffen
Und rings das Uferland am Roten Meer!
In dieser grässlich-schauderhaften Fülle
Rannte umher ein Volk, nackt und voll Wahnsinn,
Ohn' Aussicht auf Versteck noch Wundersteine:
Mit Schlangen waren rücklings sie gefesselt,
Die drängten um die Lenden ihren Schweif her
Und Kopf, und zeigten vorn sich wirr verwickelt.
Und sieh: auf einen, der nah unserm Hang stand,
Schoss eine Schlange, die ihn dort hineinbiss,
Wo sich der Hals den beiden Schultern anfügt ...«

Zwei Illustrationen von Gustave Doré schmücken die Nebenseiten. Sie stellen eine Grube dar. Am Rand weiter hinten winden sich Schlangenknäuel, aus denen sich einzelne Gestalten erheben. Im Vordergrund nackte Männer und Frauen, die von den Schlangen, die sich um ihre Körper schlingen und mit denen sie kämpfen, zu Tode gebissen und erwürgt werden.

Florenz, Samstag, 14. Februar
   Schlafe bis neun Uhr. Beim Erwachen brennt das Licht auf dem Nachttisch. Zerschlagen. Zum Portier. Er verspricht mir beredt für Nachmittag ein anderes Zimmer. Macht für mich am Telefon einen Termin in der Brancac-

ci-Kapelle aus, für morgen. Werke von Fra Angelico (Angelico Beato) im ehemaligen Kloster San Marco. Tafelbilder im Saal hinter dem Eingang. »Das Jüngste Gericht.« Die Seligen, die Heiligen, die Engel sitzen um Gott wie in einem Theater. Rechts davon die Verdammten. Flüchtende Flüchtlinge. Man soll ihren Gesichtern das Böse ansehen. In der Hölle: Auch hier der Teufel als schwarzer Kannibale. Hat seitlich zwei weitere Mäuler, in die er Menschen hineinstopft; hält auch in den Fäusten Unglückliche, andere schwimmen in dem Kessel, in dem sie gekocht werden und in dem Luzifer steht. Die meisten Teufel stechen sie mit Lanzen. Wiederum andere Verdammte hocken im Feuer und werden von Schlangen gepeinigt ... fressen sich untereinander kannibalisch auf. Eine Gruppe von Nackten wird von Teufeln gezwungen, Kröten und Schlangen zu essen, einem wird geschmolzenes Blei in den offenen Mund geschüttet. Die Figuren – auch der Teufel – puppenhaft. Im Hof ein Kreuzgang mit Fresken. Sonne, blauer Himmel, Kälte. Fra Angelicos sanfter, schöner Malstil im Kontrast zur dargestellten Gewalt. Die Farben leuchten. Heiligung des Imaginären. Im ersten Stock 43 Mönchszellen, winzig mit kleinen Fenstern. In jeder von ihnen ein Fresko von Fra Angelico: biblische Szenen, Kreuzwegstationen, vorwiegend Jesus am Kreuz. Aus den Händen und Füßen Blutströme. Aus der rechten Brust Blutfäden. Blutstropfen durch die Dornenkrone auf der Stirn.

Savonarolas Zimmer im Kloster: An einer Wand eine große, farbige Darstellung seiner Verbrennung.

Die leere Bibliothek: In verglasten Vitrinen illuminierte Bücher. Wenn ich den Kopf hebe, blicke ich in den Dachstuhl.

Zu Fuß zum Dom, zwischen hohen, alten Häusern. Enge Gassen, in die kaum Sonnenlicht fällt. Geschäfte. Zur Casa Dante. In einem Raum wird mit einem Videofilm die »Göttliche Komödie« anhand der Illustrationen von Gustave Doré nacherzählt. Ein »nachempfundenes« Dante-Zimmer mit Betten und einem Portrait des Dichters hinter Glas. Auf der Straße japanische Touristen mit gezückten Fotoapparaten. An einer Mauer eine Dante-Büste, auf der eine Taube sitzt.

Der Dom Santa Maria del Fiore. Ein gewaltiges Steinmassiv mit roter Kuppel, daneben der Glockenturm und das Baptisterium. Im Dom an einer Seitenwand das berühmte Dante-Bild von Domenico di Michelino. Der Dichter im roten Kleid, auf dem Kopf die berühmte rote Mütze und der Lorbeerkranz. Rechts seine Geburtsstadt Florenz, die ihn verstoßen und ihm bei Todesstrafe verboten hat, zurückzukehren, da er zu den kaisertreuen Ghibellinen übergelaufen war, die den papsttreuen Guelfen unterlegen waren. Hinter ihm der Läuterungsberg, über diesem die Himmelssphären des Paradiso. Vom Buch, der »Göttlichen Komödie«, die Dante in der Linken hält, gehen Lichtstrahlen aus. Links von Dante die Hölle mit den üblichen nackten Verdammten, die von Dämonen in den Höllentrichter getrieben werden.

Der Platz unter dem »Jüngsten Gericht« in der Kuppel ist abgesperrt, so dass ich nur von der Seite aus einen ersten Eindruck gewinne. Jede der weit entfernten Gestalten scheint nur ein winziger Glassplitter in einem riesigen Kaleidoskop zu sein, das eine hierarchische Ordnung zeigt, mit Gott als Weltenrichter, den Engeln, den Heiligen, den Seligen, den Verdammten. Während oben gejubelt und gepriesen wird, wird unten gequält. Das gewaltige Fresko wurde von Giorgio Vasari entworfen und begonnen und von Federico Zuccari und seinen Gehilfen vollendet. Ich stehe da, wie von einem unheimlichen achteckigen Auge hypnotisiert, und starre in die farbige Regenbogenhaut und die großen Pupillen.

Auf dem Platz seitlich vom Dom der Eingang zu den Stiegen, die zur Kuppel führen. Stelle mich in einer Reihe an. Die Treppen sind steil, der Gang ist schmal und eng. Komme außer Atem und muss anhalten. Trete immer wieder in Nischen, in denen ich mich an die Wand lehne, um die Nachkommenden – zumeist Japaner – nicht aufzuhalten. Schließlich ein Plateau. Die Beine sind schwer, ringe nach Luft. Nach einer Pause weiter die steinerne Wendeltreppe hinauf. Als ich schon aufgeben will, ein Gang mit Geländer und Glaswand direkt unter dem Inferno, so dass ich von dort hinauf in das Empyreum schaue. Erschöpft betrachte ich Dämonen und Teufel, den Höllensturz der nackten Verdammten und ihre Marter im Feuer und über ihnen die Engel – jeder Körper sechs oder mehr Meter groß – und schließlich den Weltenrichter im strahlenden Lichterglanz. Darüber einer der Engel mit einem weißen Schriftband, auf dem in schwarzen Buchstaben »Ecce Homo« steht. Der Steg ist so schmal, dass es kaum möglich ist, an einem anderen Besucher vorbeizugehen, weshalb ich, von den Nachdrängenden weitergeschoben, dahintaumle, einen kurzen Blick hinunter in die Tiefe des winzig erscheinenden Altarraums werfe und, von Schwindel erfasst, den Kopf sogleich wieder in das Genick fallen lasse und nach oben starre. Das

Fresko mit seinen riesigen Gestalten macht aus mir ein Kind, das ins Jenseits schaut und vor dem Anblick erschauert. Aber schon bin ich wieder in einem dunklen und engen Gang mit steilen Treppen und drehe mich beim Hinabsteigen scheinbar unentwegt um meine Achse, so dass mich neuerlich Schwindel erfasst.

Noch benommen von der Anstrengung, die mächtigen Bilder im Kopf, trinke ich in einer nahe gelegenen Konditorei Tee und esse ein Stück Kuchen. Ich bleibe auf einem kleinen Stuhl sitzen, bis ich mich erhole. Rückenschmerzen. Dann durch die lebhafte Innenstadt. Kaufe einen bernsteingelben Stift mit silberfarbenem Clip. Am Mercato nuovo vorbei zum Ponte Vecchio, der berühmten Brücke über den Arno. Trotz des Wirbels ein schöner Platz. Die Bronzebüste von Benvenuto Cellini: Künstler, Goldschmied, Mörder. Links und rechts Juweliergeschäfte. Orientalische Atmosphäre. Entdecke in den Gesichtern von Passanten, die ich für Italiener halte, afrikanische Schönheit. Man blickt gerne in Auslagen von Juweliergeschäften – teurer Schmuck, Uhren –, dahinter der Laden mit dem Fenster auf die andere Seite hinaus, durch das man den Arno sieht. Auf der Brücke Rast eingelegt und das Wasser betrachtet. Zurück durch schmale Gassen. Vorbei an den Uffizien. Menschenschlangen. Büsten auf Säulen: Boccaccio, Petrarca, Galilei … Meine Rückenschmerzen quälend. Ein Taxi genommen, aus dem gerade jemand ausstieg. Im Hotel endlich das neue Zimmer. Es geht auf den Arno hinaus. Sonnig, größer und die Möbel hell. Nehme Schmerzmittel, mache Notizen, schalte den Fernsehapparat ein. Schreibe bis 20 Uhr. Noch immer Schmerzen. Kleiner Imbiss auf dem Zimmer.

Florenz, Sonntag, 15. Februar

Lange geschlafen. Dann mit dem Taxi auf die andere Seite des Arno. Der Fahrer braust mit siebzig Stundenkilometern durch die schmalen Gassen. »Die Sternwarte«, »La Specola«, befindet sich im Gebäudekomplex des Palazzo Pitti. Zwei Stockwerke hinauf in das Naturhistorische Museum des Erzherzogs Leopold. Es ist bezaubernd. Alles kleiner als im Naturhistorischen Museum in Wien, aber dafür übersichtlicher und nicht auftrumpfend. Den Protozoen, Korallen und Quallen, den Muscheln, Käfern und Schmetterlingen, den Krebsen und Seesternen sind eigene Räume gewidmet mit eleganten Vitrinen. Sodann auch den Löwen und Nashörnern, den Schildkröten und Nagetieren, Delphinen, Hirschen, Affen, Gürteltieren und Fledermäusen, den Kängurus, den Eulen und Krokodilen, den Pfauen, Straußen, tropischen Vögeln und Haien. Eine tote Welt, ein ausgestopftes Universum. Zuletzt Hunderte anatomische Wachspräparate des menschlichen Körpers. Die schwarzhaarige Mediceische Venus mit Perlenkette und geöffnetem Leib, der Gefäßmann ohne Haut mit seinem Gewimmel von Venen und Arterien – alles dicht zusammengedrängt in Glasvitrinen und versehen mit kolorierten Kupferstichen … Die Räume sehen aus wie das Labor in einem Horrorfilm. Die Decke niedrig, Neonlicht, die Fenster knapp unter der Decke, schmal und klein, dunkelbraune, kurze Vorhänge. In einer Vitrine die Entwicklung des Embryos mit kleinen Wachsföten. Ein Mann und ein Mädchen zeichnen Muskelpräparate ab. In einem Nebenraum die gesuchten Dioramen von Zumbo »Der Triumph der Zeit«, »Das Begräbnis« und »Die Pest« – Puppentheater des Grauens, in dem mit kleinen menschlichen Wachsfiguren Tod, Verfall und Verwesung dargestellt wird. Mehrmals gehe ich durch die zehn Räume mit den anatomischen Wachspräparaten. Begegne niemandem mehr.

Zu Fuß zum Palazzo Pitti. Mir fällt jedoch ein, dass ich um 14 Uhr den Termin in der Brancacci-Kapelle habe. Schlage zuerst den Weg zur Kirche San Sebastian ein. Im Schatten kalt. Ein kleiner Markt. Kisten mit Trüffeln, Honigwaben, Brotsorten, Kräutern, Marmelade und Käse. Zu Mittag in einer Osteria. Ungeheizte Räume. Der Wirt im Hemd. Skurrile Einheimische, Pensionisten, halb verrückte alte Leute. Vorzügliche Teigwaren.

Die Santa Carmine von außen unansehlich wie ein Rohbau. Das Deckenfresko in der Kuppel verblasst, der Himmel verschwindet allmählich mit den ausbleichenden Farben. Stille Arbeit der Zeit. Der Schalter für Eintrittskarten zur Brancacci-Kapelle in einem Nebengebäude. Wie in San Marco ein Kreuzgang mit Fresken. In der Mitte hohe Bäume. Eine Aufseherin schaltet das Licht ein, als ich die Kapelle betrete. Ich bin erstaunt, wie klein und unscheinbar das Fresko von Masaccio und Masolino ist, das ich schon lange im Kopf habe. Anfangs irritiert mich, dass der Bilderbogen auf der linken Seite mit der »Vertreibung Adams und Evas aus dem Paradies« beginnt und auf der rechten mit Masolinos »Der Sündenfall« endet, der Adam und Eva im Paradies zeigt. Momente der Verwirrung und Irritation. Die Aufseherin schickt mich auf meine Frage nach der Ursache der unchronologischen Bilderfolge in die Buchhandlung. Ich erfahre, dass es keine Broschüre über das Fresko gibt. Daher erstehe ich einen Bildband über Masaccio in deutscher Sprache.

Der »Sündenfall« von Masolino voll stiller Schönheit. Die Malweise großflächig. Dunkler Hintergrund, grüner Baum, die Blätter mit breiten Pinselstrichen gemalt. Adam und Eva: edle Körper, edle Gesichter. Beide nackt, durchaus erotisch. Eva scharfsinnig, Adam der Träumer. Adam überlegt, ob er den Apfel vom Baum der Erkenntnis pflücken soll, Eva scheint zu warten und zu ahnen, dass Adam ihren Wunsch erfüllen wird. Natürlich hat auch die Schlange einen Frauenkopf mit blondem Haar. Noch sehen Adam und Eva wie Königskinder in einem Märchen aus. Auf der gegenüberliegenden Darstellung »Die Vertreibung Adams und Evas aus dem Paradies« sind sie zu Menschen, zu Irdischen geworden. Es ist ein Bild, das man nicht mehr vergisst. Ich finde den Wechsel vom Paradies, in dem noch keine Psychologie existiert, zu der Welt, in der die Psychologie eine Folge der Verstoßung aus dem Garten Eden ist, atemberaubend. Lange stehe ich vor dem Fresko. In Masaccios nahezu skizzenhaftem, großflächig gemaltem Werk lernen die ersten Menschen mit einem Schlag Leid, Angst, Entsetzen, Trauer und Schmerz kennen und auch das Gefühl der Reue. Abwechselnd blicke ich auf Masolinos mythologische Ikone und Masaccios wie direkt aus dem Leben gerissenes Bild. Unterschied wie zwischen Frieden und Krieg. Über Adam und Eva schwebt in der »Vertreibung aus dem Paradies« der feuerfarbene Erzengel Gabriel, der den beiden Unglücklichen mit ausgestreckter Hand den Weg hinaus weist. Er ist mit einem schwarzen Schwert bewaffnet. Links von den beiden Ausgestoßenen das Paradiestor, daraus fluten Strahlen, die die göttliche Macht symbolisieren: goldene Strahlen? Licht? Oder die dröhnende göttliche Stimme? Adam bedeckt vor Scham mit den Händen das Gesicht, Eva ihre Brüste und ihr Geschlecht, das bei Adam mitleiderregend bloßliegt. Evas Kopf ist aus Verzweiflung gegen den Himmel gerichtet, der Mund in schmerzvoller Klage geöffnet. Anklage gegen die Gnadenlosigkeit Gottes, der für den Sündenfall Adams und Evas die kommende Menschheit mitgestraft hat. Die Werke des Allwissenden, Allmächtigen stellen sich als fehlerhaft heraus. Der von ihm geschaffene Lichtträger Luzifer rebelliert gegen ihn und wird zur Strafe in den Abgrund, den Orkus, geschleudert. Wusste er nicht, dass Luzifer sich gegen ihn erheben würde? Und wenn ja, wie wäre das zu verstehen? Wusste er, dass Adam und Eva den Apfel vom Baum der Erkenntnis essen würden? Und wenn ja, weshalb pflanzte er ihn in den Garten Eden? Und weshalb strafte er auch die kommende Menschheit für das Vergehen seiner von ihm geschaffenen Geschöpfe?

Im Kreuzgang des Klosters kalt, ebenso auf der Straße. Den Arno entlang zum Ponte Vecchio. Die Gebäude auf der Brücke, ihr unvergleichliches Aussehen. Wenn alle Fensterläden geschlossen sind, sieht die Brücke aus wie ein Sarg. Bettler. Man muss zugleich auf der Hut sein, dass einem, während man gibt, niemand die Geldtasche stiehlt. Kurz in den Dom, um noch einmal das Dante-Bild von Michelino zu sehen und einen Blick auf das »Jüngste Gericht« in der Kuppel zu werfen. Der Altarraum ist noch immer abgesperrt. Kaufe in einem Laden Postkarten von Michelinos Gemälde. Mir fällt ein, dass auch das Fegefeuer in der »Göttlichen Komödie« voller Qualen ist. Im Kreis der Stolzen müssen die Büßer schwere Steinlasten schleppen, im Kreis der Neider sind ihnen die Augenlider zugenäht, hingegen müssen die Zornigen in beißendem Rauch wandeln und die Trägen rastlos laufen. Im Kreis der Geizhälse und Verschwender schreiten die Sünder an Händen und Füßen gefesselt dahin, mit dem Gesicht zu Boden gewandt, die Schlemmer werden von Hunger und Durst gepeinigt, und die Wollüstigen müssen im Feuer wandern. Alle Kreise stehen unter dem Gesetz der Umerziehung: Die Stolzen sehen Marmorbilder beispielhafter Demut und Bestrafung von Hochmut, die Neider hören Stimmen, die von Nächstenliebe sprechen und den schrecklichen Auswirkungen des Neides. Die Zornigen haben Visionen von Schönheit und Sanftmut, indes ihre Augen wegen des Rauches tränen. Überdies werden die körperlichen Züchtigungen von ständigen Gebeten begleitet.

Setze mich in das elegante Café Gilli. Eine arrogante junge Frau im blauen Kostüm mit Brille nimmt die Bestellung auf. Trinke ein Glas Wein und esse Apfelkuchen. Zwei Spatzen picken vom Teppich Brösel auf. Die Uhr mit weißem Ziffernblatt und schwarzen Zeigern über einem Torbogen, Luster aus Murano, Marmortischchen, gepolsterte Stühle. Lasse die Zeit vergehen. Mit Taxi bei Sonnenschein zurück in das Hotel.

Um 20 Uhr in der Eiseskälte wieder zu Fuß zur Santa Croce. An der Polizeikaserne vorbei, die schmale Gasse mit dem noch schmaleren Gehsteig entlang. Nacht. Entdecke wieder den Fleischerwagen. Die Türen zum Laderaum sind geöffnet. In Behältern die Knochenschädel frisch geschlachteter Rinder. Soeben tritt der Fleischergehilfe aus dem Gebäude.

Wieder bleibe ich vor der Dante-Statue am Eingang

zur Santa Croce stehen. Kaum Menschen. Dante und die Kirche: Sein Geist hat die christliche Religion durchdrungen und ihr Geist ihn. Suche die Trattoria am Platz auf und esse und trinke dort zwischen Jung und Alt. Auf dem Rückweg wieder die Dante-Statue.

Florenz, Montag, 16. Februar

Am Urnengrab von Eugenio Montale in San Felice a Ema bei Florenz. Denke an Postschließfächer aus Marmor. Starb am 12. September 1981, entnehme ich der Inschrift. Auch die Urne seiner Frau Drusilla, die fast zwanzig Jahre vor ihm ging, befindet sich hinter der Grabplatte.

> Seit du geboren bist,
> mein Füchslein, muss ich knien.
> Seit jenem Tag, spür ich, ist
> das Böse tot, die Schuld gesühnt.
> Lang brannte eine Flamme; ich gewahrte
> auf deinem Dach, auf meinem, lauter Schrecken.
> Du wuchsest, junger Halm; und ich, im Schatten
> der Kriege, sah dich deine Federn strecken.
>
> Ich kniee noch: die Gabe, die ich zwar
> nicht bloß für mich, die ich für alle träumte,
> gehört doch mir allein, seit von den Menschen,
> vom Blutgerinnsel auf den hohen Ästen
> und auf den Früchten Gott geschieden war.

Zurück zum Domplatz. Steige die Stufen zum achteckigen Baptisterium hinunter, setze mich auf eine Bank. Schaue, mit dem Kopf noch in einer anderen Welt, in die Mosaikkuppel mit dem »Pantokrator«. Paradiesisches Gold, verzücktes Jenseitsbild. Die Wirkung intimer als im Dom, aber nicht weniger eindrucksvoll. Cimabue und Giotto. Lese, dass der Durchmesser 26 Meter beträgt. Achteck, wie das Fresko des »Jüngsten Gerichts« in der Kuppel des Doms. Acht konzentrisch angeordnete Ringe. Die Acht symbolisiert den achten Tag, den Tag der Auferstehung von den Toten. Im Zentrum Licht, sodann die Vertreter der Hierarchien der himmlischen Heerscharen, die Cherubim und die Seraphim, die Throne, die Herrschaften, die Mächte und die Gewalten, die Fürstentümer, die Erzengel und schließlich die Engel selbst. Szenen aus der Genesis, Episoden aus der Lebensgeschichte Josephs, Johannes des Täufers und Christi. Die streifenartige Abfolge der Bilder durch eine acht Meter große Christusgestalt als »Weltenherrscher« unterbrochen. An den Seiten das »Jüngste Gericht« ... Zwischendurch Kopfschwere und Schwindel. Prachtvoller Steinboden mit geometrischen Mustern, in der Mitte früher der Taufbrunnen. Denke an einen orientalischen Palast. Hebe wieder den Kopf und versuche, die Mosaike weiter zu entziffern. Das »Jüngste Gericht«. Wieder der menschenfressende Satan. Große Ähnlichkeit mit Giottos Darstellung in der Scrovegni-Kapelle in Padua. Die beiden Schlangen seitlich am behörnten Kopf haben Menschenleiber im Maul. Sie sehen aus wie die Schlange Kaa aus dem »Dschungelbuch« in der Zeichentrickfilmfassung von Walt Disney.

Las gestern Nacht den 34. Gesang der »Göttlichen Komödie« mit der Beschreibung des Teufels:

»Ach, wie erschien es mir als großes Wunder,
Als ich drei Fratzen sah in seinem Haupte:
Eine nach vorn, und die war rot von Farbe.
Die andern waren zwei, die sich ihr paarten,
Just ob der Mitte einer jeden Schulter,
Und sich vereinten hoch am Scheitelkamme:
Und schien die rechte zwischen Weiß und Gelblich;
Die Linke aber war zu schau'n, wie dorther
Sie zu uns kommen, wo der Nil zu Tal fließt.
Und jedweder stießen vor zwei Schwingen,
So groß, wie sich's für solchen Vogel ziemte:
Meersegel sah ich nie so ungeheure!
Nicht hatten Federn sie – der Feldermaus mehr
Glich ihre Art –; und diese schwenkt' er flatternd
So dass drei Winde sich von ihm erhoben,
Drob der Kozytus rings zu Eis erstarrte!
Aus sechs der Augen weint' er; an drei
Troff ab die Tränenflut und blutiger Geifer.
In jedem Maul zerquetscht' er mit den Zähnen
Der Sünder einen, wie ein Flachszerbrecher,
So dass er drei zumal ließ Qualen spüren.
Bei dem nach vorn war freilich nichts das Beißen
Gegen das Kratzen; denn es blieb der Rücken
Gar oft von aller Haut ganz abgeschunden.
»Die Seel' dort oben, die die größte Pein fühlt«,
Sagte der Meister, »ist Judas Ischārioth,
Der drin den Kopf hat und die Beine draußen.«
Die anderen beiden sind »die Mörder und Verräter
Brutus und Cassius ...«

Dorés Illustration zeigt den Satan mit riesigen Drachenflügeln in Denkerpose, die Ellenbogen auf einen

Eissee gestützt – im Vordergrund und hinter Eisblöcken nackte Verdammte. In Luzifers Mund hängt leblos Judas Ischārioth. Auf einem Eisplateau, rechts oben, betrachten, winzig klein, Dante und Vergil die Szene.

Wieder hinüber zum Dom, wo eine Messfeier stattfindet. Nehme auf einer Bank Platz und denke nach. Erkenne meine Einsamkeit. Spüre den nahenden Tod. Der Altarraum anschließend geöffnet, so dass ich erstmals die Kuppel von unten in vollem Umfang sehe.

Kaufe an einem Zeitungsstand einen Kunstband über Michelangelo, um mich genauer an das »Jüngste Gericht« in der Sixtinischen Kapelle zu erinnern. Dann in das »Ristorante Paoli«, obwohl ich keinen Hunger verspüre. Trinke zwei Glas Wein, später gebratene Shrimps. Als sich der mit gotischen Spitzbögen ausgestattete Speisesaal leert und die weißen Tischtücher und Stühle eine eigene Feierlichkeit verströmen, schlage ich in dem schmalen Paperback endlich das »Jüngste Gericht« auf. Am Himmel herrscht ein dichtes Gedränge von halbnackten und nackten Leibern. Christus, ein schöner, junger, bartloser Athlet, hat den rechten Arm gehoben, die Hand ist geöffnet. Er ähnelt durch diese Haltung einem Cäsaren. In den Scharen der Glückseligen erkenne ich Johannes den Täufer und Petrus und zu Füßen des Weltenrichters die Märtyrer Laurentius mit dem glühenden Rost und Bartholomäus mit der Haut, die ihm bei lebendigem Leib abgezogen wurde, darauf, wie eine Tätowierung, ein Selbstbildnis Michelangelos. Der Höllensturz. Alle namenlose Angst vor dem zu Erwartenden ist im Gesicht eines jungen, nackten Mannes zu lesen, der von drei Teufeln in die Tiefe gerissen wird. Das Gesicht mit der Hand vor einem Auge, das andere ist vor Entsetzen geweitet. Der Körper Ausdruck von Panik und Lähmung. Ansonsten sind die meist muskulösen und gesichtslosen Leiber – die Köpfe sind weggedreht – in Ringkämpfe mit nicht weniger muskulösen Dämonen verwickelt. Ganz unten das Inferno. Es macht den Eindruck eines Irrenhauses und ist deshalb noch schrecklicher als die üblichen Folterkammern, da es seelische Pein ausdrückt.

Während ich trinke, glaube ich, mich beim Anblick von Michelangelos Fresken selbst im freien Fall zu befinden.

Gehe eine Zeitlang durch die Innenstadt, setze mich in eine Bäckerei, kaufe für den Abend Brot, Wurst und Käse und trinke Wasser. Sehe schon von weitem die Franziskanerkirche Santa Croce. Der große Platz ist jetzt belebt, und sofort zieht mich wieder das Dante-Denkmal mit dem Adler in seinen Bann. Kaufe eine kleine Broschüre, nehme im Kirchenschiff Platz und warte darauf, dass die Rückenschmerzen nachlassen.

Die Kirche ist der Eingang zum Totenreich.

In ihr sind drei Meister des »Jüngsten Gerichts« bestattet, lese ich, Michelangelo und Vasari, der auch das Grabmonument für Michelangelo geschaffen hat, und Dante, für den ein Kenotaph errichtet wurde. Ein weiterer Meister des »Jüngsten Gerichts«, Giotto, hat die Bardi-Kapelle im Seitenschiff mit einem Freskenzyklus aus dem Leben des heiligen Franziskus ausgestattet. Die Kirche Santa Croce beherbergt noch die Gräber Lorenzo Ghibertis, des Schöpfers der Paradiespforte im Baptisterium, sowie den Schöpfer himmlischer Musik, Luigi Cherubini, und den Schöpfer teuflischer Opern, Gioacchino Rossini, den Vermesser und Erforscher des Universums, Galileo Galilei, und den Strategen der weltlichen Macht, Niccolò Macchiavelli. Außerdem finden sich an den Wänden Gedenktafeln für Leonardo da Vinci und Raffael. Ich suche die Gräber auf und entdecke weitere, mir unbekannte italienische Berühmtheiten und Adelige. Auch der Fußboden der Basilika ist mit Gedenktafeln und Platten von Gräbern aus dem 14. und 15. Jahrhundert bedeckt.

Der riesige offene Dachstuhl über meinem Kopf wird von einer Folge großer Pfeiler getragen, die den Eindruck eines Kreuzgangs erwecken. An den Wänden Altäre und Tafelgemälde mit der Passion Christi. Sehe den »Ungläubigen Thomas« von Vasari, eine Pietà von Bronzino, ein Holzkruzifix von Donatello und die Reste eines Freskos von Giotto, die »Himmelfahrt Marias«. Auch die Fresken in der Bardi-Kapelle, die das Leben Franz von Assisis zeigen, sind zum Teil nur Fragment. Doch gerade das Fragmentarische verleiht ihnen etwas Authentisches. Kunst und Vergänglichkeit, der Untergang von Schönheit. Von manchen Heiligen sind nur noch die Heiligenscheine, die in der Luft zu schweben scheinen, erhalten.

Allmählich Müdigkeit und Schmerz, der Kopf betäubt von den Bildern. Giotto malte die okkulte Erscheinung des heiligen Franz vor seinen Brüdern in Arles und den Leichnam, der von einer Gruppe Mönche getragen wird. Im kalten Totenhaus auch Giottos »Feuerprobe vor dem Sultan« und die »Vision des Bruders Augustinus von dem in den Himmel auffahrenden Franziskus« betrachtet und in der Peruzzi-Kapelle die »Legenden von Johannes dem Täufer« und »Johannes dem Evangelisten«. Sie sind stark beschädigt, und meine Phantasie beginnt zu arbeiten und angeregt durch meinen Schmerz verspüre ich etwas wie ein spirituelles Gefühl, gegen das ich mich vergeblich zur Wehr setze. Besonders die »Himmelfahrt Johannes' des Evangelisten« übt einen großen Zauber aus. Von den Heiligenerscheinungen, dem Kampf gegen die rebellischen Engel und den Ekstasen des Franz von Assisi schwindlig geworden, flüchte ich in einen Nebenraum, der sich als Museum herausstellt.

Fotografien von Schäden in der Franziskanerkirche, die das Hochwasser des Arno 1966 verursacht hat. Gleich neben der Tür Cimabues Kruzifix. Die Christusfigur hatte an vielen Stellen durch die Feuchtigkeit ihre Farbe verloren – ist aber inzwischen restauriert. Christus als engelhaftes Wesen, das am Kreuz seine Bestimmung erfüllt hat. Der Körper feminin. Die Todeshaltung nahezu tänzerisch. Drückt Erschöpfung nach Qual aus.

Ein eigener Raum mit abgelösten Fresken und Freskenfragmenten von den Außenmauern des ersten Klosterhofs und aus dem Kirchenschiff, darunter sechs große Teile »Triumph des Todes und Jüngstes Gericht« von Andrea Orcagna. Groteske Bilder der Grausamkeit: ein von Schlangen Erwürgter, ein Geköpfter, zwei einander ermordende Männer, schwarze, tierische Teufel ... Die Fresken sind an den Rändern wie abgerissen, man sieht noch die Spitzen von Drachenflügeln, den Kopf einer brennenden Frau, einen Mann mit Pfeil und Bogen, von dem aber nur die Nase und die Waffen erhalten sind, Frauenbeine, einen kopflosen Ritter. Die Bilder der Hölle sind von roten Feuerströmen durchzogen. Nackte Kirchenmänner mit Bischofsmützen im Feuer.

In der Nacht träumte ich, dass ich der Schriftsteller bin und mit seinem Sohn, den ich nie gesehen habe und der nun mein Sohn ist, dem Weltuntergang beiwohne. Nach einer Explosion grelles Licht, ein Sturm wirbelt nackte Menschen, Heiligenbilder, Altäre, Kühlschränke, Fahrzeuge, Bäume, Kinderwagen, Stühle, Särge, Betten und Schränke durch die Luft, dann Stille. Kein Haus, kein Baum mehr zu sehen – nichts. Hierauf Aschenregen. Erwache, das Gesicht von Tränen nass.

Florenz, Dienstag 17. Februar

Ich bin Ascher, ich bin Jenner, ich bin Lindner. Ich bin der Schriftsteller.

Dante gelesen. Bin Dante. Im Inferno herrscht Reglosigkeit. Die Heuchler tragen Bleikutten. Die Schlemmer liegen am Boden. Die Zornigen stecken im Morast fest. Die Bestechlichen, die Korrupten liegen in siedendem Pech, die Ehebrecher im Kot, die Mörder im Blut. Die Simonisten stecken kopfüber in Röhren. Die Selbstmörder sind in Bäume verwandelt. Die Geizigen und die Verschwender rollen schwere Gewichte vor sich her. Die Verräter sind im ewigen Eis erstarrt.

Um 10.30 Uhr Taxi zu den Uffizien.

Habe einen Termin um 14.30 Uhr auf der E-Mail-Bestätigung. Versuche es wegen des Regens dennoch schon am Vormittag. Vor dem Gebäude große Menschenansammlung. Man schickt mich zu einem Kartenbüro auf der anderen Straßenseite. Hinter einem gläsernen Schalter eine Dame, die sofort, als ich meinen Wunsch vorbringe, aufgebracht ist. Sie spricht mit mir über einen Lautsprecher. Da die Aussprache ihres Englisch eigenwillig ist, verstehe ich nur dreimal »No«. Ich warte. Schließlich gibt sie mir ein Billett. Schreibt aber wütend die Uhrzeit 14.30 Uhr darauf und macht einen Kreis herum. Trotzdem gelange ich ohne Schwierigkeiten durch die Kontrolle.

Der lange und lichtdurchflutete Korridor ist herrlich. Auf der rechten Seite Fenster zur Straße hin, links die Säle. Schachbrettmuster auf dem Boden. Die Decke mit Grotesken bemalt. Römische Büsten und Skulpturen. In den ersten Sälen Byzantinischer Stil, Duecento, Gold und Licht, Heiligen- und Bibeldarstellungen: der heilige Franziskus, ein Cherubim am goldenen Himmel, Madonnen. Große Ikonen, suggestiv und von gelassener Schönheit. Verblasste Kindheitserinnerung: der Garten in Gösting und das Heiligenbildchen nach der ersten Beichte. Gefühl der Freude und Geborgenheit. Eine auf goldenem Grund gemalte »Verkündigung« von Simone Martini mit einem prachtvollen Erzengel Gabriel, der eine Sprechblase hat. Höre in meinem Kopf auch seine Stimme: »Gehe weiter!« Metaphysischer Schauer. Benommen die Anweisung ausgeführt und weitergegangen. Als ich im Menschengewühl stehen bleibe, sagt die Stimme: »Ich bin bei dir.« Auch vor der goldschimmernden Pietà von Giottino höre ich »Ich bin bei dir«. Ein Triptychon mit dem Evangelisten Matthäus und Episoden aus seinem Leben auf Goldgrund. Und jetzt höre ich die Stimme, wie sie mir den Befehl gibt: »Lies!« Ich kann jedoch das Geschriebene in dem offenen Buch, das der Evangelist in der Linken hält, nicht entziffern. Vor der »Anbetung der Könige« von Lorenzo Monaco spüre ich plötzlich, wie ein Schmerz durch meinen Kopf zuckt, eine glühende Eisenspitze, die sich in mein Gehirn bohrt und es für Augenblicke lähmt. Ich taumele, jemand nimmt mich bei den Schultern und führt mich zu einem Stuhl, den die Aufsichtsperson für mich frei macht. Meine Augenlider flattern. Als ich mich erholt habe, sitze ich allein in dem mit goldenen Bildern geschmückten Saal.

Ich stehe auf und beeile mich, weiterzugehen, doch muss ich vor dem berühmten Bild »Die Schlacht von San Romano« von Paolo Uccello stehen bleiben. Das Bild ist der gemalte Wahnsinn. Plötzlich verstehe ich, dass auch die Bilder in den Sälen, die ich betreten habe, gemalter Wahnsinn sind, übersteigerte Phantasiegebilde, krankhafte Visionen. Uccellos Ölbild ist ebenso der Traum von einer anderen Wirklichkeit wie die Heiligenbilder. Es ist kein Schlachtengemälde, sondern die Studie eines Albtraums, einer stillstehenden Bedrohung, gleich einer aufgerichteten Kobra, die bereit ist, zuzustoßen. Bewegungslos verharre ich vor dem Meisterwerk. Ich bin mir jetzt sicher, dass ich es war, der das Bild in seiner Kindheit geträumt hat – und zugleich weiß ich, dass es nicht stimmt. Es könnte auch eine Schlacht mit Holzpferdchen, die ich als Knabe besaß und zu denen ich mir die Soldaten und Lanzen hinzuphantasierte, gewesen sein. (Während ich diese Seiten schreibe, schwöre ich, dass sie kein Mensch jemals zu Gesicht bekommen wird, da man mich für verrückt halten würde – wo doch jedes einzelne Wort der Wahrheit entspricht.) Menschen drängen sich um das Bild. Jemand sagt auf Englisch: »Das ist er!« – Ich bin überzeugt, dass ich gemeint bin. Wahrscheinlich hat mich jemand wiedererkannt als den, dem im Nebensaal übel wurde. Es dauert einen Augenblick, bis ich begreife, dass es das Bild ist, das gesprochen hat. Und zugleich verstehe ich auch das Meisterwerk von Uccello: Es stellt eine zerbrochene Wirklichkeit dar. Als habe den Maler, der an der Schlacht selbst teilgenommen hatte, ein Schlag auf den Kopf getroffen, der ihn ohnmächtig vom Pferd hatte stürzen lassen. Doch bevor ihn das Bewusstsein verlassen hat, begreife ich, hatte sich die Wirklichkeit verschoben, sie hatte sich zusammengeknittert, als würde man eine Zeichnung in der Faust zusammenknüllen und wieder auseinanderfalten.

Uccello malte auch eine Uhr im Dom, wie um die Zeit zu bannen … Im Schlachtenbild Rundungen und Flächen mit Schachbrettmuster. Die Figuren: Pferde, Reiter, Springer, Bauern, Läufer … durcheinandergepurzelt wie in einer Schachtel mit Schachfiguren. Die Uhr im Dom als Schachuhr … Im Übrigen befinde ich mich im Saal sieben, in dem Marienkrönungen und Madonnen mit Kind hängen, die das Schachspiel jetzt mit der fehlenden Dame und dem kleinen König vollenden. Marienbildnisse finden sich auch in den nächsten Sälen, und ich denke »Seelen« und lache insgeheim darüber. In den »Seelen« Marienbildnisse und biblische Szenen, wiederhole ich mehrmals. Sandro Botticelli, den ich als Illustrator der »Göttlichen Komödie« bewundere. »Die Allegorie des Frühlings« hat etwas Paradiesisches: die feenhaften Frauen im Apfelgarten, Blüten- und Blattformen. Die Anbetungen der Könige und Verkündigungen nehmen kein Ende. Leonardo da Vincis Interpretation: Erzengel Gabriel scheint durch eine unsichtbare Kamera zu blicken und die Gottesmutter zu fotografieren. Seine »Anbetung der Könige« unvollendet und rätselhaft, aber durch ihre Rätselhaftigkeit und monochrome Malweise grandios. Während ich sie bewundere, ist mir, als melde sich die Stimme von früher – vom Nebenbild her? – wieder. Gehe weiter durch die versunkene Engel- und Heiligenwelt, die die Köpfe der Menschen bevölkert hat. Immer wieder trete ich auf den Korridor hinaus, setze mich auf eine Bank und schaue ins Freie, hinunter zum Arno, zum Ponte Vecchio, in den regenverhangenen Himmel und auf die Fresken an der Decke. Die Menschen gehen sich aus dem Weg, jeder scheint für den anderen eine Störung zu bedeuten.

Die »Tribuna«, ein eigener kleiner Saal im Halbdunkel. Achteckige Form, in der Mitte ein achteckiger Tisch. Tier- und Pflanzenmotive. Die Pflanzen ticken in meinem Kopf wie Uhren, und ihr Tick-Tack bringt mich aus der Fassung. Halte mir kurz die Ohren zu, alles ist, als sei nichts geschehen. Griechische antike Statuen. Gemusterter Marmorfußboden. Rot tapezierte Wände. Das Schönste: die Decke, die mit Perlmuttmuscheln ausgekleidet ist. Höre von dort leisen Gesang, Frauenstimmen. Achteckige Lichtquelle. Golddunkler Farbton. Als blicke man in einen gedämpft leuchtenden Bienenstock. Der berühmte »Musizierende Engel« mit Mandoline von Rosso Fiorentino. Der Künstler wurde wegen Verleumdung angeklagt und in einen Prozess verwickelt. Er ertrug seine Lage nicht und beging Selbstmord mit Gift. Ich bin Rosso Fiorentino. Ein »Bethlehemitischer Kindermord« mit hingemetzelten, nackten Kleinkindern, weinenden Müttern und wütenden Soldaten. Damit sich eine Prophezeiung erfüllte? Daneben die plastischen Gemälde des Agnolo Bronzino. Frauenportraits. Der Gesang der Frauen in meinem Kopf schwillt an. Menschliche Antlitze. Empfinde merkwürdige Heiterkeit bei dem Bild »Irdischer Knabe mit Fink«. Doch augenblicklich eine verstellte Stimme im Kopf, die krächzt. Der sprechende Fink, der »Heilige Geist«!

Sitze wieder draußen auf dem Korridor und schlafe kurz ein. Schrecke auf, als mich eine junge Frau von der Aufsicht an der Schulter berührt. Sie fragt mich, ob mir nicht gut sei. Ich entschuldige mich und spiele den Spöttischen, der über sich selbst lacht. Sie blickt mich fragend an.

Ich verschwinde im pausenlos strömenden Publikum und sehe mich dabei gleichzeitig von außen, wie ich es eilig habe. Der Gesang der Frauenstimmen im Kopf ist verstummt. Irgendeine Macht schiebt mich – so wie ein Magnet unter der Tischplatte einen Löffel sich scheinbar von selbst bewegen lässt – von einem Heiligenbild zum nächsten. Gelange zu Dürers »Anbetung der Könige« und zwei »Adam und Eva im Paradies«-Darstellungen. Vergleiche sie in Gedanken mit den Fresken von Masaccio und Masolino in der Brancacci-Kapelle. »Adam und Eva« von Lucas Cranach: Sie halten Lorbeerzweige vor ihr Geschlecht. Adam kratzt sich am Hinterkopf und denkt nach, Eva, den Apfel in der Hand, die Schlange über dem Kopf, blickt ihn herausfordernd an. Sie ist die Klügere, aber ohne Unschuld. »Adam und Eva« von Hans Baldung, genannt Grien, nach den Originalen Dürers streicht die Erotik Evas hervor. Die Verführung Adams: spielerisch und zugleich ahnungslos. Vorbei an weiteren Heiligen, an Jesus-Darstellungen, an Marien-Bildnissen.

Am Ende des zweiten Korridors sitze ich neuerlich vor den Fenstern mit Blick auf den Ponte Vecchio. Draußen noch immer Regen. Das barocke Deckenfresko. Ich ermüde rasch, gehe noch schneller durch die Säle, schaue die Bilder mehr im Vorübergehen an, die dunklen Selbstbildnisse Rembrandts und Caravaggios »Opferung Isaaks«, das die Besessenheit Abrahams zum Ausdruck bringt. Abraham drückt seinen Sohn wie Schlachtvieh zu Boden, der Sohn begehrt in einer Mischung aus Angst und Zorn auf, Abraham, mit dem Gesicht eines fragenden Getreuen, wird von einem Engel zurückgehalten. Wie konnte Gott verlangen, dass Abraham ihm seinen Sohn opfere, und sei es auch nur, um seinen Glauben auf die Probe zu stellen?

Im Museumsshop das Kunstbuch »Sandro Botticelli – der Bilderzyklus zu Dantes ›Göttliche Komödie‹« gekauft. Ich beeile mich, mit dem schweren Band ein Lokal zu finden, in dem ich ihn in Augenschein nehmen kann. Hole meine schwarze Wollmütze heraus, streife sie über und beginne nun beim Gehen zu schwitzen. Ich komme in eine entlegene Gasse, wo ich kurz anhalte, das Buch in der Plastiktasche auf den Boden stelle und meinen Kopfgeräuschen lausche. Es ist ein Ton, der in der Stille – die Stadt ist ein fernes, gedämpftes Brodeln – anschwillt und wieder leiser wird. Das Luftmeer, sage ich mir, es sind Geräusche des Luftozeans, der mich umgibt. Ich bin wie eingetaucht in den Stillen Luftozean und spüre nichts mehr von der Welt um mich. So stehe ich einige Minuten da, lausche und schwitze aus Erschöpfung. Finde eine Schnell-Imbissstube, verschlinge Tramezzini und trinke kaltes Bier. Der Tisch steht in einer Ecke und ist so klein, dass das Buch kaum darauf Platz hat. Ich versuche mich zu wärmen, denn plötzlich friere ich, aber da ununterbrochen Menschen kommen und gehen, sind die Türen mehr offen als geschlossen. Schließlich gelingt es mir, den Botticelli-Band aufzuschlagen. Dante im Profil mit markanter Adlernase und dunklen Augen, rot gekleidet mit roter Mütze und großblättrigem Lorbeerkranz auf der Stirn.

Schlage entgegen meiner Gewohnheit das Paradiso auf. Mit zartem Strich und der Kunst des Weglassens hat Botticelli den Aufstieg Dantes in Begleitung Beatrices von der Erde zum Feuerhimmel festgehalten. Ich betrachte die Bilder wie eine Darstellung des Sterbens und des Todes. Zwei durchsichtige, nur in Umrissen erkennbare Gestalten, die sich aus einem Laubwäldchen und einer gewaltigen Sonne in die Lüfte erheben. Das nächste Blatt zeigt Dante und Beatrice von den Planetenbahnen eingeschlossen in einer kugelförmigen Sphäre. Ihnen gegenüber ein Modell des Kosmos mit der Erde als Mittelpunkt. Um die Weltkugel herum sehe ich elf Kreise – die Atmosphäre, wie ich weiß, die Feuerzone (der Feuerhimmel) die sieben Planetensphären, der Fixsternhimmel und der Kristallhimmel ... Das Empyreum, der zwölfte Kreis und Sitz Gottes, ist nicht dargestellt, da er, wie Dante geschrieben hat, ort- und zeitlos ist und als reines Licht den Paradieshimmel umfängt.

Auf dem dritten Blatt begegnen Dante und Beatrice den ersten Seligen: Nonnen und Mönchen mit schemenhaften, kindlichen Gesichtern. Durch einen Bruch von Gelöbnissen, lese ich, an dem sie aber unschuldig sind, sind sie in die weniger intensiv leuchtenden, äußeren Gefilde des Paradieses, den Mondhimmel, gebannt, ohne aber den Wunsch zu verspüren, in einen höheren Kreis aufzusteigen. Und weiter und weiter blättere ich und entdecke für mich das Paradies. In der zweiten Planetensphäre, dem Merkurhimmel, sind Dante und Beatrice von Seelenflämmchen wie von Schneeflocken umgeben. Schon auf dem nächsten Blatt strömen die Flämmchen in Kreisbahnen um das Paar, gleichsam von Musik beflügelt, und lösen sich in der dritten Planetensphäre, im Himmel der Venus, allmählich wieder auf. Höher und höher steigen Dante und Beatrice – jetzt nur noch allein im Kreis dargestellt – auf zum Himmel des Mars und werden dort vom milchweißen Licht des Jupiter erfasst, wo sich die Flammen zu Buchstaben zusammensetzen und die erste Zeile des Buchs Salomos bilden: »Liebet die Gerechtigkeit, ihr Regenten der Erde.« Sodann bilden sie den Kopf eines Adlers. Botticellis Darstellung blieb fragmentarisch, der Adler, das Symbol der Einheit des kaiserlichen Imperiums, ist nicht dargestellt. Natürlich fällt mir sofort die Dante-Statue mit dem Adler vor der Franziskanerkirche Santa Croce ein … Ungeduldig schlage ich das Ende des Buchs auf, die letzten Seiten mit dem Empyreum, doch die Seiten sind leer. Die Visionen Dantes seien, so steht darunter zu lesen, nach seinen eigenen Worten nicht mehr darstellbar. Ich blättere zurück und finde in der Illustration zum 32. Gesang lediglich die Spuren einer in Schichten gewölbten monumentalen Form und einen Kranz von Engeln über deren Spitze. Ich blättere weiter zurück zum 21. und 22. Gesang: »Dante sieht die golddurchstrahlte Jakobsleiter und das Licht der Seligen« und »Aufstieg über die Jakobsleiter zum Fixsternhimmel«. Dante klammert sich an die auf der Leiter höher stehende Beatrice, und eine Frauenstimme neben mir ruft: »Bellissimo!« Ich hebe den Kopf und sehe eine ältere Dame, die mir über die Schulter blickt. »Dante in paradiso! Beatrice! Sandro Botticelli!«, ruft sie aus. Sie zeigt auf die Seelenflämmchen und sagt etwas auf Italienisch, während sie nun selbst die Seite umblättert und dann mit einem Finger auf Dante weist, der seine Augen mit einer Hand bedeckt. Ich lese in der Beschreibung, dass Dante in der achten Sphäre, dem Fixsternhimmel, durch den Stern des Johannes geblendet worden sei. Nachdem der Evangelist seine Rede beendet hatte, habe Beatrice mit den Strahlen ihrer Augen Dante wieder sehend gemacht.

»Bellissimo!«, ruft die Frau in der Imbissstube noch einmal entzückt aus. Während ihre Bekannten zögernd an den kleinen Tisch herantreten, kurz einen Blick auf das Buch werfen und freundlich nicken, schlägt die Dame »Dante sieht Gott als grell leuchtenden Punkt, von Engelchören umkreist im Kristallhimmel« auf, mit der von Dionysius Areopagita verkündeten Hierarchie der Engel. Die Dame erläutert »seraphim, cherubim, throni, dominazioni, virtudi, podestati, principati« (Seraphim, Cherubim und Throne, Herrschaften, Kräfte, Gewalten, Fürstentümer). Indessen hat sie längst weitergeblättert zu »Beatrice belehrt Dante über Erschaffung und Wesen der Engel« und schließlich zum dreißigsten Gesang, »Der Weg zum Empyreum«. Dort sind Beatrice und Dante in den »Himmel des reinsten Lichts gelangt, wie ein Blitz umglimmt sie der gleißende Schimmer des Gnadenlichts«, lese ich. »Dante erblickt einen Strom flüssigen Glanzes, an dessen Ufer der wunderbare Frühling sprießt. Funken sprühen aus dem Fluss, gesellen sich zu den Blüten und tauchen wieder ein ins glänzende Bett. Die Augen baden im Licht. Der Strom wandelt sich zum endlosen Rund, die Funken und Blumen zu Engeln und Seligen im Bild einer ewig strahlenden Rose, die sich im Kristallhimmel widerspiegelt.« Und: »Botticelli stellt das letzte in Zeit und Raum wahrnehmbare Bild der ›Göttlichen Komödie‹ dar, den leuchtenden Strom der Erkenntnis.«

Die Dame hat sich beruhigt und schwatzt wieder mit ihren Bekannten, bedankt sich dann und winkt mir wie die anderen zu, als sie das Lokal verlassen. Gehe an der Kirche San Lorenzo vorbei, die Wollmütze auf dem Kopf und das schwere Buch in der Plastiktasche. Halte ein Taxi an. Im Hotelzimmer unter die Bettdecke gelegt. Friere. Schlafe zwei Stunden, dann Notizen. In der Stille das feine Zirpen des Luftmeers, selbst hier.

Florenz, Mittwoch 18. Februar

Mit den Geräuschen des Luftozeans im Ohr erwacht.

Die halbe Nacht im Buch geblättert, gelesen, geschaut. Nach dem Paradiso das furiose Purgatorio, zuletzt das Inferno. Studierte Botticellis Gesamtansicht des Höllentrichters. In der Nachschrift erwähnt Giovanni Morello auch die Höllendarstellung von Nardo di Cione, die dieser von 1354 bis 1357 in der Cappella Strozzi der Santa Maria Novella gemalt hat (Dante verfasste die Commedia von 1307 bis 1321). Di Cione, erfahre ich weiter, war der jüngere Bruder von Andrea Orcagna, dessen Höllenfragmente ich im Santa-Croce-Museum am Tag zuvor gesehen habe. Andrea habe auch das Altarbild in der Strozzi-Kapelle gemalt.

Sonne, blauer Himmel, kalt. Zur Santa Maria Novella. Starker Wind. Die gotische Dominikanerkirche mit

Marmor verkleidet wie Santa Croce. Durch den Klostergarten mit Gräbern in das Kirchenschiff.

Das riesige Kreuz Giottos. Betrachte es lange wegen seiner Schönheit und Eindringlichkeit. Dann die Stiegen hinauf zur Strozzi-Kapelle. Pittoreske Wirkung des »Jüngsten Gerichts« von Nardo di Cione. Das Fresko durch Feuchtigkeit stark beschädigt und das Inferno zum Teil unentzifferbar oder ganz verschwunden. Das Paradiso besser erhalten. Hunderte von Gestalten, unter anderem Berühmtheiten und Zeitgenossen des Künstlers wie Dante selbst und die Familie Strozzi, mit Heiligenscheinen unter den Seligen.

Das Inferno, sehe ich, ist nach dem Vorbild der »Göttlichen Komödie« in neun Höllenkreise unterteilt. Ich versuche das Gewimmel aus Nackten und Teufeln Detail für Detail zu entziffern. Luzifer mit den »drei Verrätern« in seinen drei Mündern ist fast vollständig verblasst. Die einzelnen Höllenkreise und Buchten sind vom Künstler erklärend beschriftet. Tiere. Bin überrascht, wie nahe die Darstellung der Traumwelt ist. Eine Topographie der Hölle. An der rechten oberen Bildecke die breite Treppe, die in den Limbus führt. Im zweiten Höllenkreis, der mit Minos beschriftet ist, der Ort der Verdammnis für die Seelen der Unkeuschen. Im dritten Kreis ist auch der Cerberus, der Höllenhund, mit Cerbero beschriftet. Er hat drei Köpfe, Flügel, Ziegenfüße. Ich sehe die Geizigen und die Verschwender im vierten Höllenkreis mit den großen Steinblöcken vor der Brust. Weiter unten den stygischen Sumpf mit den Jähzornigen und den sechsten Höllenkreis: offene Gräber, aus denen Flammen züngeln – die Stadt Dis, der Ort der Ketzer. Darüber der siebente Kreis mit drei

Stufen für Gewalttäter und die Kentauren – halb Pferd, halb Mensch mit Pfeil und Bogen – als Wächter. Darunter die Malebolge, die von Gräben umgeben und durch Brücken verbunden sind. Der Cocytus und Mittelpunkt des Infernos mit dem kaum noch erkennbaren Luzifer.*

Mit den Flammenzungen, den Höllenkreisen, dem Styx, Charon und den Malebolgen im Kopf durch die Kirche. Eine Schulklasse mit kichernden Mädchen. In einem Glasschrank – wie ein Märtyrer – eine Christusfigur mit blutender Herzstichwunde. Draußen im Kreuzgang Stille. Leises Zirpen des Luftmeers. Ich gehe einmal um den Hof herum und betrachte die halb abgefallenen Fresken Paolo Uccellos. Zuerst die Erschaffung der Tiere und Adams und Evas. Grüne und rötliche Farben. Blick zurück in die Vergangenheit, Tiere und Menschen am Boden, Gott mit segnenden Händen. Darunter: Gott mit Heiligenschein vor dem Baum der Erkenntnis. Leuchtend gelber Apfel wie eine Orange, Eva mit zum Gebet gefalteten Händen. Das letzte Bild: In der Mitte die Schlange mit Frauenkopf, der Eva ähnelt, links Adam, der sich an die Brust greift, rechts Eva selbst mit einem leuchtenden Apfel in der Hand. Es herrscht biblische Ruhe.

Daneben als Kontrast die Sintflut von ähnlicher Unruhe und mit Bildfaltungen wie »Die Schlacht von San Romano« in den Uffizien. Chaos und Ordnung. Menschen auf der vergeblichen Flucht vor der hereinbre-

---

* Sah im Botticelli-Buch auch ein »Vorblatt zur Divina Commedia« um 1420 von Bartolomeo Fruosino. Große Ähnlichkeit mit dem Fresko von di Cione, nur sind die Grausamkeiten noch detailgenauer ausgeführt.

chenden Flut und die Leichen der Ertrunkenen. Ein Kleinkind mit aufgeblähtem Bauch. An den beiden Rändern des Bildes die Arche Noah. Auch hier schwarzweiße Schachbrettmuster, fast willkürlich ins Bild gesetzt. Gott spielt Schach und gewinnt immer. Die Menschen nur Figuren. Auf einer Frau das Schachbrettmuster als Halskrause – vormals vermutlich ihr Hut. Durch die komplizierte Anordnung entsteht ein Effekt wie beim Puppentheater. Kulissen.

Erinnerung an die Sintflut Michelangelos in der Sixtinischen Kapelle. Furcht und Schrecken. Bei Uccello: Überschwemmung. Bei Michelangelo: Weltuntergang. Ein Boot mit Nackten kippt um. Im Vordergrund flüchten Nackte, auch Verwundete. Im Hintergrund das schwimmende Haus der Arche Noah, auf die sich Ertrinkende noch zu retten versuchen. Auf einem vom Wasser umspülten Felsen Flüchtlinge unter einer Plane. Eisiger Wind. Dreidimensionalität. Grauen.

Gehe auf Grabplatten. Darauf skizzierte Totenschädel. Die Toten, denke ich, die Geschichte der Toten von Toten verfasst. Werfe einen kurzen Blick in die Spanische Kapelle. Auch dort: Höllendarstellung mit grotesken Gestalten. Die Teufel wie Menschen mit Karnevalskostümen und -masken. Durch die unzähligen bildlichen Darstellungen ist der Glaube omnipräsent und zur Tatsache geworden, zur sichtbaren Wirklichkeit, aus der Vorstellung geschaffene Realität.

Das Zirpen des Luftmeers in den Ohren fliehe ich auf die Straße. Verstopfte kleine Gassen. Komme am Laden vorbei, in dem ich mir einen bernsteinfarbenen Stift gekauft habe und kaufe einen weiteren, weil ich oft Dinge zweimal erstehe. »Schreibe die Geschichte der Toten«, sagt eine innere Stimme und: »Ich bin Sprache, ich bin Wörter.«

Vor dem Palazzo Vecchio demonstriert eine Schar Toter, Transparente, Polizei.

Wunderbarer Innenhof. Arkaden. Veduten von Städten an den Wänden. Im Fußboden Tintenfische. Geben Sekret von sich, weshalb der Marmor abwechselnd Schrift bildet: eine Geschichte der Tierheit von Anbeginn der Schöpfung.

Unter der Decke ein Schwarm Papageienfische, die sich pausenlos verfärben. Schillerndes Blau. Schillerndes Grün. Schillerndes Gelb. In der Mitte ein Brunnen aus Bronze. Das Geheimnis der Zeit. Haie im Innenhof.

In den Vorraum. Die Wände rote Korallenriffe, die Blut in die Luft pulsieren. Die Marmortreppe hinauf. Sala dei Cinquecento. Der Saal der Fünfhundert, Versammlungsraum des Großen Rats. Riesige Schlachtenbilder von Vasari bilden ein Perpetuum mobile. Immer wieder dieselbe Szene, ewige Wiederholung: Pferde und Soldaten, Soldaten und Pferde. Die Gemälde auf der goldenen Kassettendecke zeigen die Totenstadt. Verfärben sich mit Tag und Nacht. Die Toten strömen in den Saal und fordern mich auf zu gehen. An den Wänden Statuen aus Eis. Jemand sagt: »Ein Kongress von Kunsthistorikern. Sie haben Ihre Brille verloren.« Im Stock darüber das Studierzimmer von Francesco I. Ein reich ausgeschmückter, geräumiger Sarg, ausgestattet von Vasari. Kein Fenster. Tonnengewölbe. Geheimtüren. Schatzkammer. Naturwissenschaften, Alchemie. Kunst = Verwandlung von Scheiße in Gold. Bilder: Die vier Elemente – Wasser, Erde, Feuer, Luft ... Kosmologie. In den Wandschränken wuchern Edelsteine, Mineralien, menschengroße Bergkristalle. Ausgestopfte Krokodile. Laborgerät aus dem 16. Jahrhundert. Astrologie. Die Sternbilder der südlichen Hemisphäre. Mikrokosmos der Genesis. Stimmen, die scharren, hecheln, kreischen. Vogelschreie. Ratten und Vögel, fliegende Fische. Bronzestatuetten. Gott ist wahnsinnig. Die Welt ein Wahngebilde aus Liebe und Scheiße. Einsamkeit. Die Schuhe schlecht geputzt. Schwarze Abdrücke auf dem glänzenden Ziegelboden. »Dort geht's lang!« Ich bin Sprache, ich bin Wörter, ich bin die nächste Seite. Ich bin nicht wirklich im Palazzo Vecchio, sondern ich befinde mich in einem Buch, als Name, als Wörter, als Sätze, als Sprache. Ich werde gelesen. Mein Name: die Seite wird umgeblättert, und ich verbleibe für immer im Studierzimmer von Francesco I. ... bis das Papier vergilbt ... bis es sich auflöst.

Acephale kriechen aus einer Reisebeschreibung... Die Kopflosen: Gesicht auf der Brust, ohne Hals. Haare auf dem Rücken. Levinus Hulsius, Nürnberg 1603: »Die Fünffte Kurtze Wunderbare Beschreibung Deß Goldreichen Königreichs Guianae in America oder neuen Welt unter der Linea Aequinoctiali gelegen ...« Die letzten Acephalen am Naschmarkt in Wien gesehen. Verkauften Pfeffer, Zimt, Muskat. Sprachen in wüsten Hexametern, während ein Feuer in der Fischhalle wütete. Und die Liebe? Und die Frauen? Und die zarten, nach Zitrone duftenden Hände? Und die Augen? Und das Haar? – Die Wärme des Körpers, das Weiß der Zähne ... Auf schläfrige Weise lüstern. Umarmung. Das endlose Frühstück. Liebe, die Chimäre. Zuflucht und Unruhe. Ich befinde mich jetzt auf der nächsten Seite des Buches. Ich bin Sprache, ich bin Wörter. Paradoxerweise Wohlbefinden.

Prunk, Glanz, Reichtum – zur Schau gestellt. Auf den Gemälden Massenszenen, Heuschreckenschwärme. In meinem Kopf: Sirren und Nagen, das Geräusch einer Klosettspülung. Marmorbüsten, Skulpturen, Stühle. Ein Loch in der Zeit. Flüsterton. Kamine, in denen Feuer brannte. Müll. Eine raffinierte Einrichtung, um Menschen beim Geschlechtsverkehr zu beobachten: Spiegel, Loch in der Tapete. Schildkröten mit glänzenden Panzern, auf denen ich gehe. Engel an den Wänden. Ich blättere um und bin auf der nächsten Seite. In den goldenen Kassettendecken sind mein Dasein und meine Scheiße aufbewahrt. Intarsienkommoden mit Blumen und Singvögeln. Ornamente auf dem römischen Fußboden. Lange Tische. Sala degli Elementi. Götter. Liebesgedichte. »... Der Gesellschaft unserer guten Toten bedürfen, auf dass sie Trost uns spenden an dumpfen Tagen, wenn das Ich ein Niemand ist, abgeladen auf einem Haufen Nichts, und den Bann unsrer Selbstverzauberung brechen ...« W. H. Auden. Ich blättere in den Wörterbüchern der Zeit. Kauderwelsch. Familienfotos der Medici: Großvater auf dem Fahrrad. Das erste Auto. Papierstöße mit Erinnerungen. Die Sekunden fallen zu Boden wie Blätter im Herbst, wie Schneeflocken im Winter, wie Tropfen eines Frühlingsregens, wie Scheiße von einem Vogelschwarm. Unerwartet ein offener Gang.

Ich blättere um und bin die nächste Seite. Über die Brüstung wieder ein Blick in die Sala dei Cinquecento hinunter. Licht durch die gegenüberliegenden Fenster. Die Schlachtengemälde zu beiden Seiten jetzt in Bewegung. Der Kongress. Bankett. Tote Tiere, tote Pflanzen. Leichenschmaus. Requiem für die verspeisten Enten.

Das Echo des Todes. Fliege arielgleich durch die Räume, den Kopf im Nacken, unter der Kassettendecke. Der gewöhnliche Alltag ist das Paradies: Höflichkeit. Gebügeltes Hemd. Eine Zigarette. Deine Sprache. Husten. Der Geruch von Essen ... Fresken wie Pflanzen in Aquarien. Gemalte Vögel und Riesenkäfer. Die meisten Säle sind nicht zugänglich. Sehe nur Ausschnitte, wie eine Spinne. In einem schmalen Korridor der Schrein mit Dantes Totenmaske. Gelbbraun auf schwarzem Stoff. Die Nase, ein Keil, die Züge kräftig, das Auge geschlossen, der Blick schon im Jenseits. Strenge, Ernst und Zweifel. Bleibe lange stehen, ergriffen vom Antlitz des toten Sehers. Ich blättere um und bin die nächste Seite. Die Loggia del Saturno geschlossen. Besteche eine Aufsichtsperson, den Zugang einen Spaltbreit zu öffnen. Trete rasch hinaus. Auf der Kassettendecke in der Mitte Saturn, der seine Kinder verschlingt. Der Ausblick auf das Arno-Tal und die Landschaft. Gemalt? Wirklich? Zurück in den Saal. Ein Blick auf Vasaris und Stradanos »Die Belagerung von Florenz«. Monumentalbild. Großräumige Landschaftsdarstellung der Stadt. Zelte der Belagerer, Hügel, Menschen. Durch die Cappella dei Priori in die Sala dell'Udienza, den Gerichtssaal. Kein unbemaltes Fleckchen an den Wänden. Der Blick in den Olymp. Die Decke reich verziert, mundgeblasenes Fensterglas. Stille und Schritte. Phantasiewesen. Gürteltiere. Das riesige Ohr des Richters als Schatten auf dem Fußboden. Ein Deutscher und seine Frau: »Ist der Palazzo klimatisiert?« Nestelt an seinem Hörapparat. Sitzt in Stahl und Glas, wenn er ein Urteil fällt. »Zehn Jahr Zuchthaus« und trinkt eine Flasche Cabernet Sauvignon aus Rothschilds Weingärten. Die Seligen gelangen in die Sala del Gigli. Liliendekoration an den Wänden. Hunderte Lilien, goldfarben und leuchtend wie die Seelenflämmchen in Dantes »Paradiso«. Tanzen vor meinen Augen. Sagen, dass ich aus Buchstaben bin, aus Wörtern, aus Sätzen – Sprache. Sprache der Farben. Sprache der Räume, Sprache der Tiere, Sprache der Geister, Sprache der Toten. Hinter dem Himmelsraum durch eine geöffnete Tür. Der letzte Saal. In der Mitte ein Erdglobus aus Eisen, groß wie ein Elefant, wie hundert Kanonenkugeln. Blutfarbener Fußboden. Europa, Asien, Afrika und Amerika in der Farbe von Scheiße – noch keine Terra incognita, kein Südkontinent. Bunte Landkarten an den Wänden, verlockend, geheimnisvoll, Traumgespinste. Das Rote Meer. Der Nil. Tokio und Kyoto. Griechenland und der heilige Berg Athos. Madrid und Toledo ... Lissabon ... Madeira ... Wien und – unendlich groß – das Meer. Meer aus Luft, Meer aus Scheiße, Meer der Toten ... Über den ganzen Erdball ... Schweigen. Traum, Schlaf. Der Stille Ozean.*

---

* Sonnenberg nannte das »Haus der Künstler« und den Hügel, auf dem das Landessonderkrankenhaus Gugging angesiedelt war, den »Stillen Ozean«.

Epilog

Reise zu den Toten

Amsterdam	Das Haus von Anne Frank
	Das Haus von Rembrandt
Berlin	Brüder Grimm
	E. T. A. Hoffmann
	Heinrich von Kleist
Dublin	Das Atelier von Francis Bacon
	Jonathan Swift
Eisenstadt	Joseph Haydn
Ema	Eugenio Montale
Florenz	Michelangelo Buonarroti
	Luigi Cherubini
	Galileo Galilei
	Gioachino Rossini
	Giorgio Vasari
Genf	Jorge Luis Borges
Graz	Ascher
	Wolfgang Bauer
	Maria Druschnitz
	Richard Druschnitz
	Emil Roth
	Erna Roth
	Friederike Roth
	Paul Roth

Izu	Yasushi Inoue
Innsbruck	Lois Egg
Jerusalem	Jesus Christus
Kirchstetten	W. H. Auden
Klagenfurt	Ingeborg Bachmann
	Julien Green
Kyoto	Yasujiro Ozu
Lausanne	L'Art Brut Museum
Lissabon	Fernando Pessoa
London	William Blake
	Daniel Defoe
	Das Haus von Sigmund Freud
Madeira	Kaiser Karl I.
Madrid	Cervantes Saavedra
Mauthausen	KZ
Muri	Zweite Begräbnisstätte der Habsburger
New York	Herman Melville
	Das Haus von E. A. Poe
Paris	Das Atelier von Constantin Brancusi
	Simone de Beauvoir
	Edgar Degas
	Alexandre Dumas
	Victor Hugo
	Jim Morrison
	Napoleon Bonaparte
	Marcel Proust
	Joseph Roth
	Jean-Paul Sartre
	Oscar Wilde
Pompeji	Die Totenstadt
Prag	Franz Kafka
	Rabbi Löw

Ravenna	Dante Alighieri
Solothurn	Charles Sealsfield
Triest	KZ in der Risiera di San Sabba
St. Ulrich	Fritz Finsterl
	Franz Lindner
	Alois Jenner
	Karl Malli
	Der alte Mautner
	Der junge Mautner
	Juliane Rannegger und »die Tante«
Venedig	Joseph Brodsky
	Luigi Nono
	Ezra Pound
	Igor Strawinsky
	Jacopo Tintoretto
	Tizian Vecellio
	Das Sterbehaus von Richard Wagner
Wien	H.C. Artmann
	Konrad Bayer
	Ludwig van Beethoven – Die Wohnung in Heiligenstatt
	Alban Berg
	Thomas Bernhard
	Johannes Brahms
	Heimito von Doderer
	Paul Eck (verschwunden)
	Konrad Feldt
	Ordination und Wohnung von Sigmund Freud, Berggasse 19
	Viktor Gartner

Wien	Franz Grillparzer – Das k.k. Hofkammer-Archiv
	Kapuzinergruft
	Gustav Klimt
	Karl Kraus
	Bruno Kreisky
	Gustav Mahler
	Wolfgang A. Mozart
	Die Wohnung in der Domgasse
	Helmut Qualtinger
	Egon Schiele
	Wendelin Schmidt-Dengler
	Arthur Schnitzler
	Arnold Schönberg
	Franz Schubert – Das Geburtshaus in der Nußdorfer Straße
	Sonnenberg
	Ludwig Wittgenstein – das von ihm gebaute Haus in der Parkstraße
Wüste, Libysche	Thomas Mach
Zürich	Georg Büchner
	Elias Canetti
	James Joyce
	Golo Mann
	Thomas Mann

Dialoge mit Toten

Anna Achmatowa
Henri-Frédéric Amiel
Michelangelo Antonioni
Guiseppe Arcimboldo
Antonin Artaud
Ascher
Johann Sebastian Bach
Béla Bartók
Charles Baudelaire
Samuel Beckett
Saul Bellow
Walter Benjamin
W. A. Bentley
Gottfried Benn
Ingmar Bergman
Bernardo Bertolucci
Hieronymus Bosch
Anton Bruckner
Pieter Brueghel
Martin Buber
Luis Buñuel
Robert Burton
Albert Camus
Howard Carter
Truman Capote
Lewis Carroll
Paul Celan
Paul Cézanne
Raymond Chandler
Bruce Chatwin

Emil Cioran
Cobra-Gruppe
Joseph Conrad
Dadaisten
Vermeer van Delft
Alfred Döblin
Fjodor Dostojewskij
Jean Dubuffet
Émile Durkheim
Albert Einstein
T. S. Eliot
James Ensor
Max Ernst
J.-H. Fabre
William Faulkner
Konrad Feldt
Federico Fellini
Johann Fischer
Gustave Flaubert
Georg Forster
Michel Foucault
Egon Friedell
Caspar David Friedrich
Karl von Frisch
Max Frisch
Viktor Gartner
Alberto Giacometti
Antoni Gaudí
Richard Gerstl
Giorgione

Giotto
Johann Wolfgang Goethe
Vincent van Gogh
Nikolai Gogol
Francisco de Goya
George Grosz
Glenn Gould
Dashiell Hammett
Knut Hamsun
Jaroslav Hašek
Johann Hauser
Heinrich Heine
Ernst Herbeck
Herodot
Fredrik Hill
Hiroshige
Alfred Hitchcock
Friedrich Hölderlin
Albert Hofmann
Hokusai
Michael Holzach
Homer
Gerard Manley Hopkins
Aldous Huxley
Eugène Ionesco
Wenedikt Jerofejew
Hans Jonas
Ernst Josephson
Frida Kahlo
Ryszard Kapuściński
Wassily Kandinsky
Norbert C. Kaser
John Keats
Johann Korec
Stanley Kubrick
Alfred Kubin
Tomasi di Lampedusa
Laotse
Jacques Henri Lartigue
Hans Lebert
Georg Christoph Lichtenberg
György Ligeti
Franz Lindner
Malcom Lowry
Edmund Mach
Thomas Mach (vermisst)
Kasimir Malewitsch
Stéphane Mallarmé
Ossip Mandelstam
Édouard Manet
Sándor Márai
Franz Xaver Messerschmidt
Henri Michaux
Henry Miller
John Milton
Claude Monet
Michel de Montaigne
Robert Musil
Zoran Mušič
Eadweard Muybridge
Vladimir Nabokov
Leo Navratil

Pablo Neruda
Novalis
Juan Carlos Onetti
George Orwell
Parmigianino
Blaise Pascal
Pier Paolo Pasolini
Cesare Pavese
Samuel Pepys
Pablo Picasso
Othmar Pickl
Sylvia Plath
Jackson Pollock
Thomas de Quincey
Rainer Maria Rilke
Arthur Rimbaud
Gerhard Roth
Mark Rothko
Andrej Rubljow
Philipp Schöpke
Gershom Scholem
Dimitri Schostakowitsch
Daniel Schreber
Kurt Schwitters
Bruno Schulz
Rudolf Schwarzkogler
W. G. Sebald
William Shakespeare
Walter Singer (Berger)
Percy B. Shelley
Sonnenberg
Chaim Soutine

Laurence Sterne
R. L. Stevenson
Adalbert Stifter
Claude Lévi Strauss
August Strindberg
Italo Svevo
Andrej Tarkowskij
Georg Trakl
Anton Tschechow
Oswald Tschirtner
François Truffaut
Iwan Turgenjew
William Turner
Paolo Uccello
César Vallejo
Diego Velázquez
Publius Vergilius Maro
Paul Verlaine
Leonardo da Vinci
Vorsokratiker
August Walla
Robert Walser
Weegee
Simone Weil
Peter Weiss
Simon Wiesenthal
Adolf Wölfli
Hugo Wolf
Virginia Woolf
Frank Lloyd Wright
Stefan Zweig
Reinhold Zwerger

Und alle Toten, an die ich denke und denen ich mich verbunden fühle.

Inhalt

Prolog 7
Über das Unglück 11
Die gelbe Farbe 14
Das Leben in einer Luftblase 20
Unsichtbare Reisen 20
Der weiße Tod 23
Das Abc der Welt 30
Albert Camus 31
Georg Büchner 32
Franz Kafka, Robert Walser 34
Adalbert Stifter 36
Selbstbeschreibung 37
Hans und Otto Gross 39
Das Kriminalmuseum 42
Die andere Seite 50
Fotografien von Verbrechen, Tatortfotografien,
Arthur Conan Doyle, Jürgen Thorwald 55
Tatbestandsmappen 60
Über die Finsternis 63
Unentdeckte Verbrechen 80
Tod einer Klavierlehrerin 82
Sonnenbergs Sicht 91
Aus dem fötalen Leben 94
Aus dem mortalen Leben Sonnenbergs 96
Nachruf 121

Sonnenberg und ich 127
Der Buchhändler 132
Der Kopf des Untersuchungsrichters 139
Die Auflösung der Buchhandlung 143
Die Archipele des Wahns 144
Franz Pohl 145
Adolf Wölfli 152
Eine Kindergeschichte 168
Eine pathologische Sektion 170
Menschenfiguren 177
Hass 178
Die diebische Elster 183
Jenseitsreisen im Diesseits 191
Diesseitsreisen ins Jenseits 195
Die Menschenfigur »Ich« 207
Im Zentrum der Angst 207
Begegnung mit dem Briefbomber in jungen Jahren 210
Stumme Worte 214
Dr. Pollanzy und das Buch 217
Die Vergangenheit der Anstalt 222
Lindners Kopf 224
Anmerkung zu Sonnenberg 227
Noch einmal Franz Fuchs 227
Franz Lindners Welt 231
Tote Tiere, tote Menschen 234
Rechenzentrum Graz, ein Zwischenkapitel 237
Reise zu Escher nach Den Haag 239
Gerhard Roth 244
Dodgson und Carroll 245
Ein janusköpfiger Beweis 249
Ein Schachspiel 251
Das erste Manuskript 252

Verdacht 254
Das Haus 257
Weiß 259
In Wien 260
Weltuntergang 265
Die Wiener Paranoia 270
Orkus I 282
Orkus II 290
Wohnungen 293
Karl Berger, der Walter Singer hieß 294
Begegnungen 298
Der Elefantenmensch 305
Die Todesfabrik 312
Simon Wiesenthal 331
Paradies und Hölle 358
Südsee 364
Langsam scheiden 410
Das Haus der Künstler I 422
Das Haus der Künstler II 424
Gespräch im Palmenhauscafé 427
Das Haus der Künstler III 428
Archive 437
Der Friedhof des Großen Vaterländischen
Papierkriegs 438
Heldenplatz 452
Gironcoli 471
Von der juridischen Fakultät zum Grauen Haus 475
Das Allgemeine Krankenhaus. Der Narrenturm 478
Die Tote im Fluss 480
Göllersdorf 483
Bruno Kreisky 495
Das Protokoll 503

Das Wittgensteinhaus 509
Hikari und Kenzaburō Ōe 512
Das Fundamt und Helmut Qualtinger 522
Franz Xaver Messerschmidt 530
Der Friedhof der Unsterblichen 533
Unterwelt 543
Der Sohn, den ich nicht kannte 545
Eine Reise in mich selbst 547
Im Anne-Frank-Haus 560
Wendungen 565
Ägypten 569
Das Kartenspiel 570
Sonnenbergs Plan 573
Der Tod von Walter Singer 574
Das zweite Ich und mein Freund Wolfgang Bauer 576
Elias Canetti 585
Der Sarg 589
Zoran Mušič 592
Himmel und Hölle 601
Arnulf Rainer 607
Das Jüngste Gericht 611
Florenz oder Sonnenbergs Wahn 615
Epilog 653

Bildnachweis

Seite 13
Wegeplan auf Sargboden im Ägyptischen Museum, Kairo
Foto: Gerhard Roth

Seite 53
Jacques-Henri Lartigue: Monsieur Folletête und Tupy, Paris, März 1912
Aus: Jacques-Henri Lartigue: Photograph. Wien 1998
© Ministère de la Culture et de la Communication, France / Association des amis de Jacques Henri Lartigue

Seite 150
Franz Pohl: Der Würgengel.
Aus: Hans Prinzhorn: Bildnerei der Geisteskranken. Ein Beitrag zur Psychologie und Psychopathologie der Gestaltung. Mit einem Geleitwort von Gerhard Roth. Wien, New York 2001 [Neuausgabe]
Mit freundlicher Genehmigung des Springer Verlags, Wien / New York

Seite 159
Adolf Wölfli: Gesichter
Aus: Adolf Wölflis Formenvokabular, gezeichnet von Markus Raetz
Mit freundlicher Genehmigung der Adolf Wölfli-Stiftung / Kunstmuseum Bern

Seite 167
Adolf Wölfli: Der Sturz
Aus: Walter Morgenthaler: Ein Geisteskranker als Künstler.
Adolf Wölfli. Wien 1985 (Nachdruck der Ausgabe von 1921)
Mit freundlicher Genehmigung der Adolf-Wölfli-
Stiftung / Kunstmuseum Bern

Seite 260
Simon Tucek: Comiczeichnungen
Foto: Gerhard Roth

Seite 424
»Haus der Künstler« in Gugging
Foto: Senta Roth

Seite 433
Pieter Brueghel d. Ä.: Der Überfall
Stockholms Universitets Konstsamling, Stockholm
Aus: Kunsthistorisches Museum Wien: Pieter Bruegel d. Ä.
1997–1998 [Ausstellungskatalog]; Beiheft, hrsg. v. Wilfried
Seipel

Seite 549
Marguerite Sirvins: Ohne Titel (Brautkleid)
Foto: Henri Germond
Collection de l'Art Brut, Lausanne

Seite 551
James Ensor: Der Einzug Christi in Brüssel im Jahre 1889
The J. Paul Getty Museum, Los Angeles
Aus: The Museum of Modern Art, New York / Anna Swinbourne: James Ensor [Ausstellungskatalog]
© 2009 The Museum of Modern Art, New York

Seite 555
Augustin Lesage: Composition symbolique sur le monde spiritual
Foto: Claude Bornand
Collection de l'Art Brut, Lausanne

Seite 558
Franz Gsellmann: Weltmaschine (Detail)
Foto: Franz Killmeyer
Aus: Gsellmanns Weltmaschine. Texte von Gerhard Roth. Fotografien von Franz Killmeyer. Wien, Köln, Weimar 1996
© 1996 by Böhlau Verlag Ges. m. b. H. & Co. KG, Wien, Köln, Weimar 2004

Seite 560
Henry Darger: Young Female Rebbonia Whip-Lash tail. Blengiglomenean Islands
Collection Robert A. Roth, Chicago
Aus: Henry Darger. Edited and with an introduction by Klaus Biesenbach. München u. a. O. 2009

Seite 600
Zoran Music: Wir sind nicht die Letzten (1987)
Aus: Zoran Music. Hrsg. v. Sabine Schulze. Ostfildern 1997 [Ausstellungskatalog]
© 1997 Schirn Kunsthalle und die Autoren

Seite 604
Günter Brus: Selbstbemalung I (1964); Aktion, Atelier John Sailer, Wien
Foto: Ludwig Hoffenreich
Aus: Günter Brus. Werkumkreisung [Ausstellungskatalog]
© 2003 Albertina, Wien, Günter Brus, die Autoren und Verlag der Buchhandlung Walther König, Köln

Seite 608
Arnulf Rainer: Schwarze Übermalung (1953 / 54)
© Arnulf Rainer
Aus: Gegen.Bilder. Retrospektive zum 70. Geburtstag. Hrsg.
v. Ingried Brugger [Wien 2000] [Ausstellungskatalog]

Die auf den Seiten 63 bis 80 und 82 bis 91 erzählten Geschichten beruhen auf bearbeiteten Polizei- und Gerichtsakten, erschienen in: Christian Bachhiesl, Ingeborg Gartler, Andrea Nessmann, Jürgen Tremer: Räuber, Mörder, Sittenstrolche. 37 Fälle aus dem Kriminalmuseum der Karl-Franzens-Universität Graz. Graz: Leykam, ^{2}2004 (3. Aufl. 2008)

Gerhard Roth
Der See
Roman
Band 14049

Paul Eck ist Vertreter für pharmazeutische Produkte. Überraschend erhält er einen Brief von seinem Vater, den er seit der Scheidung seiner Eltern nicht gesehen, den er nie wirklich kennengelernt hat. Der Vater lädt ihn ein zu einem Besuch am Neusiedler See. Trotz großer Vorbehalte macht sich der Sohn auf die Reise. Doch am Tag seines Eintreffens verschwindet der Vater spurlos, bevor die beiden sich begegnen. Es wird ein Bootsunfall auf dem See vermutet, dessen eigentümliche meterologische und geographische Gegebenheiten berüchtigt sind. Der Sohn spürt seinem Vater nach und versucht, ihn – oder wenigstens seinen Leichnam – ausfindig zu machen. Er muss erkennen, dass sein Vater in allerlei dunkle Geschäfte und windige Vorhaben rund um den See verstrickt war. Bei den Anwohnern des Sees macht der Sohn sich mit den falschen Fragen zum falschen Zeitpunkt rasch unbeliebt, seine Suche wird keineswegs unterstützt, sondern nachdrücklich behindert.

Fischer Taschenbuch Verlag

Gerhard Roth
Der Plan
Roman
Band 14581

Konrad Feldt ist mit Leib und Seele Bibliothekar. Als ihm ein gestohlenes Autograph Mozarts in die Hände fällt, gibt er es nicht zurück, sondern folgt dem verlockenden Angebot eines japanischen Händlers und reist nach Tokyo. Mit der kostbaren Handschrift im Gepäck wird er plötzlich verfolgt und steht schließlich unter Mordverdacht.

»Ein intelligenter und raffinierter Thriller über das Autograph des Mozart-Requiems. Ein wunderbares und auch noch spannendes Buch. Am meisten freut mich, dass Gerhard Roth allmählich zum Musiker wird – nicht nur vom Thema, auch von der Melodie seiner Sprache.«
Robert Schneider

Fischer Taschenbuch Verlag

Gerhard Roth
Die Archive des Schweigens

Band 1: *Im tiefen Österreich*
Bildtextband. 212 Seiten mit 65 vierfarbigen und
125 schwarz-weiß Abbildungen. Leinen
und als Band 11401

Band 2: *Der Stille Ozean*
Roman. 247 Seiten. Leinen
und als Band 11402

Band 3: *Landläufiger Tod*
Roman. Illustriert von Günter Brus
795 Seiten. Leinen und als Band 11403

Band 4: *Am Abgrund*
Roman. 174 Seiten. Leinen
und als Band 11404

Band 5: *Der Untersuchungsrichter*
Die Geschichte eines Entwurfs
Roman. 172 Seiten. Leinen
und als Band 11405

Band 6: *Die Geschichte der Dunkelheit*
Ein Bericht. 159 Seiten. Leinen
und als Band 11406

Band 7: *Eine Reise in das Innere von Wien*
Essays. 288 Seiten mit 20seitigem Bildteil. Leinen
und als Band 11407

S. Fischer